Le poison du doute

Pour sauver notre enfant

Retour à Swain County

NICOLE HELM

Le poison du doute

Traduction française de
ISABEL ROVAREY

BLACK ROSE

HARLEQUIN

Collection : BLACK ROSE

Titre original :
SUMMER STALKER

HARPERCOLLINS FRANCE
83-85, boulevard Vincent-Auriol, 75646 PARIS CEDEX 13
Service Lectrices — Tél. : 01 45 82 47 47 - www.harlequin.fr
ISBN 978-2-2804-7105-3 — ISSN 1950-2753

Composé et édité par HarperCollins France.
Imprimé en mars 2022 par CPI Black Print (Barcelone)
en utilisant 100% d'électricité renouvelable.
Dépôt légal : avril 2022.

FSC
www.fsc.org
MIXTE
Papier issu de sources responsables
FSC® C159065

Pour limiter l'empreinte environnementale de ses livres, HarperCollins France s'engage à n'utiliser que du papier fabriqué à partir de bois provenant de forêts gérées durablement et de manière responsable.

Prologue

Deux ans plus tôt

Des blessés, Reece Montgomery en avait vu beaucoup. Par armes à feu, par explosions. Il avait vu des hommes mourir avant d'en être devenu un lui-même.

Mais il y avait quelque chose de tout particulièrement poignant à voir Granger Macmillan – l'homme qui avait appris à Reece à être quelqu'un de bien – cloué dans un fauteuil roulant, maigre et affaibli.

Assis dans ledit fauteuil, Granger se tenait devant les membres de North Star, groupe secret fondé dans la seule intention de détruire les Fils des Badlands, puissant gang qui avait semé la destruction et la mort dans tout le Dakota du Sud.

Reece était bien placé pour le savoir. Des années durant, ses parents avaient été de fervents adeptes du gang… Jusqu'à ce que l'État leur retire sa garde. Ils étaient sans doute tous les deux morts aujourd'hui, même si Reece se refusait à en avoir le cœur net.

Pour lui, ils étaient morts depuis bien plus longtemps, de toute façon.

Reece ne serait peut-être pas allé jusqu'à dire que les Fils des Badlands étaient responsables de son enfance malheureuse, ballottée de foyer en foyer, mais il n'en était pas moins déterminé à les anéantir.

Le fait qu'ils aient posé une bombe dans le quartier général de North Star, aidés en cela par une autre organisation tout aussi moralement corrompue, et que Granger ait été blessé lors de cette attaque, suffisait amplement.

Reece n'aurait su dire ce qui lui avait échappé. Lui-même avait été blessé dans l'explosion et, s'il était aujourd'hui presque totalement remis, ce qui était certain, c'était que quelque chose était allé de travers. D'ailleurs, rien ne s'était bien passé le jour de l'explosion.

Certes, North Star avait gagné, en fin de compte – ils avaient coincé le poseur de bombe. Mais la victoire avait un goût amer quand il voyait dans la salle les dommages collatéraux de ce succès.

— Comme vous pouvez le voir, continua Granger, je ne suis pas physiquement en mesure de reprendre les rênes avant quelque temps encore.

Même sa voix semblait fatiguée. Mais il était bien là et visiblement déterminé à poursuivre son allocution devant un auditoire composé d'une cinquantaine d'agents de terrain, d'informaticiens et de personnel médical, observant tous un silence religieux pour pouvoir l'écouter.

— Shay me remplacera jusqu'à mon retour.

Personne ne pipa mot. Si d'aucuns nourrissaient des doutes ou des inquiétudes, ils s'abstinrent de les formuler. Personne n'aurait osé. Même en chaise roulante et en convalescence après sa blessure par balle et les lésions consécutives à l'explosion, Granger Macmillan était toujours leur chef.

Shay aussi avait été blessée dans l'explosion – des brûlures, principalement –, mais elle récupérait rapidement, comme Reece et tous ceux qui s'étaient trouvés dans le bâtiment et avaient été touchés.

Shay était un cas à part à North Star. Elle était restée au-delà des quatre années prévues et avait de l'expérience dans chacun des nombreux domaines d'expertise du groupe. Personne ne pouvait remplacer Granger, de l'avis de Reece, mais Shay était certainement en position d'assurer l'intérim le temps qu'il reprenne des forces.

Si Reece avait réfléchi à la question au cours de l'année précédente, il aurait pu remarquer que Granger la préparait à assumer ses responsabilités. Il l'avait affectée à des missions relevant des diverses activités de North Star, sollicitait parfois son avis. En dépit des innombrables occasions où elle n'avait pas suivi les ordres à la lettre, voire les avait carrément ignorés, Shay faisait toujours partie du groupe. Rétrospectivement, il était clair que Granger l'avait considérée comme le numéro deux de North Star, un numéro deux prêt à prendre les commandes à tout moment.

Simplement, il n'avait jamais envisagé que Granger puisse tirer sa révérence – ou être diminué et devoir être remplacé.

Shay vint se poster à côté de Granger.

— Vous me connaissez tous. Je suis ici depuis plus longtemps qu'aucun d'entre vous, à part Granger lui-même. Quelle que soit l'impression que cela puisse donner vu de l'extérieur, j'espère que vous savez que l'éradication des Fils me tient autant à cœur qu'à vous. Ils ont causé la mort de certains de mes proches, à moi aussi. Pendant mon intérim à la tête de North Star, je peux vous garantir que nous ne faiblirons pas dans notre lutte…

Une étrange expression passa sur son visage comme elle baissait les yeux vers Granger mais Reece ne la connaissait pas assez bien pour en comprendre la signification.

— Il n'est pas question de marquer le pas maintenant, alors que nous avons accompli des progrès décisifs. La nomination d'une nouvelle direction suscitera peut-être, j'en ai conscience, quelques réticences parmi vous, mais North Star continuera à fonctionner comme d'habitude le temps que Granger se rétablisse, je vous le promets.

Reece observa ce dernier. Son visage était impassible. Quelque chose, dans cette absence d'expression ou d'émotion, même si elle était habituelle chez Granger, lui fit se demander s'il y avait vraiment un rétablissement à attendre – du moins un rétablissement suffisant pour qu'il redevienne le chef d'un groupe d'élite voué à la destruction d'un gang aussi dangereux que les Fils.

— Notre combat ne s'arrête pas parce que nous avons subi un revers. Nous allons panser nos plaies et poursuivre notre mission, nous battre jusqu'à ce que les Fils soient définitivement mis hors d'état de nuire.

Il y eut une brève salve d'applaudissements, quelques cris d'approbation. Personne ne semblait spécialement contrarié ou bouleversé par ce changement de direction.

Parce que North Star n'avait toujours tendu que vers un seul et unique objectif : démanteler le gang des Fils une fois pour toutes.

1

Aujourd'hui

Les réunions, ce n'était pas la tasse de thé de Reece. Il préférait que ses missions lui soient assignées à l'occasion de rencontres individuelles ou, mieux encore, par écrit. Mais les Fils des Badlands étant désormais en grande partie décimés, une grande réunion avait sa raison d'être, il le reconnaissait.

Il arriva dans le vaste ranch de l'est du Wyoming qui servait désormais de quartier général à North Star. Ils avaient emménagé là depuis plus d'un an maintenant, mais il ne s'était toujours pas accoutumé au changement.

North Star était en fait, au sens propre du terme, *son* étoile du Nord personnelle, celle qui le guidait, donnait un sens à sa vie. Il avait renoncé depuis bien longtemps à tout espoir de stabilité mais son travail à North Star sous l'égide de son mentor avait commencé à entamer la muraille qu'il avait édifiée autour de lui – jusqu'à cette explosion, deux ans plus tôt. Elle l'avait d'un seul coup privé des deux – les locaux historiques de North Star et le directeur qui l'avait recruté.

Granger Macmillan avait pris sa retraite. Reece ne parvenait toujours pas à accepter que l'homme auquel il avait voué tant de respect ait renoncé à livrer bataille contre le mal et opté pour… la domesticité.

Mais Shay était une bonne directrice. Comme Granger, elle était intelligente et ferme, mais elle avait ses idées propres et les mettait en œuvre à sa guise. Reece n'était pas toujours d'accord mais il avait depuis bien longtemps acquis une discipline de soldat. Un ordre était un ordre, point.

Et ses missions sur le terrain – en solo, le plus souvent – le laissaient libre d'interpréter le bien et le mal en fonction de son propre référentiel.

Les missions. C'en était terminé maintenant que les Fils des Badlands étaient anéantis. Les quelques insignifiantes factions qui subsistaient n'étaient que quantité négligeable.

Que vas-tu faire, maintenant ?

Ne tenant pas trop à s'appesantir sur la question, Reece avait décidé de se rendre à la réunion en espérant que ce ne serait pas pour entendre ce qu'il redoutait.

« Tu es libre de t'en aller, Reece Montgomery. »

Personne ne travaillait très longtemps au sein du groupe. Même si Shay avait autorisé les agents à rester au-delà des quatre ans institués comme règle de durée maximale par Granger, l'explosion avait fait fuir certains bons éléments qui avaient préféré partir. Puis certains autres avaient quitté le groupe pour entrer dans les forces de l'ordre ou s'engager dans d'autres carrières où ils pensaient pouvoir faire davantage que broyer les Fils des Badlands jusqu'à ce qu'ils se fondent dans la terre poussiéreuse du Dakota du Sud.

Aujourd'hui, ces derniers étaient réduits en poussière. Alors, que restait-il à North Star ?

Holden Parker et Sabrina Killian étaient déjà assis dans le bureau de Shay quand Reece entra. Ils se saluèrent d'un bref signe de tête et Reece prit place dans le siège libre restant.

Apparemment, ils ne seraient que tous les quatre.

Shay ne perdit pas de temps. Elle ferma la porte et se tint debout devant eux, l'expression grave.

— Nous n'avons plus grand-chose à faire concernant les Fils des Badlands, déclara-t-elle sans préambule, formulant à haute voix ce que chacun d'entre eux savait déjà. Il subsiste bien quelques groupuscules mais ils sont pratiquement inopérants ; la police locale n'aura pas besoin de notre aide pour s'en occuper.

— Et donc ? Tu comptes démanteler North Star ? demanda Holden Parker, les jambes étendues devant lui, pieds croisés, et les bras derrière la tête, comme si cela ne lui faisait ni chaud ni froid.

Mais personne n'était dupe.

Chacun était suspendu aux lèvres de Shay.

— Non, répondit-elle posément. Il y a d'autres groupes nuisibles, d'autres missions à mener. Mais si votre engagement personnel s'arrête avec la désintégration des Fils des Badlands, libre à vous de partir. Sans avoir à vous justifier.

— Quelle est l'autre option ? lança Sabrina sans chercher à paraître désinvolte, elle.

Elle était penchée en avant, les mains serrées l'une contre l'autre, l'expression intense – comme toujours.

Shay souleva un dossier, qu'elle présenta devant elle.

— J'ai été approchée par une petite organisation secrète qui a besoin d'aide pour venir à bout d'une mission particulièrement sensible et difficile. Vous êtes là tous les trois parce que je pense que vous êtes les meilleurs choix pour effectuer les recherches initiales et le travail de terrain. Mais ma proposition ne vaut bien sûr que si vous entendez rester.

— Que diable pourrions-nous bien faire d'autre ? répliqua Holden avec, aux lèvres, un sourire qui n'adoucissait en rien la note acerbe de sa voix.

Le regard de Shay s'arrêta sur Reece. Il n'avait pas dit un mot, ni tenté de paraître détaché – ou intense.

S'il s'autorisait à considérer la question, ce qu'il éprouvait devait être du soulagement.

Mais il y avait belle lurette qu'il avait renoncé à *éprouver* quoi que ce soit.

Comme elle le regardait, se contentant d'attendre, il hocha la tête.

— Je suis partant, déclara-t-il.

— Tant mieux, parce que c'est toi qui entres en jeu le

premier. On n'a presque rien pour démarrer. Un homme a été tué en début d'année dernière, vraisemblablement par un tueur à gages. En raison des contacts et activités de la victime, l'organisation qui fait appel à nous croit qu'il y aura d'autres cibles. Seulement, ils ne savent pas qui, ni pourquoi.

— D'une simplicité enfantine, grommela Holden.

Mais la difficulté, voire la quasi-impossibilité, ne rebutait pas Reece ; au contraire, elle le réjouissait. Parce que cela signifiait que sa vie n'avait pas perdu tout sens avec l'éradication des Fils.

Il avait toujours une raison d'être, une mission à accomplir, et plus la tâche serait ardue, mieux ce serait.

— On a tout de même un point de départ, c'est la veuve. L'agence fédérale pense qu'elle en sait plus qu'elle ne veut leur en dire. Elle prétend que, si son mari est mort, c'est à cause de son travail, qui que soit son employeur. L'agence espère que l'intervention d'un outsider, en l'occurrence notre groupe, pourrait débloquer la situation et la convaincre de parler.

— Et le nom de cette agence, tu comptes nous le donner ? s'enquit Sabrina.

Shay secoua la tête.

— Non. Ils ont beaucoup insisté sur le fait que le « besoin d'en connaître » s'appliquait. Or, il n'est pas nécessaire que vous sachiez qui ils sont.

— Dans ce cas, comment pouvons-nous être sûrs que ce sont eux les gentils ? souligna Reece.

— Nous ne le pouvons pas, répondit Shay sans détour. Mais ils ne m'ont pas demandé de mettre la main sur cette veuve par n'importe quel moyen. Ils ne semblent pas non plus avoir eu recours à des tactiques d'intimidation, ni être prêts à menacer ou brusquer cette femme, ce qui m'incite à considérer leur requête avec intérêt.

L'honnêteté de Shay était l'un des points qui faisaient d'elle une bonne directrice, et le digne successeur de Granger. Comme lui, elle ne laissait aucun d'entre eux se lancer bille en tête dans une mission sur des bases erronées. C'était ainsi que North Star avait toujours fonctionné : en toute transparence. Lorsqu'une mission était incertaine ou particulièrement difficile, chacun avait pleinement conscience des dangers encourus. Les agents risquaient gros dans leur travail.

— Mais nous n'avons effectivement pas de certitude. C'est justement cet aspect-là que je veux, entre autres, que tu éclaircisses, Reece. Tu vas te faire passer pour un client à la maison d'hôtes tenue par la veuve et essayer de découvrir quelles informations elle est susceptible de détenir, notamment concernant l'organisation pour laquelle son mari travaillait. On ne s'engage pas plus avant pour le reste tant que nous ne savons pas à qui nous avons affaire. Je vais poursuivre les recherches de mon côté mais je pense que la veuve est l'élément clé qui nous permettra de déterminer si oui ou non nous acceptons cette affaire. Tu feras bien sûr de ton mieux pour te lier d'amitié avec elle afin de glaner le plus d'informations possible.

Sabrina se mit à rire.

— Reece ? Se lier d'amitié avec quelqu'un ? Tu veux rire ?

Shay adressa à Reece ce qui se voulait être un sourire.

— Je suis sûre qu'il s'en sortira très bien.

Pour toute réponse, il prit le dossier et hocha la tête.

Évidemment qu'il s'en sortirait. À dire vrai, il savait user de son charme quand c'était nécessaire – tout spécialement lorsqu'il était sous couverture. À son arrivée à l'auberge, il serait Reece Conrad, photographe naturaliste itinérant.

Reece savait se glisser dans la peau de quelqu'un d'autre.

La maison d'hôtes, joliment nommée le Bluebird, était située dans le nord-est du Wyoming, dans la petite ville d'Echo. Pour autant que Reece puisse en voir, Echo n'avait rien d'exceptionnel si ce n'est qu'elle était nichée tout près à la fois de la frontière du Montana et de celle du Dakota du Sud.

L'endroit était assez pittoresque. Des collines moutonnaient de part et d'autre de la route à deux voies, semées çà et là de jolis ranchs plantés en retrait de l'axe principal qui desservait la région. Il dépassa une ou deux formations rocheuses, mais qui n'avaient rien d'aussi spectaculaire que Devil's Tower, un peu plus bas, au sud-ouest.

Reece quitta l'axe à deux voies pour tourner sur une petite route asphaltée, mais en piteux état, suivant les indications fournies sur le site de la maison d'hôtes.

Il roula encore au moins huit cents mètres avant d'aborder une courbe contournant un petit étang, au sortir de laquelle la maison lui apparut. Sans même s'en rendre compte, Reece ralentit l'allure.

La propriété semblait tirée d'un tableau de Norman Rockwell. Le joli petit corps de ferme était exactement tel que sur la photo du site web, avec ses pimpants volets blanc et bleu et son grand porche orné de chaises colorées. La maison était cernée d'arbres sur trois côtés mais l'avant ouvrait sur un vaste jardin bien entretenu.

On aurait dit l'image qu'il s'était faite, dans ses stupides rêves d'enfant, de ce que devait être une vie parfaite. Une famille, une maison comme celle-ci et de l'espace à revendre pour se dépenser.

Il secoua la tête. Il devait oublier Reece Montgomery. Il était Reece Conrad, marié, deux enfants, qui voyageait de parc national en parc national, par les chemins de traverse, pour photographier les paysages et les beautés de la nature qu'il rencontrait sur son chemin. Il faisait halte dans des endroits hors des sentiers battus, espérant en tirer de bons clichés. En un mot, un homme normal, qui avait eu une enfance normale, avant d'aller à l'université et de bâtir sa vie.

Il rangea sa voiture à côté d'une berline compacte. C'était un modèle ancien, mais maintenu en parfait état. Il nota cependant en passant à côté qu'il régnait un certain désordre sur la banquette arrière – un désordre qui semblait avoir été laissé par un enfant. Mais la marque et le modèle du véhicule correspondaient à celui de Lianna Kade, d'après le dossier qu'on lui avait fourni.

La propriétaire de la maison d'hôtes, la veuve, avait un seul enfant. Un fils de sept ans, lui avait dit Shay d'après ce qu'elle avait pu trouver sur elle. Rien d'autre de particulier à signaler sur Mme Kade. La maison était dans sa famille depuis sa construction mais c'était son arrière-grand-mère qui l'avait transformée en auberge à la fin des années 1940, après la mort de son mari durant la Seconde Guerre Mondiale.

La présente propriétaire avait épousé Todd Kade alors qu'elle avait vingt ans. Todd Kade n'était pas son vrai nom mais il était intéressant de noter que la veuve avait conservé ce patronyme tant pour elle que pour son fils.

Shay n'avait pas encore découvert la véritable identité de Todd. Si l'agence qui cherchait à s'informer sur sa mort la connaissait, elle ne la leur avait pas communiquée.

Reece accrocha son sac à une épaule et sa sacoche de pseudo-photographe à l'autre. Il traversa la vaste pelouse, qui se prolongeait par des jardins… de tous côtés. Le long des arbres, de grands carrés, protégés par du grillage, semblaient plantés d'espèces locales. Il y avait également des massifs de fleurs, artistiquement organisés par couleurs : tulipes orange et rouges associées au jaune des jonquilles. De part et d'autre de la maison et du porche, il pouvait voir d'autres parterres déployant un camaïeu de bleus et de mauves, des pots et des jardinières remplis de fleurs qui lui étaient plus familières. Des pensées, des impatiens, ce genre de choses.

Reece gravit les marches du porche. Suspendu à la balustrade d'un côté, était accroché un panonceau peint dans des couleurs vives qui proclamait « Bienvenue au Bluebird Bed and breakfast ». En référence au nom de l'auberge, de petits oiseaux bleus peints à la main voletaient autour de l'inscription. Juste au-dessous, une plaque d'ardoise indiquait « Chambres libres ».

Devant la porte, un paillasson accueillait le visiteur, orné lui aussi d'oiseaux bleus. La porte elle-même était peinte en bleu vif. Sa poignée, en métal travaillé, avait la forme d'un oiseau elle aussi.

L'idée le traversa que, si quelqu'un avait recherché dans le dictionnaire la définition de « bonheur domestique », il aurait trouvé une photo du Bluebird Bed and breakfast.

Non qu'il eût la moindre idée de ce que le bonheur domestique pouvait bien être.

En réservant sa chambre sur Internet, il avait reçu pour instructions d'entrer directement dans la maison à son arrivée. Pas très prudent de la part d'une femme dont le mari avait été assassiné un an plus tôt.

Reece poussa donc la porte et se retrouva dans ce qui semblait être un séjour. Une clochette tinta sur la porte et il entendit des pas résonner quelque part, dans les profondeurs de la maison.

Une femme apparut, les cheveux blonds attachés en une queue-de-cheval qui se balançait à chacun de ses pas. Elle arborait un chaleureux sourire de bienvenue – même si ses yeux bleus ne reflétaient pas tout à fait la même expression. Taille moyenne, corpulence moyenne. Elle portait un jean usé surmonté d'un T-shirt dont la poche poitrine était brodée au nom de l'établissement.

Reece eut vaguement l'impression de manquer d'air, subitement, et il se demanda quelle en était la raison.

— Vous devez être monsieur Conrad, déclara poliment la jeune femme d'une voix un peu voilée. Bienvenue.

Bon. Tout compte fait, peut-être Reece Conrad n'était-il *pas* marié et père de deux enfants. Il pouvait très bien être célibataire et…

Il s'éclaircit la gorge, se demandant d'où lui venait cette idée saugrenue de changer le profil de son personnage à la dernière minute. Et pourquoi, tout à coup, le fait de se présenter sous un nom en partie faux le mettait mal à l'aise.

— Je vous en prie, appelez-moi Reece.

— Entendu. Vous pouvez poser vos sacs, le temps que je vous enregistre, dit-elle en se glissant derrière un bureau installé dans une petite alcôve tout en fenêtres qui donnaient sur la pelouse.

Comme elle passait devant lui, une odeur de citron emplit les narines de Reece.

— Et, donc… vous êtes la propriétaire ?

Il remarqua qu'elle se raidissait imperceptiblement mais son expression demeura parfaitement amicale.

— Oui.

Elle agita la souris de son ordinateur et l'écran s'alluma. Au bout de quelques secondes, elle déclara :

— Voilà… Reece Conrad. Vous avez réservé notre chambre sous les combles. Très bien. Je vais vous y conduire et vous montrer un peu les lieux par la même occasion.

— D'accord. Merci.

Elle fit mine de prendre ses bagages mais il s'en saisit le premier. Elle ne commenta pas, ne lui lança même pas un coup d'œil, se bornant à… dérouler son laïus de présentation bien rodé.

— Ici, c'est la pièce commune. Quand il fait froid le soir, et cela peut arriver jusqu'au mois de juin, nous faisons du feu dans l'âtre. Par cette porte, vous accédez à la salle à manger et à la cuisine. De ce côté-ci de la maison, dit-elle en tendant le bras dans l'autre direction, vous trouverez le salon de télévision. Il y a aussi un ordinateur en libre accès.

Pivotant sur elle-même, elle se dirigea vers la cage d'escalier et Reece lui emboîta le pas, hypnotisé par le balancement de sa queue-de-cheval.

Reprends-toi, Montgomery.

— Voilà le premier étage, entièrement réservé aux chambres d'hôtes. Vous êtes notre seul client pour l'instant mais, ce week-end, la maison affichera quasiment complet.

Elle s'avança jusqu'à une porte et sortit un trousseau de sa poche. Elle manipula les clés jusqu'à en isoler une grande, d'aspect ancien, qu'elle inséra dans la serrure.

La porte s'ouvrit dans un grincement.

— Votre clé est à l'intérieur, expliqua-t-elle en désignant l'enveloppe qu'elle tenait à la main. L'escalier mène directement dans la chambre, donc je vous conseille de tenir cette porte verrouillée pour être tout à fait tranquille. La plupart des hôtes sont pleins de tact et respectueux de l'intimité de chacun, mais il peut toujours se trouver une personne un peu curieuse qui décide d'explorer les lieux. Pour le ménage, les horaires sont indiqués sur la plaquette, également dans l'enveloppe.

Elle le précéda dans l'escalier, raide et branlant. Il la suivit, se disant que la « chambre sous les combles » devait plutôt tenir du grenier sommairement aménagé que de la chambre d'hôtes.

— J'ai lu l'histoire de la maison sur votre site, déclara-t-il, testant son aptitude à rompre rapidement la glace. Elle a toujours appartenu à votre famille ?

— Oui, depuis sa construction en 1900 par mon arrière-arrière-grand-père. Mais elle n'a été convertie en maison d'hôtes qu'en 1940 par mon arrière-grand-mère.

— Pourtant, votre nom est Kade et non pas Young.

Elle s'arrêta assez brusquement au milieu de l'escalier et se retourna. Le toisant de sa position dominante, elle rétorqua :

— Oui. Vous avez une question particulière à ce propos ?

Son attitude lui rappela celle d'une institutrice très sévère.

— Non, m'dame.

Elle hocha brièvement la tête et reprit son ascension. Lui aussi… en gardant une distance respectable.

La chambre se révéla être l'exact opposé de ce que l'étroit escalier aux marches grinçantes laissait présager. La pièce étant en sous-pente, le plafond en forme de À s'abaissait de chaque côté, mais le lit était placé au centre, contre le mur du fond, flanqué de part et d'autre de grandes fenêtres à vitraux. Sur les autres murs, de larges baies vitrées laissaient le soleil entrer à flots, si bien que la pièce était littéralement inondée de lumière. Un bureau était placé contre un mur. En face, il y avait une porte.

— Cette porte donne sur une petite salle de bains privée. Il y en a une plus spacieuse au premier étage à la disposition de tous les hôtes. Le petit déjeuner est servi dans la salle à manger entre 8 et 9 heures. Nous proposons une sélection de quelques plats pour le déjeuner en libre-service et, pour le dîner, c'est entre 17 et 18 heures ; si vous voulez manger plus tôt ou plus tard, un arrangement est possible.

— C'est fantastique.

— Je suis ravie que cela vous convienne.

Elle lui tendit l'enveloppe, faisant en sorte, nota Reece, que ses doigts n'entrent à aucun moment en contact avec les siens.

— Voilà. Je vous souhaite un excellent séjour. N'hésitez pas à me faire signe si vous avez besoin de quoi que ce soit.

— Merci, madame Kade.

Pressant ses mains l'une contre l'autre, elle lui décocha un sourire qui, si Reece n'était pas totalement à côté de la plaque, s'était considérablement rafraîchi.

— Je vous en prie, appelez-moi Lianna.

Elle désigna du menton un téléphone sur le bureau.

— Composez le 1 si vous cherchez à me joindre.

Là-dessus, elle se détourna et quitta la pièce. Il entendit le léger clic de la serrure qu'on refermait, au pied de l'escalier.

Reece secoua l'enveloppe pour en faire tomber son contenu. Une plaquette informative sur l'auberge s'en échappa, suivie de la clé, de brochures touristiques et d'un agenda des événements à venir dans la région.

La partie préhensible de la clé était en forme d'oiseau bleu. Peu porté à la fantaisie, Reece aurait en temps normal jugé la chose un peu futile ; pourtant, le détail lui tira un sourire.

Mais le sourire ne dura que quelques secondes car il se mit aussitôt au travail.

Cinq minutes plus tard, il avait déballé ses affaires, trouvé une cachette sûre pour ses armes et, en faisant le tour de la chambre, découvert un micro posé sur le détecteur de fumée.

La question était maintenant de savoir qui l'avait placé là. Lianna Kade ? L'agence qui avait fait appel à North Star ? Ou un tiers totalement inconnu ?

2

Lianna Kade n'était pas du genre à se faire une montagne d'un rien. Elle avait survécu à huit ans de mariage avec un homme qui s'était révélé être un monstre au fil du temps. Puis, après son assassinat, elle avait découvert qu'il était une sorte d'espion. Tout cela lui avait appris à prendre ce qui venait, sinon avec philosophie, du moins avec un certain recul, sans trop se monter la tête.

Mais Reece Conrad… Il y avait quelque chose chez lui qui… Bref, il la rendait nerveuse, songea-t-elle en descendant l'escalier du grenier. Elle referma la porte derrière elle en s'astreignant à ne pas jeter un dernier regard vers le haut.

Ce n'était pas tant qu'il la rendait nerveuse, en réalité. En dépit du calme et de l'intensité qui émanait de lui, il ne dégageait pas de mauvaises vibrations. Elle avait peut-être été naïve et stupide à vingt ans, mais depuis, elle avait eu tout le temps d'exercer l'intuition qui lui avait alors fait défaut.

Reece Conrad ne semblait pas constituer une menace à proprement parler, mais elle était tentée d'appeler le shérif Reynolds pour voir s'il ne pouvait pas se renseigner sur lui.

Seulement, cela voulait dire replonger dans tout ça.

Quand Grandma avait pris sa retraite et avait offert de lui transmettre l'auberge afin qu'elle et Henry puissent repartir de zéro – loin de tout ce qui était arrivé –, Lianna avait sauté sur l'occasion. Ses grands-parents et ses parents ne savaient pas la moitié de ce qui s'était réellement passé. Ils pourraient ainsi rester à l'écart, à Denver, tandis qu'elle élèverait son fils dans l'un de ses endroits préférés au monde.

L'alarme de son téléphone se déclencha. Il était l'heure d'aller chercher Henry à l'arrêt du bus scolaire. L'heure aussi de revenir à ses occupations quotidiennes.

Elle sortit par la porte de devant, se promettant de profiter des quelques minutes de marche par cette belle journée de fin de printemps. Si belle qu'en arrivant à l'aire réservée au stationnement des voitures, elle se retourna vers la maison.

Idyllique. Un rêve devenu réalité. Et elle avait la chance de diriger cette maison d'hôtes. Tenir une auberge n'était pas toujours de tout repos, mais vivre ici… C'était exactement ce qu'elle voulait.

Machinalement, son regard remonta jusqu'aux fenêtres de la chambre sous les combles. Son estomac se contracta sous l'effet de la surprise et de l'embarras. Reece était debout derrière la vitre. Il la regardait.

Elle se détourna vivement et prit la direction de la route. Sans jeter un seul coup d'œil en arrière. S'il la suivait des yeux, eh bien, soit. Après tout, quelle importance ? Sans doute en aurait-elle fait autant si elle avait été à sa place.

Elle n'avait que rarement à se préoccuper d'hommes du même âge qu'elle venant séjourner à l'auberge – surtout d'hommes ayant… cette allure-là.

Oui, si les rôles avaient été inversés et que c'était elle qui s'était trouvée là-haut, elle aurait certainement été en train de le regarder.

— Lianna, tu es vraiment un cas désespéré, se gourmanda-t-elle à mi-voix, fâchée d'en avoir oublié sa routine quotidienne.

Le moment où elle allait chercher Henry était censé être un temps méditatif. Un temps pour se recentrer. Son thérapeute, à Denver, lui avait indiqué toutes sortes de stratégies pour gérer son anxiété.

Il n'avait pas approuvé son déménagement pour le fin fond du Wyoming, même si c'était pour elle un retour aux sources. Mais Lianna avait eu besoin de ce nouveau départ. Pour elle.

Pour Henry. Elle avait eu envie de se sentir chez elle, dans un endroit où elle pourrait prendre confiance en elle.

Jamais ce n'aurait été possible à San Francisco, avec tous les mensonges de Todd. Ces mensonges qui avaient conduit à son meurtre… Même si personne ne comprenait pourquoi. Les journaux avaient parlé d'un cambriolage qui avait mal tourné…

Mais Lianna savait bien que ce n'était pas ça. Elle avait fini par ouvrir les yeux – avec huit ans de retard, certes, mais elle était lucide aujourd'hui. Et quelle qu'ait été l'horreur de ces années passées auprès de Todd, l'important était qu'elle ait arraché Henry à tout cela.

C'était aussi pour lui qu'elle était venue s'installer ici. Quitter San Francisco pour Denver avait été un premier pas. Ses parents ayant remis leur vie sur ses rails – après avoir laissé ses grands-parents élever Lianna –, ils avaient fait bloc derrière elle, avec ces derniers, pendant les premiers mois qui avaient suivi le meurtre de Todd et lui avaient apporté leur soutien inconditionnel. Elle n'avait pas demandé autre chose à l'époque.

Mais, maintenant, elle avait besoin d'espace. Elle avait besoin de vivre et de se débrouiller seule sans avoir peur de son ombre. De plus, du fait qu'elle tenait une auberge, personne ne s'étonnait qu'elle vérifie aussi scrupuleusement la fermeture de tous les accès de la maison.

Henry avait pu entrer au CP dans l'école où elle-même avait été instruite, petite. Il grandirait dans la même petite bourgade, le même cadre, la même maison qu'elle. C'était important. C'était… *bien.*

Elle avait eu peur que les anciens comparses de Todd ne viennent la harceler jusqu'ici pour lui extorquer des informations, certains qu'elle en savait plus qu'elle l'avait dit.

Seulement, elle ne savait *rien* concernant Todd. Elle devrait vivre avec ça pour le restant de ses jours.

Mais, quand elle avait quitté Denver, ils l'avaient laissée

tranquille. Dieu merci. Elle pouvait se détendre. Profiter de la vie. Loin des mensonges et des méfaits de son défunt mari.

Lianna s'arrêta au croisement, là où le bus stopperait pour laisser descendre Henry. La main en visière au-dessus des yeux pour s'abriter du soleil, elle regarda le bus déboucher du virage puis ralentir. La porte s'ouvrit et Henry jaillit comme un diable de sa boîte, jacassant déjà comme une pie.

— Maman ! Maman ! Joe va avoir un chien ! Est-ce qu'on peut prendre un chien, nous aussi ? Ce serait super, non ?

Lianna salua de la main le chauffeur avant de pivoter sur elle-même pour emboîter le pas à Henry.

— Tu es allergique aux chiens.

Henry poussa un soupir à fendre l'âme.

— C'est nul.

— Je sais. Absolument nul. On peut toujours essayer les piqûres pour te désensibiliser.

Henry fit la grimace.

— Je déteste les piqûres.

— Je sais.

Elle pressa tendrement l'épaule de son fils de sept ans. Pour être honnête, elle se réjouissait en secret d'avoir une bonne excuse pour ne pas prendre de chien. Entre Henry et le Bluebird, elle n'avait pas de temps ni d'énergie à consacrer à un autre être vivant. Ce qui ne l'empêchait pas de culpabiliser que Henry soit privé d'animal de compagnie.

— Et un oiseau ?

Lianna dut réprimer le frisson qui la parcourut.

— Eh bien, on pourra peut-être y réfléchir.

Ce n'était pas parce qu'elle soulignait le nom de l'auberge dans le décor des lieux qu'elle avait envie d'avoir un oiseau chez elle !

— Ou un lézard ? Ou un hamster ? Peut-être un furet.

— On en reparlera ce soir. Nous avons un hôte aujourd'hui.

Un furet. Jamais !

— J'espère que ce n'est pas encore une vieille dame comme l'autre fois, répliqua Henry d'un ton boudeur.

— Henry Patrick Kade.

— Elle n'arrêtait pas de me pincer la joue ! Chaque fois qu'elle me voyait ! se justifia-t-il.

— L'horreur, répondit Lianna, pince-sans-rire.

Henry s'élança en avant puis revint en courant vers elle, écartant les bras pour faire l'avion en produisant un bruit de moteur avant de se mettre à tournoyer sur l'herbe.

Elle aurait dû le rappeler à l'ordre car il avait oublié de fermer la glissière de son sac à dos, si bien qu'il semait sur son chemin sa bouteille d'eau, quelques feuilles, des crayons. Mais c'était bientôt l'été et son bébé était heureux.

Comment aurait-elle pu le gronder ?

Elle ramassa dans son sillage ce qu'il laissait tomber tandis qu'il continuait à dépenser l'énergie qu'il avait dû contenir durant toute la journée, assis derrière son pupitre, alors qu'il faisait grand soleil au-dehors.

Ils commencèrent à traverser la cour. Lianna avait presque oublié Reece et tout ce que sa présence remuait en elle. Mais il était planté sur le porche, immobile comme une statue, et elle s'arrêta net.

Il avait l'air si imposant. Elle éprouva la brève tentation de protéger Henry, ce qui était idiot. D'une part, elle était parfaitement capable de prendre soin d'elle et de son fils désormais, d'autre part, personne ne lui voulait de mal.

Plus personne. Elle avait été on ne peut plus claire : elle ne savait strictement rien de la mort de Todd, ne comprenait rien aux activités dans lesquelles il avait été impliqué. Elle s'était montrée coopérative, avait collaboré avec la police et le FBI avant de finir par déménager dans un autre État. Par rentrer chez elle pour se claquemurer dans l'auberge familiale.

Henry la dépassa comme une flèche, visiblement intrigué par l'impressionnant étranger. Il ne leur arrivait pas si souvent d'accueillir des hôtes de moins de soixante-dix ans.

— Bonjour, monsieur ! Vous aimez les oiseaux ?

Le masque neutre de Reece se mua en une expression déconcertée.

— Euh… oui.

— Nous sommes en train de discuter des mérites de différents animaux de compagnie, expliqua Lianna, s'obligeant à avancer à son tour.

À se comporter normalement. Henry et elle n'avaient rien à craindre. La police l'en avait assurée.

— Oh… Je vois. Dans ce cas, je crois que je préférerais un chien.

— Pff, proféra Henry d'un air dégoûté. C'est trop nul !

Il gravit d'un pas lourd les marches du porche et disparut dans la maison en claquant le battant derrière lui.

Reece contempla la porte fermée, décontenancé, puis reporta son regard sur Lianna.

— Je suis désolé.

Elle se força à lui adresser un sourire magnanime.

— Ne vous excusez pas. Il traverse une petite crise parce qu'il est allergique aux chiens alors qu'il en voudrait un.

— Ah.

Lianna pinça les lèvres. Reece avait toujours l'air aussi dérouté.

— Vous n'avez pas d'enfants, n'est-ce pas ?

— Non. Je ne connais pas grand-chose aux enfants, j'avoue.

— Alors, pour votre gouverne, le fait que « tout soit nul » est un grand classique. Mais, la minute suivante, il sera gai comme un pinson et pensera déjà à autre chose.

— Oh. Tant mieux. Je m'apprêtais à aller faire un tour pour prendre quelques clichés, si ça ne vous ennuie pas, ajouta-t-il en levant son appareil-photo.

— Bien sûr. Faites attention à ne pas vous perdre. On est facilement désorienté dans les bois.

— Ça devrait aller, merci.

Il se dirigea vers les jardins et se mit à prendre des photos sous le regard songeur de Lianna.

Décidément, il y avait chez ce type quelque chose de… Mais il y avait les devoirs à superviser, le dîner à préparer et elle n'avait pas le temps de s'occuper de ce *quelque chose*.

Être l'unique client d'une auberge tenue par une femme séduisante, mère d'un garçonnet apparemment précoce, était… En fait, Reece ne savait pas ce que c'était.

Feindre d'être quelqu'un d'autre ne lui posait habituellement aucun problème – d'autant qu'il n'était jamais pressé de redevenir lui-même. Mais il y avait quelque chose de si familier dans le fait de petit déjeuner et dîner avec elle et le gamin. De regarder Lianna accompagner Henry jusqu'au bus et aller le chercher le soir.

C'était fascinant. Il ne lui avait jamais été donné d'être témoin de tant de soin et d'affection.

Mais il n'était pas là pour ça.

Il avait découvert cinq autres micros dans les pièces communes du Bluebird et un dans chacune des autres chambres d'hôtes qu'il avait fouillées, à la faveur de la nuit. Restait maintenant à trouver le moyen de s'introduire dans le logement de Lianna et Henry sans laisser la moindre trace de son passage. À son avis, Lianna était le genre de femme à savoir exactement où tout se trouvait. Elle ne manquerait pas de remarquer si quelque chose avait été dérangé. De plus, il avait vu qu'une caméra était placée au-dessus de la porte menant à ses appartements privés.

Cela étant, elle ne semblait pas particulièrement nerveuse ni prudente. Certes, elle se méfiait un peu de lui, mais il s'appliquait à sortir tous les jours pour faire des photos et prenait soin de montrer à Lianna et Henry ses meilleurs clichés. Henry aimait bien voir les animaux qu'il avait croisés sur sa route et Lianna lui posait des questions techniques sur son appareil.

Il ne parvenait pas à déterminer si c'était par réel intérêt ou parce qu'elle cherchait à le tester.

D'autres clients allaient arriver le lendemain et il n'était toujours pas plus avancé quant à savoir comment procéder pour collecter des informations.

Il partit se promener, comme chaque après-midi, et s'enfonça dans la forêt, loin de la maison, hors de portée de vue ou d'oreille. Lorsqu'il fut certain que personne ne pouvait ni le voir ni l'entendre, il connecta son ordinateur et son téléphone au serveur sécurisé pour pouvoir appeler le quartier général. Shay ne perdit pas de temps en salutations.

— Tu as quelque chose ?

— Rien de déterminant. Mais j'ai découvert des micros un peu partout, dans les parties communes comme dans les chambres d'hôtes.

Il y eut une pause à l'autre bout de la ligne.

— Et chez la veuve ?

Reece réprima un soupir.

— Je n'ai pas encore pu accéder à ses appartements privés. Elle est toujours là. Si je veux conserver ma couverture, je ne peux pas m'introduire chez elle à moins d'être sûr à cent pour cent de ne pas être surpris. Mais ce n'est pas elle, Shay.

Après un nouveau silence, Shay répondit :

— Si tu nous faisais parvenir l'un de ces mouchards, on pourrait peut-être l'analyser, avoir une idée de sa provenance.

— Oui, mais en prélever un pose problème puisqu'on ne sait pas qui les a installés. S'ils s'aperçoivent qu'ils sont découverts, cela pourrait envenimer les choses. Avoir des conséquences pour elle et l'enfant, ce que nous ne voulons pas.

— Il faut absolument que tu inspectes son appartement pour voir s'il y a aussi des mouchards. C'est la seule façon de nous assurer qu'elle n'est pas impliquée.

Reece soupira.

— Cet endroit lui tient vraiment à cœur – c'est une affaire familiale. Installer des micros dans les chambres des clients va à l'encontre de toutes les lois protégeant la vie privée, sans compter qu'ils relèvent d'une technologie de pointe, bien plus sophistiquée que les caméras de surveillance qui protègent son espace privé. Non, je ne la vois pas faire ça. Ça ne colle pas.

— Mais tu ne peux pas être sûr qu'elle n'est pas en cheville avec ceux qui les ont posés, à moins de fouiller ses quartiers privés. Je fais confiance à ton instinct, Reece, mais on n'est jamais trop prudent. On n'en sait pas assez, c'est pour ça que je t'ai envoyé là-bas. Pour recueillir des infos. Il y a une chose que je peux faire toutefois, c'est demander à l'agence qui a fait appel à nous si ces micros sont les leurs.

Sa réticence s'entendait au ton de sa voix.

— Non, j'aime autant me débrouiller par moi-même. On ne veut pas attirer d'ennuis à la veuve et à son fils, on est bien d'accord ? Pas question de mêler un enfant à ça. C'est une priorité pour moi.

— C'en est une pour moi aussi, répondit Shay.

— OK. Est-ce qu'ils nous ont fixé un délai ?

— Ils n'ont rien spécifié, donc je pense que tu as le temps de gagner la confiance de la veuve.

Reece jeta machinalement un regard en arrière, en direction de la maison. Le hic, c'était l'enfant. Il était prêt à suivre les ordres pour mener à bien une mission dès lors qu'ils n'interféraient pas avec un unique principe moral, tout simple, mais sur lequel il se refusait à transiger : *ne jamais impliquer un enfant.*

Jamais encore il n'avait eu affaire à des enfants lors d'une mission, que ce soit dans l'armée ou à North Star. C'était une première, et ce n'était pas pour lui plaire.

— Reece ?

— Ça a l'air vraiment tranquille ici. Peut-être qu'on n'a pas opté pour la bonne piste.

— Je serais tentée de te croire s'il n'y avait les micros, répliqua Shay.

Elle avait raison. Les mouchards pouvaient signifier que Lianna et Henry étaient en danger et que Lianna n'en savait rien. Mais il avait beau être désormais installé depuis plusieurs jours, Reece ne voyait toujours pas comment aborder le sujet du défunt mari et de ceux pour qui il travaillait.

— Arrange-toi pour entrer chez elle, Reece, asséna Shay avec force. Qu'elle sache ou non ce qui se passe, elle peut très bien détenir un indice qui nous mettrait sur la bonne voie.

Il fit la grimace.

— OK. Je vais faire le max…

— Hé, Reece ! Qu'est-ce que tu fais là ?

Il fit volte-face et vit Henry qui avançait en sautillant à

travers les arbres. Il jura intérieurement, referma son téléphone et son ordinateur.

— Salut, Hank, dit-il, s'efforçant de dissimuler son matériel derrière lui.

Henry se mit à rire comme chaque fois qu'il l'appelait Hank. Quelque chose se noua au plus profond de Reece mais il chassa cette impression indéfinissable et fourra son ordinateur dans son sac.

— Je croyais que tu n'étais pas autorisé à venir si loin dans les bois, rétorqua Reece tandis que Henry approchait.

— Non, mais j'ai entendu ta voix, répondit Henry en regardant le sac. Tu parlais à qui ?

— Oh ! j'ai eu… un appel de mon patron.

— C'est qui, ton patron ?

— La personne qui me paie pour prendre des photos.

— C'est super. Moi, je crois que je serai pompier quand je serai grand. Le père de mon ami Joey est policier et il dit que les pompiers passent leur temps à jouer à des jeux vidéo.

— Euh, eh bien…

Henry se mit à sauter sur place pour tenter d'attraper une branche basse, sûrement pour s'y suspendre, mais elle était hors de portée.

— Mais maman dit que c'est un travail très dangereux.

— C'est…

— Ou alors je pourrais aider maman à l'auberge. Mais, au bout d'un moment, ce serait ennuyeux.

Reece sourit malgré lui.

— Tu sais, je crois que tu as tout le temps de décider.

Henry haussa les épaules, renonçant à atteindre la branche inaccessible, au-dessus de sa tête.

— Tu as vu des animaux ?

— Non, pas aujourd'hui.

— Le père de mon autre copain, Avery, est dans l'armée. Ça a l'air cool mais, parfois, il part très longtemps.

Reece fut surpris par la réaction viscéralement négative

que suscita en lui la déclaration du petit garçon. Et il le fut davantage encore lorsqu'il s'entendit répliquer :

— J'ai été militaire pendant quelque temps. Ce n'est pas mal mais… je pense que tu manquerais beaucoup à ta maman. Tu voyagerais beaucoup. Tu travaillerais et vivrais très loin. *Tu verrais des choses que tu ne pourrais plus jamais oublier.*

— Tu es allé dans des pays étrangers ?

— Oui.

— Où ça ?

— Dans trop d'endroits pour que je puisse les énumérer.

— Tu as été blessé ?

— Un peu.

Henry se remit à bondir et cabrioler mais au son de quelque mystérieux rythme intérieur, cette fois, plutôt que pour saisir la branche.

— Comment ? Pourquoi ? Où ?

— Oh ! ce serait plutôt une histoire à raconter le soir, au moment d'aller au lit, éluda Reece.

— Tu me la raconteras, alors ? Maman me demande souvent de lire tout seul, dit Henry en levant les yeux au ciel. Mais, parfois, elle m'en lit une. Tu pourrais la remplacer ?

— Eh bien… Nous verrons ça avec elle.

Cela lui donnerait une raison de se trouver dans la chambre de Henry. Et il pourrait se faire une idée de la configuration des lieux, peut-être même imaginer un moyen d'y revenir pendant le week-end, quand Lianna serait occupée avec les clients.

Si elle donnait son accord.

— Rentrons, suggéra-t-il. Ta maman risque de s'inquiéter.

— Je peux porter ton appareil-photo ?

— Bien sûr, bien sûr, acquiesça Reece en le lui tendant.

Et en se faisant l'effet d'être le dernier des salauds.

3

— Henry, tu sais bien que les hôtes ne sont pas autorisés à pénétrer dans notre espace privé, réfuta Lianna, s'efforçant de poursuivre sa liste de courses sur Internet tout en accordant son attention à son fils.

Mais il continuait à bavarder sans désemparer, intarissable sur le sujet de Reece, et elle avait le dîner à préparer et les provisions à commander pour le week-end.

Il poussa un grognement si retentissant qu'on dut l'entendre jusque dans le Montana.

— Mais c'est mon ami !

La douleur fendit le cœur de Lianna. Son ami. Un hôte de passage ne pouvait pas être un ami. Mais elle savait bien pourquoi Reece le fascinait tant. Il était l'incarnation de la présence et de l'attention masculines qui lui faisaient défaut. Qu'il n'avait jamais eues, car Todd n'avait pas été un bon père. Les enfants, pour lui, avaient été le domaine exclusif de l'épouse.

Une complication dont il ne souhaitait pas s'encombrer.

Lianna avait fait son possible pour préserver Henry mais elle n'avait pas le pouvoir de combler ce manque. Grandir sans ses parents, elle savait ce que c'était. Elle avait beau adorer ses grands-parents, le fait que ses parents n'aient pas été en mesure de s'occuper d'elle quand elle était enfant avait été… un crève-cœur. Et elle en avait gardé la cicatrice – même s'ils avaient aujourd'hui repris leur place dans sa vie.

Maintenant, son fils, lui aussi, avait sa propre cicatrice et il voulait qu'un parfait étranger lui raconte une histoire au lit.

— Ce n'est pas juste, gronda Henry dont les joues s'étaient colorées d'un rouge rageur.

Lianna se détourna de l'ordinateur. Elle avait trouvé une personne qui était disposée à récupérer ses provisions et les lui livrer. Le prix du service valait largement le temps gagné. Mais Freya ne pouvait livrer que le samedi matin, ce qui était incommode.

Cette lubie soudaine ne l'était pas moins. Elle se força à sourire à son fils, farouchement résolue à ne pas lui faire sentir que ses états d'âme tombaient au plus mauvais moment. Jamais elle ne le laisserait s'imaginer qu'il était un poids, un inconvénient.

— Je suis sûre qu'il pourrait tout aussi bien te raconter cette histoire dans les pièces communes.

— Je déteste les pièces communes. De toute façon, ici, c'est nul ! Je veux habiter en ville, comme Joey. Je veux…

Il n'alla pas plus loin mais, à la manière dont son petit minois se chiffonna, elle comprit : ce qu'il voulait, c'était un père. Mais il aurait beau le désirer de toute son âme, ce n'était pas ça qui ressusciterait son géniteur.

— Je veux lui montrer ma carte, reprit Henry, faisant référence au papier peint qui couvrait un mur de sa chambre et représentait un planisphère géant. Il est allé à l'étranger.

Il avait achevé sa phrase d'un ton empli de révérence. L'accès de colère était retombé mais, connaissant son fils, elle savait qu'il n'avait pas renoncé à livrer bataille.

— Oh ! vraiment ? souligna-t-elle en reportant son attention sur sa liste de courses.

— Oui… Quand il était dans l'armée. Même qu'il a été blessé.

Lianna se figea. L'armée ? Pour autant qu'elle sache, ni Todd ni le groupe dont il avait fait partie n'avaient eu de lien avec l'armée. Mais entre un militaire et un inoffensif photographe naturaliste, il y avait un monde.

Militaire, c'était synonyme d'armes. C'était signe que vous aviez appris à faire certaines choses, des choses dangereuses, effrayantes. Ça n'avait rien d'inoffensif. Ce qui signifiait que Reece n'était pas sûr. Henry et elle n'étaient plus en sécurité.

— Excuse-moi, Henry.

Elle quitta la table de la cuisine et se rendit dans la salle à manger où elle se mit à marcher de long en large, la panique lui comprimant le cœur. Elle devait se ressaisir avant de parler à Reece. Elle devait…

Mais voilà qu'il entrait par la porte principale, avec son sac à dos anormalement grand pour un simple appareil-photo, fût-il professionnel. Mais tout, chez Reece, n'était-il pas un peu étrange ?

— Vous étiez dans l'armée, asséna-t-elle d'un ton accusateur avant de se rendre compte qu'elle devait donner l'impression d'être complètement folle.

Pas un muscle du visage de son hôte ne bougea. Il demeura immobile dans l'entrée, sourcils arqués.

— Oui, acquiesça-t-il très calmement.

— Je… Je n'aime pas qu'on me mente. Ni qu'on mente à mon fils, déclara-t-elle d'une voix contrainte, la gorge serrée par l'anxiété.

C'est dans ta tête. Tu te fais des idées. Respire.

— Lianna, voilà cinq ans que je ne suis plus en service actif.

Il n'était qu'un hôte de l'auberge, après tout. Ce n'était pas sa faute si Henry commençait à s'attacher à lui. Il n'avait pas à proprement parler menti…

— Si vous voulez rester plus longtemps, je vais devoir me renseigner sur vous.

Il ne marqua pas le moindre temps d'hésitation.

— OK.

Elle eut soudain envie de pleurer, sans même savoir pourquoi. Sinon qu'elle ne se sentait toujours pas rassurée. Qu'elle n'était pas elle-même.

— Je suis désolée… Excusez-moi.

— De quoi ?

Il ne s'avança pas vers elle, se contenta de rester là où il était. Mais ses paroles suivantes furent si lénifiantes que ce fut comme s'il avait posé la main sur son épaule, comme le faisait sa grand-mère lorsque Lianna se mettait dans tous ses états à propos d'un rien.

— Vous avez raison de vous fier à votre instinct et de songer à protéger votre fils. Renseignez-vous sur mon compte si cela peut vous rassurer. C'est bien naturel de vouloir se sentir en sécurité.

Oui, c'était tout ce qu'elle demandait – la sécurité. Pour elle et pour Henry.

— Mon mari a été tué. Assassiné.

Les mots étaient sortis tout seuls. Des mots qu'elle n'avait pas prononcés une seule fois depuis leur installation à Echo. Oh ! certaines personnes, ici, savaient – notamment les amis de ses grands-parents –, mais elle n'avait jamais eu à le formuler.

Alors, pourquoi diable l'avait-elle fait maintenant ?

Reece cligna des yeux.

— Oh. Je suis désolé.

Il ne s'efforçait pas de paraître exagérément choqué ni consterné. Son « désolé » était réconfortant, mais sans emphase particulière, ce dont elle lui sut gré.

— Mon mari n'était pas celui qu'il prétendait être.

Elle déglutit et lança un regard en direction de la cuisine. Henry ne l'avait pas suivie ; il était probablement en train de puiser dans les réserves de chocolat de la cuisine.

Dieu merci.

— Henry vous aime bien. Il n'a jamais eu… Même quand son père était en vie, il ne passait que peu de temps avec lui. Henry a désespérément besoin de… Il vous aime bien et je…

— Moi aussi, je l'aime bien.

— Mais vous n'êtes qu'un hôte de passage ici. Vous…

Elle s'avança d'un pas. Elle ne pouvait pas dire cela à Henry, qui n'avait que sept ans. Mais peut-être que si elle l'expliquait à cet homme, il comprendrait.

— Je ne peux pas le laisser s'attacher à quelqu'un comme

vous. Je suis désolée. Ce n'est pas bon pour lui. Vous ne resterez pas ici éternellement.

— Les gens ne sont jamais là pour toujours.

De la tristesse se dégageait de ces mots. Une tristesse qu'elle reconnut pour l'avoir elle-même vécue autrefois – pour avoir failli s'y perdre. C'était Henry qui l'en avait sauvée. Elle avait dû s'occuper de lui, le protéger, l'aimer et, en faisant tout cela pour son bien-aimé petit garçon, elle avait appris à se l'appliquer à elle-même.

Elle n'était pas parfaite. Ce déballage auquel elle venait de se livrer n'était pas très sain. Mais Reece n'était qu'une personne comme une autre. Avec sa propre histoire. Sa propre tristesse, ses propres soucis. Il était ici depuis plusieurs jours et rien d'inhabituel ne s'était produit. Rien d'anormal. Il ne l'avait pas interrogée à propos de Todd. Ce n'était pas comme à Denver.

Elle devait absolument recouvrer son sang-froid.

— Je n'ai rien contre le fait que vous lui racontiez une histoire mais je ne peux pas vous laisser entrer dans notre appartement. Je suis obligée de maintenir cette frontière.

La tristesse, dans ses yeux, ne se dissipa pas. Elle semblait même plus prégnante encore. Mais il hocha la tête.

— Comme vous voudrez, Lianna. C'est votre fils.

Il souleva son appareil-photo.

— Si vous voulez bien m'excuser…

Et il fit demi-tour, comme s'il était entré dans la maison sans raison précise. Il avait beau être un étranger, Lianna ne se sentit pas moins coupable d'avoir porté atteinte à ses sentiments. Des sentiments qu'elle ne comprenait pas.

Et qui ne te regardent pas.

Mais elle resta plantée là, à regarder fixement la porte pendant beaucoup trop longtemps pour une femme censée être très occupée.

— Est-ce que tu as prévu une légende qui tienne la route pour Reece Conrad ? demanda Reece lorsque Shay décrocha.

— Plus ou moins.

— Ça pourrait ne pas suffire. Il faut qu'elle soit en béton.

— OK. Je m'en occupe. Pourquoi ? Elle a des soupçons ?

— Pas exactement mais le gamin… m'aime bien, Dieu sait pourquoi. C'est surtout ça qui l'inquiète. Elle m'a confié que son mari n'était pas celui qu'il avait prétendu être.

— Donc elle savait qu'il avait une part d'ombre.

Reece soupira.

— Ou elle l'a découvert depuis. Ce qui ne serait pas surprenant… Il a tout de même été assassiné.

— Tous les articles de presse font état d'un cambriolage qui a mal tourné. Et mentionnent son faux nom. Je parie qu'elle connaît le vrai. Est-ce que tu as pu…

— Je n'ai rien d'autre de nouveau, trancha Reece. Je voulais juste m'assurer que la couverture de mon personnage était solide.

— Elle l'est mais on va renforcer certaines parties maintenant qu'on sait qu'elle va vérifier. Tu as un prénom préféré pour ton épouse ?

— Non, pas d'épouse.

— Je me disais que…

— Elle m'a vu avec le gamin – elle a tout de suite compris que je n'avais pas d'enfant. Je ne porte pas d'alliance et je n'ai pas parlé d'une femme qui m'attendrait quelque part. Donc, ça lui paraîtrait bizarre. Surtout si je prolonge mon séjour.

Il y eut un long silence.

— Elle est jolie, nota finalement Shay.

Reece ne répondit pas. Mieux valait ne rien dire que s'empêtrer dans des explications vaseuses.

Shay soupira.

— OK. Ne t'inquiète pas, ton profil sera inattaquable – Elsie va y veiller. Mais si ta logeuse a découvert que son mari n'était pas celui qu'il prétendait être, cela signifie qu'elle sait *quelque chose*, martela-t-elle.

Sa voix se fit plus incisive.

— Débrouille-toi pour entrer chez elle, Montgomery. Tu ne peux pas éternellement remettre à plus tard.

— On a une date butoir, maintenant ? rétorqua-t-il, heurté par son ton autoritaire tout en reconnaissant qu'elle avait raison.

Il était là pour trouver des informations, pas pour rassurer Lianna ni devenir l'ami de son fils.

— Je t'en fixe une, répliqua-t-elle. Si tu n'as rien à me donner lundi soir, je te retire de cette mission et j'envoie Sabrina à ta place.

— Sabrina a la subtilité d'un cheval.

— Ta subtilité à toi nous coûte pour l'instant du temps et de l'argent. Peut-être qu'une approche plus radicale sera plus efficace.

Reece passa sa main libre sur son visage.

— Lundi… D'accord, grommela-t-il.

Et il coupa la communication avant que Shay ait eu le temps de dire autre chose.

Il scruta les bois. De là où il se trouvait, il ne voyait pas la maison mais il se la représentait mentalement. Très nettement. Non seulement d'un point de vue tactique mais d'un point de vue…

Il aimait bien cette auberge. Il aimait bien être ici. Il aimait même prendre toutes ces photos ! Pas tant pour les photos en elles-mêmes que pour les longues excursions dans la nature et le fait de mobiliser son attention sur autre chose que l'affaire.

Mais il avait du pain sur la planche. Et une date limite, désormais.

Il était clair qu'il avait abordé l'affaire sous le mauvais angle. Oui, il se sentait coupable, mais ce ne serait pas sa conscience qui garantirait la sécurité de Lianna et de Henry. Il fallait qu'il tire au clair cette histoire de micros, même s'il devait pour cela violer la confiance de Lianna.

Il ne la connaissait que depuis quelques jours. Sa culpabilité n'avait pas lieu d'être. D'où venaient ces scrupules ? Ce… sentimentalisme ? S'était-il écoulé trop de temps depuis sa dernière mission ? Disposait-il de trop peu d'informations concernant cette affaire en particulier ?

Était-il seul depuis trop longtemps ?

Il chassa cette pensée et s'enfonça plus avant dans les bois. Il ne pouvait pas rentrer à l'auberge tant qu'il n'aurait pas repris le contrôle de lui-même. Tant qu'il n'aurait pas un plan pour découvrir s'il y avait aussi des micros chez elle.

Comment allait-il procéder ? Lianna semblait ne jamais s'absenter. La première étape consisterait donc à repérer le moment où elle le ferait. Cela devait bien arriver de temps en temps. L'idéal aurait été qu'ils s'en aillent tous les deux, Henry et elle. Il aurait sans doute pu convaincre Henry de le laisser entrer pendant que sa mère était occupée, mais la seule idée d'utiliser un enfant pour parvenir à ses fins le révulsait.

Il passa en revue divers plans, diverses possibilités, les rejetant les uns après les autres tandis qu'il parcourait la forêt. Le soleil s'abaissait de plus en plus ; il faisait maintenant presque nuit noire. Il n'avait plus le choix, il devait rentrer et trouver… quelque chose.

Le silence régnait quand il arriva dans la cour mais toutes les lumières étaient allumées, conférant à la maison d'hôtes une atmosphère chaleureuse. Accueillante. Un peu comme s'il était d'ici – qu'il faisait partie de la maisonnée.

Ce qui était bien l'idée la plus farfelue et la plus stupide qu'il ait jamais eue ! Même en comptant la période où, étant enfant, il avait cru qu'une famille d'accueil pouvait devenir son foyer permanent, que quelqu'un d'autre pouvait l'aimer comme auraient dû le faire ses parents. Au moins avait-il eu l'excuse de la naïveté de son jeune âge…

Mais, aujourd'hui, il était adulte.

Une mission t'a été assignée, Montgomery. Arrête de tourner autour du pot et mets-toi au travail.

Les étoiles brillaient dans le ciel – cela au moins, personne n'avait pu le lui retirer quand il était petit. L'éclat des astres dans l'espace infini – et l'espoir qu'il y avait peut-être quelque chose d'autre que l'enfer qu'il avait connu tant qu'il vivait encore avec ses parents.

Aujourd'hui, il était indépendant, il exerçait la profession à laquelle il était destiné, il aidait les gens. S'abreuver de reproches était idiot et improductif. Si Lianna était bien la personne qu'elle semblait être, alors il agissait dans son intérêt, pour la protéger. Et c'était pour son bien qu'il allait fouiller ses appartements et ses affaires personnelles.

Il ferma les yeux et accepta mentalement la situation.

Cet endroit lui plaisait. Lianna et Henry lui plaisaient. Il voulait que tout aille bien pour eux.

Mais, pour cela, il devait admettre qu'il ne faisait pas partie du tableau. Faire son devoir et s'éclipser.

Il ouvrit les yeux et hocha brièvement la tête, comme pour se convaincre de ne pas atermoyer davantage. Il était près de 20 heures, donc Henry devait être dans sa chambre.

Ayant manqué le dîner, Reece se dirigea vers la cuisine, conscient qu'il y trouverait certainement Lianna en train de débarrasser la table.

Il ne s'était pas trompé. Elle fredonnait un air inconnu en rinçant un plat, qu'elle plaça ensuite dans le lave-vaisselle.

Elle était belle. Il était temps de cesser de se voiler la face. Oui, elle lui plaisait vraiment et, oui, il était attiré par cette femme. Maintenant qu'il l'avait reconnu, il pouvait avancer, dépasser ça.

Rebroussant chemin, il retourna jusqu'à la porte d'entrée, l'ouvrit puis la referma bruyamment avant de marcher d'un pas plus lourd que nécessaire pour annoncer son arrivée.

Elle jeta un coup d'œil par-dessus son épaule comme il s'arrêtait sur le seuil de la cuisine.

— Ah, vous voilà.

— Désolé, j'ai manqué le dîner. Le coucher de soleil était à couper le souffle.

Elle se remit à charger le lave-vaisselle.

— Vous êtes un hôte, Reece, vous n'avez pas à vous

justifier. Il y a une assiette pour vous dans le réfrigérateur. Accordez-moi deux minutes, je vais vous la faire réchauffer…

— Ne vous dérangez pas, je peux très bien me servir seul.

— Mais c'est froid, protesta-t-elle en le contemplant, perplexe, ses mains savonneuses levées au-dessus de l'évier.

— Je n'ai pas souvent la chance de manger un plat cuisiné maison. Froid ou chaud, je suis sûr que ce sera un régal.

Elle fronça les sourcils puis poussa un profond soupir.

— Dans ce cas, autant vous installer ici plutôt que de salir la salle à manger, dit-elle en désignant la petite table qu'elle réservait à Henry et elle lorsqu'ils étaient tous les deux.

Elle veillait toujours à bien séparer la vie de son fils du fonctionnement de l'auberge. Il se demanda si c'était pour préserver l'enfant ou si c'était lié à la raison pour laquelle lui-même était ici.

— Vous avez l'air de faire presque tout, toute seule, nota-t-il sur le ton de la conversation en prenant place à la table.

— J'ai un homme à tout faire qui intervient ponctuellement pour les petits travaux et un service de nettoyage qui, une fois par mois, vient effectuer un grand ménage. Mais comme, le plus souvent, je n'ai que quatre ou cinq clients à la fois, ce n'est pas si différent de l'entretien d'un logement privé. À ceci près que j'en tire un petit revenu.

— Il vous arrive de partir ?

Elle laissa échapper un petit rire. Pas tout à fait comme si elle était parfaitement à l'aise mais elle avait de nouveau endossé son habit d'aimable propriétaire de maison d'hôtes.

— Est-ce que les réunions parents-instituteurs comptent ? Sinon, quand je ne reçois aucun hôte, j'en profite pour faire des emplettes, aller chez le coiffeur ou emmener Henry au parc. Mais j'adore être ici. Donc, ces quelques moments de liberté et de shopping me suffisent amplement.

Elle ferma la porte du lave-vaisselle et le mit en marche.

— Donc, si je n'étais pas là lundi, quand Henry sera à l'école, vous pourriez aller faire un tour en ville ?

— Oh ! peut-être… Ça dépend.

Elle se tourna pour lui faire face. Il la regarda dissimuler son soulagement sous une expression faussement détachée.

— Pourquoi ? Vous prévoyez de partir ?

Elle espérait qu'il allait s'en aller. Ce n'aurait pas dû… affecter Reece.

— Non. Pas pour de bon, du moins. Mais le parc naturel que j'ai l'intention de visiter est à une certaine distance, donc j'envisage de dormir sur place le soir et de revenir mardi. Ça vous laissera peut-être le temps de vérifier mes antécédents.

— Mais vous… Pardon, ça ne me regarde pas et je n'essaie nullement de vous dissuader de rester – vous avez loué la chambre la plus chère, donc votre séjour ici est évidemment bénéfique à mes finances, observa-t-elle en souriant. Mais vous… devez bien avoir un chez-vous qui vous attend quelque part ?

— J'aime bien être ici. C'est…

Il s'interrompit pour réfléchir afin de s'exprimer comme le photographe naturaliste qu'il était censé être, et non comme un homme qui n'avait jamais eu de chez-soi. Il regarda l'assiette devant lui. Du rôti de bœuf accompagné de purée et de carottes cuisinées. C'était absolument délicieux. Un rêve.

Comment aurait-il pu lui avouer que son plus grand fantasme était de nature bêtement domestique ? Que se sentir chez lui quelque part était ce à quoi il aspirait le plus ?

— C'est inspirant. Je voyage pour mon travail. Quand je trouve un endroit qui me plaît particulièrement, je reste quelque temps. Du moment que j'en tire de bonnes photos, c'est tout ce qui compte.

Elle hocha la tête.

— Mais si jamais un jour vous souhaitez que je vous laisse tranquille, dites-le.

— Pour que vous déposiez un mauvais commentaire en ligne ?

— Je ne ferais pas ça. Je comprends. Vous avez votre vie et vous devez vous occuper de votre fils. Je n'ai jamais…

Il secoua la tête. Ce n'était pas la bonne façon de s'y prendre pour atténuer sa culpabilité à la perspective de devoir fouiller ses affaires. Il devait garder ses distances et faire son travail. Point.

Mais elle l'étudiait attentivement et il y avait quelque chose dans ces yeux bleus qui lui faisait un peu le même effet que cette propriété. Un endroit où se sentir « à la maison ».

Ce qui le convainquit qu'il perdait le sens commun. Son objectivité. Il devenait urgent de remettre les pieds sur terre et d'en revenir aux fondamentaux, à ce qu'il savait faire : accomplir sa mission et aboutir à des résultats.

— Vous n'avez jamais… quoi ? interrogea-t-elle.

— Vous êtes une bonne mère. Vous aimez votre fils et vous le protégez. Je n'ai jamais vraiment connu ça.

Il enfourna une grosse bouchée de rôti de bœuf et de purée, priant le ciel que cela l'incite à cesser de s'épancher.

Les sourcils se rapprochèrent au-dessus des yeux bleus.

— Vos parents n'étaient pas… ?

Il haussa les épaules, comme si c'était sans importance.

— Ils ne se souciaient guère de moi. Ils m'ont suffisamment négligé pour que l'État leur retire ma garde. J'ai été ballotté de foyer en famille d'accueil jusqu'à l'âge de la majorité.

— Oh. Je suis désolée.

Il secoua la tête, mal à l'aise. Mais il avait son attention désormais et elle lui parlait. Peut-être allait-elle enchaîner sur son propre passé. Son mari. C'était pour le bien de sa mission. Du donnant-donnant.

Il n'était pas en train de vendre son âme.

— Mes parents non plus n'avaient pas la capacité de s'occuper de moi mais mes grands-parents ont pris le relais. Je… Ils ont été merveilleux. Mais c'est dur d'avoir des parents qui n'ont pas été à la hauteur. Ça m'a toujours donné envie de faire mieux. Et puis, Todd…

Elle prit une brève inspiration, puis produisit un son qui se voulait être un rire.

— Bien. Il faut que j'aille arracher Henry à son écran. Je l'autorise à jouer pendant une demi-heure avant d'aller au lit.

Elle se dirigea vers la porte et il aurait dû la laisser sortir, retourner à sa vie normale, sachant que, d'ici à lundi, il aurait trouvé la réponse qu'il cherchait et qu'avec un peu de chance, il lui suffirait de quelques jours supplémentaires pour boucler l'affaire.

Mais les mots franchirent malgré tout ses lèvres.

— S'il veut toujours cette histoire, je serai heureux de la lui raconter. À l'endroit où vous le jugerez bon.

4

Lianna s'arrêta. Non seulement Reece s'était souvenu, mais il réitérait gentiment son offre de raconter une histoire à son bébé. Ce dont Henry rêvait, elle le savait.

C'était plus d'attention que son propre père, Todd, ne lui en avait jamais montré. Ce qui ne voulait rien dire, mais cela ne lui en serra pas moins le cœur, lui donnant envie… de se laisser fléchir alors qu'elle devait être forte pour Henry.

Reece adorait peut-être être ici, se sentait peut-être *inspiré*, mais il partirait. Et Henry aurait le cœur brisé une fois qu'il aurait perdu son compagnon… Non ?

Ou est-ce seulement ce que tu te dis parce que tu fais une fixation sur la nécessité de vous protéger, tous les deux ?

Elle regarda Reece. Il continuait à manger comme s'il avait proposé ça par amabilité et que la réponse n'avait pas vraiment d'importance, mais elle devinait autre chose derrière. Surtout maintenant qu'il avait évoqué ses parents, les foyers d'accueil. L'armée.

Il n'avait pas de chez-lui. Pas de famille. Il était seul. N'était-ce pas un sentiment qu'elle connaissait bien ? Cet endroit avait toujours agi comme un baume contre cette solitude et c'était toujours le cas même si ses grands-parents n'y vivaient plus. Pourquoi s'étonner qu'il produise le même effet sur quelqu'un d'autre ? C'était là-dessus qu'elle avait tablé, non ? Que les gens voient ce gîte comme un charmant logis où l'on se sentait comme à la maison, même loin de chez soi.

Peut-être Reece la rendait-il un peu nerveuse, ce qui provoquait une certaine anxiété, mais la seule façon de gérer cette réaction était de l'affronter.

— Je suis certaine que cela lui ferait très plaisir.

Reece hocha la tête.

Lianna quitta la cuisine mais s'arrêta, le seuil à peine franchi. Pourquoi préparer Henry à aller au lit pour le faire revenir dans les pièces communes ? Il était plus logique de permettre à Reece d'aller dans sa chambre. Dix minutes d'histoire…, ça ne pouvait pas faire de mal ?

Non. Tu ne le connais pas. Quand tu auras fait tes recherches sur lui, tu découvriras peut-être que c'est un meurtrier en cavale. Un violeur. Un escroc qui s'insinue dans la vie des gens et…

Elle chassa ces pensées destructrices, pernicieuses. Elle ne laisserait pas son expérience avec Todd anéantir sa confiance en l'être humain. Elle refusait de penser le pire de chaque personne qu'elle rencontrait. Reece avait toujours été gentil avec Henry. C'était simplement un homme seul.

Oui, mais si c'était un tueur en série ?

Non. Tout le monde n'était pas Todd. Echo et le Bluebird, c'était la vraie vie, la vie réelle. Et elle ne voulait pas que son existence ici soit gangrenée par des soupçons absurdes et des craintes exagérées.

— Pourquoi ne pas aller la lui raconter dans sa chambre ? s'entendit-elle dire.

Que risquait-elle ? Elle ne le laisserait pas seul avec Henry. Elle avait une arme, un spray anti-agression, un système de vidéosurveillance. Elle ne céderait pas à la paranoïa. Elle était parée.

Lorsqu'elle se retourna, Reece la contemplait, perplexe, la fourchette suspendue à mi-course entre l'assiette et ses lèvres.

— Vous êtes sûre ? Vous disiez que…

Lianna serra le poing derrière elle, hors de la vue de Reece.

— Mais oui. Juste pour ce soir. Il voulait vous montrer sa chambre. Il va prendre son bain pendant que vous terminez votre repas. Je viendrai vous chercher dans un quart d'heure. Il y a de la glace dans le congélateur.

Là-dessus, elle tourna les talons et… prit littéralement la fuite.

Son cœur battait à coups redoublés quand elle arriva dans ses quartiers privés. Elle avait fait installer une serrure spéciale et une caméra au-dessus de la porte.

Elle avait pris toutes les précautions pour que son fils et elle soient en sécurité.

Et maintenant tu invites un étranger dans ton domaine protégé.

Elle calma son rythme cardiaque en se livrant à quelques exercices de respiration que lui avait appris le Dr Winston. Tout irait bien. Si elle ne parvenait pas à tenir cette auberge en s'autorisant à nouer un lien avec un hôte de temps à autre, alors autant retourner à Denver.

Elle entra dans la chambre de Henry et le trouva allongé, la tête au pied du lit, en train de jouer sur sa console.

— Je joue encore mieux quand je suis à l'envers, maman !

— Hum-mm. La demi-heure est finie.

— S'il te plaît. Laisse-moi terminer mon niveau.

— Henry, on en a déjà parlé. Tu connais la règle…

— Je ne peux pas sauvegarder ma partie tant que je n'ai pas fini le niveau ! s'écria-t-il comme chaque soir, enfonçant furieusement les touches tandis qu'elle entamait son traditionnel compte à rebours.

— Écoute, si tu veux que Reece vienne te raconter son histoire dans ta chambre, mieux vaudrait que le jeu soit fini dans cinq, quatre, trois…

Henry posa aussitôt l'appareil et se redressa à genoux sur le lit.

— C'est vrai ? Tu le laisses venir voir ma carte ?

Lianna hocha la tête, ignorant l'anxiété qui lui étreignait la poitrine.

Henry se mit à danser sur son matelas. Lianna laissa échapper un long soupir. Elle avait eu raison. Ce n'était pas grand-chose et, pourtant, cela le rendait si heureux…

Une fois que ce cap aurait été franchi, que Reece serait venu ici raconter son histoire à Henry, elle serait tranquillisée et ils pourraient vivre ici pour toujours.

Et plus jamais elle ne permettrait que ceci se reproduise.

Elle fit couler l'eau du bain de Henry puis le laissa barboter tout en pliant du linge, juste de l'autre côté de la porte de la salle de bains afin d'entendre si les bruits d'éclaboussement prenaient trop d'ampleur ou s'il se passait quelque chose d'anormal.

Il bavarda tout du long, parlant de Reece, de sa carte murale, de l'armée, disant combien Joey serait jaloux quand il saurait que Henry avait entendu de vraies histoires de guerre.

Lianna grinça des dents à cette dernière remarque mais, une fois Henry installé en pyjama dans son lit, elle annonça qu'elle allait chercher Reece.

Ce n'était rien qu'un petit geste de générosité. Envers Henry. Envers un homme qui se sentait seul.

Seigneur, elle avait… peur. Mais le Dr Winston lui avait dit qu'elle tomberait dans cette spirale. Il l'avait mise en garde, prévenue qu'elle voulait assumer trop de responsabilités seule… trop tôt. Qu'elle n'était pas prête.

Crispée, les poings serrés, elle retourna à la cuisine. Il avait eu tort. Elle le sentait au plus profond de son être. Oui, elle avait été durement atteinte par tous les mensonges de Todd, par sa mort, mais elle était déterminée à relever le défi. Pour Henry en premier lieu, mais aussi pour elle.

Elle entra résolument dans la cuisine, où elle trouva Reece debout devant l'évier, essuyant la vaisselle qu'il avait utilisée.

C'était gentil, mais c'était à elle de le faire. Il était client, elle, propriétaire de la maison d'hôtes. Les rôles tendaient à se confondre un peu trop.

Mais, ce week-end, d'autres hôtes seraient là et les choses rentreraient d'elles-mêmes dans l'ordre.

En attendant, elle allait se prouver qu'elle pouvait avoir une petite attention vis-à-vis d'un étranger sans que cela ait de conséquences. Elle se força à sourire.

— Henry est prêt. Il est tellement surexcité que je me demande s'il arrivera à s'endormir ensuite.

Il plaça la vaisselle propre et sèche sur le torchon, sur le plan de travail.

— Les histoires militaires ne sont pas passionnantes à ce point, répondit-il.

Il se tourna vers elle, un rare sourire soulevant les commissures de ses lèvres. Il souriait souvent à Henry mais il y avait globalement chez lui un fond de sérieux. De gravité.

Il montra la vaisselle qu'il venait de laver dans l'évier.

— Je ne savais pas où…

— Laissez, coupa-t-elle en agitant la main. Je vais m'en occuper. Vous êtes un hôte ici.

Elle lui fit traverser le hall d'entrée, tourner à gauche pour rejoindre son aile personnelle, séparée du reste de la maison par une porte. Elle tira une clé de sa poche, regardant à la dérobée Reece jeter un coup d'œil à la caméra, à la serrure. Il ne fit aucun commentaire concernant ces précautions, se bornant à attendre patiemment.

Elle s'effaça pour le laisser pénétrer dans son domaine privé, priant le ciel qu'elle ne soit pas en train de commettre la plus grosse erreur de sa vie.

Sans perdre de temps, Lianna le guida jusqu'à une porte, au fond d'un étroit couloir.

Il s'avança et découvrit une chambre typique de petit garçon. Des figurines d'action et des affiches de jeux vidéo, des mascottes sportives, et une légère odeur de sueur qui persistait malgré la senteur citronnée qui imprégnait l'ensemble de l'auberge. Un petit émetteur était posé sur le rebord de la fenêtre – Lianna clipsait le récepteur à sa ceinture pour vaquer à ses tâches, tôt le matin et le soir, tout en s'assurant que Henry dorme en sécurité. La caméra surplombant la porte d'entrée avait la même fonction : protéger son fils.

Mais, ainsi qu'il l'avait signalé à Shay, ce n'était pas un

matériel de qualité professionnelle ; c'était le genre d'appareil destiné à se prémunir contre d'éventuels abus de la part de clients indélicats, pas à faire de l'espionnage.

Reece leva les yeux vers le plafond et, en moins de cinq secondes, il le repéra. Le mouchard était placé au même endroit que dans les chambres d'hôtes, la sienne y compris. Un minuscule autocollant apposé sur le côté du détecteur de fumée ou de monoxyde de carbone.

Il la tenait, sa preuve. Celui-là n'avait pas été posé par Lianna, c'était certain. Elle ne savait pas que l'auberge était sous surveillance, que quelqu'un épiait tout ce qui s'y disait.

Il reporta son regard sur Henry qui sautait sur son lit, vêtu d'un pyjama à l'effigie de héros de jeux vidéo, ses cheveux blonds en bataille.

Quelque chose remua dans sa poitrine.

— Prêt pour cette histoire ? demanda-t-il, la voix comme rouillée tandis qu'il s'installait sur la petite chaise de bureau.

Lianna s'assit au pied du lit, apparemment calme, mais il sentait la tension qui se dissimulait sous la surface.

La présence de Reece dans cette pièce la rendait nerveuse. Il allait donc raconter rapidement son histoire, la rendre juste assez intéressante pour divertir Henry et puis…

Comment allait-il prévenir Lianna qu'elle était espionnée, qu'elle était toujours en danger ? Qu'il lui avait menti sur son identité. Parce qu'il allait devoir le faire – avec ou sans l'aval de Shay.

Il pointa le doigt sur l'Afghanistan sur le planisphère.

— J'ai été basé là-bas pendant un certain temps. Nous devions essayer de…

Il hésita. Il s'était dit qu'il relaterait un événement qui s'était produit sans imaginer que la tâche serait si difficile une fois confronté à ces yeux bleus remplis d'excitation.

— De protéger les gens ? suggéra Lianna. C'est le rôle des militaires, non ?

— Voilà. C'est ça, de protéger les gens.

Si seulement cela avait été aussi simple ! Noir et blanc,

sans nuances. Il se plaisait à penser que son travail à North Star était plus clair en termes de bien et de mal, mais les « méchants », quels qu'ils soient, quelle que soit la situation, s'estimaient toujours légitimes.

— Est-ce que tu as conduit un tank ? s'enquit Henry.

— Non. Je faisais plutôt des patrouilles à pied. Pour parler avec la population, voir ce qui se passait, empêcher qu'on leur fasse du mal.

— Tu as tiré sur des gens ? questionna Henry sans détour, cessant de se tortiller sur son lit.

De surexcité, il était devenu purement captivé. Pas seulement par ce qui était arrivé aux méchants ; ce qu'il voulait savoir, c'était ce que Reece lui-même avait fait.

— Parfois, nous ripostions quand on nous tirait dessus.

Il avait ôté la vie, c'était un fait. Mais comment expliquer cela à un enfant de sept ans ?

Heureusement, Henry continuait à le soumettre à un feu roulant de questions.

— Est-ce que tu avais peur ?

— Oui.

— Qu'est-ce que tu faisais quand tu avais peur ?

— Je me rappelais ce que j'avais appris pendant ma formation. Et je savais que mon équipe était là. Mes camarades soldats. Je savais que je pouvais compter sur eux pour me couvrir, comme eux pouvaient compter sur moi. On était tous ensemble dans le même bateau.

— Comme une famille, dit doucement Henry.

Reece ne put répondre tout de suite tant sa gorge était nouée, tant la douleur était vive.

Il n'avait pas de famille mais l'armée, puis North Star, lui en avaient tenu lieu d'une certaine façon.

— Oui, je suppose.

Finalement, il ne raconta pas réellement d'histoire mais répondit simplement aux questions du petit garçon. Lorsque ses yeux commencèrent à papilloter, Lianna décréta qu'il était temps de dormir.

— Bonne nuit, Henry, dit-il en se levant.

— ’nuit, Reece. Merci pour l’histoire, murmura le garçonnet en bâillant. T’es le meilleur.

Reece ne trouva rien à répondre à cela, d’autant que Lianna, le visage fermé, ne semblait pas très contente. Elle remonta les couvertures de Henry puis se pencha pour lui chuchoter quelque chose à l’oreille.

Il aurait dû s’en aller, monter dans sa chambre, plier bagage et sortir de leurs vies. Laisser Shay et le groupe se charger du reste.

Mais il resta là, à regarder Lianna lisser les cheveux de Henry, l’embrasser tendrement, lui murmurer « je t’aime ».

« On est tous ensemble dans le même bateau. »

« Comme une famille. »

Lianna croisa son regard et il lut quelque chose qui ressemblait à de la sympathie dans ses yeux.

Il tourna brusquement les talons et sortit. Il observa la porte qu’il venait de franchir, la dernière du couloir, puis celle qui était située juste avant. La chambre de Lianna, sans aucun doute, le bouclier protégeant Henry contre le monde extérieur.

Jamais personne ne l’avait protégé contre quoi que ce soit dans sa vie. Il avait appris à surmonter ce handicap – du moins lui semblait-il – grâce à l’armée, puis à North Star. Il avait appris à ne compter que sur lui-même, ce qui était une bonne chose.

Lianna le rejoignit dans le couloir. Refermant doucement la porte derrière elle, elle lui jeta un regard énigmatique.

— Merci, c’était très gentil à vous, dit-elle tout bas de sa voix professionnelle – courtoise mais ferme. Mais je crois que ce serait mieux de ne pas remettre ça.

Il hocha la tête avec raideur. Non. Il ne réitérerait pas l’expérience. Il ne se laisserait pas une nouvelle fois engloutir sous un raz-de-marée de douloureux souvenirs. C’était du passé.

Il n’appartenait à personne, personne ne dépendait de lui, c’était ainsi, c’était sa vie… Point.

Il s’obligea à bouger, à avancer dans le couloir, non sans

jeter un dernier coup d'œil à la porte de la chambre de Lianna. Il aurait pu la pousser et lui montrer le micro, au plafond. Mais le mouchard l'entendrait.

Et ce n'est pas ce que tu veux.

Elle le suivit jusqu'à la porte de séparation avec les parties communes.

Comment la prévenir du danger ? Car le fait que quelqu'un ait mis l'auberge sur écoute signifiait qu'elle était en danger.

À moins qu'elle ne coure aucun risque parce qu'elle ne savait strictement rien. Peut-être l'avait-on écoutée pendant des mois sans que cela ait eu la moindre conséquence.

Quoi qu'il en soit, il était impossible de lui parler ici. Il devrait le faire à l'extérieur. Rédiger un mot serait trop long, trop compliqué. Peut-être quand elle jardinait ou qu'elle accompagnait Henry à l'arrêt de bus. Il lui dirait tout et…

Et quoi ?

Elle attendait qu'il franchisse le seuil pour tirer la porte derrière lui. Lui interdire l'accès à son espace privé. Le mettre dehors. Là où était sa place.

Il aurait dû sortir, il le savait, mais, au lieu de s'éloigner, il se tourna vers elle, les mots se bousculant sur ses lèvres.

— Je sais que je n'ai aucun droit de m'attacher, ni de me préoccuper de vous. Car je ne suis personne. Mais c'est pourtant le cas. Donc, à partir de maintenant, je veillerai à garder mes distances.

Il allait faire sa valise et s'en aller. Shay dépêcherait Sabrina pour prendre la relève. Il avait déblayé le terrain : il avait trouvé les micros et apporté la preuve que Lianna ne se savait pas surveillée.

Sabrina se chargerait du reste. Cette mission était trop… Elle était hors de son champ de compétences. On pouvait le catapulter au cœur du danger, l'envoyer au fin fond de la jungle… N'importe où. Mais une veuve et son adorable fils ? Non, ce n'était pas pour lui.

C'était trop lui demander. Il en était tout bonnement incapable.

5

Lianna vaqua à ses tâches quotidiennes avec l'impression qu'il aurait suffi d'un rien pour qu'elle se brise en mille morceaux, telle une fragile pièce de verre filé.

Elle entendait le souffle régulier de Henry dans le récepteur. Serait-il un jour assez grand pour qu'elle n'ait plus besoin de l'entendre respirer afin d'être sûre qu'il allait bien ?

Elle devait en être certaine. Et si c'était de la paranoïa, eh bien, tant pis. Elle avait laissé un étranger entrer chez elle. Un étranger.

Elle s'adossa contre la porte de séparation qu'elle avait soigneusement verrouillée, fermant les paupières pour chasser l'envie de pleurer qui lui brûlait les yeux comme un million de petites aiguilles. Elle revit Reece, assis là, répondant aux questions de Henry avec une patience, une attention et… une prévenance que son propre père ne lui avait jamais montrées.

Avec sa stature massive, il avait semblé tellement décalé, coincé sur cette chaise d'enfant trop petite pour lui. Mais cet air perdu, dévasté qu'il avait eu lorsque Henry avait dit « comme une famille »… Lianna avait eu envie de lui tendre la main, de faire quelque chose pour lui. N'importe quoi pour chasser cette expression hantée de son regard.

Et, donc, tu lui as dit que l'expérience ne se renouvellerait pas.

Mais il le fallait.

Reece, sa solitude, ses parents maltraitants, ce n'était pas son affaire. Qui sait, peut-être tout cela n'était-il que pure invention ? Peut-être s'appliquait-il à gagner sa sympathie pour se livrer à je ne sais quelle mauvaise action.

Oui, elle avait eu raison de douter. Ce n'était ni de l'anxiété mal placée, ni de la paranoïa. Simplement du bon sens.

Comme chaque soir, elle fit le tour de la maison pour s'assurer que tout était en place, terminant par la cuisine, où elle tomba en arrêt devant la vaisselle propre que Reece avait lavée à la main.

Elle n'aimait pas ce conflit qui se livrait en elle, cette incapacité à s'en tenir à ce qu'elle avait décidé. Cela lui rappelait trop son comportement avec Todd. Savoir ce qu'elle devait faire mais reculer devant l'obstacle par peur.

Lianna entra résolument dans la cuisine, rangea la vaisselle de Reece et vida le lave-vaisselle. Elle allait vérifier que toutes les issues étaient bien verrouillées puis aller se coucher afin de se lever fraîche et dispose.

Il y aurait d'autres hôtes ce week-end ; cela l'aiderait peut-être à y voir plus clair dans les sentiments contradictoires que lui inspirait Reece.

Elle s'arrêta devant la porte arrière, constata qu'elle était fermée mais, au lieu de se diriger vers l'entrée principale, elle tira le verrou. Elle sortit sur le petit porche arrière et prit une profonde inspiration.

Les rainettes crucifères coassaient au loin et les jardins bruissaient de vie nocturne. L'été essayait de se faire sa place mais il n'était pas encore arrivé, si haut dans le Nord. La lune et les étoiles brillaient dans le ciel et tout était…

Elle s'était sentie si bien avant que Reece Conrad débarque à l'auberge et réenclenche la spirale infernale.

Ce n'était pas sa faute. Qu'il soit bon ou mauvais, elle était la seule à pouvoir contrôler sa vie. Blâmer sempiternellement Todd pour ses tendances paranoïaques à elle ne menait à rien. Todd était mort et enterré. Mais elle, elle était en vie et elle avait Henry.

Ça avait été une année difficile, pleine de changements, mais son fils était en pleine forme. Épanoui.

Et toi ?

Elle était loin d'en être là, mais cela viendrait. Il fallait juste surmonter tous ces sentiments paradoxaux. Ne pas en avoir peur. Ne pas se voiler la face.

Et, tout d'un coup, là, seule dans le noir, elle laissa les larmes venir. Des larmes qui, rapidement, se muèrent en sanglots. Elle n'avait jamais pleuré, avec Todd. Elle avait banni toute émotion, avait tout refoulé au plus profond d'elle-même pour tenir bon. Coûte que coûte, jour après jour.

— Lianna.

Elle fit volte-face en entendant la voix de Reece, le cœur cognant dans sa poitrine. Ce n'était pas juste la peur. C'était… autre chose. Quelque chose qu'elle ne s'était pas autorisée à ressentir depuis bien longtemps.

— Qu'y a-t-il ? Qu'est-ce qui ne va pas ?

Il faisait sombre mais, dans le clair de lune, il lui sembla qu'il balayait les bois du regard. Ce fut alors qu'elle se rendit compte qu'il n'était pas sorti par la porte de derrière. Il se tenait au pied des marches. Pourquoi avait-il fait le tour ? Pourquoi… était-il là ?

Immédiatement, elle s'essuya les joues.

— Je croyais que vous étiez allé vous coucher.

— Qu'est-ce qui ne va pas ? répéta-t-il.

— Rien, répondit-elle d'une voix un peu trop haut perchée, comme une gamine prise en faute. J'avais juste besoin d'un moment seule pour… déstresser. La lune est magnifique ce soir. Excusez-moi, il faut que je…

Mais il gravit les marches et se plaça entre elle et la porte, lui coupant toute possibilité de retraite vers l'intérieur.

Un sentiment d'alarme fusa en elle et elle réfléchit à toute vitesse à la façon dont elle pourrait se défendre face à un homme tellement plus grand et costaud qu'elle… et qui, de plus, portait un sac. *Un sac ?*

— Qu'est-ce que vous faites ? Vous partez ?

Il s'éclaircit la gorge. Il lui bloquait toujours le passage mais maintenait une prudente distance.

— Je…, commença-t-il avant de pousser un soupir. Je me suis dit que ce serait peut-être mieux comme ça.

— Mais… Pourquoi ?

Et pourquoi lui demandes-tu pourquoi ? Qu'il s'en aille, si cela lui chantait. Qu'il disparaisse de sa vie. Elle pourrait alors retrouver la paix.

Mais où irait-il, seul comme il était ? Son cœur se serra à l'idée qu'il parte sans avoir nulle part où aller, personne qui l'attendait.

Peut-être, mais ce n'est pas de ton ressort.

— J'ai pensé que vous vous sentiriez plus à l'aise si je partais.

C'était le cas, indubitablement. Ce serait bien. Et pourtant… Curieusement, son départ ne la tranquillisait pas du tout.

— À l'aise, je ne sais pas, mais moins riche, ça, c'est sûr.

— Je vous paierai la semaine entière.

Voilà qu'il la faisait culpabiliser, maintenant. Alors qu'elle avait parfaitement raison de ne pas vouloir qu'un étranger tisse un lien avec son fils de sept ans. Ni que son cœur frémisse chaque fois qu'elle le voyait et lui rappelle tout ce en quoi elle ne pouvait plus avoir confiance.

Il n'empêche… Elle éprouvait un sentiment d'abandon à l'idée qu'il parte. Elle ne pouvait tout bonnement pas le laisser disparaître ainsi dans la nuit.

— Je crois que vous m'avez mal comprise. Ce n'est pas que je ne veux pas… Je dois être prudente. Je suis une femme seule qui vit dans une maison d'hôtes isolée. Il est normal que je prenne des précautions. Mais si j'ai pu vous paraître contrariée, c'est à cause de Henry. Il n'a jamais connu avec son père de moments comme celui qu'il a passé avec vous. Un homme à qui parler, qui réponde à ses questions.

— Il vous a, vous.

— Oui. J'essaie de compenser l'absence de son père mais… quand on est mère, on souhaite le meilleur pour son enfant. Et je ne lui ai pas donné un père digne de ce nom.

— Ce n'est pas votre faute si votre mari a été tué.

— Todd n'était pas un bon père, de toute façon, avoua

Lianna, le cœur lourd. J'aurais dû me douter, j'aurais dû m'en aller. J'aurais dû faire des tas de choses que je n'ai pas faites. Et ce n'est pas moi qui en supporte les conséquences, c'est Henry. Je m'étais promis que ça n'arriverait pas, qu'il ne paierait pas pour les erreurs que j'ai commises, avec Todd. Mais j'ai échoué et, maintenant, je ne peux qu'espérer qu'il n'apprenne jamais qui était réellement son père.

— Qui était-il ?

— Un homme pas du tout recommandable, confessa-t-elle avant de secouer la tête.

Ce n'était pas le problème de Reece.

— Écoutez, je me sentirais affreusement mal si vous vous esquiviez comme ça, à cause de moi. Je ne peux pas vous promettre de laisser mes portes ouvertes à tous les vents ni de ne plus nourrir le moindre soupçon, mais, si j'estime préférable que vous partiez, je vous le dirai.

Quelque chose passa sur le visage de Reece. De la peine ou de la culpabilité, à moins que ce ne soit juste son imagination. Il n'acquiesça pas, ne désapprouva pas non plus. Il se borna à la regarder avec une tristesse incommensurable dans les yeux.

— Lianna, savez-vous à quoi ressemble un mouchard ?

La confusion qu'il lut dans son expression suffit à le renseigner.

Debout sur son porche arrière, dans le silence paisible de cette nuit printanière, Reece plongea son regard dans le sien, conscient qu'il allait anéantir tous ses espoirs. Il s'en voulait de jouer les Cassandres mais il n'avait pas le choix.

— Un mouchard, c'est un petit dispositif d'écoute. Sauriez-vous le reconnaître si vous en voyiez un ?

Elle se raidit instantanément. La perplexité disparut, laissant place à la peur. Ses yeux, soudain agrandis, se braquèrent vers la porte comme si le fait qu'il ait mentionné des micros allait subitement les faire se matérialiser à sa vue. Et, parce que c'était lui qui les avait mentionnés, sa peur était dirigée contre lui.

Bien. Il était temps qu'elle comprenne à qui elle avait affaire, de toute façon. Plus de culpabilité mal placée. Juste la froide et dure réalité.

Elle s'écarta imperceptiblement de lui puis parut se rappeler que son fils était à l'intérieur. Les poings serrés, elle le contempla comme si elle était prête à se jeter sur lui, toutes griffes dehors.

Il aurait sans peine eu le dessus. Mais il ne voulait évidemment pas en arriver là.

Lentement, il fit un pas de côté, la laissant libre de se ruer à l'intérieur si tel était son choix, mais, ce faisant, il reprit la parole :

— Il y a un micro sur le détecteur de fumée dans chacune des chambres d'hôtes, ainsi que dans celle de Henry. Je n'ai pas vérifié la vôtre mais je suppose qu'elle ne fait pas exception. J'ai d'abord vu celui qui se trouvait dans ma chambre. Alors, j'ai fait le tour des pièces de l'auberge. Quelqu'un veut vérifier ce que vous savez, Lianna.

— Et qui me dit que ce n'est pas vous qui les avez posés ?

— Personne. Mais je n'ai pas mis les pieds dans votre chambre, votre caméra vous le confirmera.

Elle se rapprochait insensiblement de la porte.

— Qu'est-ce que c'est que cette histoire ? Qui êtes-vous ?

Il exhala un long soupir. Comment répondre à ça ? Le plus habile aurait été de mentir. Si la lutte acharnée qu'il menait depuis si longtemps lui avait appris une chose, c'était que la sincérité n'était pas toujours de mise.

— Vous savez quoi ? Ne prenez pas la peine de répondre étant donné que, de toute évidence, ce sera pour proférer un mensonge. Allez-vous-en. Et ne revenez plus jamais. Si c'est à propos de Todd, je ne sais rien. Je n'ai jamais rien su. Je veux juste que vous me laissiez tranquille, tous autant que vous êtes.

— Comment ça, tous ? Que voulez-vous dire ?

— Tous ceux qui m'ont harcelée à San Francisco, puis à Denver. Le peu que je savais, je l'ai dit au FBI, à la police, à tout le monde. S'ils ont cru que j'allais changer d'avis parce que… parce que…

Le FBI. Ça, North Star pourrait le vérifier. Reece ne pensait pas que ce soit le Bureau qui ait fait appel à North Star, mais Todd Kade pouvait avoir eu une connexion avec le FBI, un dossier à son nom chez eux.

— Vous étiez sur le point de partir… Je ne vous retiens pas, dit-elle, maintenant plantée dans l'embrasure de la porte.

Il voyait ses phalanges blanchir à vue d'œil sur la poignée tant elle la serrait fort. S'il tentait quoi que ce soit, elle lui claquerait la porte au nez. Se battrait comme une lionne.

Il avait tout gâché. Et il ne pouvait s'en prendre qu'à lui-même. S'il avait su tenir sa langue au lieu de céder à un attendrissement de mauvais aloi… Mais c'était trop tard. Le mal était fait.

Oui, il allait partir. Rentrer à North Star, rendre son rapport et laisser Sabrina prendre la suite. Sans lui.

Et quoi ? Prouver à Lianna qu'elle ne pouvait effectivement avoir confiance en personne, même maintenant que son mari était mort ?

Et puis, au-delà de Lianna, il y avait Shay. Elle ne le garderait pas s'il s'avouait vaincu lors d'une mission aussi simple. Or, North Star était tout pour lui.

— Nous ne voulions que vous aider, plaida-t-il.

— Nous ? Qui ça, nous ?

Avant qu'il ait eu le temps d'expliquer… qu'il ne pouvait pas le lui dire, elle leva une main.

— Non. Assez de mensonges. Je ne veux plus rien entendre.

Là-dessus, elle recula d'un pas et claqua la porte. Il entendit la serrure cliqueter. Nul doute qu'elle avait dû dans la foulée activer l'alarme.

Reece demeura immobile dans le noir. Elle allait guetter son départ, puis rester sur le qui-vive et veiller sur Henry. Elle ne dormirait pas cette nuit.

Il poussa un soupir. Elle se lamentait de n'avoir pas offert à son fils un père qui l'aime mais Lianna ne semblait pas se rendre compte qu'avoir une mère comme elle aurait donné toutes ses chances à n'importe quel enfant.

Sauf si le poseur de micros venait leur chercher des noises.

Reece ne pouvait pas partir en la laissant à la merci des vautours. Il était responsable de ce gâchis, il ne lui restait plus qu'à réparer les dégâts. Il n'y avait pas de Sabrina qui tienne. Il n'avait pas pu mentir à Lianna et Henry plus longtemps, d'accord. En cela, il avait échoué, OK. Mais ça ne signifiait pas que la mission tout entière avait capoté.

Une idée germa dans sa tête. Il se dirigea vers sa voiture, son téléphone à la main, non sans jeter un coup d'œil derrière lui. Il aperçut une ombre à la fenêtre sous les combles. Lianna était montée s'assurer qu'il n'avait rien laissé de menaçant derrière lui. Elle trouverait le mot qu'il lui avait écrit ainsi que celui destiné à Henry. Elle voulait aussi vérifier qu'il était bien parti. Ce qui n'était plus son intention puisqu'il s'était ravisé, mais elle n'avait pas besoin de le savoir.

— Allô ! marmonna une voix féminine ensommeillée. Reece, tu sais quelle heure il est ?

Elsie Rogers était une recrue de North Star nouvellement arrivée, mais elle n'avait pas sa pareille en matière d'informatique. Atout supplémentaire dans le cas présent, elle ne faisait pas de terrain, ce qui signifiait que Reece pouvait recourir à des demi-vérités pour l'empêcher de tout répéter à Shay.

— Désolé, mais ça ne pouvait pas attendre, répondit-il rapidement. J'ai besoin que tu pirates l'ordinateur et le système de sécurité ici. Tu en as pour un moment, j'imagine ?

— Cette auberge où tu séjournes ? Penses-tu ! Ils ne passent même pas par un serveur. J'aurai craqué ça en moins de deux.

— Tu es géniale. Je te rappelle dans quinze minutes.

6

Ainsi, Reece Conrad était un menteur, lui aussi. Un de plus. Pourquoi était-elle surprise ? C'était un étranger. Si l'homme dont elle avait partagé la vie six années durant avait pu la berner jour après jour, année après année, pourquoi un parfait inconnu se faisant passer pour un hôte ne le pourrait-il pas ?

Elle fronça les sourcils. D'après le shérif Reynolds, Reece était OK, son histoire tenait la route. Mais il ne lui avait sans doute pas donné son vrai nom. Était-il aussi fourbe et dissimulateur que Todd ? Jonglait-il à son gré avec différentes identités ? Ou avait-il emprunté celle de quelqu'un d'autre ?

Peu importait. Dans un cas comme dans l'autre, il lui avait menti.

Elle regarda les enveloppes qu'il avait laissées sur le bureau dans sa chambre. Elle ne les lirait pas. Et elle ne donnerait certainement pas à Henry celle qui lui était adressée. Ils ne se connaissaient que depuis quelques jours. Cela ne méritait pas… des lettres.

Lorsqu'elle l'eut vu partir au volant de sa voiture, elle quitta la chambre sous les combles, les bras chargés des draps à laver, les lettres à la main. Malgré la respiration régulière qu'elle entendait sur le récepteur fixé à sa ceinture, elle se dirigea vers la chambre de son fils. Depuis le pas de la porte, elle regarda la forme endormie sur le lit dans la pièce plongée dans la pénombre. Il dormait paisiblement.

Pour un « méchant », Reece n'était pas très malin. Il aurait pu se servir de Henry pour obtenir des informations. Donc, soit il était stupide, soit…

C'est un méchant. Tu ne vas quand même pas persister dans ton erreur ? Te faire rouler une nouvelle fois par un homme ?

Se détournant, elle se força à aller dans sa chambre. La porte était verrouillée, le système d'alarme activé. Et, apparemment, elle pouvait se fier à son instinct puisqu'il l'avait mise en garde contre Reece.

Enfin… Pas exactement. En fait, il lui avait plutôt soufflé le contraire. C'était son *cerveau* qui l'avait alertée. Donc, à partir de maintenant, elle se fierait à sa réflexion et à sa paranoïa, puisque, de toute évidence, elles avaient eu raison.

À ceci près que Reece était parti de son plein gré. Tu parles d'un méchant.

Donc, il n'était peut-être pas si dangereux que ça. Contrairement à Todd, il avait peut-être un semblant de conscience. Il n'en restait pas moins qu'il lui avait menti et qu'il savait que l'auberge était truffée de micros.

Lianna entra et alluma la lumière. Son regard se porta droit sur le détecteur de fumée fixé au plafond. C'était le même dispositif inoffensif que dans les autres pièces. Le petit voyant vert était allumé, indiquant que les piles étaient chargées. Néanmoins, elle se dirigea vers le bureau, où elle laissa tomber les deux enveloppes, et prit la chaise, qu'elle plaça au-dessous du détecteur. Elle grimpa dessus et inspecta l'appareil. Peut-être avait-il menti aussi au sujet des micros ? Elle ne remarquait rien d'anormal… À part, peut-être, ce petit bout de plastique sur le côté ?

Levant le bras, elle le toucha puis décolla un coin. Il semblait bel et bien y avoir quelque chose. Elle tira un peu plus et le morceau d'adhésif se détacha, révélant un petit cercle qui ressemblait presque à une pièce de monnaie dont la surface aurait été percée de trous.

Comment un objet aussi petit, d'apparence aussi anodine, pouvait-il être un dispositif d'écoute ? Il fallait pourtant se rendre à l'évidence : si minuscule qu'il soit, ce morceau de plastique n'avait rien à faire là. Que ce soit ou non un micro, quelqu'un s'était introduit chez elle pour placer ça sur son détecteur.

Reece lui-même ? Mais elle visionnait toujours les vidéos de surveillance lorsqu'elle recevait des hôtes, histoire de s'assurer que tout allait bien. Et elle n'avait jamais vu Reece dessus.

Mais il devait savoir pirater les ordinateurs, les systèmes de vidéosurveillance…

Elle replia les doigts autour du petit appareil. En tout cas, il avait dit vrai au moins sur ce point-là. Ce qui pouvait être une ruse, soit, mais Todd lui avait-il jamais dit un fragment de vérité, fût-ce pour se jouer d'elle ?

Peut-être devrait-elle tenir compte de ses mises en garde et appeler le shérif Reynolds dès demain pour qu'il jette un coup d'œil à ces micros…

Elle arrêta son regard sur celui qu'elle tenait au creux de la main et eut envie de lancer quelque réflexion venimeuse. Du genre « Allez vous faire voir et fichez-moi la paix ! ». Ça aurait été satisfaisant.

Mais complètement idiot.

Elle descendit de son perchoir et alla poser le micro sur le bureau. L'écoutait-on en temps réel ? Ou bien se contentait-on de l'enregistrer ?

Personne ne pouvait être au courant de ce qu'elle savait concernant Todd. Ni Henry, ni le FBI, pas plus que ses parents ou ses grands-parents ni personne d'autre. Personne ne savait ce qu'elle avait vu dans ce fichier.

Elle songea à cet agent qui l'avait conduite dans les locaux du FBI à San Francisco. Elle était si nerveuse. Il lui avait présenté ses condoléances et elle n'avait su que répondre… pour la bonne raison que la mort de Todd avait été pour elle un soulagement, ce qui l'avait fait terriblement culpabiliser sur le moment. Quelle femme pouvait se réjouir de la mort de son conjoint et père de son fils ? Pourtant, ça avait été son cas.

Puis les choses étaient devenues si compliquées qu'elle n'avait même plus éprouvé ce remords-là. Le défilé d'agents du FBI et d'autres hommes en costume noir se prétendant les associés de Todd avait commencé. Elle avait déménagé à Denver, mais ils l'y avaient tous suivie. Avec leur flot ininterrompu de questions.

Ils ne l'avaient jamais menacée. Ils l'avaient traitée un peu comme Todd : comme un fardeau inutile et encombrant.

Et, en toute honnêteté, le harcèlement semblant ne jamais devoir prendre fin, elle en avait joué. Elle avait forcé le trait pour les convaincre de sa stupidité et de son ignorance. Cela avait marché au-delà de ses espérances puisqu'elle avait réussi à voir le vrai nom de Todd dans ce dossier ainsi que ceux de deux membres du groupe avec lequel le FBI pensait que Todd avait travaillé.

Après ça, elle avait veillé à ne jamais prononcer le véritable nom de Todd, poussant même la prudence jusqu'à s'abstenir de rechercher ceux des membres de son groupe sur Google. Elle avait pris Henry sous son bras et était partie pour Echo en se persuadant que la sécurité de son fils serait assurée si elle faisait résolument l'impasse sur ce qu'elle avait découvert.

Lianna se laissa tomber sur son lit. Qui la surveillait ? Le FBI ? Une autre agence ? Le groupe dont Todd avait fait partie ?

Elle poussa un soupir et reconnut qu'à l'inverse de tous ceux qui l'avaient précédé, Reece ne lui avait jamais rien demandé.

Oh ! elle avait bien fourni de son propre chef quelques informations mais rien que les gens ne puissent découvrir par eux-mêmes.

Surtout des gens capables d'identifier au premier coup d'œil un mouchard aussi discret.

Peut-être avait-elle été un peu vite en besogne. Peut-être Reece aurait-il été en mesure de l'aider.

Elle secoua la tête. Non. Personne ne pouvait l'aider. Comme toujours, elle devrait se débrouiller seule.

Elle y arriverait. Elle ferait tout ce qu'il faudrait pour assurer leur sécurité, à elle et à Henry. Elle allait détruire ces lettres, oublier jusqu'à l'existence de Reece Conrad et… et…

Elle trouverait bien. Il le fallait.

Reece avait été conditionné dès son plus jeune âge à survivre en dormant peu. Ses parents ne respectaient aucun horaire et ne lui avaient jamais permis de profiter d'une nuit entière de sommeil, pour autant qu'il se souvienne. Dans les foyers non plus, il ne s'était jamais senti assez à l'aise pour dormir sur ses deux oreilles. Mais il avait su mettre ces habitudes à profit par la suite, tant dans l'armée qu'à North Star.

Aujourd'hui aussi, cela lui était utile. Ces trois dernières nuits, il avait campé dans les bois, à trois kilomètres du Bluebird. Il montait la garde de loin, harcelait Elsie par téléphone pour savoir ce qu'elle découvrait dans l'ordinateur de Lianna. Il n'avait bien sûr informé personne – Shay moins que tout autre – qu'il avait eu un sursaut de conscience et qu'en fait il ne logeait plus au Bluebird.

Il s'accordait de brefs temps de sommeil pour garder l'esprit alerte et préserver ses réflexes mais, en gros, c'était un peu comme s'il se retrouvait en patrouille, en Afghanistan. Sur le qui-vive permanent. À l'affût, mais sans trop savoir de quoi.

Il composa le numéro d'Elsie, conscient qu'elle allait l'accueillir comme un chien dans un jeu de quilles étant donné l'heure matinale. Mais c'était plus fort que lui.

— Je t'ai dit que je t'appellerais si je trouvais quelque chose, maugréa-t-elle d'emblée, d'un ton rogue.

— Bonjour à toi aussi, répondit-il plaisamment. Désolé, je sais que c'est un peu tôt… Je venais juste aux nouvelles.

— Ceux qui ont posé ces micros ne l'ont pas fait hier et, à mon avis, ils sont assez calés en informatique pour avoir contourné les médiocres mesures de sécurité mises en place.

Elle marqua une pause et bâilla ostensiblement.

— Je ne pense pas qu'on les coincera sur une vidéo. Je les ai visionnées jusqu'à en avoir mal aux yeux et on ne voit personne d'autre que la femme et le petit garçon entrer dans l'une ou l'autre de leurs chambres.

— Ces mesures de sécurité sont médiocres à ce point-là ?

— Disons qu'elles suffiraient à dissuader un banal

cambrioleur, mais j'imagine qu'on a affaire à des criminels d'une autre trempe.

— Oui. Et concernant les fichiers ?

— Reece, je n'ai que deux mains. Et le réseau est très lent dans ce coin perdu. Je t'ai dit que le téléchargement prendrait du temps.

— Oui, oui, je n'ai pas oublié. Donc, ce qu'on sait de façon certaine, c'est que la personne qui a posé les micros a fait en sorte d'éviter les caméras.

— À moins que la veuve ait effacé les anciens enregistrements mais, en général, ça aussi, j'arrive à le déceler.

— Non, elle ne les a sûrement pas effacés.

— Oh ? Tu commences à bien la connaître, on dirait ?

Reece ne répondit pas. Il avait besoin d'un indice, de quelque chose.

— Et les réservations ? Tu peux y accéder ?

— Bien sûr, mais pour trouver quoi ?

— Je doute qu'ils aient pris la peine d'entrer par effraction quand il leur suffisait de se faire passer pour des touristes. Cherche quelqu'un dont le profil semble louche.

— Tu veux que je passe en revue presque une année de réservations pour trouver un touriste *louche* ?

— Oui, pourquoi pas ?

Elsie poussa un profond soupir.

— C'est vrai, ça, pourquoi pas ? grommela-t-elle.

Reece songea à sa conversation avec Lianna sur le porche. Il n'avait vu aucun micro à l'extérieur, et il avait bien regardé, mais on n'était jamais trop prudent.

— Tant que tu y es, ajouta-t-il, vérifie aussi les réservations faites ce week-end. S'il y en a une qui a été effectuée tout récemment, je veux être immédiatement tenu au courant.

— Autre chose, monsieur ? répliqua sèchement Elsie.

— Je te promets de t'acheter une montagne de ces affreux bonbons acidulés que tu adores quand tout ceci sera fini.

Elle laissa échapper un petit ricanement.

— Attention, tu commences à te comporter comme Holden.

— Je te prierais de ne pas te montrer insultante.

Elle pouffa.

— D'accord, je vais voir ce que je peux trouver. Mais je te prends au mot pour les bonbons !

— C'est noté. Merci mille fois, Elsie.

Il raccrocha, rangea son téléphone puis, comme chaque jour, se mit en devoir de faire disparaître les vestiges de son campement pour le cas où un randonneur s'aventurerait dans ce coin de forêt au cours de la journée.

Lorsqu'il eut fait place nette, il monta jusqu'à la route, veillant à demeurer invisible, pour s'assurer que Lianna et Henry étaient bien arrivés à l'arrêt de bus.

Puis, tandis que le car scolaire redémarrait et que Lianna reprenait le chemin de l'auberge, il grimpa dans sa voiture pour mettre à exécution le plan qu'il avait élaboré après avoir minutieusement étudié la carte : suivre le trajet du bus, se garer dans un parking qu'il avait repéré, à côté de l'école, d'où il pourrait regarder Henry descendre du car.

Une fois celui-ci entré sans encombre dans son établissement, il rebroussa chemin, tranquillisé, et retourna à sa cachette, près de l'auberge.

Il gara de nouveau sa voiture dans la zone densément boisée qui l'abritait des regards, à un kilomètre à vol d'oiseau de la maison d'hôtes, mais à une demi-douzaine de kilomètres en voiture puisque aucune route ne traversait les bois. De plus, si Lianna, par extraordinaire, prenait son véhicule – chose qui ne s'était encore jamais produite –, ce serait sûrement pour aller faire des courses. La ville se trouvant dans l'autre direction, il ne risquait donc pas d'être surpris.

Il venait de s'installer pour exercer sa surveillance quand son téléphone vibra. Elsie ? Déjà ? Pour qu'elle le rappelle si vite, c'était qu'elle devait avoir une info pour lui. *Seigneur, faites qu'elle ait quelque chose !* Il se hâta de décrocher.

— Qu'est-ce que tu as trouvé ? s'enquit-il, sortant de la voiture.

— J'ai commencé par les réservations faites ce week-end,

annonça-t-elle sans préambule. L'une d'elles a été effectuée tard vendredi soir, ce qui est inhabituel mais pas suspect en soi. En revanche, le profil du type l'est, lui. C'est un faux.

— Comment le sais-tu ?

— Comment ça, comment je le sais ? C'est moi qui fabrique vos couvertures, je te signale. Je sais quoi chercher pour repérer un profil forgé de toutes pièces. Et là, c'est le cas.

— Qui est-ce ?

— Son vrai nom ? Ça, je ne le sais pas encore. Il me faudra une photo ou une empreinte digitale, un élément tangible. Il arrive cet après-midi, d'après les modalités de la réservation.

Reece se passa la main sur la mâchoire. Tard vendredi soir. Quelqu'un avait entendu sa dispute avec Lianna. Ce qui voulait dire qu'elle était en danger.

Par sa faute.

7

Lianna prépara la chambre sous les combles pour son prochain occupant, effaçant toute trace du passage de Reece – si tant est que ce ne soit pas un nom d'emprunt.

Comment un homme ayant passé moins d'une semaine dans son auberge pouvait-il laisser un tel… vide ? Ça n'avait aucun sens et ça ne faisait que renforcer le ressentiment qu'elle éprouvait déjà à son encontre. Elle avait globalement été heureuse et détendue avant qu'il vienne tout gâcher, avec ses dispositifs d'écoute et ses yeux de chien battu.

Sans doute avait-il une famille… Une grande. Il avait probablement trois épouses, quinze enfants et des parents formidables.

Si elle s'accrochait fermement à cette idée, peut-être parviendrait-elle à déloger de sa mémoire l'expression qu'il avait eue quand Henry avait dit « comme une famille ».

L'alarme de son téléphone tinta, l'avertissant qu'il était l'heure d'aller chercher Henry à l'arrêt de bus. Il avait été d'humeur morose tout le week-end à cause du départ de Reece et de la toute récente arrivée de deux femmes d'âge mûr qui s'extasiaient qu'il soit « si mignon ».

Le commentaire le plus cruel qu'on puisse lui adresser, du point de vue de Henry. Mais il avait tout de même repris le chemin de l'école avec son énergie coutumière, pressé de retrouver Joey et les autres camarades de son âge. Même si les exercices de lecture étaient « complètement nuls ».

Il fallait vraiment qu'elle prévoie un autre après-midi de

jeu entre Henry et Joey, mais son planning était chargé et l'idée de compter une fois de plus sur les Henderson pour le transport l'ennuyait.

C'était étrangement agréable d'avoir en tête de simples tracas quotidiens, se dit-elle en se dirigeant d'un bon pas vers l'arrêt de bus. Elle préférait mille fois avoir à s'inquiéter d'histoires de maman plutôt que… du danger.

Heureusement, si la personne qui avait réservé en dernière minute arrivait plus tôt que prévu et qu'elle n'était pas encore rentrée à la maison avec Henry, elle le verrait forcément et pourrait lui faire signe. Seuls les gens qui se rendaient au Bluebird empruntaient cette route.

Juste comme cette pensée venait de lui traverser l'esprit, un bruit de pneus sur l'allée gravillonnée lui fit tourner la tête. Une voiture noire aux vitres teintées venait d'emprunter la petite route. Elle avait l'air… très officielle mais c'était bien la marque et le modèle indiqués dans la réservation.

Elle agita la main et la voiture ralentit, puis s'arrêta à sa hauteur. La vitre s'abaissa et le conducteur se pencha vers elle. Il portait des lunettes d'aviateur, qu'il ne retira pas malgré le ciel gris.

— Bonjour, dit Lianna. Vous êtes monsieur Adams ?

L'homme sourit.

— Oui, madame.

Un léger tressaillement nerveux la parcourut, qu'elle s'efforça d'ignorer. Elle ne pouvait pas se méfier de tous les hommes seuls à cause de Reece. Elle s'obligea à lui sourire en retour.

— Je suis Lianna Kade, je dirige le Bluebird. Je vais juste chercher mon fils à l'arrêt de bus. Vous pouvez aller vous installer en attendant mon retour. Il y a du café dans l'espace commun. Mettez-vous à votre aise. Je n'en ai pas pour longtemps.

— Merci.

Elle inclina brièvement la tête et se remit en marche, non sans jeter un coup d'œil en arrière. Ce n'était qu'une voiture. Un nouvel hôte.

Mais elle commençait à se demander comment elle parviendrait à fermer l'œil en sachant qu'un homme seul séjournait à l'auberge. Comment pourrait-elle jamais avoir l'esprit tranquille concernant Henry ? Comment la vie pourrait-elle jamais devenir… normale ?

— Merci beaucoup, Reece Conrad, grommela-t-elle entre ses dents.

Parvenue à la route, elle prit une profonde inspiration. Elle redoublerait de vigilance, désormais, lorsqu'elle accueillerait des inconnus seuls dans sa maison d'hôtes, mais elle ne les bannirait pas totalement. Elle prendrait simplement ses précautions. Et veillerait à ce que Henry n'ait aucun contact avec eux.

Elle n'aimait pas le regard que cet homme lui avait jeté. Il était… froid. Et son affabilité sonnait faux. Reece avait…

Bon sang, Lianna, stop ! Tu ne vas pas vivre constamment dans la terreur.

Le shérif Reynolds avait eu la gentillesse de lui proposer d'envoyer un adjoint ou de venir en personne si jamais elle se sentait mal à l'aise, en partie parce qu'il avait été un ami de ses grands-parents et que ceux-ci lui avaient recommandé de veiller sur elle, mais aussi parce que c'était quelqu'un de bien.

Elle allait le prendre au mot au lieu de s'obstiner, par amour-propre mal placé, à refuser de l'aide. En fait, peut-être même allait-elle offrir au shérif et à sa femme une nuitée dans sa maison d'hôtes. Ou à Joey et ses parents. Oui, elle allait remplir l'auberge d'amis.

Et les mêler tous à ce dans quoi Todd l'avait entraînée et que Reece venait de faire resurgir ?

Non. Elle ne… Un bruit, derrière elle, lui fit faire volte-face.

Et elle le vit, là, devant elle.

Reece leva les mains comme si elle tenait une arme braquée sur lui. Ce qu'elle aurait bien voulu car ce n'étaient pas ses poings qui lui seraient d'un grand secours.

— Qu'est-ce que vous faites là ?

Il laissa retomber les bras et s'avança. Comme elle reculait vivement, il s'immobilisa.

— Lianna, il va falloir que vous et Henry veniez avec moi.

Aller avec lui ? Et puis quoi encore ? Elle réussit à produire un petit rire sarcastique même si, intérieurement, elle tremblait de peur. À quoi jouait-il ?

— Il est hors de question que j'aille où que ce soit avec vous.

— Lianna, écoutez-moi. Votre nouveau client n'est pas sûr.

À ces mots, un frisson glacé lui parcourut l'échine.

— Alors que vous, vous l'êtes ?

— Je sais que vous ne me croyez pas mais… oui.

— Je vous ai demandé de partir, Reece… À supposer que ce soit vraiment votre nom.

— Ça l'est.

— Mais bien sûr.

— Lianna, essayez de faire abstraction des griefs que vous avez contre moi. Cet homme… Sa réservation tardive, vendredi soir, n'est pas le fait du hasard. Je n'ai pas vu de micros au-dehors mais j'imagine qu'il a dû entendre notre conversation.

Lianna se figea. Les micros. Elle avait rangé celui de sa chambre dans un tiroir du bureau. Ceux qui l'écoutaient se seraient-ils rendu compte qu'il avait été déplacé ? Bien entendu. Les sons qui leur parvenaient devaient être différents.

— Attendez. Comment savez-vous, pour cette réservation ?

L'expression de Reece ne changea pas mais elle crut y voir passer un soupçon de culpabilité juste au moment où le bus apparaissait au tournant.

— Henry et vous, venez avec moi. C'est dans votre intérêt, je vous assure, répéta-t-il d'un ton pressant maintenant.

— Si vous vous imaginez que je vais abandonner mon auberge pour vous suivre alors que vous reconnaissez vous-même m'avoir menti…

— Oui, je l'ai reconnu. Et je suis prêt à reconnaître bien davantage. Pourvu que votre fils et vous me suiviez. Il y va de votre sécurité à tous les deux, Lianna.

— Si vous insistez encore, je vais finir par appeler la police.

— OK, vous voulez rentrer à l'auberge ? Eh bien, faites donc, répliqua Reece, une note impatiente dans la voix. Vous êtes adulte et libre de vos mouvements. Mais vous ne pouvez pas mettre Henry en danger. Et puis, d'ailleurs, non… Je ne vous laisserai pas vous jeter dans la gueule du loup vous non plus.

— Ah non ? Et que comptez-vous faire ? M'emmener de force ?

— S'il le faut, oui.

— Vous êtes complètement cinglé.

La porte du bus s'ouvrit, livrant passage à Henry qui se précipita vers eux en criant sa joie.

— Reece ! Tu es revenu !

— Oui. Et tu sais quoi, Hank ? On va faire un jeu.

— C'est vrai ? Lequel ?

Lianna s'avança pour s'interposer entre eux.

— Non.

Elle aurait dû avoir peur mais sa fureur était telle qu'elle éclipsait toute autre émotion. Puis, soudain, dans un mouvement qu'elle n'avait pas anticipé, Reece fut derrière elle ; avant qu'elle puisse s'écarter, il la ceintura et la chargea sur son épaule. Tout s'était passé rapidement, pacifiquement – en douceur presque.

À tel point qu'elle ne protesta même pas immédiatement. Elle voyait l'herbe et les gravillons danser sous ses yeux.

— C'est trop rigolo, commenta Henry, dont elle voyait les tennis trottiner d'un pas joyeux à côté de la longue foulée régulière de Reece.

Elle ne cognait même pas contre son torse tandis qu'il marchait avec elle chargée sur son épaule comme un baluchon.

Sur son épaule ! Elle réussit à s'extraire de sa sidération.

— Reposez-moi par terre tout de suite ! Ce n'est pas drôle.

Henry continuait à marcher allègrement, riant aux éclats. On était en train de les kidnapper et son fils *riait*.

Reece non plus ne trouvait pas qu'il y eût matière à rire mais l'amusement de Henry, voyant sa mère portée comme un paquet, était si contagieux que ses lèvres s'incurvèrent malgré lui.

Il ne savait pas de combien de temps ils disposaient mais Sabrina ne tarderait pas à arriver pour se charger de l'hôte indésirable.

Dans l'idéal, cela laisserait le temps à ce dernier de fouiller un peu les lieux, ce qui, avec un peu de chance, permettrait à Elsie de l'identifier. Ensuite, Sabrina s'occuperait de lui. Et si les choses ne se déroulaient pas idéalement, eh bien, ma foi… ils s'adapteraient.

Lianna se tortillait pour se dégager. Il sentait son corps se tendre comme si elle s'apprêtait à lui donner un coup de pied mais elle n'en fit rien et se borna à tempêter et réclamer qu'il la libère.

— Où on va ? demanda Henry. En voyage ?

— C'est ça, on va faire un voyage secret.

— Non, intervint Lianna. C'est hors de question. Henry…

Elle n'acheva pas sa phrase et Reece se rendit compte qu'elle ne pouvait pas semoncer son fils sans lui faire peur. Or, Henry était sa priorité absolue.

Il n'imaginait même pas à quel point ce devait être bien d'avoir une mère – ou même une mère d'accueil – qui se soucie à ce point de ne pas vous effrayer. Sa vie aurait été bien différente s'il avait connu cela.

Peu importait. Sa vie était ce qu'elle était, point. Et s'il avait commis des erreurs dans cette affaire, il ne laisserait pas Henry ni Lianna en payer le prix. Même s'il devait s'attirer les foudres et la haine de celle-ci – ce qu'il ne souhaitait pas.

— Lianna, je vous promets qu'une fois dans la voiture, je vous expliquerai tout.

— C'est cela, maugréa-t-elle. « Entrez dans ma toile, dit l'araignée. Ensuite, nous discuterons. »

Malgré lui et le danger que présentait la situation pour lui – pour eux -, il ne put s'empêcher de rire intérieurement de la façon détournée dont elle s'y prenait pour lui faire savoir qu'elle réprouvait ses méthodes. Car, si Elsie ne pouvait pas encore prouver que la réservation de dernière minute en voulait à Lianna, la coïncidence était beaucoup trop suspecte. Il était certain qu'une fois l'homme identifié, ils seraient en mesure de le relier au groupe auquel s'intéressait le client de North Star.

Enfin, ils arrivèrent à sa voiture. Il la reposa doucement par terre, veillant à ce qu'elle n'attrape pas Henry pour s'enfuir avec lui. Il entendait presque tourner les rouages dans sa tête tandis qu'elle examinait les alentours et cherchait un moyen de lui échapper. Mais il était confiant : elle avait trop peur d'effrayer Henry pour attraper son fils par la main et prendre ses jambes à son cou.

— J'ai un ordinateur dans la voiture, annonça-t-il. Il contient tous mes fichiers. Qui je suis. Les missions que j'ai remplies, à la fois pour l'armée et pour le groupe pour lequel je travaille aujourd'hui. La seule chose qui n'apparaît pas est le nom de ce groupe et de ceux avec qui je collabore – et c'est autant pour votre sécurité que pour la leur. Vous pouvez écouter tous les appels que j'ai passés depuis que je suis ici. Ils sont tous enregistrés. Je comprends votre défiance mais je vous garantis que je ne cherche qu'à vous aider.

— Nous aider pour quoi ? intervint Henry.

Son expression se rembrunit.

— C'est à cause de mon père ?

Reece éprouva un pincement au cœur un peu trop familier. Il avait envie de le rassurer mais il jeta un coup d'œil à Lianna. C'était elle, sa mère. Il ne voulait pas empiéter sur ses prérogatives. Et il ne voulait faire de la peine ni à l'un ni à l'autre.

Lianna passa un bras autour des épaules de son fils.

— Oui, mon chéri. Mais tout va s'arranger.

— C'est toi qui vas tout arranger, hein, Reece ? demanda Henry en levant vers lui un visage souriant et rempli d'espoir.

Si Reece avait pu ici et maintenant se fondre dans la soupe primitive, il l'aurait fait. Mais il fallait bien répondre…

— Je vais faire mon possible. Il faut juste que vous ayez confiance en moi et ce n'est pas facile, bien sûr, parce qu'on n'est pas censé faire confiance aux gens qu'on ne connaît pas bien. La confiance, ça se gagne, et je n'ai pas encore gagné la vôtre.

— Non, ça va, dit Henry dans un haussement d'épaules, avec toute la désinvolture d'un enfant de sept ans.

Reece regarda Lianna.

— L'ordinateur est à l'arrière.

— Pourquoi irais-je à l'arrière de votre voiture ?

Il soupira, attrapa l'ordinateur sur la banquette et le lui tendit, ainsi qu'un casque.

— Installez-vous où vous voulez. Vous pouvez tout regarder.

— Vous pourriez très bien avoir tout fabriqué, contra-t-elle, butée. Ces fichiers sont peut-être des faux.

— Vous avez entièrement raison, accorda-t-il avant de se pencher vers elle pour que Henry ne l'entende pas. Mais, croyez-moi, je me donne beaucoup de peine pour vous convaincre que je ne suis pas du côté des méchants alors que je n'aurais eu qu'à vous jeter, Henry et vous, dans cette voiture et vous emmener là où je voudrais vous conduire.

Elle lui lança un regard si courroucé qu'il vit presque jaillir les flammes de ses yeux bleus, mais elle ne répliqua pas tout de suite.

Au bout de quelques secondes, elle questionna :

— Et l'hôte que j'étais censée accueillir ?

— Nous nous efforçons de l'identifier. S'il est bien celui que nous pensons, on s'en occupera. L'auberge sera fermée, le temps que nous éclaircissions toute l'histoire. Vous n'avez pas de réservations cette semaine, donc ça ne devrait pas impacter vos affaires. Si on ne peut pas vous ramener d'ici samedi, on trouvera une solution.

— Comment êtes-vous au courant de mes réservations ?

Reece poussa un profond soupir.

— Vous voulez vraiment le savoir ?

— Oui, je…, commença-t-elle avant de fermer les yeux et de secouer la tête. Non… Non.

Attrapant le casque et l'ordinateur d'un geste brusque,

elle alla installer ce dernier sur le capot de la voiture puis, les écouteurs sur les oreilles, elle s'accouda sur le véhicule, partageant son attention entre l'écran et Henry, son regard d'aigle allant de l'un à l'autre.

Henry posa son sac à dos pour chasser un papillon pendant quelques secondes. Il aurait mieux valu qu'il se taise, Reece le savait bien, mais cet enfant jouant tout seul… Oui, il était passé par là. Bien sûr, Henry avait sa mère, lui, mais, vivant dans un endroit isolé et sans figure paternelle, il devait tout de même se sentir bien solitaire parfois.

Il se dirigea vers le coffre de sa voiture, suivi du regard par Lianna, qui semblait sur le point de lui sauter à la gorge, comme s'il s'apprêtait à enfermer Henry à l'intérieur. Il l'avait cherché, OK. Mais ça ne rendait pas la situation plus facile pour autant.

Il en sortit un gant de base-ball, qu'il s'empressa de brandir devant lui avant qu'elle ait fondu sur Henry.

— Hé, Hank ! l'apostropha-t-il. Ça te dit de jouer ?

Henry se redressa et contempla le gant, l'œil brillant.

— Ici ?

— Oui. Ta maman a de la lecture à terminer avant qu'on se mette en route. Il n'y a pas beaucoup de place entre les arbres et je n'ai qu'un gant, mais ça passera le temps, non ?

— Oui, super.

Reece lui lança le gant, que Henry attrapa de justesse.

— Dis-moi, reprit Reece. Tu soutiens une équipe ?

— Les Giants !

— Les Giants ? Non, tu n'es pas sérieux ? rétorqua-t-il, l'air scandalisé.

Henry éclata de rire.

— Si ! Ils sont super.

Reece fit la moue.

— Les équipes de la côte Ouest…, proféra-t-il, l'air faussement indigné. Elles manquent de nerf !

Il lança la balle à Henry, un œil sur Lianna. Elle les surveillait toujours mais n'avait plus ce regard méfiant. Son cœur se mit à palpiter un peu plus vite.

— Et toi ? Tu es pour quelle équipe ? s'enquit l'enfant.

— Alors là, c'est facile. Pour les Twins, sans hésitation.

— Quoi ? L'*American League* ? La règle du frappeur désigné, c'est de la triche ! se récria Henry en secouant la tête.

Puis il explosa de rire, apparemment coutumier de cette controverse sportive qui avait dû l'opposer plus d'une fois à un proche. Pas son père, mais peut-être son grand-père.

Car ce petit garçon n'était pas seul comme Reece l'avait été. Il était choyé, aimé, il avait… une famille, ce dont Reece ferait bien de se souvenir afin de garder ses distances.

D'une façon ou d'une autre.

8

Lianna commença par le dossier intitulé « REECE CONRAD MONTGOMERY ». Lequel, elle en était certaine, devait être un faux puisqu'il reflétait presque au mot près ce qu'il lui avait dit.

Né dans le Dakota du Sud, devenu pupille de l'État à l'âge de dix ans, il avait passé les années suivantes ballotté de foyer en famille d'accueil. Enrôlé dans l'armée à dix-huit ans, il avait servi son pays pendant douze années, dont deux rotations en Afghanistan. Suivait toute une ribambelle de références concernant ses affectations.

Tout semblait… réel. Les documents de l'armée, de l'école. Il y avait même un certificat de naissance.

Il avait raison. Il avait fait beaucoup d'efforts pour la convaincre qu'il était du côté des gentils quand il lui aurait suffi… de les enlever.

Encore que… Il l'avait tout de même emmenée contre son gré. Donc, il n'était pas… parfait. Même s'il s'était montré doux et délicat et que…

Stop. Elle ne parvenait pas à croire ce qui était en train de se passer : elle envisageait… de partir avec lui. Alors que tout ceci devait n'être qu'un tissu de mensonges. Forcément.

Elle cliqua sur le dossier « APPELS TÉLÉPHONIQUES ». Chaque nom de fichier comportait une date et une heure. Et chacune des dates coïncidait avec son séjour à l'auberge.

Le premier contenait une conversation avec une femme qui semblait être sa supérieure. Ils parlaient des micros et du fait qu'il devait entrer dans sa chambre. Elle faillit interrompre son écoute. Elle avait l'impression de s'immiscer dans sa vie privée – même si l'idée venait de Reece et qu'il était question, dans cet échange, de la violation de sa vie privée, *à elle*.

« On ne veut pas attirer d'ennuis à la veuve et à son fils, on est bien d'accord ? C'est une priorité pour moi. Pas question de mêler un enfant à ça. »

Elle n'entendit pas ce qui suivit, l'écho de ses paroles résonnant dans sa tête. Il les avait prononcées avec tant de… ferveur. Comme s'il pensait vraiment ce qu'il disait.

Elle leva les yeux. Il ne souriait plus. Cette expression qu'elle lui avait vue l'autre soir hantait de nouveau son regard tandis qu'il attrapait la balle lancée par Henry.

La solitude.

Elle secoua la tête. Elle ne tomberait pas encore une fois dans le panneau. Mais tout, sur cet ordinateur, brossait le portrait d'un homme bien dont le travail était d'aider les gens.

Il avait contribué à l'arrestation d'un meurtrier en infiltrant un gang, les Fils des Badlands. Empêché le rapt d'une jeune fille par ce même gang. N'avait pas ménagé sa peine pour protéger les gens de leurs exactions. Tout ça sous l'égide du mystérieux groupe anonyme pour lequel il travaillait.

Groupe qui avait été contacté pour enquêter sur la mort de Todd et ce qu'elle savait.

Lianna se mordilla la lèvre. OK, Reece voulait obtenir d'elle des informations. Mais il n'avait pas idée de ce qu'elle savait. Et il n'avait pas exigé de réponses, ne l'avait pas mise au pied du mur, comme ceux qui l'avaient précédé. Ne l'avait jamais fait se sentir stupide et ridicule.

Non. Il s'est contenté de te duper.

Lianna soupira, écouta un autre appel téléphonique dans lequel il répétait que Henry devait être laissé en dehors de tout ça. Il avait l'air vraiment frustré et…

Et… quoi ? Elle n'en savait rien parce qu'elle ne le connaissait pas et elle se faisait des illusions si elle pensait pouvoir le découvrir. La vie ne lui avait-elle pas suffisamment appris qu'elle était très mauvaise juge du caractère des gens ?

Elle ouvrit un autre dossier, intitulé « COURRIERS », espérant y trouver des clarifications. Une indication qui la mette sur la voie. Un mensonge éhonté. Quelque chose qui la convainque qu'elle ne devait pas rester avec lui.

Mais il contenait les lettres qu'il leur avait adressées, à Henry et elle. Celles qu'elle avait fourrées dans un tiroir avec le micro sans les avoir lues. Elle cliqua sur la première.

Chère Lianna,

Merci de m'avoir accueilli chez vous. Pas seulement à l'auberge, mais dans votre vie et celle de Henry. Je suis désolé de n'avoir pas pu rester et profiter plus longtemps de votre compagnie. Si jamais vous avez besoin de quoi que ce soit, n'hésitez pas à me joindre.

Reece

Le message ne disait pas grand-chose. Rien, en fait, si ce n'est l'offre de rester en contact. De l'aider en cas de besoin. Elle ouvrit celle adressée à Henry. La teneur en était similaire.

Hank,

Désolé d'avoir dû partir vite sans dire au revoir. J'ai eu une urgence. Si tu veux me joindre, ta maman connaît mes coordonnées. J'espère bien que nous nous reverrons un de ces jours. Garde ton esprit curieux, continue à poser des questions.

Reece

Ni l'une ni l'autre ne contenait rien de particulièrement renversant, ou poignant. Alors, pourquoi cette soudaine envie de pleurer ? Comme s'il était le seul en qui elle pouvait avoir confiance – alors que tout ça n'était peut-être que de la comédie.

Elle leva les yeux et regarda Reece intercepter adroitement

la balle d'une seule main. Henry poussa un hurlement ravi et Reece sourit largement.

Oui, il la menait peut-être en bateau. Elle avait appris à ses dépens combien certains étaient doués pour cacher leur jeu. Mais cela semblait si… inutile. Sauf s'il était vraiment celui qu'il disait être et qu'il voulait réellement leur venir en aide.

Si ça avait été lui, le méchant, il aurait eu mille occasions d'obtenir ce qu'il voulait par la manière forte ou de faire parler Henry.

Cependant, elle ne pouvait exclure qu'il puisse être un méchant doué d'un semblant de conscience. Mais elle avait subi suffisamment d'interrogatoires pour savoir que même les agents du FBI, censés être du bon côté, s'étaient parfois montrés froids et distants. Voire un peu dédaigneux, à l'occasion.

Reece n'était rien de tout ça.

Tu es vraiment disposée à faire confiance au type qui t'a enlevée à l'arrêt de bus en te chargeant sur son épaule comme un vulgaire sac de pommes de terre ? À laisser ta maison d'hôtes aux mains de Dieu sait qui ? À t'enfuir ? Encore ?

Une sonnerie de téléphone retentit. Reece tira son mobile de sa poche.

— Montgomery, annonça-t-il en levant une main pour signifier à Henry que le jeu était interrompu.

Lianna vit le visage de Reece s'assombrir tandis qu'il écoutait, concentré, son interlocuteur et répondait par monosyllabes.

Puis il rempocha son téléphone, le regard braqué sur elle. Elle tressaillit mais ce n'était pas de peur. Non, c'était… quelque chose qu'elle n'osait pas s'autoriser à nommer.

Il s'avança vers elle, plongeant la main dans sa poche.

— Notre agent, au Bluebird, a besoin de renfort.

Il lui tendit ses clés de voiture.

— Si vous voulez partir, libre à vous. Mais ne revenez pas avant qu'on vous ait prévenue que la voie était libre.

— Co-comment ? bredouilla Lianna.

Mais Reece avait lâché le trousseau dans sa paume et, déjà, il s'enfonçait entre les arbres.

— Si vous restez, je serai bientôt de retour.

— Mais…

Elle se tut. Il n'était déjà plus là. Il s'était volatilisé, comme une espèce de créature magique.

Henry leva les yeux vers elle.

— Reece a des ennuis ?

— Non, répondit-elle en contemplant les clés.

C'était l'occasion de s'enfuir avec Henry. Rien ne l'en empêchait. Il lui avait donné le moyen de partir.

— Je crois qu'il cherche à nous aider.

La main de Henry se glissa dans la sienne.

— Moi aussi. On devrait l'attendre.

Lianna prit une grande inspiration. Reece lui avait donné le choix. Partir ou rester avec lui. Lui faire confiance ou non. En sachant qu'elle n'avait aucune vraie raison d'avoir foi en lui.

— Oui… Je crois qu'on va l'attendre.

Reece était sûr que Sabrina n'apprécierait pas son intervention mais l'appel d'Elsie à propos de ce qu'elle voyait par le biais des caméras, à l'auberge, l'avait suffisamment alarmé pour qu'il préfère se rendre sur place.

De plus, cela laisserait une chance à Lianna de prendre sa décision sans que le moment de complicité masculine qu'il avait partagé avec Henry la mette en porte-à-faux vis-à-vis de son fils. Une fois la présente menace écartée, il ne lui serait pas difficile de la retrouver pour s'assurer qu'elle était en sécurité.

Il courut à travers bois jusqu'au Bluebird, suffisamment familiarisé désormais avec le chemin pour éviter les souches et les portions de terrain glissant.

Parvenu à la lisière de la forêt, il ralentit l'allure et balaya du regard les alentours, évaluant la situation, avant de se faufiler dans la cour. L'homme était-il réellement venu seul ? Ce n'était pas impossible. Il pensait n'avoir affaire qu'à la veuve et à son fils.

Sauf s'ils avaient découvert qui il était. Tout dépendait

de ce qu'ils avaient entendu le soir où il était parti. Mais il faudrait qu'ils disposent d'un informaticien de génie pour remonter jusqu'à sa véritable identité et celle du groupe pour lequel il travaillait.

Reece s'avança vers la maison mais il stoppa net en voyant un homme voler par la porte ouverte et aller s'écraser contre la balustrade du porche. Celle-ci résista, mais l'homme passa par-dessus bord et s'affala avec un bruit sourd sur la terre humide, en contrebas.

Sabrina apparut à sa suite, sur ses deux jambes, elle. Avisant Reece, elle lui lança un regard noir et repoussa sa longue tresse sombre derrière son épaule.

— Qu'est-ce que tu fais là ? Pas besoin d'être deux pour s'occuper de lui, dit-elle avec dédain. Je maîtrise.

Sa lèvre saignait, mais, à part ça, il était clair qu'elle maîtrisait la situation, effectivement.

— Prends-t'en à Elsie. Elle m'a appelé pour me dire que tu avais des ennuis.

Sabrina leva les yeux au ciel.

— Ah, celle-là ! On voit bien qu'elle ne sait pas ce qu'est une feinte – une démonstration de faiblesse purement tactique.

Le type qui était à terre entre eux deux poussa un grognement, revenant lentement à lui.

— Qu'est-ce que tu comptes faire de monsieur Muscle ? demanda Reece.

— Je vais le ligoter. Appelle Els et demande-lui si elle a une identité. Où sont tes deux protégés ?

— Je les ai laissés à la voiture.

— Tu voulais qu'ils prennent le large, ou quoi ?

Reece ne répondit pas. Cette mission était peut-être l'affaire de North Star, mais Lianna et Henry relevaient de *sa* responsabilité.

Sabrina franchit d'un bond souple la balustrade puis sourit au type qui était au sol.

— Voilà ce qui arrive quand on me cherche des noises, espèce de fils de…

Avant que l'intéressé ait pu faire un mouvement, elle lui avait déjà lié les mains avec des attaches en plastique.

Reece composa le numéro d'Elsie qui répondit sans un « bonjour » ni un « allô ».

— J'essaie de déterminer son identité. J'y suis presque.

— Qu'est-ce qu'on fait de lui ?

— Laissez-le sur place. Dès que j'aurai son nom, j'enverrai une équipe faire le ménage. Vous deux, dépêchez-vous de lever le camp. Je suis à peu près sûre que votre type a envoyé un SOS à ses comparses. Ils ne tarderont pas à investir les lieux. Rentrez au quartier général. D'ici là, j'aurai sûrement de nouvelles infos.

— OK, répondit Reece avant de mettre fin à l'appel et de se diriger vers la porte.

— Qu'est-ce que tu fais ? l'interpella Sabrina. Viens, on prend ma moto. Ça ira plus vite pour rejoindre ton amie.

— Je récupère deux ou trois choses et je boucle l'auberge. C'est sa maison. Je ne peux pas la laisser ouverte aux quatre vents.

Sabrina leva les yeux au ciel.

— Oh ! c'est vraiment touchant. J'en ai la chair de poule.

— Tu es une drôle de fille, Sabrina.

Elle lui retourna un large sourire.

Reece fit le tour de la maison et attrapa la console de jeux de Henry et le sac à main de Lianna.

— Tic-tac, tic-tac ! lança Sabrina depuis l'extérieur.

Reece tira les verrous sauf celui de la porte de derrière, qu'il ferma à clé en sortant, conscient que ce ne serait pas cette serrure qui arrêterait quiconque voudrait s'introduire dans la maison.

Il contourna le bâtiment et rejoignit Sabrina, qui attendait sur sa moto.

— Ça y est ? Tu as fini de jouer les Conchita ?

— Oui, oui, marmonna-t-il en contemplant l'engin d'un œil soupçonneux. Tu veux vraiment que je monte là-dessus ?

— Oh là là, quel froussard ! Allez, grimpe, Montgomery !

À regret, Reece enjamba la moto, se faisant l'effet d'être un gros balourd derrière Sabrina.

— Accroche-toi ! lança celle-ci en démarrant en trombe.

Elle fila sur l'allée gravillonnée avant d'obliquer pour couper à travers champs afin d'éviter la route. Comme ils approchaient de l'endroit où s'était trouvée sa voiture, la tension gagna Reece. Lianna était peut-être partie…

— On dirait que ton amie t'a sagement attendu ! cria Sabrina pour dominer le grondement du moteur.

De fait, le soleil se reflétait sur la carrosserie de son véhicule. Puis il les aperçut, Lianna au même endroit où il l'avait laissée en partant, et Henry lançant la balle en l'air et s'exerçant à la rattraper. Un indescriptible sentiment lui étreignit la poitrine.

Sabrina stoppa dans un crissement de pneus juste devant eux.

— Waouh ! s'exclama Henry, visiblement impressionné par Sabrina et sa moto. Vous êtes une Walkyrie ?

Devant le regard interloqué de Sabrina, il sourit et ajouta :

— Comme dans *Thor*.

Elle rit.

— Oui, quelque chose dans ce genre-là.

Elle se tourna vers Reece, qui s'était empressé de mettre pied à terre sitôt l'engin de mort de sa collègue à l'arrêt.

— Il me plaît bien, ce gamin.

— Oui, il est… sympa, répliqua Reece en adressant un sourire à Henry. On se retrouve au quartier général ?

Sabrina hocha la tête puis elle regarda Lianna.

— Pas d'inquiétude. Le prince charmant a bouclé votre maison. Je ne peux pas vous promettre qu'il n'y aura pas d'autres intrusions mais on suit en temps réel ce qui se passe grâce à vos caméras… Il vous expliquera.

Puis Sabrina repartit sur les chapeaux de roues, aussi bruyamment et rapidement qu'elle était arrivée.

Comme statufiée, Lianna contempla le panache de poussière que la « Walkyrie » laissait dans son sillage. Elle ne sortit de son hébétude que lorsque Reece s'approcha d'elle.

— Vous n'êtes pas partie, dit-il d'une voix un peu rauque.

Elle cligna des yeux puis contempla les clés, dans sa main.

— Non, confirma-t-elle en lui tendant le trousseau. Alors, c'est à votre quartier général que vous nous emmenez ?

Il soupira de soulagement. Il ne savait pas ce qui l'avait convaincue ni si cela durerait, mais c'était un pas dans la bonne direction.

Il prit les clés mais, au lieu d'attendre qu'elle les laisse tomber dans sa paume, il referma ses doigts autour des siens.

— Je vais tout faire pour assurer votre sécurité. *Tout.* Que vous me croyiez ou non, je voulais vous le dire.

Même si personne ne le savait, Reece avait conscience de s'engager dans quelque chose qu'il ne comprenait pas. Contre quoi il ne savait pas lutter. Et pourtant, lutter, c'était tout ce qu'il savait faire.

9

Lianna s'assoupit pendant qu'ils roulaient, incapable de garder les yeux ouverts. Le contrecoup de la poussée d'adrénaline, sans doute.

Et tu fais beaucoup trop confiance à Reece. Il travaillait avec cette sorte… d'amazone à la lèvre fendue et à la voix de fumeuse qui chevauchait son bolide à deux roues. Il avait promis de les protéger, Henry et elle, avec une ardeur telle qu'elle ne savait pas comment se persuader qu'elle pouvait être factice.

Chaque fois qu'un cahot la réveillait, elle jetait un coup d'œil à Henry qui jouait sur sa console. Reece avait apparemment eu la présence d'esprit de l'emporter en fermant l'auberge.

Elle se laissa de nouveau glisser dans le sommeil et, lorsqu'elle rouvrit les yeux, le soleil se couchait dans une débauche de traînées orangées et rose vif. Ils suivaient la courbe d'une large allée qui menait à une…

« Maison » n'était pas le terme adéquat. C'était plutôt une propriété. Un décor rustique mais… un peu comme l'aurait été celui d'un pavillon de chasse de luxe.

— Cet endroit est prodigieux.

Reece se borna à sourire d'un air un peu désabusé.

Elle se retourna. Henry était toujours penché sur son jeu, l'œil un peu vitreux comme chaque fois qu'il avait passé trop de temps à contempler fixement un écran.

— Bien. C'est terminé. Donne-moi ta console.

— Mamaaaaan !

C'était réconfortant de voir que, malgré tout ça, Henry n'avait rien perdu de sa capacité à pleurnicher pour tenter de grappiller quelques minutes supplémentaires.

— Donne-la-moi. Tout de suite.

Il ronchonna encore un peu avant d'éteindre l'appareil et de le lui remettre. Il leva un regard boudeur, mais la frustration qui marquait son petit visage se dissipa aussitôt. Il se pencha en avant pour mieux voir la grande résidence, devant eux.

— Waouh ! C'est là que tu habites ?

— Pas vraiment, répondit Reece. C'est là que je travaille.

— Et la Walkyrie ?

— Oui, elle aussi.

— Génial. On peut sortir ?

Reece hocha la tête et ouvrit sa portière. Henry, lui, avait déjà bondi hors de la voiture.

Lianna le regarda, se disant qu'elle aurait dû descendre, elle aussi. Mais, l'espace d'un moment, elle se sentit tellement dépassée par tout cela qu'elle n'arriva pas à s'arracher à son siège.

Pourtant, elle ne pouvait pas laisser Henry tout seul. Elle ne pouvait pas…

Il y avait tant de choses qu'elle ne pouvait pas faire. Elle s'obligea à quitter l'habitacle et à le suivre, d'un pas lourd.

— Il y a beaucoup de place. Henry et vous aurez votre chambre. Si vous voulez vous reposer avant que…

Elle secoua la tête, agrippée aux bretelles du sac à dos de Henry qu'elle avait pris avant de sortir comme si cela pouvait l'aider à se recentrer dans cet univers inconnu.

Il les précéda jusqu'à la porte. Il fallait franchir toute une batterie de procédures de sécurité avant d'entrer – un lecteur d'empreintes digitales masqué sous un petit volet qui se fondait dans le bardage de bois, à côté de la porte, puis un code à composer. Henry suivait toute l'opération avec de grands yeux, expression que devait refléter son propre visage, songea Lianna en se demandant dans quoi elle s'était fourrée.

Enfin, Reece inséra une clé d'aspect normal dans la serrure

et la porte s'ouvrit avec un déclic. Une femme menue les attendait à l'intérieur.

— Salut, Betty, la salua Reece.

— Bonjour, Reece. Shay m'a envoyée prendre leurs bagages et leur montrer leur chambre.

Betty inclina la tête et sourit à Lianna.

— Je vais porter vos affaires dans votre chambre, si vous voulez. S'il vous manque quelque chose, nous devrions pouvoir vous le fournir.

— Je n'ai… rien. Ni mon sac à main ni mes vêtements. Juste mon téléphone.

— Si, intervint Reece. J'ai pris votre sac à main. Et l'inhalateur de Henry. Pour le reste, comme dit Betty…

Médusée, Lianna n'entendit pas la suite. Comment avait-il su que… ? Où avait-il mis…

Betty tendit les mains et il fallut à Lianna plusieurs secondes pour comprendre qu'elle attendait le sac à dos de Henry. Finalement, revenant peu à peu de sa surprise, elle s'en délesta. Reece lui donna également un autre sac à dos, qu'elle n'avait même pas remarqué.

— Tu peux les emmener en salle de réunion, Reece. Shay vous y rejoindra dans une minute, dit la femme avant de s'éloigner avec les sacs, l'air très affairée.

Lianna la regarda partir puis reporta son attention sur Reece.

— Vous vous appelez par vos vrais noms ?

— Oui. Nous n'avons pas d'existence réelle tant que nous sommes membres du groupe, et je n'avais déjà pas vraiment de profil avant de l'intégrer. C'est facile de disparaître des radars. Ça nous permet d'être nous-mêmes ici.

Le groupe. Pas d'existence réelle. Disparaître des radars. Tout cela semblait bien impressionnant mais la femme qui s'était chargée de leurs affaires avait paru si… normale ?

Reece les conduisit le long d'un couloir jusqu'à une vaste pièce aveugle, dotée d'une grande table entourée de nombreuses chaises, d'un ordinateur et de moniteurs alignés le long d'un mur ainsi que d'une flopée de haut-parleurs.

La femme à la moto était déjà là, renversée contre le dossier d'une chaise comme si elle se relaxait. Elle se redressa à leur arrivée.

— Hé, te voilà, petit ! lança-t-elle, souriante, à Henry.

— Salut, Walkyrie, répondit celui-ci, visiblement ravi.

— Appelle-moi Sabrina. Et, si ta maman est d'accord, je vais te montrer notre salle de jeu.

— De jeux vidéo ?

— Oui. Tu es déjà allé dans une salle d'arcade ?

— Vous en avez une ? s'étonna Lianna.

Reece haussa les épaules.

— Parfois, on a besoin de se vider l'esprit.

— Je peux y aller ? Maman, je peux y aller ? s'écria Henry, nullement troublé par la présence de tous ces inconnus.

Pas plus qu'il ne l'était par cet endroit étranger, ni par le danger ni…

Lianna leva un regard implorant vers Reece.

— Je préférerais vraiment qu'il reste près de moi.

— J'ai une idée, dit une autre femme qui venait d'entrer dans la pièce.

Elle ressemblait plus à celle qui les avait accueillis qu'à Sabrina. Normale. Une jeune femme vêtue d'un jean et d'un T-shirt. Elle se dirigea droit vers l'ordinateur, tapota quelques touches puis désigna l'un des moniteurs le long du mur.

L'écran s'anima, montrant une salle remplie de jeux d'arcade.

— Voilà. Vous vous sentirez plus rassurée si vous pouvez garder l'œil sur lui. Je peux même mettre le son, si vous voulez.

— Allez, maman ! S'il te plaît… Dis oui, dis oui !

Elle ne souhaitait évidemment pas que son fils assiste à la discussion qu'elle allait avoir avec Reece et ses collègues. Cette dernière proposition ne lui laissait plus d'excuse.

Oui, mais s'ils lui faisaient quelque chose ? Si…

— Vous vous souvenez de la porte rouge devant laquelle nous sommes passés en venant ici ? ajouta Reece. C'est la salle d'arcade.

À croire qu'il lisait dans ses pensées. Elle devait être vraiment transparente.

— Bon… D'accord. Mais… sois sage, Henry. Et sois poli.

Elle se demanda pourquoi diable elle lui recommandait d'être poli alors qu'ils se retrouvaient catapultés en plein film d'espionnage. La force de l'habitude, bête et méchante.

— Super ! s'écria Henry avant de se tourner vers Sabrina. Je pourrai jouer à tous les jeux que je veux ?

— Bien sûr, petit.

Elle l'emmena et Lianna dut se retenir de leur courir après. Elle darda son regard sur le moniteur. Au bout de cinq secondes, elle vit Henry entrer en courant dans la salle, suivi de Sabrina.

Elle pouvait tout voir. Tout entendre… Elle respira un peu.

— Je vais prévenir Shay que vous êtes prête, annonça la jeune femme qui avait activé la vidéosurveillance de la salle de jeu en souriant à Lianna, attendant l'approbation de Reece.

— C'est vous, le directeur ? s'enquit Lianna.

— Non. Elsie est informaticienne ; elle apporte aux agents le support technique dont ils ont besoin pour mener à bien leur mission.

— Et votre mission à vous, c'est moi.

— Oui.

— Pourquoi ?

OK. Elle était toujours pétrie de doutes et se demandait encore si elle avait eu raison de le suivre. De lui avoir fait confiance. Comment l'en blâmer ?

— Je suis un agent de terrain, expliqua Reece à Lianna dont les yeux restaient rivés sur le moniteur. Quand une affaire se présente, Shay désigne celui d'entre nous qui s'en chargera.

— Donc, c'est Shay la directrice. C'est à elle que vous parliez quand vous avez dit qu'il n'était pas question de mêler un enfant à tout ça, conclut-elle, quittant enfin l'écran des yeux. J'espère que vous avez l'intention de tenir parole.

— Absolument.

Elle hocha la tête mais il devina qu'elle ne parvenait pas tout à fait à le croire, tiraillée qu'elle était entre l'envie de protéger son fils du danger contre lequel Reece et les autres la mettaient en garde et la défiance qu'ils lui inspiraient.

— Shay est à la tête du groupe ; elle chapeaute les agents de terrain, l'équipe technique et le personnel médical.

— Vous avez aussi des médecins ?

— Oui. C'est Betty, notre médecin chef. Elle est basée ici et gère… tout ce qui se présente.

— Comme des agents blessés ?

— Ça peut arriver lors d'une mission particulièrement périlleuse. Mais nous sommes comme tout le monde : nous avons aussi besoin de séances de kiné, d'être rappelés à l'ordre quand nous nous surmenons et avons besoin de repos, ce genre de choses…

Lianna prit le temps de méditer ce qu'il venait de dire tout en surveillant de nouveau Henry sur l'écran.

— Je suis désolé que nous ayons dû vous amener ici. J'aurais dû mieux gérer tout cela. Je sais que vous avez une maison d'hôtes à tenir et qu'il est ennuyeux que Henry manque les cours, mais je vous promets de tout faire pour que vous rentriez chez vous le plus tôt possible.

— Que va-t-il se passer maintenant ?

— Elsie recherche l'identité du type, à l'auberge. Avec un peu de chance, elle pourra ensuite remonter jusqu'à ceux qui ont posé les micros. À partir de là, dans l'idéal, nous devrions pouvoir neutraliser la menace qui pèse sur vous.

Lianna acquiesça de nouveau en silence mais elle semblait toujours dubitative. Il aurait voulu l'assurer qu'elle avait bien fait de placer sa confiance en North Star, qu'ils étaient les meilleurs, que tout allait s'arranger mais Shay arriva, suivie d'Elsie.

— Reece, le salua Shay. Madame Kade, merci d'avoir accepté de venir. Cela nous permettra de mieux vous protéger.

Elle s'installa à sa place habituelle, en bout de table, tandis qu'Elsie s'asseyait à côté d'elle.

Reece tira une chaise pour Lianna et se plaça à sa droite.

— Madame Kade, reprit Shay. Comprenez-vous quel danger vous courez ?

— Oh ! eh bien…, commença-t-elle en jetant un regard à Reece. D'après Reece, ils ont dû entendre notre conversation. À propos des micros. En revanche, je ne sais pas pourquoi ils m'avaient mise sur écoute. Je… n'y comprends rien.

— Vous n'avez aucune idée de qui pourrait vouloir vous surveiller ?

— Pas précisément, non, répondit Lianna, son regard allant de Shay à Reece puis au moniteur. Sans doute l'un des hommes qui cherchaient à avoir des informations sur la mort de mon mari.

— D'accord. Au stade où nous en sommes, vous comprenez, j'imagine, que nous ne nous inquiétons pas seulement de la menace qui vous guette mais aussi de ce qu'ils ont pu entendre nous concernant.

Cette fois, Shay assortit ses paroles d'un regard appuyé à Reece. Malheureusement elle semblait avoir tiré ses propres conclusions au sujet de l'impair qu'il avait commis.

— En fait, je… Ce n'est pas…

Lianna baissa les yeux et regarda ses mains nouées sur ses genoux.

— Je ne pense pas qu'ils aient vraiment entendu quelque chose… Du moins pas… Enfin, ce n'est pas…

Lianna soupira sans terminer sa phrase. Reece fronça les sourcils.

Ce n'était pas la femme qu'il avait appris à connaître. Cette indécision, ces hésitations dans sa façon de parler, cela ne lui ressemblait pas du tout. Même lorsqu'elle avait accepté de le suivre, elle n'avait pas montré pareil désarroi : entre deux maux, elle s'était seulement résignée à opter pour le moindre.

Là, c'était différent. Comme si elle était en représentation.

— Reece a effectivement mentionné les micros au cours d'une conversation et vaguement évoqué son travail. Mais je ne l'ai pas cru – pas vraiment… et je lui ai demandé de partir. Ensuite, quand je suis allée dans ma chambre ce soir-là, je… Enfin, j'ai trouvé celui qui était placé sur le détecteur de fumée. Et, au lieu de le laisser là où il était, je l'ai enlevé et rangé dans un tiroir.

Reece se renversa contre le dossier de son siège. Il ne s'était pas attendu à ça. Elle avait touché au micro. Pas étonnant qu'elle ait ce comportement étrange… Elle devait être dans ses petits souliers.

— Il ne leur en aura pas fallu davantage, grommela Shay.

— Mais je ne comprends pas, poursuivit Lianna. Après la mort de Todd, on m'a bombardée de questions des mois durant. Je n'avais pas de réponse, je le leur ai dit et répété. Et maintenant, je découvre qu'on continue de m'espionner. Alors que je n'ai jamais parlé de Todd sauf pour dire qu'il avait été tué et que je ne savais rien. Pourquoi persistent-ils à penser le contraire ?

Reece jeta un coup d'œil à Shay, dont l'expression sombre reflétait le même état d'esprit que le sien. Ils n'en avaient pas la moindre idée, ce qui était plus que fâcheux.

— Voilà ce que nous pouvons vous offrir, madame Kade. Un endroit où séjourner le temps que nous ayons identifié l'homme qui s'est présenté à votre auberge cet après-midi…

— Je n'en suis pas loin, indiqua Elsie en pianotant sur son clavier. J'ai trouvé ses deux premiers alias. J'aurai bientôt sa véritable identité, je pense.

— Tout ce que nous vous demandons, c'est de collaborer. Nous dire ce que vous savez de votre défunt mari.

— Je ne sais rien, protesta Lianna avec, dans la voix, un tremblement qui…

Reece fronça les sourcils. Ça ne sonnait pas juste ; il n'éprouvait pas l'élan de sympathie ni l'instinct protecteur que Lianna suscitait habituellement chez lui.

Tu débloques, Montgomery.

— Peut-être découvrirons-nous quelque chose qui réveillera un souvenir ? insista Shay. Nous voulons simplement que vous soyez tout à fait honnête avec nous. Votre sécurité, à votre fils et à vous, est notre priorité, mais nous ne pouvons rien promettre tant que nous ne saurons pas à qui ou à quoi nous avons affaire.

— Comment se fait-il que je fasse l'objet d'une mission si vous ne savez pas de quoi il retourne ?

Ça, c'était la Lianna qu'il connaissait. Une question pertinente, posée d'une voix ferme. De la détermination, même si la peur et l'inquiétude étaient toujours là.

Shay se renfonça contre le dossier de sa chaise et considéra Lianna d'un œil inquisiteur. Aussitôt, celle-ci baissa les yeux et se remit à remuer nerveusement les mains.

— C'est tellement difficile… Je ne sais pas… C'est si angoissant.

Elle se courba en avant, se tamponna les yeux. Des yeux qui, sembla-t-il à Reece, étaient secs.

Oui, elle jouait la comédie.

— Lianna, intervint-il d'un ton peut-être un peu cassant. Que savez-vous ?

Elle releva la tête et planta sur lui un regard qui n'avait rien de commun avec le masque irrésolu et apeuré qu'elle avait destiné à Shay.

— Que voulez-vous dire ?

— Vous cachez quelque chose. Vous jouez la veuve éplorée et effrayée mais ça ne prend pas avec moi. Je vous ai côtoyée. Je sais que ce n'est pas vous.

— Ce n'est pas parce que vous avez passé quelques malheureux jours dans mon auberge que vous me connaissez, Reece, répliqua-t-elle d'une voix qui avait retrouvé tout son mordant.

Sa vraie personnalité transparaissait de nouveau.

Reece vit Shay et Elsie échanger un regard. Elles aussi se rendaient compte que quelque chose clochait.

— Vous craignez que ce qu'a fait Todd ne rejaillisse sur votre fils et vous, je le comprends. Et je vous promets, nous vous promettons tous, de faire le maximum pour vous protéger, Henry et vous – que vous sachiez quelque chose ou non. Mais cela ne vaut que si vous nous communiquez toutes les informations en votre possession. Vous nous placez en position désavantageuse si vous cachez des choses. Je sais que vous n'avez pas confiance en moi, mais vous devez bien penser que nous œuvrons pour votre sécurité, sans quoi vous ne seriez pas ici avec Henry.

Un bref silence ponctua sa tirade.

— Vous m'avez enlevée.

— Vous m'avez *attendu,* Lianna. S'il vous plaît, dites-nous ce que vous savez.

Elle regarda de nouveau Henry sur le moniteur, se tut pendant encore quelques secondes. On aurait entendu une mouche voler dans la pièce.

Elle ne se tordait plus les doigts, mais avait maintenant les mains jointes sur les genoux. Lorsqu'elle se décida à parler, ce fut avec la gravité qu'appelait la situation, mais sans effet mélodramatique.

— Tout ce que j'ai fait depuis la mort de Todd, c'est pour mon fils. Pour préserver sa sécurité. Notre sécurité à tous les deux.

— Vous n'aurez pas d'ennuis, madame Kade, si c'est ce qui vous inquiète. Quoi que vous ayez pu faire…

— Oh ! je vous en prie, je n'ai rien fait de mal, contra sèchement Lianna. Mais…

Elle laissa passer quelques instants, regarda Reece et il lut tous ses doutes, toutes ses appréhensions, toutes ses peurs au fond de ses prunelles bleues.

Il garda les yeux arrimés aux siens. Pour l'encourager. Pour qu'elle ne flanche pas. Pour qu'elle se décharge sur lui d'une partie de son fardeau au lieu de le porter sur ses seules épaules.

— Il y a bien une ou deux choses, avoua-t-elle finalement. Des choses que je ne suis pas censée savoir.

10

Le cœur de Lianna tambourinait dans sa poitrine. Le numéro qu'elle avait joué au FBI et aux autres hommes qui étaient venus l'interroger n'avait pas du tout fonctionné avec Reece. Et, lui semblait-il, avec Shay et Elsie non plus.

Comment avaient-ils vu si clair en elle, tous ?

Pourquoi t'apprêtes-tu à leur parler ?

La vérité, c'était qu'elle ne savait plus comment assurer la sécurité de Henry maintenant. Elle avait cru avoir gagné la partie, mais, en définitive, ce n'était pas le cas. Pas totalement.

Et même si la logique lui soufflait de ne plus se fier à qui que ce soit, elle ne pouvait s'empêcher de se dire que Reece et son groupe constituaient sa meilleure chance. Ils s'étaient montrés compréhensifs, ils avaient tout fait pour la mettre à l'aise, pour occuper Henry. Ils ne l'avaient jamais bousculée.

Reece avait joué à la balle avec Henry. Sabrina l'affrontait en ce moment même dans un jeu d'arcade. Quant à Shay, Elsie et Reece, ils la regardaient, dans l'expectative, mais sans la pousser dans ses retranchements, ni la houspiller.

Elle n'avait plus le choix désormais. Elle avait cru pouvoir peut-être bénéficier de leur protection sans coopérer.

Mais elle les avait sous-estimés. Ils avaient vu clair dans son jeu.

— Je connais le vrai nom de Todd, avoua-t-elle d'une voix étranglée, révélant ce qu'elle n'avait jamais confié à personne.

La pièce demeura plongée dans un silence religieux,

seulement rompu par le son grésillant des rires de Henry et Sabrina.

— Très bien, dit prudemment Shay. C'est une information qui va nous être très utile pour la suite de nos investigations.

Mais elle ne posa pas de question, n'exigea rien.

Lianna se demanda pourquoi elle éprouvait subitement l'envie de tout confesser. Ou, peut-être, de pleurer sur la très large épaule de Reece. Elle avait tout à coup désespérément envie de se laisser aller, chose qu'elle ne s'était jamais autorisée au long de cette année infernale.

Mais elle refoula tous ces désirs, toute cette douleur, toute cette peur. Cela lui fut plus difficile qu'elle ne l'avait escompté mais elle y parvint.

Elle sentit alors la main de Reece se poser sur les siennes, sur ses genoux. Sa grande main, chaude et douce. Qui n'exerçait, elle non plus, aucune pression. C'était son soutien qu'il lui manifestait, discrètement, sous la table, à l'abri du regard de Shay.

Encore que Lianna ne soit pas persuadée que cette dernière n'ait rien vu – ou rien senti. Cette femme était d'une étonnante perspicacité.

D'ailleurs, quelle importance qu'elle ait ou non remarqué son geste ? Si gentil que soit Reece – abstraction faite de l'enlèvement –, elle n'en restait pas moins pour lui une mission.

Ce qui lui rappela qu'elle aussi en avait une. Veiller sur son fils.

Ces gens assuraient pouvoir l'aider. Soit.

Si les choses ne se passaient pas bien, elle s'arrangerait pour s'enfuir, chercher la sécurité autre part. C'était un risque calculé, qu'elle pouvait d'ailleurs limiter en ne leur racontant pas tout, en restant perpétuellement sur ses gardes, en ne les croyant jamais tout à fait.

Est-ce ainsi que tu veux vivre ?

Non, évidemment. Mais Todd lui avait-il laissé le choix ?

— Todd s'appelait en réalité Charles Jackson. Du moins

était-ce ce que pensait le FBI. Peut-être qu'il utilisait d'autres pseudonymes, mais… je ne crois pas.

— Pourquoi ?

Elle hésita, mais il n'y avait pas d'autre solution que de dire l'entière vérité si elle voulait qu'ils l'aident.

— Je ne savais pas que Todd Kade n'était pas le vrai nom de mon mari. Il m'a mystifiée de bout en bout. Je n'ai jamais rien soupçonné de… ses activités, quelles qu'elles aient été. Ce n'est qu'après sa mort, avec toutes les questions qu'on est venu me poser, que j'ai commencé à ouvrir les yeux avant de comprendre, petit à petit, à quel point il m'avait menti.

— Comment avez-vous découvert son vrai nom s'il ne vous avait rien dit de son vivant ?

C'était Shay qui avait parlé mais c'était la main de Reece, toujours sur la sienne, réconfortante, qui la rassurait et l'aidait à puiser dans la force intérieure qu'elle avait dû trouver en elle depuis la mort de Todd.

Ce fut donc à lui qu'elle adressa sa réponse.

— Déjà, quand la police est venue m'annoncer que Todd avait été tué, leurs questions m'ont d'emblée conduite à penser que ce n'était pas… un cambriolage qui avait dégénéré. Ils demandaient si je connaissais quelqu'un qui aurait pu lui en vouloir ou qui l'aurait menacé. J'ai bien vu qu'ils pensaient que c'était un acte délibéré, qui le visait, lui, personnellement.

Elle ne voulait pas revivre ces moments affreux. Le soulagement qu'elle avait secrètement ressenti, alors même que les questions de la police la plongeaient dans la plus grande confusion. Puis il avait fallu annoncer la nouvelle à Henry.

Elle ne voulait se remémorer rien de ce qui s'était passé à San Francisco.

— Elle nous a donné son nom, dit Reece à Shay. Ça suffit pour l'instant, non ? Ça a été une longue journée pour elle.

Mais Lianna se redressa et secoua la tête.

— Non, je veux tout révéler. Mais ce n'est pas facile parce que je n'ai jamais rien dit de tout ça à personne. J'ai tout gardé pour moi. Toujours. Alors, changer subitement mon fusil d'épaule…, c'est dur. Me taire, c'était synonyme de sécurité pour moi et mon fils.

— Je comprends, dit Shay. Prenez votre temps, madame Kade.

Lianna fit la grimace.

— S'il vous plaît, ne m'appelez plus comme ça. Je préfère « Lianna ». Et… ça va aller, ajouta-t-elle à l'adresse de Reece avant de prendre une grande inspiration. Ensuite, le FBI s'en est mêlé. Ils ont laissé entendre que Todd trempait dans des affaires pas catholiques. Ils m'ont interrogée… Je tombais des nues. Ils ont paru me croire. Mais, au fil des semaines, d'autres personnes sont venues me voir. J'ai d'abord cru qu'ils étaient tous du FBI mais…

Elle sentit le rose lui monter aux joues. Elle s'était dit qu'elle avait gardé le secret pour sa sécurité mais elle devait bien admettre maintenant que c'était aussi pour sauver la face. Car elle avait honte d'avoir été aussi crédule.

Parce que Todd n'était pas le seul à lui avoir menti. Elle avait cru chacun de ces hommes en costume venant sonner à sa porte pour l'interroger. Et elle leur avait répondu, à tous, sans jamais rien suspecter. Jusqu'à ce que…

— Ensuite, je suis partie pour Denver, chez mes parents. Mes grands-parents aussi sont venus s'installer avec nous. Je croyais que c'était terminé. J'étais chez moi, entourée des miens. Et puis, un beau jour, un agent du FBI a de nouveau demandé à me parler. Prétendument pour éclaircir certains points obscurs…

Elle regarda Shay.

— Il voulait me rencontrer dans un café. C'est seulement à ce moment-là que j'ai compris que certains de ces hommes – ceux qui ne me convoquaient pas de façon formelle dans un bureau – n'étaient *pas* du FBI et que leur répondre que je ne savais rien ne suffirait pas. Il fallait que je joue les idiotes pour qu'ils me croient.

— Et ils ont mordu à l'hameçon, devina Elsie.

Lianna laissa échapper un petit rire, un peu amer.

— Plus que je ne l'aurais espéré. Plus je feignais d'être stupide, moins ils m'ennuyaient. Mais je me suis dit… que le FBI devait être mis au courant de l'existence de ces types. Puisqu'ils enquêtaient sur les activités de Todd, j'ai pensé que cela pourrait les aider dans leurs investigations. Mais j'avais si bien joué les idiotes qu'ils ne m'ont pas prise au sérieux. Oh ! ils ont accepté de me recevoir, m'ont posé quelques questions pour la forme, mais ce n'est pas allé plus loin. Si ce n'est qu'ils avaient tout de même sorti le dossier de Todd…

Elle reprit son souffle puis poursuivit :

— Il était là, posé sur le bureau, entre l'agent du FBI et moi. Avec, écrit en gros sur la couverture, Charles Jackson. J'ai d'abord cru qu'il s'agissait d'une autre affaire en cours, mais l'agent l'a ouvert… et j'ai vu la photo de Todd. C'est alors que j'ai compris.

— Mais vous n'avez rien dit ? s'enquit Reece.

— Non. Je m'attendais à ce qu'il en parle. Ou qu'il me pose des questions bizarres. Mais ce n'est pas arrivé. Il avait juste l'air de… s'ennuyer. Il a tourné quelques pages. J'ai essayé de ne pas regarder une fois que j'ai eu compris qu'il ne dirait rien. Je ne voulais pas savoir. Ou plutôt, je me disais qu'il valait mieux que je ne sache pas, mais j'ai quand même vu certaines choses.

— Comme ?

— Sa véritable date de naissance, trois ans plus tôt que celle qu'il m'avait donnée. Qu'il était né dans le Michigan et non dans le Wyoming.

Elsie pianotait déjà à toute vitesse sur son clavier.

— Ce sont de précieuses informations, madame… Euh, Lianna.

Mais ce n'était pas tout. Elle avait décidé d'être franche. Alors…

— Je n'ai pas fini.

— Oh ? Il y a autre chose ? demanda Shay.

L'imperturbable directrice semblait un peu… perturbée.

— J'ai vu la liste des groupes auxquels ils avaient réussi

à relier Todd. Pas en entier, mais j'ai distinctement lu deux noms.

Reece retira sa main. Manifestement, Lianna n'avait pas besoin de son soutien. Du reste, mieux aurait sans doute valu pour elle qu'il ne déboule jamais dans sa vie. *Nom d'un chien.*

Dire qu'elle avait su tout ça et avait jalousement gardé le secret.

Reece jeta un coup d'œil à Shay.

« Abasourdie » était sans doute le terme qui décrivait le mieux ce qu'il vit. Puis ses yeux se plissèrent et croisèrent un instant les siens.

Mais ce fut d'une voix unie qu'elle s'enquit :

— Quels étaient ces noms ?

— L'un d'eux était « Mûrs pour l'exécution ».

— Oh ! punaise, grommela Elsie à voix basse.

— L'autre consistait en une série de lettres et de chiffres. Je n'ai pas mémorisé leur ordre, mais il y avait un *T*, un *K*, et les chiffres *2* et *9*. Ils m'ont frappée parce qu'ils correspondaient aux initiales de Todd et à sa date de naissance. Enfin, aux fausses.

— C'est fantastique, dit Shay en s'adossant à sa chaise. Je n'en espérais pas tant. Merci. Y a-t-il autre chose ?

Lianna secoua la tête.

— Non. Pas que je me souvienne.

— Bien. Nous aurons sûrement des questions quand nous aurons creusé les informations que vous nous avez fournies. Mais, d'ici là, nous allons vous laisser vous reposer.

— Oh ! eh bien… Henry doit mourir de faim. En général, il goûte en rentrant de l'école et nous dînons à…

— On s'en occupe, décréta Shay en se levant pour se diriger vers la porte… qui s'ouvrit sur Betty.

— Peux-tu conduire mada… Lianna à la cuisine ? Fais-la-lui visiter, vois si elle a besoin de quelque chose en particulier.

— Bien sûr, acquiesça Betty en adressant un sourire amical à Lianna.

Reece se leva lui aussi. Ce n'était pas parce qu'il n'y avait aucun problème médical en ce moment que Betty devait se charger seule de tout.

— On a une salle de sport très complète au sous-sol si Henry a besoin de se dépenser, déclara-t-il. Je peux…

— Assieds-toi, Montgomery, proféra Shay d'un ton sec. On a deux ou trois choses à voir ensemble.

Lianna se retourna pour lui jeter un regard anxieux si bien que, malgré son mauvais pressentiment, il lui sourit.

— Juste quelques formalités… Je vous rejoins bientôt, Henry et vous.

Le regard de Lianna se porta sur Shay avant de revenir se poser sur lui puis sur Betty. Elle soupira puis, consciente de ne rien pouvoir faire, emboîta le pas à cette dernière.

Shay referma la porte derrière elles. Reece ne se rassit pas. C'était peut-être dérisoire, mais il préférait rester debout pour subir la volée de bois vert qui s'annonçait.

— J'aimerais bien comprendre pourquoi cette femme détient une bonne partie des réponses que nous cherchions et que tu as passé une semaine avec elle sans t'en apercevoir, asséna Shay en se retournant vers lui, les bras croisés sur la poitrine, calée contre le battant.

Debout, immobile devant elle, Reece eut un peu l'impression de se retrouver à l'armée – le salut excepté.

— Elle te l'a dit. Elle ne s'est jamais confiée à personne.

— Oui, mais tu n'étais pas n'importe qui. Ton rôle était de lui tirer des informations, Reece. L'idée que tu nous aies caché certaines choses me gêne.

— Je n'ai pas…

Inutile de mentir. Il avait fait ce qu'il avait cru bon de faire.

— Écoute, j'ai commis une petite gaffe. Mais j'étais en train d'arranger les choses…

— Non, coupa Shay en se détachant de la porte.

Elle la rouvrit, s'apprêtant à sortir.

— Je te retire l'affaire. C'est Sabrina et Holden qui s'en chargeront à partir de maintenant. Tu restes en dehors de ça. Je t'affecterai à une autre mission.

— Quoi ? se récria Reece.

Il était membre de North Star depuis plus de six ans. Pas une fois il n'avait ignoré ou discuté un ordre. Mais là…

— Non, réfuta-t-il fermement et peut-être un peu trop fort.

Il sentit le regard d'Elsie quitter son ordinateur et se braquer sur lui.

La main sur la poignée, Shay demeura immobile, le dos tourné, pendant quelques instants, puis il la vit prendre une longue inspiration avant de repousser calmement la porte et de se tourner vers lui.

Son expression n'était pas calme, elle, mais elle s'exprima d'une voix mesurée bien que glaciale.

— Tu as prêté serment quand tu es entré à North Star. Tu as juré, entre autres choses, d'obéir aux ordres.

— De Granger Macmillan.

Elle cligna des yeux, seul signe que sa déclaration avait fait mouche.

— Voilà deux ans que je l'ai remplacé, Reece. N'essaie pas de te dédouaner en mettant ton erreur sur le compte d'une quelconque loyauté mal placée envers Macmillan. En deux ans, tu n'as jamais désobéi une seule fois.

— Parce que je n'en ai pas ressenti la nécessité.

— Et tu ne devrais pas l'éprouver maintenant. La loyauté, c'est à North Star que tu la dois, pas à une femme que tu viens juste de rencontrer.

— Ce n'est quand même pas toi qui vas me sermonner sur le fait que les ordres doivent être suivis à la lettre en faisant abstraction de tout sentiment personnel ?

Shay pencha la tête sur le côté, la surprise se peignant cette fois ouvertement sur son visage. Elle n'en revenait pas qu'il ait osé mentionner le fait qu'elle avait contrevenu aux ordres de Granger, et ce à plusieurs reprises.

— C'est vrai. Quand j'étais dans ta position, il m'est arrivé de garder le cap que je savais être le bon quand Granger le perdait de vue. *Le cap que je savais être le bon,* Reece. Il ne s'agissait pas de sentiments personnels.

— Oui, eh bien, c'est mon cap à moi.

Mais il gérait mal cette situation, ce qui le contrariait. Ce n'était pas dans ses habitudes. Il ne perdait jamais son sang-froid, ne prenait jamais de décisions à l'emporte-pièce, sous le coup de l'émotion. Il aurait bien voulu faire machine arrière, maintenant, mais c'était impossible.

— Lianna et Henry sont sous ma responsabilité. Tu ne m'enlèveras pas cette mission.

Les sourcils de Shay se rejoignirent au-dessus de ses yeux.

— Y a-t-il quelque chose que tu ne me dis pas ?

— Non.

Elle soupira puis se passa une main sur le visage. La lassitude marquait ses traits et Reece éprouva une pointe de culpabilité. Il avait toujours pleinement respecté les règles du jeu. Joué collectif, suivi les ordres, laissé le chef diriger.

Mais il ne pouvait tout bonnement pas regarder Sabrina et Holden prendre cette affaire en main en restant les bras croisés.

— C'est seulement que… je suis sensible à cette affaire-là, OK ? Du moins… à ses protagonistes.

— Au bout de seulement quelques jours ? souligna Shay, sceptique.

Un scepticisme justifié. Compréhensible. Mais qui ne faisait pas le poids face aux sentiments qu'il sentait grandir en lui et qu'il lui était impossible de museler.

— Oui, au bout de quelques jours.

— Les sentiments peuvent constituer un dangereux handicap lorsqu'on est en mission…

Elle s'interrompit un instant, le regarda, puis soupira.

— Bien, reprit-elle. Tu conserves ta mission. Sous réserve que, quoi qu'il arrive, tu nous gardes dans la boucle. Gaffe ou pas. Tout ce qu'elle te dira, tu dois nous le transmettre. C'est la seule façon dont nous pourrons élucider cette histoire, ce qui est dans *leur* intérêt.

— Même si ce groupe qui nous a contactés se révélait lui-même en avoir après eux ?

— Surtout dans ce cas-là, répliqua-t-elle avec véhémence. Personne ne se servira de North Star pour faire du mal aux gens. Du moins, pas tant que je serai à sa tête.

— D'accord. Très bien. Je vais aller les aider, pour le dîner.

Reece se tourna vers Elsie.

— Je veux être immédiatement tenu au courant de tout ce que tu trouves. À n'importe quelle heure. Sur le mari, sur ces différents groupes, même le détail le plus anodin.

Les coins de la bouche d'Elsie frémirent.

— Compris, patron.

— Je ne suis pas le patron, maugréa-t-il en passant au pas de charge devant elle et Shay.

— Alors, tâche de t'en souvenir, hein ? lança celle-ci.

Mais elle accompagna ses paroles d'un sourire qui démentait l'injonction.

Ce qui était une plaisante façon de clore la discussion qui, l'espace d'un moment, avait été très tendue. Cela étant, il avait dit des choses qu'il n'aurait peut-être pas dû, ou du moins qu'il n'aurait pas dû utiliser comme armes. Ne voulant pas garder cela sur la conscience, il se retourna :

— Au fait, Shay… tu as fait du sacré bon boulot depuis que Granger n'est plus là. Je n'ai jamais douté de toi, alors que cela m'est arrivé une fois ou deux avec Granger.

Shay demeura totalement immobile, comme stupéfiée par ses paroles. Il n'était pas du genre à faire des compliments ni à se livrer de la sorte. Reconnaître coup sur coup qu'il avait un faible pour Lianna et Henry puis qu'elle était une bonne directrice étaient deux choses qui ne lui ressemblaient pas du tout.

Mais elle finit par hocher la tête.

— Merci. Et maintenant, attelons-nous à la tâche et finissons-en pour que tes amis puissent rentrer chez eux.

Il acquiesça à son tour en silence et sortit en s'efforçant de ne pas trop s'appesantir sur ce que signifierait la fin de cette enquête. Quand Lianna et Henry pourraient reprendre le cours normal de leurs vies et que lui…

Se retrouverait seul.

Comme tu étais destiné à l'être.

11

La cuisine était immense. Environ trois fois plus grande que celle de l'auberge et deux fois mieux approvisionnée.

Betty était une personne aimable et posée, son calme agissait sur Lianna comme un baume apaisant.

— Vous n'avez que des choses bonnes pour la santé, geignit Henry.

Betty gloussa malgré l'embarras de Lianna, ennuyée que son fils se plaigne alors qu'on leur offrait le gîte et le couvert, et la sécurité.

— C'est vrai que nous mangeons sain ici mais je peux te faire un sandwich au fromage fondu ou même au beurre de cacahuète et à la confiture.

— Ne prenez pas cette peine, je peux m'en charger. Ça me gêne que vous nous dorlotiez comme des coqs en pâte.

— Je sais combien vous retrouver ici doit être déstabilisant, d'autant plus que vous avez été entraînée dans cette histoire contre votre volonté, mais l'idée de cet endroit, c'est justement d'aider les gens – que ce soit par l'action sur le terrain ou… en préparant un sandwich au fromage.

Reece apparut dans la cuisine, si discrètement que Lianna faillit sursauter. Son cœur se mit à cogner. *La nervosité,* se dit-elle. Maintenant qu'il savait tout, qu'allait-il se passer ?

Mais, au-delà du battement de son cœur, elle sentait une étrange trépidation en elle qui tenait à tout autre chose que la simple tension due à l'inquiétude.

— Merci, Bet. Je vais prendre le relais.

Betty hocha la tête.

— Je serai là dans les jours qui viennent. N'hésitez pas à me dire si vous avez besoin de quoi que ce soit.

— Merci beaucoup. Vraiment, je…

Betty adressa un petit signe de la main à Lianna et quitta la cuisine aussi silencieusement que Reece y était entré.

— Toi aussi, tu vas manger un sandwich au fromage fondu, Reece ? demanda Henry en essayant de jeter un coup d'œil au contenu du garde-manger sans que Lianna le voie.

— Ça a l'air tentant. Et si je m'occupais du dîner ?

— Mais…

Lianna s'interrompit, à court d'arguments. Elle ne connaissait pas cette cuisine, ne savait pas où se trouvaient les choses. Mais c'était elle qui tenait une auberge, avait l'habitude de préparer des repas, de gérer l'intendance d'une maison d'hôtes.

Reece la guida jusqu'à une grande table.

— Installez-vous là et détendez-vous un peu, lui dit-il en lui tapotant l'épaule avant de commencer à sortir ustensiles et ingrédients.

Henry s'assit mais se releva presque aussitôt pour se mettre à tourner autour de Reece. Lianna n'avait pas l'énergie de le gronder et Reece s'affairait, apparemment nullement dérangé de l'avoir dans les jambes.

— Comment ça se fait que tu ne vives pas ici ? J'adorerais habiter dans un endroit avec une salle d'arcade. Je jouerais à *Street Fighter* tous les jours… Je serais le meilleur !

— Louable ambition, répondit Reece. Mais les jeux vidéo finissent par lasser au bout d'un moment, non ?

Henry émit un son dubitatif puis revint vers Lianna et grimpa de nouveau sur sa chaise.

— Pourquoi on est au travail de Reece, maman ?

Lianna chercha quoi répondre mais, alors qu'elle trouvait toujours les mots pour rassurer Henry, cette fois rien ne vint.

— C'est à cause de papa ? insista-t-il en contemplant le bout de sa chaussure qu'il tapait contre le pied de table.

Elle regarda son fils. Mentir par omission était une chose

mais mentir ouvertement… Elle leva les yeux vers Reece, qui guettait sa réaction. Visiblement, il n'avait pas l'intention de la sortir de cette ornière en mentant à sa place… Même alors que cela lui aurait ôté une belle épine du pied.

— Oui.

Elle ne lui avait jamais dit franchement que son père était un homme peu recommandable. À quoi bon ? Henry l'avait peu connu et il lui semblait qu'il en savait assez pour se rendre compte que Todd n'avait pas été un père exemplaire ni un modèle de vertu.

Mais il lui paraissait inapproprié de déclarer tout de go : « Écoute, ton père était quelqu'un de mauvais qui trempait dans des affaires louches. Et, maintenant, on en paie le prix. » On ne parlait pas ainsi à un enfant de sept ans. Elle devait prendre des gants, choisir ses mots avec soin.

— Des gens cherchent des informations sur ton père. Ils pensent que je suis au courant. Donc, Reece nous aide simplement à leur faire comprendre que ce n'est pas le cas.

Henry fronça les sourcils mais continua à contempler sa chaussure.

— Des méchants ?

— On n'a pas le pouvoir de contrôler ce que sont les autres, dit gravement Lianna. L'important, c'est de se concentrer sur ce que nous sommes, nous, et sur la bonne façon de se comporter. Et si… on a besoin d'aide, eh bien, il ne faut pas hésiter à la demander.

Reece s'approcha et déposa une assiette devant chacun d'eux. Des sandwichs au fromage, de jeunes carottes et du raisin.

Bizarrement, après les montagnes russes émotionnelles par lesquelles elle était passée au cours de cette journée, ce fut cela qui manqua de lui tirer des larmes.

Mais Reece n'en avait pas terminé. Il s'accroupit devant Henry et regarda le petit garçon dans les yeux.

— Est-ce que tu me fais confiance ?

Henry hocha la tête.

— Je sais que tu te poses beaucoup de questions… et

c'est normal. Tu es un garçon intelligent. Mais ce sont des histoires compliquées, des histoires d'adultes. En gros, je vais veiller à votre sécurité, à toi et à ta maman, jusqu'à ce qu'on ait réussi à convaincre ces hommes de la laisser tranquille. Donc, tu n'as pas à avoir peur. Parce que ta maman et moi, on s'occupe de tout.

Henry considéra Reece pendant quelques secondes, comme s'il cherchait quelque chose sur ses traits rudes et volontaires.

Finalement, il hocha la tête.

— D'accord…

Puis un petit sourire malicieux étira ses lèvres.

— Ça veut dire que je pourrai jouer plus souvent à *Street Fighter.*

Henry avait toujours excellé à ce petit jeu. *Donne-m'en long comme le doigt, j'en prendrai long comme le bras.* Mais il était si mignon qu'il était difficile de le rabrouer. Reece partit d'un petit rire et jeta un coup d'œil à Lianna, qui ne put s'empêcher de sourire en retour. Leurs regards se croisèrent et…

Son estomac exécuta un looping. Inutile de se leurrer en se disant que ce vertigineux frisson n'avait rien à voir avec tout ce sur quoi elle s'était juré de tirer définitivement un trait.

Mais elle ne céderait pas à cette attirance. Elle ne tomberait pas dans le piège de ces sourires conspirateurs. Pour le bien de Henry, elle ignorerait l'aspect féminin de sa personnalité.

Mais, apparemment, s'agissant de Reece Conrad – non, Montgomery -, sa part féminine n'écoutait pas la voix de la raison… parce qu'elle était trop occupée à le détailler. La façon dont les coins de ses yeux s'étoilaient de fines lignes quand il souriait, la chaleur de son regard, la facilité avec laquelle sa grande main était venue négligemment se poser sur le dossier de la chaise de Henry.

Après leur avoir préparé à tous des sandwichs.

Henry se jeta sur son assiette tandis que Lianna se mettait à picorer dans la sienne. Elle n'avait pas faim. Et, malheureusement, ce n'était pas seulement à cause du pétrin dans lequel elle se trouvait. Reece lui-même commençait à poser problème. Notamment lorsqu'il s'attablait avec eux, comme c'était présentement le cas, avec son assiette – garnie, pour lui, d'un sandwich au poulet –, et se mettait à parler base-ball avec Henry comme si c'était…

Comme si c'était… *tout ce qui ne pourrait jamais être.*

Après le dîner et une dernière partie de *Street Fighter,* Reece conduisit Lianna à la chambre qu'elle partagerait avec Henry.

— J'ai pensé que vous ne voudriez pas de chambres séparées.

Elle lui sourit, s'efforçant de trouver le juste équilibre entre politesse et gratitude sans rien trahir de ce… tressaillement malvenu qu'elle éprouvait.

— Vous avez vu juste.

Un bourdonnement retentit et Reece tira son téléphone de sa poche. Il fronça les sourcils et se leva.

— On dirait qu'Elsie a découvert quelque chose. Voulez-vous me rejoindre en salle de réunion quand Henry sera endormi ?

— Oui. Je suppose que je pourrai le surveiller de là-bas ?

La bouche de Reece s'incurva en un petit sourire.

— Vous supposez bien. Prenez votre temps. Je vous raconterai tout quand vous arriverez, c'est promis.

Lianna hocha la tête et Reece disparut. Il était beaucoup plus… silencieux ici. Ce devait être l'instinct, ou l'habitude. Une habitude avec laquelle il avait délibérément rompu tandis qu'il séjournait à l'auberge. Que ce soit pour la mettre à l'aise ou pour se comporter comme un hôte lambda, elle n'en savait rien, mais il s'était déplacé de façon beaucoup plus audible. Elle avait toujours su où il se trouvait alors qu'ici… il passait son temps à apparaître et disparaître. Comme l'agent secret qu'il était.

Dans la salle de bains, elle trouva tous les articles de toilette dont ils avaient besoin, ainsi que Reece le lui avait dit. Ils avaient même pensé à leur fournir des vêtements de nuit : un grand T-shirt pour Henry et un pyjama en jersey pour elle.

Lorsque Henry se fut brossé les dents, il se mit au lit sans rechigner, ce qui était un bon indicateur de son degré de fatigue. Elle l'embrassa puis lui caressa les cheveux.

— Dors bien, mon chéri. Tu as des tas de jeux vidéo qui t'attendent demain matin.

Henry sourit mais ses paupières s'abaissaient déjà.

— Quand est-ce qu'on rentrera à la maison ? s'enquit-il en étouffant un bâillement.

Lianna réprima une bouffée de peine et de culpabilité.

— Je ne sais pas, mon chou.

— On a un problème, annonça Elsie sans préambule lorsque Reece entra dans la salle. Un gros problème. J'ai commencé à effectuer des recherches sur Charles Jackson… À peu près tout le monde a placé un drapeau sur ce nom. J'ai réussi à contourner ceux du FBI et de quelques autres agences ou groupes que je n'ai pas encore pris le temps d'identifier. Le hic, c'est que l'un d'eux avait masqué son drapeau.

Reece n'était pas spécialiste de l'informatique mais il savait ce que cela signifiait.

— Donc, quelqu'un sait désormais que nous nous intéressons à Charles Jackson.

— Ils ne savent pas qui nous sommes ni où nous sommes basés. J'ai des protections pour empêcher ça. Mais ils savent qu'une personne s'y intéresse et il n'est pas besoin d'être grand clerc pour comprendre que si quelqu'un a lancé cette recherche justement aujourd'hui…

— C'est que Lianna nous a donné son nom, acheva Reece.

Il jura. Au lieu de l'aider, ils avaient aggravé sa situation en faisant d'elle une cible clairement identifiée alors qu'elle n'avait jusqu'alors été que l'encombrante épouse sur laquelle planait un vague doute.

Il jura de nouveau.

— J'assume l'entière responsabilité de cette erreur, déclara Elsie d'une voix altérée par un très léger tremblement. C'est ma faute. J'aurais dû repérer ce drapeau, caché ou pas.

— Tu as peut-être eu affaire à un adversaire particulièrement doué, Els, souligna Reece avec plus de calme et de magnanimité qu'il n'en éprouvait.

Elsie était jeune et n'était pas un agent. On ne pouvait pas demander aux génies de la technologie de tout maîtriser.

— Je ne déléguerai ça à aucun de mes collègues informaticiens. Je vais m'en occuper en personne et prendre des précautions draconiennes avant d'affiner les recherches sur les groupes dont elle a parlé. Seulement, ce sera plus long, évidemment.

— Eh bien, on prendra le temps, voilà tout. Il n'y a pas lieu de nous précipiter.

Shay entra dans la salle.

— Je suis d'accord. On n'a encore personne dans le viseur. Mais il va falloir annoncer la nouvelle à Mme Kade pour qu'elle mesure bien à quel point il est important que son fils et elle restent ici jusqu'à nouvel ordre.

— Je ne pense pas qu'elle s'imagine être plus en sécurité à l'auberge, répliqua Reece d'un ton vif.

Mais mieux valait se montrer incisif que s'énerver. Mieux valait paraître fermé et un peu sec que laisser libre cours à la fureur qu'il sentait monter en lui.

— On ne sait jamais, répondit Shay avec un haussement d'épaules qui acheva de l'agacer.

— On devrait infiltrer chacun de ces groupes, dit-il, les dents serrées. FBI y compris. Qui sait quel est leur degré d'implication dans cette affaire ?

Shay secoua la tête et Reece dut se faire violence pour se retenir de demander pourquoi.

— Je viens de m'entretenir avec mon contact, celui qui nous a confié cette mission. Je lui ai dit que nous avions trouvé quelques éléments d'information mais qu'il devait m'en révéler davantage pour que je les lui transmette. Il a fini par se laisser fléchir.

— Et alors ? C'est le FBI ? s'enquit Elsie.

— Non. Un groupe du nom de T2K9.

Elsie fronça les sourcils en regardant son écran.

— C'est l'un des groupes dont Lianna a dit qu'ils figuraient dans le dossier du FBI. Donc, ce sont eux, les ennemis ?

— Pas exactement. Par déduction, et grâce à un renvoi d'ascenseur de Granger, j'ai réussi à savoir qu'ils étaient du bon côté de la barrière.

— Tu as eu Granger ? releva Elsie, les yeux agrandis par la surprise. Je croyais qu'il ne voulait parler à personne.

— Il fait une exception de temps en temps. Surtout quand je le menace de débarquer avec North Star au grand complet dans son ranch.

— Ce sont eux qui ont posé les micros ? demanda Reece.

Il avait beau vénérer son ancien patron et respecter son désir d'isolement, ce n'était pas le moment de s'appesantir sur le sujet. Il avait besoin d'en savoir plus avant de se ranger à l'avis de Shay selon lequel le groupe qui les avait approchés ne voulait pas de mal à Lianna – que ce soit délibérément ou collatéralement.

— Non. Apparemment, Todd Kade en était membre, sous le nom de Jack Charles, donc Lianna se trompait en pensant qu'il n'avait pas d'autres fausses identités. T2K9 a découvert après sa mort qu'il les avait dupés. Ils sont remontés jusqu'au nom de Todd Kade et ont cherché à en savoir plus. Comme ils n'y parvenaient pas, ils se sont tournés vers nous. Tu ne seras pas surpris d'apprendre que leur directeur connaissait Granger et qu'il en savait assez sur nous pour penser que nous serions en mesure de réussir là où ils avaient échoué.

— Je ne comprends pas, commenta Reece. Comment un homme seul pouvait-il être impliqué dans tant de choses ?

— Charles Jackson aimait se diversifier, semble-t-il. Il avait des liens avec d'autres groupes que ceux cités par Mme Kade. Certains vertueux, certains douteux et d'autres franchement malveillants.

— Jack Charles était un informateur du FBI, déclara Elsie tout en tapant sur son clavier. Il n'y a pas d'indicateurs, cachés ou apparents, sur cette identité-là. Je peux chercher à ma guise.

— Ce qui explique l'implication du FBI, conclut Shay en se penchant par-dessus l'épaule d'Elsie pour regarder l'écran.

— Donc, lequel de tous ces groupes a posé les micros ? demanda Reece, irrité que les deux femmes paraissent plus intéressées par l'étendue des activités du défunt Todd que par ce que certains hommes, bien vivants ceux-là, faisaient actuellement. Qui a envoyé ce type au 4x4 noir ?

— On ne l'a pas encore découvert.

— Bon sang, Shay, ça ne suffit pas, rétorqua Reece.

Il avait réussi à contrôler l'intonation de sa voix mais ce n'en était pas moins une explosion de colère.

Explosion qu'il regretta aussitôt lorsque, se retournant, il vit Lianna debout dans l'embrasure de la porte, les mains pressées l'une contre l'autre. Son expression se voulait neutre mais son immobilité était trop totale pour être naturelle.

Il aurait bien voulu pouvoir se raisonner, se débarrasser de l'émotion qui s'emparait de lui chaque fois qu'il posait les yeux sur elle, et qui, sans être chaque fois identique, était toujours… profonde, immédiate. Infiniment troublante.

Mais c'était plus fort que lui. Et il resta là, sans bouger, tandis qu'elle le contemplait, les yeux écarquillés par l'appréhension.

— On dirait que les choses se sont un peu tendues depuis tout à l'heure, nota-t-elle finalement d'une voix pondérée, où ne perçait ni anxiété ni peur.

Bien sûr, songea-t-il. Pendant un an, jour après jour, elle avait vécu avec cette incertitude tout en faisant bonne figure pour Henry. C'était une femme forte, rendue plus forte encore par des circonstances indépendantes de sa volonté.

Et Reece devait cesser de s'interroger à propos de ces sentiments ridicules qui lui empoisonnaient la vie et se concentrer afin de lui apporter ce dont elle avait besoin : la sécurité et la tranquillité d'esprit.

— Nous avons quelques pistes, répondit Shay. Malheureusement, les gens qui veulent obtenir de vous des informations sont plus retors que nous ne l'avions anticipé. Il est très possible qu'ils sachent que vous nous avez fourni un nom.

Lianna pâlit mais elle redressa le menton.

— Comment cela a-t-il pu se produire ?

— C'est ma faute, avoua Elsie d'un ton d'excuse mais sans se départir de son attitude professionnelle. J'aurais dû me méfier davantage. Je ne vais pas entrer dans des explications techniques mais, en langage profane, disons qu'ils ont fait en sorte d'être avertis si quelqu'un recherchait des renseignements sur Charles Jackson.

— Ce qui signifie qu'ils savent son vrai nom, dit Lianna.

Shay hocha la tête.

— Oui. En fait, il s'avère que Todd utilisait plusieurs fausses identités et travaillait pour tout un éventail de groupes. Il ne devait pas être souvent à la maison.

Les épaules de Lianna se crispèrent imperceptiblement, comme si elle prenait la remarque de Shay pour une insulte personnelle.

— Il m'avait dit être commercial et voyager beaucoup. Dix mois après notre mariage, le bébé est arrivé et il a tout de suite été clair que la paternité n'intéressait pas Todd. Donc, l'augmentation de la fréquence et de la durée de ses déplacements ne m'a pas surprise… C'était cohérent avec son désir de ne pas s'investir dans son rôle de père.

— Personne ne suggère que vous auriez pu deviner qui il était, intervint Reece, comprenant mieux ce qui l'avait froissée.

— Ah non ? répliqua Lianna en dardant son regard sur Shay.

La bouche de cette dernière s'incurva, mais d'un sourire qui n'avait rien de condescendant. Il témoignait plutôt de son respect pour le point que Lianna venait de marquer.

— Je ne suis pas là pour insinuer quoi que ce soit ni interpréter vos paroles, Lianna. Je collecte simplement des observations.

Lianna fit la moue.

— Des observations que vous mettez bout à bout pour échafauder une hypothèse. Je n'avais aucune idée de qui était Todd. Je vous ai dit tout ce que je pouvais, mais vous savez quoi ? Je m'en mords les doigts. Parce que je suis plus que jamais en danger maintenant.

Shay demeura imperturbable mais Reece, qui la connaissait bien, vit que le coup avait porté. Elle hocha la tête.

— Vous ne risquez rien ici. Je vous le promets.

— Mais je ne peux pas rester là éternellement, contra Lianna en secouant la tête et en refermant les bras autour d'elle. Nous ne savons toujours pas qui en a après moi, ni pourquoi. Et si nous ne savons rien, ça signifie que nous ne…

— Ça signifie que je vais prendre les choses en main, asséna fermement Reece. Nous allons envoyer un agent dans chacun des groupes. Voir ce que nous pouvons tirer du FBI – ils en savent certainement plus qu'ils ne le disent. Nous…

— Nous allons garder en mémoire le fait que c'est *moi* qui commande ici, interrompit Shay.

— Avec tout le respect que je vous dois et même si j'ai conscience d'être une simple civile et non une spécialiste comme vous, dit calmement Lianna en plongeant les mains dans les poches de son jean pour dissimuler leur tremblement, je crois que la seule façon de débusquer ceux qui me traquent est de les laisser venir à moi.

— Hors de question, objecta Reece avant de se rendre compte que les regards des trois femmes convergeaient sur lui. Nous ne permettrons pas qu'une civile non entraînée serve d'appât pour coincer un groupe dont nous ne savons rien. Fin de l'histoire.

— Non, ce n'est pas la « fin de l'histoire », rétorqua Lianna avec une fureur difficilement contenue qui le surprit. Vous n'êtes pas responsable de moi, Reece. Aucun de vous ne l'est. Voilà maintenant un an que je fuis ou que je me cache et je ne suis toujours pas en sécurité. La vie de Henry est de nouveau chamboulée. Il faut que tout ça s'arrête. Et, si c'est par moi que cela doit passer, eh bien soit.

12

— Lianna.

La voix de Shay, douce et empreinte de patience, lui donna envie de bondir sur ses pieds et de passer ses nerfs sur quelque chose – le beau visage de Reece, particulièrement.

— Je comprends votre frustration, continua Shay. Mais, comme vous l'avez vous-même souligné, vous êtes une civile. Vous ne pouvez pas…

— Alors, entraînez-moi… Aidez-moi. Il faut que tout ça cesse. Nous savons tous que, grâce à Todd – ou Charles ou… je ne sais qui, je me retrouve au cœur de cette histoire. Je ne sais même pas ce qu'ils me veulent, et vous non plus. Nous ne le découvrirons jamais sans moi.

Lianna s'efforçait de prétendre qu'elle n'avait pas peur. De faire face avec le même courage qu'elle avait montré pendant un an. Elle se plaisait à penser qu'elle y parvenait. Oh ! bien sûr, intérieurement, elle était pétrifiée de terreur mais, vu de l'extérieur, elle donnait l'impression d'être sûre d'elle. Passionnée.

Du moins l'espérait-elle.

— Je suis désolé mais non. C'est inenvisageable, réfuta Reece, à l'adresse de Shay et d'Elsie plutôt qu'à elle-même.

Qu'il n'adhère pas à son idée n'avait rien d'étonnant mais ce qui la surprenait, en revanche, c'était… l'intensité de sa réaction, sa véhémence. Il s'était mis à marcher de long en large dans la salle, chose qu'elle ne l'avait jamais vu faire.

Il s'était toujours montré doux, attentif, plein de retenue.

Même lorsqu'il l'avait chargée sur son épaule pour l'emmener à sa voiture.

— Lianna.

L'attitude de Reece changea radicalement. Il prit une grande inspiration et lui parla d'un ton calme mais autoritaire.

— Vous avez eu une dure journée. Vous devriez aller vous reposer. Si vous êtes une cible désormais, c'est par notre faute, donc c'est à nous de régler ça.

Peut-être lui avait-il inoculé sa fureur parce qu'elle la sentit monter en elle, tel un flot de lave brûlante.

— Je ne me laisserai pas mettre sur la touche.

— Ce n'est pas ce que…

— C'est exactement ce que vous voulez faire, coupa-t-elle. Votre groupe a sa part de responsabilité, c'est sûr, mais ma maison était sur écoute. Donc, il est clair que les affaires dans lesquelles trempait Todd n'étaient pas terminées, même si on me laissait en paix. Ça, ce n'est pas de votre fait. Alors, j'ai besoin d'aide, oui. Mais je ne veux pas qu'un mystérieux groupe vienne chambouler toute ma vie, même si vous êtes tous très gentils. Vous ne pouvez pas me déposséder de mon libre arbitre, me dicter ma conduite. Vous n'êtes pas responsables de moi.

Un long silence accueillit sa tirade. Un silence qu'elle aurait qualifié au mieux de « tendu », s'agissant de Reece. Mais celui de Shay et Elsie semblait plutôt suscité par la curiosité. Elles contemplaient fixement Reece comme si elles ne l'avaient encore jamais vu.

— Ils savent maintenant que je connais le vrai nom de Todd. Mais ils étaient déjà au courant, donc il y a autre chose.

— Elsie s'emploie à déterminer la véritable identité du type qui est venu à l'auberge cet après-midi, déclara Reece, les dents serrées.

Il n'avait pas les poings serrés mais c'était tout comme. Elle sentait la tension qui se dégageait de lui. Comme s'il était prêt à en venir aux mains pour défendre son point de vue mais qu'il se retenait.

— Tant mieux, dit Lianna, s'apercevant que plus elle regardait Reece maîtriser l'incandescente férocité qui couvait sous sa façade calme, mieux elle se dominait elle-même.

Un peu comme quand Henry faisait un caprice. La comparaison lui donna envie de rire, ce dont elle se garda bien, car l'analogie s'arrêtait là et que Reece ne semblait pas d'humeur à plaisanter.

— Je rencontre des obstacles. Quelqu'un tient absolument à ce que nous ne sachions pas qui il est ni avec qui il travaille, c'est évident. Mais je vais faire sauter ces verrous, annonça Elsie avec une tranquille assurance qui apaisa quelque peu les craintes de Lianna. Ce sera juste un peu plus long que je ne le voudrais.

— Et qu'arrivera-t-il quand vous y serez parvenue ? questionna Lianna, sans l'intonation cinglante qu'elle avait eue un moment plus tôt.

Elle était trop fatiguée pour ça. Elle en avait assez des demi-réponses qui ne mettaient jamais un terme définitif à cet… imbroglio que Todd lui avait laissé en héritage.

— Vous connaissez le nom du groupe pour lequel Todd est supposé avoir travaillé. Mais vous ne savez pas ce qu'ils me veulent. Et, ça, nous ne le découvrirons que si nous leur tendons la perche.

— Inutile d'insister. Nous ne leur offrirons pas la possibilité d'avoir accès à vous, point final, asséna Reece.

Sa voix était toujours sous contrôle, mais rien d'autre ne l'était chez lui. Là-dessus, il tourna les talons et quitta la salle au pas de charge, la laissant interdite.

— Eh bien, murmura Shay. Cet échange était… intéressant.

— Moi qui en étais à me dire que Reece devait être une sorte d'androïde… Un robot de travail, souligna Elsie, la voix emplie de respect. *Ça,* ça n'avait rien de robotique.

Les deux femmes tournèrent le regard vers Lianna. Comme si elle était censée comprendre ce qu'elles voulaient dire.

— Je… Je ne sais pas. Je ne le connais que depuis peu.

— Mais vous lui avez fait forte impression. Et, croyez-moi, Reece a l'habitude de travailler sur des affaires bien plus compliquées et dangereuses que celle-ci, déclara Shay.

— Absolument. Comme lorsqu'il a sauvé à lui tout seul tous ces soldats en Afghanistan, confirma Elsie bien qu'elle se soit de nouveau attelée à la tâche, penchée sur son clavier.

— Ou la fois où il a arraché cette fille des griffes de – combien ? – au moins dix membres des Fils en s'en sortant sans même une égratignure, renchérit Shay.

Elsie hocha la tête.

— Oui. Et, quand on l'a félicité à son retour, il s'est borné à hausser les épaules comme s'il revenait d'une promenade de santé et à s'enquérir de sa prochaine mission, répondit Elsie avant de couler un regard en direction de Lianna. Et il n'a jamais quitté une salle de réunion dans cet état…

— Jamais. Je suis ici depuis plus longtemps que lui. Je ne l'ai jamais vu se conduire de la sorte.

— Je ne vois pas où vous voulez en venir, toutes les deux, nota Lianna, s'efforçant d'ignorer cette étrange palpitation dans sa poitrine.

— Oh ! nulle part, éluda Shay avec, dans le regard, une lueur amusée qui se dissipa progressivement. Aller au-devant du danger comme vous vous proposez de le faire est très risqué, Lianna. Même avec notre aide. Vous mettez votre vie en jeu.

Lianna porta une main à sa poitrine, comme l'agréable – bien qu'inopportun – frémissement se muait en spasme de panique.

— Je ne souhaite pas risquer ma vie mais je ne veux pas continuer à vivre dans la peur. Henry manque l'école. Encore un peu et il manquera aussi le base-ball. Si on doit de nouveau déménager…

Elle secoua la tête.

— Il mérite mieux que ça.

Shay acquiesça.

— Laissez-nous le temps de nous retourner, d'accord ? On va élaborer un plan, monter une équipe pour vous protéger…

Lianna ne comprenait pas ces gens. Leur intérêt dans tout ça. Pourquoi ils avaient fait irruption dans sa vie pour venir tout chambouler. Et, pis encore, pourquoi elle leur accordait sa confiance.

— Pourquoi ? Vous ne me connaissez ni d'Adam ni d'Ève. Je n'ai pas les moyens de vous payer. Pourquoi tenez-vous tant à m'aider ?

— Parce que c'est notre vocation de protéger les innocents.

Lianna songea à l'histoire de Reece et de ses parents, à la façon dont il avait compensé par de brillants états de service son désastreux départ dans la vie. Retiré à la garde de ses parents par l'État. Personne ne l'avait protégé, lui, étant enfant. Étaient-ils tous comme lui ?

— Parce que vous avez vous-même été de ces innocents que personne ne protégeait ?

Shay échangea un regard avec Elsie, puis reporta son attention sur elle.

— Exactement, affirma-t-elle fermement.

Avec véhémence, presque. Comme si ce n'était pas seulement la vérité mais un vœu qu'elle avait fait.

— Je suis prête à accepter votre aide, reprit Lianna. Et votre protection. Je n'ai pas le moindre désir de mourir. Je veux seulement que tout ça s'arrête afin de pouvoir enfin offrir à mon fils la vie qu'il mérite. Je ne pense pas qu'il soit possible d'y parvenir sans que je me mette un peu en danger mais je compte sur vous tous pour faire en sorte que celui-ci soit le plus… limité possible.

L'ombre d'un sourire étira les lèvres de Shay.

— Je commence à mieux comprendre la réaction de Reece.

Lianna cligna des yeux, irritée de sentir une bouffée de chaleur lui monter aux joues. Elle ne trouva rien à dire.

— Il est tard, dit Shay avec une douceur que Lianna ne lui avait encore jamais vue. Pourquoi ne pas aller vous reposer ? Nous nous réunirons de nouveau demain matin pour établir un plan d'action.

Dormir ? Comment pouvait-on dormir en se sachant en danger ? se demanda Lianna. Mais, d'un autre côté, si elle avait l'esprit occupé par les périls qui la menaçaient, elle ne penserait pas aux sentiments que Reece avait fait naître en elle. Un étranger. Un homme qu'elle connaissait à peine. Mais… elle était échaudée. Elle s'était éprise de Todd, laissé emporter par son cœur, à la poursuite d'une stupide émotion qui s'était révélée totalement factice. Fabriquée.

Elle ne reproduirait pas la même erreur. Peut-être en était-elle venue à faire confiance à Reece pour l'aide que lui et son groupe pouvaient lui apporter, mais ça ne signifiait pas qu'elle pouvait se fier à… cet élan qui la poussait vers lui. Elle ne le devait pas.

Mais, comme elle rejoignait la chambre qu'elle partageait avec son fils, elle stoppa net à l'entrée du couloir en voyant Reece qui faisait les cent pas devant la porte de Henry. Il avait l'air agité, le regard un peu… halluciné. Cela aurait dû suffire à la rebuter.

Mais non. Elle avait envie de le réconforter. Elle avait envie… *de lui*. Non. C'était exclu. Il fallait juste qu'elle se souvienne qu'elle ne pouvait pas se laisser aller à ces sentiments-là. C'était trop tôt. Son jugement l'avait déjà induite en erreur.

Reece n'était en rien comparable à Todd mais ça ne changeait rien aux erreurs qu'*elle* avait commises. Et, en fin de compte, tout ce qui importait, c'était que Henry soit en sécurité.

Pour toujours.

Tel un lion en cage, Reece allait et venait devant la porte de la chambre où dormait Henry. Il devait dominer ses émotions avant de parler à Lianna mais il fallait absolument qu'il la voie ce soir, avant que Shay et Elsie souscrivent à sa stupide idée de servir d'appât.

Cette seule idée le rendait fou. Il avait l'impression que tout son être se changeait en un bloc de pierre, qu'il aurait été capable de défoncer le mur d'un unique coup de poing.

Il n'avait pas éprouvé ça depuis bien longtemps et le retour de cette rage irraisonnée, incontrôlée, n'était pas pour lui plaire.

En fait, elle contribuait à le déstabiliser davantage encore. Ce qui n'était pas productif. Pas du tout.

Surprenant du coin de l'œil un mouvement au bout du corridor, il leva les yeux et vit Lianna. Elle le dévisagea longuement, comme si quelque conflit interne se livrait derrière ses yeux, puis elle s'avança vers lui.

Il la regarda approcher sans un mot, conscient qu'il n'avait pas réglé le tourment qui l'agitait, lui, ni réussi à refouler tout ce qui devait rester enfoui au plus profond de lui.

— Nous sommes parvenues à un accord, déclara placidement Lianna. Si vous étiez resté, vous l'auriez entendu.

— Si j'étais resté, j'aurais balancé mon poing dans le mur, maugréa-t-il.

Si sa réponse la prit au dépourvu, elle n'en montra rien.

— Ce n'aurait pas été très constructif, commenta-t-elle du même ton qu'elle aurait réprimandé Henry.

Ce qui n'améliora nullement l'état d'esprit de Reece.

— Je ne me sens pas d'humeur spécialement constructive. Je ne me sens pas…

Il s'interrompit, faisant appel à tout ce qu'il avait appris – en tant que soldat, en tant qu'agent à North Star, en tant… qu'ex-enfant placé qui ne pouvait pas se permettre le moindre faux pas sous peine de subir de sévères conséquences –, et il fit taire toutes ses turbulences intérieures.

Malheureusement, cela libéra de la place pour tous ces autres sentiments qui le taraudaient. Elle était debout, là, l'air tellement… posé, malgré l'inquiétude qui se devinait dans son expression. Malgré la façon dont ses yeux bleus le contemplaient avec une réserve qu'elle avait raison d'éprouver mais qu'il ne voulait pas y voir.

Des mèches blondes s'échappaient de sa queue-de-cheval et, en dépit de sa posture rigide, elle avait l'air d'une femme qui avait vécu l'enfer. Et il voulait…

Seigneur, il voulait des choses qui n'avaient pas de sens. Il tira sur son T-shirt, frustré et incapable de trouver les mots pour exprimer ses sentiments.

— Je ne sais pas ce que j'ai.

Elle cligna des yeux, montrant enfin une émotion autre que du dédain et de la condescendance. De la stupéfaction ou quelque chose qui y ressemblait. De la perplexité, ça, c'était certain. Et il y avait de quoi être perplexe. Lui-même l'était tout autant.

— Comment ça, ce que vous avez ?

— Ce… sentiment. Ce que j'éprouve pour vous. Je n'y comprends rien. Je ne peux pas dire que ça me plaît. C'est comme… une maladie.

— Moi ? Je serais… une *maladie ?*

— Ce n'est pas ce que je voulais dire.

Elle prit son souffle avant d'avancer prudemment :

— Non, j'imagine.

Ses sourcils se froncèrent tandis qu'elle l'étudiait. Le cœur de Reece se contracta, lui donnant envie de… de faire des tas de choses. La toucher, pour commencer.

Elle était… tellement mieux que lui. Il savait ce qu'il était. Ce qu'il méritait. Et ce n'était clairement pas une femme comme elle.

— Reece…

Elle n'alla pas plus loin, la seule énonciation de son nom semblant la mettre à la torture. Comme si elle aussi était aux prises avec une partie de la tension qui l'étreignait. Ce qui était absurde, parce qu'elle se faisait simplement du souci pour Henry. Et pour sa propre vie.

— La différence entre nous, reprit-elle après quelques secondes, c'est que, moi, je sais très bien ce que j'éprouve mais que je ne peux pas m'y fier.

Elle fit un pas en avant. Ses doigts effleurèrent la mâchoire de Reece, légers comme une plume et animés d'une sorte de fébrilité, comme si elle se tenait prête à battre en retraite à tout instant.

Il demeura figé dans une immobilité si totale qu'il n'aurait su dire s'il respirait encore.

Les yeux bleus plongèrent dans les siens.

— Vous êtes quelqu'un de bien, déclara-t-elle fermement. À mon corps défendant, je ne peux pas m'empêcher d'avoir confiance en vous. C'est de *moi* que je me méfie.

Cet aveu parut l'attrister mais ses doigts ne quittèrent pas son visage. Elle ne recula pas. Elle continua simplement à le regarder comme si, en le contemplant suffisamment longtemps, quelque chose allait changer.

Peut-être pouvait-il être l'initiateur de ce changement ? Il pouvait… la toucher à son tour. L'embrasser. Il pouvait *tout changer*. N'était-ce pas ce qu'il avait toujours fait ? Changer sa vie envers et contre tout, la réinventer, en dépit de circonstances qui auraient dû l'en empêcher.

Sa main vint se poser sur la taille de Lianna, avec, en arrière-pensée, l'idée de l'attirer à lui, malgré cette insidieuse petite voix que, sa vie durant, il s'était efforcé de réduire au silence et qui lui soufflait qu'il n'avait pas le droit. Elle ne s'écarta pas. Ne laissa pas retomber sa main. Il l'entendit seulement retenir brièvement son souffle.

Soudain, il y eut un léger craquement suivi d'un bruit de pas pesants, puis une silhouette massive apparut au bout du couloir.

Se faisant l'effet d'un gamin pris en train de chaparder des bonbons, Reece retira vivement sa main. Lianna s'était raidie et avait laissé retomber sa main, elle aussi.

— C'est Holden Parker, déclara-t-il, conscient que l'apparition de cet homme blessé, à la démarche vacillante, n'était pas exactement la norme pour elle. Un autre de nos agents.

Un agent qui traînait la patte et arborait une chemise ensanglantée.

— Parker, tu as encore pris une balle ?

Holden leur décocha un sourire en passant devant eux pour rejoindre sa chambre.

— Ce n'est rien, vieux. Juste une blessure superficielle.

Reece le regarda s'éloigner, les sourcils froncés. Holden était pâle et il y avait trop de sang sur sa chemise. Et il ne s'était même pas arrêté pour se présenter à Lianna, ce qui ne lui ressemblait pas.

— Je crois que vous devriez aller le voir, suggéra Lianna, contemplant la porte qui s'était refermée sur Holden. Il avait l'air mal en point.

— Oui, vous avez raison.

Elle reporta son regard sur lui et lui sourit.

— Bonne nuit, Reece, dit-elle doucement avant de tourner les talons et de disparaître dans sa chambre.

Il exhala un soupir. Il ne savait pas trop ce que tout ceci signifiait. Mais c'était sûrement mieux ainsi. Au moins n'avait-il rien fait qu'elle puisse regretter. Il allait donc pouvoir dormir sur ses deux oreilles… et tout oublier. Se concentrer sur un unique objectif demain : assurer la sécurité de Lianna et Henry.

À n'importe quel prix.

Il entra sans frapper dans la chambre de Holden, qu'il trouva assis sur son lit, tentant vainement d'ôter sa chemise.

— Tu as appelé Betty ? demanda Reece, connaissant d'avance la réponse.

Holden Parker était spécialiste en explosifs. D'un naturel impulsif, il était souvent blessé en service. Il avait les médecins en horreur – pas spécialement Betty, mais tout ce qui touchait au domaine médical.

— Ce n'est pas la peine, grommela-t-il.

— Tu as reçu une balle. Ça me paraît être une bonne raison. Que s'est-il passé, d'ailleurs ?

— Apparemment, j'ai posé les mauvaises questions aux mauvaises personnes. Quelqu'un n'a pas apprécié que je m'intéresse au type que Sabrina a capturé hier. Ensuite, j'ai mal pris le fait qu'ils veuillent me « raccompagner ».

Holden lui décocha un sourire triomphal.

— Tu verrais mon adversaire… Il est en plus piteux état que moi.

— Il n'empêche. Tu as besoin de Betty.

— Oh ! je survivrai. Encore une fois. Dis-moi, c'est qui, cette fille ? demanda Holden en désignant le couloir du menton et en agitant facétieusement les sourcils.

— Ne t'inquiète pas de ça, marmonna Reece, conscient

que Holden était Holden et qu'il n'y avait pas lieu de prendre la mouche.

— OK, OK. Chasse gardée. Je comprends.

Offensé malgré lui, Reece secoua la tête.

— Il n'y a pas de chasse qui tienne, répliqua-t-il. Montre un peu de respect. C'est une *mère*.

— Les mères m'adorent, rétorqua Holden avec un désarmant sourire. Et je le leur rends bien.

Reece tira son téléphone de sa poche et appela Betty.

— Non ! Tu ne…

— Allô, Bet ? Holden est ici.

— Cet idiot s'est encore pris une balle ? s'enquit-elle.

— Oui. Ça a l'air moche. Il n'a même pas pu m'empêcher de t'appeler.

Betty jura à voix basse.

— Je prends ma trousse et j'arrive. Ne le laisse pas filer.

— Promis, juré, dit Reece avant de rempocher l'appareil. Si tu essaies de sauter par la fenêtre, tout ce que tu y gagneras, ce sera un petit séjour à l'hôpital.

Holden lui jeta un regard noir.

— Je te hais.

— Mais oui, mais oui.

L'expression de Holden s'aiguisa.

— J'ai interrompu un moment romantique, on dirait.

Reece haussa les épaules, refusant de prêter le flanc aux piques de Holden qui s'efforçait de l'irriter pour qu'il s'en aille, ce qui le laisserait libre d'échapper à Betty.

— C'est la veuve de l'auberge, c'est ça ? Celle que nous nous efforçons de protéger ?

— Oui.

— Je ne t'ai encore jamais vu avoir une relation en mission.

De nouveau, Reece haussa les épaules, sans répondre.

— Je vais te dire une chose : même si on me payait, je ne sortirais pas avec quelqu'un pendant une mission. C'est la recette assurée d'un désastre à venir…

— Alors, tout va bien, puisque je ne sors pas avec elle.

Holden ricana.

— À d'autres ! C'est écrit sur ton visage, Montgomery. Il n'y a pas pire, je t'assure. Ça altère ton jugement, ton instinct de conservation… Tout.

— Merci, Holden, maugréa Reece, entendant le chariot médical rouler dans le couloir. Il faut que je t'attache pour que Betty puisse t'examiner ou tu te laisses soigner comme un bon garçon ?

Derrière lui, Betty pouffa.

— Je te préviens, Holden, si tu essaies de faire le malin, je te place sous sédation forcée.

Holden continua à pester pendant que Betty se mettait au travail. Reece quitta la chambre, plus contrarié par cet échange qu'il ne voulait l'admettre.

« Même si on me payait, je ne sortirais pas avec quelqu'un pendant une mission. C'est la recette assurée d'un désastre à venir. »

Oui, Holden avait raison. Donc, il avait intérêt à se reprendre. Et vite.

13

Ce fut la voix de Henry l'appelant à voix basse qui réveilla Lianna.

— Maman, j'ai envie de faire pipi, murmura-t-il en sautillant sur place. Mais je ne sais pas où je dois aller…

Lianna bondit hors du lit et fonça jusqu'à la porte, sans se soucier du fait qu'elle était en pyjama. Elle conduisit Henry jusqu'aux toilettes qu'on lui avait indiquées la veille.

Henry s'y engouffra comme une fusée et ferma la porte. Lianna poussa un ouf de soulagement assez peu élégant qui s'interrompit brutalement lorsque, relevant les yeux, elle vit Reece qui s'avançait vers elle depuis le fond du couloir.

Vêtu d'un short et d'un sweat-shirt, il sortait manifestement d'une séance de sport car l'encolure du sweat-shirt était mouillée de transpiration, comme ses cheveux et son visage. Il la regarda avec une circonspection qu'elle ne comprit pas.

Pas plus qu'elle ne s'expliqua le frisson d'attirance qui la traversa alors même qu'il était sale et ruisselant de sueur. Cela aurait dû éteindre ses ardeurs mais non, cela faisait naître en elle des images parfaitement, totalement inappropriées. D'autant plus que son fils se trouvait juste là, derrière la porte.

— Bonjour.

— Bonjour, répondit-elle. Euh… Comment va votre ami ?

— Ça va, il va se remettre, répliqua Reece d'un ton maussade. Il se remet toujours.

La porte des toilettes s'ouvrit et Henry apparut, parlant

déjà à toute vitesse. Lianna coupa court à son bavardage en lui rappelant de se laver les mains.

Henry ronchonna et effectua un lavage sommaire sous l'œil de Lianna qui tiqua en le voyant mettre de l'eau partout.

— Tu viens jouer avec moi à la salle d'arcade aujourd'hui ? demanda Henry à Reece en se retenant à grand-peine de sauter sur place.

L'expression grave de Reece se mua en un sourire affectueux.

— Ce sera pour plus tard, mon garçon. J'ai une réunion ce matin. Ta maman aussi. Je crois que c'est Betty qui va jouer avec toi ce matin. J'espère que tu es fin prêt parce qu'elle n'est pas facile à battre, je te préviens.

— J'y arriverai !

— Comment ça se passe, pour le petit déjeuner ? s'enquit Lianna.

— Il y a une sorte de petit buffet dans la cuisine. Vous pourrez choisir tout ce qui vous plaît une fois que vous serez…

Il promena son regard sur elle mais si rapidement qu'elle se demanda si elle ne l'avait pas imaginé.

— … habillée.

Les joues de Lianna s'empourprèrent comme elle se rendait subitement compte qu'elle ne portait pas de soutien-gorge.

Elle se hâta de croiser, l'air de rien, les bras sur la poitrine, précaution qui se révéla inutile car Reece avait les yeux braqués sur une porte, plus loin, dans le couloir.

— Prenez votre temps pour petit déjeuner. On se retrouve en salle de réunion vers 9 heures.

Lianna ne répondit pas puisqu'il avait déjà disparu dans une chambre et refermé la porte derrière lui.

Henry était déjà retourné dans leur chambre. Il parla jeux vidéo pendant que Lianna lui tendait ses vêtements de la veille. Il aurait besoin d'une tenue de rechange, songea-t-elle. Les enfants de cet âge étaient si remuants qu'ils ne pouvaient pas porter les mêmes habits deux jours d'affilée.

Mais elle verrait cela plus tard. Elle s'habilla, elle aussi, s'efforçant de chasser Reece de son esprit et de se concentrer sur la tâche qui l'attendait. Sur ce qu'elle devait faire.

Elle avait une idée mais elle ne savait pas comment convaincre Shay, et surtout Reece, de la mettre en œuvre.

Elle dut batailler avec Henry pour qu'il avale un petit déjeuner suffisamment nourrissant avant d'aller jouer, s'étonnant une fois de plus qu'il ait conservé intacte toute son insouciance d'enfant en dépit de ce contexte anxiogène.

Merci, mon Dieu, pour ces petits bonheurs.

À 9 heures, Lianna confia Henry à Betty et se dirigea vers la salle de réunion, le pouls battant un peu trop vite à la base de son cou. Shay et Reece étaient déjà là, ainsi qu'Elsie qui pianotait à toute allure sur son clavier comme si elle n'avait pas quitté son poste de la nuit. Sabrina et l'homme de la veille – comment s'appelait-il, déjà ? Holden – étaient assis à la table, conversant à voix basse.

À son entrée, tout le monde se tut, ce qui la fit se sentir encore plus en décalage que ce n'était déjà le cas. Comme si c'était elle qui était à blâmer, ce qui était faux, elle le savait très bien. Elle n'était strictement pour rien dans les choix de Todd ni dans le fait que ce groupe ait fait irruption dans sa vie.

Mais cela n'allégeait en rien l'inconfort qu'elle éprouvait à être le centre de l'attention.

Reece tira une chaise et l'invita à s'asseoir. Elle s'avança, forçant ses lèvres à former un semblant de sourire.

La salle d'arcade s'affichait déjà sur le moniteur, mais sans le son ; Lianna pouvait y voir Henry dansant une sarabande autour de Betty qui, imperturbable, jouait, son attention fixée sur l'écran.

— Plusieurs éventualités s'offrent à nous, commença Shay, ouvrant la réunion avec un air d'autorité et de commandement qui impressionna Lianna.

L'attention de tous était centrée sur elle et Lianna ne doutait pas que chacun suivrait ses ordres sans discuter.

— Aucune n'est gravée dans le marbre. Nous en sommes encore bien sûr à étudier toutes les hypothèses.

Lianna n'avait pas le temps d'« étudier les hypothèses ». Henry avait besoin de rentrer chez lui, de retourner à l'école, de retrouver une vie normale.

— Ils pensent que je sais quelque chose et, malheureusement, le fait que je connaisse le vrai nom de Todd les a probablement confortés dans cette idée.

— Tout à fait. Ce qui vous met en danger, d'autant que vous n'êtes pas en mesure de leur fournir l'information qu'ils recherchent, renchérit Shay. N'est-ce pas ?

Lianna secoua la tête.

— Je vous ai dit tout ce que je savais.

— Il n'y a rien que votre mari ait pu vous laisser ? Un numéro de compte en banque ? Une clé de coffre ?

— Non. Mais je n'ai jamais fouillé dans ses affaires – j'ai tout jeté. Quand Henry et moi avons déménagé à Denver, j'ai payé quelqu'un pour débarrasser tout ce qui restait. Je voulais repartir de zéro.

— Mais il pourrait y avoir eu quelque chose dans ses effets personnels qui permette de les identifier. C'est peut-être ça qu'ils recherchent.

— Peut-être mais… Ceux qui m'ont interrogée après sa mort – ceux qui n'étaient pas du FBI, j'entends – ne m'ont jamais posé de questions de ce genre. Ce qui les intéressait, c'était ce que je savais de ses activités.

Shay pianota du bout des doigts sur la table.

— Ce groupe avait installé des micros partout dans l'auberge. Peut-être qu'ils n'ont jamais envoyé personne questionner directement Lianna. S'ils sont si jaloux de leur anonymat, il est possible qu'ils n'aient même pas voulu prendre le risque de se dévoiler en posant des questions, suggéra Reece, l'air beaucoup plus calme et détaché que la veille.

Lianna lui envia cette capacité à se contrôler.

— Puisqu'ils ont placé ces micros à l'auberge, qui nous dit qu'ils n'en ont pas posé partout où Lianna a habité ? dit Sabrina.

— Une année entière d'écoutes… Ça paraît bien long,

souligna Holden. Ils seraient passés à l'action avant. D'ailleurs, pourquoi ne l'ont-ils pas fait ?

Lianna ferma les yeux. Elle tournait et retournait cette question dans sa tête depuis des jours.

— C'est tout le problème. Nous n'en savons rien. Nous n'avons aucun indice, aucune piste. C'est pourquoi…

Gagnée par la nervosité, elle croisa les doigts sous la table et poursuivit en se concentrant sur l'objectif à atteindre.

Une vie paisible et heureuse pour Henry.

— J'ai une idée. Je sais que vous êtes tous experts en tactique ou ceci ou cela, mais, moi, je suis experte en… Eh bien, ce qui me concerne, moi.

Shay se renfonça contre le dossier de son siège. Lianna n'osa pas regarder Reece, consciente que sinon elle ne réussirait pas à conserver cette image posée et détachée qu'elle tenait tant à donner d'elle.

— Je veux retourner à l'auberge. Et le plus tôt sera le mieux. Même si je connaissais son vrai nom, ils me prennent pour une demeurée. Ils pensent pouvoir gagner. Alors, je dois continuer à jouer ce rôle, comme je l'ai fait avec le FBI et tous les autres. Celui de l'épouse stupide et manipulée, qui ne savait même pas que son mari était un sale mercenaire opérant pour Dieu sait combien d'organisations criminelles.

— Vous n'êtes *pas* stupide et vous ne retournerez pas là-bas toute seule – ce serait suicidaire, objecta Reece, chez qui toute trace de flegme s'était évanouie.

— Je ne compte pas y aller seule, riposta Lianna, le souffle court, s'efforçant de dominer sa nervosité et arrêtant sur Reece un regard brillant de fureur. Je veux que vous veniez avec moi.

Reece ouvrit la bouche pour répliquer que ce plan était insensé mais il se ravisa en se remémorant les mots de Lianna.

Elle voulait qu'il vienne avec elle.

— Si ça a marché une fois, ça marchera cette fois-ci, insista Lianna.

Reece n'aimait guère cette lueur qui dansait dans l'œil de Shay. Comme si elle envisageait *réellement* cette… folie.

— Si je retourne à l'auberge avec Reece, qu'on joue la comédie devant les micros, reprit Lianna, et que nous donnons l'impression qu'il essaie de me soutirer des informations en feignant de s'intéresser à moi, je suis sûre qu'ils le goberont.

— Ils n'approcheront pas s'ils savent que Reece est là, observa Holden d'un ton que Reece estima insuffisamment convaincant. Ils ont déjà montré qu'ils savaient être patients.

— Oui, mais le fait que je connaisse le nom de Todd pourrait bien précipiter les choses. Surtout si on leur fait croire que j'ai dit quelque chose d'important à Reece.

Shay exhala un soupir.

— J'ai toute confiance en mes agents, Lianna, mais, si ce groupe décidait de s'emparer de vous, il enverrait toute une équipe. Et, même avec la meilleure volonté du monde, Reece, si doué qu'il soit, ne pourrait pas lutter.

— Tout dépend de la taille de l'équipe, grommela Reece.

Dans le cadre d'une autre mission, il aurait peut-être bien souscrit à ce plan. Mais il s'agissait de Lianna. Et il n'entendait pas lui faire courir le moindre risque.

— Vous avez pensé à tout, nota Sabrina, songeuse. Vous avez un scénario qui se tient. Un agent chevronné à votre côté pour vous donner la réplique… Très bien. Mais qu'en est-il de votre fils ?

— Je veux le tenir aussi éloigné que possible de tout ça, déclara fermement Lianna. J'avais d'abord songé à l'envoyer chez mes grands-parents, à Denver, mais cela les mettrait eux aussi en danger, non ?

Shay acquiesça d'un signe de tête.

— J'ai une autre idée, annonça-t-elle. Vos grands-parents seraient-ils d'accord pour venir ici ? Normalement, je rassemblerais tout le monde dans une cache fédérale mais je préfère ne pas courir ce risque tant qu'Elsie n'a pas identifié ce groupe.

— Je pense que oui, à condition que je puisse leur parler d'abord.

Mais la lueur de doute qui était passée dans son regard n'avait pas échappé à Reece. Elle pensait que ses grands-parents pourraient lui rappeler l'erreur qu'elle avait commise avec Todd, craindre qu'elle ne retombe dans le même travers.

N'était-ce pas, en substance, ce qu'elle avait dit la veille ? Qu'elle pouvait lui faire confiance, à lui, mais que tout ce qui était arrivé avec Todd lui avait ôté toute confiance en *elle* ?

Pourtant, c'était la meilleure des mères. Elle avait tenu bon tout au long de ce qui avait dû être une année cauchemardesque.

— Donc, vous et Reece seriez là-bas, à l'auberge, à jouer la comédie à l'intention de ce mystérieux groupe et à attendre qu'ils se manifestent. Et ensuite ?

— Sabrina et Holden pourraient se tenir à proximité, suggéra Reece, le plan prenant forme dans sa tête. Prêts à intervenir.

L'idée ne lui plaisait toujours pas. Il aurait de loin préféré que Lianna et Henry se terrent quelque part pendant… Eh bien, le plus longtemps possible ! Mais il comprenait que Lianna veuille offrir à son fils une vie décente. Normale.

— On serait alors en position de les prendre, nous, en embuscade et de les faire parler.

— Oui, ça pourrait marcher, acquiesça Holden.

— Avec ta plaie à l'abdomen ? souligna Sabrina, narquoise.

Holden lui décocha un large sourire.

— Je pourrais te neutraliser, *toi*, avec ma plaie à l'abdomen. Alors, pourquoi pas un groupe secret ?

— Dans tes rêves.

— De vrais enfants, commenta Shay avec indulgence avant de se tourner vers Lianna. Vous avez conscience que ce n'est pas sans risque ?

— Certes, concéda-t-elle, les mains crispées si fort l'une contre l'autre sur ses genoux que ses phalanges avaient blanchi. Mais je ne pense pas que nous ayons le choix. Il n'y a qu'un hic : les micros. Ils doivent savoir que je suis au courant de leur existence puisque j'ai enlevé celui de ma chambre.

— Vous n'avez qu'à faire une nouvelle tournée d'inspection

de la maison et feindre d'en manquer un, suggéra Elsie sans lever les yeux de son ordinateur.

— Oui, c'est jouable, dit pensivement Reece. Ceux des pièces communes étaient placés sur les détecteurs de monoxyde de carbone. S'ils ont sous-estimé Lianna, ils nous croiront sûrement assez bêtes, nous aussi, pour ne nous être intéressés qu'aux détecteurs de fumée…

— Alors, c'est d'accord ? demanda Lianna en balayant les visages du regard.

Tout le monde attendait la réaction de Shay. Après une pause – théâtrale, selon Reece –, celle-ci inclina la tête.

— On va joindre vos grands-parents. Ensuite, nous mettrons au point les détails de notre plan.

14

Lianna parla avec ses grands-parents et ses parents sur la ligne téléphonique sécurisée de Shay, censée être impossible à pirater. Apparemment, Shay, Reece et ses collègues craignaient que la ligne de sa famille n'ait été mise sur écoute.

Essayant de gommer la peur de sa voix, elle leur expliqua la situation, priant intérieurement le ciel qu'ils la croient – qu'ils ne remettent pas sa décision en question.

Ils auraient eu toutes les raisons de douter de son jugement après sa calamiteuse expérience avec Todd. Mais ils n'en firent rien. Ils posèrent des questions, exprimèrent leur inquiétude mais sans objecter qu'elle avait tort de faire confiance à ces gens.

— Donc, on va procéder à un échange, disait Shay tout en guidant Lianna à travers la grande bâtisse. Votre grand-père va aller faire des courses. L'un de nos hommes le retrouvera, ils échangeront leurs vêtements ; de cette façon, Henry aura un membre de sa famille ici, avec lui, et votre famille, un agent auprès d'elle pour veiller au grain.

— Combien d'agents compte votre groupe ?

Shay sourit et ouvrit une porte, invitant Lianna à entrer.

— Pas autant qu'avant, mais j'ai de nombreux contacts. Je sais que c'est plus difficile de faire confiance à quelqu'un que vous ne connaissez pas, mais Sabrina, Holden et Reece sont les agents les plus chevronnés du groupe et je veux qu'ils se trouvent là où le danger sera le plus grand.

Lianna essaya de trouver quelque réconfort dans ces

paroles mais il n'en restait pas moins qu'elle allait envoyer un étranger veiller sur sa grand-mère et ses parents. Qui se comportait de la sorte ? Qui…

Le cours de ses pensées s'interrompit brusquement lorsqu'elle s'aperçut que Shay l'avait fait entrer dans une chambre – la sienne, probablement.

— Je voulais m'entretenir avec vous en privé – formulé autrement, hors de la présence de Reece qui ne peut pas s'empêcher d'intervenir toutes les deux secondes en jouant son numéro de macho surprotecteur.

— Oh ! mais ce n'est pas ce qu'il voulait…

— Je sais très exactement ce qu'il voulait. Reece est un type bien. Il vous apprécie beaucoup – inutile de protester, ça aussi, ça saute aux yeux. C'est le seul à être ici depuis presque aussi longtemps que moi. Et je peux vous dire qu'en près de sept années, je ne l'ai jamais vu manifester autant d'émotion qu'au cours de cette dernière semaine.

Elle marqua une pause avant de poursuivre :

— Il y a quelques années, notre ancien directeur a été blessé. C'était quelqu'un à qui Reece vouait une grande admiration. Il en a été très affecté, je le sais, mais jamais je ne l'ai vu laisser transparaître quoi que ce soit. Bref, c'est un dur. Comme tous les agents, ici. Ce sont aussi des types bien, ce qui fait qu'ils ont parfois tendance à rouler un peu des mécaniques et à se sentir investis d'un devoir de protection vis-à-vis des femmes. Mais ça part d'une bonne intention, d'un sentiment noble. Je ne le perds jamais de vue… Même quand leurs réactions me donnent envie de leur balancer mon poing dans la figure.

Déroutée, Lianna ne sut que répondre.

Shay l'épingla du regard.

— Ce que je veux dire, c'est que Reece fera tout pour vous protéger – c'est son rôle, sentiments ou pas. C'est un militaire et un agent surentraîné, ce que vous n'êtes pas. C'est comme ça que ça fonctionne. Ça ne signifie pas que vous ne deviez pas vous aussi être en mesure de vous protéger. Savez-vous manier une arme ?

— Oui. Mon grand-père a tenu à ce que j'apprenne avant de venir m'installer ici. Il a aussi enseigné les rudiments à Henry.

— Bien. Vous avez une arme ?

— Oui. À l'auberge, mais elle est rangée sous clé. Je ne veux pas que Henry…

— Henry sera ici, donc il ne risquera rien, éluda Shay, interrompant ses explications. Il n'y aura que vous et Reece, donc gardez-la à portée de main, quoi que Reece puisse en dire.

— Vous pensez qu'il ne sera pas d'accord ?

— Il estimera que c'est à lui de vous protéger, ce qui est vrai. Mais il ne s'agit pas de ça. Il s'agit de…

Lianna commençait enfin à voir où Shay voulait en venir.

— D'être autonome. De savoir me défendre par moi-même.

— Exactement. Il aura du mal à intégrer ça. Non pas qu'il soit buté mais parce que c'est son instinct qui parle. Il est conditionné à cela. C'est dans notre ADN. Mais, étant moi-même une femme, je sais que ce n'est pas toujours le meilleur moyen de se sentir en sécurité. Donc… portez votre arme.

Shay fourragea dans un tiroir et en sortit un holster de ceinture.

— Tenez, prenez ce pistolet. Je suppose que vous n'avez pas d'arme de poing ?

— Non… Non, je…

— Voilà. Eh bien, comme ça, vous serez parée.

— Merci.

L'aparté semblait terminé mais Shay ne bougeait pas, ce qui signifiait qu'il devait y avoir… autre chose.

— Écoutez, je sais que ça fait beaucoup – nous faire confiance, remettre votre vie et celle de vos proches entre nos mains… Ce n'est pas à moi de vous dicter votre conduite mais évaluer les gens, juger s'ils sont capables de relever un défi, ça fait partie de mon travail. J'ai une équipe d'agents à gérer.

— Reece a l'air d'être tout à fait à la hauteur de la tâche.

— C'est à vous que je pensais, Lianna.

Lianna laissa échapper un petit rire teinté d'amertume.

— Oh ! moi… Que je sois prête ou pas, je n'ai pas le choix.

— Oui et non. Vous pourriez vous faire davantage confiance. Le meilleur moyen pour une femme d'assurer sa sécurité, c'est de se fier à son instinct. Écoutez votre instinct, Lianna. L'instinct ne ment jamais.

— Si. Le mien m'a trahie. Je n'ai rien vu… pour Todd.

Cette femme coriace, qui dirigeait un groupe d'agents secrets et était capable d'en remontrer à des hommes comme Reece ou Holden, avait l'air de penser que l'instinct de Lianna était fiable ? Quelle blague !

— Sur ce point, je suis obligée de vous contredire.

— Vous ne me connaissez même pas.

— C'est vrai, mais, au fond de vous, vous sentiez que Todd n'avait pas l'étoffe d'un bon père, n'est-ce pas ? Vous nous avez dit qu'il voyageait beaucoup pour être loin de la maison. Votre instinct vous soufflait que son attitude n'était pas normale. Vous ne pouviez bien sûr pas deviner quel dissimulateur il était, mais vous sentiez que quelque chose n'allait pas.

Lianna eut envie de pleurer. Parce que c'était pire encore.

— Et pourtant, je suis restée, réussit-elle à formuler malgré la boule qui lui enserrait la gorge.

— Tout le monde se fait avoir à un moment ou à un autre de sa vie. Tout le monde a des regrets pour… une chose ou pour une autre. Ça fait partie de la vie.

— J'ai du mal à croire que vous vous soyez fait rouler par un homme – par le père de votre enfant.

— Non, pas par le père de mon enfant. Mais j'ai moi aussi mon propre lot d'erreurs et de regrets. Il a fallu que j'arrive à me pardonner, à vivre avec. Cela m'a pris longtemps. Mais, à partir du moment où j'y suis parvenue, je suis devenue quelqu'un de… beaucoup plus accompli. Plus utile et efficace, envers moi-même comme envers les autres.

Lianna leva les yeux et vit… tous ces regrets dont avait parlé Shay, là, dans son expression, tandis qu'elle continuait :

— Quand l'amour est en jeu, on commet tous des erreurs. Que ce soit vis-à-vis des pères de nos enfants. De nos proches. Des parents. Des amis… On se laisse déborder par les émotions au lieu d'écouter la voix de la raison. Ça ne signifie pas que notre instinct nous a trompés.

— Comment faire la différence ?

— Je pense que le fait d'avoir conscience qu'il y a une différence est un premier pas.

Lianna ne voyait pas bien comment c'était possible mais elle avait confiance en cette femme. Elle la croyait.

Henry aurait pu passer l'année entière dans la salle d'arcade en n'en émergeant que pour manger et satisfaire ses besoins naturels, Reece n'en doutait pas. Personnellement, il aurait préféré le voir jouer dehors mais ce n'était pas à lui d'en décider. Et puis, compte tenu de la situation, il avait bien le droit de faire ce qu'il voulait pour le moment.

— On va devoir rester ici pendant combien de temps ? demanda Henry.

Il avait le regard toujours rivé à l'écran, les yeux un peu vitreux, mais son attitude avait changé. Comme s'il avait un peu plus conscience de son environnement.

— Ça dépend mais je crois que ton arrière-grand-père va venir ici te tenir compagnie.

Henry n'interrompit pas son jeu mais son regard s'aiguisa sous les sourcils qui se fronçaient.

— Pourquoi ? On est en danger. Je ne veux pas que papy soit en danger aussi.

— Toi et ton arrière-grand-père vous ne risquerez rien ici.

Le joueur de Henry perdit une vie sur l'écran. Henry se

tourna vers Reece, l'expression singulièrement… indéchiffrable pour un enfant de sept ans.

— Pourquoi est-ce qu'il vient ici ? En vrai ?

Ça aurait été à Lianna de le lui dire, songea Reece, mais il ne pouvait décemment pas mentir à ce gamin.

— Ta maman et moi, nous allons…

Comment diable expliquer ce qu'ils comptaient faire ?

— Nous allons essayer de démêler ce qui se passe.

— Vous allez partir ?

— Pas vraiment. Mais il y a des choses qu'on doit éclaircir. Ici, nous voulons tous que ta maman et toi puissiez rentrer chez vous et y être en sécurité. Donc, on va faire en sorte que ce soit bientôt possible.

Bon sang. Il n'aurait pas pu être plus vague et moins rassurant.

— Mon père partait tout le temps.

Sa déclaration était empreinte d'une intonation accusatrice. Une douleur aussi vive qu'inattendue transperça Reece. De la culpabilité, il aurait compris, mais comment pouvait-il être *blessé* par la remarque d'un petit garçon ?

— Ce n'est pas pareil, répondit-il, adoptant son ton le plus rassurant tout en s'accroupissant pour se placer à la hauteur du visage de Henry et en posant la main sur son épaule. Je suis là pour veiller sur ta maman et toi. Il peut arriver qu'on ait parfois à se déplacer pour y parvenir mais ça ne veut pas dire qu'on ne va pas revenir. Que notre but est de ne pas… rentrer à la maison – ta maman et toi, je veux dire.

— Et toi ?

— Quoi, moi ?

— Elle est où, ta maison ? Celle où tu rentreras, toi, et où tu seras en sécurité ? Tu as dit que tu n'habitais pas ici.

— Ce bâtiment n'est peut-être pas ma maison, mais le groupe… si.

Henry mâchonna sa lèvre inférieure.

— Tu empêcheras les méchants de faire du mal à maman, hein ?

Reece contempla Henry. Il y avait chez lui quelque chose… Une circonspection qu'il ne lui avait jamais vue.

— Tu peux me dire ce que tu sais de ces méchants ?

L'enfant haussa les épaules.

— C'est juste que… Tu vas la protéger. Tu veilleras à ce qu'il ne lui arrive rien.

Henry avait peur pour sa mère, ce qui était bien naturel. Mais ces questions, ce regard bleu direct et implorant…

— Oui, acquiesça-t-il solennellement.

Mais il ne bougea pas, laissa sa main sur l'épaule de l'enfant.

— Y a-t-il quelque chose d'autre que tu veuilles me dire ? Quelque chose qui t'inquiète ?

Henry demeura immobile et silencieux pendant un temps anormalement long.

Un frisson de peur courut le long de l'échine de Reece, mais Henry finit par secouer la tête.

Pourtant, longtemps après qu'il eut confié Henry à Sabrina, la réaction de l'enfant continua à le tarabuster.

« C'est juste que… Tu vas la protéger. Tu veilleras à ce qu'il ne lui arrive rien. »

La requête de Henry, formulée avec une réserve et un sérieux presque adultes, tourna en boucle dans sa tête tandis qu'il rassemblait tout ce dont il pensait pouvoir avoir besoin, dont une quantité d'armes supérieure à ce qu'il avait emporté la première fois. Il n'y aurait que Lianna et lui, cette fois-ci, et il devait se donner les moyens de la protéger efficacement.

Une fois paré pour le départ, il se mit en quête de Lianna et la trouva dans la cuisine en compagnie de Henry et d'un homme d'un certain âge. Elle leur souriait à tous les deux et, malgré l'appréhension qui tendait son expression, l'évident amour qu'elle portait à son fils et à son grand-père l'atteignit en plein cœur.

Ce sentiment qu'elle faisait naître en lui… C'était plus que du désir. Plus que tout ce qu'il avait pu connaître jusque-là. Il repensa à ce qui s'était passé la veille, à la façon dont elle l'avait touché et il…

Non. Il devait se concentrer sur ce qu'il avait à faire. C'était tout ce qui comptait.

— Reece, dit-elle en se levant lorsqu'elle l'aperçut enfin.

Il nota qu'elle n'avait pas touché à son assiette.

— Voici mon grand-père, Hank Young. Grandpa, je te présente Reece Montgomery.

L'homme se leva et lui tendit la main. Sa poigne était ferme et son regard, grave, mais il le salua avec amabilité.

— Ravi de vous rencontrer. Je me suis laissé dire que c'était vous qui aviez veillé à la sécurité de nos jeunes.

— Oui, monsieur. Et j'entends bien continuer.

— Tant mieux, tant mieux. Nous sommes tous impatients que tout ceci se termine.

Lianna se dirigea vers Henry et l'attira dans ses bras.

— Sois sage avec papy Hank et avec tout le monde, ici. Je reviens bientôt, c'est promis.

Elle l'embrassa, lissa tendrement ses cheveux. Reece la regarda prendre une profonde inspiration avant de se détacher – à son corps défendant – de son fils.

Ce sentiment qui l'avait traversé un moment plus tôt l'envahit de nouveau, menaçant cette fois de le submerger totalement.

Elle se dirigea vers son grand-père, qu'elle serra à son tour dans ses bras en lui murmurant quelque chose à l'oreille. Reece n'était pas encore remis de son émotion que Henry sauta à bas de sa chaise pour se précipiter vers lui.

— Au revoir, Reece, dit le garçonnet en entourant ses jambes de ses bras.

Il les serra fort et il sembla à Reece que son cœur était lui aussi pris comme dans un étau.

— À bientôt, petit. Ne t'inquiète pas, d'accord ?

Henry le relâcha et hocha la tête mais la peur s'embusquait toujours au fond de ses prunelles bleues. Une peur dont il refusait de parler. Reece ne put s'empêcher d'en être tracassé tandis qu'il précédait Lianna dans le couloir.

— Henry sait-il quelque chose ? demanda-t-il calmement en tirant la porte d'entrée.

Elle retint son souffle et il comprit qu'elle s'efforçait de garder contenance, de dissimuler que laisser son fils derrière elle lui coûtait terriblement.

— Il est tellement futé, répondit-elle, à la fois fière et triste. Je suis sûre qu'il a entendu des choses que j'aurais préféré qu'il n'entende pas. Et qu'il en a tiré des conclusions.

Reece hocha la tête. Ce devait être ça. Quoi qu'il en soit, ils devaient maintenant se focaliser sur ce qu'ils avaient à faire.

— Ça va ? Vous vous sentez d'attaque ?

Elle releva le menton, une lueur combative dans les yeux.

— Oui. Allons-y.

15

Le soleil déclinait lorsque Reece s'engagea sur l'allée menant à son auberge. Le genre de coucher de soleil de début d'été qui emplissait toujours Lianna du fol espoir que, si le monde pouvait être si beau, les choses ne pouvaient pas être si graves.

Évidemment, la situation n'étant présentement pas brillante, il était difficile de ressentir cet élan de joie.

— On va d'abord ratisser les environs, déclara Reece en stoppant la voiture. Ensuite, toutes les pièces de la maison.

« Ratisser ». Ce langage qu'il employait… C'était exactement celui de… Enfin, de ce qu'il était : un agent.

— On jettera aussi un coup d'œil à votre voiture.

— Ma voiture ?

— Juste par précaution.

Il devait se croire réconfortant mais la façon dont il scrutait les alentours n'était pas pour la rassurer.

Cependant, elle lui savait gré d'avoir employé le mot « on ». D'une certaine façon, cela lui donnait le sentiment d'être partie prenante de l'action, pas simple spectatrice.

— S'ils ont pu poser des micros, ils ont aussi pu installer des caméras. Donc, on va faire semblant de chercher, mais de manière pas trop approfondie. S'ils nous observent, il faut qu'on donne l'impression d'être prudents, mais pas très doués.

— Et leur faire croire que nous… Enfin, je pense qu'on devrait faire comme si nous étions…

— Oui ?

Il ne lui facilitait pas la tâche, ce qui l'irrita. Elle se redressa sur son siège.

— Ensemble, acheva-t-elle sèchement. Il arrive souvent que les femmes se comportent de façon stupide pour un homme. Et vice versa.

Il produisit un grommellement qui, sans être un acquiescement, n'était pas une objection non plus. Mais il descendit de voiture, donc elle l'imita. Il attrapa le sac qu'il avait rempli ; Lianna, elle, n'avait rien, à l'exception du pistolet que lui avait donné Shay.

La soirée était presque tiède et il flottait dans l'air une senteur de début d'été. L'herbe était verte sous ses pieds, ses jardins égayés par les taches colorées des massifs de fleurs…

Lianna se prit à regretter que Henry ne soit pas là. Que tout ceci ne soit pas un simple rêve. Elle regarda l'homme qui se tenait debout devant sa voiture, attendant qu'elle ferme sa portière et le rejoigne. Peut-être ne regrettait-elle pas *tout* ce qui relevait de ce rêve. Mais, de toute façon, il ne servait à rien de s'appesantir sur la question puisque ce n'était pas une illusion mais la réalité. L'implacable réalité de sa vie.

Il la regarda et elle crut voir quelque chose comme… de la confusion dans son expression. Comme s'il ne savait pas quoi faire. Elle s'avisa soudain qu'il ne devait pas savoir comment donner l'impression qu'ils sortaient ensemble.

Pourtant, un homme comme Reece avait bien dû avoir des liaisons sérieuses ? Des femmes qui l'avaient aimé ? Puis elle se souvint combien il avait paru pris au dépourvu par les sentiments qui l'agitaient. Elle s'était dit qu'il se sentait tiraillé entre son travail et son inclination pour elle, mais il ne lui était jamais venu à l'idée qu'il ait pu n'être jamais véritablement aimé, au point de ne même pas savoir comment feindre ce sentiment.

Inexplicablement triste, elle contourna la voiture et glissa sa main dans la sienne, se forçant à lui adresser un sourire qui peinait à véhiculer toute la sympathie qui lui dilatait le cœur. Sa grande main était rugueuse et chaude et, bien qu'ils soient en train de jouer la comédie, le cœur de Lianna tressauta dans sa cage thoracique comme s'il ne faisait pas le distinguo.

— J'ai encore tes clés, observa Reece.

Prise de court par le soudain tutoiement, elle crut un instant qu'il essayait de paraître détendu mais son inflexion était un peu trop rauque.

— Allons jeter un coup d'œil aux jardins, proposa Lianna, espérant que son ton enjoué ne sonnait pas trop faux. On dirait qu'il a plu, mais je préfère m'assurer que je n'ai pas besoin d'arroser.

— Bonne idée, commenta-t-il à voix basse.

Lianna doutait qu'il y ait des micros au-dehors, mais mieux valait en effet assurer leurs arrières pour le moment. OK, elle allait jouer le jeu. Donner le change, elle savait faire, non ?

Reece posa donc son sac sur le porche puis ils se dirigèrent vers le jardin, où Lianna vérifia que la terre n'était pas sèche dans ses plates-bandes et ses pots de fleurs. Pendant toute l'opération, Reece hocha la tête tandis qu'elle lui parlait de ses plantations jusqu'à ce qu'elle ne sache plus quoi dire.

La conversation sonnait intime et juste, et Lianna se demanda comment elle pouvait apprécier cet échange fabriqué alors qu'elle savait que rien n'était réel, qu'elle était en danger et que son fils était enfermé, sous bonne garde, avec son grand-père.

Lorsqu'ils eurent fini le tour des extérieurs, Reece libéra sa main. Aussitôt, une sensation de perte et de vide l'assaillit et elle frissonna.

— Il commence à faire frais, murmura Reece. Rentrons. Je n'ai rien vu qui puisse ressembler à une caméra ou un micro. Je pense que c'est bon, pour l'extérieur.

Lianna hocha la tête et ils gravirent les marches du porche. Ramassant son sac, Reece sortit les clés de l'auberge de sa poche, esquissa un geste pour les lui tendre avant de se raviser.

Tirant la contre-porte, il inséra la clé dans la serrure de la porte d'entrée.

— Il faut qu'ils pensent que je profite de vous, souffla-t-il tout bas. Que je vous utilise. Donc, je vais devoir être un peu… lourdaud, du moins quand nous serons susceptibles d'être surveillés. D'ailleurs, mieux vaut prendre tout de suite l'habitude de nous tutoyer pour éviter un impair.

Lianna acquiesça en silence et le suivit à l'intérieur. Il alluma la lumière. C'était bon de se retrouver chez soi, songea-t-elle en humant l'odeur familière de la maison. Même si elle n'oubliait pas que quelqu'un avait pu venir fouiner partout en son absence, poser des caméras ou d'autres micros.

— C'est sympa d'être ici sans ton gamin, hein ? lança Reece d'un ton léger, jovial, qui ne lui ressemblait pas du tout.

Intérieurement, Lianna accusa le coup. Il faisait semblant, elle le savait, mais elle n'eut pas le cœur de confirmer.

— Et si tu allais nous préparer le dîner ? Il faut que je vérifie deux ou trois choses.

Lianna resta muette. Elle n'arrivait pas à s'habituer à cette version de Reece. Ce qui la conduisit à se rendre compte, non sans un certain trouble, que, même lorsqu'il lui avait menti, au début, en se faisant passer pour un photographe naturaliste, il avait, lors de leurs conversations, toujours été… lui-même.

— Allô ! reprit Reece d'une voix retentissante. Planète Lianna, ici la Terre ! Je disais qu'il y en a qui ont faim.

— Oui, oui… Le dîner, répondit-elle, se répétant qu'il jouait un rôle et qu'elle aussi devait jouer le sien. Je vais voir ce que j'ai.

Ils se séparèrent et Lianna se dirigea vers la cuisine. Elle était chez elle, oui, mais tellement mal à l'aise qu'elle se sentait comme en territoire étranger, impression accentuée par le fait que Henry n'était pas là.

Cependant, les gestes routiniers de la préparation du repas l'apaisèrent un peu. Ce qui était important, car elle devait être crédible dans son rôle, incarner véritablement son personnage. Sans se laisser déstabiliser par ce Reece inconnu auquel elle devait donner la réplique.

Elle venait d'égoutter les spaghettis et dressait la table dans la salle à manger lorsque Reece reparut.

— J'ai fait le tour des chambres, annonça-t-il. Il y avait

effectivement d'autres mouchards, comme celui que tu as trouvé dans la tienne. Je m'en suis occupé.

— Pourquoi mettre les chambres d'hôtes sur écoute ? souligna Lianna, s'efforçant d'adopter un ton mi-perplexe, mi-effrayé. Si cela venait à se savoir, je pourrais perdre mon agrément pour l'auberge.

— C'est pourquoi tu dois me dire tout ce que tu sais, Lianna. Qui sait ce que tu as pu laisser échapper sans savoir que tu étais écoutée…

— Je t'ai dit tout ce dont je me souvenais, j'en suis sûre.

Reece émit un son dubitatif puis se mit à examiner la pièce. Il l'avait prévenue qu'il y en avait un ici aussi mais, comme il revenait s'asseoir à la table, il haussa les épaules.

— Je n'en vois pas ici.

— Tu crois qu'ils vont s'en prendre à moi maintenant que tu t'es occupé des micros ? s'enquit-elle avec, dans la voix, un affolement un peu excessif.

Celui d'une femme qui ne tentait même pas de prendre son destin en main. Qui était incapable de voler de ses propres ailes.

L'instant suivant, elle volait bel et bien, mais pas de ses propres ailes. D'un geste vif, Reece l'avait attirée à lui pour l'asseoir sur ses genoux. Elle ne put retenir une exclamation de surprise. D'autant plus qu'elle sentait le souffle de Reece contre son cou.

— Pas de caméras, chuchota-t-il au creux de son oreille. Il n'y a que les micros que j'avais déjà vus. Personne n'est revenu ici mais, avec cette grande baie vitrée et la pièce allumée, on ne peut pas être sûrs qu'ils ne nous observent pas.

Lianna s'efforça de se détendre, de *jouer*. Le fait de penser qu'ils étaient peut-être surveillés était plus que perturbant mais, au-delà de ça, elle était assise sur les genoux de Reece. Elle sentait la chaleur de son corps sous le sien, la tension de ses cuisses. Un frisson la parcourut, qui n'était pas dû qu'à la peur.

Il la libéra doucement et elle se releva, les joues en feu. Mais il se mit à manger ses spaghettis comme si tout était normal. Parce qu'il était entraîné à ça. À se couler dans la peau d'un personnage.

Ce qu'elle ne comprenait pas parce qu'il ne s'était pas comporté de la sorte au début. Hormis lorsqu'il avait prétendu être un photographe naturaliste, il ne lui avait jamais joué la comédie.

Mais, ce soir, il était là à bavarder et manger comme s'il était un autre, comme s'il était Todd.

Ils terminèrent leur repas puis Reece lança quelque commentaire condescendant à propos du fait qu'il la laissait « à ses occupations », à savoir débarrasser la table. Il disparut de nouveau et elle entreprit d'empiler les assiettes. Il y avait une seule fenêtre dans la cuisine, au-dessus de l'évier, mais elle n'était dotée que d'un brise-vue purement décoratif. On pouvait la voir depuis l'extérieur. On pouvait…

Elle ferma les yeux et inspira à fond. Reece ne l'aurait pas laissée seule ici s'il avait pensé qu'elle courait un danger immédiat. Cela, elle en était certaine.

« Écoutez votre instinct. » Elle manquait cruellement de pratique en la matière, mais Reece lui rendait les choses plus faciles. Ainsi que Shay et tout le groupe qui se démenait pour l'aider. Elle ne savait même pas comment qualifier ce groupe mais elle avait confiance en eux.

Les doutes subsistaient, parce qu'elle s'était trompée par le passé, mais elle continua à se répéter comme un mantra le conseil que lui avait donné Shay : « Écoutez votre instinct. » Et son instinct lui criait que, malgré ses doutes, elle avait opté pour la bonne solution. La seule. Et si ça ne marchait pas…

Eh bien, elle aviserait le moment venu.

Elle fit comme d'habitude le tour de la maison pour s'assurer que les issues étaient toutes bien fermées, veillant à ne pas trop s'approcher des fenêtres, plus tendue qu'elle ne l'était en temps normal. Elle n'avait pas, fixé à sa hanche, le récepteur d'où s'échappaient les légers ronflements de Henry qui faisaient paraître la maison moins isolée.

En d'autres circonstances, elle aurait pu apprécier ce calme et cette solitude. Ç'aurait été comme des vacances. Mais, avec le danger qui planait tout autour d'elle…

Reece avait laissé ouverte la porte d'accès à la chambre sous les combles. Était-il monté dans son ancienne chambre ? Ça ne semblait guère logique. Mais qu'est-ce qui l'était dans cette histoire ?

Elle se dirigea vers sa chambre, la tension qui contractait ses muscles et l'empêchait de respirer librement ne se dissipant nullement. Qu'allait-il se passer, maintenant ?

Elle trouva la porte de sa chambre ouverte et Reece assis devant son bureau, en train de taper sur le clavier d'un ordinateur. C'était étrange de le voir ici. Ça avait toujours été son espace personnel, quand elle était enfant, puis adolescente, et encore maintenant… Une chambre féminine, dans laquelle même Henry ne passait pas beaucoup de temps.

Mais, paradoxalement, cette silhouette massive, virile, assise là, ne semblait pas si déplacée dans ce cadre.

— Désolé de m'inviter dans ton espace privé, dit-il en se levant d'un mouvement fluide avec la souplesse d'un félin – ou d'un agent secret.

Pour autant, il semblait… mal à l'aise. Bien sûr. Parce qu'ils n'avaient pas à se soucier des micros ici. Il était donc simplement… Reece. Le vrai Reece.

— Je ne veux pas que tu dormes seule.

Nom d'un chien, il avait formulé ça totalement de travers. Ou alors, peut-être n'y avait-il pas de bonne façon de présenter la chose alors qu'il sentait encore l'empreinte de son corps sur lui. Ses courbes tièdes, parfaites, le parfum d'agrume qui se dégageait d'elle, la façon irrésistible dont ses joues rosissaient.

— Désolé. Ce n'est pas ce que je voulais…

Il s'éclaircit la gorge. Ce n'avait pas été facile de jouer les crétins égocentriques, sachant que des gens pouvaient le voir et l'entendre, mais il était plus dur encore de faire comme si de rien n'était maintenant qu'ils étaient seuls tous les deux.

Pas de micros. Les rideaux fermés. Ici, il pouvait être lui-même, être honnête.

Et tu dois veiller à sa sécurité.

Cela étant, la sécurité n'était pas toujours synonyme d'honnêteté mais, maintenant, Lianna était là. Elle ne l'avait pas laissé gérer cette affaire à sa guise, ce qui l'avait irrité, mais son plan était bon et il allait faire en sorte de la protéger.

— Ils ne se sont pas introduits dans l'auberge en notre absence, déclara Reece.

En l'occurrence, l'honnêteté n'était sans doute pas la meilleure tactique mais, apparemment, la vérité sortait toute seule.

— Ils n'ont pas mis de caméras ni de nouveaux micros alors qu'ils avaient le champ libre. Ça signifie que ce ne sont pas des informations qu'ils recherchent.

Il vit à la façon dont elle pâlissait qu'elle comprenait ce que cela voulait dire.

— C'est à moi qu'ils en veulent.

— C'est ce que je pense. On n'a pas de souci à se faire pour ce soir. Elsie a piraté tes caméras – dehors et dans le couloir, là-bas. Quelqu'un surveillera les vidéos toute la nuit, mais je crois qu'il vaut mieux qu'on reste ensemble – c'est-à-dire dans la même chambre. Heureusement pour nous deux, je peux dormir n'importe où, y compris par terre, dit-il en s'efforçant de paraître… naturel.

Et c'était naturel, puisqu'il était en mission et que sa mission consistait à protéger Lianna.

Elle cligna des yeux et considéra son lit parfaitement fait, ses joues se colorant légèrement, avant de se détourner de lui.

Reece en profita pour lancer l'appel vidéo qu'il s'était apprêté à composer sur le clavier de son ordinateur.

— C'est tellement bizarre d'être ici sans Henry, nota Lianna en tapotant inutilement un oreiller sur le lit tiré au cordeau.

— Bonjour, maman !

Elle fit volte-face en entendant la voix de Henry. Ses yeux s'embuèrent légèrement à la vue du petit visage de son fils.

— Bonjour, mon chéri, répondit-elle en se penchant au-dessus de l'épaule de Reece pour se rapprocher de l'écran.

Il lui céda sa place et se cala contre le bureau tandis que Henry se mettait à babiller joyeusement.

— On a mangé de la pizza au dîner. Et un sundae en dessert. Après, papy m'a lu un livre d'histoires drôles complètement idiotes. Salut, Reece ! Quand est-ce que vous revenez ?

Reece jeta un regard à Lianna. Souriante, elle répondit calmement à Henry, l'assurant qu'ils seraient bientôt tous réunis. Mais ses doigts croisés sous le bureau témoignaient de l'anxiété qui la tenaillait.

Ce qui était bien compréhensible, d'autant que Shay et Elsie, avec qui ils s'entretinrent ensuite, leur apprirent qu'elles n'avaient absolument rien de nouveau à leur annoncer.

L'appel terminé, il posa la main sur ses doigts crispés.

— En mission, quand on ne progresse pas comme on le souhaiterait, il faut savoir prendre son mal en patience. Donc, prochaine étape : une bonne nuit de sommeil.

— Ça semble… très pragmatique.

Elle essayait de se montrer positive, et non méprisante, il le voyait bien, mais sans y réussir tout à fait.

Pourquoi cela le faisait-il sourire ?

Mais elle baissa les yeux pour contempler leurs doigts entremêlés et son expression se modifia, ce sur quoi il n'eut pas le temps de s'attarder car la main de Lianna se retourna dans la sienne si bien qu'ils se retrouvèrent paume contre paume et que… cela court-circuita toute pensée rationnelle dans son cerveau.

Il n'aurait su expliquer pourquoi. Ce n'était rien d'extraordinaire, après tout. Un simple contact, amical au mieux, mais… Quand avait-il connu cela dans sa vie ?

— Pourquoi n'étais-tu pas comme ça, au début, quand tu es venu à l'auberge ? questionna-t-elle soudain sans prévenir.

Son regard quitta leurs mains, toujours jointes, pour venir se planter dans le sien. Elle l'étudia attentivement, ses yeux bleus semblant le percer à jour. Comme si elle le comprenait. Peut-être même mieux qu'il ne se comprenait lui-même.

— Comment, comme ça ? demanda-t-il, la gorge nouée.

— Arrogant. Suffisant. Ça aurait été logique.

— Non, pas du tout.

— Si. Tu savais qu'un homme avait réussi à me rouler dans la farine, donc…

— Tu raisonnes comme quelqu'un qui partirait d'un ensemble de faits qu'il considère une fois pour toutes immuables. Mais je suis un agent expérimenté. Mon travail ne consiste pas à me contenter des informations disponibles. J'observe, j'évalue, par moi-même. Cet endroit était impeccablement tenu, agréable, convivial. Aussi chaleureux qu'un vrai foyer. Le genre de maison parfaite qu'on voit à la télévision. Et tu étais là… si compétente, si efficace.

Elle plissa le nez comme s'il venait de l'insulter et non de lui adresser un compliment.

— Quand je me suis étonné que ton nom ne soit pas Young, tu m'as foudroyé du regard et tu m'as demandé si j'avais une question particulière à ce propos. Tu ne m'as pas donné l'impression d'être femme à te laisser manipuler.

— Eh bien, pourtant…

— Non, il n'y a pas de « pourtant » qui tienne. Tu as commis une erreur en accordant ta confiance à Todd Kade, mais tu es là aujourd'hui. Tu te bats. Pour toi, pour ton fils. Ne te comporte pas comme si une unique erreur faisait de toi quelqu'un que tu n'es pas.

Elle prit une grande inspiration, puis libéra lentement son souffle. Sa main se resserra autour de la sienne, puis elle se leva. Mais elle ne chercha pas à s'écarter, à se dégager.

— Je commence à penser que tu es peut-être celui qu'il me faut, Reece Montgomery.

— Hier soir, tu disais ne pas pouvoir te fier à ton jugement, rappela-t-il parce qu'il avait subitement l'impression qu'ils abordaient là un terrain… très, très glissant.

La main de Lianna lovée dans la sienne. Cette flamme dans son regard qui traduisait quelque lutte intérieure…

Elle hocha la tête, l'air un peu triste.

— J'essaie de corriger ça. C'est étrange mais le fait de collaborer avec toi, avec ton groupe, contribue à me redonner confiance en moi-même. Vous avez cru en mon plan. Tu es là, même si je sais que tu aurais préféré gérer ça tout seul. Vous m'avez tous fait confiance et ça m'a aidée à me fier à vous. Et, de plus en plus, à moi-même.

S'inclinant en avant, elle se rapprocha de lui, et Reece se sentit envahi d'une trépidation interne impossible à maîtriser. Tout en lui se focalisa sur elle. Ce moment. La mission dont il était investi. Tout, absolument tout reflua au second plan… jusqu'à ce qu'il ne reste plus qu'*elle*.

— Hier soir, tu m'as dit : « Je ne sais pas ce que j'ai », reprit-elle presque dans un murmure.

— Je ne… Je…

— C'est juste que tu n'as jamais connu ça. Beaucoup de gens t'ont fait défaut à l'âge où tu étais le plus vulnérable.

Mal à l'aise avec ce mot, avec sa compassion qui confinait presque, lui semblait-il, à de la pitié, il haussa les épaules.

— J'ai survécu.

— Mais la survie ne suffit pas à donner une chance d'aimer ou d'être aimé.

Elle se rapprocha un peu plus, tendant sa bouche vers la sienne. Il devinait encore une certaine réserve en elle. Des doutes, peut-être. Mais sa main se posa sur son visage et le cœur de Reece battit si fort que sa cage thoracique lui sembla sur le point d'exploser. Il avait connu la guerre, la vraie, mais cela ne l'avait en rien préparé à mener le genre de bataille qui se livrait en lui.

— Je ne suis pas sûr que le danger et les secrets soient une bonne raison de s'attacher à quelqu'un, mais…

— C'est toi, la raison. La seule et unique.

Il n'en fallut pas davantage pour qu'il oublie tout.

Il se pencha vers elle, comblant la distance qui les séparait.

16

Reece l'embrassa avec voracité et Lianna songea qu'elle aurait pu se laisser consumer tout entière par ce baiser passionné. Ses bras musclés l'enserrèrent dans une étreinte si puissante qu'elle aurait eu bien du mal à s'en dégager.

Ce qu'elle n'avait nulle envie de faire. Elle voulait… s'y abandonner corps et âme.

Tu as déjà connu ça et regarde comment ça s'est terminé.

Mais cette petite voix intérieure n'était pas aussi forte qu'avant et les mains de Reece se promenant sur son dos, la soudant à son corps dur et athlétique, semblaient en passe de la réduire au silence.

Dans le pire des cas, la répétition d'une erreur servait à tout le moins de bonne leçon. Mais elle n'avait pas le sentiment de commettre une erreur en s'ouvrant à Reece.

Le baiser s'approfondit, le cœur de Reece battant sous sa main de la même ardeur que le sien.

Ses mains, dans son dos, soulevèrent l'ourlet de son T-shirt, exposant sa peau à la caresse de l'air tiède qui les enveloppait. Il ne faisait pas froid et pourtant elle frissonna lorsqu'elle leva les bras pour l'aider à retirer son T-shirt.

Le regard de Reece s'était assombri, intensifié mais il y avait de la vulnérabilité sous la ferveur. Il ne le savait pas et n'aurait probablement jamais admis être *vulnérable*. Mais elle le voyait, elle.

Elle pouvait lui être bénéfique, comme lui l'avait été pour

elle. Elle glissa à son tour les mains sous son T-shirt dont elle l'aida à se débarrasser comme il l'avait libérée du sien.

Il était tout en muscles, la peau striée de cicatrices. Elle laissa courir ses doigts sur les marques, l'estomac noué à l'idée de tout ce qu'il avait dû vivre, endurer.

Elle vit fuser dans ses yeux une lueur indéfinissable. Pas de l'embarras, non. De l'inconfort, peut-être. Ou de la peur. Elle se pencha en avant, pressant sa bouche sur l'une de ses cicatrices pour lui prouver que celles-ci ajoutaient encore à sa beauté. À sa personnalité.

Puis elle se haussa sur la pointe des pieds et pressa sa bouche sur la tienne, enroulant les bras autour de son cou. Elle voulait instiller en lui toute l'émotion, toute l'exaltation qui la submergeait. L'en remplir. Jusqu'à ce qu'il comprenne ce qu'elle aurait été incapable de formuler par des mots.

Le baiser s'enhardit, se faisant plus sauvage, plus volcanique que tout ce qu'elle avait connu. Ils se débarrassèrent mutuellement de ce qu'il leur restait de vêtements, le monde extérieur et le danger oubliés. Il l'étendit sur le lit mais il était toujours sous contrôle, refoulant le désir fou qu'elle lisait dans ses yeux, comme en témoignait la fièvre avec laquelle il l'embrassait. Il ne semblait pas savoir comment lâcher la bride à sa passion. Elle allait donc devoir le lui montrer…

Elle l'attira plus près, le plaquant contre elle. Son corps épousait le sien comme s'il avait été fait pour lui. Il la touchait, la caressait comme s'il la connaissait depuis des années, comme s'il savait ce qu'elle aimait. Et ses baisers ! Chaque fois que ses lèvres s'emparaient de sa bouche, c'était pour l'entraîner toujours plus loin dans quelque chose qu'elle n'était pas sûre de comprendre. Plus loin, plus haut. Tandis qu'elle se laissait happer par le plaisir qui la submergeait, vague après vague, et que l'espoir s'épanouissait en elle, aussi pur et simple que si elle n'avait jamais souffert, elle se refusa à penser. À se laisser rappeler à la raison. Pendant ce bref laps de temps, tout ce qu'elle voulait, c'était ressentir, goûter… savourer.

C'était une joie sans mélange que de partager cette intimité avec quelqu'un comme lui. De le sentir en elle, de s'agripper à lui comme il la rejoignait dans l'extase.

Ils restèrent là, bras et jambes entremêlés, pantelants, jusqu'à ce qu'elle finisse par s'assoupir d'épuisement et de bonheur.

Lorsqu'elle ouvrit les yeux, réveillée par un rayon de soleil matinal, Reece n'était plus dans le lit avec elle. Il avait dormi auprès d'elle un certain temps, elle le savait, parce qu'elle s'était réveillée dans le noir à un moment donné et s'était blottie contre lui. Le bras de Reece était venu s'enrouler autour de son épaule.

Mais, maintenant, debout, habillé, il s'affairait dans la pièce. C'était… presque aussi agréable que de s'éveiller à son côté. Le fait de le voir aller et venir comme… s'il était chez lui. Comme si sa place était ici. L'idée la traversa qu'elle avait envie que ce soit le cas, même si elle ne voyait pas comment cela pourrait être possible.

Peut-être que tu aurais dû évoquer ça avant… Lianna cligna des paupières, se confrontant subitement à la réalité. Ce n'était pas aussi simple que de montrer de la bienveillance vis-à-vis de quelqu'un qui n'en avait jamais connu dans sa vie. Ce n'était pas aussi simple que d'apprécier la personne qu'il était. Ce sentiment confus et profond de parfaite affinité, de parfaite harmonie, c'était bien plus que cela… Mais quoi ? De l'amour ?

Non. Non, elle n'allait pas retomber dans les mêmes égarements. Elle avait cru être tombée amoureuse de Todd au premier regard. Une semaine, ça ne valait guère mieux. A fortiori une semaine au cours de laquelle elle avait été menacée. Ça signifiait qu'elle ne pensait pas rationnellement.

Pourtant, elle avait l'impression d'avoir les idées claires. Elle n'était pas en train de se monter la tête comme cela avait été le cas avec Todd – quand elle aspirait si désespérément à être aimée.

Elle s'assit dans le lit, ennuyée par ces sentiments mitigés. Elle n'avait pas besoin de se poser toutes ces questions pour le moment. Oui, ils avaient couché ensemble et cela avait été…

merveilleux. Ce n'était pas pour autant qu'elle devait savoir immédiatement, et très exactement, quelle était la nature de ses sentiments pour lui ni ce qui allait maintenant se passer entre eux.

Reece leva les yeux. Et ne parut pas surpris de la voir éveillée.

— Il va falloir qu'on sème quelques indices ce matin, dit-il d'un ton bref. Qu'on leur donne à penser que tu sais quelque chose que tu me caches. Au petit déjeuner, je pense. Tu annonceras que tu veux rouvrir l'auberge, faire revenir Henry à la maison, et j'écarterai ta suggestion. On pourra passer le reste de la matinée à distance des micros. Ensuite, on remettra ça sur le tapis à l'heure du déjeuner et je ferai monter la pression. Petit à petit. On les laissera mijoter pendant un jour ou deux et, s'ils ne bougent pas, j'exploserai pour de bon. Si tu dois inventer quelque chose, on y aura réfléchi avant.

Elle ne sut que répondre à cette tirade. Il avait son plan. Il était prêt à affronter cette journée. Et elle, eh bien… elle était… nue dans son lit. Elle remonta le drap sur sa poitrine, s'efforçant de mémoriser tout ce qu'il avait dit.

Le petit déjeuner. Faire semblant de savoir quelque chose qu'elle taisait. Essayer d'amener quelqu'un à… à quoi ? Lui soutirer des informations ? L'enlever ?

C'était ton idée, tu te souviens ?

Elle avala sa salive. OK. Il avait un plan et il avait raison : c'était pour ça qu'ils étaient là. Hier soir, ils s'étaient laissé… distraire. Elle avait intérêt à se mettre au diapason, et vite.

Mais, lorsqu'elle le regarda de nouveau, il était debout au pied du lit, la contemplant avec cette même expression hantée qu'il avait eue quand il avait dit « Je ne sais pas ce que j'ai ». Il y avait tant de choses, tant d'émotions que cet homme ne savait pas exprimer… Ses incertitudes à elle n'étaient rien en comparaison du fardeau qu'il portait.

Elle voulait l'aider. Elle voulait…

— Je ne sais pas faire ça, avoua-t-il en secouant la tête, la voix aussi râpeuse que si ses mots avaient franchi un barrage de verre pilé.

La gorge de Lianna se serra. Ça ressemblait un peu trop à un au revoir et elle ne voulait pas… Allait-il tout arrêter parce qu'il ne comprenait pas ce qui lui arrivait ? Parce que c'était trop pour lui, qu'il se sentait dépassé ? Et elle ? Elle avait un fils, elle devait penser en priorité à lui.

— Mais j'ai envie d'essayer, acheva-t-il sans emphase particulière, comme si c'était le simple constat d'une vérité dont il ne savait que faire.

Elle déglutit avec peine.

— Dans ce cas, il va falloir qu'on trouve un moyen.

Le silence retomba entre eux. Elle fut tentée de le rejoindre mais…

Il fronça soudain les sourcils et tourna la tête vers la porte. Elle n'aurait elle-même pas prêté attention au bruit sans sa réaction. Celui d'une portière de voiture.

— Ne bouge pas, lui intima-t-il, quittant la chambre sans lui laisser le temps de répondre.

Elle regarda l'endroit où il s'était tenu, le front barré d'un pli. Non, elle ne resterait pas là. Son regard se porta sur le tiroir où elle avait rangé le holster que Shay lui avait donné. Elle allait prendre son destin entre ses mains et faire face, debout, sur ses deux jambes. Espoir d'amour et d'avenir ou pas.

La voiture garée à côté de la sienne était noire, luisante et élégante. L'homme qui se tenait à quelques pas du véhicule était à l'avenant. Reece ne savait qu'en penser.

D'un côté, il y avait peu de chances que celui qui en avait après Lianna se présente ici en plein jour, et seul de surcroît.

De l'autre, Lianna n'avait aucune réservation puisque son site web indiquait que le Bluebird était provisoirement fermé et tout, dans l'allure de cet homme, lui semblait bizarre.

Entendant Lianna entrer dans le séjour, d'où il regardait l'homme approcher, il fronça les sourcils.

— Je t'avais dit de ne pas bouger.

Mais peut-être lui avait-il ordonné de rester dans la chambre en partie parce qu'il n'était pas sûr d'être en pleine possession de ses moyens si elle était près de lui.

La nuit dernière avait été… Il ne pouvait se résoudre à la ranger dans la catégorie des erreurs. Comment l'aurait-il pu alors que tout avait paru aller tellement de soi, être tellement parfait ? Alors qu'elle semblait lire en lui comme dans un livre ouvert, comprendre ce dont il avait besoin beaucoup mieux que lui-même ? Mais il aurait dû rester polarisé sur sa mission. Faire abstraction de ses sentiments.

Le regard qu'elle lui décocha semblait signifier « Je n'ai pas l'intention d'obéir à tes injonctions » mais elle ne dit rien. Peut-être bien parce qu'elle savait qu'ils avaient laissé un micro en place dans la cuisine.

Elle vint se poster à son côté et regarda au-dehors. Puis elle s'inclina en avant, les yeux plissés.

— C'est le Dr Winston, s'exclama-t-elle, une note surprise mais nullement alarmée dans la voix. Mon… médecin.

Elle arrangea sa tenue, qui n'en avait nul besoin.

— Enfin… Mon thérapeute. De Denver. Après Todd…

Elle essayait de masquer son embarras mais son trouble se voyait à son regard, au léger rose qui envahissait ses joues.

— C'est bien compréhensible, l'interrompit-il.

Ayant lui-même subi son lot d'expertises psychiatriques, en tant qu'enfant placé puis comme soldat, il n'allait pas la laisser se débattre dans des explications gênées qui n'avaient pas lieu d'être.

Évidemment, cela détonnait avec l'image qu'il essayait de donner de lui à ceux qui les écoutaient. Il devait cesser de penser à… tout le reste et jouer son rôle.

— Mais qu'est-ce qu'il fait là ? reprit-il d'une voix plus dure.

— Je ne sais pas. Je ne lui ai pas parlé depuis que j'ai quitté Denver. Il n'était pas d'accord avec mon déménagement. Il estimait que je n'étais pas prête, mentalement.

Sans croiser son regard, elle ajouta rapidement :

— Mais, regarde, il a un sac. Il a dû se dire qu'il allait venir passer quelques jours ici.

— Ce n'est pas très… déontologique, tout ça.

Elle lui jeta un regard indigné, prête à riposter avec véhémence. Mais elle ferma les yeux et se reprit, sans doute consciente qu'elle aussi avait été sur le point de sortir de son personnage. Se ravisant, elle plaida d'une voix douce, avec une inflexion un peu suppliante :

— Mais je le connais, Reece. C'est un thérapeute qui a pignon sur rue. Il n'a rien à voir avec tout ça.

— Ça, tu n'en sais rien.

Elle le contempla, bouche bée, pendant quelques instants, et il vit que sa réaction, cette fois, n'était pas feinte.

— Tu sous-entends que mon psy pourrait être mêlé à cette histoire ?

— Peut-être pas au début, mais ceux qui te surveillent ont pu penser que tu lui avais confié quelque chose.

Elle pâlit et il se fit l'effet d'un butor sans cœur. Il y avait certainement un moyen de procéder autrement. Il inspira un grand coup, cherchant à formuler les choses avec plus de tact mais, déjà, elle se ressaisissait. Comme elle le faisait toujours.

— Tu as raison, dit-elle. Tu crois qu'il pourrait être en danger, lui aussi ? Est-ce qu'on devrait…

— On devrait voir ce qu'il veut. Et, une fois qu'il sera parti, il faudra que tu me rapportes mot pour mot tout ce que tu as pu lui dire.

— Bien sûr, Reece, acquiesça-t-elle d'un ton conciliant qui le fit grincer des dents.

C'était de la comédie mais ça n'en était pas moins agaçant par moments.

On frappa à la porte et Reece esquissa un mouvement pour aller ouvrir, mais Lianna le prit de vitesse.

— Docteur Winston. Ça alors, pour une surprise…

— Bonjour, Lianna. Une bonne surprise, j'espère.

D'emblée, Reece le détesta. Si sa vue avait éveillé ses soupçons, la façon dont il s'exprimait et regardait Lianna lui donnait franchement des envies de meurtre.

Heureusement pour lui, il personnifiait un macho autoritaire et ultra-possessif, donc c'était cohérent.

— Que se passe-t-il, Lianna ? questionna-t-il en s'avançant.

— Oh ! fit-elle, clignant des yeux, désarçonnée.

Reece vit qu'elle avait eu un instant de flottement et dû se remémorer qu'il jouait un rôle, mais ce n'était pas grave. Pour quiconque ignorait la situation, cela donnerait l'impression qu'elle était ce qu'elle feignait d'être : une femme sous l'emprise d'un phallocrate au tempérament dominateur.

— Reece. Voici le…

— Reece Conrad, se présenta-t-il en passant d'autorité devant elle et en tendant la main.

L'homme dévisagea Reece, l'air nullement surpris de trouver un homme chez Lianna. Et le Bluebird fermé.

Mauvais point numéro un.

Finalement, il lui serra la main et Reece fit exprès de la broyer entre ses doigts. L'expression du médecin se durcit et Reece lui décocha un large sourire.

— Je suis le docteur Winston, dit le type. Et vous êtes… ?

— Oh ! je suis un ami de Lianna, répondit Reece en reculant et en passant un bras autour des épaules de cette dernière, qu'il pressa ostensiblement. Je ne savais pas que nous aurions de la compagnie. Je croyais que tu avais suspendu les réservations pour la semaine, chérie.

— Oh ! c'est ce que j'ai fait, l'assura Lianna, l'air nerveuse, comme si elle avait peur de lui déplaire.

Elle enroula le bras autour de sa taille comme pour le rassurer.

— Ma femme et moi étions en vacances du côté de Devil's Tower. C'était si près que je me suis dit que j'allais venir voir comment allait Lianna.

Il sourit. D'un sourire que Reece jugea froid et calculateur.

Mauvais point numéro deux.

— Vous auriez pu appeler, nota Reece, sans même prendre la peine de paraître poli.

— Oui, j'aurais peut-être dû, en effet.

— Mais non, ne soyez pas ridicule, plaida Lianna en levant

vers lui un regard implorant. Reece, le Dr Winston m'a été d'une si grande aide avant que je vienne ici…

— Quel genre d'aide ?

— Oh. Eh bien…

Lianna baissa les yeux sans terminer sa phrase, incarnation parfaite de la confusion.

— Je pourrais peut-être m'entretenir en privé avec Lianna ? De praticien à patient ? Je voudrais discuter du traitement qu'elle a suivi et je suis tenu au secret médical, évidemment.

Mais oui, c'est ça.

— Je ne crois pas que…

— Chéri, tu m'avais proposé de jeter un coup d'œil à ce balustre desserré sur la rambarde du porche, tu te souviens ? Pourquoi ne pas t'en occuper pendant que le Dr Winston et moi bavardons ? Ensuite, il repartira. Je suis sûre qu'il doit être attendu par sa femme… N'est-ce pas ? suggéra Lianna en tournant un sourire timide vers le médecin.

L'idée de la laisser seule avec ce manipulateur lui déplaisait souverainement, mais l'inviter à sortir avait été une bonne idée. Il pourrait jeter un coup d'œil à la voiture du bon docteur tout en gardant un œil sur elle depuis l'extérieur. Et demander à Elsie de vérifier le curriculum du monsieur, bien entendu.

Lianna lui adressa un désarmant sourire et le poussa doucement vers la porte – non sans tapoter subrepticement sa hanche, plaquée contre lui.

Il sentit une masse dure sous le T-shirt. Un holster. Cela le rassura quelque peu. Lianna était armée. Et elle n'était pas femme à porter un pistolet sans savoir s'en servir.

Et puis, même si ce type était lié à l'affaire, il ne serait pas idiot au point de s'en prendre à elle en sachant Reece là, juste au-dehors.

— Bon… D'accord, finit-il par grommeler, encore réticent.

Ce qui, songea-t-il, cadrait avec le profil de son personnage. Baissant le ton comme s'il ne voulait pas être entendu du médecin, il ajouta, avec une inflexion suffisamment menaçante dans la voix pour asseoir son image de tyran domestique :

— Si j'étais toi, je resterais là où je peux te voir.

— Bien sûr, chéri, répondit-elle docilement.

Mais elle avait une arme fixée à la ceinture. Il n'y avait rien de docile en elle. Elle était là pour défendre sa vie. Celle de son fils. Il devait donc lui laisser le champ libre pour ce faire.

Et veiller à ce que tout se termine de la façon dont ils le souhaitaient tous les deux.

17

— Puis-je vous offrir un café ? s'enquit Lianna sans avoir à feindre la nervosité qui la faisait paraître incapable et faible.

C'était si étrange. Faire semblant d'être celle qu'elle avait autrefois été n'était pas facile. Cela l'emplissait d'un sentiment de malaise dont elle avait envie de s'ouvrir au Dr Winston.

Mais Reece avait raison. Cette visite impromptue était pour le moins… singulière. Si elle écoutait son instinct comme Shay le lui avait recommandé, c'était même franchement suspect.

C'est ton thérapeute. Tu ne penses pas réellement qu'il puisse être dangereux.

Mais n'était-ce pas ce qu'elle s'était dit, s'agissant de Todd ? *C'est ton mari. Ça va s'arranger. C'est le père de ton enfant. Il a besoin de temps, voilà tout.*

Elle se massa la tempe. Se fier à son instinct était beaucoup plus difficile que Shay ne lui en avait donné l'impression.

— Où est Henry ? demanda le Dr Winston, cet aimable sourire plaqué sur les lèvres, son sac de voyage toujours à la main.

Lianna essaya de conserver un masque neutre, mais la mention de son fils raviva d'un coup tous ses doutes. Peut-être serait-elle parvenue à se persuader que la question n'avait rien d'anormal si cela avait été les vacances d'été. Mais Henry était censé être à l'école…

Il pense peut-être que ce sont déjà les vacances. Ou bien il veut s'assurer que tu l'as bien scolarisé.

Le problème, c'était qu'elle n'avait pas reparlé à cet homme depuis son installation à Echo. Il ne l'avait pas appelée pour prendre de ses nouvelles, faire le point. Et elle n'avait jamais eu envie de le joindre depuis qu'elle était ici. Leur emménagement à l'auberge leur avait fait du bien, à Henry et elle. Et s'occuper du Bluebird avait été exactement ce qu'il lui fallait.

Alors, qu'est-ce qui l'avait amené ici ? Et pourquoi cette curiosité, vis-à-vis de Henry ?

Devait-elle mentir ? Elle se força à sourire comme si elle avait toute confiance dans l'homme qui se tenait devant elle. Celui à qui elle avait confié tous ses problèmes. Qui lui avait enseigné des exercices de respiration pour calmer son anxiété après la mort de Todd. Les séances dans son cabinet lui avaient fait du bien. Elle n'aurait peut-être pas réussi à trouver le courage d'aller de l'avant et déménager ici sans son aide.

Mais elle ne pouvait pas se reposer sur la confiance qu'elle avait autrefois eue en lui alors qu'il débarquait chez elle sans prévenir et qu'il posait des questions concernant Henry.

— Lianna ?

— Désolée. C'est juste que… c'est étrange de vous voir ici.

Elle croisa les doigts mais en veillant à ce que leur tremblement soit bien visible.

Essayer de faire bonne figure tout en montrant des signes de nervosité, c'était dans son personnage. Du moins l'espérait-elle. Elle s'obligea à produire un pâle sourire.

— Vous ne m'avez pas répondu, pour le café.

— Non, je vous remercie. Et si on s'asseyait ?

Il lui sourit amicalement, comme il l'avait toujours fait.

Ce qu'elle éprouvait là, n'était-ce pas justement le genre de paranoïa contre laquelle il l'avait mise en garde ? Disant que le fait de vivre seule dans un endroit aussi isolé pourrait l'inciter à soupçonner tout et tout le monde. À voir le danger partout.

Puis elle pensa à Reece. Si la directrice de son groupe l'avait missionné ici une première fois puis de nouveau maintenant, c'était précisément parce que la situation était dangereuse. Elle avait senti l'angoisse la gagner tandis qu'il séjournait à l'auberge parce qu'il y avait bel et bien des raisons d'être paranoïaque.

Mais elle hocha la tête en souriant et invita le Dr Winston à entrer dans le séjour. Il se dirigea vers le grand canapé et posa son sac à ses pieds.

Au lieu de s'asseoir en face de lui, elle opta pour s'installer derrière le petit bureau sur lequel elle avait mis un vieil ordinateur à disposition des hôtes. Ce qui présentait deux avantages : créer une barrière entre eux et dissimuler la bosse que formait l'arme sous son T-shirt.

Le Dr Winston prit confortablement place sur le canapé, exactement comme lorsqu'il la recevait dans son cabinet, à Denver. Bien habillé, le visage toujours empreint de bonhomie, l'attitude ouverte, détendue. Lianna songea qu'il devait se sentir à l'aise n'importe où. Se poser comme celui qui faisait autorité sitôt qu'il entrait quelque part.

Malgré les soupçons qu'elle nourrissait, elle eut l'impression d'être tenue de tout lui raconter.

Mais elle ne le ferait pas.

— Venir ici n'était pas très… orthodoxe de ma part, j'en conviens, dit-il gentiment. Mais vous savez que votre déménagement m'inquiétait. En tant que psychiatre, j'ai jugé qu'il était de mon devoir de venir m'assurer que vous alliez bien, Lianna. Et je dois dire que ce que j'ai vu ne me plaît guère.

Rien d'étonnant à cela, songea-t-elle, puisqu'elle jouait le rôle de l'ancienne Lianna. La culpabilité tenta de se frayer un chemin en elle mais elle aperçut Reece par la fenêtre, qui examinait la voiture du docteur, rappel bienvenu qu'elle n'était pas seule.

— Laisser un autre homme régenter votre vie, après ce qui s'est passé avec votre mari… Et, au fait, vous ne m'avez pas dit où se trouvait Henry ?

Cette fois, Lianna fronça ouvertement les sourcils. Culpabilité ou pas, doutes ou pas, en son for intérieur, elle savait que la présence du Dr Winston ici n'était pas normale. Et son insistance à propos de Henry…

Pourquoi tenait-il tant à savoir où était son fils ? Elle lui avait amené Henry une fois et celui-ci l'avait suppliée de ne plus y retourner. Lianna avait cédé parce que le Dr Winston lui avait demandé de sortir du cabinet et que, même si elle avait confiance en son médecin, elle avait mal vécu le fait de laisser son fils seul face à lui alors qu'il était si jeune.

Cela ne lui avait pas semblé logique, et elle ne l'avait pas remmené non plus parce que la mort de son père n'avait pas changé sa vie. Et que ce n'était pas lui que Todd avait dupé.

Mais le Dr Winston avait continué à faire pression sur elle pour revoir Henry. En sortant de son cabinet, il lui était arrivé de se dire qu'elle allait le faire avant de se raviser, une fois rentrée chez elle, tout simplement parce que… son fils allait bien.

Pourquoi son thérapeute s'intéressait-il tant à son fils ? À l'époque, elle avait été convaincue que c'était dans l'intérêt de Henry et par courtoisie professionnelle, mais maintenant…

Elle regarda le Dr Winston et songea que ses doutes avaient dû transparaître sur son visage car la voix du thérapeute se durcit.

— Lianna… ? Où est-il ? Je sais qu'il n'est pas à Denver.

Son cœur sauta un battement puis se mit à cogner à toute force dans sa poitrine, dans ses oreilles. Ce fut d'une voix moins assurée qu'elle l'aurait souhaité qu'elle rétorqua :

— Comment le savez-vous ? Et, d'ailleurs, *pourquoi ?*

— Le temps file. J'aurais pu jouer ce jeu encore longtemps si vous aviez gardé le silence. Mais il a fallu que vous vous compromettiez avec des gens qui ont précipité le mouvement. Je ne suis pas votre ennemi, mais vous me forcez la main.

Lentement, les doigts de Lianna se portèrent vers sa hanche. Winston parlait d'un ton si… raisonnable mais rien de ce qu'il disait n'avait de sens. Le cœur de Lianna tambourina de plus belle comme sa main se glissait sous le T-shirt.

Il se leva, le visage empourpré, le regard noir, furieux.

— Vous m'aviez dit et répété que vous ne saviez rien. C'est ce que je leur ai rapporté. Et maintenant, c'est moi qu'ils tiennent pour responsable de vos mensonges. Ce n'est pas possible.

Elle fut tentée de regarder par la fenêtre mais se domina :

ça aurait été mettre la puce à l'oreille du Dr Winston. Et, à travers lui, à ceux qui le tenaient. Car il y avait un « eux » à qui il transmettait tout ce qu'il avait appris. Apparemment, il n'avait pas été mêlé aux activités de Todd, mais Reece avait vu juste. Le Dr Winston était devenu une cible.

Et il considérait aujourd'hui que c'était sa faute, à elle.

Elle aurait pu éprouver des remords, tout lui confesser, lui promettre la protection de Reece mais la fureur de son regard et son obsession concernant Henry l'en dissuadèrent.

Il s'avança vers le bureau. Lianna tâtonna, peinant à dégager le pistolet du holster, mais elle ne s'affola pas et persista jusqu'à ce qu'elle ait l'arme bien en main.

Le Dr Winston abattit ses paumes sur le bureau et se pencha vers elle.

— Où est Henry ?

Le bon docteur avait laissé sa rutilante voiture de sport ouverte, donc la fouiller ne poserait pas problème. Reece jeta un coup d'œil à la maison ; il apercevait les jambes du Dr Winston, assis sur le canapé, mais le soleil qui se reflétait sur les grandes baies vitrées l'empêchait de voir le haut de son corps et, ce qui était plus ennuyeux encore, Lianna.

Il n'aimait pas ça. Elsie l'avait assuré qu'elle le rappellerait sitôt qu'elle aurait réuni tout ce qu'elle pouvait trouver sur Winston mais il détestait l'idée d'être aussi loin de Lianna. Le médecin pouvait à tout moment brandir une arme et l'abattre d'une balle dans la tête.

Reece réprima l'envie de se ruer à l'intérieur. Il était agent secret. Il devait réagir en tant que tel. Pas comme un homme… qui éprouvait quelque chose pour Lianna.

Et la part rationnelle de son cerveau lui disait que ce médecin n'aurait pas fait tout ce chemin pour venir tuer Lianna. Que ce ne pouvait pas être un homme seul qui était derrière tout ça.

Sauf s'il doit impérativement l'empêcher de révéler ce qu'elle sait.

Au moment même où cette affreuse pensée lui traversait l'esprit, il entendit un pas derrière lui, tout près. Il ne prit pas le temps de réfléchir. Il laissa parler son instinct ainsi qu'il l'avait fait pratiquement toute sa vie. En un clin d'œil, il tournoya sur lui-même, esquivant de justesse le coup qui l'aurait assommé. L'énorme poing de son agresseur le toucha malgré tout à l'épaule, le faisant trébucher sur le côté.

Mais il garda son équilibre et se remit instantanément en position de combat. Deux ombres vêtues de noir se matérialisèrent dans son champ de vision, émergeant des bois pour venir rejoindre son adversaire.

— Trois contre un… Pas de chance, dit en souriant le grand costaud qui l'avait frappé.

Son sourire s'élargit lorsque ses deux comparses, l'ayant rejoint, braquèrent leurs fusils sur la poitrine de Reece.

— Ça dépend, répondit Reece, calculant ses mouvements.

Il avait une arme, mais il devait l'extraire du holster et tirer avant qu'ils aient pu appuyer sur la détente. Improbable… pour ne pas dire impossible.

Trois assaillants ici. Il essaya de localiser Lianna dans son champ de vision périphérique. Y en avait-il d'autres à l'intérieur ? Ou Winston avait-il sous-estimé suffisamment Lianna pour l'affronter seul à seule ?

Seigneur, il espérait que c'était le cas.

Si loin de la maison, les caméras de Lianna ne seraient d'aucune utilité. North Star ne saurait pas qu'il était compromis. Au moins pourraient-ils entendre qu'il se passait quelque chose de louche dans le séjour mais il était très possible que le Dr Winston soit au courant que la maison était surveillée.

Tout était un peu trop *possible*.

— Alors ? demanda Reece aux trois types plantés devant lui et qui s'efforçaient de paraître menaçants. Vous comptez me tuer ?

Les deux qui étaient armés échangèrent un regard et ce fut alors que Reece remarqua qu'ils étaient équipés d'oreillettes.

Ce qui voulait dire qu'il y avait d'autres complices. Une bande organisée.

Il jura en silence mais se cala négligemment contre la voiture et leur décocha un sourire flegmatique.

— Vous attendez les ordres, les gars ? J'ai bien peur que ça ne se termine mal pour vous.

Le malabar qui avait tenté de le mettre K-O ne semblait pas armé, donc ce fut sur les deux autres que Reece centra son attention.

Les canons de leurs fusils étaient pointés sur lui, mais il nota que leur index n'était pas replié sur la détente.

Ils n'étaient pas censés l'abattre. Du moins pas tant qu'ils n'en avaient pas reçu l'ordre dans leur oreillette. Et Reece n'avait pas l'intention d'attendre que cela se produise.

En un éclair, il bondit. Un coup partit, mais il n'éprouva pas la fulgurante douleur qu'il s'était attendu à ressentir. Agrippant le canon d'un des fusils, il se laissa tomber en glissade sur le sol, balayant de ses jambes l'autre homme armé, qui chuta lourdement.

L'objectif de Reece, c'était de s'emparer des deux fusils, pas d'infliger des blessures. Tout ce que ces trois types tenteraient d'autre, il y survivrait. D'un geste sec, il arracha le fusil des mains de l'homme qui était encore debout en le neutralisant d'un simple coup de coude dans la gorge.

Ils n'étaient pas très entraînés physiquement, c'était certain. Au mieux, songea Reece, ils savaient manier des armes et se donner l'air intimidant, mais ils ne faisaient pas le poids au combat à mains nues.

Une chance pour lui.

Celui qu'il avait fait tomber d'une balayette était au sol mais il n'avait pas lâché son fusil et essayait de se relever.

Reece pivota et se servit de la crosse du fusil qu'il avait maintenant en main pour lui asséner un méchant coup sur la tempe. Le type retomba en arrière.

Mais Reece ne put récupérer le second fusil car le troisième larron, le plus costaud des trois, lui sauta dessus par-derrière.

Il compensait le manque de technique par la taille et la seule force physique. Véritable montagne de muscles, il n'eut pas de mal à clouer Reece au sol. D'une main large comme un battoir, il lui enfonça la tête dans la poussière, se servant de l'autre et du poids de son corps pour maintenir les mains de Reece le long de son corps.

Ce qui était une erreur. Il aurait dû lui couper la respiration ou le faire rouler sur le dos et le rouer de coups. Ses poings énormes le lui auraient permis.

Reece lutta pour reprendre son souffle, le visage pressé contre la terre. Il lui était impossible de dégager ses mains mais ses jambes étaient libres. Il suffirait d'un seul coup bien placé – un coup que son adversaire ne verrait pas venir. Seulement, il devait viser à la perfection, sinon son compte était bon.

Il continua à se débattre pour garder l'attention de l'adversaire focalisée sur lui puis il se concentra, le corps tout entier tendu vers son but, attendit le bon moment puis détendit la jambe d'un coup. Le talon de sa chaussure atteignit l'homme à l'endroit le plus vulnérable de son anatomie.

Le type poussa un hurlement de bête et lâcha la tête de Reece, offrant à celui-ci une chance de se libérer.

Tant bien que mal, Reece se remit sur ses pieds, haletant, la vision légèrement brouillée par les grains de poussière qui s'accrochaient à ses cils et ses sourcils. Il battit rapidement des paupières pour y voir plus clair.

Bien que soufflant comme un bœuf et se tenant l'entrejambe, le colosse était debout. Les fusils se trouvaient à égale distance des deux combattants.

Un fracas leur fit tourner la tête vers la maison. Lianna apparut, chancelante, sur le porche. Elle avait son pistolet à la main mais il sembla à Reece qu'elle hésitait à s'en servir, comme si elle n'était pas certaine de pouvoir assurer son tir à cette distance.

Puis le Dr Winston émergea à son tour. Il paraissait ébranlé mais pas blessé, et pouvait encore représenter un danger.

— Sauve-toi ! cria Reece, esquivant un direct et reculant

en pas chassés pour porter le poids de son corps sur une jambe et frapper de l'autre.

Il n'eut pas le temps de vérifier qu'elle l'avait écouté parce que l'armoire à glace était sur le point de ramasser l'un des fusils. Et, ça, c'était exclu.

18

Reece lui avait dit de courir, donc Lianna s'élança. En direction des bois. Ceux-là mêmes où elle avait joué durant toute son enfance et qu'elle connaissait par cœur.

Sabrina et Holden étaient postés là, quelque part, parmi ces arbres, mais dans sa hâte d'échapper au Dr Winston, elle ne chercha même pas à les rejoindre. Elle ne songeait qu'à fuir.

Ce n'était pas après elle qu'il en avait, mais après Henry.

Que pouvait-il bien lui vouloir ? Et pourquoi ? Ça n'avait aucun sens mais une chose était sûre : elle ne devait pas se laisser rattraper. Il pourrait se servir d'elle pour faire pression sur Reece, sur ses grands-parents, l'utiliser de mille façons qu'elle préférait ne même pas envisager. Et c'était le sort de Henry qui était en jeu.

Elle fonça donc droit devant elle, zigzaguant entre les arbres, sautant par-dessus les souches, glissant et dérapant dans la terre humide, le cœur tambourinant dans ses oreilles, la respiration saccadée, les poumons en feu.

Elle n'avait pas réussi à tirer sur le Dr Winston et elle considérait cela comme un échec. Il l'avait harcelée à propos de Henry mais en s'en tenant à l'intimidation verbale, sans l'agresser physiquement, si bien qu'elle n'avait pas pu appuyer sur la détente. Elle s'était simplement dressée d'un bond sur ses pieds et l'avait violemment poussé en arrière. Ce qui lui avait laissé le temps de prendre le large.

Puis Reece lui avait crié de courir tandis que lui-même

tenait tête à trois autres hommes. Des hommes armés qui, à son avis, n'étaient pas là uniquement à des fins d'intimidation.

Elle ralentit l'allure, l'espace d'une seconde, en pensant à Reece. Comment résisterait-il à des hommes armés ?

Il est capable de se débrouiller seul. Il t'a dit de t'enfuir.

Elle se répéta ces mots jusqu'à ce que sa foulée s'allonge de nouveau. Le Dr Winston ne lui aurait peut-être pas fait de mal. Mais peut-être que si. En tout cas, ceux avec qui il était en cheville n'auraient pas hésité, eux. Il avait bien souligné que quelqu'un voulait des réponses. Des réponses concernant Henry qu'elle ne donnerait pas. Jamais.

— Ça suffit.

Lianna poussa un cri et s'arrêta en un dérapage tout ce qu'il y avait d'incontrôlé comme un homme se matérialisait devant elle, une arme au poing.

Elle ne le connaissait pas. Ne savait pas qui il était ni pour qui il travaillait. Mais son arme était nettement plus imposante que la sienne.

Il désigna son pistolet du canon de son arme.

— Posez-le par terre.

Elle hésita mais un pas lourd retentit derrière elle. Jetant un regard par-dessus son épaule, elle vit le Dr Winston arriver, tout essoufflé.

Elle était prise au piège. Devant, une arme pointée sur elle. Derrière, un homme qui lui coupait toute possibilité de retraite.

Du calme. Tu vas trouver un moyen de t'en sortir. Garde ton sang-froid. Reece n'est pas loin. Sabrina et Holden non plus. Reste calme. Sois plus maligne qu'eux.

— Alors, c'est *ça* que vous vouliez tant protéger ? dit l'homme, arquant un sourcil à l'adresse du Dr Winston, derrière elle.

— Elle est innocente, répliqua Winston.

— Vous me décevez. J'aurais cru que vous aviez compris que l'innocence n'entrait pas en ligne de compte dans cette affaire.

Lianna ne bougea pas un muscle. Elle n'avait pas posé

son pistolet. La tension entre l'homme et le Dr Winston était palpable. Si le ton montait et qu'ils se disputaient, elle pourrait peut-être…

Une détonation claqua, si forte qu'elle étouffa le cri de Lianna. Elle tomba à genoux, se demandant si elle était touchée.

Mais elle n'avait mal nulle part. Elle leva les yeux. L'homme armé n'était pas blessé non plus. Un sentiment d'effroi lui contracta l'estomac tandis qu'elle regardait par-dessus son épaule.

Le Dr Winston était à terre. Inerte. *Seigneur.* Peut-être le médecin n'avait-il pas été intègre, mais il ne lui avait pas tiré dessus. Il l'avait déclarée innocente et maintenant…

— Je vous suggère de vous relever et de laisser votre arme sur le sol. Si vous n'obéissez pas, ma foi…

Lianna refoula la peine et la peur, et regarda l'homme qui se tenait devant elle.

— Vous avez besoin de moi, réussit-elle à proférer. Vous ne me tuerez pas.

L'homme ricana.

— Nous ne sommes pas dans un film. Je peux parfaitement vous tuer si l'envie m'en prend et trouver l'information que je recherche autre part. Mais ce sera bien plus amusant de vous l'extorquer sous la torture et de vous regarder cracher le morceau avant de comprendre que vous allez mourir quand même. Et votre rejeton aussi.

Même si la peur lui nouait les entrailles, elle défia du regard l'homme qui la menaçait.

— Vous ne toucherez pas un cheveu de mon fils.

Il s'avança. Il était grand et baraqué, mais comme pouvait l'être un athlète. Il n'avait pas cet air teigneux et menaçant des méchants de cinéma. Il lui faisait plutôt penser à ce grand nigaud de star du football qui avait été dans sa classe, au lycée.

Mais ses paroles étaient froides et cruelles… tout comme ses yeux bleus, songea-t-elle lorsqu'il s'accroupit devant elle, l'arme pointée sur son cœur.

— Si feu votre mari avait su tenir sa langue devant son gamin, vous n'en seriez pas là.

— Henry ne sait absolument rien, réfuta-t-elle.

Sa voix tremblait. *Tout* en elle tremblait. Au moins était-elle assise, donc ses jambes ne pourraient pas se dérober. Ce que monsieur Muscle semblait oublier, c'était qu'elle avait toujours le pistolet en main. Oh ! il n'était pas aussi puissant que celui de son agresseur et elle n'était pas Lucky Luke, mais il n'était qu'à quelques dizaines de centimètres d'elle.

L'homme sourit.

— Ah non ?

La gorge de Lianna s'assécha. Mais elle s'accrocha aux derniers vestiges de calme et d'autorité qui subsistaient en elle. Parce qu'elle était la mère de Henry et qu'elle devait le sauver. À n'importe quel prix.

— Que croyez-vous qu'il sache ? Allez-y… Dites-le.

— Mais bien entendu. Je vais vous dévoiler tout mon plan. Et parler, parler et parler encore jusqu'à ce que vos copains rappliquent. Vous voulez rire ou vous êtes vraiment idiote ?

Il était arrivé à Todd d'employer ce ton-là avec elle. Chaque fois, ça avait été comme s'il l'avait giflée. Elle s'était toujours écrasée lorsqu'il lui faisait sentir combien il lui était supérieur, à quel point il en savait tellement plus qu'elle.

Seulement, elle n'était plus cette Lianna-là.

— Je me posais la même question à votre sujet, riposta-t-elle.

Et elle leva son arme et fit feu.

Le colosse avec lequel Reece était aux prises ne lâchait pas pied. Reece avait réussi à le faire chuter avant qu'il s'empare du fusil mais les deux hommes avaient roulé par terre en se bourrant mutuellement de coups sans que l'un ou l'autre parvienne à prendre l'avantage.

Au moins les fusils n'étaient-ils plus à sa portée, songea Reece. À mains nues… Enfin, peut-être ne gagnerait-il pas mais au moins, il n'y perdrait pas la vie.

Le type commit une erreur tactique, offrant à Reece une chance inespérée de prendre le dessus. Il lui fallut convoquer toute sa force mais il parvint finalement à l'étrangler assez longtemps pour qu'il perde connaissance et s'immobilise.

Avec précaution, Reece relâcha sa prise et recula. Centimètre par centimètre, sans quitter son adversaire des yeux. Mais celui-ci avait son compte.

Et de trois.

Au même moment, il entendit un pas derrière lui. Jurant intérieurement, il fit volte-face, prêt à se battre. Mais c'était Holden.

— Qu'est-ce que tu fais là ?

— J'essaie de retrouver Sabrina mais on a perdu le contact. Je vois que tu n'as pas chômé, dit Holden, indiquant d'un geste les trois silhouettes gisant sur le sol.

Reece ne prit même pas la peine de répondre. Le temps pressait. Il s'élança dans la direction où s'était enfuie Lianna.

Il entendit Holden courir derrière lui, l'appelant à voix basse.

— Reece, attends. Ce médecin… Ce n'est pas après Lianna qu'il en avait.

Il continua à courir mais la phrase de son collègue l'interpella.

— Qu'est-ce que tu veux dire ?

— Elsie a écouté la conversation. C'est Henry qu'il voulait. Il n'a pas touché Lianna. Il ne l'a même pas vraiment menacée. Tout ce qu'il voulait, c'était qu'elle lui dise où était son fils pour transmettre l'information à ceux pour qui il travaillait.

Reece faillit trébucher sur une souche en se retournant vers Holden, croyant avoir mal entendu.

— Quoi ?

— Henry. Il n'a pratiquement parlé que de lui. C'est *lui* qu'il voulait. Reece, y a-t-il une chance que le gamin sache quelque chose ?

Il ouvrit la bouche pour nier, mais… l'étrange impression qu'il avait eue quand Henry lui avait demandé de veiller sur sa mère lui revint en mémoire. Il n'y avait pas attaché d'importance sur le moment mais…

— OK. Il faut qu'on découvre ce que sait Henry.

— Shay et Betty y travaillent.

— Il faut qu'elles y aillent en douceur, reprit Reece, réticent à l'idée que le garçonnet affronte cela tout seul, sans Lianna et… sans lui. Ce n'est qu'un enfant. Je pense qu'il a peur…

— Elles le savent, Reece. Personne, à North Star, ne cherchera à l'intimider. Et puis il a son grand-père auprès de lui.

Reece hocha machinalement la tête. Il savait tout cela, bien sûr, mais il ne pouvait s'empêcher d'avoir le cœur serré à l'idée de Henry devant répondre à des questions sans que ni lui ni Lianna ne soient là pour… le protéger. L'aider.

— Bien. Toi, retrouve Sabrina. Il y avait trois hommes contre moi. Un contre Lianna. Mais on ne sait pas qui d'autre peut être là. Les gros bras qui me sont tombés dessus recevaient des ordres par oreillette. Si Henry sait qui est derrière tout ça, il faut qu'on s'assure que notre prochaine cible est bien la tête pensante… pas juste un autre homme de main.

— D'accord. Je retourne à la position initiale de Sabrina et je rayonnerai à partir de là. Toi, tu te lances aux trousses du docteur ?

— De Lianna. C'est elle la priorité.

Holden ne répondit pas. Il fit demi-tour et s'enfonça dans la forêt, en direction de l'ouest. Reece, lui, suivit la piste de Lianna. Ses empreintes de pas étaient faciles à repérer sur le sol humide, ce qui lui permit de progresser rapidement.

Le bruit d'une détonation se réverbérant entre les arbres lui glaça le sang.

Lianna.

Henry n'arrivait pas à se concentrer sur son jeu d'arcade. Il avait les idées embrouillées et maman lui manquait. Une boule lui nouait le ventre. Il se mordit la lèvre et regarda son arrière-grand-père.

Papy lisait l'un de ses gros livres ennuyeux, assis dans un grand fauteuil confortable dans un coin. Il n'aimait pas les jeux vidéo mais il s'interrompait toujours dans sa lecture si Henry le lui demandait.

Henry n'avait pas vraiment le cœur à jouer aujourd'hui. Maman et Reece n'étaient pas là et personne ne voulait rien lui dire. Il ne savait pas ce qui se passait mais ce n'était pas bon signe, il en était sûr.

Tout cela lui rappelait son père. Les secrets. En général, il s'efforçait de ne jamais y penser.

Un bruit de voix dans le couloir lui contracta un peu plus l'estomac. Shay et Betty entrèrent, le regard fixé sur lui. Henry eut un mouvement de recul.

— Henry, dit Betty d'une voix douce tandis que toutes deux s'approchaient de lui.

Henry se réfugia auprès de papy.

— Il s'est passé quelque chose ? demanda papy en posant son livre.

— Non, monsieur Young, pas exactement. Mais on a reçu quelques informations. Nous pensons que, si nous parvenions à les compléter en posant quelques questions à Henry, cela constituerait une grande avancée.

Shay se tut et son regard dériva de nouveau vers Henry, qui éprouva l'envie de se cacher derrière papy mais ne put que la contempler, comme hypnotisé.

Papy passa son bras autour de ses épaules. Henry aurait bien voulu que cela lui donne du courage. Mais le poids qui lui écrasait le ventre parut s'alourdir encore, lui donnant la nausée.

— Ce n'est qu'un enfant, répondit papy. Que pensez-vous découvrir en questionnant un petit garçon ?

Henry ferma les yeux.

— Monsieur Young, nous pensons que Henry sait quelque chose. Quelque chose d'important. Quelque chose qui pourrait nous aider à assurer la sécurité de Lianna. Nous ne voulons pas l'effrayer, simplement lui poser quelques questions.

Mais Henry avait peur. Se plaçant derrière papy, il appuya la tête contre lui, se disant qu'il resterait là jusqu'à ce qu'elles partent. Jusqu'à ce que tout ça s'arrête.

— Henry, reprit Betty en même temps qu'il sentait sa main lui presser doucement l'épaule. Je sais que tout ça te paraît effrayant, mon chou, mais tout ce qu'on veut, c'est vous aider, ta maman et toi. Y a-t-il quelque chose que tu devrais nous dire ?

Henry rouvrit les yeux. Betty le regardait bien en face. Sa main était douce et rassurante. Papy le tenait toujours contre lui. Il ne risquait rien ici. C'était pour ça que maman les avait fait venir ici.

Alors, peut-être que…

— Je ne dois rien répéter, murmura Henry.

Les larmes lui brouillaient la vue mais il était fort. Comme Reece. Il serait fort pour maman et il ne pleurerait pas.

— Pourquoi, mon chou ? s'enquit Betty.

Il aimait bien Betty. Elle était… gentille et puis elle pensait à tout. Comme maman.

— Parce que, sinon, ils feront du mal à maman.

Betty échangea un regard avec Shay. Henry sentit que cette réponse ne plaisait pas à Shay et il se serra plus étroitement contre papy. Ce regard assombri par la colère… Il ne le connaissait que trop bien. Il précédait les cris. Papa avait toujours l'air en colère. Et il criait tout le temps.

Henry ne regrettait pas qu'il soit mort – certains adultes avaient cru que c'était le cas mais ce n'était pas vrai. Tout allait mieux depuis qu'il était mort.

Reece, lui, ne se mettait jamais en colère. Parfois, il avait l'air un peu triste. Mais Shay, elle, semblait vraiment furieuse. Pourtant, elle ne se mit pas à crier comme papa.

Elle ne le secoua pas comme papa l'avait fait cette fois-là.

Ta mère mourra si tu répètes ne serait-ce qu'un mot de tout ceci à quelqu'un. C'est compris ?

— Mon chou, il faut me dire tout ce que tu sais au sujet de ce qui se passe, reprit Betty en passant la main dans ses cheveux, comme maman quand il faisait un cauchemar. Au sujet de ton papa. Je sais que tu as peur. Mais on s'efforce de protéger ta maman, tu le sais. Et ça pourrait nous aider.

Reece était avec maman. Et Sabrina et Holden. C'était en

Reece qu'il avait le plus confiance mais Sabrina était super sympa. Et Holden, sacrément costaud. Ils avaient tous été super avec lui.

Betty la première. Elle était vraiment gentille et elle voulait réellement arranger les choses. Papa était mort maintenant. Alors, peut-être… peut-être qu'il pouvait parler.

— Papa travaillait pour un méchant qui s'appelle Gene Handler.

Tous les adultes devinrent subitement très silencieux, nota Henry. Se tassant sur lui-même, il continua néanmoins bravement :

— Ils vendaient des armes à d'autres méchants. Papa travaillait pour des organisations légales, il volait des armes puis il les donnait à Gene.

— Henry, souffla Betty. Comment as-tu découvert ça ?

— Je l'ai entendu par hasard, avoua-t-il, relevant les yeux.

Les adultes avaient tous le regard rivé sur lui, mais ils n'avaient plus l'air en colère. Il se dit donc qu'il pouvait continuer.

— Un soir que je n'arrivais pas à dormir, je m'étais relevé pour aller chercher des bonbons. Maman les rangeait dans le cellier. J'avais ma lampe de poche, alors je me suis mis à les manger sur place. C'est là que j'ai entendu papa parler à quelqu'un…

Henry se souvint combien il avait eu peur d'être découvert. Puis combien il avait été effrayé en entendant ce que disait papa.

— Ils se sont disputés et papa a dit qu'il s'en occuperait. Papa a dit une fois « Gene » et une fois « Handler », donc c'est comme ça que j'ai su son nom. Ils parlaient d'armes. J'ai d'abord cru qu'ils parlaient de jeux vidéo mais… j'ai fait tomber une boîte d'une étagère et…

Il marqua une pause et papy resserra son bras autour de lui.

— Papa a ouvert la porte. Le méchant était parti mais papa était furieux. Il…

Henry s'interrompit. Devait-il dire toute la vérité ?

— Il t'a frappé ? souffla Betty comme si elle savait déjà.

Il hocha la tête.

— Il a attrapé mon T-shirt et m'a secoué comme un prunier. Il a dit que maman mourrait si je répétais ce que j'avais entendu. Alors, j'ai compris qu'ils ne parlaient pas de jeux vidéo.

Un lourd silence emplit la pièce puis Shay tourna les talons et sortit. Henry se mit à trembler incoerciblement.

— Je vais me faire gronder ? réussit-il à formuler, la gorge serrée.

— Non, mon chou, non, assura Betty avec chaleur. Pas du tout. Tu es très courageux et je suis… Nous sommes tous très fiers de toi. Shay et Elsie vont faire le maximum pour te ramener ta maman. Aujourd'hui.

— Et Reece ?

Betty l'attira dans ses bras et le serra très fort contre elle.

— Reece aussi, bien sûr.

19

Lianna agrippait toujours son pistolet de ses deux mains mais elle avait les yeux fermés. Ce qui était terriblement dangereux. Elle avait tiré et, à part ses oreilles qui tintaient, elle n'avait mal nulle part.

Ce qui signifiait qu'elle avait dû le toucher. Et qu'il était temps d'ouvrir les yeux et d'aviser, pour la suite.

Elle mit un temps fou à se décider. Et à surmonter la panique et la peur – cette espèce de stupeur qui lui engourdissait l'esprit et les sens.

Mais ce n'était pas fini. Même si elle n'avait aucune envie de voir les dégâts qu'elle avait causés à un autre être humain, il y avait encore les hommes contre qui Reece se battait. Elle devait rentrer en un seul morceau auprès de Henry.

Elle souleva lentement les paupières, osant à peine respirer.

L'homme gisait sur le sol. Elle ne vit pas l'impact de la balle. Son torse s'abaissait et se soulevait. Donc, il n'était pas mort.

Une peur nouvelle s'insinua en elle malgré l'état de choc dans lequel elle se trouvait mais elle s'assit sur le sol humide, le pistolet pointé sur cet homme à terre, à sa merci.

Elle devait l'avoir touché s'il était étendu là. Il s'était tenu juste devant elle… Elle ne pouvait pas l'avoir manqué.

Cours, lui cria sa voix intérieure. *Trouve Reece. Va-t'en d'ici.*

L'écho du coup de feu résonnait encore dans sa tête. Devait-elle tirer de nouveau ? L'achever ? Il avait menacé Henry mais était-elle capable de cela ? Tuer de sang-froid ?

Lève-toi et va-t'en.

Elle regarda la forêt, autour d'elle. Fuir, oui, mais dans quelle direction ? Par où était-elle arrivée ? Tout se ressemblait et les repères qu'elle prenait habituellement lorsqu'elle se promenait se mélangeaient dans sa tête.

Après tout, peu importait. Il fallait partir. Qu'elle retourne à l'auberge ou coupe à travers bois jusqu'à ce qu'elle rejoigne la route, cela vaudrait toujours mieux que de rester ici alors que ce type était toujours en vie.

Et qu'il avait une arme. Il fallait qu'elle la lui prenne, non seulement pour se protéger, elle, mais pour protéger tous ceux qui se trouvaient dans la forêt. Problème : il était à moitié affalé dessus. Ne risquait-elle pas de le réveiller si elle tentait de dégager l'arme ? D'un autre côté, il n'aurait pas perdu connaissance s'il n'avait pas été sérieusement blessé – ou en train d'agoniser.

Oui, elle allait attraper l'arme et s'enfuir en courant. C'était ça qu'il fallait faire. Elle s'approcha, le pistolet braqué sur lui, saisit la crosse de l'arme et tira. L'objet ne bougea pas. Elle tira plus fort.

Il y eut un mouvement. Une main lui enserra la cheville. Lianna essaya de se dégager mais il ne lâcha pas prise et tira en arrière comme elle renouvelait sa tentative, la faisant s'étaler, à plat ventre. Ses dents claquèrent les unes contre les autres et elle sentit son pistolet lui glisser des doigts.

L'instant suivant, un poids l'écrasait, chassant l'air de ses poumons. L'homme la clouait au sol. Elle lutta, mais c'était peine perdue.

— Vous pensiez vraiment que ce serait si facile ? gronda-t-il à son oreille.

Elle tendit le bras le plus loin qu'elle put. Le bout de ses doigts effleura la crosse du pistolet mais sans qu'elle puisse l'attraper.

— Oh ! non, non, non, pas de ça.

L'homme passa le bras par-dessus sa tête et poussa l'arme hors de sa portée. Elle continua à se débattre, donnant des coups de pied, se contorsionnant pour tenter de se relever.

— Attendez un peu.

Reece. La voix de Reece, calme et autoritaire, dominant les bruits de lutte et ses ahanements. Elle se figea, ne leva pas les yeux de peur qu'un mouvement, si infime fût-il, ne signe son arrêt de mort avant que Reece ait pu la sauver.

Puis l'homme l'empoigna par le T-shirt, l'étranglant presque. Mais c'était secondaire. Le fait nouveau, c'est qu'elle sentait maintenant l'acier froid du canon pressé contre sa tempe.

— Debout, siffla-t-il, lui maintenant un bras tordu dans le dos.

Elle dérapa sur la terre glissante, mais réussit tant bien que mal à se redresser.

Elle regarda Reece, cette fois. Il était à quelques mètres d'eux. Sa lèvre et son arcade sourcilière saignaient et plusieurs hématomes étaient en train de se former sur son visage. Mais, droit et bien campé sur ses jambes comme il l'était, avec son arme à la main, il avait l'air…

De son sauveur.

— On a le gamin, déclara Reece sans croiser son regard. Elle ne sait pas où il se trouve. Si c'est lui que vous voulez, il n'y a que moi qui puisse vous renseigner.

— Alors, je peux la descendre ? rétorqua l'homme, enfonçant le canon dans la tempe de Lianna.

Reece haussa négligemment les épaules. Avec une nonchalance telle que Lianna eut du mal à croire qu'il bluffait. Ils avaient Henry, effectivement. Était-ce là ce qu'il avait toujours voulu ? Une vieille maxime lui vint à l'esprit : *dupée une fois, honte à l'autre ; dupée deux fois, honte à soi.*

— Je ne vois pas bien l'intérêt d'un tel nettoyage, répliqua Reece sans s'émouvoir. Mais c'est votre affaire.

Son ton était si léger, si indifférent que Lianna…

Stop ! s'ordonna-t-elle. *Réfléchis.*

Il avait le regard fixé sur l'homme qui la tenait en joue. Un regard froid, déterminé. Il tenait son arme fermement. Haussement d'épaules ou pas, il n'y avait rien de désinvolte dans sa posture. Il avait dû repousser plusieurs adversaires pour venir ici. Il en portait les stigmates.

Et il évitait soigneusement de la regarder. Non pas parce qu'elle n'avait pas d'importance, mais parce qu'elle en avait beaucoup, au contraire. Et que ferait un homme comme Reece, un homme au parcours affectif aussi cabossé que le sien, si elle finissait en dommage collatéral ? Il ne retournerait pas travailler au sein de son groupe, ne s'assurerait pas que Henry allait bien. Non. Il… renoncerait, voilà tout.

Ce qui signifiait qu'elle devait compter sur elle-même tout autant que faire confiance à Reece pour se sortir de ce pétrin.

Reece avait appris dès son plus jeune âge à vivre avec la peur. Il y était tellement habitué que cette terreur-là lui semblait presque nouvelle. Il se demanda comment il survivrait s'il se retrouvait avec le sang de Lianna sur les mains.

— Je n'ai pas tué vos hommes. Je les ai juste mis temporairement hors d'état de nuire.

— Je me fiche de ces imbéciles, répondit l'homme.

Le canon de son arme était pressé sur la tempe de Lianna mais Reece se refusait toujours à croiser son regard de peur de craquer.

À ce stade, il devait garder l'attention de l'homme fixée sur lui. Sitôt que Holden aurait retrouvé Sabrina, ils le rejoindraient et pourraient éliminer la menace sans risque pour Lianna.

Et si Holden disparaît, lui aussi, comme Sabrina ?

Non, penser ainsi ne l'aiderait en rien. Ce qu'il fallait, c'était gagner du temps, avancer ses pions progressivement, un par un.

— Vous voulez une preuve que nous détenons l'enfant ?

L'homme le considéra, les yeux plissés. Reece enregistra les traits de son visage. La mâchoire carrée, le nez crochu. Des cheveux blonds, des yeux bleus, environ un mètre quatre-vingt-dix, une centaine de kilos, bâti comme un défenseur de football américain. Mais un filet de sang coulait le long de sa joue.

Elsie n'avait pas réussi à associer le Dr Winston à quelque groupe que ce soit, donc ils travaillaient toujours à l'aveuglette, sans savoir contre qui ils se battaient. Mais Reece était bien décidé à faire avouer ce type et à tout faire pour l'envoyer terminer ses jours derrière les barreaux.

S'il s'en sortait vivant. Parce qu'il ne reculerait devant rien, pas même la mort, pour sauver Lianna.

— Vous avez des preuves ? répéta l'homme, suspicieux.

— Si vous me laissez prendre mon téléphone dans ma poche, oui… je vous les montrerai.

— Posez votre arme.

— Vous savez bien que je ne peux pas faire ça. Je dois me protéger, mon vieux. Je ne vous veux aucun mal. En fait, je serais disposé à changer de camp… Du moins, si celui pour qui vous travaillez a les moyens de s'offrir quelqu'un comme moi.

Le type marqua un temps d'arrêt, pris au dépourvu. Il n'était pas muni d'oreillettes comme les autres. Cela pouvait signifier que c'était lui, le chef, mais un mauvais pressentiment soufflait à Reece qu'il s'agissait encore d'un second couteau.

— Je vais tenir mon arme en l'air, sortir mon téléphone et lancer un appel vidéo où vous pourrez voir le gamin. Vous voulez juste une confirmation ou vous cherchez à découvrir ce qu'il sait ?

De nouveau, le type resta muet, donc Reece continua à avancer lentement, sans geste brusque. Attendre lui aurait laissé trop de temps pour réfléchir, se désespérer… reculer devant l'obstacle de peur de commettre une erreur fatale à Lianna tant son désir de l'éloigner de cette arme était grand.

L'arme tendue à bout de bras, canon pointé vers le ciel, il tira son téléphone de sa poche et joignit Elsie sur sa ligne sécurisée.

Lorsqu'elle apparut sur l'écran, Reece se força à plaquer un sourire enjoué sur son visage.

— Salut, Hank.

Il entendit Lianna étouffer un sanglot et il dut se cuirasser pour ne pas y prêter attention et se concentrer sur Elsie qui, clairement, se demandait quoi répondre. Où était Shay ?

— Salut, Reece, répondit-elle, singeant une voix d'enfant.

L'imitation était approximative mais l'homme ne connaissait probablement Henry ni d'Ève ni d'Adam. Avec un peu de chance, il ne savait même pas à quoi ressemblait la voix d'un garçon de sept ans.

— J'ai avec moi un ami qui aimerait te parler, reprit-il avec une intonation joviale.

Reece jeta un coup d'œil au type qui attendait sans bouger, sur la réserve, à quelques mètres de lui. Ce fut à ce moment qu'il s'aperçut que son T-shirt n'était pas taché que de boue.

Il y avait aussi du sang. Il se souvint qu'il avait entendu *deux* coups de feu un moment plus tôt.

— Ça va, fiston ? demanda-t-il, hochant la tête à l'adresse du type qui menaçait Lianna.

Ce faisant, il prit le risque de regarder Lianna, à côté de lui. Elle était blême, couverte de boue elle aussi, les cheveux emmêlés, ses yeux bleus agrandis par la frayeur… Mais pas seulement.

Il y avait aussi de la détermination au fond de ses prunelles.

— Ça n'a pas l'air joli, dit-il, s'adressant à Lianna, en désignant le sang qui maculait les vêtements de l'homme. Il vous laissera peut-être jeter un coup d'œil ?

— Inutile, grommela celui-ci. C'est superficiel. Montrez-moi le téléphone.

Reece approcha lentement. Prudemment. Il devait donner le change, ne pas laisser deviner qu'il calculait son coup pour arracher Lianna aux griffes du type.

— Stop.

Reece s'immobilisa instantanément. Il leva les deux mains en l'air, veillant à ce que l'écran du téléphone reste face à lui.

— Lancez-moi l'appareil.

— En saignant comme vous saignez, vous ne l'attraperez pas d'une seule main, assura-t-il.

Il s'accroupit avec précaution et déposa son arme sur le

sol, devant lui. S'il parvenait à se rapprocher suffisamment, les armes à feu n'auraient plus d'importance.

— Voilà… C'est mieux, comme ça ?

L'homme prit son temps pour considérer la question, ce qui acheva de pousser Reece à bout de patience.

Il était tellement injuste que Lianna subisse tout ça. Il devait y mettre un terme. Ici. Maintenant.

Même si cela devait le conduire à sa perte.

20

Les pensées de Lianna s'éparpillaient dans toutes les directions. La voix qu'elle avait entendue au téléphone n'était assurément pas celle de Henry, mais la façon dont Reece avait dit « Hank », comme il le faisait toujours en s'adressant à son fils, lui avait déchiré le cœur.

Il jouait la comédie une fois de plus. C'était si énorme, mais formulé de façon si naturelle… À des années-lumière de ce qu'était réellement Reece. Ce qui lui rappela qu'elle aussi était capable de mystifier l'ennemi.

— S'il vous plaît, plaida-t-elle en instillant dans sa voix une inflexion terrorisée, suppliante. Laissez-moi lui parler. S'il vous plaît. Je veux parler à Henry. Je vous en prie, je vous en *prie !*

L'arme se pressa plus fort contre sa tempe.

— La ferme, dit l'homme.

Reece continuait à avancer, graduellement, imperceptiblement. Il avait indiqué que l'homme saignait, ce que Lianna, même du coin de l'œil, ne pouvait pas voir de là où elle était. Si elle réussissait à savoir où il était blessé, songea-t-elle, elle pourrait peut-être le frapper à cet endroit-là.

Reece approchait, pas après pas, le téléphone brandi devant lui. Pourquoi diable s'était-il défait de son arme ?

Il stoppa devant l'homme. Il était si près qu'il aurait suffi à Lianna de tendre la main pour le toucher. Mais il n'eut pas un regard pour elle. Il tendit le téléphone.

Lianna retint son souffle. C'était maintenant ou jamais. Soit elle tentait quelque chose soit elle renonçait. Profitant de ce que l'homme était occupé à prendre l'appareil, elle entra en action.

Tout se passa si vite qu'elle aurait été bien en peine de décomposer la séquence des événements. Tout ce qu'elle savait, c'était qu'elle avait soudain plié les jambes et percuté l'homme de la tête en plein centre de l'abdomen. Un coup avait retenti, très fort, très proche, faisant tinter ses oreilles, mais elle n'était pas touchée.

Elle s'écarta, chancelante, contemplant la scène. Reece et l'homme luttaient, roulant sur le sol, et, quelque part, au milieu de ses pensées confuses, elle eut conscience que Reece lui criait de courir. *Encore*.

Elle l'avait écouté la dernière fois et cela l'avait conduite ici. Fuir n'était pas la solution. Elle devait se battre, d'une façon ou d'une autre.

Reece et son adversaire étaient toujours aux prises sur le sol, poussant des grognements. L'homme était toujours arc-bouté sur son arme, que Reece essayait de lui arracher. Lianna s'avança jusqu'à être assez près pour se saisir de celle de Reece. Pas question de tirer tant qu'ils étaient aussi étroitement emmêlés mais peut-être une opportunité se présenterait-elle. Et, sinon, elle pourrait toujours tirer en l'air pour faire diversion.

Reece réussit à se remettre debout, mais l'autre était juste derrière lui. C'était l'occasion qu'elle avait espérée.

Lianna appuya sur la détente mais l'homme ne s'écroula pas. Avant qu'elle ait eu le temps de déterminer si elle l'avait ou non touché, Reece la repoussa d'une bourrade ; elle trébucha et tomba à la renverse, atterrissant brutalement sur le sol au moment où un nouveau coup de feu retentissait.

Mais, cette fois, son arme ne lui avait pas échappé des mains. Elle se releva, pointant le canon sur l'homme. Il était en train de changer l'arme de côté car la main qui l'avait tenue était en sang. Elle l'avait donc bien touché.

Il lui lança un regard mauvais.

— Apprenez à viser. Vous n'êtes même pas fichue de…

Avant qu'il ait pu en dire plus, elle pressa de nouveau la détente. L'homme s'écroula.

Lianna se retourna pour regarder Reece. Il était étendu par terre, la respiration laborieuse, essayant de se traîner vers elle. Mais il n'y arrivait pas.

Oh non.

Elle se laissa tomber à genoux près de lui.

— Reece… Reece ! Où es-tu blessé ?

Il respirait par à-coups, comme s'il s'efforçait de surmonter la douleur, mais de là où elle était, elle n'avait aucune idée de… Ce ne fut que lorsqu'il réussit à se tourner vers elle qu'elle vit le T-shirt déchiré, la tache rouge qui s'élargissait de seconde en seconde, juste au-dessous de la cage thoracique.

Un vertige la saisit mais elle se mordit violemment la lèvre. Elle ne pouvait pas flancher ; elle devait faire face, l'aider… La main tremblante, elle effleura son visage.

— Ça va aller… Tiens bon, Reece.

Que faire ? Appuyer sur la plaie… C'était ce qu'ils faisaient quand un personnage était blessé par balle dans les films.

— Ça va aller, répéta-t-elle comme pour se convaincre elle-même.

— Je n'en suis pas si sûr, proféra Reece dans un souffle, les dents serrées. Lianna… Va-t'en. Je ne sais pas ce qui est arrivé à Holden et Sabrina. Je ne sais pas si… Pars d'ici. Va retrouver Henry. D'accord ?

Ses paroles étaient indistinctes, de moins en moins compréhensibles. *Oh ! mon Dieu.* Sans plus se poser de questions, elle remonta le bas du T-shirt et se força à comprimer la plaie de toutes ses forces.

Il gémit de douleur et son teint virait au gris.

— Reece ! Reste avec moi. Ça va aller…

— Oui… Mais… si ce n'était pas le cas, ce n'est pas grave. Je… voulais… te dire… que je t'aime.

Je t'aime.

Une main se referma autour de son bras et, instinctivement, prise de panique, Lianna se débattit pour se dégager.

— Hé ! Lianna… Regarde-moi… C'est moi.

Au bout de quelques instants de lutte acharnée, la voix familière finit par atteindre son cerveau. *Holden.* C'était Holden.

— Où étiez-vous ? lança-t-elle, ses yeux se remplissant de larmes malgré elle. Reece est blessé. Il a besoin d'aide…

— Nous avons déjà appelé les secours. Sabrina sait administrer les premiers soins.

Lianna reporta son regard sur Reece et découvrit Sabrina, qu'elle n'avait même pas vue, penchée au-dessus de lui, le visage terreux, barbouillé de sang, un bras replié contre elle. Mais il n'y avait pas trace de douleur dans son expression, seulement une farouche détermination, tandis que, de sa main valide, elle prenait les constantes de son collègue puis appliquait le morceau de tissu roulé en boule que Holden lui tendait sur le torse ensanglanté de Reece.

— Qu'est-ce qui s'est passé ? murmura Lianna.

— Elle est tombée dans une embuscade, expliqua Holden tout en prenant le pouls de l'homme qui avait tiré sur Reece.

Il laissa retomber le bras du type et se redressa.

— On les a neutralisés. Mais ça a pris un peu de temps.

La culpabilité qu'il éprouvait s'entendait au ton de sa voix.

— Il est mort ? demanda-t-elle.

Holden acquiesça d'un hochement de tête.

Mort. Elle avait tué un homme. L'homme qui avait tiré sur le Dr Winston, qui avait essayé de l'abattre, elle. Et qui avait bien failli tuer Reece.

Elle le regarda. S'il mourait, elle aurait aussi sa mort sur la conscience. Mais il ne mourrait pas. Il ne *pouvait* pas mourir.

— Il va s'en sortir ? demanda-t-elle à Sabrina.

Celle-ci leva les yeux, la mine grave.

— Je ne sais pas.

Lianna passa la main dans ses cheveux, caressa sa joue, s'inclinant vers lui pour lui chuchoter des mots d'encouragement.

— Je t'aime, moi aussi. Alors, il faut que tu vives, que tu te battes. Il le faut, tu entends ? On a besoin de toi, Henry et moi.

Reece connaissait bien cet état-là. Cette plongée dans le noir. Dans la douleur ou, pis encore, dans ces ténèbres opaques où même la souffrance n'avait plus sa place. Où il n'y avait plus rien. Sauf, parfois, de vagues souvenirs. De ses parents. De la peur.

De toutes les façons par lesquelles il s'était évertué à racheter le mal qu'ils avaient fait.

À d'autres moments, c'était la voix de Lianna qui lui parvenait au travers d'un brouillard cotonneux, mais ce devait être un tour que lui jouait son cerveau, une hallucination, parce qu'elle parlait d'amour et de futur, toutes choses qui relevaient du rêve. Pas de la réalité.

Il revenait à lui et sombrait dans le néant par vagues. Parfois, il ne discernait pas ce qui était réel et ce qui ne l'était pas. La vision de Sabrina lui présentant ses excuses, en larmes, pour avoir tardé à intervenir, appartenait sûrement à la seconde catégorie. En revanche, Shay le semonçant pour n'avoir pas respecté le protocole… Ça, ça devait être vrai.

Mais, le plus souvent, lorsqu'il lui semblait soulever les paupières, c'étaient les yeux bleus de Lianna qui le contemplaient. Las, mais débordants d'amour et de chaleur.

Puis arriva un moment où, en s'éveillant, il se sentit… presque réel. Pas de monde illusoire, issu de son imagination. Une vive douleur lui sciait le thorax et il entendait le bip-bip monotone et irritant qu'il associait à l'hôpital. Les lumières, trop crues, lui firent fermer les yeux mais il ne replongea pas dans l'obscurité.

C'était déjà quelque chose…

Il n'aurait su dire combien de temps il lui fallut pour reprendre pleinement conscience – de son environnement, de son corps, de ses pensées. Ce n'était pas la première fois qu'il recevait une balle ou était blessé en mission. Dieu sait qu'il avait eu son lot.

Mais c'était la première fois qu'il se réveillait en sachant qu'il y avait quelque chose – quelqu'un - qui l'attendait.

Il tourna la tête vers la femme qui était assise à son chevet. Elle l'observait en silence, le regard pénétrant, les bras croisés.

— Shay.

— Ne prends pas cet air désappointé.

— Est-ce que… tout va bien ? Est-ce que tout le monde est sain et sauf ?

Il avait bien épargné à Lianna d'être percutée par une balle en la projetant par terre, non ? Elle avait dû pouvoir s'échapper. Et Henry était bien toujours sous bonne protection ?

— Bien. Alors, pour la troisième fois, je te confirme que oui. Est-ce que tu penses pouvoir t'en souvenir, cette fois-ci ?

Reece essaya de changer de position dans son lit d'hôpital, mais la douleur le stoppa net dans son élan.

— Je suis là depuis combien de temps ?

— Cinq jours, camarade. Mais c'est la première fois que je te vois aussi alerte et fringant. Cette fois, tu l'as échappé belle. La balle a touché plusieurs organes, heureusement sans causer trop de dommages. Et je ne te parle pas de l'hémorragie : tu as perdu beaucoup de sang. Mais tu es tiré d'affaire, maintenant.

— Je suppose que c'est une bonne nouvelle. Lianna et Henry…

— … vont bien. Ils n'ont plus rien à craindre. Le trafic d'armes dans lequel trempait Todd a été démantelé. Ils sont tous morts ou en prison. C'est à Henry qu'ils en voulaient parce qu'il était en mesure d'identifier leur chef, grâce au « papa de l'année », Todd. Ça n'a plus d'importance maintenant. Ils se sont pour la plupart mis à table et ce qu'ils ont passé sous silence, c'est le journal du psy qui nous l'a fourni. C'est la seule victime, exception faite des trafiquants eux-mêmes.

Le cerveau encore embrumé, Reece s'efforça d'assimiler toutes ces informations. Lianna et Henry, définitivement hors de danger. Le fantôme de Todd envoyé dans les limbes une bonne fois pour toutes.

— Holden et Sabrina ?

— Un peu amochés, mais en convalescence. Tu es le seul à t'être jeté au-devant d'une balle.

Reece poussa un soupir de soulagement. Tout était flou dans son esprit et il ne se rappelait pas s'être jeté au-devant de quoi que ce soit, mais il se souvenait du sentiment qui l'avait submergé.

— C'était moi ou elle, murmura-t-il.

— Oui… Eh bien, en tout cas, tu es sorti d'affaire et tu vas mieux. Je sais que vous vous inquiétiez tous de l'avenir de North Star, mais vous n'avez plus de souci à vous faire. Cette affaire nous a offert sur un plateau un nouveau dossier. On a les armes de nos nouveaux amis à retrouver, maintenant. Donc, si j'ai un conseil à te donner, c'est de te remettre rapidement sur pied. On va avoir besoin de toi.

Elle sourit, mais les marques de l'inquiétude – de la peur – se lisaient sur son visage. La gravité de la blessure de Reece avait profondément affecté leur imperturbable directrice. Comme cela avait été son cas à lui quand Granger avait été blessé.

Parce que North Star était une famille. Ils étaient devenus sa famille. Sans doute ne se le serait-il jamais avoué s'il n'avait pas frôlé la mort de si près. Il était attaché aux membres de son groupe.

Comme ils étaient attachés à lui.

Ce qui ne signifiait pas que North Star était toute sa vie. Ce n'était plus le cas. Même s'il se rétablissait aussi vite que Shay l'espérait – ce dont il doutait, au vu de toutes les machines auxquelles il était relié –, il n'en avait pas envie.

— Je n'accepterai plus de nouvelles missions, Shay.

— Je sais qu'il va te falloir quelques semaines. Bien sûr, tu prendras tout le temps qu'il faudra… Mais, une fois que tu seras totalement guéri, tu…

— Non. C'est fini, Shay. Vraiment fini.

Ils allaient avoir du mal à le croire, tous. Évidemment… Il était cloué sur un lit d'hôpital. Probablement sous morphine. Mais, au fond de lui, il savait.

— Je n'ai plus envie de me battre. Je veux…

Shay le contempla, parfaitement immobile, avec, au fond

des yeux, une lueur qui indiquait qu'elle comprenait. Qu'elle comprenait même peut-être un peu trop bien.

— Une famille ?

— Oui.

Il n'aurait jamais cru pouvoir désirer quelque chose d'aussi… simple, mais il n'avait jamais vraiment su ce qu'était une famille. Jusqu'à ce que Lianna et Henry le lui montrent.

— Tu es sûr que ça ne te manquera pas ?

Il avait intégré North Star après l'armée parce qu'il avait éprouvé le besoin de… d'aider, de se rendre utile. Pour apaiser une profonde blessure intérieure. Ce n'avait jamais été le travail en lui-même qui l'avait attiré.

— Je me suis battu toute ma vie. Pour survivre. Pour aider les autres dans l'espoir de combler le manque, de compenser le fait que personne ne m'avait aidé, moi. Mais je crois que j'ai trouvé quelque chose qui vaut largement tout cela… L'amour. Enfin, je crois.

Shay émit un ricanement gentiment moqueur.

— Tu *crois*.

— J'ai atteint mon but : j'ai survécu. J'ai aidé beaucoup de gens. Mais il arrive un moment où on a envie de… davantage.

— Pour certains, peut-être, répliqua Shay en se levant.

— Il faut être jeune, passionné pour ce métier, Shay. Même toi, tu ne pourras pas l'exercer éternellement. Regarde Granger.

— Oh ! il pourrait très bien reprendre les rênes, s'il le voulait, rétorqua-t-elle avec, dans la voix, une amertume plutôt surprenante de la part de celle à qui la défection de Granger avait valu une promotion au poste de directrice.

— S'il le voulait. C'est peut-être bien là que le bât blesse. Personne ne veut s'engager pour toujours.

Reece renversa la tête contre l'oreiller et ferma les yeux, assailli par la douleur. Bientôt, les infirmières viendraient lui injecter je ne sais quel produit mais il avait quelque chose à dire avant qu'elles arrivent.

— Je ne suis pas certain que je serais parvenu à cette conclusion si je n'avais pas été blessé aussi gravement. Il m'a fallu cela pour admettre que le temps nous était compté… Que chacun a droit à une chance de vivre véritablement. En dehors des missions, du danger. Personne ne devrait avoir à payer sa vie durant pour le mal commis par d'autres.

Il s'était escrimé à expier les errements de ses parents mais il n'y était jamais parvenu.

Parce qu'il ne pouvait pas vivre pour réparer des erreurs qu'il n'avait pas commises. Il n'éprouvait plus cette chape de culpabilité et de honte. Désormais, pour la première fois de sa vie, il avait un objectif – un projet concret à mettre en œuvre.

— Peux-tu demander à Lianna de passer me voir avant qu'une infirmière vienne m'assommer avec de nouvelles drogues ?

— Rien de plus facile… Elle attend dans le couloir.

Peut-être n'avait-il pas rêvé, en fin de compte. Comme Shay se glissait au-dehors et que Lianna entrait aussitôt après, il constata qu'il n'avait en effet pas été victime d'une hallucination. Lianna était bel et bien restée pendant tout ce temps à son chevet.

Elle se précipita vers lui. Elle avait ce qu'il appelait son sourire maternel. Indulgent mais autoritaire.

— Bonjour, Reece. Je suis heureuse de voir enfin tes yeux.

Elle prit place dans le fauteuil, à côté de lui, et ne lui laissa pas le temps de répondre.

— Vivement que tu sois suffisamment remis pour qu'ils te transfèrent dans une chambre avec moins de restrictions. Henry est scandalisé que les enfants ne soient pas admis dans ce service. Et il a décrété qu'il ne retournerait en cours que quand tu irais mieux.

Reece fronça les sourcils.

— Mais… Il devrait avoir repris l'école. Il…

— Mon grand-père est en contact avec l'instituteur de Henry et il l'aide à suivre le programme et à faire ses devoirs, l'interrompit-elle en se relevant pour arranger ses couvertures et les tuyaux de sa perfusion. Tout est organisé avec l'école, donc, en gros, il est en vacances d'été avec un peu d'avance.

Mais il ne veut pas entendre parler d'un retour à la maison tant que tu ne seras pas avec nous.

— Tant que je ne serai pas avec vous, répéta-t-il comme un écho en la regardant s'affairer autour de lui.

Jamais il n'aurait cru apprécier un jour d'être ainsi dorloté mais cela lui réchauffait le cœur.

— Oui, et autant te dire qu'il n'y a pas à discuter, ajouta-t-elle d'un ton guindé. Tu auras besoin que quelqu'un prenne soin de toi et j'ai bien l'intention d'être cette personne-là. Je te dois la vie.

Ah, d'accord. Il comprenait mieux, maintenant. Il voulut remuer dans son lit mais grimaça de douleur. Quand il reprit la parole, ce fut d'un ton plus bourru qu'il n'en avait eu l'intention.

— Tu ne me dois rien du tout.

— Allons, allons, proféra-t-elle d'un ton conciliant en lui caressant les cheveux. Ne t'excite pas.

S'il avait pu se mouvoir, il l'aurait attirée à lui pour lui montrer ce que c'était lorsqu'il s'excitait pour de bon.

— Je ne m'excite pas. Mais je refuse que tu t'occupes de moi parce que tu te sens coupable ou… redevable ou… je ne sais quoi. C'est non.

Elle cligna des paupières, l'air abasourdi, et sa main, si diligente, s'immobilisa avant de venir se poser sur la joue de Reece tandis qu'elle l'étudiait. Il ne savait pas quelle tête il pouvait avoir mais ce ne devait pas être joli à voir.

— Je t'aime, Reece, dit-elle posément. Donc, nous allons te soigner jusqu'à ce que tu sois tout à fait guéri. Nous nous occuperons du reste une fois que tu seras en état… de repartir.

Cette fois, il réussit à encercler son poignet de ses doigts engourdis.

— Je ne retournerai pas à North Star.

— Ne sois pas ridicule. Tu vas te rétablir et…

— Je vais me rétablir, oui, mais je ne veux pas reprendre ce travail.

— Qu'est-ce que tu veux ?

Il réfléchit un long moment. Toute sa vie, il n'avait aspiré qu'à une seule chose en réalité. Une chose qu'il avait pensé ne jamais pouvoir trouver.

— Une famille.

Elle le contempla en silence, les yeux brillants de larmes.

— Je suis sûr que tu aurais besoin d'aide à l'auberge. Je pourrais laver la vaisselle, faire les courses… Je ne suis pas très exigeant.

— Non, j'imagine, mais… et l'amour, dans tout ça ?

— Je serai prêt à t'en donner.

— Et à en recevoir ?

— Je serai bien obligé de m'y faire, je suppose.

Elle s'inclina vers lui, une main toujours sur son visage, l'autre emprisonnée dans la sienne. Plongeant son regard dans ses yeux, elle déclara très sérieusement.

— Oui, tu t'y feras.

— Lianna, il n'y a qu'une chose que je veuille vraiment. Rentrer à la maison avec toi et Henry.

— Moi aussi.

Épilogue

Tout le monde prédit à Reece qu'il changerait d'avis. Quand il quitta l'hôpital ; quand il emménagea chez Lianna. Ses collègues de North Star, Lianna elle-même. Tout le monde.

Mais sa vie passée ne lui manquait pas. Des semaines après sa sortie de l'hôpital, après son installation au Bluebird où il menait une vie de famille avec Lianna et Henry… Non, il ne regrettait pas son travail d'agent secret.

Il réparait ce qui avait besoin de l'être. Il s'occupait des courses, faisait les lits, accueillait les hôtes. Il avait été enrôlé comme entraîneur pour l'équipe de base-ball de Henry. En un mot, il avait trouvé le foyer qu'il avait toujours voulu avoir.

Il aimait Lianna et Henry, et se bâtissait jour après jour cette vie qu'il n'avait pas crue possible quelques mois plus tôt.

Mais il n'avait pas abandonné une famille pour une autre. Même les agents secrets s'autorisaient à l'occasion un répit pour aller voir un enfant disputer un match de base-ball. Preuve en était la présence, à côté de Lianna, de Shay et Betty lorsque Henry et lui quittèrent le terrain après la rencontre de ce jour-là.

— Où est Sabrina ? demanda Henry, littéralement sur un petit nuage parce qu'il avait réussi son premier coup sûr au base-ball.

— Elle est en mission, mais elle sera là pour ton prochain match, tu peux en être certain, dit Shay en lui tapant dans la main.

— Et elle verra quand même le coup monstrueux que tu as

frappé, *Mister* Base-ball, ajouta Betty en lui passant un bras affectueux autour des épaules. Je vais lui envoyer la vidéo.

— Cool, fit Henry, le visage fendu d'un sourire radieux.

— Il va falloir qu'on y aille, annonça Shay à Lianna.

— Vous ne vous joignez pas à nous pour le barbecue ? s'enquit celle-ci. Allez, venez… Vous pourrez même emporter les restes pour Holden et Sabrina.

Shay secoua la tête.

— On a du travail, toutes les deux. Mais on te prend au mot : la prochaine fois que nous serons entre deux missions, nous serons les invitées les plus indéboulonnables de la soirée !

Reece rit et hocha la tête.

— Vous savez que vous êtes toujours les bienvenues.

Des camarades de l'équipe de Henry arrivèrent en courant et l'entraînèrent sur le terrain pour jouer. Profitant de ce que Betty et Lianna étaient en pleine conversation, Shay le regarda en secouant la tête.

— Je ne peux pas dire que j'avais prévu ça, mais, apparemment, ça te réussit, Reece.

— Oui, c'est vrai.

— Tu comptes vraiment ne pas revenir ?

— Vraiment, oui.

Elle lui asséna une tape dans le dos.

— Bien. Alors, je ne te poserai plus la question. Mais sache que si tu changes d'avis…

— Ça n'arrivera pas.

Shay sourit.

— Ma foi… À plus tard, dans ce cas. Tu viens, Bet ?

Une fois Shay et Betty parties, Lianna alla chercher Henry pour qu'ils puissent rentrer à la maison. Reece prépara un dîner au barbecue et ils mangèrent tous ensemble tout en discutant de la semaine à venir. Deux couples avaient réservé un séjour, donc elle s'annonçait chargée.

Comme Henry filait pour ne pas laisser perdre une minute de son heure de jeux vidéo, Lianna et Reece débarrassèrent la table.

— Elle t'a demandé de revenir ? s'enquit Lianna d'un ton léger tandis qu'elle rinçait les assiettes avant de les placer dans le lave-vaisselle.

Reece ne demanda pas à qui ni à quoi elle faisait allusion. Il s'avança derrière elle et enroula les bras autour de sa taille, le menton posé sur son épaule.

— Bien entendu.

— Et tu n'as pas eu ne serait-ce qu'un tout petit peu envie de dire oui ?

— Pas du tout.

Les épaules de Lianna se détendirent.

— Lianna, voyons… Je pensais que c'était clair.

— Ce n'est pas ça. C'est juste que…

Elle pivota sur elle-même pour lui faire face, toujours dans le cercle de ses bras, et planta son regard droit dans le sien.

— Reece… Je suis enceinte.

Il la contempla, les mots résonnant à ses oreilles, pendant… il n'aurait su dire combien de temps, puis il ouvrit la bouche pour parler mais aucun son ne sortit. Heureusement, Lianna lui avait appris deux ou trois choses depuis qu'ils avaient uni leurs chemins, parmi lesquelles le fait que, même lorsque l'émotion était trop forte pour qu'il puisse l'exprimer, il avait toujours quelqu'un à qui ouvrir les bras, quelqu'un à serrer contre lui.

Ce qu'il fit. Il l'enlaça et enfouit son visage au creux de son épaule. La tint pressée contre lui jusqu'à ce qu'il trouve enfin les mots.

— Il faut qu'on se marie.

Elle s'écarta pour le dévisager, surprise.

— Je croyais que tu voulais attendre un an.

— Ce n'est pas que je le *voulais*. Je pensais simplement que c'était mieux, mais la donne a changé, maintenant. On va se marier et faire la demande d'adoption de Henry. Pour que tout soit réglé à l'arrivée du bébé. Comme ça, non seulement nous serons une famille mais tout sera légal. Les noms et tout le reste.

Elle prit son visage en coupe entre ses mains, le considérant très sérieusement.

— C'est adorable, Reece, mais j'espère que tu sais que nous n'avons pas besoin de porter le même nom pour être une famille.

— Oui, mais ce sera bien. Ce sera… officiel. Un bébé… Je n'en reviens pas. *Notre* bébé. Notre *famille*.

Il secoua la tête, débordé par l'émotion.

— Tu penses que nous t'avons sauvé, je le sais, mais tu étais exactement ce qu'il nous fallait, à nous aussi.

Elle l'embrassa sur les lèvres.

— Nous sommes tous exactement à la place qui nous était destinée. Tous les quatre.

Exactement à la place où il était censé être. Enfin.

JULIE ANNE LINDSEY

Pour sauver notre enfant

Traduction française de
CAROLE PAUWELS

BLACK ROSE

HARLEQUIN

Titre original :
IMPACT ZONE

Prologue

— Nous sommes en direct depuis les lieux de l'explosion. Je rappelle qu'il s'agit du deuxième attentat à la bombe que connaît notre ville en trois jours.

L'opiniâtre journaliste féminine éleva la voix pour tenter de se faire entendre malgré le vacarme environnant.

— Nous nous trouvons juste en face de ce qui reste du Burger Mania. Comme vous pouvez le voir, ce populaire fast-food, ouvert vingt-quatre heures sur vingt-quatre, a été complètement détruit dans l'explosion qui s'est produite plus tôt dans la matinée. La police et l'équipe de déminage passent les lieux au peigne fin, dans l'espoir de trouver des indices permettant d'établir l'identité du coupable. Ils cherchent également à établir son rôle dans l'explosion, qui a eu lieu la semaine dernière, dans une agence immobilière de Grand Rapids.

Le poseur de bombes toussa dans son poing, masquant un sourire tandis que la journaliste continuait à pérorer.

Les flics ne trouveraient rien du tout. Il y avait fait très attention.

Si ça les amusait de perdre leur temps à chercher, grand bien leur fasse. De toute façon, ils n'avaient pas vraiment le choix. C'était ce qu'on attendait d'eux. Mais ils ne trouveraient rien.

Il était le seul à voir l'ensemble du tableau.

La journaliste ne pouvait pas savoir. Elle ne voyait que la destruction d'un bâtiment et la perte de quelques vies. *Idem* pour les quelques témoins qui avaient eu la malchance de se trouver là, et les badauds agglutinés autour de lui.

Ils ne comprenaient pas la préparation et la précision nécessaires pour accomplir quelque chose de cette ampleur. L'extrême compétence qu'il fallait posséder pour faire cela.

Ils ne voyaient que le résultat. Les ruines fumantes. Ils passaient à côté de ce qui comptait vraiment : la revanche.

L'hiver dans le Michigan commence à se réchauffer, songea-t-il, en gloussant *in petto* de sa plaisanterie.

La journaliste pivota légèrement, ses grands yeux bruns faisant l'aller-retour entre la caméra et le chaos environnant. Un frisson de crainte transforma son expression quand elle vit la camionnette du coroner se glisser parmi la ribambelle de véhicules d'intervention garés sur le parking du Burger Mania.

Il y avait donc des victimes. Exactement comme il l'avait planifié.

Un sentiment de fierté et de satisfaction l'emplit d'une douce chaleur.

Il avait créé le chaos et le carnage qui faisaient vaciller la séduisante journaliste sur ses bottes à talons aiguilles.

Si ça, ce n'était pas le pouvoir, alors qu'est-ce que c'était ?

Une bourrasque glacée rabattit les cheveux de la jeune femme sur son visage

— Cinq clients ont déjà été sortis des décombres, dit-elle, en s'appliquant à écarter les mèches d'un noir lustré qui collaient à ses lèvres recouvertes de gloss rouge vif. Ils ont été pris en charge par des équipes médicales, et conduits dans des hôpitaux voisins. Trois victimes sont à déplorer parmi le personnel.

Elle affichait une expression attristée, comme si elle les connaissait personnellement. Quelle bouffonnerie ! Il suffisait d'observer son tailleur de créateur, ses bijoux, ses bottes hors de prix, pour savoir qu'elle n'avait jamais mis les pieds dans ce trou à rats graisseux.

— Nous ne savons pas pour le moment si les deux explosions qui ont eu lieu cette semaine sont liées. Mais vous pouvez compter sur nous pour vous tenir informés des derniers détails, dès qu'ils nous auront été communiqués.

Elle conserva son sourire factice quelques secondes, jusqu'à ce que la lumière de la caméra s'amenuise, et que le cameraman ôte l'appareil de son épaule.

Le micro tremblait dans sa main quand elle le tendit à un assistant.

Elle avait raison d'avoir peur. Il fallait que tout le monde ait peur.

Le poseur de bombes s'attarda encore un peu, se réjouissant des murmures paniqués autour de lui.

Ils n'avaient pas la moindre idée de sa puissance. Ils ignoraient que lui seul était responsable de la destruction de leur confortable petit monde.

Il esquissa un sourire moqueur en observant le fragile ruban de plastique jaune et noir qui flottait devant lui, presque aussi pitoyable que les types qui l'avaient déroulé.

Comme s'ils pouvaient l'empêcher de faire ce qu'il voulait !

Jusqu'à présent, il avait exécuté en trois jours deux plans absolument parfaits. Il s'était même octroyé une journée pour mieux apprécier la couverture médiatique qui en était faite, et regarder les flics du coin s'agiter pour rien.

Il espérait que ses prochaines victimes regardaient.

Il espérait qu'elles avaient peur, aussi. Peur d'aller travailler. Peur de quitter leur maison. Peur parce qu'il pouvait les atteindre n'importe où.

Après quelques minutes, la satisfaction commença à s'évanouir, laissant remonter à la surface une haine féroce qui ne demandait qu'à s'exprimer. Alors, il fit demi-tour.

Deux en moins, songea-t-il.

Et encore deux à éliminer.

Il était temps pour lui de se remettre au travail.

1

L'ascenseur s'arrêta au septième étage de l'immeuble. Alana Suzuki, directrice de la Cellule d'information tactique sur les crimes du FBI, dite TCD, sortit de la cabine et s'avança d'une démarche confiante dans le couloir.

Ses hauts talons cliquetaient sur le sol carrelé, et il lui semblait que sa détermination se renforçait à chaque pas.

La TCD, stationnée à Traverse City, dans le Michigan, partirait de nouveau en mission aujourd'hui, et Alana ne prenait jamais leurs déploiements à la légère. L'unité, composée de spécialistes dans divers domaines – de la négociation lors de prises d'otages, aux poisons, en passant par les techniques de combat –, était au summum de la compétence et collectivement imbattable. Mais, plus que tout, ses membres constituaient une famille.

— Bonjour, lança-t-elle à la cantonade, tandis qu'elle traversait la vaste salle de réunion pour rejoindre son pupitre.

L'équipe était déjà en place autour de la table. Des regards fatigués se tournèrent aussitôt vers elle. Nul besoin de consulter la pendule pour savoir qu'il était à peine 5 heures du matin.

— Merci à tous d'être venus d'aussi bon matin, et dans un délai aussi bref.

Alana observa un instant les visages fourbus, avant de poser les yeux sur l'immense logo du FBI accroché au mur. Un sentiment de fierté l'envahit. Fierté pour l'institution, pour les trente ans qu'elle y avait passés, et pour son équipe.

— Si vous avez vu les informations, vous avez probablement

deviné pourquoi vous êtes là. Un second attentat à la bombe a eu lieu ce matin à Grand Rapids, et les autorités locales ont besoin de notre aide.

Le groupe échangea des regards en silence, puis l'attention se porta sur Max.

Les sourcils froncés, les mains croisées sur la table, l'agent spécial Max McRay était sur place depuis un moment. C'était lui qui avait réveillé Alana à 2 h 30 ce matin, en lui demandant d'assigner cette mission à leur équipe, ou de l'envoyer seul sur place si nécessaire. Max était un expert en explosifs, et il y avait eu un attentat à la bombe à Grand Rapids, une ville qui se trouvait à deux heures de route de Traverse City, et où résidaient son ex-femme et leur bébé.

— La police de Grand Rapids pense qu'il pourrait s'agir d'un poseur de bombes en série.

À ces mots, l'attention de l'équipe se porta de nouveau sur Alana.

— Après un long entretien avec leur commissaire, j'ai accepté que la TCD les assiste.

Elle fit un signe de tête à Opaline Lopez, leur experte en informatique, assise au fond de la pièce. La plantureuse blonde platine actionna une télécommande. Un écran géant descendit du plafond derrière Alana.

— Merci.

Opaline sourit. Avec ses vêtements et ses bijoux vivement colorés, ses coiffures excentriques, et sa personnalité joyeuse, elle était une source de lumière dans les moments sombres que connaissait parfois l'équipe, ce qu'appréciait grandement Alana.

— Il y a eu deux explosions en trois jours, dit-elle, tandis que des photos du carnage défilaient sur l'écran. Au total, cinq personnes sont mortes, et il y a de nombreux blessés. La première bombe a explosé dans une agence immobilière, il y a trois jours, à 19 h 18. Deux des douze employés ont été tués, la directrice de l'agence et un négociateur. Personne d'autre ne se trouvait dans l'agence, dont les horaires d'ouverture sont de 8 heures à 18 heures.

Alana marqua une pause le temps du changement d'image.

— La seconde explosion s'est produite vers 2 heures ce matin. Cette fois, la cible était Burger Mania, et le bâtiment a été totalement détruit. Trois personnes ont été tuées. Deux employés, et le manager de nuit.

Selena Lopez intervint. Tireuse d'élite, spécialiste de la surveillance, de la traque et de l'arrestation, c'était aussi la jeune sœur d'Opaline.

— Y a-t-il des similarités ou des liens parmi les victimes ?

— Pas à notre connaissance pour le moment. Dans le cas présent, il s'agit de deux hommes et d'une femme, tous dans la vingtaine.

Opaline diffusa sur l'écran les photos des trois victimes.

Selena prit des notes sur le carnet posé devant elle.

— Merci.

Alana hocha la tête et reprit.

— Pour le moment, ni la police locale ni l'équipe de déminage n'ont de piste. Les bombes sont le seul point commun entre les deux attaques.

Max changea de position sur son siège, et Alana baissa machinalement les yeux vers ses jambes. Sous le pantalon noir de style treillis, la prothèse était indiscernable. Conseillée par un haut gradé appartenant à son cercle d'amis, elle l'avait recruté un an après son amputation, à sa sortie de *Walter Reed*, le centre médical de l'armée.

— Qu'est-ce qui relie les bombes ? demanda Max.

— Les deux étaient de fabrication artisanale, confectionnées à partir d'éléments qu'on peut aisément se procurer en ligne, et déclenchées à l'aide d'un téléphone portable.

Tandis que des images d'illustration apparaissaient à l'écran, Alana invita Max à fournir quelques explications techniques à l'équipe.

Les coudes posés sur la table, Axel Morrow se pencha.

— Donc, on est face au même type d'engin que ceux utilisés au marathon de Boston ?

Avec ses cheveux blonds coupés court, ses yeux verts, son

sourire communicatif et ses bonnes manières, Axel avait tout du gendre idéal. Mais les apparences étaient trompeuses. À trente-quatre ans, cet expert du profilage criminel était le superviseur de l'équipe, qu'il menait d'une main de fer dans un gant de velours.

Max hocha la tête.

— Exactement.

— Est-ce que les attaques visent un quartier en particulier ? demanda Axel.

— Les sites ne sont pas proches l'un de l'autre, répondit Alana, mais il est possible que le poseur de bombes les ait fréquentés, et qu'il ait un lien émotionnel avec ces endroits.

Elle se tourna pour regarder l'écran, où on pouvait maintenant voir un plan de la ville, avec les lieux des explosions cerclés de rouge.

Les doigts d'Opaline dansèrent sur le clavier de son ordinateur.

— Je vous envoie à chacun tout ce que j'ai pour le moment. Photos, rapports de police, témoignages…

Les téléphones vibrèrent et sonnèrent avant même qu'elle ait fini de parler.

— J'espère pouvoir vous fournir plus de précisions avant que vous preniez vos quartiers à Grand Rapids, ajouta Opaline.

— Nous nous installerons dans les locaux de la police.

Une voix familière s'était élevée depuis le couloir, quelques secondes avant que Rihanna franchisse le seuil. L'ancienne agente fédérale, chargée de la communication et des relations presse de la TCD, adressa un grand sourire à toute l'équipe, et déposa sur une console deux plateaux alvéolés contenant des gobelets de café.

— Je me suis dit que vous auriez besoin d'un peu d'aide pour vous réveiller. Je me suis donc arrêtée en chemin, tout en m'entretenant au téléphone avec la police de Grand Rapids.

Les membres de l'équipe se levèrent pour aller chercher leur café, en remerciant Rihanna au passage, et regagnèrent leur siège. Le Dr Carly Welsh, experte en poison, s'abstint. À la fois par déformation professionnelle, et en raison d'une douloureuse expérience personnelle, elle se méfiait des risques d'empoisonnement, et ne buvait de café que si elle l'avait préparé elle-même.

— Une vaste salle de conférences nous a été réservée, reprit Rihanna. Nous n'aurons pas à la partager, ni à en changer. Et toutes les ressources du commissariat seront à notre disposition, y compris les effectifs. Comme toujours, je serai là pour prendre d'autres arrangements en cas de besoin. Vous n'aurez qu'à demander.

Elle adressa un signe de tête à Alana, et s'assit près d'Opaline.

L'idée qu'il faille demander quoi que ce soit à Rihanna fit sourire Alana. C'était un génie de l'organisation, qui anticipait les besoins de l'équipe avec une étonnante perspicacité, et y répondait avec précision et efficience.

— La police de Grand Rapids vous attend ce matin, dit Alana à son équipe. Rentrez chez vous, faites ce que vous avez à faire, et retrouvez-vous ici pour le départ. Vous savez où me joindre en cas de besoin.

Avec une visioconférence prévue dans quelques minutes, Alana ne s'attarda pas davantage, certaine que les femmes et les hommes de la TCD mèneraient comme toujours leur mission à bien.

Max consulta les éléments qu'Opaline lui avait envoyés sur son téléphone, et grimaça devant ce carnage dénué de sens.

Ce n'était pas l'œuvre d'adolescents désœuvrés ou d'ivrognes. Ce genre de personnes faisaient exploser des fours à micro-ondes ou des véhicules. Mais là, on était en présence de quelqu'un qui voulait tuer.

Max posa une main sur son genou, dans un geste vain pour apaiser la douleur fantôme nichée quelques centimètres en dessous de l'articulation, là où une prothèse avait depuis longtemps remplacé son mollet et son pied.

Son estomac se noua à cette évocation. Il avait bien cru mourir ce jour-là, sur ce chemin de terre battue, à des milliers de kilomètres de chez lui. Et surtout, il s'était dit qu'il avait fait tuer toute son équipe. En réalité, ses compagnons d'arme avaient survécu, mais tous n'étaient pas encore rentrés chez eux.

— Hé !

Axel prit place sur la chaise voisine, en posant devant Max un gobelet de café qu'il n'avait pas eu le courage d'aller chercher lui-même.

— Ça va ?

Max grimaça.

— Ça pourrait aller mieux. Je suis content que nous ayons obtenu l'enquête, mais j'aurais aimé pouvoir convaincre Allie de quitter la ville quelques jours.

— Elle ne veut rien savoir ?

— Une vraie tête de mule !

Axel eut une moue entendue. Il avait été témoin de leur folle histoire d'amour, tout comme du divorce qui s'était ensuivi moins de deux ans après.

— Alana veut que tu prennes la direction de l'enquête. Tu t'en sens capable ?

Max hocha la tête.

— Pas de problème.

Le reste de l'équipe s'approcha.

— Tu as parlé à Allie ? demanda Opaline, d'un ton inquiet.

La question lui valut un regard réprobateur de sa sœur, Selena.

— Oui. Elle estime ne courir aucun danger, et ne voit pas pourquoi elle ne continuerait pas à mener ses affaires comme d'habitude.

En emmenant partout leur fils, Junior. Dans tous les recoins de la ville, où le poseur de bombes risquait de se manifester.

Le pire, c'est qu'elle lui avait à peine parlé quand il lui avait téléphoné. Junior pleurait – il faisait ses dents, d'après Allie – et elle n'était pas d'humeur à suivre les recommandations de son ex-mari. Il avait donc prévu de lui parler de vive voix dès son arrivée à Grand Rapids.

Le cœur de Max se serra à la pensée que sa famille puisse être une victime collatérale. Il avait toujours fait passer son travail avant tout, laissant son désir de protéger les autres prendre le pas sur le devoir qui était le sien de prendre soin de sa femme et de son fils. Il avait ignoré les mises en garde d'Allie, tout en sachant pourtant qu'elle n'était pas du genre à attendre longtemps que quelqu'un d'autre fasse son bonheur. Elle l'avait quitté, et elle était retournée à Grand Rapids, où vivaient toujours ses parents et sa sœur. Ils l'avaient soutenue tandis qu'elle développait son activité de création de vêtements pour bébés, tout en élevant leur fils. Pendant ce temps, il était loin de son pays, à sauver des vies et à préserver d'autres familles que la sienne.

Le silence autour de lui le rappela au présent. Les expressions de ses collègues allaient du soutien à la compassion, en passant par la pitié.

— Quelles sont tes premières conclusions, à partir de ce que nous avons déjà ? demanda Aria Calleti.

Experte en narcotiques et stupéfiants, Aria était la débutante de l'équipe. Jeune, petite et mince, elle ressemblait à une adolescente, et les gens avaient tendance à la sous-estimer. Elle le savait et en faisait un avantage.

— Je pense qu'il s'agit d'une vengeance, répondit Max. Le poseur de bombes ne vise pas de vieux bâtiments désaffectés, mais des endroits où des gens travaillent. Il ne choisit ni des endroits bondés, ni des horaires où la fréquentation est massive. Son but n'est pas la destruction de masse. C'est très précis. Il voulait tuer une personne en particulier sur chacun des lieux, et il a choisi une heure où sa cible serait seule, ou presque.

Carly hocha la tête, tout en sirotant son café fait maison. Biochimiste spécialisée en attaques bactériologiques, elle avait intégré l'équipe trois ans plus tôt. À cause de sa chevelure de miel et sa silhouette athlétique, Max lui trouvait un certain air de ressemblance avec Allie. Mais Carly était très secrète et semblait toujours sur ses gardes, comme si les fantômes de son passé la hantaient.

— La vengeance, répéta-t-elle. C'est un mobile puissant. Et certaines personnes instables considèrent les explosions comme le meilleur des moyens pour exprimer haut et fort leur pouvoir, après s'être longtemps senties faibles et vulnérables.

Aria se redressa.

— Eh bien, je crois qu'il est temps d'y aller.

L'équipe approuva et tout le monde se dirigea vers la porte. Organiser leur départ pour un séjour qui pouvait être amené à durer demandait une sérieuse organisation. La plupart y étaient habitués. Ainsi, Max avait toujours à disposition un sac de voyage bien garni qui lui permettait de tenir une semaine sans avoir à faire appel à un service de nettoyage.

Il se leva, pressé de se mettre en route. Il avait réclamé cette mission, et avait même proposé de prendre des vacances et de se rendre seul sur place, au cas où Alana aurait décidé que la situation n'exigeait pas le déplacement de toute l'équipe. Anxieux comme il l'était, il n'aurait pas hésité à supplier les autorités locales de l'accepter comme consultant. Heureusement, Alana avait tout arrangé. S'il était bon tout seul, il était encore meilleur avec son équipe.

Axel le rejoignit.

— Ne t'en fais pas pour Allie et Junior. Nous serons bientôt sur place, et nous mettrons ce poseur de bombes hors d'état de nuire, avant même qu'il ait le temps de réaliser ce qui lui arrive.

Max glissa un coup d'œil vers son ami, en espérant de toutes ses forces qu'il puisse dire vrai.

— Tu ne peux pas affirmer cela, protesta-t-il pourtant. Il y a trop de variables. Trop d'inconnues.

— Bien sûr que je le peux.

Affichant son légendaire sourire, Axel lui asséna une tape amicale dans le dos, tandis qu'ils se dirigeaient vers l'ascenseur.

— Je sais que c'est vrai, parce que tu fais partie de l'équipe, et que tu es le meilleur d'entre nous.

2

Allie McRay arpentait les allées du parking bondé, en cherchant une place qui ne soit pas trop éloignée de l'entrée du centre commercial, et qui se situe dans la zone éclairée par des réverbères.

Les hivers dans le Michigan étaient vraiment froids et, à cette époque de l'année, s'il faisait encore jour, la nuit serait tombée bien avant l'heure du dîner. Or, elle avait une peur panique de marcher seule la nuit dans les rues désertes. La faute en revenait peut-être en partie à sa mère et aux médias, mais c'était surtout les horribles histoires vraies rapportées par son ex-mari qui l'incitaient à la prudence.

Elle frissonna à la pensée de toutes ces femmes agressées ou enlevées et jamais retrouvées, et accéléra un peu. Dans l'allée voisine, un monospace quittait un emplacement de choix, juste en dessous d'une caméra de sécurité associée à un spot.

L'arrière de sa voiture dérapa légèrement à l'arrière quand elle prit le tournant, en roulant sur une plaque de givre.

Les doigts crispés autour du volant, elle maudit la température largement descendue au-dessous de zéro, se gara et coupa le moteur.

Puis elle essaya de se recentrer. En janvier, le commerce était toujours une folle épopée. Les clients se précipitaient en masse pour retourner des cadeaux qui ne leur plaisaient pas : vêtements qui n'étaient pas à la bonne taille, objets ne correspondant pas à leurs goûts, ou qu'ils possédaient déjà. Certains d'entre eux étaient déplaisants dans les échanges, mais c'était le prix à payer quand on voulait tenir boutique. Heureusement, la plupart des clients étaient ravis des articles fabriqués par Baby Threads. Allie défendait avec passion cette entreprise, encore petite mais solide, qu'elle avait démarrée chez elle, afin de pouvoir passer du temps avec son bébé. Maintenant, sa ligne de vêtements et d'accessoires pour les bébés et les jeunes enfants disposait de son propre kiosque à l'intérieur du centre commercial.

Elle sortit de voiture, arrima sur son épaule une série de sacs – son sac à main, son ordinateur portable, une grande besace contenant un supplément de stock – et se hâta vers l'intérieur, en prenant soin de ne pas glisser sur le sol gelé.

Il faisait chaud dans la galerie marchande grouillante d'activité. De délicieuses odeurs échappées des cafés et restaurants environnants l'accompagnaient tandis qu'elle se dirigeait vers l'escalator, lui faisant regretter sa résolution de se nourrir plus sainement. En d'autres mots, il n'était plus question pour elle de se droguer au sucre et à la caféine pour rester éveillée. Cette année, elle se nourrirait sainement et ferait de l'exercice. Et, de temps en temps, elle s'autoriserait un roulé à la cannelle. Parce qu'elle n'était pas Superwoman.

Comme chaque fois qu'elle ouvrait le kiosque Baby Threads, elle ressentit de la fierté à l'idée que cet emplacement si convoité lui avait été attribué. Mais la présence en ville du poseur de bombes la rendait nerveuse. Elle pouvait remercier son ex-mari pour cette peur-là aussi.

Max l'avait appelée à 3 heures du matin, alarmé par un reportage qu'il avait vu sur une chaîne d'information en continu, à propos d'un attentat à la bombe. À cause des pleurs de Junior, qui faisait ses dents, elle avait à peine pu entendre ce qu'il disait, mais elle avait compris l'essentiel : Max voulait qu'elle quitte la ville jusqu'à ce que le poseur de bombes soit appréhendé.

Ce n'était pas dénué de sens, et elle y avait pensé ce matin, tandis qu'elle préparait Junior pour l'emmener chez ses grands-parents. Deux attaques consécutives, c'était pour le moins inquiétant. Et, ce qu'elle avait oublié de dire à Max, c'est qu'elle avait vu la seconde explosion.

Hier soir, elle s'était précipitée à la pharmacie après que Junior eut fait une inquiétante poussée de fièvre. Calé dans son siège bébé, il s'était finalement endormi durant le trajet. Au moment où elle attendait que le feu passe au vert, non loin de la pharmacie, l'explosion avait réveillé Junior, et les sirènes des premiers secours n'avaient fait qu'exacerber ses vagissements.

Le temps qu'elle rentre chez elle, toutes ses réserves de patience avaient fondu comme neige au soleil, et elle avait expédié plutôt brusquement sa conversation avec Max.

Ayant enclenché le mode de survie caractéristique de toutes les mères privées de sommeil, elle avait vécu l'expérience de la veille dans une sorte de brouillard. Mais, alors qu'elle accomplissait sa routine matinale, tout avait changé.

Elle n'avait toujours pas l'intention de quitter la ville. Parce qu'elle était une mère célibataire, et la seule propriétaire d'une entreprise en plein développement, elle était responsable de l'avenir financier de sa petite famille. Mais elle devait s'entretenir de nouveau avec Max, lui faire savoir qu'elle était peut-être un témoin.

Elle frictionna ses bras couverts de chair de poule, alluma son ordinateur et ouvrit son logiciel d'inventaire des stocks.

Les souvenirs de l'explosion et les suppliques de son ex-mari occupaient ses pensées, mais elle devait rester positive. Junior était en sécurité avec ses parents et, jusqu'à présent, le poseur de bombes n'avait rien fait exploser durant les heures d'ouverture des commerces.

Elle n'avait donc rien à redouter… Enfin, elle l'espérait.

Ouvrant sa besace, Allie en sortit les articles qu'elle avait apportés de chez elle, et les disposa sur les présentoirs.

Ce serait une bonne journée, décida-t-elle. Parfois, il n'en fallait pas plus que cela : le bon état d'esprit, et une attitude positive.

Un couple avec une poussette s'arrêta pour regarder les

petites vestes en fausse fourrure qu'elle venait de suspendre à un portant.

Elle leur sourit, et leur laissa le temps de détailler les présentoirs, pendant que leur bébé dormait à côté d'eux.

— Il y a cinq morts et plusieurs blessés, dit l'homme, les yeux rivés sur son téléphone. Deux bombes en trois jours, dans des lieux publics. Des commerces, comme celui-ci. Ça n'a aucun sens de venir ici aujourd'hui. Surtout avec Chloé.

La femme leva les yeux au ciel, et continua à faire coulisser les cintres sur le portant.

— Personne ne va déposer de bombe dans le centre commercial. S'il y avait la moindre menace, il serait déjà fermé.

— Parce que tu crois que l'agence immobilière et le Burger Mania ont été prévenus ?

Lorsque le couple regarda dans sa direction, Allie leur adressa un sourire qui se voulait rassurant.

Max avait dit la même chose la nuit dernière. Il voulait qu'elle reste à la maison aujourd'hui. Mais, comment aurait-elle pu ? Les factures n'allaient pas se payer toutes seules. Et puis, elle voulait faire de Baby Threads une réussite. Et elle n'avait pas besoin de l'aide de Max pour cela.

L'homme rit à quelque chose que la femme lui avait dit, et déposa un baiser sur son front.

— Et si on rentrait ? Nous pouvons passer le reste de la journée à la maison. Je préparerai le repas, et je m'occuperai de Chloé. Comme ça, tu pourras te reposer.

La femme plissa le front, et glissa un regard à Allie, avant de reporter son attention sur l'homme.

— D'accord.

Elle posa sur le comptoir les articles qu'elle tenait à la main.

— Nous allons prendre ça. J'ai très envie soudain de rentrer à la maison.

Elle attira la bouche de l'homme vers la sienne et y pressa un baiser pendant qu'Allie calculait le total, en essayant d'ignorer le pincement au creux de son estomac. Max et elle avaient connu des moments comme celui-ci, et cette époque lui manquait terriblement.

En fait, elle pensait souvent à lui. Et, même s'il lui avait téléphoné en pleine nuit, elle trouvait gentil qu'il s'inquiète encore pour elle.

Elle bâilla, manquant cruellement de sommeil.

Son ex-mari occupait encore son esprit, car elle aurait pu jurer qu'elle venait de le voir dans la foule. Plissant les yeux, elle essaya de détailler le visage de l'homme qui s'approchait. La ressemblance était frappante, en tout cas.

S'attardant sur sa démarche, elle distingua une légère raideur due à la présence d'une prothèse. Il l'appelait sa jambe bionique pour la faire rire. Il n'avait pas tout à fait tort. La cheville était actionnée par une batterie qui lui donnait presque la même amplitude de mouvement qu'une vraie.

Réalisant que c'était bien lui, elle sentit s'épanouir une envolée de papillons dans son ventre, et rougit de sa réaction.

Ce n'était pas juste que, huit mois après leur divorce, il ait toujours le même effet sur elle qu'au premier jour de leur rencontre.

Elle tira sur les pointes de ses cheveux trop frisés, et regretta de ne pas avoir pris le temps de les lisser ce matin.

Max franchit les derniers mètres qui la séparaient de son kiosque et lui sourit, de ce sourire diabolique et dangereux qui l'avait charmée trois ans plus tôt, et contre lequel elle n'était toujours pas immunisée.

— Allie.

— Max.

Elle redressa les épaules et sourit poliment, intima l'ordre à son traître de corps de ne pas se précipiter pour une accolade.

— Tu as l'air en forme, dit-il, après avoir pris le temps de la détailler de la tête aux pieds.

— Merci.

Elle se retint à grand-peine de lui dire qu'il avait l'air d'aller bien, lui aussi. Ce n'était pas une visite de courtoisie, mais une embuscade. Il lui avait demandé au téléphone de ne pas aller travailler, et elle n'en avait pas tenu compte. Donc, il était venu en personne pour faire valoir son opinion.

Elle croisa les bras, et tenta d'ignorer la peau mate, la mâchoire carrée, et les yeux noisette, qui auraient pu être ceux d'un mannequin en couverture d'un magazine de mode. Et que dire de cette barbe de trois jours, qui lui donnait des allures de baroudeur…

— À propos de notre discussion d'hier soir…, commença-t-il, tout en jetant un regard prudent aux clients qui les entouraient.

— Je suppose qu'Alana Suzuki a accédé à ta requête.

Allie n'était pas surprise. Max lui avait parlé de son projet de demander à sa directrice l'aide de la TCD, et il obtenait toujours ce qu'il voulait.

— Tu fais un peu de shopping avant de te mettre au travail ? demanda-t-elle, d'un ton ironique.

Il se rembrunit, et Allie sentit son estomac se nouer, tandis qu'une autre possibilité lui traversait l'esprit. Max était-il là parce que son intuition avait été la bonne ? Y avait-il une bombe dans le centre commercial ?

— Je voulais juste te voir, dit-il.

Et le train fou de ses pensées s'arrêta avant de dérailler complètement.

Il posa un coude sur le comptoir, et l'ensoleilla de son irrésistible sourire.

— Et te rappeler que j'ai un appartement très confortable à Traverse City, où Max et toi êtes les bienvenus.

Les clients s'étaient rapprochés de Max, faisant mine d'évaluer les articles et les prix, tout en tendant l'oreille.

— C'est très gentil à toi, répondit calmement Allie, mais tu sais que ce n'est pas possible. J'ai un travail, que je ne peux pas négliger.

Un mélange de frustration et de peine passa dans le regard de Max.

Il se pencha, envahissant son espace personnel.

— Tu devrais reconsidérer ta décision. Je suis sûr que ce ne sera l'affaire que de quelques jours.

— Non.

Il pinça les lèvres, et elle s'imagina l'embrasser pour l'obliger à se dérider. Il sentait la chaleur, les épices et l'homme…

Elle s'asséna quelques claques virtuelles pour se rappeler à la raison.

— Mais je suis contente que tu sois là. Je voulais te parler de quelque chose.

Les derniers clients se dirigeaient vers l'escalator, la laissant seule avec la plus agaçante des tentations.

Max les regarda s'éloigner, et reporta son attention sur elle.

— Tu crois que j'essaye de te diriger, dit-il, la voix douce et le regard intense. Mais je veux seulement te protéger.

Allie frissonna, envahie par le souvenir d'autres moments chargés d'émotion, de promesses faites, de vœux échangés, et son cœur se serra à l'idée de tout ce qu'ils avaient perdu.

— Les deux endroits ciblés sont des lieux publics, reprit Max. Exactement comme le centre commercial. Je serais plus rassuré si tu restais chez toi avec Junior. Et le mieux serait encore que vous quittiez la ville.

Allie soupira.

— Il n'en est pas question, Max, et tu le sais. Mais j'ai pensé à quelque chose ce matin. Ce n'est peut-être rien, mais tu dis toujours qu'il ne faut négliger aucun fait…

Elle expliqua qu'elle avait dû aller à la pharmacie, s'excusa pour sa mauvaise humeur quand il l'avait appelée, et en vint au détail qui la taraudait depuis ce matin.

— J'étais arrêtée au feu, au croisement des rues Burns et Hughes, lorsque la bombe a fait exploser le Burger Mania. Le bruit a réveillé Junior.

Elle soupira, de nouveau gagnée par l'épuisement.

— C'était effrayant, et un peu irréel. Quand le feu est passé au vert, je n'ai pas bougé. Il n'y avait pas d'autre voiture dans la rue, et j'ai pris le temps de rassembler mes pensées. Au début, je ne comprenais pas ce que je voyais. Puis, je me suis souvenue de cette information à propos de l'agence immobilière, et j'ai réalisé que c'était un nouvel attentat à la bombe. Le feu est repassé au rouge, et j'ai essayé de calmer Junior, en chantonnant. Quand j'ai redémarré, j'ai vu un homme sur le trottoir. Il a tourné la tête dans ma direction, et j'ai été surprise par son expression. Sur le moment, j'ai pensé qu'il était sous le choc, comme moi, ou qu'il avait vu quelque chose… Maintenant, je n'en suis plus aussi sûre.

Elle se mordilla la langue, en se demandant si son constant désir d'être utile ne donnait pas lieu à des idées farfelues.

— Tu penses que tu as croisé le poseur de bombes ?

— Peut-être…

— Tu l'as bien vu ?

Allie hocha la tête. Depuis qu'elle s'était levée ce matin, ce visage n'avait pas quitté son esprit.

— Tu peux le décrire ?

De nouveau, elle acquiesça de la tête.

— Même si ce n'est qu'un témoin, il était plus proche que moi du bâtiment. Il était dehors, et pas dans une voiture, et il n'était pas distrait par un bébé en pleurs. Il pourrait très bien avoir des informations importantes.

— Je vais prévenir l'équipe et la police locale. On va établir un portrait-robot le plus vite possible. En attendant, qu'est-ce que tu peux me dire sur lui ?

L'image de l'inconnu jaillit aussitôt dans son esprit.

— Un mètre soixante-quinze, la trentaine, les cheveux longs et sales, une barbe d'au moins deux semaines. Il portait un genre de duffle-coat noir ou bleu marine, je ne sais pas, avec de grandes poches rectangulaires.

— C'est bien. Ça va beaucoup nous aider. Je vais directement au commissariat, et je transmettrai l'information à l'équipe quand je la verrai. Pense à ce que je t'ai dit à propos de l'appartement à Traverse City.

Elle croisa les bras sur sa poitrine, luttant contre une cruelle sensation de perte.

— Vas-y, dit-elle, aussi gentiment que possible, et en se forçant à sourire. Va arrêter ce type, et comme ça, nous n'aurons plus, ni l'un ni l'autre, à nous inquiéter.

Sans réfléchir, elle se hissa sur la pointe des pieds, et déposa un baiser sur sa joue. Tandis que sa main s'attardait sur le torse sculpté, elle sentit le cœur de Max battre sous sa paume.

Comme elle s'écartait, Max referma ses doigts autour des siens. Elle frissonna.

— Je peux passer ce soir ?

Sa voix était chaude, envoûtante.

Elle eut envie de dire « Oui ! ». Et puis « Non ! ». Et finalement, aucun son ne franchit ses lèvres.

— J'ai envie de voir Junior. Si tu es d'accord.

— Bien sûr.

Il voulait voir son fils, comme tout bon père le ferait. Et Max en était un excellent, malgré la distance qu'elle avait mise entre eux quand elle avait déménagé pour se rapprocher de ses parents.

Elle libéra sa main et l'enfouit dans sa poche, en voulant ignorer les picotements au bout de ses doigts.

— Tu es toujours le bienvenu, Max.

Il hocha la tête.

— Bien. Je pense que je viendrai ce soir, alors.

Et elle ne put s'empêcher de l'espérer.

3

Max quitta le centre commercial en proie à l'espoir et à un virulent mal de tête.

Espoir, car les informations inattendues d'Allie pourraient mener à une arrestation plus rapide que prévu et préserver la ville d'autres attentats.

Mal de tête, parce qu'il tenait toujours à ce qu'elle quitte Grand Rapids avec leur fils, et aille se mettre à l'abri ailleurs.

Il savait bien qu'il avait peu de chance de la faire changer d'avis, mais il devait au moins essayer. C'était une de leurs différences fondamentales : il était toujours prudent, et elle persistait à penser qu'il en faisait trop.

Allie était l'insouciance même. Elle ne se pressait pas de se mettre à l'abri quand l'orage menaçait. Elle ne se hâtait pas de s'insérer dans la circulation, alors que la bretelle d'accès se terminait dans une centaine de mètres. Pourquoi le ferait-elle ? Il lui restait encore une centaine de mètres !

Elle ne s'affolait jamais, et elle adorait lui dire de se détendre. Elle pensait toujours qu'elle avait le temps.

Ironiquement, Max avait pensé qu'il avait le temps de sauver son mariage, et il s'était trompé.

Il vérifia l'heure sur son tableau de bord, tandis qu'il se dirigeait vers le commissariat de police de Grand Rapids, et se reprocha de ne pas être resté un peu plus longtemps au centre commercial.

Il aurait dû insister davantage. Ou supplier…

À présent, il était bougon et distrait.

Quel besoin aussi avait-elle d'être si séduisante ?

Son jean ajusté la moulait aux bons endroits, tandis que son haut en mousseux lainage vert faisait ressortir ses yeux noisette pailletés d'or. Elle sentait aussi bon que dans son souvenir, et il avait envie de glisser les doigts dans la masse de boucles blondes qui cascadaient sur ses épaules.

Sa rêverie s'était faite plus spécifique quand il s'était approché d'elle, l'empêchant de penser correctement. Il s'était perdu dans son regard, et avait eu envie de dire tout ce qu'il n'avait pas été capable de formuler avant, en se demandant ce qu'elle pensait de lui maintenant.

Le voyait-elle toujours comme un homme brisé et inadapté sur le plan émotionnel ?

Et pourquoi avait-elle rougi quand il lui avait demandé s'il pouvait passer ce soir ? Il voulait simplement voir Junior, mais elle avait visiblement pensé à autre chose.

C'était certainement une question qui allait le tarauder longtemps.

Il actionna son clignotant et se glissa dans un emplacement libre sur le parking du commissariat.

Les locaux de la police de Grand Rapids se situaient dans un long bâtiment en brique d'un seul étage, à la sortie de la ville. Il franchit les portes en verre à ouverture automatique, et se présenta à l'accueil.

Une agente en uniforme l'enveloppa d'un regard appréciateur, et lui indiqua la bonne direction.

Dans un bourdonnement de conversations, il se fraya un chemin à travers une assemblée d'agents en uniforme et d'officiers en costume ou en vêtements de tous les jours.

Repérant Axel et Carly dans un couloir, près d'une porte ouverte, il sut qu'il avait trouvé la salle de conférences qui leur avait été attribuée.

— Hé !

En guise de salut, Axel tendit dans sa direction son gobelet de café.

— Te voilà !

Max adressa un signe de tête à son ami, ainsi qu'à Carly.

— J'espère que je ne vous ai pas fait attendre ?

— Pas du tout, l'assura Carly, avec un sourire chaleureux. Nous attendons Rihanna et les représentants des forces de l'ordre locales. Je traîne un peu ici pour éviter de m'asseoir encore après ce long voyage.

— Pareil, dit Axel, tout en scrutant Max de son regard aiguisé. Pas de chance avec Allie, je suppose ?

— Pas comme je l'espérais, mais elle a une information importante que nous devrions creuser.

Il relaya les détails au sujet du piéton aperçu par Allie à proximité du Burger Mania, juste après l'explosion.

Axel nota l'information et se dirigea vers une porte fermée au bout du couloir, sur laquelle une petite plaque de cuivre indiquait « Commissaire Drees. »

Max se glissa dans la salle de conférences, prêt à démarrer l'enquête.

Il était temps qu'il ait la tête à ce qu'il faisait.

Trouver le poseur de bombes. L'arrêter. Voilà ses priorités.

Après, il n'aurait plus à s'inquiéter qu'Allie passe la majeure partie de son temps au centre commercial ou dans tout autre lieu public.

Il ralentit le pas pour examiner la pièce.

Elle était beaucoup plus petite que la salle de conférences dont l'équipe disposait à Traverse City, et son équipement avait au moins trente ans d'âge. À la place de l'écran plat high-tech, une vieille toile de projection en PVC avait été déroulée de son support au plafond, et fixée avec un tendeur au piétement d'un chevalet de conférence.

Max choisit le siège libre en face d'Aria et Selena, qui étaient toutes deux concentrées sur leur téléphone. Sans doute étudiaient-elles les éléments qu'Opaline leur avait fournis plus tôt.

Max avait déjà mémorisé les détails les plus pertinents. Il n'y avait pas grand-chose pour le moment, et il attendait avec impatience que leur petit génie de l'informatique fasse des miracles et leur envoie très vite de nouvelles informations.

Axel et Carly entrèrent un moment après en compagnie de leur chargée de communication, Rihanna Clark, et un trio de policiers locaux.

— Re-bonjour, dit Rihanna, avec un grand sourire. Je suis contente de voir que tout le monde est arrivé. Je vais passer tout de suite aux présentations, pour que vous puissiez vous mettre au travail.

Elle désigna tour à tour les hommes qui l'accompagnaient.

— Voici les personnes à qui vous pourrez vous adresser si vous avez besoin de quelque chose. Le commissaire Martin Drees, l'inspecteur Isaac Fohl, et le sergent Jim Sims, de l'équipe de déminage.

Chacun des hommes hocha la tête et grimaça un sourire à l'annonce de son nom.

Rihanna se tourna vers la table.

— Et nous avons ici la Cellule d'information tactique sur les crimes du FBI. Notre superviseur, Axel Morrow ; l'agent spécial Aria Calleti, le Dr Carly Welsh, les agents spéciaux Selena Lopez et Max McRay. Max est notre expert en explosif, et va mener cette enquête.

— Merci, dit le commissaire, en prenant le temps de regarder dans les yeux chaque membre de l'équipe.

Ses cheveux blancs et son visage ridé suggéraient qu'il avait à peu l'âge du père de Max. Les plis tombants autour de sa bouche et les cernes sous ses yeux parlaient de stress, de fatigue et de détermination. C'était un homme qui se souciait de ses concitoyens et de son travail.

— Nous apprécions que vous soyez venus ici, et que vous vous impliquiez de cette façon. Nous n'avons jamais été confrontés à un poseur de bombes en série, et nos citoyens sont à fleur de peau.

Il soupira.

— Les téléphones n'ont pas arrêté de sonner depuis l'annonce de la seconde explosion ce matin. Les écoles ont signalé un absentéisme record. Les parents sont très inquiets. Je dois rassurer les habitants. Et vite, ou nous nous exposons à une panique générale.

Axel se pencha, les mains croisées devant lui sur la table.

— Nous comprenons, commissaire Drees, et nous ferons tout notre possible pour régler cela rapidement. Notre but est d'appréhender le poseur de bombes avant sa prochaine attaque. Avez-vous des pistes ?

— Non.

Le commissaire secoua la tête, d'un air découragé.

— Aucune.

Axel se tourna vers l'équipe, et partagea les détails qu'Allie avait donnés à Max.

Le commissaire Drees approuva d'un hochement de tête.

— J'ai fait appeler notre meilleur dessinateur de portraits-robots. J'espère avoir un document à vous fournir demain à la même heure, si ce n'est avant.

— Bien, dit Axel. En attendant, notre meilleure technicienne travaille ardemment sur cette affaire, et je suis certain qu'elle aura bientôt d'autres informations pour nous.

Son sourire s'élargit à la mention d'Opaline, et il avait raison d'être fier d'elle. L'agente était capable de dénicher une aiguille dans une botte de foin. Et quand elle avait quelqu'un dans le collimateur, il était impossible de lui échapper.

Le commissaire approuva d'un hochement de tête, puis il se tourna vers la porte, où un agent en uniforme venait d'arriver, avec un dossier sous le bras, et une expression légèrement impatiente.

Le commissaire leva la main pour saluer l'assemblée, et quitta la pièce avec l'agent venu le chercher.

L'inspecteur Fohl tira une chaise et s'installa à la table.

Le sergent Sims resta debout et croisa les bras. Il était jeune et semblait épuisé. Sans doute n'avait-il pas dormi plus de quelques heures depuis la première explosion.

— Rien de spécial à signaler, dit-il. Pas de signature particulière permettant d'identifier le travail du poseur de bombes. Rien de significatif concernant le matériel.

Il se massa vigoureusement les yeux, puis se tourna vers son collègue.

— À toi, mon vieux.

L'inspecteur Fohl ouvrit un dossier et fit circuler une liasse de feuilles.

— Voici la liste des victimes.

Il réitéra son geste avec une seconde liasse.

— Et celle des employés des deux sites. Ainsi que le nom des personnes qui ont été renvoyées ou qui ont démissionné au cours des six derniers mois.

— Ce serait bien de remonter à un an, par précaution, commenta Axel.

Il tourna les yeux vers Rihanna, qui hocha la tête.

— Je m'en occupe. Vous aurez ça d'ici une heure.

— Merci.

Axel reporta son attention sur l'inspecteur Fohl.

— Les victimes avaient-elles des ennemis ?

— Comme vous l'imaginez, le *turn-over* est plus important au Burger Mania qu'à l'agence immobilière. Nous nous sommes donc intéressés en premier aux employés qui avaient quitté l'agence.

— Excellente idée ! approuva Axel.

— Il n'y en a que trois, dont deux ont été renvoyés. Parmi ceux-ci, l'un est à l'hôpital, et se remet d'une intervention chirurgicale. L'autre a déménagé plus au sud, et s'est reconverti en paysagiste.

— Nous pouvons donc les éliminer d'office, l'interrompit Axel.

— Effectivement.

— Et le troisième ?

— Celui qui a démissionné. J'y viens. En fait, il se trouve qu'il a fait un foin de tous les diables et, depuis, il semblerait qu'il n'ait pas retrouvé de travail.

Aria inclina la tête.

— Deux alibis solides, et un électron libre, dit-elle, en exprimant à haute voix ce que pensait Max.

Selena eut un soupir mélodramatique.

— Tout ce que nous aimons, dit-elle.

Faisant glisser son index le long de la liste, elle demanda :

— De qui s'agit-il ?

— Fritz O'Lear, répondit l'inspecteur Fohl. Pour le moment, nous n'avons pas réussi à le joindre au téléphone.

— Que savez-vous sur lui ? demanda Max.

Et, ce faisant, il passait mentalement en revue les poseurs de bombes les plus connus aux États-Unis.

Kaczynski, McVeigh, Helder, Rudolph, Metesky… Des hommes blancs, d'apparence normale, voire quelconque, et d'âges divers.

— Pas grand-chose, admit l'inspecteur. De type caucasien, la trentaine. Célibataire, sans enfant. Pas de casier judiciaire. Et, apparemment, sans emploi.

Max se leva, attirant l'attention du groupe.

Il était prêt à sortir et à se mettre au travail.

Et il savait exactement par quoi il voulait commencer.

— Vous avez une adresse où trouver ce M. O'Lear ?

4

Max prit place sur le siège passager du monospace de fonction d'Axel.

La perspective de se mettre au travail lui procurait une bouillante excitation qui balayait la froide morsure de janvier.

Plus vite ce poseur de bombes serait mis hors d'état de nuire, plus vite sa famille et cette ville seraient en sécurité. Et il avait forte intuition à propos de cette piste.

Il n'avait pas été surpris de voir Axel se lever presque en même temps que lui dans la salle de conférences. Ils avaient toujours été connectés, sur la même longueur d'onde. Et, la plupart du temps, leur instinct les faisait réagir de la même façon.

Axel entra l'adresse d'O'Lear dans le GPS intégré au tableau de bord, puis il augmenta le chauffage et ajusta les trappes de ventilation.

— Quelles sont tes premières impressions sur ce type ? demanda-t-il, en enclenchant la marche arrière.

Max soupira, et sa respiration dessina devant lui un petit nuage de buée. Machinalement, il se massa la cuisse, juste au-dessus de sa prothèse.

— Un type caractériel, qui a quitté son emploi sur un coup de tête, et qui est au chômage depuis des mois ? Je n'aime pas ça. Et je trouve bizarre qu'il soit injoignable. Il y a peut-être une explication logique, mais…

— … ce n'est pas l'impression que ça donne, dit Axel, en complétant sa pensée.

— Mouais.

Max hocha la tête.

— Quant à la supposition qu'il n'y aurait aucun lien entre le fast-food et l'agence immobilière, sous prétexte qu'ils sont chacun à un bout de la ville, ça demande à être creusé. Ce type est peut-être le lien entre les deux.

À la sortie du parking, Axel tourna à droite, et il accéléra autant que les limitations de vitesse locales le permettaient, tout en envisageant probablement différents mobiles pour le poseur de bombes.

L'attention de Max, en revanche, était partagée.

— Allie m'a envoyé promener, ce matin, se plaignit-il. Directement. Comme s'il était ridicule de suggérer que la présence en ville d'un poseur de bombes pouvait l'impacter. Apparemment, la ville est grande et elle ne connaît pas ce type, donc tout va bien. Et Junior va bien aussi !

Il grinça des dents, tandis que sa colère grandissait. Le poseur de bombes n'avait pas été identifié. Il pouvait tout aussi bien travailler dans la boutique voisine de celle d'Allie.

Max se massa le front.

Axel n'avait pas à subir ses jérémiades. Il avait déjà été suffisamment patient en l'écoutant se lamenter juste après son divorce.

Dire qu'il n'avait rien vu venir ! Il était trop pris par son travail pour reconnaître que sa vie familiale s'effondrait. Et cela avait eu pour conséquence un divorce.

Quel mot affreux ! Il s'était dit que cela changerait tout, que cela mettrait fin aux choses telles qu'il les connaissait. Mais non. Allie et Junior n'étaient plus avec lui à la maison, mais ils occupaient son esprit en permanence.

Il avait perdu la compagnie de sa meilleure amie, de son amante et de sa partenaire de vie. Il avait perdu la seule femme qu'il ait jamais imaginée dans ce rôle, et son fils de seize mois, dont il chérissait le moindre souffle.

À présent, il était livré à lui-même, maudissant ce célibat

qu'il avait un jour stupidement redouté de regretter après le mariage.

Mais à part ça, tout était strictement pareil. Le soleil continuait à se lever. Il se noyait toujours dans le travail, il aimait Allie de la même façon qu'avant, et il ressentait encore le besoin de la protéger.

Il n'était pas un homme jaloux. Il n'était pas envahissant ni déraisonnable. Et les bombes, c'était sa partie. Donc, quand il suggérait qu'elle quitte la ville quelques jours avec leur fils, il espérait être écouté.

— Nous aurons peut-être de la chance, dit Axel. O'Lear sera notre homme, il avouera tout en nous voyant, nous l'arrêterons, et tout le monde sera en sécurité avant le déjeuner.

Max ricana.

— Si seulement.

Tournant la tête, il observa par sa vitre le temps d'un gris désespérant, tellement assorti à son humeur.

— Je n'ai généralement pas autant de chance.

Comme un fait exprès, une douleur fantôme se déclencha dans son mollet manquant. Il avait fini par apprendre à ne pas se pencher pour le masser. La douleur n'existait pas. Son mollet n'était plus là.

Son subconscient lui envoyait-il un message lui confirmant qu'il n'avait pas de chance ? Ou bien était-ce tout le contraire ? Oui, il avait perdu une partie de sa jambe dans une explosion, mais il était vivant. D'autres n'avaient pas eu cette chance.

Quelques minutes plus tard, Axel s'engagea dans une zone pavillonnaire modeste, où les maisons, gagnées par la vétusté, se dressaient sur de minuscules parcelles de terrain mal entretenues, alternant avec des immeubles de petite taille.

— Ce n'est pas terrible, pour un ancien agent immobilier, commenta-t-il, arrachant Max à ses pensées.

Ils observèrent l'immeuble en briques jaunes et sa petite allée sommairement déneigée.

— Mouais, dit Max. Je pensais qu'ils gagnaient mieux leur vie.

— Seulement s'ils touchent de bonnes commissions. O'Lear n'a pas dû vendre assez de biens immobiliers. Ce qui suggère un mauvais relationnel.

Max sortit sur le trottoir, et boutonna son manteau tandis qu'Axel le rejoignait. Puis ils marchèrent d'un pas pressé et décidé vers l'immeuble.

Axel pressa la sonnette de l'appartement d'O'Lear. Sans succès. Il insista et insista encore, jusqu'à ce qu'une jeune femme en tenue de sport émerge du hall.

Max tendit le bras et retint la porte avant qu'elle se referme derrière la femme.

— Tu vois, ça, c'est de la chance, dit Axel, en entrant à sa suite dans le hall.

L'endroit était sale et encombré – sacs de repas à emporter, canettes de bière vides, restes de nourriture, ballon crevé, et même une paire de chaussures d'enfants – et il y faisait à peine plus chaud qu'à l'extérieur.

Max et Axel empruntèrent l'escalier jusqu'au troisième étage, respirant un air pestilentiel, où se mêlaient des odeurs de détritus, de graisse et de marijuana.

Axel fut le premier arrivé à la porte d'O'Lear. Il frappa d'un geste déterminé.

Le menton levé, les épaules rejetées en arrière, l'homme de trente-quatre ans n'avait pas pour habitude de s'en laisser conter.

Flirtant avec le mètre quatre-vingt-dix, il était plus grand que le criminel de base, athlétique et entraîné aux sports de combat. Son manteau en cachemire, ses chaussures italiennes lustrées à la perfection et son sourire facile pouvaient prêter à confusion. Et c'était sa force. La tendance de ses adversaires à le sous-estimer lui permettait de prendre le dessus.

Max ne portait jamais de costume au travail. Il était presque aussi grand d'Axel, et plus large d'épaules, et on le sous-estimait rarement.

Il détailla le couloir tandis qu'Axel frappait de nouveau, avec plus de force cette fois.

Une moquette usée et tachée courait tout le long, retenue

sur le seuil de chaque porte par une barre en laiton noirci. Des télévisions fonctionnaient à plein volume. Un bébé pleurait. Un chien aboyait. Et partout, des voix se faisaient entendre.

Partout, sauf chez O'Lear.

Max tenta une ruse.

— Livraison ! annonça-t-il, avant de tambouriner. Un colis pour M. O'Lear.

Il n'obtint aucun succès.

— Il n'y a personne conclut Axel. On essaye de nouveau dans quelques heures ?

— Mouais.

Max se tourna vers l'escalier. Il savait que leur chance avait des limites.

Le trajet de retour au commissariat fut rapide. Il y avait moins de circulation, et les enjeux n'étaient plus les mêmes. Ils ne risquaient plus de tomber nez à nez avec le poseur de bombes dans sa tanière.

Le commissariat grouillait d'activité, et on les regarda avec de grands yeux. Ceux qui n'étaient pas là à leur arrivée venaient probablement juste d'entendre parler de l'équipe de Traverse City qui avait annexé leur salle de conférences.

Max avait conscience que ça devait paraître étrange à leurs hôtes, et il salua autant que possible autour de lui. Étant donné qu'ils étaient vus comme des intrus, venus voler une affaire que les locaux s'estimaient capables de gérer eux-mêmes, il était dans leur intérêt de se faire bien voir. On ne sait jamais, ils pourraient avoir besoin d'aide pour appréhender la culture et les lois locales.

Une voix féminine qui leur était familière leur parvint depuis le seuil de la salle de conférences, et Rihanna apparut.

— Vous arrivez juste à temps. Opaline est en visioconférence, et je m'apprêtais à fermer la porte.

Max et Axel se hâtèrent, ne voulant pas en manquer une miette.

L'antique projecteur du commissariat n'étant pas équipé pour se connecter à un ordinateur, chacun se munit de sa tablette, et le visage d'Opaline apparut sur les écrans. Teintes en bleu, les pointes de ses cheveux blond platine s'assortissaient à son maquillage et à son haut à paillettes, tandis qu'un rose fuchsia de la même teinte que la monture de ses lunettes soulignait ses lèvres pulpeuses.

Avec elle, les mots « ordinaire » ou « discret » perdaient tout leur sens.

Max avait toujours apprécié son caractère jovial et optimiste, surtout à un moment où il était en pleine tempête. Divorcée comme lui, Opaline savait ce que c'était que de perdre quelqu'un à cause des exigences de la TCD. Mais, contrairement à lui, cependant, Opaline sortait beaucoup et faisait des rencontres. Max n'en voyait pas l'intérêt, car il savait qu'il n'y avait qu'une seule femme pour lui. Et il avait gâché toutes ses chances avec elle.

Le brouhaha dans la salle se calma tandis qu'Axel et Max prenaient place.

— Hello, fit Opaline, en agitant la main. Je voulais prendre contact et savoir si vous aviez du nouveau pour moi. De mon côté, j'ai commencé à me pencher sur les antécédents des employés, écoles, précédents emplois, famille et amis, restaurants préférés, loisirs, etc. Je n'ai pas encore réussi à établir de lien entre eux, mais quelque chose finira bien par sortir, même s'il faut que je remonte à la crèche.

Le genou valide de Max était la proie de tressautements nerveux. Opaline n'avait rien pour le moment. Il regarda ses collègues, et vit qu'ils avaient tous l'air aussi frustré que lui.

— Donc, tu nous as appelés pour nous dire que tu ne savais rien, fit remarquer Selena.

Les relations entre les deux sœurs étaient toujours un peu tendues, et Selena avait peut-être mis dans son commentaire un peu plus de sarcasme qu'il n'était nécessaire.

— J'y travaille, répliqua Opaline, avec une moue pincée.

Je fais souvent le point dans des situations comme celle-ci parce que tout peut changer en un instant. Tu le sais.

Max ignorait quel était le problème entre les sœurs Lopez, mais ce n'était pas le jour pour le résoudre.

— Tu as la liste des familles et des amis des victimes ? demanda-t-il.

Opaline prit quelques secondes pour se ressaisir, et fit voler ses doigts sur le clavier.

— Absolument. Je viens de vous l'envoyer.

À travers la salle de conférences, les téléphones sonnèrent et vibrèrent.

Max prit aussitôt connaissance de l'information.

— Séparons-nous et interrogeons un maximum de personnes. Nous ferons le point plus tard pour vérifier si un ou plusieurs noms ressortent des deux côtés.

Après avoir consulté à leur tour leurs téléphones, les membres de l'équipe échangèrent entre eux.

— Opaline, je pense que l'heure de l'explosion a son importance aussi, reprit Max. Le poseur de bombe n'a pas choisi le même horaire pour les deux lieux. Donc, je pense que c'est lié aux victimes. Pourquoi 2 heures du matin au fast-food et 19 h 18 à l'agence immobilière ? Pouvons-nous savoir qui était présent à ces heures et, à partir de là, trouver un dénominateur commun ?

— Une vengeance ? suggéra Carly.

— Je le pense. Quelqu'un qui est réellement, ou qui se pense, victime d'une injustice ou d'un harcèlement, avec plusieurs offenseurs potentiels.

Carly grimaça.

— Leur nombre peut être passablement étendu. Une personne aussi instable a probablement beaucoup d'ennemis, réels ou imaginaires. Et, sauf s'il avait un problème avec toutes les victimes du Burger Mania, nous pouvons supposer qu'il se moque des dommages collatéraux. S'il décide de s'en prendre à quelqu'un qui travaille dans un vaste endroit, comme un stade, ou un cinéma, ce sera un carnage.

Ou un centre commercial, songea Max, et son estomac se noua à cette pensée.

Rihanna toussota, et s'écarta de l'embrasure de la porte, contre laquelle elle avait pris appui.

En tant que porte-parole de l'équipe, elle restait toujours un peu à l'écart durant les réunions, perpétuellement en alerte, et prête à communiquer avec les forces de l'ordre, la presse ou le public. Grâce à son efficacité, l'équipe pouvait travailler avec le minimum d'interruptions.

— J'ai organisé des rendez-vous avec les employés de l'agence immobilière, et les familles des victimes.

Le visage d'Opaline s'illumina.

— Excellent ! Bon travail à tous. Je continue de creuser de mon côté.

Elle tendit la main vers son écran, et son visage disparut.

5

Aria se glissa au volant de son SUV, et attendit que Selena se soit confortablement installée sur le siège passager.

Par rapport au commissariat de police, l'agence Ramsey Realty se trouvait à l'autre bout de la ville et, dans une situation comme celle-ci, le temps jouait contre la TCD. Chaque minute de liberté laissée au poseur de bombes était un temps supplémentaire qui lui était accordé pour planifier – ou pire, exécuter – sa nouvelle attaque.

Se fiant aux indications du GPS, Aria manœuvrait prudemment dans les rues enneigées, tandis que Selena jetait régulièrement des coups d'œil vers la banquette arrière.

— Blanca te manque ? demanda Aria.

Blanca, le berger allemand hissé au rang de chien d'intervention, était la coéquipière de Selena, et le lien entre elles était infini. Être séparée de sa chienne pour cette affaire la perturbait comme l'aurait été une mère séparée de son bébé.

Aria connaissait ce sentiment. Grayson, son fiancé, et leur fils Danny, lui manquaient déjà.

— C'est bizarre sans elle, admit Selena, en regardant de nouveau devant elle.

La chienne était à Traverse City, profitant d'un repos bien mérité. Cela n'aurait eu aucun sens de l'emmener sur cette affaire. Elle n'était pas entraînée à détecter des bombes, ni à identifier des produits à effet accélérant. Elle aurait donc passé tout son temps dans le froid d'une voiture en stationnement, ou dans la cour du commissariat de police.

Aria se gara devant ce qui restait de l'agence. Des rubans zone matérialisaient le périmètre interdit autour des ruines, et des panneaux prévenaient les passants de se tenir éloignés.

Un peu plus loin, sur une maigre portion de pelouse partiellement calcinée entre les plaques de neige, un mobile home avait été installé. Déroulée sur toute la longueur, une bannière en plastique proclamait « Nous sommes ouverts ! ». Au bas des marches rétractables, un panneau portant le logo de Ramsey Realty était fiché en terre.

Aria et Selena se frayèrent un chemin dans l'allée sommairement déneigée et entrèrent dans le mobile home.

Une odeur de cannelle flottait dans l'air, luttant avec des remugles de moisi et de cendre.

— Ohé ? appela Aria, en se déplaçant vers le premier bureau vacant.

Une petite plaque annonçait Susan Myer. De la fumée s'échappait d'une tasse de café posée sur une pile de documents, et l'ordinateur était allumé.

— Susan ?

Des pas rapides résonnèrent sur le lino.

— J'arrive ! annonça une voix dynamique.

Une élégante trentenaire jaillit d'un couloir.

— Désolée, je ne vous ai pas entendues entrer. La machine à café fait des siennes, et j'essayais de dépanner mes collègues. Que puis-je faire pour vous ?

— Nous sommes les agents spéciaux Calleti et Lopez, dit Aria. Nous aimerions vous poser quelques questions à propos de l'explosion.

Susan se laissa tomber sur sa chaise avec un soupir.

— Évidemment.

D'une main tremblante, elle souleva sa tasse et la porta à ses lèvres. Avec son tailleur-pantalon noir, ses escarpins de luxe, sa coupe au carré dont pas un cheveu ne dépassait, et sa manucure soignée, elle était trop élégante pour ce sordide environnement.

— Que voulez-vous savoir ?

Au fond du couloir on entendait des voix étouffées.

— Qui d'autre est ici ?

— Bailey et Franck. Ils essaient désespérément de se faire un café.

Selena hocha la tête et s'en alla dans cette direction.

— Toutes mes condoléances, dit Aria, en reportant son attention sur Susan. Je sais ce que c'est de perdre des collègues. Finalement, nous passons plus de temps avec eux dans la journée qu'avec nos propres familles.

Le cœur d'Aria se serra à cette pensée.

Pour elle, ce genre de perte faisait partie des risques du métier, et elle en était parfaitement consciente quand elle avait intégré la TCD. Mais ce n'était pas dans l'ordre des choses quand on travaillait dans une agence immobilière ou dans un fast-food.

Selena revint avec un homme d'une quarantaine d'années portant une veste en tweed sur un polo et un pantalon kaki, et une femme en tailleur jupe gris anthracite et bottes noires.

— Franck Thomas, Bailey White, je vous présente l'agent spécial Calleti.

Aria hocha la tête.

— Ravie de vous rencontrer. L'agent Lopez vous a probablement déjà dit que nous aimerions discuter avec vous de l'explosion. Voulez-vous vous asseoir ?

Les négociateurs s'installèrent en silence à leur bureau.

— Vous avez une piste ? demanda Franck.

— Nous y travaillons, répondit Aria.

Ce faisant, elle étudiait attentivement les visages, cherchant à détecter si quelqu'un en savait plus qu'il ne voulait le dire devant ses collègues.

L'odeur de cannelle du purificateur d'air s'intensifia tandis que le climatiseur du mobile home se déclenchait, soufflant bruyamment au-dessus d'eux.

— Notre équipe est ici pour enquêter à temps complet jusqu'à ce que le coupable soit appréhendé.

Selena se plaça à côté d'Aria.

— Vous avez une idée de qui pourrait faire une telle chose ?

Les trois employés secouèrent la tête, avec des mines désolées.

Selena attendit avant de reprendre la parole – une tactique bien connue pour inciter un interlocuteur à parler. Comme personne ne craquait sous la pression, elle continua.

— Quelqu'un a des problèmes avec votre agence, sa directrice, ou les employés qui ont été tués ?

Susan plissa le front.

— Peut-être Fritz. Je n'ai pas pensé tout de suite à lui, car il n'est plus là depuis des mois, mais il était furieux quand il est parti.

Elle interrogea ses collègues du regard.

— Peut-être, marmonna Franck. Je ne sais pas. Est-ce qu'il est assez intelligent pour faire une chose pareille ? Ça doit être difficile de fabriquer une bombe, non ?

Selena échangea un bref regard avec Aria.

Fritz n'était pas un prénom courant, et il avait été mentionné ce matin pendant la réunion de l'équipe.

Ça ne pouvait pas être une coïncidence.

— Parlez-moi de ce Fritz, demanda Selena.

Susan se redressa, endossant apparemment le rôle de porte-parole.

— Fritz O'Lear a travaillé ici comme négociateur. Brièvement. Nous l'avons recruté assez rapidement, et nous l'avons aussitôt regretté. Son entretien d'embauche s'était bien passé, même s'il manquait un peu de personnalité et avait une allure assez quelconque. Ce n'est pas forcément une tare. Dans la vente immobilière, il en faut pour tous les goûts. Certains acheteurs n'aiment pas les négociateurs qui en font trop, qui se mettent en scène. Ils ont l'impression qu'on essaie de leur vendre un bien coûte que coûte.

Selena haussa légèrement les sourcils.

— C'est pourtant votre métier, non ?

Susan tiqua.

— Pas tout à fait. Nous nous considérons comme des sortes d'entremetteurs bienveillants, qui essaient de trouver pour chaque acheteur la maison ou l'appartement de ses rêves, dans la limite de son budget. Nous sommes aussi des enquêteurs, toujours à la recherche de la perle rare, et des conseillers qui travaillent avec les propriétaires afin de relooker et valoriser leur bien. Fritz était doué pour estimer les biens…

— Mais ? insista Selena, en voyant que Susan ne terminait pas sa phrase.

Franck se pencha, les mains croisées sur son bureau.

— Personne ne l'aimait. Les gens ne voulaient pas travailler avec lui. Et plutôt que de faire appel à nous pour gérer leur achat ou leur vente, ils s'adressaient à une autre agence. Il était une catastrophe pour les affaires.

Aria se tourna dans la direction de Franck, identifiant le maillon faible parmi les trois employés.

— Vous ne l'aimiez pas.

Il haussa les épaules.

— Pas particulièrement. Si vous étiez en désaccord avec vous, il devenait insultant. Et il ne comprenait pas la plaisanterie. Il prenait tout au premier degré et réagissait violemment. Ensuite, il vous en gardait rancune.

L'homme pinça les lèvres, clairement désapprobateur.

— Et il agissait de la même façon avec les clients, d'après des échos que nous avons eus. Donc, nous lui avons dit qu'il serait peut-être mieux dans une autre agence. Une grande structure, où il pourrait faire des tâches administratives, du travail en ligne, et avoir moins d'interactions avec le public.

— Vous pensez qu'il serait capable de faire sauter des bâtiments ? demanda Selena. À supposer qu'il en soit capable.

Elle renvoyait à Franck sa remarque selon laquelle il était compliqué de fabriquer une bombe, et que Fritz était peut-être trop stupide pour ça.

— Est-il capable de tuer ?

— Peut-être…

Franck faisait de son mieux pour paraître indifférent, mais sa posture et la rougeur de son visage le trahissaient.

— Il a maudit tout le monde en partant, nous accusant comme si ce n'était pas sa faute s'il était un mauvais vendeur.

— Il était en colère parce que vous n'arrêtiez pas de le pousser à bout, dit Bailey, dont on entendait la voix pour la première fois.

Elle rougit, et glissa un regard en biais à Aria.

— Franck et Gary se moquaient des mauvais résultats de Fritz. Même quand il faisait une semaine correcte, ce n'était jamais assez bon. Gary était toujours en tête, et il ne se privait pas de s'en vanter.

Franck écarquilla les yeux.

— Tu penses que c'est ma faute ? C'est la meilleure, ça ! Je plaisante, et ce type réagirait en faisant un carnage ? Si c'est le cas, c'est qu'il a vraiment un grain.

Bailey se recroquevilla sur sa chaise et ne dit plus rien.

— Ne vous disputez pas, protesta Susan, en se massant le front. Gary et notre directrice sont morts dans l'explosion. Un peu de respect pour eux.

— Vous auriez une photo de Fritz ? demanda Selena.

— Avec son CV, probablement, mais tout a été détruit dans l'explosion. En revanche il avait sa propre page en ligne, avec les annonces de ses biens à vendre. Ça fait quelques mois qu'il est parti, mais Internet, c'est pour toujours, non ?

Les pouces d'Aria étaient déjà en action et la photo de Fritz O'Lear ne tarda pas à apparaître. C'était un homme légèrement corpulent, aux cheveux châtains coupés trop courts, au visage ingrat – bouche fine, nez proéminent, et petits yeux marron rapprochés – et au sourire factice.

— C'est lui ?

Elle tourna l'écran vers Susan, et pivota lentement dans la direction de Bailey et Franck.

— Oui ! s'exclama le trio.

Les deux agentes fédérales échangèrent encore quelques mots avec les employés de l'agence, et distribuèrent leur carte de visite.

— Gardez cette information pour vous, recommanda Selena.

L'enquête vient juste de commencer, et nous ne voudrions pas mettre la puce à l'oreille d'un potentiel poseur de bombes.

— Si vous rencontrez Fritz O'Lear, ajouta Aria, ne l'approchez pas. Appelez-nous. Nous voulons discuter avec lui, et peut-être le faire avouer.

De retour dans le SUV, Selena jeta un coup d'œil machinal vers la banquette arrière, où Blanca aurait dû normalement attendre leur retour.

Aria et elle savaient que Max et Axel avaient pour mission de localiser O'Lear. Ces efforts allaient devoir s'intensifier, mais elles avaient un autre lieu à visiter.

— Burger Mania ? demanda Aria.

Elle était heureuse de cette nouvelle piste, et espérait avoir autant de chance à la prochaine étape.

— Burger Mania, approuva Selena.

6

Max sortit les notes de Rihanna de la boîte à gants, tandis qu'Axel manœuvrait le SUV dans la circulation.

— Nous ne sommes pas plus avancés, dit-il, d'un ton morose.

Il était rare qu'il se sente aussi dépité dans les toutes premières heures d'une enquête. Rassembler des indices, s'orienter vers une piste plutôt qu'une autre prenait du temps. Il le savait, mais le fait d'être personnellement impliqué cette fois le rendait impatient.

Les deux familles à qui ils avaient rendu visite à ce stade avaient perdu un être cher dans la tragédie du Burger Mania. Ces familles étaient bien sûr dévastées, et leurs conversations avaient baigné dans les larmes, la colère et la frustration. Mais personne ne savait qui pouvait avoir fait ça. Personne ne se rappelait un dénommé Fritz O'Lear, ou quelqu'un qui lui ressemblait.

— Où allons-nous ensuite ? demanda Axel.

— Sherman Oaks Parkway.

Max tapa l'adresse dans le GPS, et se cala dans son siège.

— Nous allons rencontrer la famille de Jordyn Knightly. S'ils n'ont rien à nous apprendre, nous serons à court de pistes.

Axel jeta un coup d'œil au GPS et bifurqua au carrefour suivant.

— Que savons-nous sur Jordyn ?

Max consulta ses notes.

— Trente-trois ans, blonde, les yeux bruns. Elle travaillait dans l'équipe de nuit au Burger Mania, et suivait des cours à l'université locale dans la journée. Elle est née et a été élevée dans la région, et toute sa famille vit aux alentours de Grand Rapids. Elle partageait un appartement avec sa meilleure amie, Kia.

— Nous avons l'adresse ?

— Oui. Ça fait partie des informations qu'Opaline nous a transmises. Nous pourrons essayer après.

Au moins, ça apportait un mince espoir pour la journée. Si la famille de Jordyn n'avait rien à leur apprendre, la jeune femme avait peut-être confié à son amie quelque chose qui pourrait les aider.

Quelques minutes plus tard, Axel se garait en bas d'une allée où stationnaient plusieurs voitures.

La maison de deux étages avait une toiture en ardoise, une façade d'un blanc étincelant, et des volets bleus.

Au moment où ils détachaient leur ceinture, leurs téléphones bipèrent, annonçant des SMS. Aria leur envoyait une photo de Fritz O'Lear, en jean et veste aux couleurs de Ramsey Realty.

Max observa attentivement le cliché.

Allie ne se rappelait pas la couleur des cheveux et des yeux de l'homme qu'elle avait vu à proximité du Burger Mania, mais il était difficile d'associer la description qu'elle lui avait faite avec l'image qu'il avait sous les yeux. Peut-être l'homme n'était-il tout simplement qu'un témoin.

— On dirait qu'Aria et Selena progressent plus vite que nous, remarqua Axel. Si nous n'obtenons pas quelque chose cette fois-ci, nous allons rentrer les mains vides.

Max esquissa un sourire.

— Dans ce cas, nous avons intérêt à nous mettre au travail.

Ils arrivèrent à la porte, ornée d'une couronne de Noël rouge, et Axel frappa.

Une femme au visage livide, portant des lunettes rectangulaires à monture de plastique noir et une queue-de-cheval désordonnée, ouvrit la porte.

— Oui ? fit-elle, d'un ton méfiant.

Max fit les présentations, et elle les invita à entrer.

Plusieurs personnes occupaient le canapé et les fauteuils. Ayant entendu l'échange à la porte, ils avaient sombré dans un profond silence.

— Je suis Jocelyn, dit la femme qui leur avait ouvert. Jordyn était ma merveilleuse petite fille.

Ses derniers mots se terminèrent dans un sanglot et elle vacilla. Un homme se leva d'un fauteuil pour l'aider à retrouver son équilibre, et lui fit prendre la place qu'il venait de libérer.

— Assieds-toi, ma chérie. Repose-toi.

Une jeune femme rousse se leva et fit les présentations, désignant tour à tour les personnes qu'elle nommait.

— Je suis Sage, et voici Grace. Nous sommes les cousines de Jordyn. Voici notre mère, Alicia. Sur le canapé, c'est notre père, David, notre frère Jim, et Kia, la meilleure amie de Jordyn.

Elle termina par l'homme qui avait aidé Jocelyn à s'asseoir.

— C'est notre oncle Brad, le père de Jordyn.

Max hocha la tête en guise de salutation, ravi de voir autant de proches de Jordyn réunis en un même endroit, et surtout Kia, sa colocataire.

— Toutes mes condoléances, dit-il.

Et il était sincère, ayant vécu des deuils plus souvent qu'à son tour au cours de ses missions. Tous étaient beaucoup trop jeunes pour mourir, et chaque absence laissait une marque dans son cœur.

— Nous ne mobiliserons pas trop de votre temps, promit-il. Nous voulions simplement nous présenter, et vous faire savoir que notre équipe est sur place et travaille avec la police locale pour identifier et appréhender le coupable. Nous ne partirons pas avant que justice ait été faite.

Il leur laissa quelques instants pour digérer l'information, et ajouta :

— Nous excellons dans notre domaine.

Axel intervint.

— Votre police fait de son mieux, mais ils manquent de ressources, et sont sollicités pour d'autres missions. En revanche, notre équipe concentrera cent pour cent de son temps à cette enquête. Jusqu'à ce qu'elle soit résolue, vous aurez notre complète attention.

Jocelyn se mit à sangloter de plus belle, penchée en avant sur son siège.

Son mari s'accroupit à côté d'elle, lui caressant les cheveux et lui murmurant des mots d'encouragement.

— Nous rendons visite à tous les membres du personnel du Burger Mania, dit Max. Nous cherchons des informations sur l'identité du coupable. Nous suivrons toutes les pistes et toutes les suggestions jusqu'au bout. Pensez-vous à quelqu'un qui aurait pu avoir un problème avec une des victimes ? Un autre employé, un client… Un ex-conjoint, un amoureux éconduit…

Les membres du groupe échangèrent des regards, puis secouèrent la tête.

— Avez-vous déjà entendu le nom de Fritz O'Lear ?

C'était probablement un coup d'épée dans l'eau, mais ils n'avaient pas beaucoup de cartes en main pour le moment.

Kia plissa le front, comme si elle essayait de se souvenir, mais ne fit pas de commentaire.

Jocelyn se redressa et ses sanglots s'amenuisèrent.

— C'est l'homme qui a fait ça ?

Sa voix se raffermit, se teintant de colère.

— C'est le monstre qui m'a pris ma fille ?

— Allons, allons, dit Axel, en tendant les mains, d'un geste apaisant. Nous n'avons pas dit ça. Il travaillait à l'agence immobilière qui a été détruite. Il est peut-être lui aussi une victime. Nous essayons d'établir un lien entre les deux établissements visés. L'un de vous a-t-il été dernièrement en relation avec Ramsey Realty ? Jordyn l'a-t-elle été ?

Max montra la photo d'O'Lear sur son téléphone, et observa les réactions.

Lorsque Kia en prit connaissance, son expression curieuse tourna à la confusion.

— C'est Fritz O'Lear ?

Elle fouilla dans son sac et sortit son téléphone. Après quelques secondes de recherche, elle tourna l'écran vers Max.

— Ça pourrait être le même homme ?

Axel se rapprocha tandis que Kia donnait son téléphone à Max. On y voyait une photo prise discrètement d'un homme quittant le Burger Mania. Ses cheveux étaient plus longs que sur la photo de l'agence, et il avait une barbe, mais c'était bien O'Lear. Et il correspondait à la description d'Allie, jusqu'au duffle-coat avec des poches rectangulaires.

— C'est Jordyn qui me l'a envoyée, expliqua Kia. Il est venu plusieurs fois, et il était vraiment aimable au départ. Ça se comprend. Jordyn est tellement belle, intelligente, et gentille…

Elle se corrigea aussitôt, les yeux emplis de larmes.

— Était.

— Prenez votre temps, l'encouragea Max.

Jocelyn fit passer une boîte de mouchoirs en papier jusqu'à Kia.

Un silence religieux régnait dans la pièce, et tous les regards étaient tournés vers celle qui avait des informations convoitées par tout le monde.

Kia se moucha et reprit son souffle.

— Un jour, elle a pris sa commande, et ils ont discuté pendant que la cuisine préparait ce qu'il avait demandé. Il a continué à venir après ça mais, au lieu de s'asseoir à une table, il rôdait toujours autour d'elle, en essayant d'attirer son attention. Elle a commencé à prendre ses pauses à ce moment-là pour l'éviter. Mais il s'incrustait le temps qu'elle revienne. Ensuite, il a commencé à l'aborder dehors, puis il l'a invitée à sortir. Il n'avait pas l'air de se rendre compte qu'il ne l'intéressait pas. Elle a refusé poliment, mais ça ne l'a pas arrêté. Il a continué à venir, à rôder, à l'observer.

Kia soupira.

— Elle n'en pouvait plus de ce harcèlement, de toutes ces nuits où elle faisait des cauchemars à cause de lui. Elle disait qu'elle avait l'impression d'être punie pour avoir eu la bêtise de discuter avec lui la première fois… Bref, il y a environ deux semaines, il l'a de nouveau invitée.

— Et elle a de nouveau refusé, devina Max.

Kia hocha la tête.

— Oui. Il lui a vraiment fait peur.

— Une minute ! s'exclama Jocelyn.

Elle se leva, ses larmes taries, serrant dans la main le mouchoir de son mari.

— Je m'en souviens. Jordyn m'a parlé d'un homme plus âgé qui l'ennuyait au travail. Je lui ai conseillé de lui dire qu'il l'importunait, et qu'il devait la laisser tranquille.

Jocelyn tourna de grands yeux effarés vers Max et Axel.

— La deuxième fois, il s'est montré très insistant, en lui demandant de lui laisser une chance. Elle est restée ferme, comme je lui avais conseillé. Elle lui a dit qu'il devait l'écouter, qu'elle avait dit non, et qu'elle ne changerait pas d'avis. Comme il insistait encore, elle l'a traité de débile.

Jocelyn se couvrit la bouche, et ses larmes jaillirent de nouveau. Son mari l'attira dans ses bras. Il avait le visage décomposé. Sa force avait disparu.

Max les remercia et leur dit qu'ils avaient été d'une grande aide. Il leur dit aussi qu'O'Lear n'était peut-être qu'un simple témoin, et qu'il n'était pas forcément impliqué dans tout ça. Il n'avait pas envie que l'un d'eux décide de faire justice lui-même.

Il tendit sa carte à Kia, puis Axel et lui quittèrent les lieux.

Ils avaient identifié un premier suspect.

Maintenant, il ne leur restait plus qu'à le trouver.

7

Allie ajouta une seconde couche de mascara sur ses cils, et rehaussa son rouge à lèvres d'une touche de gloss.

Elle avait enfilé son jean le plus flatteur, et porté son choix sur un chemisier rouge foncé à encolure américaine, qui révélait les efforts faits à la salle de sport.

Max l'avait surprise tout à l'heure au centre commercial, mais ce ne serait pas le cas ce soir. Ce soir, elle était décidée à lui inspirer le même choc qu'elle avait ressenti en le voyant.

Même après tous ces mois de séparation, il suffisait d'un regard pour la renvoyer aux premiers jours de leur rencontre. Papillons dans le ventre, rougeur aux joues, chaleur dans la poitrine.

Son pouls s'accéléra en songeant à sa proximité, sa voix forte et autoritaire, son large torse, ses bras musclés, et ses mains qui savaient exactement ce qu'elle aimait.

Depuis qu'il avait quitté le centre commercial, elle avait imaginé des centaines de fois embrasser ses lèvres, entendre ses doux murmures à son oreille, sentir la force et la chaleur de ses bras autour de son corps… Comme s'il était encore à elle.

Mais avait-il seulement été à elle ?

Aujourd'hui, comme tous les autres jours, il l'avait quittée pour aller travailler. Max était comme ça, et rien ne le ferait vaciller dans sa quête pour sauver le monde. Son fils et elle n'étaient que deux personnes dans un pays qui en possédait des millions, et son ex-mari était programmé pour protéger les masses.

Elle avait réalisé, un peu tard, qu'il était égoïste de sa part d'attendre autre chose de lui. Il avait été clair quand ils s'étaient rencontrés : sa propre vie ne lui appartenait pas. Il ne pouvait librement accorder son temps et son attention. Il avait une vocation, et personne ne pouvait l'en détourner.

S'efforçant de penser à autre chose, elle remit un peu d'ordre dans la maison. Le décor était sensiblement le même que celui qu'ils avaient partagé à Traverse City. Max avait insisté pour qu'elle emporte tout, de façon que Junior ne se sente pas dépaysé.

Cela faisait partie des qualités de Max. Il n'était pas avide d'argent. Il n'était ni égoïste, ni jaloux, ni méchant. Max avait le sens de l'honneur et de la compassion. Il était juste et fidèle à ses opinions. Il était tout ce qu'elle avait toujours espéré trouver chez l'homme qui partagerait sa vie.

Le four sonna, attirant son attention vers la cuisine. Junior n'allait pas tarder à se réveiller, et elle avait encore beaucoup de choses à faire avant de s'occuper de lui.

Elle avait préparé des lasagnes, le plat préféré de Max, et avait adoré cela. Elle avait la passion de la cuisine mais, depuis son arrivée à Grand Rapids, elle n'avait pas eu l'occasion de préparer autre chose que des salades, des soupes et des sandwichs.

Cuisiner pour une seule personne était déprimant, et elle s'arrangeait pour prendre ses repas chez ses parents le plus souvent possible.

La sonnette retentit, et son cœur fit un bond dans sa poitrine.

Il est là ! songea-t-elle. Max n'était encore jamais venu dîner dans sa nouvelle maison, mais il était là ce soir.

Elle regarda dans l'œilleton avant d'ouvrir la porte – une recommandation que Max lui avait faite quand ils avaient commencé à sortir ensemble, et cela avait fini par devenir une seconde nature.

— Entre, dit-elle, en ouvrant la porte en grand. Il fait froid. Comment vas-tu ? Je suis contente que tu sois là.

Elle se mordit la lèvre pour s'empêcher de radoter.

— La journée a été bonne ?

Il l'observa quelques instants, un sourire ironique aux lèvres.

— Mitigée, mais je suis heureux d'être là maintenant. Merci pour l'invitation.

Elle hocha la tête.

— Le dîner est dans le four. Tu veux boire quelque chose en attendant que ça termine de cuire ?

Elle se rembrunit.

— Mais je ne t'ai pas demandé si tu devais ressortir ce soir. J'aurais dû faire en sorte que tout soit prêt pour ton arrivée. Tu as combien de temps devant toi ?

— Tout le temps que je veux.

Il lui adressa un clin d'œil.

— Je peux même rester jusqu'à demain matin.

— Alors, mets-toi à l'aise. Je vais te faire un café.

Elle savait que Max préférait un bon café à un cocktail ou un verre de vin, et elle avait acheté un mélange spécial en prévision de sa visite.

Depuis la cuisine ouverte sur la pièce à vivre, elle observa sa réaction tandis qu'il découvrait sa maison. Chaque fois qu'ils se retrouvaient pour sa visite à Junior, Allie rejoignait Max à mi-chemin de leur lieu de résidence respectif pour lui épargner un trop long voyage.

Quand elle revint avec deux tasses de café, il était planté devant un mur couvert de photos encadrées.

Elle avait créé une galerie à sa gloire : Max en uniforme, Max en train de faire la sieste, Max qui l'embrassait à leur mariage, Max tenant dans ses bras leur fils nouveau-né à l'hôpital…

Elle y avait inclus des clichés des premiers jours de leur petite famille, et des images de Junior à mesure qu'il grandissait.

— J'ai pensé qu'il était important pour Junior qu'il te voie tous les jours, dit-elle, en lui tendant une tasse. Et qu'il prenne conscience que nous étions heureux, et qu'il a été conçu avec amour.

Max prit la tasse et, les sourcils froncés, continua à scruter les photos.

— Je ne savais pas que tu avais ces clichés de moi à l'armée, ou à la TCD.

— Nous sommes fiers de toi. De ce que tu es et de ce que tu fais. Et grâce à ces photos, c'est un peu comme si tu étais là.

Max l'observa intensément, probablement pas dupe de sa fausse nonchalance. Ressentant sans doute son désir de tendre la main vers lui, de lui dire qu'elle l'aimait malgré tout, et qu'elle l'aimerait toujours.

— Je suis désolé, dit-il soudain. J'ai réalisé, il y a un moment, que je n'avais jamais dit ça, et j'aurais dû le faire.

Allie retint son souffle.

— Oui ?

Il baissa légèrement le menton.

— Je t'ai laissée tomber. Nous étions une équipe, et j'ai quitté la partie quand ça commençait à compter. Tu méritais mieux. Je suis désolé.

Elle ouvrit la bouche pour lui dire qu'il n'y avait pas de problème et que tout allait bien. Mais ce n'était pas vrai. Et il n'y avait jamais eu de mensonge entre Max et elle.

— Merci. Ça signifie beaucoup pour moi de te l'entendre dire.

Les yeux bruns de Max pétillèrent et son sourire s'élargit. Déjà prisonnière d'une irrésistible aura de sensualité, Allie sursauta en entendant gazouiller dans le babyphone posé sur la table basse du salon.

— Je peux ? demanda Max.

Elle hocha la tête.

— Bien sûr. Première porte à gauche. Merci.

Allie retourna à la cuisine et échangea sa tasse de café contre un verre d'eau glacée, puis elle vérifia la cuisson des lasagnes.

— Voici mon petit homme, dit la voix de Max, dans le babyphone.

Junior babilla et gloussa.

— Dada.

Allie s'immobilisa, le cœur serré et les larmes aux yeux.

Elle referma la porte du four, et se rapprocha du babyphone.

Junior appelait tout le monde « dada » depuis plusieurs jours, mais c'était la première fois que Max l'entendait.

— Dada, répéta leur fils. Dada, dada.

— C'est vrai, dit Max, d'un ton émerveillé et ému. Je suis ton papa, et tu m'as incroyablement manqué.

Allie souleva le babyphone et le pressa contre son cœur, savourant ce moment.

— J'espère que tu prends bien soin de ta maman, dit Max. Elle est forte, mais ça ne veut pas dire qu'elle n'apprécie pas un peu d'aide de temps en temps. Donc, je me disais qu'après ta sieste, tu pourrais faire un peu de ménage ici, laver ton linge, ou emprunter la voiture et faire quelques courses.

Allie sourit et une larme coula sur sa joue tandis que Max changeait la couche de Junior, narrant le processus d'une voix un peu bête.

L'idée que son petit garçon serait un jour assez âgé pour conduire une voiture était à la fois surréaliste et douce-amère.

En entendant les pas de Max retentir dans le couloir, elle reposa le babyphone sur la table basse et retourna à la cuisine.

Il apparut, avec leur fils dans les bras, au moment où elle sortait le plat de lasagnes du four.

— Hum… Ça sent bon.

Max déposa Junior dans sa chaise haute, s'assura que le harnais de sécurité était bien fermé, et déposa un baiser sur la tête de son fils.

Junior attrapa sa tasse à bec lestée, posée sur la tablette, et commença à boire, pendant que son père lui caressait les cheveux.

Leur enfant était parfait, mélange de l'un et de l'autre avec sa peau mate, ses yeux noisette, ses boucles brunes, et son sourire lumineux.

Allie lutta contre l'envie de pleurer de joie.

Si seulement toutes ses soirées pouvaient ressembler à celle-ci !

8

Max dressa la table, tandis qu'Allie préparait une salade verte et coupait une petite part de lasagnes en minuscules morceaux pour Junior.

C'était agréable de se trouver dans la cuisine avec elle, comme au bon vieux temps. Ça lui avait manqué.

Il essaya de ne pas tirer de conclusions du fait qu'elle avait préparé son plat préféré. C'était gentil de sa part de s'en être souvenue, en tout cas.

Ou alors, elle cuisinait régulièrement des lasagnes, et c'était une coïncidence…

De son côté, il avait filé à son hôtel pour se changer avant de venir ici. Axel, qui partageait toujours sa chambre lors des voyages comme celui-ci, avait moqué sans répit sa nervosité. Finalement, il était arrivé tellement en avance qu'il avait dû faire deux fois le tour du quartier.

Maintenant qu'il était là, avec Allie et Junior, il ne savait pas comment il allait trouver le courage de partir.

Il ne s'attendait pas à devoir travailler ce soir, donc il n'aurait pas trop à se presser. Mais, quel que soit le temps qu'il avait devant lui, les adieux ne seraient pas faciles.

Junior avait tellement grandi depuis la dernière fois qu'il l'avait vu. Son petit visage avait changé, s'était rempli, avait mûri. Ce n'était plus vraiment un bébé. Il allait bientôt commencer à parler…

— Tout va bien ?

Allie prit place à table et déposa une serviette en papier sur ses genoux.

— Très bien. Merci de m'avoir invité, et d'avoir cuisiné. J'aimerais bien te rendre la pareille si c'était possible.

Elle hocha la tête.

— Quand tu voudras.

Max ne se faisait pas d'illusions, il savait que son temps était passé. Il avait gâché toutes ses chances avec Allie.

Le désespoir le frappa de plein fouet. La première fois, il lui avait fallu des mois à s'étourdir dans le travail, à se convaincre de ne pas l'appeler quand il avait eu une rude journée, ou quand il avait entendu à la radio leur chanson fétiche.

— Alors, comment ça se passe avec l'enquête ? La journée a été productive ?

Max s'éclaircit la gorge et prit place sur la chaise à la gauche d'Allie.

— En fait, oui, dit-il, en essayant de ne pas regarder trop longtemps ses boucles soyeuses, ses lèvres pleines ou sa peau rosie par la chaleur du four. Je n'en suis pas certain à cent pour cent, mais mon instinct me dit que nous avons identifié le poseur de bombes. Et je pense qu'il s'agit de l'homme que tu as vu à proximité du Burger Mania.

Il sortit son téléphone de la poche de son jean, et accéda à la photo fournie par la colocataire de Jordyn.

— Il te semble familier ?

Allie prit le téléphone et examina la photo.

— Je pense que c'est lui.

Les yeux écarquillés, elle échangea un regard avec Max, et lui rendit son téléphone.

— C'est le même manteau. Les cheveux et la barbe correspondent. Je n'ai pas bien vu son visage, mais la posture et le reste font penser au type que j'ai vu.

Max posa son téléphone sur la table.

— C'est notre principal suspect. Nous n'avons pas réussi à le trouver pour l'interroger, mais je crois que tu devrais rencontrer le dessinateur de portraits-robots le plus vite possible.

— C'est déjà fait. Je l'ai vu cet après-midi. Le dessin était en cours de finalisation lorsque je suis rentrée à la maison pour préparer le dîner.

Elle le regarda, sourcils levés.

— Je suis contente d'aider, mais ton instinct est rarement mauvais.

Allie avait toujours dit qu'elle ne s'inquiétait pas autant pour lui qu'elle l'aurait dû, pour quelqu'un qui faisait ce genre de travail, parce qu'elle savait que l'instinct de Max était toujours bon conseiller.

— Qui est-ce ?

— Fritz O'Lear. Il était employé à l'agence immobilière Ramsey Realty. Il a donné sa démission, il y a quelques mois, frustré par ses piètres résultats et les moqueries d'un collègue. Et il a aussi été rejeté par une jeune employée du Burger Mania, à qui il faisait des avances répétées. Cette jeune femme et son ancien collègue font partie des victimes.

— On dirait bien que c'est lui, murmura Allie. Vous avez d'autres suspects ?

— Pas encore. Mais Opaline a juré de creuser le passé de chacun jusqu'à la crèche si nécessaire.

Il ne put s'empêcher de sourire, et Allie l'imita.

— Rien ne lui échappe. Elle pourrait retrouver ton premier carnet de notes, ou les photos de ton premier match de football, dans la catégorie poussin.

Max mima un frisson, à la fois fier de sa collègue, et reconnaissant qu'elle n'ait aucune raison de fouiller son passé.

— Comment va-t-elle ? demanda Allie. Je l'ai toujours appréciée. Elle est tellement positive et sympathique.

— Elle n'a pas changé. C'est toujours un soleil… jusqu'à ce que sa sœur prenne la parole.

Ce mystère avait suscité bien des interrogations et des conversations entre Max et Allie. Mais il estimait que ce n'était pas à lui de le résoudre, étant donné qu'il s'agissait de ses collègues, et qu'il n'était pas sage d'en savoir plus que ce qu'elles voulaient dire.

— J'espère qu'elles réussiront à régler ça bientôt.

Délaissant sa cuillère, Junior fourrait des morceaux de pâtes dans sa bouche à l'aide de ses deux poings, se barbouillant de sauce tomate.

Allie essuya le visage et les mains de son fils avec sa serviette de table, tout en l'enveloppant d'un regard adorateur.

— Tu penses que ce Fritz O'Lear est en fuite, ou qu'il prépare une nouvelle attaque ? demanda-t-elle.

— Je me suis posé la question toute la journée.

— L'homme que j'ai vu était totalement indifférent à l'incendie, aux cris de terreur, à la fumée noire… Par « indifférent », j'entends qu'il ne manifestait pas d'empathie. Au contraire, il avait l'air de prendre plaisir à cette vision d'horreur.

Max avait toujours apprécié l'intérêt qu'Allie portait à ses enquêtes. Elle était très intuitive et elle l'avait parfois aidé à y voir clair, quand ses collègues et lui pataugeaient dans un déluge d'informations et d'indices. À une époque, elle avait rêvé de devenir journaliste d'investigation, mais elle y avait renoncé bien avant de le rencontrer. Et, si elle était toujours curieuse, il savait qu'elle ne prendrait aucun risque maintenant que Junior était là.

— Je crois que tu as raison, reconnut-il. Il correspond au profil de quelqu'un qui a été rejeté et malmené pendant longtemps, et qui a établi une longue liste de personnes considérées comme des ennemis. Apparemment, il a disjoncté, et il est prêt à punir beaucoup de monde.

— Tu as toujours dit que les poseurs de bombes cherchaient le pouvoir et le contrôle.

— Choses qu'ils n'ont jamais eues.

— Le pouvoir est grisant, surtout pour une personne considérée par les autres comme inférieure.

Max hocha la tête. Allie avait absolument raison. Et quand une personne oppressée perdait toute retenue, elle devenait terriblement dangereuse.

— Quel est ton programme pour demain ? demanda-t-elle. Je peux faire quelque chose pour t'aider ?

— Non. Tu as déjà fait beaucoup en rencontrant le dessinateur de portraits-robots. Maintenant, je veux juste que Junior et toi restiez tranquillement à l'abri. La TCD attend un complément d'informations de la part d'Opaline. En attendant, nous allons creuser les quelques pistes que nous avons.

Il grimaça, laissant transparaître ses doutes.

— Les personnes que nous avons déjà rencontrées n'ont pas de lien personnel avec O'Lear, donc nous avançons dans le brouillard. De plus, nous sommes déjà passés chez lui, et nous avons perdu l'effet de surprise.

Allie tiqua.

— S'il pense que vous l'avez cerné, il risque d'accélérer et d'intensifier les attaques. Ils deviennent toujours dingues quand ils se sentent acculés.

Max posa sa fourchette dans son assiette vide, et s'essuya les lèvres, rassasié et ravi de ce délicieux repas.

— C'est vrai.

En son for intérieur, il souriait, touché qu'Allie se comporte comme un membre de l'équipe et cherche à l'aider.

— Vous avez une idée de la prochaine cible ? Vous pourriez peut-être lui apporter une protection pendant que tu traques le poseur de bombes.

Il sourit.

— Quoi ?

— Tu as un grand cœur, et tu aurais fait une excellente enquêtrice.

Elle but une gorgée d'eau, et reporta son attention sur leur fils.

— Merci.

Le reste de la soirée passa dans un brouillard. Les heures filèrent comme si elles étaient des minutes. À 22 heures, Max transporta dans ses bras son fils endormi et le coucha, en souhaitant connaître d'autres nuits comme celle-ci. Puis il alla retrouver Allie au salon.

Il ne l'avait pas combattue quand elle avait demandé le

divorce, parce qu'il savait qu'elle avait raison. Junior et elle méritaient plus qu'un père et un mari à mi-temps. Ils s'étaient beaucoup disputés à ce sujet, et elle avait fini par lui poser un ultimatum : son travail ou sa famille.

Il avait repoussé sa décision si longtemps qu'Allie avait compris toute seule : il avait choisi son travail.

À l'époque, ça ne lui avait pas semblé être un choix conscient. Il savait qu'il était une personne essentielle au FBI et à la TCD. Le sacrifice de son bonheur personnel lui semblait justifié par le nombre de vies qu'il pouvait sauver.

— Je suis contente que tu sois venu ce soir, dit Allie.

— Moi aussi.

Elle désigna la pendule.

— Je suppose que tu vas te lever tôt.

— Effectivement.

Et il savait que c'était le cas aussi pour Allie, qui devait s'occuper de Junior.

— Je devrais probablement y aller.

Il enfila son bomber en cuir passablement usé, et se couvrit la tête d'un bonnet en laine.

— Je peux te voir demain soir ?

— Avec plaisir.

— Alors je viendrai. Je t'appelle s'il y a du nouveau, ou si j'ai un contretemps.

Il tendit la main vers la poignée de porte.

— Attends.

Elle s'humecta les lèvres et chercha son regard.

— Reste.

Elle avait les épaules crispées, et une lueur inquiète obscurcissait ses yeux.

— Ne pars pas.

Il se sentit envahi par un mélange de confusion et d'espoir.

— Tu veux que je reste ?

— Ça a du sens, non ? Pourquoi aller à l'hôtel, alors que tu pourrais être ici, et profiter de Junior ?

Croisant les bras, elle eut une moue amusée, qu'il ne put s'empêcher de trouver charmante.

— La nourriture est définitivement meilleure que tout ce qu'on pourra te servir en ville, et la compagnie n'est pas mauvaise. Je peux te préparer le canapé. Je sais que tu as un sac de survie dans ta voiture.

Sans la quitter des yeux, Max ôta son blouson et son bonnet, et posa le tout sur l'un des accoudoirs du canapé.

Tandis qu'une étrange tension prenait naissance dans sa poitrine, Allie s'approcha, passa un bras autour de sa taille, et posa la joue contre son torse.

Il l'enveloppa de ses bras, respirant l'odeur de ses cheveux, de sa peau, savourant la chaleur de son corps pressé contre le sien.

— Et si je préparais le petit déjeuner demain, pour te remercier de ce délicieux dîner et du prêt de ton canapé ?

Elle rit.

— Marché conclu. Junior adore les œufs brouillés avec beaucoup de fromage. Et tu connais mes goûts. Ils n'ont pas changé.

Elle le repoussa gentiment.

— Je vais chercher un oreiller et une couverture.

Max la suivit des yeux tandis qu'elle quittait la pièce.

La tension qu'il avait perçue en lui commençait à ressembler à de l'espoir.

L'espoir de quoi, il ne le savait pas.

Mais cela faisait longtemps qu'il n'avait plus ressenti cela, et il avait l'intention de s'y accrocher aussi longtemps que possible.

9

Pour la première fois en deux ans, Allie fut tirée du sommeil par l'alarme de son réveil. Elle n'avait pas spécialement bien dormi durant sa grossesse, et n'avait jamais fait une nuit complète depuis. Aussi, la sensation de se réveiller sans les cris de Junior était-elle déconcertante.

Elle arrêta l'alarme, attendit que son fils se manifeste, mais la maison était silencieuse, à l'exception de quelques bruits étouffés dans la pièce à vivre.

Les souvenirs de la veille lui revinrent en force, avec une montée d'adrénaline. Max était en ville. Chez elle. Au rez-de-chaussée.

Elle se leva d'un bond et courut prendre une douche.

Vingt minutes plus tard, elle était aussi fraîche et calme que possible, dans la mesure où elle allait de nouveau voir Max.

Allie trottina pieds nus vers la cuisine, suivant les rires de son fils, et respirant de délicieuses odeurs de nourriture et de café.

Max lui apparut, leur fils calé sur la hanche, et dansant au rythme de *Purple Rain*. Ses bras forts et protecteurs le tenaient serré, tandis qu'il pivotait et se déhanchait. Son jean délavé soulignait la tonicité de ses cuisses et de ses fesses, tandis que son pull gris moulait son torse à la perfection.

Son téléphone était en charge sur le comptoir, diffusant une playlist familière. Le babyphone était éteint.

Junior gloussait et frappait ses petites mains potelées sur le torse de son père.

Max finit par remarquer la présence d'Allie.

— Bonjour.

Il l'évalua du regard, faisant monter sa température.

— Ce petit bonhomme se lève presque d'aussi bonne heure que son papa.

Allie s'avança, en essayant de fixer cette scène dans sa mémoire, pour compenser toutes celles, similaires, auxquelles elle n'avait pas prêté attention avant.

— Ne prétends pas avoir dormi.

— Pourquoi ? Parce que mes pieds dépassent du canapé ?

Elle croisa les bras et prit appui contre le comptoir.

— Parce que tu ne dors pas quand tu es sur une enquête.

Elle jeta un coup d'œil vers le salon. Max avait plié la couverture et posé l'oreiller dessus, mais le dessus de la table basse était encombré par une tasse de café, deux minibouteilles d'eau vides, et une pile de documents à côté de son ordinateur ouvert.

Il avait dû apporter ça de sa voiture après qu'elle eut regagné sa chambre, avec ses vêtements de rechange et ses affaires de toilette. En tout cas, elle pouvait sentir les notes familières de son gel douche assorti à son eau de toilette, et la fragrance boisée qui lui chatouillait les narines était encore plus délicieuse que les odeurs qui montaient de la cuisine.

Max déposa leur fils dans sa chaise haute, et attacha le harnais. Puis il alla déposer sur une assiette les œufs qu'il avait brouillés.

— Je suis resté en contact avec l'équipe, au cas où il y aurait du nouveau.

Allie embrassa la joue potelée de Junior et caressa ses doux cheveux bouclés. Puis elle se servit un café.

— Et alors ?

— Rien de spécial, mais je me suis familiarisé avec l'enquête, ce qui est une bonne chose.

Allie hocha la tête.

— Tout sent divinement bon. Merci de t'être donné cette peine. D'habitude, Junior et moi nous contentons d'une compote.

Tandis qu'il les servait, Allie observa attentivement son ex-mari, réalisant combien des moments comme celui-ci lui avaient manqué.

— Comment vis-tu cette enquête ? demanda-t-elle. Ce doit être compliqué pour toi d'être confronté à un poseur de bombes.

Max se redressa, les avant-bras sur la table, et l'observa avec attention.

— Tu es la seule à m'avoir posé cette question.

— Je suppose que les autres s'interrogent aussi, mais qu'ils n'osent pas te le demander, par peur de paraître grossiers ou déplacés.

— Mais pas toi.

Ni son intonation ni son expression n'exprimaient de critique. Il était simplement curieux.

— Non, pas moi, dit-elle doucement.

Elle ne voulait pas pousser Max dans ses retranchements, mais elle souhaitait qu'il comprenne qu'il comptait pour elle. Il ne s'agissait pas seulement de sa sécurité physique, mais aussi de ses sentiments. Sa santé mentale et émotionnelle était importante. Max était plus qu'un instrument pour atteindre un objectif. Il était humain.

— Je m'inquiète plus de ce que tu ressens que des bonnes manières. Tu dois composer avec des souvenirs traumatisants que n'ont pas tes collègues. J'ai besoin de savoir que tu vas bien.

— Je vais bien.

Elle sourit.

— Et c'est tout ? Tu sais, ce n'est pas un signe de faiblesse d'admettre que c'est compliqué pour toi, Max.

Il serra les mâchoires.

— C'est mon travail d'aller de l'avant sans laisser mes sentiments se mettre en travers de ma route.

Elle aurait ri si ça n'avait pas été aussi triste. Max était sur une enquête quand elle avait demandé le divorce. Elle ne l'avait pas prévu, mais la TCD allait où on l'appelait, quand on l'appelait. Max n'avait pas demandé à être relevé de l'enquête, il était allé jusqu'au bout, avait arrêté le coupable et, à son retour, il avait déménagé.

— Je sais, dit-elle, dans un soupir.

Max et elle avaient la chance d'avoir divorcé à l'amiable. La plupart des gens rêvaient d'une relation aussi apaisée que la leur.

— Je voudrais que tu sois heureux et en bonne santé, et que quelqu'un prenne soin de toi, dit-elle. Tu passes tout ton temps à t'occuper des autres. Tu mérites qu'on se soucie de toi aussi.

L'expression de Max se radoucit.

— Je vais bien, Allie.

Il tendit le bras et lui prit la main, entrelaçant ses doigts aux siens.

— C'est mon travail, et je le fais bien. Je ressens probablement ce que tu dis, mais je ne veux pas en parler.

Encore une chose qui n'avait pas changé ! Max lui avait toujours dit que sa douleur l'aidait à rester vigilant.

Son téléphone sonna, et il lui lâcha la main pour récupérer l'appareil dans sa poche.

— C'est Axel, annonça-t-il.

— Réponds, dit-elle. Je vais débarrasser, pendant ce temps.

Max se réfugia au salon, et remit de l'ordre sur la table basse, tout en discutant avec son ami et superviseur.

Quand il revint, son expression hésitait entre regret et anticipation.

Allie sortit Junior de sa chaise haute et le cala sur sa hanche.

— Nous t'accompagnons à la porte.

Max enfila son bomber et son bonnet, puis se pencha pour déposer un baiser sur le sommet du crâne de son fils.

— Faites attention à vous.

— Toi aussi.

— Toujours.

Il embrassa une dernière fois Junior, et caressa la joue d'Allie.

— S'il te plaît, reste à la maison aujourd'hui. Nous ne savons pas qui d'autre ce type a mis sur sa liste. Et il y a beaucoup de monde, là où tu travailles. Sa prochaine cible s'y trouve peut-être, ce qui te mettrait en danger. Je ne peux pas vivre avec cette idée.

Allie pinça les lèvres, cherchant comment lui répondre sans le vexer.

Grand Rapids était une grande ville, et il n'y avait pas de raison de croire que le centre commercial pourrait être une cible, et encore moins la zone autour de son kiosque.

— Je peux passer mes commandes et faire ma comptabilité à la maison, mais j'ai besoin de réaliser des ventes si je veux me maintenir à flot. Je ne peux pas rester ici indéfiniment.

— Donne-moi soixante-douze heures. C'est tout ce que je demande.

— Je vais essayer.

Un lent sourire de satisfaction éclaira le visage de Max.

— À ce soir.

Allie sourit.

— Je vais cuisiner. Tout ce que tu as à faire, c'est te présenter ici. De préférence sans être blessé.

Elle posa une main sur son épaule, et se hissa sur la pointe des pieds pour déposer un baiser sur sa joue.

— À ce soir.

Le cœur de Max battait à tout rompre, tandis qu'il roulait vers le quartier général provisoire de la TCD, installé dans les locaux de la police de Grand Rapids.

Axel avait demandé que l'équipe se réunisse en session matinale, et il ne voulait rien manquer.

Serrant le volant entre ses doigts, il se concentra sur sa conduite, tandis qu'il accélérait autant que la limitation de vitesse locale le permettait.

Quand il entra dans la salle de conférences, la plupart de ses collègues étaient déjà arrivés. L'anticipation était presque palpable.

Vêtu d'un costume gris, un gobelet de café posé devant lui, Axel présidait en bout de table.

— Comment était le petit déjeuner ?

Max se retint de sourire. Il avait dit à Axel qu'il passait la nuit chez Allie, quand ce dernier lui avait envoyé un SMS pour lui proposer de le retrouver au bar de l'hôtel. Sa réponse lui avait valu un commentaire moqueur.

— Excellent. Je l'ai fait moi-même.

— Et donc, tu reviens à l'hôtel ce soir ?

— Non.

Il tira une chaise et s'installa.

Axel plissa les paupières, l'air suspicieux.

— Intéressant.

— On peut dire ça.

À certains moments ce matin, il avait eu l'impression qu'il y avait encore quelque chose entre Allie et lui. Mais, avec un poseur de bombes en liberté, il n'avait pas le temps de réfléchir à sa situation personnelle.

Les derniers membres de l'équipe arrivèrent, et Rihanna ferma la porte derrière eux.

— Bonjour, dit-elle. Ravie de voir que tout le monde est là. Prêts pour la visioconférence ?

Les écrans s'éclairèrent, et Opaline apparut.

— Bonjour à tous, dit-elle, en agitant la main. J'espère que vous avez bien dormi. Pas moi.

Elle rit, et souleva un grand mug orné d'un message humoristique, ce qui permit à tous de constater que ses longs ongles étaient vernis alternativement de jaune et de vert, en accord avec la multitude de barrettes qui ornaient ses cheveux.

Elle but une gorgée de café, reposa sa tasse et cliqua plusieurs fois sur sa souris.

— J'ai réussi à trouver des informations sur Fritz O'Lear.

Chacun s'agita sur son siège, avide de savoir ce qu'elle avait découvert.

Opaline sourit, et les téléphones commencèrent à sonner et à vibrer.

— Je viens de vous envoyer tout ce que j'ai. Ce n'est pas grand-chose, mais c'est plus que ce que nous avions, et je suis certaine que d'autres éléments apparaîtront dans les jours à venir.

— Merci, Opaline, dit Axel.

Elle salua théâtralement.

— Cet exploit a été rendu possible grâce à une grande quantité de boisson énergisante, et à la légendaire ténacité Lopez.

Max ouvrit le message et découvrit une liste de parents éloignés, ainsi que le détail des loisirs d'O'Lear, dont le bowling et le billard.

— C'est un bon début, approuva-t-il.

Puis, incapable de rester immobile plus longtemps, il se leva et s'adressa à ses collègues.

— Il faut envoyer des photos d'O'Lear à toutes les salles de bowling et de billard, et interroger sa famille. Quelqu'un sait forcément où se trouve ce type, et nous devons mettre la main dessus.

10

Comme lors de leur première visite au domicile de Fritz O'Lear, le quartier était calme, le froid incitant tout le monde à rester chez soi.

— S'il n'est toujours pas là, décida Axel, nous irons frapper aux autres portes, histoire de savoir ce que les voisins pensent de lui.

À travers la porte vitrée, il fit signe à un vieil homme qui se trouvait dans le hall.

— Qui êtes-vous ? demanda celui-ci, en se rapprochant. Que voulez-vous ?

Axel brandit son insigne.

— FBI.

Le regard de l'homme passa d'Axel à Max, hésitant. Finalement, il se résolut à ouvrir.

— Vous êtes vraiment des fédéraux ?

— Oui.

D'un pas décidé, Axel s'avança à l'intérieur.

— Que se passe-t-il ? demanda l'homme.

Il avait des enveloppes et des prospectus plein les mains. L'une des portes de la rangée de boîtes aux lettres était ouverte, et il s'empressa de la refermer.

Max fit de son mieux pour paraître autoritaire sans pour autant être intimidant.

— Merci de nous avoir laissés entrer.

— De quoi s'agit-il ? Il s'est passé quelque chose ?

— Nous sommes les agents spéciaux Morrow et McRay, dit Axel. Vous vivez ici depuis longtemps ?

L'homme fronça ses sourcils broussailleux.

— Sept ans en septembre.

— Connaissez-vous certains de vos voisins ? demanda Max.

— La plupart. En tout cas, de visage, si ce n'est de nom. Quelqu'un a des ennuis ?

— Vous connaissez l'homme qui habite l'appartement 325 ?

— Vous parlez d'O'Lear ?

— Oui. Vous le connaissez ?

— Pas plus que ça.

Max sortit son téléphone d'une poche intérieure de son blouson, et lui montra la photo figurant sur l'annonce de l'agence immobilière.

— C'est lui ?

L'homme se pencha et plissa les yeux.

— Peut-être… Mais il ne ressemble pas à ça maintenant, si c'est le type à qui je pense.

Max passa à la photo plus floue et distante d'O'Lear quittant le Burger Mania.

— Et là ?

— Oui. C'est bien lui.

Axel leva la tête vers l'escalier.

— Il est chez lui aujourd'hui ? Vous l'avez croisé ce matin ?

— Non. En fait, je crois bien que je ne l'ai pas revu depuis qu'il s'est disputé avec le gardien.

Le vieil homme se massa le menton.

— C'était il y a un jour ou deux. Je ne sais plus trop. J'ai tendance à m'embrouiller dans les dates.

Une sonnerie de téléphone démodée les interrompit. L'homme sortit de sa poche un vieux modèle à clapet, qu'il déplia.

— Oh mince, c'est le cabinet de mon médecin. Si j'oublie encore un rendez-vous, ils vont me le facturer.

Il appuya sur le bouton de prise de ligne, et porta le téléphone à son oreille.

— Allô ?

— Merci, murmura Axel, en se dirigeant vers l'escalier.

Max glissa une carte de visite dans la main de l'homme.

— N'hésitez pas à nous appeler.

Il rejoignit Axel devant la porte de l'appartement 325, et attendit pendant que son collègue frappait.

Comme ils s'y attendaient, il n'y eut pas de réponse.

Ils se séparèrent. Axel se déplaça vers la porte voisine, tandis que Max se rendait au deuxième étage.

Une heure plus tard, ils se retrouvaient devant les boîtes aux lettres.

— Quelque chose ? demanda Axel.

— Pas vraiment. De toutes les personnes qui m'ont répondu, et ont admis connaître O'Lear, tout ce que j'ai appris, c'est que c'est un voisin très calme et discret.

Axel hocha la tête.

— Pareil pour moi. Ceux qui ont accepté de me parler m'ont dit qu'il avait l'air d'un gentil garçon.

— Et si on rendait une visite au gardien ? suggéra Max.

— Il n'est pas là ! s'exclama le vieil homme de tout à l'heure, depuis le seuil de son appartement du rez-de-chaussée.

— Tout à l'heure, vous nous avez bien dit qu'O'Lear se disputait avec votre gardien, la dernière fois que vous l'avez vu ? demanda Max.

Le vieil homme hocha la tête.

— Oui. Juste là, à côté des boîtes aux lettres.

— À propos de quoi ?

— Du loyer, je pense. Il était en retard d'un mois. Le gardien est chargé de les collecter, et il a tendance à se prendre pour le propriétaire. Il n'est pas arrangeant du tout. Et en plus, il ne veut jamais rien réparer.

— O'Lear est au chômage, dit Axel, en captant l'attention de Max par-dessus la tête de leur informateur Il doit avoir épuisé ses économies. À supposer qu'il en ait eu.

Le vieil homme claqua dans ses doigts.

— Il a dit qu'il méritait une réduction de loyer, parce que

son thermostat était cassé, je m'en souviens maintenant. Je pense qu'il a dû aller habiter ailleurs à cause du froid.

La neige avait commencé à tomber en quantité, et un vent violent soufflait. Ce n'était pas le moment d'avoir des problèmes de chauffage.

— Depuis combien de temps O'Lear vit-il ici ? demanda Axel.

L'homme haussa les épaules.

— Six, huit mois. Dites, ce ne serait pas un tueur en série ? Les gars comme vous, ça ne se déplace que pour les cas graves. Ou alors, c'est un fugitif.

— Non, ça, c'est du ressort des US Marshals, répondit Axel, tout en lançant un regard vers Max, qui tentait de masquer un sourire.

— Pouvez-vous nous appeler quand le gardien rentrera ? demanda Max.

— Bien sûr. Et je vous préviens aussi si je vois ce type, O'Lear, appartement 325.

— N'essayez pas de l'approcher. Contentez-vous de nous prévenir s'il est chez lui.

— Vous pouvez compter sur moi.

Max et Axel retournèrent à la voiture, tête baissée pour lutter contre le vent.

À l'intérieur, alors que le moteur tournait pour activer le chauffage, ils envoyèrent un message à l'équipe pour partager avec elle ces nouveaux éléments.

Quelques instants après, le téléphone d'Axel sonnait. C'était un appel d'Aria, qu'il mit aussitôt sur haut-parleur.

— J'ai pensé à quelque chose, dit-elle, oubliant les salutations habituelles et la conversation à bâtons rompus. Le timing m'interpelle. Il y a un jour d'écart entre l'attaque chez Ramsey Realty, et celle du Burger Mania. Un jour pour récupérer, rassembler du nouveau matériel… ou peut-être juste pour savourer la couverture médiatique. Explosion, pause. Explosion, pause. Tu sais ce que ça signifie ?

— Nous sommes dans un jour à risque.

— O'Lear n'est pas rentré chez lui depuis qu'il s'est disputé avec le gardien, il y a deux jours. Il pourrait projeter de faire exploser l'immeuble.

— Puisque le gardien n'est pas là, ça nous laisse un peu de temps, dit Max. Mais il va falloir agir.

— Je regroupe l'équipe. Nous devrions être là dans quinze minutes.

Max fit apparaître le clavier numérique sur l'écran de son ordinateur.

— Je fais venir la police et l'équipe de déminage. Appelle les pompiers et les secouristes.

— C'est comme si c'était fait.

Une heure plus tard, la police de Grand Rapids avait localisé le gardien, William Teske, et l'avait déplacé dans un lieu sécurisé, tandis que toutes les équipes concernées prenaient place à l'extérieur de l'immeuble, se préparant au pire.

Les résidents avaient été hébergés dans un gymnase, et pourvus en couvertures, repas et cafés. Les animaux domestiques avaient été pris en charge par un refuge local et seraient rendus à leur propriétaire quand tout danger serait écarté.

Max était impressionné par la coopération et l'efficacité de toutes les organisations officielles, œuvrant pour un même but.

Il l'était moins par l'attitude des journalistes accourus en masse, et qui essayaient continuellement de transgresser le périmètre de sécurité instauré.

À présent, des badauds encombraient les rues adjacentes, attirés hors de chez eux par les flashs spéciaux des chaînes d'information en continu. Les agents en uniforme faisaient de leur mieux pour les refouler.

Le service d'urbanisme de la ville avait fourni un plan de l'immeuble, permettant aux démineurs de repérer les deux seuls endroits où un engin explosif de la taille de ceux utilisés chez Ramsey Realty et Burger Mania aurait pu être placé.

Max avait enfilé son équipement défensif comme s'il était

branché sur pilote automatique, en essayant d'oublier la dernière fois qu'il l'avait porté en tant que soldat. Le dispositif était lourd, au moins soixante livres, et incroyablement chaud, ce qui était un véritable calvaire dans le désert.

— Tu t'en sors ? demanda Axel. Tu n'as pas besoin d'aide ?

— Non, répondit Max, en fixant les dernières bandes de velcro à ses poignets. Tout va bien.

— Tu as l'air un peu congestionné. Tu veux de l'eau ?

Il hocha la tête.

— Oui, merci.

Tandis qu'Axel s'éloignait, Max ferma les yeux et s'exhorta à se ressaisir. Il était dans le Michigan, pas en Afghanistan.

Il se concentra sur sa respiration, et convoqua des images d'Allie et de Junior. C'était son travail, et il était doué. Une fois que ce serait terminé, il retrouverait sa famille, chose qu'il n'avait pas eu l'occasion de faire depuis longtemps.

Axel revint avec une bouteille d'eau.

— Besoin d'autre chose ?

— Non.

L'adrénaline déferlait dans les veines de Max, tandis qu'il buvait quelques gorgées, tout en regardant autour de lui.

Ce n'était pas le désert. Il avait déjà perdu sa jambe. Cette mission-là était terminée. Une autre l'attendait.

— Tu vas avoir des choses à raconter à Allie ce soir, remarqua Axel, en récupérant la bouteille que lui tendait Max.

Celui-ci grimaça un sourire. Une goutte de sueur coulait sur sa tempe.

— C'est sûr.

Max avait tant de choses à rétablir avec Allie. Il n'avait pas tenu ses promesses, et ne lui avait pas apporté ce qu'elle méritait.

Il le savait, maintenant.

Il le savait même alors, mais il avait été trop fier et trop têtu pour l'admettre.

À la minute où il s'était engagé avec elle, il aurait dû faire passer ses besoins à elle avant tout. Avant les siens, et avant la TCD.

Elle voulait seulement qu'il lui fasse une place, qu'il lui accorde un droit de regard sur ses décisions, ses projets de voyage…

Elle voulait qu'il lui parle de son travail, mais il s'était donné tellement de mal pour séparer sa vie professionnelle et sa vie personnelle qu'il avait finalement été forcé de choisir entre les deux.

Comme il avait été incapable de trancher, elle l'avait fait pour lui.

Max regarda l'immeuble.

Il y avait peut-être une bombe à l'intérieur.

Et il ne pouvait penser à rien d'autre qu'à Allie.

Un bref coup de sifflet l'arracha à sa rêverie, et le sergent Sims lui apparut.

Le chef de l'équipe locale de déminage dessina dans l'air un cercle avec son index.

Il était temps de passer à l'action.

11

Max avait le front baigné de sueur tandis qu'il se déplaçait vers l'immeuble, suivi par deux membres de l'équipe locale de déminage.

Son anxiété grandissante et le poids inconfortable de son équipement travaillaient de concert pour le ralentir.

Il prit de longues et profondes inspirations, faisant appel aux techniques qui l'aidaient à tenir jour après jour.

Un silence de mort était tombé sur la foule, tandis que le trio s'apprêtait à entrer.

L'opération n'était pas sans risque. Si le poseur de bombes avait installé un engin commandé à distance, il pouvait les anéantir tous les trois en une fraction de seconde.

Ils se séparèrent devant les boîtes aux lettres.

Un homme se dirigea vers l'étage, l'autre descendit à la cave.

Max s'était réservé l'appartement du gardien. D'après Teske, O'Lear était revenu peu après leur dispute, et lui avait payé le loyer en souffrance. Teske l'avait laissé seul quelques instants, le temps d'aller chercher ses lunettes dans sa chambre, et de calmer son petit chien qui jappait sans discontinuer.

S'il devait y avoir une bombe dans l'immeuble, ce serait probablement là.

Max inséra la clé dans la serrure et la tourna en retenant son souffle.

Jusqu'ici, tout allait bien.

Lentement, il actionna la poignée, et se glissa à l'intérieur.

Sur un mur, une pendule indiquait 11 h 30.

Si son intuition à propos du plan d'O'Lear était juste, il avait une demi-heure pour découvrir et désarmer la bombe.

Allie sortit de la chambre de Junior, en se massant la nuque et en faisant rouler sa tête.

Comme promis, elle était restée chez elle aujourd'hui, mais elle avait très peu travaillé. À la place, elle avait porté, bercé, et consolé son fils pendant deux heures, tandis qu'il souffrait d'une nouvelle poussée dentaire.

Maintenant qu'il était enfin apaisé, elle espérait qu'il allait dormir et qu'elle pourrait finalement se concentrer sur son travail.

Elle alluma la télévision, versa de l'eau dans un grand verre, et s'assit sur le canapé pour décompresser.

Un flash spécial s'affichait sur l'écran, et elle monta le son.

Une journaliste apparut, l'air inquiet.

— Un immeuble du quartier Hayes et Vine a été complètement évacué par une unité du FBI connue sous le nom de Cellule d'information tactique sur les crimes du FBI, dite TCD.

Le cœur d'Allie s'emballa. Elle se leva, abandonnant sur la table basse le verre qu'elle n'avait pas touché, et marcha comme un zombie vers la télévision.

— Même les animaux domestiques ont été évacués, tandis qu'une équipe d'experts en explosifs recherche une troisième bombe.

Allie secoua la tête, ne voulant pas croire à ce qu'elle voyait. Une foule dense se pressait à proximité d'un vieil immeuble en briques jaunes.

— D'après nos sources, la TCD a été détachée hier de Traverse City pour enquêter sur les deux explosions fatales qui ont eu lieu à Grand Rapids plus tôt dans la semaine. Moins de vingt-quatre heures plus tard, ils ont identifié un suspect, Fritz O'Lear, qui réside dans l'immeuble que vous voyez derrière moi. Cet homme aurait un lien avec au moins une des personnes qui ont trouvé la mort dans chacun des sites visés.

Le regard d'Allie se fixa sur les visages inquiets des collègues de Max, et son cœur s'emballa douloureusement. L'équipe de Max était d'ordinaire imperturbable. S'ils laissaient transparaître leur inquiétude, c'était que la situation était grave.

Elle attrapa son téléphone dans sa poche, chercha le numéro de ses parents dans la liste de ses contacts, et commença à rassembler son manteau, son sac et ses clés pendant que les sonneries s'égrenaient.

— Maman ?

— Je suis au courant. Ton père et moi étions en train de regarder la télévision, tandis que je préparais le repas.

— Il faut que j'y aille, dit Allie, la gorge serrée. Il est là-bas.

On frappa à la porte, et Allie courut ouvrir.

Sa mère se trouvait sur le seuil, son téléphone à la main, ses yeux bleu pâle exprimant de l'inquiétude.

— Vas-y. Je vais rester avec Junior. Ton père me rejoindra tout à l'heure.

Allie jeta ses bras autour de sa mère pour une rapide accolade, enfila ses bottes et courut à sa voiture, tout en mettant son manteau.

La neige tombait abondamment, et elle fit aussi vite que possible, compte tenu des conditions de circulation, d'autant qu'il y avait beaucoup de monde à cette heure proche du déjeuner.

Un mal de tête persistant l'accablait, et son cœur souffrait à l'idée d'arriver trop tard.

Elle pouvait perdre Max. Vraiment le perdre.

Et elle réalisa, pour la première fois, qu'elle n'avait jamais réellement considéré leur divorce comme la fin de leur relation.

Elle avait espéré qu'un jour il mettrait de l'ordre dans ses idées et lui reviendrait. Son travail était important, mais elle aussi, et leur fils aussi. Max pouvait sauver le monde, et quand même avoir une famille. Il n'était pas le superhéros solitaire d'une quelconque bande dessinée.

Allie prit tous les raccourcis qu'elle connaissait, tout en écoutant la radio, dans l'espoir d'avoir des nouvelles de la situation. Mais c'était toujours la même rengaine qui passait en boucle. Le FBI avait identifié un suspect, et ils fouillaient un immeuble.

Lorsqu'elle arriva à proximité des barricades, elle se gara le long du trottoir et continua à pied.

— Axel !

Elle leva un bras au-dessus de sa tête et l'agita pour attirer l'attention de son vieil ami.

— Axel !

Il se tourna, scrutant les parages jusqu'à ce qu'il la repère. Puis il vint dans sa direction à petites foulées.

Il souleva le ruban zone délimitant le périmètre interdit, et refoula l'agent de police qui s'approchait tandis qu'Allie se baissait pour passer de l'autre côté.

— Est-ce qu'il va bien ? demanda-t-elle. Que se passe-t-il ?

Gentiment, Axel posa la main dans le creux de son dos, et la guida vers le petit groupe des membres de la TCD.

Les femmes l'embrassèrent, et la facilité avec laquelle elles l'accueillaient au sein de leur groupe fit monter les larmes aux yeux d'Allie. Elle avait craint qu'elles ne lui en veuillent d'avoir quitté Max, mais ce n'était pas le cas.

— Il va bien, affirma Carly, en gardant sa main dans la sienne. Si quelque chose avait mal tourné, nous aurions été prévenus.

Allie hocha la tête.

— D'accord.

Elle fixa l'immeuble, en espérant que Carly disait vrai, et que son ex-mari n'allait pas tarder à apparaître.

L'instant des retrouvailles passées, Selena et Aria avaient maintenant la rigidité de statues. Les mâchoires étaient serrées, les dos rigides.

— Il y a autre chose, devina Allie. Qu'est-ce que vous me cachez ?

Les agents fédéraux échangèrent des regards embarrassés, mais ne dirent rien.

— Dites-le-moi ! supplia Allie. Je vous en prie !

D'un geste amical, Carly lui caressa le bras pour la réconforter.

— Nous pensons que le poseur de bombes a prévu de faire exploser un engin à midi, au retour du gardien d'immeuble.

— Midi ?

Allie consulta sa montre et fit une prière muette. Il ne restait plus que dix minutes.

La pièce était petite et encombrée. Max laissa la porte ouverte une fois qu'il y fut entré. Un vieux bureau en bois griffé et taché se trouvait immédiatement sur sa gauche. Deux chaises en plastique moulé beige à piètement métallique étaient plaquées contre le mur opposé. Un plan d'évacuation de l'immeuble était punaisé au-dessus d'une armoire de rangement, autour de laquelle s'accumulaient des piles de cartons poussiéreux. Une odeur de tabac saturait l'air jusqu'à l'écœurement.

Max examina les lieux, imaginant O'Lear venir ici apporter son loyer. Il déploya le bras rétractable de son miroir tactique, et le positionna sous le bureau. Pas d'engin explosif. Il ouvrit les tiroirs du bureau, puis inspecta les rayonnages de l'armoire de rangement.

Il pivota lentement sur lui-même, cherchant, réfléchissant, évaluant chaque objet.

Il avait huit minutes pour trouver et désarmer une bombe, ou mourir.

Son instinct le dirigea vers la pile de vieux cartons. L'un d'eux ne présentait pas de poussière, comme si l'ordre des contenants avait été modifié.

Il démonta rapidement la pile, ouvrant chaque carton.

Quand il parvint au dernier, il se figea en découvrant une cocotte-minute.

Sur l'horloge numérique fixée au couvercle, il ne restait plus que quatre minutes avant la remise à zéro.

Des bruits de pas en provenance de l'escalier résonnèrent dans le silence. Max recula vers la porte pour être vu, et leva la main.

— Je l'ai trouvée. Il ne reste plus que trois minutes sur le minuteur.

Max fit appel à toute son autorité.

— Je m'en occupe. Sortez.

S'il n'y arrivait pas, ce n'était pas la peine de perdre trois vies au lieu d'une.

Les démineurs hésitèrent.

— C'est un ordre ! dit-il, retrouvant ses automatismes d'officier de l'armée.

Les deux hommes s'exécutèrent.

Max reporta son attention sur la bombe.

Il ne restait plus que deux minutes.

Allie se tordait les mains en faisant les cent pas. Il était presque midi, et chaque seconde semblait une éternité à son cœur noué par la panique.

L'immeuble pouvait partir en fumée en quelques instants, emportant avec lui la vie de Max.

Elle posa sa main gantée contre sa bouche, pour endiguer une vague de nausée, et cilla pour chasser les larmes qui lui brûlaient les yeux.

Elle devait se ressaisir. Peu importe ce qui arriverait aujourd'hui ou un autre jour. Junior avait besoin d'elle, et il lui fallait être forte pour son fils.

Un homme en costume sombre s'écarta d'un groupe d'agents en uniforme, et se dirigea vers Axel.

Allie cessa de déambuler.

L'expression morose de l'homme avait de quoi inquiéter.

Il tendit son téléphone à Axel.

— Agent spécial Morrow, je crois que vous devriez voir ça.

Axel jeta un coup d'œil à l'écran et pâlit.

— Qu'est-ce que c'est ? demanda Allie, incapable de tenir sa langue. Que se passe-t-il ?

Son instinct lui disait que c'était lié à Max, et que ce n'était pas bon du tout.

Axel tourna vers elle un regard empli de regrets.

Elle n'eut aucun mal à décrypter le message.

Axel ne pouvait rien dire, l'opération était classée secret-défense, et elle était un membre extérieur à l'équipe.

Elle n'était même plus la femme de Max. Cette vérité la frappa de plein fouet.

— Regardez ! s'écria Carly.

Elle tendit le bras vers une silhouette qui venait d'apparaître sur le seuil de l'immeuble.

Allie s'élança et ralentit presque aussitôt en voyant deux hommes en tenue de démineur dévaler le perron.

Max n'était pas parmi eux.

Des larmes brouillèrent sa vision et roulèrent sur ses joues.

— Où est-il ? cria-t-elle. Où ?

Carly la prit par la taille et la garda serrée contre elle tandis que les deux hommes approchaient.

— Il a trouvé la bombe, dit l'un des hommes, en défaisant ses gants et son casque. Il ne restait plus que trois minutes. Il nous a fait sortir.

La peur au ventre, Allie vérifia sa montre.

Il était midi.

— Reculez ! cria un agent, en utilisant un porte-voix. Tous aux abris !

Les gens s'éparpillèrent, s'éloignant du ruban jaune délimitant le périmètre de sécurité.

Axel jura et fit mine de s'avancer.

Carly le retint par le bras.

Allie avait envie de hurler.

Pourquoi Max ne sortait-il pas ?

Pourquoi personne n'allait le chercher ?

Que se passait-il ?

— Là ! cria Carly. Max !

Allie tourna la tête et le vit.

Il marchait d'un pas confiant, son casque sous le bras, les yeux rivés sur elle.

Elle s'élança vers lui, dans un élan de joie, de soulagement et de stupéfaction.

Il posa son casque, ouvrit les bras, et elle se jeta contre lui.

Les lèvres pressées contre sa tête, il murmura :

— Je n'ai rien. Tout va bien.

Allie refoula ses larmes, tandis que l'équipe se pressait autour d'eux, accompagnée d'une bonne douzaine d'officiels locaux.

Max garda un bras passé autour de sa taille, tandis qu'il faisait le point sur ce qui s'était passé dans l'immeuble. Puis Axel lui montra son téléphone, et Allie se pencha pour regarder.

— La police a reçu ce message, il y a quatre minutes environ.

Trois de moins. Il n'en reste plus qu'un. Boum !

— Quoi ? dit Allie, en observant tour à tour Max et Axel. Qu'est-ce que ça veut dire ?

Max resserra un bras autour de sa taille.

— Ça veut dire que ce n'est pas terminé.

12

L'adrénaline courait dans les veines de Max, lui donnant une impression de tournis.

Revenir à la réalité après un moment d'une telle intensité le laissait toujours un peu désorienté.

Il serra Allie un peu plus étroitement contre lui, infiniment reconnaissant de sa présence inattendue.

Elle n'opposait pas de résistance. Le soulagement éclairait son visage, mais il ne parvenait pas à déchiffrer l'émotion qui troublait son regard.

Elle pressa la joue contre son torse, et il sentit que sa propre respiration revenait à la normale, et que les battements effrénés de son cœur s'apaisaient.

Aussi frêle fût-elle, Allie avait toujours été son roc. Et le lien intense qui existait toujours entre eux était comme une drogue dont il ne pouvait se passer.

Il s'entretint brièvement avec le capitaine du groupe de déminage. L'équipe locale allait prendre le relais. Une bombe révélait souvent les secrets de son fabricant, et Max espérait que ce serait le cas pour celle-ci.

Ses collègues ne tardèrent pas à regagner leurs véhicules, et Max se décida finalement à dire au revoir à Allie. Il aurait voulu s'attarder auprès d'elle, mais il n'avait pas le temps.

Il devait se remettre au travail avant qu'O'Lear réagisse. En faisant barrage à ses plans, il l'avait humilié et sa colère n'en serait que plus grande.

— Je dois y aller, dit Allie.

Et elle commença à se reculer. Elle ne s'était jamais trouvée sur ce genre de scène avec lui, et il comprit qu'il était temps pour lui de prendre ses distances avec cette situation choquante.

— Bien. Fais attention à toi. Il faut que je retourne au travail.

— Oui…

Elle semblait tout à coup indécise.

— Bien sûr.

Elle fit quelques pas en arrière, en titubant presque.

— Appelle-moi, si jamais tu ne peux pas venir dîner.

— Naturellement.

Le commissariat de police de Grand Rapids débordait d'activité quand l'équipe de la TCD regagna ses quartiers. Les agents couraient en tous sens. Les téléphones sonnaient, et les grésillements statiques des talkies-walkies emplissaient l'atmosphère.

— On dirait que quelqu'un a donné un coup de pied dans un nid de frelons, remarqua Carly.

Aria sourit, paraissant un peu nostalgique de l'époque où elle portait l'uniforme bleu. Elle avait été policière à Traverse City, tout en suivant des études de droit criminel, qu'elle avait brillamment réussies. Alana Suzuki l'avait remarquée quand elle avait fait tomber un réseau de drogue, et lui avait proposé d'intégrer la TCD.

— Dès que la présence de la bombe a été rendue publique, ils ont dû être submergés d'appels, expliqua-t-elle. Informations anonymes, témoins espérant faire avancer l'enquête ou être récompensés, cinglés voulant attirer l'attention, personnes inquiètes que leur immeuble soit le prochain à être visé…

Carly sourit. Aria avait raison. Le chaos arrivait très vite quand un événement de cette importance était rendu public. La police de Grand Rapids aurait fort à faire à calmer une population effrayée, et à arrêter des criminels déterminés à tirer parti de l'augmentation des appels et des distractions ainsi créées.

Rihanna ferait tout ce qu'elle pourrait, mais seuls les médias locaux pourraient infléchir la panique, selon la façon qu'ils auraient de traiter l'information. Malheureusement, le sensationnalisme faisait vendre, et il ne fallait pas trop compter qu'ils jouent le jeu.

Raison de plus pour boucler cette affaire très vite.

L'équipe prit place autour de la table de conférence. Ils se connectèrent via leur tablette, et le visage d'Opaline apparut sur les écrans.

— Bonjour, dit-elle, relevant les yeux tandis qu'elle continuait à taper frénétiquement sur son clavier. J'ai toutes vos stations locales de télévision sur mes autres moniteurs. Et Rihanna me tient régulièrement au courant. Comment allez-vous ?

L'équipe fournit une sobre tournée de « bien », « OK » et « super ».

— Félicitations à Max.

Elle commença à taper dans ses mains, et toute la salle applaudit.

— C'est bon, c'est bon, dit-il, embarrassé. Sans votre aide et celle de l'équipe locale de déminage, ça aurait pu se terminer beaucoup plus mal. Le timing fait tout dans ce genre de situation, et nous ferions bien de nous remettre au travail.

Quand le calme fut revenu, il reprit :

— Maintenant que nous avons compris le mode opératoire d'O'Lear, nous pouvons supposer que la prochaine attaque aura lieu dans quarante-huit heures.

— Tu as raison, approuva Axel. Mais le fait que nous ayons perturbé ses plans pourrait provoquer une escalade meurtrière.

— C'est pour cela que nous devons identifier le plus vite possible sa prochaine victime. Ou, mieux encore, le localiser avant qu'il ait le temps d'agir.

— Que savons-nous ? demanda Carly.

— Nous savons qu'il nous surveille, dit Selena. S'il a envoyé un SMS, c'est qu'il sait où nous sommes.

— Et que nous travaillons contre lui, renchérit Aria. Nous

savons qu'il ne se soucie pas des dommages collatéraux, et qu'il a prévu de frapper une quatrième fois.

— Opaline, tu as pu identifier le numéro qui a envoyé le SMS ? demanda Axel.

— J'y travaille. Je sais déjà qu'il s'agit d'un appareil prépayé, qui est éteint actuellement. Je ne peux donc pas le tracer. Mais tous les téléphones ont un numéro de série, et je suis en train d'interroger une base de données qui va me permettre de savoir dans quel magasin le téléphone a été vendu. Grâce à la copie du ticket de caisse, j'aurai un jour et une heure, et je pourrai consulter la vidéosurveillance de la boutique. À partir de là, je verrai peut-être quelle direction il a empruntée, quelle voiture il conduit, ou s'il a parlé à quelqu'un.

Carly grimaça un sourire.

— Rappelle-moi de ne jamais avoir besoin de me cacher de toi.

Axel reprit la parole.

— J'espère avoir une commission rogatoire pour perquisitionner son appartement cet après-midi. Dès qu'elle arrivera, je veux une équipe là-bas.

— Nous pouvons y aller, proposa Carly, en désignant Aria et Selena, qui l'entouraient.

Axel interrogea Max du regard. Même si Axel était leur superviseur, la direction de l'enquête revenait à Max.

Celui-ci hocha la tête.

— Très bien. Tenez-moi informé.

13

En rentrant chez elle, Opaline s'arrêta dans son restaurant tex-mex favori, et commanda son plat à emporter préféré.

Ses chats, Snape et Dobby, l'accueillirent dès qu'elle poussa la porte de son appartement, zigzaguant entre ses jambes, et la guidant vers leur gamelle.

Elle les caressa, les gratta derrière les oreilles, et leur donna leurs croquettes.

Elle adorait son repaire douillet, où elle pouvait laisser tomber son masque de jovialité, et redevenir la fille craintive et vulnérable qu'elle était fondamentalement.

Aujourd'hui elle avait dû vraiment se forcer pour faire bonne figure, et elle avait pratiquement raccroché au nez de l'équipe.

Elle se devait de sourire pour eux. Ils étaient au cœur des épreuves, à risquer leurs vies, et ils avaient besoin de se raccrocher à un pilier, une source constante de positivité.

Sauf qu'elle avait du mal à trouver des raisons de se réjouir.

Si elle n'offrait pas à l'équipe des informations à partir desquelles ils pourraient travailler très vite, il y aurait une autre explosion, et d'autres personnes perdraient la vie.

Son cœur se serra à cette pensée.

Ce soir, elle allait devoir aller au combat, travailler sans relâche. En bref, se surpasser.

Elle enfila son legging préféré, marron à rayures dorées, un immense T-shirt proclamant « La vie est une lutte de chaque instant » et de grosses chaussettes douillettes, et emporta son repas à sa table de travail.

Dobby et Snape la suivirent, ayant perdu tout intérêt pour leur gamelle depuis qu'elle avait ouvert le conteneur jetable, laissant échapper les odeurs grasses et épicées de ses *enchiladas* au poulet.

— Juste un petit bout chacun, dit-elle.

Comme toujours incapable de résister, elle détacha un morceau de poulet pour le partager entre les deux chats.

— J'ai du travail. Et je vais vous demander d'être sages et de vous faire oublier. Pas de distractions. Et c'est fini, je ne vous donne plus rien !

Les chats la regardèrent, miaulèrent, et vinrent se frotter contre sa jambe.

Évidemment, elle craqua.

— D'accord. Encore un petit bout, mais c'est tout.

Elle leur donna de nouveau un morceau de poulet, et se mit au travail.

— Bon, O'Lear, il est temps d'arrêter cette folie, et de te montrer, murmura-t-elle.

Opaline avait traqué quantité de criminels par le passé, mais aucun qui avait aussi peu d'existence digitale. Certains d'entre eux, parmi les plus jeunes qu'elle traquait à travers le cyberespace, étaient assez stupides pour se vanter de leurs crimes.

Les membres des gangs étaient les pires, ou peut-être les plus stupides. En tout cas, ils avaient un ego démesuré, postant des images d'eux avec des rouleaux de billets, des armes… Ils se vantaient, appelaient leurs ennemis par leurs noms, et laissaient sans s'en rendre compte des tags de position.

C'était tellement facile de les localiser, que c'était comme s'ils lui envoyaient une invitation.

En revanche, Fritz O'Lear lui donnait du fil à retordre.

Elle alluma son ordinateur portable, et quatre écrans indépendants prirent vie sur son bureau.

Elle sélectionna sa play-list spéciale « nuit de travail » et posa son téléphone sur le bloc haut-parleur.

— Où es-tu, Fritz O'Lear ? murmura-t-elle.

Et c'était peut-être la centième fois en quelques jours qu'elle se posait cette question.

Les poseurs de bombes en série et les tueurs psychopathes ne vivaient pas dans une bulle. Des personnes connaissaient forcément ce type. Elle devait en trouver au moins une.

O'Lear était juste assez vieux pour être passé à côté de la révolution numérique. S'il avait une adresse mail, elle devait être enregistrée sous un faux nom, car elle n'en trouva pas.

Il n'avait pas de profil LinkedIn ni de compte Twitter.

Sa page Facebook n'avait pas été mise à jour depuis des années, et il ne s'en était jamais beaucoup servi.

Dans son profil pas entièrement rempli, il disait aimer la musique country, et les vieilles sitcoms des années 1980. Il était né à Grand Rapids, et avait arrêté ses études après le lycée. Il n'avait que quelques amis, et aucune famille n'était mentionnée.

Opaline ouvrit les profils de ses amis dans de nouvelles fenêtres et scruta leurs vies, cherchant comment et quand ils avaient interagi avec O'Lear au fil des années.

Un homme sortait du lot, Mark Waters.

D'après une photo que Mark avait commentée, ils étaient de « vieux amis ». Mais cette piste se retrouva au point mort – littéralement – quand elle tomba sur l'avis de décès de Mark. Il avait été tué dans un accident de moto, dix mois plus tôt.

Mais Opaline n'était pas du genre à se laisser démonter aussi facilement.

Elle utilisa le faire-part en ligne pour retrouver les parents de Mark qui, par chance, habitaient toujours en ville. Ils se souviendraient peut-être d'un ami de longue date de leur fils, ou le connaîtraient personnellement.

Elle pourrait aussi prendre contact avec les autres amis de Fritz, en utilisant un faux nom, pour demander s'ils savaient où il était car elle devait entrer en contact avec lui pour une question d'héritage.

Mais ça pourrait alerter O'Lear accidentellement, et elle préférait réserver cela pour plus tard.

Il était minuit quand Snape grimpa sur les genoux d'Opaline, en ronronnant et en reniflant la boîte qui avait contenu la nourriture, à présent vide.

Elle le caressa, ravie du réconfort que lui apportait le chat, mais très mécontente de son absence de progrès sur cette affaire.

— Qu'est-ce que tu en penses, mon vieux Snape ? demanda-t-elle.

Elle fut prise par une série de bâillements incontrôlables.

— Nous avons besoin d'autre chose que des noms des parents d'un ancien ami. Nous devons trouver quelqu'un qui a vraiment parlé à ce type au cours de l'année. De préférence sur un plan personnel.

Snape s'étira et cogna sa tête contre son menton, en ronronnant plus fort. Puis il se tourna et se retourna sur ses genoux et finit par se coucher.

À 2 h 30 du matin, Opaline se réveilla en sursaut et constata qu'elle avait piqué du nez.

Son cri de surprise fit peur à Snape, qui sauta par terre, en poussant un miaulement réprobateur.

— Désolée, dit-elle en s'étirant.

Se levant tout en titubant de sommeil, elle emporta à la cuisine les restes de son repas et les jeta. Puis, d'un geste automatique, elle mit la cafetière en route.

Pour finir, elle se traîna vers la salle de bains pour asperger son visage d'eau fraîche.

Le souvenir de l'expression de Max quand il était sorti de cet immeuble, mi-stupéfait, mi-horrifié, restait imprimé dans son esprit.

Quel genre de personne fallait-il être pour entrer ainsi dans un bâtiment piégé, chercher une bombe, découvrir qu'il ne restait plus que trois minutes avant la détonation, et ne pas s'enfuir ?

Comment pouvait-on faire ça, surtout quand on avait failli mourir dans une situation quasi identique ?

Elle sentit les larmes lui monter aux yeux.

La fatigue mentale et émotionnelle la fragilisait, lui inspirant des pensées déprimantes.

Sa gorge se noua et, sans comprendre pourquoi, elle éclata en sanglots.

Des vies étaient en jeu.

Énormément de vies.

Y compris celles de ses collègues, et de sa sœur.

O'Lear était prêt à tuer un grand nombre de personnes aujourd'hui. Il fallait l'arrêter.

Mais c'était impossible si on ne le trouvait pas. Et ça dépendait d'elle.

S'exhortant à se ressaisir, elle se passa les mains sur le visage.

Puis elle alla se verser une grande tasse de café, et s'installa de nouveau devant son ordinateur.

Elle avait le reste de sa vie pour s'interroger sur ses compétences et se lamenter.

En attendant, ses collègues avaient besoin d'elle.

Et, s'il était évident qu'elle ne pouvait pas les défendre physiquement sur le terrain, il lui fallait leur procurer toutes les informations nécessaires pour que leur mission puisse se dérouler au mieux.

14

Max se tenait sur le seuil d'Allie avec un bouquet de fleurs et un tiramisu acheté chez un pâtissier proche du commissariat.

Il avait frappé quelques instants plus tôt, et attendait qu'elle lui ouvre, se demandant si elle n'avait pas changé d'avis à propos de son invitation.

La porte s'ouvrit et Allie apparut, tenant Junior calé sur sa hanche.

— Tu es venu, dit-elle, les yeux écarquillés. J'étais sûre que tu travaillerais toute la nuit.

Elle pinça les lèvres, et il réalisa qu'elle n'osait pas livrer le fond de sa pensée.

Elle s'était imaginé qu'il lui ferait de nouveau faux bond. Qu'il préférait son travail, comme il l'avait toujours fait quand ils étaient mariés.

Il entra tandis qu'elle s'écartait pour lui laisser le passage.

— J'avais hâte de passer cette soirée avec toi, dit-il. Rien n'aurait pu me retenir.

Il lui tendit ses présents.

— Je fais un échange avec toi, les fleurs et le dessert contre un petit homme.

— C'est du tiramisu ? demanda-t-elle, l'air gourmand.

— Oui, madame.

Tandis qu'il prenait son fils dans ses bras, il observa Allie. Elle avait toujours eu une silhouette mince et souple quand ils étaient mariés, conséquence de longues heures de jogging, mais elle semblait plus musclée et plus tonique.

Et même s'il aimait se considérer comme un gentleman, il ne pouvait s'empêcher de se demander à quoi ces changements ressemblaient sous le sweat vert et le jean noir.

— C'est mon dessert préféré, dit-elle. Merci.

— Je t'en prie. C'est le moins que je pouvais faire après ta nouvelle invitation à dîner.

Max enfouit le nez dans les cheveux de Junior et respira son doux parfum de bébé.

— Je n'en reviens pas que tu t'en sois souvenu. Les fleurs sont belles aussi, dit Allie. Je vais les mettre dans l'eau.

Sa stupeur causa un choc à Max. Elle pensait vraiment qu'il ne se rappelait pas les choses qu'elle aimait ? Ou qu'il ne viendrait pas ce soir ?

Qu'avait-il mal fait au cours de leur mariage pour qu'elle pense qu'il ne la connaissait pas du tout ?

En tout cas, ça devait être assez grave pour la pousser à divorcer.

— Comment vas-tu ? demanda-t-elle, tout en se dirigeant vers la cuisine.

— J'ai connu des jours meilleurs. Beaucoup de choses ont mal tourné aujourd'hui.

Allie déposa le dessert dans le réfrigérateur, puis se tourna pour lui lancer un regard étonné.

— Tu as désamorcé une bombe et sauvé des dizaines de personnes. Je dirais que certaines choses se sont bien passées quand même.

Faisant gentiment sauter son fils dans ses bras, Max se demanda par où commencer. Il avait tant de choses à dire.

— J'ai fait un rôti en cocotte, dit-elle. Avec des carottes et des pommes de terre au romarin à part.

Elle ouvrit un placard sous l'évier et en sortit un vase, qu'elle remplit d'eau pour les fleurs.

— Et j'ai aussi du pain de campagne.

— Ça sent très bon.

Max déposa Junior dans sa chaise haute, s'assura que le

harnais de sécurité était bien fermé, et plaqua un baiser sur la tête de son fils.

Puis il se tourna vers Allie, en se frottant les mains l'une contre l'autre.

— Je peux t'aider ?

Elle sourit, tout en arrangeant joliment les fleurs dans le vase.

— Tu peux mettre la table.

— J'ai été surpris de te voir aujourd'hui, dit-il, tout en disposant les assiettes, les couverts et les verres sur la table de la cuisine. Je suis désolé d'avoir été un peu froid.

Allie lui lança un regard par-dessus son épaule.

— Tu travaillais. Je te gênais. Je n'étais pas à ma place.

— Non, pas du tout. Laisse-moi t'expliquer.

Parler de ses sentiments n'était pas chose facile pour Max. Son besoin instinctif de préserver sa fierté exigeait qu'il change de sujet. Mais il avait trop souvent choisi son confort au détriment des besoins d'Allie, et c'était son tour de faire de vrais sacrifices pour elle.

Tant pis pour sa fierté !

Allie se tourna pour sortir la cocotte du four.

— J'ai vu ce qui se passait à la télévision et j'ai paniqué, dit-elle.

Et, dans son intonation, on percevait comme une excuse.

— Tu étais dans un immeuble, probablement piégé, et je ne pouvais pas rester devant mon écran à attendre de nouvelles informations, comme n'importe qui d'autre. Je ne suis pas n'importe qui d'autre.

— Non, tu ne l'es pas. Je suis content que tu sois venu. Je le pense, et j'ai besoin que tu le saches.

Les épaules basses, elle s'accota au plan de travail et défit ses gants antichaleur.

— Je n'ai jamais eu aussi peur de ma vie.

— Je suis désolé.

— Je ne voulais pas m'imposer. J'ai agi sans réfléchir. C'était une réponse émotionnelle à ma peur.

Elle leva et laissa retomber ses mains en signe d'impuissance.

Max se rapprocha.

— Quand j'essayais de désamorcer cette bombe, je ne pensais qu'à toi et à Junior. J'étais terrifié à l'idée de ne jamais vous revoir, sans avoir mis les choses au clair entre nous. Puis je suis sorti et je t'ai vue. Alors, j'ai pensé que c'était ma chance, que j'allais pouvoir me racheter.

Allie croisa les bras et se mordilla la lèvre.

Il reconnut cette posture défensive qu'elle lui avait souvent opposée, et insista avant qu'elle se referme complètement.

— Je me suis mis en retrait tout à l'heure, parce que j'ai compris que le poseur de bombes pouvait se trouver parmi la foule des badauds et je ne voulais pas qu'il sache ce que tu représentes pour moi.

L'expression d'Allie se radoucit, et elle laissa retomber les bras le long de son corps.

— Quand j'ai compris que mes sentiments pour toi pourraient te mettre en danger…

D'un geste las, il passa la main sur sa joue, qu'ombrait un début de barbe.

— C'était plus compliqué à affronter qu'une bombe.

Les joues d'Allie s'empourprèrent, et elle se tourna pour trancher le pain.

— En fait, tu cherchais seulement à me protéger. Je ne comprends pas comment j'ai pu mal interpréter ta réaction. Tu ne faisais que ce que tu as toujours fait.

Max se rapprocha et posa la main dans le creux du dos d'Allie.

— J'ai aussi la mauvaise habitude de te faire du mal. J'aimerais pouvoir reprendre cette douleur. Je t'ai donné l'impression que mon travail était plus important que ma famille, mais c'est faux.

Allie immobilisa le couteau contre le pain, et son corps se crispa.

— Dada ! cria Junior.

Il frappa des deux mains sur la tablette de sa chaise haute et s'époumona.

— Dada ! Dada !

Max s'écarta d'Allie.

— Je m'en occupe.

Il prit sur le support égouttoir de l'évier une des assiettes en plastique de Junior, ainsi que ses couverts.

— Je crois qu'il essaie de nous dire que ce repas sent très bon, et qu'il a hâte d'y goûter.

Allie coupa quelques minicarottes et une pomme de terre grenaille, ainsi qu'un peu de viande, et les fit glisser dans l'assiette en plastique, que Max déposa devant son fils. Puis elle plaça les cocottes sur la table protégée par des repose-plats.

— Nous faisons toujours une bonne équipe, remarqua Max, qui appréciait l'aisance avec laquelle ils évoluaient côte à côte dans la cuisine.

— Ça n'a jamais été le problème entre nous, dit-elle, en le servant. Nous avons toujours bien fonctionné ensemble.

Quelque chose dans son intonation enflamma les sens de Max, et un flot de souvenirs profondément intimes envahit son esprit.

— Tu penses vraiment que je pourrais être en danger ? demanda-t-elle.

Cette pensée fit à Max l'effet d'une douche froide.

Le regard d'Allie se posa brièvement sur Junior, et revint vers Max.

— Pouvons-nous être en danger tous les deux ?

— Je ne sais pas, admit-il.

Et la tension revint, attaquant douloureusement son dos, son cou et ses épaules.

— Je ne peux pas être sûr de ce que le poseur de bombes a vu aujourd'hui.

— Tu devrais peut-être retourner à l'hôtel ce soir, suggéra-t-elle. Ce n'est pas que je ne souhaite pas ta présence ici, mais je ne veux pas prendre de risque. Imagine qu'il t'ait suivi.

— Je comprends pourquoi tu dis ça. Ça a du sens, au premier abord.

— Mais ?

Il retint un petit sourire. Elle le connaissait si bien.

Malheureusement, il avait pris un risque en venant dîner.

Mais les excuses qu'il devait à Allie depuis si longtemps lui avaient semblé primordiales. Et, maintenant qu'il était là, il était trop tard pour faire demi-tour.

— Je suis déjà là, dit-il. Je ne peux pas savoir avec certitude si O'Lear en a connaissance. Te laisser seule pourrait être contre-productif.

Les épaules d'Allie s'affaissèrent de nouveau, mais son expression était indéchiffrable.

— Je ne laisserai rien arriver à toi ou à Junior, promit-il.

— Je sais.

Pensive, elle repoussa ses légumes sur le bord de son assiette avec sa fourchette, et Max eut une petite idée du tour que prenaient ses pensées. Son travail l'avait mise en danger, et c'était exactement ce qu'il avait essayé d'éviter tout au long de leur mariage.

Mais sa préoccupation était tout autre.

— Tu crois qu'il m'a reconnue ? Je veux dire, après que nous nous sommes croisés l'autre nuit, et peut-être de nouveau tout à l'heure.

La nourriture prit un goût de sable sur la langue de Max.

Comment pouvait-il rester une minute de plus avec Allie, si être avec elle en faisait une cible ?

Et comment pouvait-il partir si O'Lear l'avait déjà dans le collimateur ?

Comment choisir ?

Après le dîner, Allie rangea la cuisine, tout en regardant et en écoutant Max jouer avec leur fils.

Ce moment était doux-amer et nostalgique, et elle n'avait pas envie que Max s'en aille.

Sa voix et son rire lui manquaient.

Sa présence réconfortante et protectrice lui manquait.

Ses caresses lui manquaient.

Elle frotta la table un peu plus fort qu'il n'était nécessaire, essayant de faire diversion à une impression lancinante de perte, sachant qu'il allait bientôt partir de nouveau.

Après son divorce, elle avait agi ainsi pendant des mois, à essayer de se distraire de la douleur. Elle s'était inscrite dans une salle de sport, s'était jetée à corps perdu dans le travail, et avait essayé d'être la meilleure mère possible.

Mais il suffit d'un seul regard à Max, étendu sur le dos, sur le tapis du salon, tenant son fils à bout de bras pour le faire voler comme un minuscule superhéros, pour anéantir les progrès qu'elle avait pu faire.

Elle fit chauffer de l'eau pour une infusion.

Max aimait se moquer de ses goûts de vieille dame, mais il avait appris à aimer les infusions, comme elle s'était mise à apprécier la bière à la pression. Il avait commencé à courir avec elle le matin, et elle avait pris l'habitude de l'accompagner à la salle de sport.

Max et elle avaient toujours formé une bonne équipe, sachant apprendre l'un de l'autre, donner et recevoir… jusqu'à ce que la TCD appelle, et que sa véritable équipe l'emmène au loin pendant des jours ou des semaines. Le plus souvent à l'improviste, et toujours pour secourir ou protéger une autre famille.

Jusqu'à maintenant, toutes ses missions avaient été abstraites. Elles avaient semblé distantes, presque imaginaires.

Mais se trouver aujourd'hui avec l'équipe, avec la foule, avait tout changé.

Elle avait senti la tension suffocante et la peur dans l'air. Elle avait vu les visages des résidents quand ils avaient été conduits en lieu sûr. Les personnes âgées. Les petits enfants… Et elle avait vu les animaux sans défense être chargés dans des cages de transport et éloignés de leurs maîtres.

Elle en avait eu le cœur déchiré.

Et la prise de conscience que Max avait sauvé toutes ces personnes en faisant passer leur vie et leur sécurité avant les siennes lui avait donné une nouvelle perspective sur absolument tout.

Y compris sur ce dont elle avait besoin de la part de Max, s'il voulait le lui donner.

Elle s'essuya les mains et alla prendre appui sur le comptoir qui séparait la cuisine de la pièce à vivre, pour observer les deux hommes de sa vie.

Ils étaient assis maintenant, un livre entre eux. Junior bâillait et se frottait les yeux.

— Oh ! je crois que quelqu'un est fatigué, commenta Max.

Posant le livre, il serra son fils contre lui et se releva souplement.

Allie admira les muscles déliés de Max, et la fluidité avec laquelle il se déplaçait. En le voyant ainsi, il était si facile d'oublier qu'une prothèse remplaçait son mollet et son pied gauche.

Il avait failli mourir avant qu'ils se rencontrent. Il s'en était fallu de peu qu'elle ne le connaisse jamais, et sa vie aurait été complètement différente.

Mais elle avait eu envie de croire que le destin l'avait sauvé pour elle. Parce que, dès le premier instant où ils s'étaient rencontrés, Max avait été tout pour elle. Il était la confirmation qu'elle avait raison de croire aux âmes sœurs.

— Ça t'ennuie si c'est moi qui le mets au lit ? demanda Max. C'est toujours la même routine ? Une couche, une chanson et un baiser ?

Elle fut surprise. Max se rappelait ça aussi ?

— Oui, ça n'a pas changé.

Allie alluma le babyphone et écouta Max parler doucement à leur fils. Puis elle se glissa dans la salle de bains et vérifia son visage et ses cheveux dans le miroir.

Elle avait les joues rouges et les yeux brillants, ce qui était exactement ce à quoi elle s'attendait.

Elle prit un moment pour mettre de l'ordre dans ses pensées, puis elle retourna au salon attendre son ex-mari.

Il lui avait dit qu'il partait ce soir, mais elle avait quelque chose à faire avant.

Max sortit de la chambre d'enfant quelques minutes plus tard, et tira doucement la porte derrière lui. Il écarquilla les yeux en la découvrant, et pourtant il devait bien savoir qu'elle était là. Il avait toujours eu la capacité de savoir où elle était, comment elle se sentait et ce qu'elle avait en tête.

— On peut parler avant que je m'en aille ? demanda-t-il.

Allie s'avança vers lui.

— Nous n'avons pas besoin de parler. Je sais que ton temps est limité. Et je n'ai pas envie de te retenir si tu penses qu'il est préférable de partir.

Max s'immobilisa, les sourcils froncés de perplexité.

— Quoi ?

— Je comprends combien on a besoin de toi sur cette affaire, et je réalise à quel point j'ai été égoïste. Je ne m'en rendais pas compte alors, mais je le vois maintenant. Et je suis désolée.

Max s'approcha, ses yeux rivés aux siens.

— C'est moi qui te dois des excuses. Junior et toi avez toujours été ma priorité, mais je ne l'ai jamais montré.

Incapable de résister plus longtemps, Allie combla la distance qui les séparait, se hissa sur la pointe des pieds et l'embrassa.

Max se crispa quand leurs lèvres se frôlèrent, puis il passa un bras autour de sa taille, la plaqua contre lui, et l'embrassa à son tour avec une passion dévorante.

La tête tournée, les lèvres brûlantes et gonflées, Allie fut la première à s'écarter.

— Désolée. Tu voulais parler ? dit-elle, en laissant courir ses doigts sur les durs reliefs de son torse.

Il passa une main sur son visage, puis la regarda sans détour.

— Je voulais te dire que j'ai eu peur aujourd'hui. J'ai eu des flash-backs. Et le syndrome de stress post-traumatique s'est déclenché si brutalement que j'ai cru ne pas pouvoir le surmonter. Finalement, j'ai trouvé le courage d'y aller. Puis j'ai trouvé la bombe, et j'ai pris conscience de ce qui était important et de ce qui ne l'était pas.

Il soupira.

— J'ai réalisé que je m'étais salement planté. J'ai compris ce que j'avais fait de mal, et pourquoi tu es partie. Et il fallait que je te dise tout ça.

Il lui prit les mains et les serra entre les siennes.

— Je sais que j'ai fait de mauvais choix, et que c'est trop tard maintenant…

— Ce n'est pas forcément trop tard.

Libérant une main, elle lui caressa la joue.

— Tu es tout ce que j'ai toujours voulu. Mais il ne me faut pas seulement un protecteur, Max. Il me faut un partenaire de vie. Et à toi aussi.

Elle opposa un regard déterminé à son expression emplie de regrets.

— Même les experts en explosifs et les héros de guerre ont besoin de quelqu'un pour prendre soin d'eux de temps en temps.

Un lent sourire éclaira le beau visage de Max.

— C'est une proposition ?

Se hissant de nouveau sur la pointe des pieds, Allie l'embrassa. Puis elle crispa les doigts sur sa chemise, et recula, l'entraînant avec elle vers sa chambre.

— Effectivement.

15

Max fut réveillé par les sons et les odeurs du petit déjeuner. L'eau qui coulait, le claquement des poêles, et le doux grésillement du bacon montaient à ses oreilles dans la petite maison d'un étage.

Par-dessus flottait la douce voix d'Allie fredonnant une comptine à leur enfant.

Le sourire monta aux lèvres de Max, tandis qu'il laissait le moment s'attarder dans son esprit.

Il était content qu'Allie lui ait demandé de rester cette nuit. Honnêtement, il n'était pas sûr qu'il aurait trouvé la force de partir. Si elle avait refusé, il aurait probablement dormi dans sa voiture.

Il ne savait pas encore tout à fait comment il trouverait la force de partir ce matin, ou n'importe quel autre matin. Mais c'était un point qu'il devrait travailler plus tard.

Les sujets de conversation qu'ils allaient devoir aborder étaient nombreux et, pour certains, compliqués. Par exemple, était-elle sincère quand elle disait qu'il restait encore une chance pour eux, au-delà de quelques nuits ?

Max bascula sur le rebord du lit et attrapa sa prothèse, qu'il fixa selon un rituel désormais bien établi. Puis il s'habilla lentement, prenant le temps de se réveiller et de profiter du moment, respirant sur sa propre peau l'odeur de celle d'Allie.

Accompagné par le rire de Junior, il rejoignit la cuisine. Tapant avec sa cuillère dans son assiette de porridge, son fils s'amusait comme un petit fou.

Dos à la porte, Allie jonglait entre une poêle contenant du bacon, et une autre des œufs brouillés. Elle portait son T-shirt à lui, qui lui tombait à mi-cuisses.

Percevant sa présence, elle se retourna en brandissant sa spatule.

— Pas d'espionnage !

— J'admirais, dit-il. Qui pourrait m'en blâmer ?

— Quand la personne que tu admires ne sait pas qu'elle est regardée, c'est de l'espionnage. Je devrais appeler le FBI.

Elle se retourna vers la plaque de cuisson.

— N'hésite pas. Je connais un type qui serait ravi d'avoir ton appel.

Max termina de nettoyer le visage de son fils avec une serviette en papier, et l'embrassa sur le dessus du crâne. Puis il se servit un café, une main plaquée sur la taille d'Allie tandis qu'il se penchait pour attraper la cafetière.

— Tu m'as manqué, dit-il en déposant un baiser sur sa joue.

— Pareil pour moi. Comment as-tu dormi ?

Il rit.

— Comme un loir. Cela faisait des mois que je n'avais pas dormi six heures d'affilée.

— L'as-tu jamais fait ? Je me souviens, quand nous étions mariés, que tu te levais en pleine nuit pour aller dans ton bureau.

Max sirota son café, regrettant le temps qu'il aurait pu passer avec elle, au lieu de se tenir volontairement à l'écart. Il n'avait probablement pas dormi une nuit complète depuis qu'il s'était engagé dans l'armée. En tout cas, pas depuis qu'il avait rejoint la TCD.

— Je me demande comment tu as fait pour te lever sans que je ne remarque rien, dit-il.

Allie éteignit le gaz sous chaque poêle, et lui offrit un petit sourire triste.

— Peut-être parce que tu as des années de sommeil à rattraper.

— Peut-être, confirma-t-il en admirant sa silhouette tandis qu'elle préparait une assiette d'œufs brouillés pour leur fils.

Elle avait de longues jambes musclées et nerveuses, des fesses hautes et rondes, et il brûlait d'envie de retourner au lit avec elle.

— Tu as faim ? demanda-t-elle.

— Une faim dévorante, dit-il d'une voix lourde de sous-entendus.

Elle rougit, et il dut se rappeler qu'il y avait un bébé dans la pièce.

Déterminé à bien se comporter, et à profiter d'un petit déjeuner en famille avant de partir, il garnit deux assiettes d'œufs et de bacon et les déposa sur la table.

— Merci, dit Allie, en tirant une chaise.

Max s'assit en face d'elle, et attaqua son repas avec appétit.

Il ne lui fallut pas longtemps pour que la culpabilité s'infiltre dans ses pensées. Le reste de son équipe avait sûrement passé une nuit blanche, à essayer de trouver des pistes, et il s'était comporté comme s'il était en vacances.

— Tu plisses le front, remarqua Allie. Que se passe-t-il ?

Il se força à sourire, et faillit répondre « rien ». Puis il se rappela ce que ce genre de réaction lui avait déjà coûté.

— Je me demande où en est l'enquête, et s'il y a eu d'autres menaces.

Allie le regarda avec surprise.

— Tu n'as pas consulté ton téléphone ?

Max sortit son portable de sa poche, surpris que cela n'ait pas été son premier geste quand il s'était réveillé.

— Rassure-toi, si tes collègues avaient eu besoin de toi, ils seraient venus tambouriner à ma porte.

— Tu as raison.

— Ne te sens pas coupable d'avoir dormi. Tu ne peux pas être au mieux de tes capacités si tu tournes à vide. Considère que tu leur fais une faveur. Ton esprit sera plus aiguisé pour la suite.

Max consulta ses appels et ses mails manqués.

Le commissaire Drees avait obtenu une commission rogatoire pour perquisitionner l'appartement d'O'Lear, juste avant que Max passe à l'hôtel se changer en prévision de son dîner avec Allie.

L'équipe avait envoyé des photos, et semblait avoir dûment retourné chaque objet, dans un souci d'extrême diligence.

Une caisse métallique cadenassée dans le fond de sa penderie avait révélé suffisamment de preuves pour lier O'Lear aux deux explosions et à la bombe dans le bureau de Teske. Des tickets de caisse, du matériel destiné à la confection de bombes, un carton vide ayant contenu une cocotte-minute… et même un carnet avec des croquis, des plans d'action détaillés, et les impressions d'O'Lear.

Max eut un sourire de satisfaction. Si le matériel seul pouvait être contesté au tribunal, la confession écrite d'O'Lear lui vaudrait une condamnation à perpétuité.

Il ne manquait que les noms de ses victimes. O'Lear ne les désignait que par leur prénom.

Max était partagé entre le soulagement et l'anxiété. La TCD avait tout ce qu'il lui fallait pour faire condamner O'Lear. Mais ils ne l'avaient toujours pas trouvé, et ils ne savaient pas où et quand il allait frapper de nouveau.

En outre, O'Lear avait probablement vu que son appartement était perquisitionné, et il savait que l'étau se resserrait sur lui. N'ayant plus rien à perdre, quelqu'un d'aussi désaxé que le poseur de bombes de Grand Rapids allait devenir encore plus dangereux.

— Réunion à 8 heures, dit-il, en replaçant son téléphone dans sa poche.

L'équipe avait été bien occupée, mais ses collègues s'en étaient parfaitement sortis sans lui.

— Je vois bien que ça fourmille de pensées dans ta tête, remarqua Allie. Tu as hâte de t'en aller et de te remettre au travail.

— C'est vrai, admit-il. On peut se revoir ce soir ?

— Avec plaisir.

Il lui fallut plus de volonté qu'il ne l'aurait cru, mais Max quitta la table, se doucha, et s'habilla.

Quand il embrassa sa femme et son fils à la porte, il eut l'impression d'être revenu au bon vieux temps, mais en mieux.

Il y avait une nouvelle forme de paix et de compréhension entre Allie et lui, et il regrettait qu'ils n'y soient pas parvenus un an plus tôt, avant que les papiers du divorce soient signés.

— Fais attention à toi, d'accord ?

Il détecta un soupçon de peur dans les profondeurs de ses yeux noisette.

— Et reviens-moi.

Max ne savait pas si elle lui demandait simplement de revenir ce soir, ou s'il y avait derrière ces mots une plus grande requête.

Dans les deux cas, il reviendrait.

Et il resterait aussi longtemps qu'elle le lui permettrait.

— C'est promis.

Fritz O'Lear avait vu des flics nerveux et des journalistes anxieux se rassembler autour de son immeuble, pendant que ces crétins du FBI désamorçaient sa bombe.

Il avait vu le commissaire, cet incompétent, montrer le SMS à tout le monde.

Il avait vu aussi quand ils étaient retournés mettre à sac son appartement. Lui voler ses affaires et essayer de l'intercepter.

Fritz avait tout vu.

Il surveillait même l'hôtel où l'équipe résidait.

Hier, il avait vu leurs SUV identiques garés sur le parking, tandis qu'il roulait vers un motel miteux à la sortie de la ville – là où il pourrait payer en liquide, et où on ne lui demanderait pas de pièce d'identité.

Il détestait l'hôtel des fédéraux. Trop grand, trop ostentatoire, trop arrogant… Exactement comme eux.

Devrait-il ajouter un autre lieu à la liste de ses cibles ?

Ne serait-ce pas un moyen de finir en beauté s'il faisait exploser l'équipe qui était venue l'arrêter ?

Cacher une bombe dans un hôtel serait facile. Les gens allaient et venaient sans cesse, et personne ne faisait attention.

Il était sorti de sa voiture et avait fait le tour des extérieurs, de plus en plus séduit par cette idée. Il aurait tout le temps d'explorer l'intérieur le lendemain matin, quand les agents auraient quitté les lieux pour aller travailler.

Pour le moment, ils devaient se griser de leur petite victoire. Ils pensaient qu'ils étaient meilleurs que lui…

Mais ils se trompaient. Et il allait faire en sorte qu'ils s'en rendent compte.

Le FBI s'était immiscé dans sa vie. Il avait profané son appartement, volé ses affaires…

Il était temps de remettre à leur place ces crétins arrogants. De leur rappeler qui était le patron !

Puis, par un parfait tour du destin, tandis qu'il revenait à sa voiture, les grandes portes en verre de l'hôtel s'étaient ouvertes, livrant le passage au type qui avait désamorcé sa bombe.

Il l'avait détesté à l'instant où il l'avait vu à la télévision.

Avec sa peau mate sans défaut, ses traits dignes de ceux d'une star de cinéma, son regard assuré, sa musculature impressionnante, ce type avait tout pour lui.

Et ça, ce n'était pas juste !

Il avait attendu que l'homme monte dans son prétentieux et voyant SUV gouvernemental, et il avait couru à sa voiture.

La Toyota n'était pas neuve, ni chère comme la voiture qu'il suivit à travers la ville. Mais elle n'avait pas de GPS qu'on pouvait tracer, et elle était toujours enregistrée au nom de son ancien propriétaire, un ami qui avait trouvé la mort dans un accident de moto.

Ça le rendait invisible.

Un vrai fantôme.

16

Max arriva au commissariat de bonne heure, comme prévu.

Il salua les agents qu'il croisa tandis qu'il se rendait à la salle de conférences, reconnaissant ceux de l'équipe du matin, et les quelques-uns qui finissaient leur service de nuit.

À la main, il tenait un gobelet de café à emporter qui tiédissait déjà.

La porte était fermée, mais de la lumière filtrait par l'imposte vitrée, lui indiquant qu'il n'était pas le premier.

La plupart de ses collègues étaient restés éveillés toute la nuit, pendant qu'il dormait. Ils auraient dû sommeiller ce matin, et n'arriver qu'à la dernière minute pour la réunion.

Il actionna la poignée, en se demandant qui pouvait se trouver dans la salle. Les policiers n'avaient pas le droit d'y entrer en l'absence d'un membre de la TCD, et l'équipe de ménage avait reçu le même ordre.

C'était peut-être Rihanna, la seule collègue qui ne lui avait pas envoyé de message dans la nuit, et qui devait être de repos. Ou quelqu'un qui ne pouvait pas dormir. Parfois, l'insomnie surpassait la fatigue quand on était sur le point de conclure une enquête. L'anticipation mêlée d'adrénaline était un puissant cocktail.

Il entra, incapable de faire une prédiction.

De toute façon, il se serait trompé.

Alana Suzuki, la directrice de leur unité, était assise en bout de table, et signait une pile de documents.

— Bonjour, Max, dit-elle, en relevant à peine la tête.

— Alana. Je ne savais pas que vous deviez venir. Est-ce que tout va bien ?

Il espérait qu'elle n'était pas là pour leur asséner une mauvaise nouvelle. Un coup de théâtre qui changerait la donne.

— Oui, tout va bien.

Elle signa un dernier papier et posa son stylo, posée et gracieuse comme toujours, dans son impeccable tailleur-pantalon bleu marine.

— Je dois m'entretenir avec le commissaire Drees des avancées de l'enquête. Rihanna fait un travail formidable, mais vous savez que j'aime apposer ma marque chaque fois que je le peux.

Son sourire était aimable, mais sur la réserve, et Max comprit qu'elle était là pour s'assurer que son équipe avait tout ce dont elle avait besoin, et que personne ne cherchait à lui mettre de bâtons dans les roues.

— Comment allez-vous, Max ?

— Bien. Merci.

— Vous êtes matinal. La réunion ne commence pas avant une trentaine de minutes.

Elle observa attentivement son visage.

— Vous ne pouviez pas dormir ?

— Si, j'ai même mieux dormi que d'habitude.

Et ce constat lui procurait toujours une forme de culpabilité.

Il prit place en face d'Alana.

— J'avais envie de venir un peu plus tôt pour revoir les informations dont nous disposons, en pensant que je pourrais trouver un indice qui nous aurait échappé, et peut-être anticiper la prochaine attaque.

Pendant quelques secondes, Alana se contenta de l'observer sans rien dire. Elle avait probablement vu des images de lui à la télévision, ou sur Internet. Et Max était sûr qu'elle s'était entretenue avec Axel, pour savoir dans quel état d'esprit il se trouvait.

Il n'était pas inhabituel pour Alana de rencontrer les forces de l'ordre locales, mais elle le faisait le plus souvent par téléphone ou visioconférence.

— D'habitude, vous ne vous rendez pas sur site. Y a-t-il un problème particulier ici ?

Elle esquissa un sourire.

— Oui, vous.

— Moi ?

Il haussa les sourcils.

— C'est une affaire compliquée, pour vous.

Max serra les dents. Il n'aimait pas la tournure que prenait cette conversation.

— Nous avons déjà traqué des poseurs de bombes, mais dans le cadre de renforts pour une chasse à l'homme, expliqua Alana. Cependant, vous n'avez jamais été contraint de désamorcer vous-même un engin explosif.

— Effectivement.

Max s'efforçait de garder un ton neutre, mais il sentait de la tension dans ses épaules. Et la douleur fantôme qui le taraudait parfois venait de se réveiller, lui donnant la tentation de masser son membre absent.

Il y résista, et croisa les mains sur la table.

— Vous avez accompli un miracle, dit-elle.

Il haussa les épaules.

— Je n'ai fait que mon travail.

— Ne soyez pas modeste ! Vous avez été héroïque. Et je suis venue vous le dire en personne.

Il écarquilla les yeux.

— Vous avez fait le déplacement jusqu'à Grand Rapids pour moi ?

Max ne savait pas s'il devait en être flatté, ou y voir le signe que sa directrice pensait qu'il avait besoin d'une baby-sitter.

— C'est vous qui avez demandé à être sur l'enquête. Allie et Junior se trouvent aussi sur place, et je sais que cela vous préoccupe. Cela signifie donc que vous subissez une pression importante. Alors, répondez-moi franchement : comment allez-vous ?

Max hésita. Il avait des relations cordiales avec Alana, mais elle restait sa supérieure.

— Eh bien… Me retrouver devant la bombe a été dur. Plus dur que je ne l'aurais cru. Un bon exemple de la théorie confrontée à la réalité. En théorie, je savais quoi faire, et j'étais prêt. En réalité, j'ai senti la panique monter avant même d'entrer dans l'immeuble, et j'ai eu envie de faire demi-tour. Les habitants et leurs animaux avaient été mis à l'abri. La seule chose qui courait un risque, c'était un vieil immeuble mal entretenu.

Alana attendit, pendant qu'il luttait pour mettre des mots sur ses pensées fugitives.

— Je devais préserver cet immeuble. Ses occupants ont peu de ressources. Tout ce qu'ils possèdent se trouvait là : vêtements, objets personnels, souvenirs… Un grand nombre d'entre eux n'ont probablement nulle part où aller.

Il marqua une pause et s'humecta les lèvres.

— Et je souhaitais qu'O'Lear sache à qui il avait affaire. Je ne voulais pas qu'il pense qu'il avait gagné. Ou qu'il pourrait gagner.

— Et maintenant ?

— Maintenant, je crains qu'il ait vu mon intervention comme une provocation. Et que, au lieu de l'intimider, j'aie attisé encore plus sa colère. Je redoute une nouvelle attaque, qui emportera cette fois de nombreuses vies.

— Eh bien, moi, je ne suis pas inquiète. Quand je vous ai demandé de rejoindre l'équipe, je savais que vous étiez le meilleur. Et j'en suis toujours persuadée aujourd'hui. Vous ne m'avez jamais fait défaut jusqu'à présent, et il n'y a aucune raison que ça se produise à l'avenir.

Réconforté par ces paroles, il sourit.

— Merci pour votre confiance.

— Vous avez pu parler avec Allie depuis votre arrivée ? Voir votre fils ?

— Oui. Ils vont bien tous les deux.

— Parfait.

Alana eut un signe de tête approbateur.

— Eh bien, je vois que vous allez parfaitement bien, comme je m'y attendais. Je vais donc me hâter de rencontrer tout ce qui compte à Traverse City, et de rentrer avant que ce serpent de Jenkins essaie de nouveau de me prendre ma place.

Max gloussa.

— Il sait pourtant qu'il ne fait pas bon vous chercher des noises.

— N'est-ce pas ?

Elle se leva, un sourire narquois aux lèvres, et rassembla ses affaires.

En passant devant lui, elle lui tendit la main avant de sortir.

— Merci d'être venue, Alana. Votre confiance signifie beaucoup pour moi.

— Elle est méritée. Je sais que Grand Rapids est entre de bonnes mains avec vous. Si vous avez besoin de quoi que ce soit, n'hésitez pas à me le faire savoir.

Après seulement trois heures de sommeil, et beaucoup trop de caféine, Opaline avait copieusement chargé ses paupières de fard bleu lavande, posé ses faux cils, et redessiné sa bouche avec un gloss prune.

Elle s'était levée avec le soleil, et s'était hâtée de se rendre à son bureau, pressée de partager ses trouvailles.

— Bonjour ! s'exclama-t-elle avec enthousiasme, en découvrant ses collègues sur son écran. J'espère que vous avez réussi à dormir un peu.

Des marmonnements s'élevèrent dans la salle de conférences de Grand Rapids.

— Nous t'avons envoyé de nouveaux éléments, dit Axel. Ils proviennent de la fouille de l'appartement d'O'Lear. Il faudrait les compiler en un seul document pour un accès plus rapide et plus pratique.

— Je peux faire ça. Je travaille aussi sur les codes-barres du carton de la cocotte-minute et des différents matériels pour savoir où ils ont été achetés. Quelqu'un dans l'un de ces magasins aura peut-être une information à nous donner sur l'acheteur. J'essaye toujours de tracer son téléphone prépayé, mais ça n'avance pas comme je veux.

Axel hocha la tête.

— Nous sommes maintenant entrés dans une phase de chasse à l'homme. Il ne fait aucun doute qu'O'Lear est notre coupable. Le but, maintenant, est de le trouver avant qu'il frappe de nouveau.

Face à la webcam, l'expression d'Axel était pleine d'espoir.

— Dis-moi que tu as des éléments pour nous aider.

— J'ai ça en magasin ! dit-elle fièrement.

Elle envoya le mail groupé qu'elle avait préparé avant l'appel.

Les membres de l'équipe tendirent la main vers leurs téléphones.

— Le premier nom sur la liste est un homme qui s'appelait Mark Waters, et qui se considérait comme un vieil ami d'O'Lear. Mauvaise nouvelle, le type est mort dans un accident de moto, il y a dix mois. Bonne nouvelle, les parents de Waters habitent toujours à Grand Rapids. Je vous ai envoyé leur adresse et les informations de contact. Si O'Lear était vraiment un ami de longue date de leur fils, ils s'en souviendront sûrement.

— Bien, dit Axel. Qui s'en occupe ?

Carly leva son stylo.

Axel hocha la tête.

— Prends Aria avec toi.

Les deux femmes échangèrent des hochements de tête.

— Autre chose, continua Opaline. Quand j'ai passé Mark Waters dans le système, j'ai trouvé une voiture toujours immatriculée à son nom. Comme il était à moto quand il est mort, je suppose que la voiture est entreposée quelque part, ou que son nouveau propriétaire n'a pas fait le changement.

— C'est peut-être O'Lear qui l'utilise, suggéra Aria. Nous allons demander à la famille.

— Bon travail, Opaline, approuva Axel. Autre chose ?

— J'ai trouvé les coordonnées de trois familles qui ont eu

affaire à O'Lear pour acheter leur maison, quand il travaillait chez Ramsey Realty.

— Qui est Pamela Berry ? demanda Max, qui avait pris de l'avance sur le dossier envoyé par Opaline.

Celle-ci afficha un sourire satisfait. C'était sa plus belle trouvaille.

— C'était la petite amie de Fritz O'Lear quand il était au lycée. Et, d'après le compte Facebook de Pamela, il continue à la voir de temps en temps.

— Je m'occupe de l'audition de la petite amie, décréta Max.

— Je viens avec toi, dit Selena.

— D'accord.

Opaline exultait.

— Les selfies les plus récents de Pamela avec O'Lear ont été pris dans des salles de billard ou de bowling de la ville, ce qui correspond bien à la liste de ses loisirs que je vous ai fournie hier.

— On s'en occupe, dit Max.

— Tenez-moi informée. Je continue à essayer de tracer le suspect pendant que vous faites les auditions.

— On a une description de la voiture ? demanda Carly.

— Oui.

Opaline changea d'écran et trouva les informations.

— C'est une Toyota Camry de couleur beige, et qui date de 1999. Je vous envoie une photo de Mark Waters avec le véhicule, prise il y a trois ans.

— Merci, dit Carly.

— Tu as le numéro d'immatriculation ? demanda Aria.

Opaline leur fournit l'information.

Max se tourna vers Rihanna, qui tapait assidûment sur son téléphone, pendant que l'équipe organisait sa journée d'investigation.

Elle leva brièvement les yeux et vit qu'il la regardait.

— Oui ?

— Tu peux donner l'immatriculation et la description de la voiture à la police locale ? demanda Max. Il faut envoyer son signalement aux agents de la circulation, et aussi étudier les caméras routières. Si O'Lear est au volant, ce sera facile de le tracer.

Rihanna agita son téléphone.

— Je m'en suis déjà occupée.

— Bien.

Il marqua son approbation d'un signe de tête.

Opaline avait l'esprit plus libre à présent. Elle avait fourni des pistes qui venaient d'insuffler une nouvelle dynamique dans l'équipe, et leur satisfaction évidente était sa récompense.

— Autre chose ? demanda Max.

— C'est tout pour le moment. Je reprends contact dès que j'ai du nouveau.

— Merci, Opaline.

Sur ces mots, Max se leva, glissa son téléphone dans la poche de son jean, et enfila son manteau de lainage noir.

— Je pense qu'il est temps de rendre une petite visite à Pamela Berry.

— Oui.

Selena se leva à son tour, et enfila sa parka beige, ornée de fausse fourrure autour de la capuche et des poignets.

— Bon travail, Opaline, dit-elle.

— Merci.

Il n'arrivait pas si souvent que sa sœur lui fasse des compliments, et ce fut le cœur plus léger qu'Opaline coupa la connexion.

17

Selena contourna la table et se rapprocha de Max.

— Nous étions inquiets de ne pas avoir de tes nouvelles.

— Figure-toi que, pour la première fois depuis longtemps, j'ai dormi.

— C'est une très bonne chose. Tu as besoin d'avoir l'esprit frais et aiguisé. Alors, ne te sens pas coupable.

— Ça se voit tant que ça ?

— Disons que c'est difficile de cacher quelque chose à ses collègues quand ce sont des agents fédéraux. Tu as des questions sur les images et les informations que nous t'avons envoyées sur l'appartement d'O'Lear ?

— Non, mais j'aimerais bien y faire un tour plus tard. En étant chez lui, je pourrai peut-être mieux capter sa personnalité, son mode de fonctionnement. Je voudrais voir aussi les preuves que vous avez collectées. Les photos, c'est bien, mais ça ne suffit pas.

— Nous pouvons nous arrêter à la salle des scellés en sortant.

Max se dirigea vers la porte avec sa coéquipière de la journée, pressé de voir ce qu'ils avaient trouvé chez O'Lear.

— On dirait qu'il ne restait pas beaucoup de matériel chez lui, remarqua-t-il.

— Effectivement.

Selena remonta d'un coup sec la fermeture de sa parka.

— Il y avait beaucoup de boîtes vides.

— Ce qui me fait penser que la nouvelle bombe a déjà été fabriquée.

Il soupira.

— J'espérais à moitié que vous aviez trouvé le prochain engin explosif, ou le matériel pour l'assembler. Au moins, nous aurions su qu'il était momentanément stoppé, et nous aurions pu surveiller les magasins locaux, dans l'hypothèse où il ferait de nouveaux achats.

— C'est vrai que cela aurait été préférable.

Max grimaça.

— Mouais.

— Nous ferions bien d'y aller.

Axel atteignit la porte le premier, téléphone en main. Il jeta un coup d'œil à Max et Selena, tout en composant un numéro.

— J'appelle la sécurité routière pour voir si je peux obtenir les enregistrements des caméras de circulation dans un rayon de un kilomètre autour des trois sites où des bombes ont été posées. Rihanna a demandé à la police de surveiller les Toyota… Excusez-moi.

Il se glissa dans le couloir, hors de vue.

Carly avait déjà en main la clé de sa voiture.

— Aria et moi allons voir si nous pouvons obtenir quelque chose de la famille de Mark Waters. S'ils confirment qu'O'Lear a la voiture, nous vous préviendrons.

— Bien, dit Max. Restons en contact. J'ai un mauvais pressentiment à propos du SMS qu'O'Lear a envoyé hier. Nous l'avons provoqué, et il va vouloir nous punir.

L'équipe échangea des regards inquiets.

Puis Carly dessina un cercle en l'air avec son index.

— Allez, on bouge !

Max tint la porte à Selena, qui fut suivie d'Aria et de Carly.

Selena et lui jetèrent un coup d'œil aux preuves confisquées chez O'Lear, puis ils se dirigèrent vers leur voiture.

— Ça t'ennuie si je conduis ? demanda Selena.

Max leva les mains.

— Non. Mais j'ai l'impression d'être devenu un VIP avec son chauffeur. Axel m'a conduit à travers toute la ville la dernière fois que nous avons fait équipe.

— Ne te plains pas. Avec moi, c'est Aria qui était au volant.

Max gloussa. La conduite de la jeune recrue en avait effrayé plus d'un. Mais Max, heureusement, n'avait pas eu l'occasion de se faire véhiculer par elle.

— C'est un vrai danger public. Je ne plaisante pas.

Max prit place sur le siège passager, ravi d'avoir un peu de temps pour remettre de l'ordre dans ses pensées et se concentrer pleinement sur la journée qui les attendait.

Il pensait toujours à Allie, et à la difficulté qu'il avait eue à la quitter ce matin. Et il espérait qu'elle ne passerait pas toute la journée à s'interroger sur ce qui s'était passé entre eux la nuit dernière.

Pour lui, ce n'était pas une erreur. En fait, il espérait qu'il s'agissait de la première étape sur le chemin du retour à une vie de couple. Permanente.

La nuit dernière, et encore ce matin quand il était parti, il s'était retenu de lui dire qu'il l'aimait. Mais il regrettait déjà ces opportunités manquées.

Allie ne voulait pas qu'il lui cache de nouveau ce genre de choses, et il comprenait la nécessité d'être ouverts l'un envers l'autre concernant les sentiments. Mais c'était différent.

Autrefois, quand il refusait la transparence dans leur mariage, c'était par pudeur, par retenue, parce qu'on ne lui avait jamais appris à ouvrir son cœur.

Cette fois, il ne voulait tout simplement pas l'effrayer. Et il avait le sentiment que c'était en y allant lentement qu'elle reprendrait confiance.

Il avait besoin qu'elle pense qu'il prenait cela au sérieux, qu'il ne voulait rien précipiter.

Selena lui lança deux ou trois coups d'œil intrigués, avant de se décider à rompre le silence.

— Tu as regardé le profil de cette femme sur les réseaux sociaux ? Opaline ne nous a pas donné beaucoup de détails. Cette information nous permettrait de mieux modeler notre approche pour cette audition.

Max hocha la tête, et se reprocha de ne pas y avoir pensé plus tôt.

— Bonne idée. Je vérifie.

Il sortit son téléphone de sa poche pour faire une recherche, et ne trouva qu'un seul profil au nom de Pamela Berry à Grand Rapids.

— Elle vient d'avoir trente-six ans… Elle est blonde, excessivement mince…

Il décrivait ce qui lui paraissait intéressant à mesure qu'il faisait défiler les photos.

— Les cheveux longs… Elle est très bronzée sur les photos prises à Noël dernier. On la voit devant un gâteau d'anniversaire dans un environnement de cabinet médical. Elle ne porte pas de blouse. Je pense qu'elle a un poste administratif.

— Rien ne suggère qu'elle est déraisonnable ou qu'elle a une dent contre les forces de l'ordre ? demanda Selena.

— Non.

Selena enclencha son clignotant et se dirigea vers une station-service.

— Le niveau de carburant commence à bien baisser, et je n'ai pas envie de devoir faire une halte plus tard si nous sommes engagés dans une course-poursuite, ou je ne sais quoi.

Elle s'arrêta devant une pompe et coupa le moteur.

— J'en ai pour quelques minutes.

Max savait qu'il ne fallait pas lui proposer de faire le plein à sa place, malgré la température vraiment basse, et la neige un peu partout. Par le passé, Selena et Aria avaient repoussé toute tentative de galanterie de sa part, défendant l'égalité absolue dans le travail.

Se rappelant soudain qu'il avait oublié de demander à Allie de ne pas aller au centre commercial aujourd'hui, il sortit son téléphone de sa poche et l'appela.

— Max ?

Allie avait répondu à la première sonnerie, et il y avait de l'inquiétude dans sa voix.

— Tout va bien ?

— Oui.

Il sourit, soulagé que sa crainte ne soit due qu'à lui et pas à autre chose.

— J'appelle pour te demander une faveur, dit-il. Je voudrais que tu fasses quelque chose pour moi. Je ne te le demanderais pas si ce n'était pas important.

— Je fais juste un saut au centre commercial pendant cinq minutes, dit-elle.

Une fois de plus, il s'émerveilla de son intuition. C'était à croire qu'elle lisait dans ses pensées.

— Mes parents prennent Junior pour la journée, et je vais en profiter pour faire tranquillement mes ventes en ligne. Mais il faut que je passe récupérer deux ou trois trucs au kiosque.

— Pas plus de cinq minutes, hein ?

— Promis.

Une vague de soulagement glissa sur Max.

— Nous n'allons pas tarder à arrêter ce type. L'étau se resserre. Tu vas bientôt pouvoir reprendre tes activités normalement.

— Tant mieux, parce que le produit des ventes en ligne ne suffit pas à payer le loyer.

— Je sais. Et je t'aiderai dès que tout ceci sera terminé. En attendant, vous savoir en sécurité, Junior et toi, m'aide à me concentrer sur ce que j'ai à faire.

— Bien.

Il pouvait presque entendre le sourire dans sa réponse.

— J'apprécie que tu fasses ça pour moi, dit-il.

— Et j'apprécie qu'on me laisse le choix, au lieu de me donner des ordres. Donc, nous sommes contents tous les deux.

Il rit.

— Je suppose que oui.

— Et maintenant, dépêche-toi d'arrêter ce monstre, et viens me retrouver à la maison.

Il se réjouit des progrès qu'ils faisaient. Et la confiance d'Allie lui donnait une force nouvelle.

— Il n'y a aucun autre endroit où je voudrais être.

Il venait de mettre fin à la communication quand Selena revint au volant.

Elle déposa deux gobelets de café dans les logements prévus à cet effet, et plaça un sachet en papier sur la console entre eux.

— Ils vendent des doughnuts Krispy Kreme, ici, dit-elle, en attachant sa ceinture. Sois un coéquipier de rêve et manges-en un pour que je ne sois pas obligée de dévorer les deux.

Max gloussa.

— Un beignet et un café. On croirait des caricatures de flics dans une série télévisée !

Il ouvrit le sachet et le lui présenta.

Selena mordit dans son beignet, gémit de satisfaction, et en dévora la moitié avant de démarrer.

— Maintenant, je suis prête à passer à l'attaque.

— Commençons par le cabinet médical où travaille Pamela. Nous en sommes plus près que de là où elle habite. Et si jamais c'est son jour de congé, nous pourrons toujours passer chez elle après.

— Ça marche.

Selena but une gorgée de café, avant d'enclencher le levier de vitesse automatique sur la position *drive*.

— Tu as l'adresse ?

Max entra le nom du cabinet médical dans un moteur de recherche, puis tapa l'adresse sur le GPS embarqué.

Il était temps de mettre un terme aux agissements de Fritz O'Lear, pour que Max puisse enfin retrouver sa famille.

18

Carly se gara devant une imposante maison de briques de style colonial, située dans un parc résidentiel clos, avec un vigile à l'entrée.

Deux imposantes colonnes de pierre encadraient la porte d'entrée, soutenant un fronton triangulaire. Sur l'une était gravé le numéro, sur l'autre le nom des Waters.

— Eh bien ! dit Aria.

Détachant sa ceinture de sécurité, elle se tourna pour observer par sa vitre.

— Je crois que ma famille tout entière pourrait vivre dans cette maison. Et nous sommes trente-cinq, rien qu'à Traverse City.

— Ça ferait beaucoup d'Italiens au mètre carré, non ?

Aria rit de bon cœur à cette plaisanterie.

— Le problème, c'est qu'il n'y a probablement qu'une seule cuisine.

— Effectivement, c'est un défaut majeur ! Mes tantes et ma grand-mère s'entre-tueraient.

Elle descendit de voiture et ferma son manteau jusqu'au dernier bouton.

— Pas ta mère ?

Carly verrouilla la voiture, et en fit le tour pour rejoindre Aria.

— Non. Ma mère serait en train de faire le ménage – c'est un véritable toc chez elle – et rappellerait que ce n'est pas bien de se disputer en famille. Qu'elle en soit remerciée, elle cherche toujours à être la voix de la raison, dans une famille qui pourrait contester que le ciel est bleu en été si tu lançais le débat.

Carly gloussa.

Il lui était difficile d'imaginer grandir en étant entourée d'autant de monde, mais c'était probablement intéressant.

— Eh bien, le ciel n'est définitivement pas bleu aujourd'hui, dit-elle en levant les yeux.

Cette journée de janvier était d'un gris déprimant, où qu'on regarde. Des nuages gris au-dessus de la tête. De la neige souillée et grisâtre partout ailleurs.

Les deux agentes montèrent les marches de l'impressionnant perron et Carly sonna.

Aria se pencha en arrière, se démanchant le cou pour observer le jardin recouvert de neige.

— Tu crois que c'est le genre de maison où vivrait un type qui aurait grandi avec Fritz O'Lear ? On est loin de la classe ouvrière, que j'ai identifiée comme le milieu d'origine d'O'Lear.

Carly grimaça. Opaline n'avait pas encore réussi à trouver les parents d'O'Lear et, malgré ses talents de hackeuse, elle cherchait toujours à mettre la main sur son certificat de naissance.

— Nous le saurons bientôt, répondit-elle.

La porte s'ouvrit sur une femme très mince, en pantalon noir et chemisier rouge. Rousse aux yeux verts – comme le chat qui vivait dehors près de chez Carly, et qu'elle ne pouvait s'empêcher de nourrir de temps en temps –, elle portait des boucles d'oreilles en diamant, et de faux ongles du même rouge que ses lèvres et ses escarpins.

— Bonjour, dit-elle, d'un ton poli mais sur la défensive.

Opaline leur avait fourni une photo de Mark Waters, et la ressemblance était flagrante.

Aria présenta son insigne.

— Bonjour, madame Waters. Je suis l'agent spécial Calleti, et voici l'agent spécial Welsh.

La femme haussa un sourcil, autant que le lui permettait son front botoxé.

— Nous aimerions vous poser quelques questions à propos d'une personne que vous pourriez connaître.

Ses lèvres artificiellement gonflées esquissèrent une moue perplexe.

— Pouvons-nous entrer ?

— Eh bien… Je suppose que oui.

Elle recula de quelques pas pour leur laisser le passage.

— Merci, dit Carly, reprenant là où Aria s'était arrêtée. Nous n'en avons pas pour longtemps. Nous cherchons seulement des informations sur un certain Fritz O'Lear. Nous pensons qu'il était un ami de votre fils Mark.

Les yeux de la femme s'emplirent de larmes, et elle se redressa, essayant de contrôler cette émotion inattendue.

Carly avait l'expérience du deuil, et son cœur se serra pour cette mère.

— Cela fait presque un an que Mark nous a quittés.

— Nous sommes au courant, dit Carly, d'un ton apaisant. Nous en sommes profondément désolées. Et nous n'évoquerions pas un sujet aussi sensible si ce n'était pas absolument nécessaire. Voulez-vous vous asseoir, le temps que nous ayons cette conversation ?

Mme Waters attrapa un mouchoir en papier dans une boîte posée sur une console, et les guida à travers un hall au sol de marbre.

Occupant tout le fond de la bâtisse, une enfilade de salons ouvrait sur un jardin d'hiver. Par la série de fenêtres à petits carreaux, on apercevait un jardin à la française orné d'un bassin. Un fin manteau blanc de neige recouvrait les massifs de roses encadrés de buis, mais il ne faisait aucun doute que la vue devait être formidable en été.

Assis dans un fauteuil en rotin Lloyd Loom, un homme au crâne dégarni, en polo et pantalon Dockers, abaissa sur son nez ses lunettes demi-lunes en voyant les trois femmes entrer.

— Annie ? Que se passe-t-il ?

— Chéri, ces personnes sont du FBI, et veulent nous parler de Mark.

L'homme blêmit, mais se leva et tendit la main.

— Anthony Waters. De quoi s'agit-il ?

Aria fut la première à lui serrer la main.

— Agent spécial Calleti, et voici l'agent spécial Welsh.

— Vous pouvez m'appeler Carly, dit-elle, en échangeant une poignée de main avec l'homme.

— Nous aimerions savoir si vous vous souvenez d'un homme appelé Fritz O'Lear. Nous pensons qu'il était en relation avec votre fils, et nous aimerions en apprendre plus à son sujet.

Les Waters échangèrent un regard perplexe, puis Annie les invita à s'asseoir.

— Je ne vois pas de qui il s'agit.

— Sur son compte Facebook, votre fils disait que c'était un ami de longue date.

— Notre fils avait beaucoup d'amis, dit Annie. Voulez-vous boire quelque chose ? Un thé, peut-être ?

— Non, merci, madame Waters, dit Carly.

Elle chercha les photos d'O'Lear sur son téléphone, et les montra à Anthony Waters.

— Vous semble-t-il familier ?

Il remonta ses lunettes sur son nez.

— Non, dit-il, en découvrant la photo la plus récente.

Carly lui montra celle de l'agence immobilière.

— Hum…

Il hésita longuement.

— Peut-être. Qu'en penses-tu, Annie ?

Elle se rapprocha et se pencha sur le téléphone.

— C'est possible. J'ai l'impression de l'avoir déjà vu. Mais je ne me rappelle pas son nom.

— Fritz O'Lear, dit Aria. Votre fils disait que c'était un ami de longue date.

— Peut-être…

Elle regarda son mari.

— Ça remonte à des années, mais n'était-ce pas le nom du fils de Doris ?

— Qui ?

— Doris. Notre première femme de ménage.

Il haussa les épaules.

— Je ne me souviens pas de Doris. Comment veux-tu que je me souvienne de son fils ?

— Il venait parfois avec elle, insista Annie Waters, semblant plus sûre d'elle à présent. Quand nous donnions des réceptions, elle restait tout le week-end et elle était obligée de prendre son fils avec elle parce qu'elle n'était pas mariée et n'avait pas de famille.

Anthony Waters haussa les épaules, et s'adressa à Carly.

— Ma femme a sans doute raison. Moi, je n'en sais rien. Je travaillais quatre-vingts heures par semaine à cette époque-là. Je n'étais pour ainsi dire jamais là.

Carly se força à sourire.

— Je comprends.

Elle reporta son attention sur Annie Waters.

— Qu'est-il arrivé à Doris ?

— Je suis désolée. Je n'en ai pas la moindre idée. Doris a cessé de travailler pour moi quand elle est tombée malade. J'ai appris plus tard, par une amie qui l'employait aussi, qu'elle ne s'en était pas sortie.

Baissant la voix, elle murmura « cancer », comme si c'était un gros mot.

— Doris travaillait-elle pour une agence ?

Annie Waters secoua la tête.

— Au printemps, elle faisait du porte-à-porte avec son fils. Il avait un petit vélo avec des stabilisateurs. Elle déposait des prospectus dans les boîtes aux lettres, en proposant un grand nettoyage saisonnier. Elle travaillait tellement bien que plusieurs d'entre nous l'avaient engagée de façon plus régulière.

Les épaules d'Annie Waters s'affaissèrent.

Carly conserva son sourire, en espérant qu'il ne s'agissait pas d'une nouvelle impasse.

— Vous rappelez-vous quelque chose à propos de son enfant ? Il semblerait que votre fils soit resté en contact avec lui après le décès de sa mère.

— Non. Nous n'avons jamais vu l'enfant en dehors des fois où Doris l'amenait. Mais il est possible que Mark et lui se soient revus après.

Elle soupira.

— À dire vrai, Mark avait quelques difficultés au lycée, et nous ne connaissions pas tous ses amis.

— Il s'est fait renvoyer pour avoir fumé du cannabis, dit Anthony Waters, d'une voix sévère. Ce n'est pas parce qu'il n'est plus là qu'il faut en faire un ange. Il a complètement raté ses études parce qu'il passait son temps à boire et à fumer. À dix-huit ans, il est parti sans un regard en arrière. Il passait ici de temps en temps quand il avait besoin d'argent. Et puis un jour, la police est venue nous dire qu'il s'était tué à moto, en roulant à une vitesse folle sous la pluie.

Il retira ses lunettes et se pinça l'arête du nez.

— Voilà tout ce que je sais de mon fils. Je n'ai pas la moindre idée des gens qu'il fréquentait. Pourquoi vous intéressez-vous à ce type, d'ailleurs ? Ce Fritz O'Lear.

— Nous pensons qu'il pourrait être le poseur de bombes en série, répondit sans détour Aria.

Les Waters échangèrent un regard stupéfait, puis Anthony Waters se leva.

— Je vais dans mon bureau. Bonne chance, mesdames.

Aria posa un regard compatissant sur Annie Waters, qui suivait des yeux son mari, l'air perdu.

— Encore une question, si vous permettez. Savez-vous si votre fils possédait une Toyota Camry ?

— Nous lui en avions offert une pour ses dix-huit ans. Juste avant qu'il parte.

— Vous avez une idée de ce qu'est devenue cette voiture ?

— Non. Nous nous sommes dit qu'il l'avait vendue pour acheter de la drogue, ou qu'il l'avait échangée contre cette moto avec laquelle il s'est tué.

Elle étouffa un sanglot.

— Je suis désolée. Je n'arrive toujours pas à croire qu'il

n'est plus là. Il y a tellement de choses que je ferais différemment si je le pouvais.

Carly sortit une carte de visite de sa poche et la lui tendit.

— Nous allons vous laisser, maintenant. Si quelque chose vous revient, n'hésitez pas à m'appeler.

— Inutile de nous raccompagner, dit Aria. Nous retrouverons notre chemin.

Les deux agentes n'échangèrent pas un mot avant d'être de retour à leur voiture.

Carly mit le contact et monta immédiatement le chauffage.

— Quel fiasco ! dit Aria. Et, en prime, nous avons perturbé ces pauvres gens pour rien.

— Mouais.

Carly admira une dernière fois la grande maison, et enclencha la marche arrière.

— Espérons que Max et Selena aient eu plus de chance que nous.

Aria soupira.

— Je ne vois pas comment ils auraient pu faire pire.

Le téléphone de Carly sonna et, après avoir vérifié l'identité de l'appelant, elle mit l'appareil sur haut-parleur.

— Salut, Axel.

— Salut. Comment ça s'est passé avec les Waters ?

— Une impasse, répondit Carly. Leur fils n'était plus en contact avec eux au moment de sa mort. Sa mère ne savait même pas qu'il avait toujours la Toyota. C'était un cadeau pour les dix-huit ans de Mark.

— Donc, O'Lear pourrait conduire cette voiture ? demanda Axel.

— C'est possible, répondit Carly. Mme Waters pense qu'O'Lear pourrait être le fils de son ancienne femme de ménage, Doris. Malheureusement, cette dernière est morte de maladie, il y a quelques années, et elle n'aurait pas d'autre famille que son fils.

— Donc, nous savons que ce type a eu une enfance difficile. Mère célibataire. Pas de figure paternelle. Potentiel sentiment d'abandon. Sa mère fait le ménage chez les riches de la ville, ce qui a pu lui valoir des moqueries. Puis elle tombe malade et les revenus cessent. Les factures s'accumulent. Elle meurt et les repères de Fritz partent avec elle. Sait-on quel âge il avait quand elle est morte ?

— Non, dit Carly.

— Je vais demander à Opaline de se renseigner auprès de l'aide à l'enfance. Il a pu être placé en foyer ou en famille d'accueil.

— Bien vu, dit Aria. Tu as parlé avec Max et Selena ?

— Pas encore. Je m'en occupe dès que j'ai fini ici. Je quadrille le périmètre autour de l'immeuble d'O'Lear, avec une photo de lui. J'ai encore douze appartements à faire, avant de me rendre dans la zone du Burger Mania.

— Ça donne quelque chose ?

Axel eut un rire sans joie.

— La plupart des gens n'ouvrent pas leur porte. Ceux qui le font ne veulent pas me parler, ou disent qu'ils ne le connaissent pas. Deux hommes sur un trottoir pensent l'avoir vu dans un bar en ville. Ils ne savaient pas qu'il vivait dans le quartier. Je vais aller faire un tour au bar La Tremblote. Vu le nom, ça doit être un bon !

Aria éclata de rire.

— On dirait le genre d'endroit où je pourrais trouver mes frères. Mauvaise musique, lumière tamisée pour cacher des années de décrépitude, excellent burger et bière à gogo.

— Je mangerais bien un bon burger, dit Axel. En tout cas, ça ne me fera pas de mal d'être à l'intérieur et de me réchauffer.

Comme pour confirmer ses mots, on entendait le vent souffler à travers son téléphone.

— Tu as besoin d'aide au bar ? demanda Carly. On pourrait s'y retrouver pour déjeuner.

— Oh oui, dit Aria. Nourriture bien grasse. Frites trop salées. Mon rêve ! Dis à Selena et Max de venir.

— Comment s'en sort Max ? demanda Carly. Hier, ça a

été dur pour lui. Et il n'a répondu à aucun de nos messages la nuit dernière.

— Je pense qu'il va très, très bien, répondit Axel, d'un ton lourd de sous-entendus.

— Tu crois ?

Il fallut quelques secondes à Carly pour comprendre.

— Oh… Tu veux dire qu'il n'était pas à l'hôtel quand tu es rentré ?

— Non.

— Et il n'était pas là quand tu t'es levé ce matin pour venir travailler ?

Elle échangea un sourire avec Aria.

— Non.

Carly sentit son sourire s'épanouir. Max était allé dîner avec son ex-femme et son fils, et il avait passé la nuit chez elle.

— Je suppose que tu as raison. Tout va bien pour lui.

19

La maison médicale de Grand Rapids était hébergée dans un immeuble en brique proche du centre-ville.

Max tint la porte à Selena, tandis qu'il entrait dans le petit bureau d'accueil.

D'après le site web, il y avait quatre médecins à plein-temps. Pour le moment, le parking était quasiment vide, tout comme la salle d'attente.

Ils s'avancèrent jusqu'au comptoir et sourirent poliment à l'employée, une blonde platine avec un badge l'identifiant comme étant Pamela.

Max n'eut pas besoin de ça pour la reconnaître. Elle ressemblait exactement à ses photos sur Facebook.

— Bonjour, dit-elle, en quoi puis-je vous aider ?

Selena lui montra son insigne, et Pamela eut un sursaut.

— Nous voudrions vous parler. Y a-t-il un endroit où nous serions plus tranquilles ?

Une femme ralentit en passant, notant la soudaine tension dans l'air.

— Tout va bien, Pamela ?

— Oui, merci. Peux-tu me remplacer un instant ?

— Bien sûr. Pas de problème.

— Merci.

S'adressant aux agents, elle ajouta :

— Nous pouvons discuter dans la cuisine.

La pièce était toute simple : un évier et un plan de travail, sur lequel se trouvait un four à micro-ondes, une cafetière et une collection de mugs. Une table entourée de chaises pliantes en plastique.

Pamela ferma la porte, et s'appuya contre le plan de travail.

Contrairement à sa collègue, qui portait une blouse rose et des claquettes, elle était vêtue d'un pantalon kaki ajusté, d'un pull blanc et de sneakers de marque.

— Quelqu'un est blessé ? demanda-t-elle.

— Non.

Max lui tendit la main.

— Je suis l'agent spécial Max McRay. Voici l'agent spécial Selena Lopez. Nous aimerions vous poser quelques questions à propos de Fritz O'Lear.

— Fritz ?

Le regard de Pamela passa de l'un à l'autre.

— Et vous dites qu'il n'est pas blessé ?

— Non, dit Selena. Il n'a rien.

Max et Selena attendirent, laissant à Pamela le temps de se demander pourquoi le FBI voulait lui parler de son ex.

Ce faisant, ils évaluèrent ses expressions durant le processus de réflexion : surprise, confusion, inquiétude.

— Que voulez-vous savoir ? demanda-t-elle.

Elle avait croisé les bras et reculé le torse.

Ce n'était pas très bon en termes de signaux non verbaux. Elle mettait une barrière, puis elle cherchait à gagner de l'espace.

— Nous devons entrer en contact avec lui, dit Selena.

Sa voix modulée tentait d'insuffler un peu de calme à Pamela.

— Savez-vous où il pourrait être ?

Elle secoua la tête.

— Je ne l'ai pas vu depuis Noël.

— Parlez-nous de cette période, continua Max en faisant de son mieux pour jouer les durs.

Il n'avait pas encore cerné la personnalité de Pamela, et ne voulait pas lui laisser le temps de se braquer contre eux.

Pour le moment, l'effet de surprise causé par leur visite sur son lieu de travail jouait en leur faveur.

Elle relâcha son souffle.

— Je suis tombée sur Fritz au bowling, quelques jours avant Noël.

Elle se massa le haut du bras, comme si elle cherchait à se réconforter, mais ne les décroisa pas.

— Nous avons joué quelques parties, bu quelques verres…

Elle sourit.

— Il y avait beaucoup de nostalgie dans l'air, alors je l'ai invité à passer la nuit chez moi.

Cet aveu la fit rougir.

— Les fêtes de fin d'année sont une période chargée de confusion. On a vite tendance à se sentir seul. Et je le connais depuis des années.

— Comment était-il, ce soir-là ? demanda Selena. Était-il contrarié par quelque chose en particulier ?

— Un peu.

Elle se mordilla la lèvre, cherchant visiblement ses mots.

— Avant de partir, il a dit qu'il avait toujours regretté que nous n'ayons pas terminé ensemble, et que nous pourrions nous donner une deuxième chance.

— Et ? demanda Selena.

Pamela grimaça et baissa les yeux.

— J'ai ri.

Quand elle releva la tête, elle semblait rongée de culpabilité.

— Je lui ai dit que notre histoire avait été formidable au lycée, mais qu'elle n'était pas destinée à durer. Que la nuit que nous venions de passer ensemble ne se reproduirait pas. C'était juste une façon de nous rappeler une époque où nous étions jeunes et insouciants, mais ça ne voulait rien dire. Il n'y avait pas de sentiments entre nous.

Selena eut un hochement de tête compréhensif.

— Comment l'a-t-il pris ?

— Pas très bien. J'ai essayé de lui expliquer, mais je crois que je n'ai fait qu'empirer les choses. Je lui ai dit qu'il était trop romantique. Qu'il idéalisait ce qui s'était passé au lycée. Que ces amourettes n'étaient pas destinées à durer. Que je me souvenais à peine de cette romance qui avait duré un mois.

Elle soupira.

— Ce n'est qu'après avoir dit tout ça que je me suis souvenue qu'il n'avait jamais été vu avec une autre fille après notre rupture. Il faut croire que cette histoire a compté beaucoup plus pour lui que pour moi.

Elle glissa entre ses dents un ongle verni en bleu ciel, et commença à le mordiller.

— Je m'en veux de lui avoir fait du mal. Déjà qu'il n'a pas eu une vie facile…

Max échangea un regard avec Selena.

Il n'avait pas su à quoi s'attendre avant que Pamela s'explique, mais ce n'était certainement pas à ça. Elle venait tout simplement de décrire un troisième rejet imposé à O'Lear.

Pour quelqu'un qui flirtait déjà avec la folie, et qui avait si peu à perdre, ça avait pu suffire à le faire basculer.

— Savez-vous où il pourrait se trouver maintenant ?

Elle secoua la tête.

— Non.

— Si vous deviez le contacter, par où commenceriez-vous ?

Elle haussa les épaules.

— Peut-être à son appartement. Il ne sort pas beaucoup, et il n'a pas de travail en ce moment. En tout cas, il n'en avait pas à Noël. Je vais vous donner son adresse.

Elle se tourna pour prendre un stylo, et se figea.

Lorsqu'elle pivota de nouveau sur ses talons, elle était livide.

— Vous étiez chez lui, hier. Je m'en souviens, maintenant.

Elle pointa Max du doigt.

— Vous êtes le démineur. Je vous ai vu parler avec la police. J'étais inquiète parce que j'avais reconnu l'immeuble de Fritz.

— Respirez, lui conseilla Selena.

Pamela laissa échapper un petit cri étranglé.

Max croisa les bras et se campa solidement sur ses pieds,

tandis qu'il réfléchissait à la possibilité que Pamela soit la prochaine sur la liste d'O'Lear.

Elle les regarda tour à tour.

— Vous pensez vraiment que Fritz est le poseur de bombes de Grand Rapids ?

— Nous avons la certitude que c'est lui, corrigea Selena. Et il sait que nous l'avons identifié.

Pamela hoqueta.

— Il se cache, et il nous en veut probablement d'avoir déjoué ses plans, hier. Il est donc impératif que nous le trouvions et l'arrêtions avant que quelqu'un d'autre soit blessé ou tué.

— Vous avez dit que vous rencontriez Fritz régulièrement, remarqua Max. Mais vous ne l'avez pas revu depuis Noël.

Depuis qu'elle l'avait rejeté.

— Est-ce que c'est fréquent ?

Elle plissa le front.

— Je n'en suis pas sûre. Ça ne fait qu'un mois, et il y a eu les vacances entre-temps. Mais il n'était pas à La Tremblote pour le nouvel an.

Elle s'humecta les lèvres.

— Il n'a pas manqué une seule fois cette fête en dix ans. Mais je me suis dit qu'il m'évitait. Je savais que je lui avais fait de la peine, et je voulais m'excuser. Je n'en ai pas eu l'occasion.

— Vous avez son numéro de téléphone ? demanda Selena.

L'équipe connaissait celui du téléphone prépayé qu'il utilisait pour envoyer des SMS, mais O'Lear possédait peut-être un autre téléphone.

Elle hocha la tête, puis elle leur donna le numéro qu'ils avaient déjà.

Max s'adressa à Selena.

— Je peux demander qu'on la mette à l'abri dans une résidence sécurisée.

— Quoi ? s'écria Pamela. Vous parlez de moi ?

La panique faisait grimper sa voix dans les aigus.

— Vous pensez qu'il va essayer de me tuer ? Parce que je n'ai pas voulu renouer une amourette de lycée ?

Ce n'était pas impossible, se dit Max. En tout cas, O'Lear avait déjà tué pour moins que ça.

Il sortit son téléphone de sa poche, tandis que Selena continuait à parler avec Pamela.

— Nous pensons qu'il cible des personnes qui l'ont rejeté récemment, expliqua-t-elle.

Pendant ce temps, Max envoyait un SMS groupé à l'équipe.

— Ça n'a aucun sens, protesta Pamela. Fritz et moi sommes amis.

— Y a-t-il quelqu'un d'autre contre qui il pourrait avoir des griefs ? demanda Selena. Nous savons qu'il a planifié une autre attaque.

Pamela poussa un cri.

Axel et Rihanna répondirent presque instantanément au SMS de Max.

Axel s'occupait d'obtenir une résidence sécurisée auprès de la police locale.

Rihanna envoyait une voiture de patrouille récupérer Pamela et la conduire vers sa nouvelle destination.

— Pamela, dit Selena. Je sais que c'est perturbant, mais essayez de réfléchir. Y a-t-il quelqu'un d'autre contre qui Fritz serait en colère ? La dernière fois que vous l'avez vu, vous a-t-il rapporté un incident ? S'est-il plaint d'une injustice ?

— Non.

Elle cilla pour évacuer ses larmes, renifla…

— Peut-être. Je ne sais pas. Je n'arrive pas à penser.

— Écoutez, insista Selena, je sais que vous avez peur, que vous vous sentez trahie, et prise au piège, mais des vies sont en jeu. J'ai besoin que vous soyez absolument sûre.

Pamela plissa le front.

— Oui, il y avait quelqu'un. Un type de son ancien quartier, qui travaille maintenant au Coffee Coven.

— Quel est son nom ? demanda Max. Je vais envoyer la

police le chercher et assurer sa protection pendant que nous vérifions la piste.

— Je ne sais pas.

Hébétée, Pamela secoua la tête.

— Fritz pensait que le type crachait dans son verre, et quand il a demandé à parler au gérant, le gars a désigné son propre badge en éclatant de rire.

Elle soupira.

— Je suppose que c'était lui, le gérant. Pendant la conversation, les autres employés derrière le comptoir n'arrêtaient pas de rire. Il y a toute une équipe d'étudiants qui travaillent là-bas. Ils sont insupportables : narquois, mal élevés, sans aucun professionnalisme. J'y vais seulement quand je fais mes courses au centre commercial, parce que c'est pratique.

20

Allie éteignit son sèche-cheveux, et passa une serviette sur le miroir de la salle de bains, couvert de buée.

Elle avait fait un saut au centre commercial et travaillé un peu sur ses ventes en ligne, avant de s'offrir une mise en beauté trop longtemps reportée.

Il n'était pas fréquent que ses parents prennent Junior plus de quelques heures, en partie parce qu'elle n'aimait pas être longtemps séparée de lui.

Mais aujourd'hui, elle était particulièrement contente d'avoir du temps à elle.

Ravie du volume qu'elle avait réussi à donner à ses boucles blondes, elle passa dans la chambre attenante à la salle de bains et enfila un jean et un sweat couleur olive qui faisait ressortir les reflets dorés de ses yeux noisette.

Elle avait pris une décision pendant qu'elle était sous la douche, le volume de sa radio poussé à tue-tête.

Quand Max viendrait dîner ce soir, elle lui dirait exactement ce qu'elle ressentait.

Peu importait ce qui avait mal tourné dans leur mariage, elle l'aimait encore.

Elle n'avait jamais cessé de l'aimer.

Et elle devait reconnaître qu'elle était la seule responsable de leur rupture.

Elle avait joué les victimes, réclamant de lui plus que ce qu'il pouvait donner, et lui tournant le dos quand il ne s'exécutait pas.

Mais elle n'était pas une victime. Elle était la femme de Max, et elle aurait dû se battre pour lui.

Elle aurait dû rester et exiger qu'il se fasse aider pour gérer son syndrome de stress post-traumatique, et qu'il arrête de se noyer dans le travail.

L'amour qu'ils partageaient tous les deux était plus fort que tout ce qui les séparait et les faisait souffrir.

La nuit dernière, Max lui avait dit qu'il l'avait abandonnée, alors qu'elle était sa coéquipière, sa partenaire de vie. Mais, elle aussi, elle l'avait abandonné.

Et elle était prête à tout pour réparer cela.

Soudain, elle entendit un craquement dans le couloir, suivi d'un bruit de pas sur le parquet.

Elle sourit en songeant que ses parents avaient fait un saut à la maison.

Ce n'était pas inhabituel. Ils faisaient souvent des visites inopinées chez elle quand ils gardaient Junior, pour récupérer des vêtements, un supplément de couches ou un jouet. Et s'ils avaient fait des courses, ils passaient pour faire admirer leur trouvaille.

— Vous tombez bien, dit-elle en terminant de fixer dans ses lobes percés de petits clous en diamant. Dites-moi ce que vous pensez de ce sweat.

Elle s'empressa de sortir, s'attendant à voir sa mère, mais le couloir était vide.

Traversant la maison silencieuse, elle constata qu'il n'y avait personne non plus dans le salon et la cuisine.

Elle tourna lentement sur elle-même, les bras soudain couverts de chair de poule, et chercha un signe que sa mère avait déposé ou pris quelque chose.

Tout semblait être à sa place.

Avait-elle imaginé les bruits de pas ?

Une rafale de vent glacial entra dans la cuisine, ouvrant en grand la porte de service.

Allie se précipita pour la fermer, et glissa dans une flaque de neige fondue.

Ça ressemblait à des traces laissées par des semelles de chaussures.

Pourtant, sa mère n'utilisait jamais la porte de service. Personne ne le faisait.

Elle mit le verrou et courut à sa chambre.

Les doigts tremblants, elle tourna la clé dans la serrure.

Quelqu'un était entré chez elle, et s'y trouvait peut-être encore.

En prenant son téléphone sur la table de nuit, elle vit qu'elle avait sept appels manqués de Max.

Le bruit de la douche, puis celui du sèche-cheveux avaient couvert les sonneries.

Elle cherchait le numéro de Max dans la liste de ses contacts quand une douleur fulgurante traversa sa tête.

Elle tomba en avant, laissant échapper le téléphone.

Ses genoux et ses paumes heurtèrent le sol. Son téléphone glissa sur le parquet et buta contre l'encadrement de la porte.

Un sanglot s'échappa de ses lèvres, tandis qu'un cri de désespoir montait dans sa poitrine.

La confusion avait fait place à une cruelle lucidité.

Il était trop tard pour appeler à l'aide.

Son instinct de survie prit le dessus. Le désespoir se transforma en rage.

Personne ne viendrait l'aider, mais elle pouvait se battre. Max lui avait enseigné des tactiques d'autodéfense.

Elle bascula sur ses talons, prête à affronter l'intrus, et à détaler.

Mais des doigts cruels lui empoignèrent les cheveux, enfonçant leurs ongles dans la peau de son crâne. Puis son assaillant lui frappa violemment le visage au sol.

Du sang lui envahit la bouche. Elle s'était mordu la langue, et sa lèvre s'était fendue sous le choc quand elle était entrée en contact avec le parquet.

— Chut, murmura son assaillant à son oreille.

Son genou pressait lourdement contre sa colonne vertébrale, écrasant son estomac sur la descente de lit.

— Reste tranquille.

Allie sentait des larmes brûlantes couler de ses yeux. L'haleine fétide de l'homme, qui soufflait sur sa joue, lui donnait la nausée.

— Pas de lutte. Pas de fuite. J'ai ta famille.

Glacée d'effroi, elle eut l'impression qu'elle ne pouvait plus respirer.

Elle attendit, retenant ses sanglots et ses pleurs, désespérant de savoir ce qu'il allait dire, prête à se plier à toutes ses exigences.

— Brave fille, dit-il, en relâchant la pression de son genou. J'ai mis une bombe sous la voiture de tes parents. Ils vont emmener ton fils manger une glace. Tu ne voudrais pas qu'ils partent tous en fumée, n'est-ce pas ?

Serrant les dents, Allie secoua la tête.

Elle ferait ce qu'il dirait. Absolument tout.

— Cause-moi le moindre problème, et je compose le numéro qui fera exploser la bombe. Leur sécurité dépend de toi. C'est compris ?

Elle hocha vigoureusement la tête, les larmes brouillant sa vision, et le goût du sang lui soulevant l'estomac.

Il la souleva par les cheveux, et elle cria sans le vouloir, choquée par la douleur, et luttant pour trouver son équilibre.

— Avance, dit-il. Dépêche-toi.

Elle tituba tandis qu'il la poussait dans le couloir, puis dans la cuisine, et enfin dehors, dans la neige.

Il n'avait pas besoin de lui dire qui il était.

Elle le savait déjà.

C'était Fritz O'Lear. Le poseur de bombes de Grand Rapids. Celui que toutes les forces de l'ordre conjuguées, police, FBI, TCD, recherchaient.

Et il allait la tuer.

21

Max respirait plus facilement quand l'équipe de la TCD et lui arrivèrent au Great Lakes Mall, le centre commercial où Allie avait un kiosque de vente.

Il ne lui avait fallu que quelques minutes de discussion avec Emilio West, le gérant de Coffee Coven, pour être conforté dans son intuition. L'homme était bien la quatrième cible du poseur de bombes.

Au téléphone, Emilio s'était plaint aussitôt de Fritz O'Lear, racontant une bonne dizaine d'anecdotes pour justifier la haine qu'il éprouvait à son égard.

D'après lui, O'Lear était un solitaire, qui avait passé son temps à espionner et à traquer les filles à l'école. Seule Pamela avait accepté de sortir avec lui, et Emilio ne s'expliquait pas cette aberration.

Toujours d'après lui, O'Lear avait toujours rôdé à proximité des différents groupes d'élèves, sans jamais parvenir à les intégrer. Il collait aux basques des jolies filles, essayant de flirter avec elles, se faisant toujours rejeter.

Aujourd'hui, il se rendait au centre commercial au moins une fois par semaine, et il avait la sale manie de venir au Coffee Coven pour ennuyer ses serveuses. Il les mettait mal à l'aise, et Emilio lui avait demandé plusieurs fois, à haute et intelligible voix, de partir.

La dernière fois qu'O'Lear était passé au café, Emilio avait incité ses employés à se moquer de lui, et l'importun n'était plus revenu.

Max appela de nouveau Allie tandis qu'il dévalait l'escalator à l'arrêt pour retrouver Axel.

En coordination avec la sécurité du centre commercial, la police faisait évacuer les lieux. Le sergent Sims avait battu le rappel de ses troupes, et l'équipe de déminage au grand complet était venue prêter main-forte à Max.

Comme tous ses appels précédents, celui-là aussi partit sur la messagerie.

Axel l'attendait au bas de l'escalator, l'air préoccupé.

— Tu as eu de la chance, cette fois ?

— Toujours pas. Mais au moins, elle n'est pas ici.

— Exact. L'évacuation est presque terminée. Nous n'allons pas tarder à nous mettre au travail, et je suis sûr que ce sera terminé en un rien de temps. Ensuite, tu pourras passer chez Allie et vérifier par toi-même que tout va bien.

— C'est une structure immense, remarqua Max.

Déjà, son attention était tout entière consacrée à la tâche qui l'attendait. Contrairement à ce que pensait Axel, ça prendrait du temps d'effectuer une recherche minutieuse dans un si vaste espace.

— Ça fait beaucoup de terrain à couvrir.

Les pompiers et les secouristes étaient en route, prêts à affronter les pires scénarios.

Il ne restait plus qu'à espérer qu'ils aient de la chance, comme la dernière fois.

— J'ai une bonne nouvelle, dit Axel. Quand j'ai fait part de la même inquiétude au commissaire Drees, il a suggéré que nous prenions contact avec un centre d'entraînement pour chiens de recherche et de sauvetage. La police de Grand Rapids a déjà fait appel à eux pour retrouver des personnes disparues et localiser des victimes. Ils ont aussi des chiens entraînés pour renifler les accélérants.

Max eut soudain l'esprit plus léger.

Il avait travaillé avec des chiens renifleurs de bombes au cours de ses missions à l'étranger, et leurs capacités étaient incroyables.

— Rihanna les a appelés, et ils vont nous envoyer des équipes.

— Formidable. Les chiens vont considérablement réduire le temps de recherche.

Max regarda autour de lui. Tout était étrangement calme. Les enseignes lumineuses et les décors vivement colorés semblaient incongrus dans ce silence. On se serait presque cru dans une ville fantôme.

L'écran du téléphone d'Axel s'éclaira, et il consulta le message.

— Les chiens seront là dans vingt minutes. Nous pourrons briefer les maîtres-chiens pendant qu'ils s'équiperont.

— Ça me va.

— Tu es sûr que l'attaque est pour aujourd'hui ?

— Emilio m'a dit que c'était le jour où il faisait sa comptabilité dans son bureau, au lieu d'être en salle. Pour moi, O'Lear essaiera de frapper à ce moment-là, lorsque sa cible sera immobile pendant un long moment.

Max se tourna légèrement, pour consulter ses messages sur son téléphone.

— Tu as essayé les parents d'Allie ?

Comme il fallait s'y attendre, Axel savait exactement ce qu'il mijotait.

— Ils habitent à côté de chez elle. Si elle n'est pas avec eux, ils peuvent aller voir. Comme ça, tu seras tranquille. Ils peuvent même y aller pendant que tu restes en ligne.

Max y avait déjà pensé mais, finalement, il n'avait pas passé l'appel.

Car Allie serait alors au courant qu'il réagissait avec excès, ce qu'elle détestait.

— Hé ! les héla Carly.

Elle vint vers eux à grands pas décidés.

Aria et Selena étaient sur ses talons.

— Les médias sont arrivés, annonça Aria. La police a établi un périmètre de sécurité, et pousse les badauds à quitter les lieux. La plupart traînent des pieds. Ils veulent savoir de quoi il retourne, avoir des réponses. Tout le monde passe des appels. La ville tout entière sait probablement ce qui est en cours.

— Le service d'urbanisme de la ville a fourni des plans récents. Nous les avons déployés dans le camion de surveillance avec lequel le commissaire Drees est arrivé. Ses hommes sont en train de les examiner. Je lui ai dit que tu n'allais pas tarder à donner le tracé de recherche.

— Merci. Allons-y.

Axel leva la main pour lui faire signe d'attendre, et sortit son téléphone de sa poche.

— C'est le commissaire, justement.

Il fit glisser ses doigts sur l'écran et prit l'appel.

— Morrow, j'écoute.

Selena se rapprocha de Max.

— Tu sais comment tu vas t'y prendre ?

— J'ai ma petite idée.

Il se campa sur ses pieds et attendit qu'Aria et Carly se rapprochent.

— Nous allons diviser l'espace en secteurs pour plus d'efficacité, et les inspecter un par un. Nous partirons du Coffee Coven et nous nous déploierons en arche. Il y aura deux équipes, une à chaque étage.

— Pourquoi à l'étage ? demanda Carly.

— Je veux m'assurer qu'O'Lear n'a pas installé sa bombe au-dessus du café, dans l'intention de faire s'effondrer une partie de l'immeuble sur la boutique.

— Il n'est pas nécessaire de tout fouiller, n'est-ce pas ? demanda Aria.

Elle chercha le regard de Max, qui répondit en secouant la tête.

— Il n'y a pas de raison de mettre une bombe dans une onglerie ou une boutique de vêtements, ajouta-t-elle.

— Exact, confirma Max. En sachant qu'Emilio est la cible, et Coffee Coven la scène de crime potentielle, ça nous fait un point de départ. Si nous ne trouvons pas l'engin explosif à cet endroit, nous irons dans les autres lieux fréquentés par Emilio au cours de sa journée. O'Lear doit avoir étudié minutieusement son emploi du temps. Là où il prend ses pauses, l'heure à laquelle il déjeune, le moment où il va aux toilettes…

Max ajouterait ces endroits à sa stratégie de recherche quand il aurait consulté les plans de la structure.

— Ce sera le même protocole pour chaque secteur : nous fouillerons les deux étages en même temps, en nous déplaçant de la même façon. Mais, franchement, je serais surpris qu'O'Lear n'ait pas visé directement le bureau du Coffee Coven. Jusqu'à présent, il a toujours été très direct dans ses attaques.

— On s'attend à une explosion de quel ordre ? demanda Aria.

Max fit rouler ses épaules, dans un effort pour en libérer la tension qu'il sentait monter.

— Le genre d'engins que fabrique O'Lear crée une boule de feu de vingt pieds de large. Les projectiles disposés à l'intérieur sont alors projetés un peu partout, à une vitesse fulgurante, sur près de cent mètres.

— C'est impressionnant.

— Et ça fait d'énormes dégâts. Si tu es à côté de la bombe, tu seras blessée avant même d'entendre l'explosion. Et l'onde de choc se propagera aux immeubles voisins.

Il regarda autour de lui, comme s'il pouvait voir O'Lear rôder dans les parages.

— Il faut faire vite. S'il est alerté par la presse, il risque d'appuyer sur le détonateur plus tôt que prévu.

Pour une fois, Aria ne disait rien.

— On a un problème ! cria Axel.

Toutes les têtes se tournèrent vers lui.

Son expression fit froid dans le dos à Max.

— Quoi ? demanda Carly.

— La femme à qui vous avez parlé tout à l'heure, Pamela Berry, est une taupe. L'équipe lui a fait appeler Fritz pour qu'elle laisse un message sur son répondeur demandant de la rappeler. Nous avons commencé à traquer l'activité de son téléphone ce matin, après qu'Opaline lui a fourni une information. Le commissaire Drees dit qu'elle n'a pas attendu qu'O'Lear la rappelle. C'est elle qui a pris contact, et elle lui a transmis l'information en question.

Max jura entre ses dents.

— Comment est-ce possible ? Ils ne lui ont pas pris son téléphone, tout de suite après qu'elle a laissé le message ?

— Pas assez vite, apparemment, commenta Aria.

Selena plissait le front, perplexe.

— Mais pourquoi a-t-elle fait ça ?

Axel passa une main sur ses yeux, paraissant plus agité à chaque seconde qui s'écoulait.

— Je ne sais pas. En tout cas, elle lui a demandé de but en blanc s'il était le poseur de bombes de Grand Rapids. Comme il ne répondait pas, elle a commencé à pleurer et à le supplier de ne plus faire de mal à personne. Elle a mentionné le nom de Max. Elle a aussi parlé du centre commercial, du Coffee Coven et d'Emilio West. Puis elle a demandé à O'Lear de lui pardonner pour ce qui s'était passé entre eux, et lui a dit qu'il ne pourrait pas lui faire de mal parce que le FBI l'avait mise à l'abri.

Il soupira.

— Je suppose qu'elle n'a pas arrêté de jacasser, lui disant tout ce que nous ne voulions absolument pas qu'il sache. Ensuite, elle a appelé ses parents, sa sœur, ses amis…

— Ça explique comment la presse est arrivée ici avant que l'immeuble ait été totalement évacué, dit Aria.

Axel grommela.

— Soit elle est réellement une épave émotionnelle, trop bête pour réaliser les dommages qu'elle cause, soit c'est une diva qui recherche les projecteurs. En tout cas, elle a créé une belle pagaille.

D'un geste las, Max se passa la main sur le visage.

— Je ne l'avais pas vu venir.

Il croisa les doigts au-dessus de sa tête et se mit à faire les cent pas.

Quelle serait la prochaine action d'O'Lear ? S'il était au courant de leur présence au centre commercial, n'allait-il pas faire exploser la bombe maintenant, sans leur laisser le temps de la trouver et de la désamorcer ?

Songeuse, Aria s'avança vers l'immense baie de deux étages, à côté de la porte d'entrée.

— Il va être fou que nous nous en soyons une nouvelle fois mêlés. Il peut faire exploser la bombe à tout moment. Je me demande s'il est encore prudent de la chercher.

Max poursuivit ses réflexions.

Il savait qu'O'Lear aimait regarder. Donc, il était raisonnable de penser qu'il n'était pas loin.

— Jusqu'à ce que Pamela l'appelle, il pensait probablement qu'il était invincible. Il savait que nous avions son nom, sa photo, son adresse, mais que nous ne connaissions rien de ses activités. Il devait croire qu'il avait toujours la main. Après l'appel de Pamela, les choses ont changé. Il sait que l'étau se resserre.

— Ce qui procure des émotions vertigineuses, dit Carly. Il y a une forme de libération à être si proche de l'arrestation. Il se dit qu'il peut faire n'importe quoi parce que le pire s'est déjà produit. Quoi qu'il arrive, il sera arrêté et il ira en prison. Il n'a plus rien à craindre.

Le téléphone d'Axel s'éclaira, et il consulta la notification.

— Opaline.

Max vérifia sa montre pendant qu'Axel lisait le SMS.

Normalement, les chiens n'allaient pas tarder à arriver…

— Max !

Il y avait quelque chose d'inquiétant dans l'intonation d'Axel.

— Quoi ?

Une autre bombe avait explosé ? Il s'était trompé sur la dernière cible ?

— Les caméras de circulation ont filmé la Toyota Camry. Et on a la photo d'O'Lear au volant.

Le regard de Max se porta vers l'entrée.

— Il est là ?

— L'enregistrement date de la nuit dernière. Devant notre hôtel.

Max plissa les yeux et jura.

Ils avaient évacué le mauvais bâtiment.

— Appelle Rihanna. Il faut envoyer une équipe là-bas pour faire sortir tout le monde. On peut réorienter l'équipe cynophile ?

Il y avait une centaine de chambres dans cet hôtel. Une fête de mariage s'y déroulait hier soir quand Max était sorti. Des familles. Des enfants. Les potentielles victimes collatérales étaient au moins deux fois plus nombreuses que dans l'immeuble visé la veille.

— Max, il faut que tu saches qu'il t'a suivi jusqu'à une boulangerie, puis chez un fleuriste. Nous avons perdu la trace des deux véhicules quand tu as atteint la zone résidentielle à l'est de la ville.

La vision de Max se brouilla. Ses oreilles se mirent à siffler.

O'Lear ne visait pas l'hôtel.

— Il m'a suivi chez Allie.

— Rappelle-la, dit Axel. Il t'a suivi hier, mais tu as pu t'entretenir avec elle aujourd'hui, et elle allait bien. J'envoie une patrouille chez elle.

Max hocha la tête.

Il s'apprêtait à composer le numéro d'Allie, quand son téléphone sonna.

— C'est la mère d'Allie, annonça-t-il. Allô ! Madame Fedder ? Est-ce que tout va bien ?

— Non ! cria son ex-belle-mère. Elle a disparu. J'ai appelé la police. Ils sont en route, mais je ne sais pas quoi faire.

— Comment ça, elle a disparu ? Quand ? Comment ?

Axel prit le téléphone de Max, et le mit sur haut-parleur.

— Vous êtes avec le FBI, madame Fedder. Agent spécial Morrow. Quels détails pouvez-vous nous donner sur la situation ?

La panique submergeait Max.

— Et Junior ? demanda-t-il.

— Il est avec nous. Nous l'avions pris pour qu'Allie puisse travailler. La porte de service était ouverte quand nous l'avons reconduit à la maison.

La voix de son ex-belle-mère se brisa.

— Il y a de la neige dans la cuisine, et du sang sur le tapis de la chambre.

Les téléphones se mirent à sonner et vibrer autour de lui, tandis que la rage et le remords submergeaient Max.

Son pire cauchemar s'était réalisé.

Il avait fait entrer le danger dans la vie d'Allie.

O'Lear voulait l'atteindre lui, le faire souffrir, et il avait trouvé de quelle façon y parvenir.

— Max !

Axel tourna son téléphone vers lui pour lui montrer le message qu'il venait de recevoir.

Tu as pris quelque chose d'important pour moi.

Je prends quelque chose d'important pour toi.

Sous ces mots horribles, il y avait une photo d'Allie.

Avec une bombe autour du cou.

22

Allie ouvrit lentement les yeux, luttant contre la douleur lancinante qui battait dans sa tête, et le voile de brouillard qui obscurcissait sa vision.

Au beau milieu de la confusion qui régnait dans ses pensées, elle perçut une odeur inhabituelle et un contact contre sa gorge dont elle n'avait pas l'habitude.

Lentement, elle identifia l'odeur : du désinfectant.

Ses yeux, ouverts aussi grand qu'elle le pouvait, accommodèrent enfin.

Pour finir, le souvenir de son malheur lui revint.

Elle était sur le sol, pas dans son lit, à l'intérieur de ce qui ressemblait à un placard destiné à une équipe d'entretien. Il y avait un chariot avec des produits ménagers, des seaux, des balais, des serpillières…

Allie gémit, et ses paupières papillotèrent une fois encore, bien qu'elle ne se souvînt pas de les avoir fermées.

Et soudain, Fritz O'Lear lui apparut.

Elle hoqueta face à la vague de souvenirs qui déferlait à présent.

Elle avait été enlevée par le poseur de bombes de Grand Rapids. Il l'attendait chez elle, et elle l'avait suivi sans chercher à lutter, pour protéger sa famille.

Puis il l'avait chloroformée alors qu'elle prenait place sur la banquette arrière.

— Où suis-je ? demanda-t-elle d'une voix rauque.

Elle avait la gorge terriblement sèche et quelque chose lui serrait le cou.

— Arrêtez de vous agiter, ou vous allez nous faire exploser tous les deux.

L'estomac d'Allie se révulsa quand elle commença à comprendre.

Il lui avait attaché quelque chose de large et de lourd autour du cou. Froid et dur comme du métal. Et qui l'obligeait à tenir son menton selon un angle inconfortable.

Il l'avait équipée d'un collier explosif.

Elle savait à quoi s'en tenir, ayant tout appris des bombes du temps de son mariage avec Max. Elle avait entendu parler des victimes, mais elle ne se rappelait aucun survivant.

— Pourquoi faites-vous ça ? demanda-t-elle, dans un murmure. Je vous en prie. Laissez-moi partir.

— Chut. Si tu continues à jacasser comme ça, je fais exploser la bombe dont j'ai équipé ton gamin.

Allie se tut immédiatement. Sa langue parcheminée restait gonflée de sa chute. Sa lèvre fendue lui procurait une douleur lancinante. Et un tremblement nerveux l'agitait.

O'Lear se pencha et sourit. La faible lumière d'une vieille ampoule à incandescence jetait des ombres effrayantes sur son visage.

— Maintenant, assieds-toi.

Il la prit par l'épaule avant qu'elle ait eu le temps d'obéir, et la mit brutalement en position assise.

Son dos heurta une rangée de cartons alignés contre un mur. Le linoléum du sol était taché du sang qu'elle avait perdu.

Luttant contre la nausée, elle inspecta la pièce tandis qu'il sortait son téléphone de sa poche. Il allait sûrement envoyer une photo à Max et à l'équipe, pour les narguer.

Mais ce n'était pas forcément une mauvaise chose, réalisa-t-elle, en reprenant espoir.

Avec une photo, elle pouvait faire passer un message. Opaline le déchiffrerait.

O'Lear tapait sur son téléphone, rédigeant sans doute un SMS.

Elle n'avait que quelques secondes pour trouver un plan.

Réfléchis, s'encouragea-t-elle.

Ce n'était pas le moment de se laisser submerger par la douleur.

Il y avait des produits de nettoyage sur une étagère, mais rien d'utile pour suggérer où elle se trouvait.

Les cartons dans son dos auraient pu fournir une étiquette, un logo, mais elle n'osait pas se retourner.

Elle ne pouvait pas bouger et prendre le risque d'attirer l'attention d'O'Lear.

Il revint vers elle en ricanant, les yeux rivés sur son téléphone. Son pied se prit dans un petit carton vide, et il l'envoya valser sur le côté.

Le nom sur l'étiquette apparut à Allie.

« Great Lakes Mall ».

Si les cartons dans son dos portaient la même étiquette, il y avait toujours de l'espoir pour elle.

Elle tendit ses bras devant elle, courbant les épaules, se faisant la plus petite possible, afin de dégager la vue sur les cartons.

Quand O'Lear tendit son téléphone devant elle, pressé de prendre une photo de son otage, elle bascula un peu sur le côté, comme si son état l'empêchait de se tenir droite plus longtemps.

Un flash se déclencha au moment où elle levait un regard hébété vers l'appareil.

— Comme ça, il verra, dit-il.

Il tapa sur l'écran de son téléphone, en arborant un sourire sinistre.

— Comme ça, il saura. C'est moi qui commande ici, et il va regretter de m'avoir provoqué.

Allie espérait qu'il avait raison. Que Max verrait la photo.

Max arpentait le trottoir devant le centre commercial.

La colère avait remplacé la peur qu'il avait ressentie toute la journée, tandis qu'il s'inquiétait pour la sécurité d'Allie.

Maintenant, il savait.

Il avait eu raison de s'inquiéter.

Son premier élan d'autoapitoiement s'était vite transformé en rage, tandis qu'il attendait, impuissant à la sauver. Ne sachant pas par où commencer.

À partir des indices, il avait reconstitué la scène. O'Lear s'était introduit dans la maison. Il avait frappé Allie, qui s'était effondrée sur la descente de lit, y laissant des traces de sang.

Était-elle en train de faire la sieste ? De changer de vêtements ?

L'avait-elle entendu entrer ? Avait-elle tenté de lui échapper et de se réfugier dans sa chambre ?

À présent, elle pouvait être n'importe où.

Elle pouvait être morte.

Max posa ses mains en coupe sur ses yeux, essayant de faire le vide dans ses pensées.

Si Allie n'était plus… S'il arrivait trop tard… Le prix à payer serait terrible pour Fritz O'Lear. Et tant pis pour les conséquences.

Heureusement, Junior et les parents d'Allie avaient été placés sous protection. Il n'avait pas à s'inquiéter pour eux. Il pourrait se concentrer sur Allie et O'Lear, dès qu'il aurait un élément à partir duquel travailler. En attendant, il n'avait pas d'autre choix que d'attendre.

Autour de lui, ses collègues passaient des coups de téléphone et discutaient entre eux.

Carly était en ligne avec Opaline, qui traquait le moindre indice permettant de localiser O'Lear.

Rihanna s'entretenait discrètement avec la presse, leur demandant de filmer la foule et les abords du centre commercial, pour essayer de repérer la Toyota.

Axel avait pris contact avec Pamela, pour la convaincre de parler, car il était persuadé qu'elle savait où O'Lear détenait son otage. Il avait aussi demandé à l'officier qui la gardait de se servir du téléphone de la jeune femme, et d'envoyer un message à O'Lear en se faisant passer pour elle. Il n'avait cependant pas trop d'espoir de ce côté-là, le psychopathe sachant que le téléphone était compromis.

Aria et Selena faisaient le point avec l'équipe de déminage et la brigade cynophile, révisant les plans du bâtiment, et la procédure établie par Max pour la fouille.

Au-delà de ce qui arrivait à Allie, le centre commercial devait quand même être inspecté. Si une bombe menaçait Emilio West, l'engin devait être désarmé.

Max s'était retiré de la mission. Il ne pouvait pas faire correctement son travail, avec le cœur et la tête inextricablement liés à l'enlèvement d'Allie.

Un sifflet aigu le fit se tourner vers l'équipe de la TCD, qu'il rejoignit à petites foulées.

— Vous avez quelque chose ? demanda-t-il, tandis que ses collègues lui faisaient de grands signes pour l'inciter à les rejoindre plus vite.

— Opaline a pu travailler la photo d'Allie.

Axel passa son téléphone à Max.

— Nous savons où elle se trouvait au moment où la photo a été prise.

Max observa le cliché grossi et sentit l'espoir renaître.

Sur un des cartons dans le dos d'Allie figurait une adresse.

Great Lakes Mall.

Allie oscillait entre des périodes de conscience et un état semi-comateux, nauséeuse et saisie de vertiges à cause de la douleur.

Elle s'était laissée glisser le long des cartons, et s'était couchée sur le côté, pour presser sa joue brûlante contre le sol frais.

Une douleur accablante lui martelait la tête. Ses tempes battaient avec une régularité mécanique. Il lui semblait que sa boîte crânienne se contractait à chaque battement, lui broyant le cerveau.

Elle avait mal à l'estomac. De la bile acide lui remontait jusqu'à la bouche, se mêlant à un goût de sang persistant.

Son front était couvert de sueur. Ses pensées étaient un tourbillon confus de doux souvenirs lointains, et du récent enfer qui s'était abattu sur elle.

Des bruits de pas s'insinuèrent dans ses pensées brumeuses, la ramenant une fois de plus à la réalité.

Elle ferma les yeux, pinça les lèvres autant que le lui permettait son estafilade, et pria pour que Fritz O'Lear la laisse tranquille.

Elle ne pouvait pas s'enfuir.

Elle ne pouvait pas se cacher.

Elle ne pouvait pas se battre.

Que pouvait-il lui faire ?

À part appuyer sur le détonateur et tout faire exploser ?

La curiosité la poussa à soulever ses paupières sèches et douloureuses, et elle fut surprise par l'obscurité de la pièce.

L'ampoule au plafond était éteinte, ne laissant qu'une lueur rouge au sol devant elle.

Un compte à rebours, présuma-t-elle.

Les larmes roulèrent sur ses joues. Elle était à la fois reconnaissante à ses parents d'avoir pris Junior pour la journée, et rongée d'inquiétude à l'idée qu'O'Lear renie sa promesse de ne pas leur faire de mal.

Au moins, son fils n'était pas à la maison quand O'Lear y était entré par effraction. Son bébé adoré n'avait pas été blessé par ce psychopathe, ou pire. À aucun moment il n'avait été en danger, et il n'avait pas assisté à l'enlèvement de sa mère.

Elle serait sans doute bientôt morte mais, au moins, sa coopération avait sauvé son fils.

Soudain, elle retint son souffle.

La personne qui s'approchait s'était arrêtée de l'autre côté de la porte.

Il y avait un étrange reniflement. Un lourd halètement.

Elle battit des paupières, certaine qu'il s'agissait d'une hallucination.

Le son n'était pas humain. C'était un animal. Elle entendait maintenant des griffes racler contre la porte.

Ses paupières s'alourdissaient de nouveau. La nausée était de retour. Sa conscience filait.

L'équipe cynophile s'était arrêtée devant une porte métallique, située au bout d'un long couloir dans les sous-sols du centre commercial.

Les chiens s'étaient assis, et les maîtres-chiens interrogeaient Max du regard.

Il leur fit signe de reculer, puis il saisit la poignée de la main gauche, et la tourna lentement. Dans la main droite, il tenait son arme de service, prêt à faire feu si besoin.

Il poussa lentement le battant, tous ses sens en alerte. Au sol se répandait un halo lumineux rouge. Une silhouette était affaissée dans un coin, contre des cartons.

— Allie ! cria-t-il.

Puis il se précipita vers son ex-femme et tomba à genoux à côté d'elle.

Elle était livide, couverte de sueur, ensanglantée, et elle tremblait.

Le collier explosif autour de sa gorge ne lui laissait que douze minutes pour la libérer.

Dehors se tenaient l'équipe cynophile, des membres de l'unité de déminage, et Axel.

— Reculez, dit-il. Tous aux abris. Je m'en occupe.

Il ne se retourna pas pour les regarder partir. Des bruits de pas cadencés et le cliquètement des griffes des chiens parlaient d'eux-mêmes.

Max prit le visage d'Allie entre ses mains.

— Je suis là, murmura-t-il d'un ton rassurant.

Puis il inspecta le dispositif sous son menton.

Une pendulette digitale était fixée à un tuyau galvanisé façonné pour s'enrouler autour de son cou. C'était artisanal et fabriqué dans l'urgence, ce qui rendait le dispositif particulièrement instable.

Allie ouvrit les yeux par à-coups. Ses lèvres tuméfiées frémirent, mais son corps demeura immobile.

— Qu'est-ce que je peux faire ? demanda Axel.

Dans le silence presque irréel, sa voix fit sursauter Max.

Par-dessus son épaule, il jeta un coup d'œil agacé à l'homme qui avait toujours été avec lui dans tous les dangers et tous les défis.

— Qu'est-ce que tu fiches là ? Cette bombe est instable. Va-t'en. Rejoins les autres.

— Pas question ! Je ne pars pas. Et tu n'as pas le temps de discuter. Alors, dis-moi ce que je dois faire.

Max se décida très vite. Il faisait sombre, et il ne pouvait pas à la fois tenir une lampe et travailler sur la bombe.

— Éclaire-moi avec une torche. Je préfère ne pas toucher à l'interrupteur.

Le faisceau lumineux éclaira le visage d'Allie, et elle gémit, essayant de marmonner quelque chose.

— Je vais t'asseoir lentement, dit Max. Je veux examiner l'appareil.

— Pars, murmura-t-elle. Protège notre enfant. Il y a une bombe chez mes parents.

Max se figea. Il regarda Axel pour avoir confirmation. Axel secoua la tête.

— Négatif, dit-il.

— Il n'y a pas de bombe, dit Max. Junior et tes parents sont avec la police. Ils sont en sécurité.

— Je n'ai pas lutté, parce qu'il m'a dit…

— Chut. Ça va aller. Toi aussi, tu vas t'en sortir. Maintenant, je vais te demander de ne pas bouger.

Il sortit un minitournevis d'une des poches de sa veste de déminage, et démonta le panneau inférieur de la pendulette, révélant un imbroglio de fils.

Max observa le montage. C'était du travail d'amateur, réalisé sans soin. La preuve par l'exemple des capacités limitées d'O'Lear.

— Alors, quel est le verdict ? demanda Axel.

— Un jeu d'enfant, répondit Max.

— Vraiment ? dit une voix d'homme.

Max et Axel se retournèrent, brandissant leur arme.

Ils se figèrent en découvrant O'Lear, avec un détonateur à la main.

— Vous ne pensiez quand même pas que j'allais m'en aller comme ça ? dit-il, narquois.

— C'est terminé, dit Max. Le bâtiment est cerné. Vous ne vous en sortirez pas vivant.

O'Lear sourit. De près, il ne ressemblait vraiment pas à grand-chose. Pas très grand, en léger surpoids, la barbe mal taillée, les cheveux en désordre. Il avait l'air d'un adolescent boudeur, qui exigeait qu'on le respecte, au lieu de le mériter.

Max reporta son attention sur la bombe. Il n'avait pas de temps à perdre avec un psychopathe.

— Stop ! dit O'Lear. Écarte-toi d'elle.

Max l'ignora. Il ne restait plus que six minutes. Il devait faire vite.

— Stop ! répéta O'Lear, en hurlant comme un dément. C'est moi qui commande.

— Dans cinq minutes, nous serons peut-être tous morts, dit posément Max. Vous feriez mieux de commencer à courir.

— Holà ! dit Axel en agitant les mains. Je n'ai pas envie de mourir, moi. Je suis là en mission. On m'a donné l'ordre d'aider cet agent, mais je ne le connais pas. Ni cette femme.

Il laissa sa torche au sol, le rayon lumineux braqué sur le collier explosif, et tourna le dos à Max et Allie.

— Hé, mais qu'est-ce que vous faites ? demanda O'Lear, stupéfait.

— Je sauve ma peau. Ne faites pas ça, s'il vous plaît. Je comprends votre motivation – les femmes sont des manipulatrices sans cœur –, mais j'ai envie de vivre.

— Il ne s'agit pas de vous. Fermez-la !

— Ma petite amie m'a brisé le cœur, continua Axel. Elle m'a trompé. Et avec mon frère, en plus.

O'Lear jura.

— Les femmes ! Elles vous rendent heureux, et puis elles vous poignardent en plein cœur. Les hommes ne sont pas mieux. Ils se croient supérieurs. Ils croient qu'ils ont le pouvoir. Mais c'est faux.

— Et si nous partions tous les deux ? proposa Axel. Il reste encore du temps. On peut éviter l'explosion. La police va débouler, ils vont croire que nous sommes tous morts, et on pourra s'en sortir.

— On ne s'en tirera pas, dit O'Lear, d'un ton désabusé. Il n'y a pas de vie pour moi dehors. C'est pour ça que je suis resté. Je finis ce que j'ai commencé.

Max comprit qu'il s'agissait d'une mission suicide. O'Lear n'avait jamais eu l'intention d'en sortir vivant. Il voulait juste passer ses dernières minutes en ayant l'impression qu'il contrôlait la situation.

— Je ne peux pas avoir Emilio. Sa bombe est toujours dans ma voiture. Mais je peux avoir un agent fédéral. C'est un échange honorable.

Max reprit son souffle et se concentra.

Trois minutes.

Il avait isolé les deux fils susceptibles de désactiver la connexion.

Mais il ne savait pas lequel couper.

Une erreur, et ils étaient tous morts.

— Je suis plus fort que le FBI, clama O'Lear. Ils croient contrôler, mais c'est moi qui ai le contrôle.

Max comprit soudain.

O'Lear n'avait pas l'intention de laisser le minuteur aller jusqu'à zéro. Il avait un détonateur parce qu'il voulait décider du moment où ils mourraient tous.

— Vas-y, murmura Allie. J'ai confiance en toi.

Sans plus hésiter, Max suivit son instinct et coupa le fil jaune.

Un clic familier résonna.

Les chiffres rouges disparurent de l'écran.

Axel se rua sur le poseur de bombes et le neutralisa.

Épilogue

Max guida Allie vers l'ascenseur.

C'était une tradition entre les membres de l'équipe de la TCD de fêter par un dîner l'issue heureuse d'une enquête.

C'était aussi le premier dîner auquel Allie assistait, cette situation ne s'étant jamais produite quand ils étaient mariés. Et il était médusé qu'elle ait bien voulu venir avec lui ce soir.

Malgré toutes les erreurs qu'il avait commises, elle avait confiance en sa capacité à changer.

Il ne la décevrait pas.

Elle prit appui contre lui et pressa un court baiser sur ses lèvres, tandis que la cabine s'élevait dans un vacarme de bruits hydrauliques.

— Est-ce que je t'ai remercié de m'avoir sauvé la vie ? demanda-t-elle.

— Une ou deux fois, répondit-il, en lui retournant son baiser. Tu sais que, sans ton idée astucieuse de faire en sorte que le logo du centre commercial soit visible sur la photo d'O'Lear, je ne t'aurais pas retrouvée à temps ?

Dans l'esprit de Max, c'était en réalité Allie qui s'était sauvée elle-même. Son intelligence avait fait toute la différence.

Durant son interrogatoire à l'hôpital, O'Lear avait admis qu'il avait eu l'intention de laisser le minuteur atteindre zéro si Max ne se montrait pas à temps.

Selon ce scénario, O'Lear l'aurait mis en échec, et il aurait quitté la ville, victorieux.

Mais, comme Max avait découvert où se trouvait Allie, et

que toutes les forces de l'ordre à l'extérieur le savaient aussi, O'Lear avait décidé d'utiliser son plan de secours. Le détonateur lui permettrait de garder le contrôle. Il mourrait dans le processus, mais ce serait selon ses termes.

— Comment te sens-tu ? demanda Max tout en observant son visage. Tes médecins ont dit que tu ne devais pas te surmener pendant une quinzaine de jours. Et ça ne fait qu'une semaine.

— Je suis en vie et je veux en profiter.

Sous la lumière fluorescente de l'ascenseur, ses yeux noisette étincelaient.

— Je me reposerai à la maison.

— Une heure, pas plus, dit-il, en faisant courir ses doigts sur la peau tiède exposée le long de son encolure.

— Ensuite, je te ramène à la maison, et je te mets au lit.

Elle sourit.

— Si seulement cela signifiait ce que j'espère…

— Ça signifie que tu dois te reposer, rétorqua-t-il, en déposant un baiser sur son front.

Trop vite à son goût, l'ascenseur s'arrêta et les portes s'ouvrirent.

Allie lui prit la main, et ils arrivèrent dans le lobby du septième étage.

Les voix des collègues de Max et de leurs invités s'élevaient par-dessus des bruits de verres entrechoqués, de rire et de musique d'ambiance.

— Les voilà ! s'exclama Alana, en s'avançant vers eux pour les accueillir. Vous êtes très élégants tous les deux. Je suis tellement contente de vous voir !

— Merci d'avoir décalé le dîner, dit Max. C'est le premier soir où Allie se sent vraiment bien.

Et il ne l'aurait pas laissée seule si elle ne s'était pas décrétée capable de faire ce voyage.

— Oui, merci, renchérit Allie. Je ne voulais vraiment pas manquer ça.

Alana sourit aimablement en réponse.

— Nous l'aurions reporté aussi longtemps que nécessaire. Vous êtes notre invitée d'honneur, après tout.

L'éclat dans le regard de sa directrice apprit à Max qu'elle n'avait pas manqué de remarquer la présence d'une bague de fiançailles à l'annulaire d'Allie. Ou plus exactement son retour à la place qu'elle n'aurait jamais dû quitter.

À sa grande joie, Allie avait accepté d'être de nouveau sa femme. Ils seraient mariés au printemps, en présence de leurs amis les plus proches et de leurs familles.

Après cela, Max avait promis de l'emmener où elle voulait, et Allie avait demandé une plage, un endroit chaud. Ses parents avaient volontiers proposé de garder Junior.

Aria et son fiancé Grayson furent les suivants à les approcher, chacun tenant une boisson à la main. Aria tendit un verre de vin à Allie, et Grayson proposa une bière à Max.

— Tu t'en es sortie, dit Aria à Allie. Je suppose que la rumeur est vraie. Tu es une dure à cuire.

Allie éclata de rire.

— J'essaye.

Elle tendit la main à Grayson.

— Je suis Allie McRay. J'ai eu le plaisir de rencontrer votre fiancée la semaine dernière, quand son équipe et elle m'ont sauvé la vie.

— C'est un plaisir de vous rencontrer. Cette équipe m'a aussi sauvé.

Glissant un regard attendri à Aria, il ajouta :

— De bien des manières.

Max passa un bras protecteur autour de la taille d'Allie, refoulant les souvenirs qui accompagnaient toujours la mention de Fritz O'Lear.

Allie avait eu tellement de chance de s'en sortir vivante.

Allie posa la tête sur l'épaule de Max, peut-être parce qu'elle percevait son malaise, ou parce qu'elle ressentait elle aussi les mêmes émotions résiduelles.

— J'ai eu de la chance, dit-elle. Je m'en suis sortie avec

quelques points de suture, et sans commotion cérébrale. D'ici peu, je serai complètement rétablie.

— Nous en sommes tous ravis, dit Aria.

Allie leva les yeux vers Max.

— Je n'ai pas honte de reconnaître que c'est la première fois que je n'ai rien porté d'autre que des pyjamas pendant une semaine. Encore que je n'aie pas vraiment eu l'occasion de me mettre sur mon trente et un depuis deux ans. Être la mère d'un jeune enfant n'est pas aussi glamour qu'on pourrait le croire.

— Tu prêches une convaincue, dit Aria. Notre fils, Danny, m'accapare tellement ces derniers temps que j'ai à peine le temps de me brosser les dents.

Elle glissa son bras sous celui de Grayson.

— Mais je ne regrette rien.

Max sirota sa bière, appréciant ce moment.

Il avait eu droit à une seconde chance avec Allie, ce qu'il n'avait pas cru possible, et il ne voulait manquer aucun de ses sourires.

— Ça finit par s'arranger, dit Allie en riant. Un jour, ils font leurs nuits. En tout cas, c'est ce qu'on m'a dit.

— De quoi parlez-vous ? demanda Carly, qui venait de s'approcher avec son fiancé, Noah.

— Des bébés, dit Allie.

Carly sourit à Noah, qui resserra son bras autour de sa taille.

— Je suis contente que vous ayez trouvé des baby-sitters, toutes les deux, dit-elle.

Puis son regard se posa sur la main d'Allie.

— Qu'est-ce que c'est ?

Elle prit le poignet d'Allie et le souleva pour examiner le diamant.

— Pas possible ! Elle est revenue ?

Le visage d'Allie s'illumina un peu plus, si une telle chose était possible.

— Oui. Elle est revenue.

— Félicitations !

Le rire tonitruant d'Opaline se propagea à travers la pièce, et Max tourna la tête dans sa direction.

— Max ! Allie !

Les deux femmes se firent une chaleureuse accolade.

— Tu m'as manqué, dit Allie. Comme toujours, tu as un look incroyable.

— Merci.

Opaline pirouetta pour faire admirer sa tenue de pin-up vintage.

— Je ne m'attendais pas à te voir ici. Tu es qui ? Superwoman ?

Allie éclata de rire.

— Je crois que ce titre t'appartient déjà.

Un long sifflement approbateur fit taire le groupe, et Axel s'avança.

— Madame McRay, dit-il en soulevant sa main gauche pour examiner sa bague. Tu sais qu'il n'est pas trop tard pour nous. J'ai une voiture qui nous attend dehors. Fuyons ensemble.

— Dans tes rêves, dit Max, en lui donnant une tape amicale sur l'épaule.

Il devait tout à Axel. Jamais il n'aurait pu sauver Allie sans lui.

— Comment vas-tu ? demanda Axel, en retrouvant son sérieux tandis qu'il inspectait le visage d'Allie.

— Bien. Et ça ira encore mieux quand tu m'auras dit qu'O'Lear sera puni pour toutes les vies qu'il a prises.

— Ce sera le cas. Alana et moi avons travaillé avec la police de Grand Rapids pour monter un dossier en béton contre lui. Il sera tenu pour entièrement coupable de chaque crime qu'il a commis. Justice sera rendue à ses victimes et à leurs familles.

— Merci.

Le regard d'Allie se posa tour à tour sur chacun des membres de l'équipe.

— Merci à vous tous.

Un moment d'émotion passa, et Axel reprit la parole, d'un ton enjoué.

— Sur ce, allons dîner. J'ai une faim de loup.

Le groupe se dirigea lentement vers le buffet.

Il était temps de célébrer ce qu'ils possédaient : une famille qui ne cessait de s'agrandir, et dont Allie faisait maintenant pleinement partie, au grand plaisir de Max.

Blottie contre lui, Allie murmura :

— Je t'aime. Merci de m'avoir emmenée ici ce soir. Et merci de me laisser enfin faire partie de ton équipe.

— Mon équipe, c'est toi, dit-il, en lui effleurant la tempe d'un baiser.

CASSIE MILES

Retour à Swain County

Traduction française de
ISABEL ROVAREY

BLACK ROSE

HARLEQUIN

Titre original :
COLORADO WILDFIRE

Ce roman a déjà été publié en 2017.

1

D'un revers de la main, le shérif Samantha Calloway tamponna ses yeux humides. Jamais, depuis la disparition de son mari, présumé mort, elle n'avait pleuré autant. Mais ces larmes-là n'étaient pas des larmes de tristesse. Elles étaient seulement dues à la fumée qui lui piquait les yeux.

Elle rangea son SUV blanc à un croisement désert, descendit du véhicule et appuya ses coudes sur le capot pour stabiliser ses jumelles. Au-delà d'un grand champ, verdi par les jeunes pousses qui émergeaient de terre en ce début de printemps, elle voyait distinctement le feu qui approchait.

Les flammes orange avaient beau être à une certaine distance, à peine visibles derrière une crête rocheuse, les volutes de fumée piquante qui s'en dégageaient envahissaient le paysage, s'enroulant autour des cimes des pins et des épicéas, à la lisière de Swain County, dans les hautes montagnes Rocheuses.

Lorsqu'elle se passa la langue sur les lèvres, elle sentit l'âcreté des cendres dans sa bouche. Ses yeux bleu pâle continuaient à larmoyer.

Caleb Schmidt, un adjoint qui travaillait pour le bureau du shérif depuis trente ans — c'est-à-dire un an de plus que le nombre d'années que Sam avait passées sur cette terre —, l'avait suivie jusqu'à cet endroit. Il sortit à son tour de son véhicule et trotta jusqu'à elle. Plutôt petit, sec et nerveux, Caleb bombait le torse et balançait largement les bras d'avant en arrière en courant. Peut-être pensait-il que cela lui donnait de la prestance… Quoi qu'il en soit, il abaissa le bandana bleu marine dont il s'était couvert la bouche et regarda Sam en plissant les yeux à travers les verres épais de ses lunettes.

— Il est temps, dit-il d'un air grave. Il faut déclencher la procédure d'évacuation d'urgence.

— Pas encore.

— Bien sûr que si, shérif. Il faut qu'on se dépêche sinon…

— Je me suis entretenue avec les responsables concernés, l'interrompit-elle. Le capitaine des pompiers Hobbs doit me prévenir s'il faut évacuer.

Caleb ricana. Avant qu'il n'ait eu le temps de répliquer, elle allongea le bras et tira sur son bandana.

— Où est votre masque de protection respiratoire ?

— Et le vôtre ? rétorqua-t-il.

En début de journée, elle disposait de deux boîtes pleines de masques jetables qu'elle avait pris la peine de commander alors même que cette acquisition, si insignifiante soit-elle, n'entrait pas dans son maigre budget. À l'heure du déjeuner, elle avait déjà distribué tous les masques sans en garder un pour elle-même. Si son défunt mari, Wade, avait encore été de ce monde, il n'aurait pas manqué de lui faire remarquer que son comportement témoignait d'un zèle qui confinait à l'abnégation. Et elle devait bien admettre qu'il aurait eu raison. Elle reconnaissait volontiers qu'elle ne pouvait pas prendre soin des autres si elle ne commençait pas par s'occuper d'elle-même, mais cela lui semblait plus naturel dans l'autre sens.

— Le vent est en train de forcir, grommela Caleb. L'incendie gagne du terrain. Il a déjà ravagé plus de huit cents hectares, à ce que j'ai entendu dire. Je crois vraiment que vous devriez intervenir.

— Si j'avais des raisons de penser que le feu peut atteindre la ville, je n'hésiterais pas à évacuer la population.

Sa fille de cinq ans était en plein cœur de Woodridge, au bureau du shérif, au deuxième étage du bâtiment qui abritait aussi le tribunal de Swain County et les bureaux du maire, sous la surveillance attentive des standardistes du 911. La baby-sitter habituelle de Sam qui avait un enfant en bas âge asthmatique était partie pour Denver afin de fuir cet affreux nuage de fumée.

— Mais il faut qu'on soit réactifs, insista Caleb, refusant obstinément de lâcher prise. Ça ne va déjà pas être facile de convaincre certains habitants de quitter leurs maisons.

En cela, il n'avait pas tort. L'évacuation de Woodridge, si évacuation il devait y avoir, promettait d'être un cauchemar. Swain County était le plus petit comté de l'État en termes de surface et de nombre d'habitants. Il ne comptait aucune station de ski, pas le moindre programme de construction, pas même de terres fertiles pour l'agriculture. Quant au bureau du shérif, il comportait en tout et pour tout douze personnes, Sam comprise.

Elle épongea à nouveau les larmes qui coulaient de ses yeux irrités par la fumée et regarda son adjoint bien en face.

— Nous ne changeons rien pour l'instant. Pas d'évacuation tant que le capitaine des pompiers ne me prévient pas d'une menace imminente. Est-ce que je me suis bien fait comprendre ?

Caleb marmonna :

— C'est vous le chef.

Là, nous sommes d'accord. Les six adjoints dont Sam disposait n'avaient pas manifesté beaucoup d'enthousiasme lorsqu'elle avait pris la relève de son mari au poste de shérif du comté. Cela remontait à plus d'un an et elle avait été dûment élue pour la bonne et simple raison que c'était elle la candidate la plus qualifiée. Adolescente, elle avait participé en tant que bénévole à de nombreuses opérations de recherche et sauvetage. Puis elle était arrivée première de sa promotion à l'école de police. Sans parler de ses trois années d'expérience dans la police à Grand Junction avant d'épouser Wade. Pour autant, ses adjoints ne manquaient jamais de remettre en question la moindre de ses décisions.

— Adjoint Schmidt, vous allez rester ici et surveiller l'évolution de la situation. C'est un ordre.

— Oui, m'dame, répondit-il, visiblement contrarié d'avoir été remis à sa place.

La route à deux voies qui filait vers le sud était l'un des accès qui conduisait droit aux flammes.

— Ne laissez passer aucun véhicule, à l'exception des camions de pompiers.

— Et, vous, qu'est-ce que vous allez faire ?

Elle avisa le Range Rover noir qu'elle attendait.

— Je vais aller jeter un coup d'œil à une maison avec Ty Baxter.

— Oh. La cache du FBI, c'est ça ?

— Vous savez que je n'ai pas le droit de vous le dire.

Encore que ce soit un secret de Polichinelle.

— Et je vous rappelle que vous non plus vous n'êtes pas censé divulguer quelque information que ce soit concernant cette cache.

D'un geste de la main, il fit signe que ses lèvres étaient scellées puis il remit son bandana en place et retourna vers son véhicule.

L'agent spécial du FBI Ty Baxter sauta à bas de son Range Rover rutilant et s'avança vers elle à longues enjambées. Avec son Stetson, son jean, ses bottes en peau de serpent et sa chemise blanche à empiècement brodé et boutons de nacre, il aurait pu passer pour un cow-boy d'opérette. Mais ce n'était pas le cas. Ty portait bien sa tenue. Après tout, il n'était pas fils de propriétaire de ranch pour rien.

Il avait été le meilleur ami de son mari. Ils étaient allés à l'école ensemble, avaient joué au football ensemble, courtisé les mêmes petites amies. Ty avait conquis le cœur de la reine du bal, en dernière année de lycée. Tout le comté avait été attristé lorsque Loretta et lui avaient déménagé pour Denver pour les besoins de sa carrière.

Il lui donna une chaleureuse accolade.

— Tu as l'air en pleine forme, Sam.

— Menteur.

Ce n'était pas vrai, elle le savait bien. Ses yeux bleus étaient injectés de sang. En guise de maquillage, elle devait avoir des traces de cendre sur le visage. Sous son chapeau de cow-boy beige, ses longs cheveux bruns étaient attachés en une tresse qui lui descendait jusqu'au milieu du dos. Quant à son uniforme kaki, on ne pouvait guère faire moins flatteur. Sans compter le gilet pare-balles qu'elle portait au-dessous et la ceinture tactique qui lui ceignait la taille ! Et, pour couronner le tout, elle était sûre qu'elle devait avoir des auréoles sous les bras.

— Comment va Jenny ? demanda Ty.

— Elle grandit à vue d'œil.

— Comme toi.

Chaussée de ses bottes, Sam dépassait le mètre quatre-vingts.

— J'espérais plus ou moins qu'elle n'aurait pas hérité du gène « girafe ».

Ty sourit et ses yeux brun foncé scintillèrent.

— Impossible. Ses deux parents *sont* des girafes.

Wade mesurait un mètre quatre-vingt-quinze. Sitôt que Sam se trouvait en compagnie de Ty, ses pensées dérivaient systématiquement vers son mari. Ils avaient été si proches tous les deux. Au point qu'il existait presque une ressemblance physique entre les deux hommes. Tous deux étaient très grands, minces et athlétiques. Tous deux avaient les yeux marron et des cheveux foncés. Ty était présent quand Wade avait disparu.

Elle chassa ces souvenirs et sourit à Ty.

— Tu as fait vite pour venir de Denver jusqu'ici.

— J'étais déjà en route lorsque je t'ai appelée à propos de la cache. Sam, j'ai quelque chose d'important à te dire.

Elle hocha la tête.

— On en parlera en chemin. On va prendre mon SUV. Il faut que je puisse joindre le standard.

Après avoir rappelé à l'adjoint Schmidt de bloquer cette voie d'accès, elle se mit au volant. Ty la rejoignit, chargé d'un sac de sport. Il le posa à ses pieds avant de boucler sa ceinture et se pencha pour en sortir un pistolet automatique Beretta 9 mm.

— Waouh ! commenta-t-elle, un tantinet ironique. Tu as l'intention de tirer sur le feu ?

— Je préfère parer à toutes les éventualités, répondit-il en fixant le holster à sa ceinture. Pas toi ?

Quelle éventualité ? Sam le regarda d'un air suspicieux. D'abord, Ty lui avait annoncé qu'il avait « quelque chose d'important » à lui dire. Et maintenant, il arrivait, muni d'une arme à feu. Un mauvais pressentiment l'assaillit. Un nouveau désastre les attendait-il au tournant ? Espérant qu'elle s'inquiétait pour rien et qu'il agissait ainsi par pure déformation professionnelle, elle opta pour lui demander des nouvelles de sa famille.

— Comment vont les jumeaux ? Ils jouent toujours au tee-ball ?

— Oui… Ils sont plutôt doués, déclara-t-il. Et Loretta s'est proposée pour être le coach de leur équipe.

— Tant mieux.

Sam était toujours du côté des femmes qui tordaient le cou aux stéréotypes.

— Ça m'a vraiment surpris, poursuivit Ty. Je n'aurais jamais cru que ma Loretta avait l'âme d'une athlète mais elle a pris goût au sport, semble-t-il.

— Tiens donc, releva Sam, amusée.

Apparemment, Ty avait la mémoire courte : Loretta avait pratiqué l'équitation en compétition et était une skieuse chevronnée. Mais comme sa petite Loretta pouvait à l'occasion se montrer extrêmement féminine, il en oubliait son côté frondeur et téméraire — erreur que Wade n'avait jamais commise vis-à-vis de Samantha.

Les cinq premiers kilomètres de route goudronnée traversaient de vastes champs. Sous les panaches de fumée, l'herbe haute de la prairie était semée de fleurs sauvages rouges et bleues. Puis l'asphalte céda le pas à un revêtement de gravillons tandis que la chaussée se faisait plus cahoteuse. Le paysage se referma autour d'eux comme ils entraient dans un étroit canyon.

Tandis qu'elle négociait une série de virages qui suivaient le tracé sinueux de la rivière, Horny Toad Creek, ils bavardèrent à bâtons rompus — parlant de la famille et des montagnes qui manquaient tant à Ty et à Loretta. Le père de Ty voulait qu'il rentre au pays et travaille lui aussi au ranch.

— Ça signifierait que tu renonces à ta carrière, souligna Sam. On n'a pas vraiment besoin d'un agent spécial du FBI par ici.

Il poussa un soupir.

— Wade et toi, vous avez eu raison. Vous avez décidé de l'endroit où vous vouliez vivre, et *ensuite*, vous vous êtes arrangés pour y gagner votre vie.

Au tout début, elle n'avait pas été aussi sûre qu'ils aient fait le bon choix, son mari et elle. Ils étaient jeunes mariés et disposaient d'un peu plus de deux hectares de terrain, doté d'un puits, à l'extérieur de Woodridge. Elle venait juste de démissionner de la police et s'efforçait de joindre les deux bouts avec le seul salaire de Wade. Deux mois plus tard, elle s'était retrouvée enceinte. Comme elle attendait l'arrivée de leur enfant et ne travaillait pas, c'était elle qui avait supervisé toutes les étapes de construction de leur maison.

La maison qu'ils avaient bâtie était parfaitement adaptée à leur stature hors normes. Elle avait même fait rehausser les plans de travail de la cuisine pour ne pas avoir à se pencher lorsqu'elle tranchait des tomates pour préparer un chili vert. Les souvenirs affluèrent… Wade et elle avaient fait l'amour dans chacune des pièces de la maison, y compris la véranda et le garage.

— Attention, le chemin est bientôt là, annonça Ty en scrutant le côté gauche de la route.

— Je sais où il se trouve.

Elle allait jeter un coup d'œil à la cache chaque fois qu'elle passait dans le coin. Elle n'avait pas été occupée depuis des mois.

Il sortit une bouteille d'eau de son sac, dévissa le bouchon et en versa un peu sur un bandana rouge. Comme Caleb, il noua le foulard autour du bas de son visage.

Elle ne put s'empêcher de jouer les Mme-Je-sais-tout.

— D'après le capitaine des pompiers, le tissage d'un bandana en coton n'est pas assez fin pour empêcher les particules de cendres de passer.

— Je m'en fiche, répliqua-t-il, laconique. L'humidité facilite la respiration. Ah, c'est là !

Elle braqua vers la gauche et s'engagea sur l'étroit chemin qui grimpait à l'assaut de la pente escarpée. La cache était accrochée à une falaise de granit, dos à la route. Si elle n'avait pas eu connaissance de son emplacement, Sam n'aurait jamais trouvé cet endroit au milieu des rochers et des arbres.

Sitôt qu'elle mit pied à terre, des rubans de fumée s'enroulèrent autour de ses chevilles. De la galerie qui faisait le tour de la maison, Ty et elle virent distinctement le feu. Les flammes dansaient sur la ligne de crête. Dans le soleil qui déclinait, les volutes de fumée prenaient une méchante teinte rouge foncé. On aurait dit les portes de l'enfer. Un hélicoptère survola le feu et largua sa cargaison pour ralentir la progression de l'incendie.

Sam observa la scène tandis que Ty se dirigeait vers le côté de la maison, en direction du garage attenant.

— Tu cherches quelque chose ?

— Je préfère tout vérifier.

Elle remarqua qu'il avait la main sur son pistolet, prêt à dégainer à tout instant. Pourquoi diable était-il tellement sur ses gardes ?

— Y aurait-il quelque chose que tu ne m'aurais pas dit ?

Il la rejoignit sur le porche. Ignorant sa question, il nota :

— Puisque je suis là, je ferais bien de jeter aussi un coup d'œil à l'intérieur.

Elle le regarda pianoter sur le clavier situé à côté de la porte d'entrée, puis il se retourna à demi, les sourcils froncés.

— Est-ce que, par hasard, tu te souviendrais du…

— Code pour désactiver l'alarme ? acheva-t-elle en souriant.

Elle s'approcha et composa les six chiffres. Le shérif de Swain County était toujours informé du code. Si l'alarme se déclenchait, elle sonnait dans son bureau et c'était à elle de venir la couper.

Avant qu'elle ait pu suivre Ty à l'intérieur, son portable se mit à vibrer. C'était le capitaine des pompiers — elle devait répondre. Elle fit signe à Ty d'entrer sans elle.

— Oui, capitaine Hobbs, dit-elle en prenant l'appel. Alors, où en sommes-nous ?

— Nous progressons, mais le feu n'est pas encore contenu, répondit-il d'une voix râpeuse.

Les irritations de la gorge devaient constituer un risque professionnel dans son métier.

— Vous n'aurez pas à évacuer la ville, surtout s'il pleut cette nuit comme la météo le prévoit.

— Ça, c'est la bonne nouvelle, dit-elle. Quelle est la mauvaise ?

— Eh bien, shérif, j'ai une faveur à vous demander. Le pilote de l'hélico a repéré trois randonneurs sur la route qui longe Horny Toad Creek. Tous mes hommes sont mobilisés contre l'incendie, je ne peux envoyer personne. Pouvez-vous vous en occuper ?

— Pas de problème, l'assura-t-elle. Il se trouve que je suis dans le secteur, en ce moment même. Comment savez-vous que ce sont des randonneurs ?

— Le pilote a dit qu'ils avaient des sacs à dos, donc…

— OK. Tenez-moi informée de l'évolution de la situation.

Lorsque Ty émergea de la maison, elle l'appela d'un geste de la main et lui relata ce qu'elle venait d'apprendre.

— Je ne comprends pas qu'ils soient assez inconscients pour faire de la randonnée aussi près d'un feu de forêt. Soit ils aiment les émotions fortes soit ce sont des imbéciles.

— Ou des journalistes, suggéra Ty.

— C'est ce que je disais.

Les journalistes, elle en avait vu assez pour le restant de ses jours après la mort de Wade. Ils ne la laissaient jamais tranquille, la harcelant sans arrêt pour obtenir une interview ou des photos d'elle et Jenny. Elle qui ne demandait qu'une chose : pouvoir pleurer son mari en toute intimité. Mais l'accident de Wade avait suscité l'intérêt des médias.

Un an et vingt et un jours plus tôt, Wade était parti chasser à l'arc avec Ty et deux autres agents fédéraux, dont le supérieur de Ty, l'agent spécial superviseur Everett Hurtado. Un kayakiste avait perdu le contrôle de son embarcation dans les rapides et Wade avait sauté dans l'eau glacée pour lui porter secours. Le kayakiste s'en était sorti, mais Wade avait été emporté dans les eaux vives. Son corps n'avait jamais été retrouvé.

Comme Sam démarrait, de sombres pensées l'assaillirent. Elle avait tant de choses auxquelles penser : le feu, les randonneurs, l'absence de masque, « l'importante nouvelle » de Ty. Mais rien ne pouvait lui faire oublier la douleur et le chagrin qui s'étaient durablement installés en elle. Elle n'oublierait jamais son mari. Il avait été son âme sœur, son amant bien-aimé, son meilleur ami.

Tandis qu'elle reprenait le chemin en sens inverse puis roulait le long des méandres de la rivière, elle tourna la tête vers Ty.

— Qu'avais-tu de tellement important à me dire ?

— Tu sais, Sam, j'ai du mal à te regarder sans penser à Wade.

— Pareil pour moi quand je te vois, Ty. Tu étais l'un de ses meilleurs amis.

Elle guida le SUV vers une zone plus dégagée, un peu à l'écart du lit du cours d'eau.

— Cette information importante… C'est à propos de Wade ?

— Que ressens-tu aujourd'hui ? Je veux dire… Est-ce que tu commences… à t'intéresser à d'autres hommes ?

— Quelle idée ! Bien sûr que non.

Il n'y avait pas d'autre homme dans sa vie et il n'y en aurait jamais. Il n'y avait de place dans son cœur que pour Jenny et pour Wade.

La route s'élargit. Sur la droite s'étendait un champ délimité par une clôture de fil de fer barbelé. À gauche, le terrain s'élevait jusqu'à un petit coteau au-delà duquel des collines moutonnaient, couvertes d'une dense forêt. Si le feu arrivait jusque-là, ces bois s'enflammeraient comme une torche.

Ty s'éclaircit la gorge.

— Je me disais juste que, peut-être…

— Si tu t'apprêtais à me déclarer qu'il est temps d'aller de l'avant, de sortir, de faire de nouvelles rencontres, autant te prévenir tout de suite que c'est inutile. N'essaie pas de me dire comment je dois gérer mon chagrin.

Il pointa le doigt vers la gauche, à travers le pare-brise.

— Regarde… Là-bas.

Dans l'ombre d'un grand peuplier, elle aperçut une berline vert foncé qui était à moitié dissimulée dans les taillis et les arbres qui bordaient la route.

— C'est peut-être le véhicule de nos randonneurs.

— Sûrement, confirma Ty. Peut-être qu'ils ont eu un accident et qu'ils s'efforcent de rejoindre la civilisation. Mais pourquoi ne les avons-nous pas vus sur la route ? Pourquoi marcheraient-ils en direction de l'incendie ?

Elle sortit du SUV et s'approcha du véhicule. La berline verte se fondait dans la végétation, ce qui expliquait que l'hélico ne l'ait pas vue. Elle avisa une silhouette masculine, assise à la place du conducteur.

Immobile.

2

Un sentiment d'alarme grandissant s'insinua en Sam, lui faisant dresser les cheveux dans la nuque. Contrairement à l'incendie qui constituait une menace éloignée, le problème auquel elle était confrontée en ce moment même était à quelques mètres d'elle seulement. Elle ajusta l'étui fixé à sa ceinture pour pouvoir accéder plus aisément au Glock 23 qui lui avait permis de remporter plusieurs concours de tir à l'école de police. Mais jamais elle n'avait eu à tirer dans l'exercice de ses fonctions : son pistolet incapacitant suffisait, en général. Mais son instinct de flic lui criait que cette situation exigeait une vigilance particulière.

— Monsieur, appela-t-elle en approchant lentement du véhicule. Je suis shérif. Pouvez-vous me montrer vos mains ? Monsieur ?

Ty vint se placer à côté d'elle, la main refermée autour de la crosse du Beretta.

— Je suggère qu'on procède avec prudence.

— Oh ? Tu crois ?

Il fit immédiatement machine arrière.

— C'est ta juridiction, Sam, je sais. Je te suis.

Même si Swain County n'avait rien d'un foyer de criminalité, elle connaissait les procédures standards et entendait bien les respecter dans la mesure du possible. Elle tira son arme du holster et s'avança du côté conducteur. La vitre était baissée. S'attendant à trouver le chauffeur endormi ou ivre, elle s'inclina prudemment pour voir à l'intérieur de la voiture.

— Monsieur, êtes-vous… ?

Les mots se bloquèrent dans sa gorge.

Il avait été tué d'une balle en pleine poitrine. Le devant de sa chemise en flanelle était trempé de sang du cou à l'abdomen. *Oh ! Seigneur, qu'est-ce que je fais maintenant ? Quelle est la procédure ?* Il fallait qu'elle cherche un pouls, qu'elle s'assure de son état. Mais elle n'avait pas besoin de toucher ses bajoues pâles pour savoir qu'il était mort. Ses yeux sans vie étaient fixés droit sur elle.

— Il est mort, dit Ty.

— Oui.

C'était à peine si elle pouvait parler tant sa bouche était sèche.

— Il faut qu'on soit prudents. Le tueur est peut-être encore dans les parages.

Rassemblant son courage, elle s'éloigna de la voiture et balaya les alentours du regard, s'efforçant de voir au travers du rideau de fumée qui enveloppait les rochers, les buissons, la forêt. Personne en vue, mais ce n'étaient pas les endroits où se cacher qui manquaient dans ces collines. Un meurtrier n'allait pas signaler sa présence par une pancarte.

Était-il parti ? Ou les attendait-il, tapi quelque part ? De petits accès de tension mêlés de peur l'empêchaient de se concentrer. *Oh ! Wade, tu me manques.* Lui aurait su quoi faire. C'était un meneur né ; donner des ordres lui venait naturellement. Elle dut faire un effort pour se reprendre.

Elle s'éclaircit la gorge.

— Il faut qu'on trouve ces randonneurs.

— Tu crois que ce sont eux qui ont fait ça ?

— Je n'en sais rien.

Mais la présence de ces trois hommes avec des sacs à dos n'était sûrement pas une coïncidence. Soit il s'agissait d'amis du défunt qui avaient pris la fuite, soit c'étaient eux les tueurs.

Ty lui effleura l'épaule.

— Ça va ?

— C'est ma première affaire de meurtre.

— Je suis là pour t'aider.

Elle avait déjà vu des cadavres auparavant, bien sûr — des décès accidentels ou des personnes mortes de vieillesse. Et elle avait arrêté des tas de malfrats qui avaient fait du mal à des gens. Mais la violence, dans le secteur, n'était jamais allée jusqu'au crime de sang.

— Ça va aller, assura-t-elle.

— Bien sûr.

Elle replaça son Glock dans le holster.

— J'entends faire les choses dans les règles, annonça-t-elle en enfilant une paire de gants en latex bleu.

— Tu te promènes toujours avec des gants dans ta poche ?

— Erreur : pas dans ma poche, dans ma ceinture, corrigea-t-elle en lui en tendant une paire. Je les mets toujours là.

— Ce n'est pas l'endroit où tu es censée ranger le troisième chargeur de ton Glock ?

— Oui, mais justement, Ty : j'ai toujours *un* chargeur de secours, mais un troisième est superflu. En revanche, j'ai eu maintes fois l'occasion d'utiliser les gants.

— Mmm…

— La dernière fois qu'ils m'ont été utiles, c'était au jardin d'enfants de Jenny quand j'ai aidé les gamins à composer un collage d'animaux de la forêt.

Il hocha lentement la tête.

— Qu'est-ce qu'on fait, maintenant ?

C'était une bonne question. Swain County ne disposait pas des infrastructures nécessaires à une enquête pour meurtre. Ils avaient une petite clinique et un dentiste qui officiait aussi comme coroner du comté mais il n'y avait pas d'hôpital avec un service d'anatomo-pathologie. Pour l'analyse criminalistique, elle avait un kit de relevés d'empreintes qu'elle conservait généralement dans son SUV. Elle n'avait pas accès à l'analyse d'ADN ni à la spectrométrie de masse ni à aucune autre de ces technologies de pointe.

Dans des circonstances normales, elle aurait volontiers transmis l'affaire au Bureau d'investigation du Colorado ou peut-être à la police de Grand Junction. Mais aujourd'hui n'était pas un jour comme les autres : des hectares de forêt étaient ravagés par un incendie qui pouvait atteindre ce véhicule et effacer tous les indices.

Elle tira son portable de sa poche.

— D'abord, je vais prendre en photo la scène de crime et relever les empreintes. Ensuite, toi et moi nous chargerons ce corps à l'arrière de mon SUV et nous le conduirons à l'hôpital le plus proche.

— Pourquoi le déplacer ?

Du menton, elle indiqua les flammes, au loin.

— Pour qu'il ne soit pas brûlé avec le reste des preuves matérielles.

Avec l'appareil photo de son téléphone, elle prit un cliché du pare-brise et de l'avant de la voiture, qui s'était écrasé contre un tronc d'arbre. Les dommages n'étaient pas sérieux, ce qui la conduisit à penser que le véhicule devait rouler à petite vitesse au moment de l'impact. Satisfaite d'être parvenue à cette conclusion, elle fit le tour complet de la berline, prit des photos de la voiture sous tous les angles. Aucune trace de dérapage sur les graviers. Le conducteur n'avait pas donné de coup de frein.

Elle commença à échafauder une hypothèse. L'homme qui se trouvait sur le siège conducteur était déjà mort lorsque le véhicule avait heurté l'arbre. Sa conclusion cadrait avec les éléments matériels. Wade aurait été fier d'elle. Il avait toujours dit qu'elle était une policière dans l'âme, ce qui n'avait rien de surprenant, au fond, puisque son père était capitaine au département de police de Portland.

Elle revint vers la portière conducteur et passa la tête par la vitre baissée. Le mort était couvert de sang mais, au-dessous de lui, le siège n'avait presque pas été éclaboussé.

Elle jeta un regard à Ty par-dessus son épaule.

— Je ne pense pas que cette berline soit notre scène de crime initiale.

— Qu'est-ce que tu veux dire ?

— Je crois que ce type a été tué ailleurs et qu'on l'a amené ici ensuite, ce qui explique que le siège ne soit pas maculé de sang. Et il n'a pas davantage percuté cet arbre de plein fouet en roulant. La voiture a été poussée.

Après lui avoir exposé son raisonnement, elle s'éloigna de la portière afin qu'il puisse voir par lui-même l'ultime preuve matérielle.

— Comment le sais-tu ?

— Il n'y a pas de clé sur le contact.

Il passa prudemment la tête dans l'habitacle, se démanchant le cou pour ne pas tacher de sang sa chemise blanche, et poussa un juron.

— Je reconnais ce type.

Avait-elle bien entendu ?

— Quoi ? Tu le connais ?

— C'est un flic.

Ty sortit la tête de la voiture et se redressa.

— Il est de la police d'État. Je crois qu'il s'appelle Morrissey. Wade nous avait présentés.

Le mari de Sam connaissait effectivement tous les membres des forces de l'ordre qui travaillaient à Swain County et dans les environs du comté. À l'image de ses propres adjoints, ces derniers ne s'étaient pas montrés aussi amicaux avec Sam.

— Alors, on a intérêt à ne rien laisser au hasard. La police d'État peut être aussi tatillonne que vous, au FBI, le lieutenant Natchez est vraiment imbuvable.

— Je suis d'accord. J'ai eu l'occasion de le rencontrer.

Ty sortit son téléphone portable.

— Veux-tu que je le prévienne ?

Elle fit la grimace.

— Je suppose qu'on n'a pas le choix. C'est la procédure.

Si la situation avait été inversée et qu'un policier d'État avait découvert le corps de l'adjoint Caleb Schmidt, elle aurait tenu à être la première informée. Mais elle n'avait pas du tout envie de se retrouver face à Natchez. Elle savait d'avance qu'il allait s'arranger pour retourner la situation et la rendre responsable de ce meurtre.

Pendant que Ty passait sa communication, elle continua à photographier l'habitacle de la voiture en commençant par le siège conducteur avant de poursuivre avec le reste du véhicule. Lorsqu'elle ouvrit la portière côté passager, la première chose qu'elle vit fut une petite arme de poing — un revolver Colt avec une incrustation de cuivre sur la crosse.

Cette arme appartenait à son mari.

Wade Calloway dut faire appel à toute sa volonté pour ne pas dévaler la colline, enlacer sa femme et embrasser à pleine bouche ses douces lèvres roses. La tentation était si grande qu'il préféra ne pas rester là, à la regarder. S'accroupissant derrière le gros rocher qui lui servait d'abri, à la lisière de la forêt, il ferma les paupières, luttant contre l'envie désespérée de rejoindre Samantha, son ange.

Mais ce n'était ni le bon moment ni le bon endroit.

S'il se montrait, elle aussi serait en danger.

Que diable faisait-elle sur cette route ? Pourquoi avait-il fallu que ce soit elle qui découvre le corps ? Son poing se contracta et, de frustration, il frappa le sol de sa botte. La vie était vraiment injuste !

Depuis plus d'un an, il rêvait de ce que serait le moment où il rentrerait chez lui et retrouverait sa femme bien-aimée. Elle courrait vers lui, ses longs cheveux bruns volant derrière elle telle une bannière soyeuse. Ses vêtements — toujours légers dans son imagination — laisseraient apparaître en transparence ses jambes minces et son torse souple. Son rire argentin résonnerait dans l'air et leur adorable petite Jenny viendrait se joindre à eux pour quémander sa part d'embrassades et d'effusions. Jenny et Sam l'accueilleraient en héros.

Il s'inclina sur le côté pour jeter un coup d'œil en bas. Samantha faisait le tour du véhicule. À cette distance, il ne distinguait pas ses traits et ne pouvait donc pas la voir froncer les sourcils, mais il voyait bien qu'elle était ennuyée. Non, plus que cela : en colère. Oui, c'était de la colère qui émanait d'elle en ondes aussi brûlantes que le feu qui avait dévoré des hectares de forêt.

Et il avait le mauvais pressentiment que cette version hostile de Samantha était celle à laquelle il serait confronté lorsqu'il sortirait du bois. Il pouvait toujours espérer son pardon, mais il n'y croyait pas trop.

Sa vie — qui avait été tellement agréable — était devenue une succession d'imbroglios. Le meurtre de Drew Morrissey était la dernière bourde en date. Quelqu'un aurait dû l'avoir à l'œil, l'empêcher de se faire tuer. Non que Wade ait l'intention de verser une larme sur la mort de Morrissey. Il avait trahi son uniforme. Mais le protéger aurait été stratégiquement bien vu. Morrissey était un lâche et un faible. Il aurait donné ses complices. C'était même sûrement sa fâcheuse propension à parler qui lui avait valu cette fin peu glorieuse.

Après avoir trouvé le corps au volant de la voiture, une demi-heure plus tôt, Wade était resté dans les parages, espérant que le ou les tueurs reviendraient. Si c'était le cas, que ferait-il ? Il n'avait qu'une envie : arrêter ces types et les jeter derrière les barreaux. Mais ce n'était pas si simple. Il avait passé l'année qui venait de s'écouler sous protection, en attendant de pouvoir témoigner et retrouver une vie normale.

Mais, trois jours plus tôt, alors que les charges retenues venaient de s'effondrer pour la énième fois, Wade avait décidé de ne plus prendre son mal en patience, d'autant qu'il avait aperçu au tribunal un homme qui lui rappelait vaguement quelque chose. La menace était suffisamment sérieuse pour l'inciter à prendre le taureau par les cornes. Si les méchants l'avaient vu et savaient qu'il était vivant et prêt à témoigner, Samantha et Jenny étaient désormais en danger, elles aussi.

Il avait échappé à ses gardes au Texas et était revenu jusqu'ici. La veille, il avait pu dormir dans la cache du FBI dont le code de sécurité n'avait par chance pas été modifié depuis l'époque où il était shérif. Dans la maison, il avait trouvé de quoi s'équiper : deux pistolets semi-automatiques et un fusil de chasse, et, dans le garage attenant, une moto

Honda légère et maniable, munie de pneus adaptés à la route comme au tout-terrain.

Il avait l'intention d'aller retrouver Samantha et Jenny, ce matin, de les emmener. Beaucoup de gens, y compris Ty, censé être son ami, avaient tenté de le dissuader de retourner dans le Colorado, arguant qu'ils avaient simulé sa mort justement pour protéger Samantha et Jenny. Mais Wade ne pouvait plus continuer comme ça.

Il trouverait un moyen de mettre sa famille à l'abri. Ce ne serait peut-être pas confortable, mais au moins ils seraient ensemble. C'est ce qu'il aurait dû faire d'entrée de jeu. La séparation avait été un vrai crève-cœur.

Depuis son poste d'observation, derrière le rocher, il se pencha pour jeter un nouveau coup d'œil en contrebas. Bon sang, comme elle était jolie. Il avait envie de caresser chaque centimètre carré du corps de Samantha, de sentir l'odeur de son shampooing, de goûter sa bouche, de se perdre au fond de ses yeux bleu glacier. Même le peu flatteur uniforme de shérif ne pouvait masquer la longueur de ses jambes ni la tonicité de ses bras.

Sans vouloir se vanter, lui aussi, de son côté, s'était entretenu physiquement. L'une des façons de se distraire, pendant ces longs mois de détention protégée, avait été de faire de l'exercice physique. Il avait peaufiné ses abdominaux et les muscles de ses bras étaient désormais nettement dessinés. Samantha le remarquerait-elle ? Il était impatient de connaître sa réaction concernant sa nouvelle condition physique lorsque ses doigts effilés glisseraient de son torse jusqu'à son abdomen.

De la route, il l'entendit aboyer à l'adresse de Ty :

— Contente-toi de faire ce que je te dis. Tout de suite.

Wade rit sous cape.

— Je te reconnais bien là, mon ange… Tout en douceur et en délicatesse.

Il se tordit le cou pour mieux voir. La portière de la berline était ouverte et Sam semblait s'affairer sur le corps. Que diable pouvait-elle bien faire ?

3

Peut-être n'était-elle pas experte en matière d'analyse de scène de crime, mais c'était elle le shérif. Autant rappeler ce petit détail à Ty. Swain County était *sa* juridiction. Et elle voulait placer le corps de ce membre de la police du Colorado, Drew Morrissey, à l'arrière de son SUV avant que la berline ne devienne la proie des flammes.

— Allez, Ty, dépêchons-nous.

Il grogna.

— Ton ami, le capitaine des pompiers, ne t'a-t-il pas dit que le feu ne viendrait pas jusqu'ici ?

— Le capitaine Hobbs a dit que la ville n'était pas en danger. Mais, ici, nous sommes à des kilomètres de la ville.

Elle claqua des mains pour l'inciter à l'action.

— Allez, tu le prends par le haut du corps, je soulève ses jambes.

Ty enfila son coupe-vent noir du FBI pour protéger sa chemise immaculée et grommela :

— Pourquoi est-ce moi qui écope de la partie du corps la plus lourde ?

— Arrête de te plaindre et de jouer les petites natures. Tu es plus grand et plus fort que moi, voilà pourquoi.

Sam réfléchit rapidement. Il fallait absolument qu'elle fasse glisser le pistolet de Wade sous le siège, le temps de décider de ce qu'il convenait d'en faire. *C'est peut-être l'arme du crime.* Certes, toucher à une scène de crime était formellement interdit, mais… C'était l'arme de son mari et elle ne doutait pas que le lieutenant Natchez sauterait sur l'occasion pour l'associer au meurtre du policier.

Ty commença à tirer le haut du corps du policier hors de la voiture. L'odeur de la mort la prit à la gorge tandis que Ty manipulait le cadavre, dont les bras et les jambes pendaient mollement, tels les membres d'une poupée de chiffon. Rapidement, elle se glissa dans l'habitacle, poussa l'arme incrustée de cuivre sous le siège passager, et réémergea, tenant les jambes de Morrissey, tout en claquant la portière d'un coup de pied.

Le sang de Morrissey maculait maintenant l'avant de son uniforme kaki. Elle aurait dû être plus prévoyante et faire comme Ty : enfiler son coupe-vent.

Ils avaient traîné le corps de quelques mètres en direction de son SUV lorsqu'une série de détonations se répercutèrent contre les parois du canyon. Elle regarda par-dessus son épaule, en direction de la route. À travers la fumée, elle distingua deux silhouettes qui traversaient en courant la chaussée de la droite vers la gauche.

La réaction de Ty ne se fit pas attendre. Il lâcha Morrissey et, d'un même mouvement, plongea derrière le SUV et sortit son Beretta de son holster.

— À couvert, Sam !

Mais le cerveau de Sam mit plus de temps à réagir que celui de l'agent du FBI. Il lui fallut quelques secondes de plus pour saisir l'évidence : on leur tirait dessus. Il fallait qu'elle riposte, qu'elle se mette à l'abri. Mais, tandis que ces pensées se succédaient à la vitesse de l'éclair dans sa tête, elle demeurait immobile, telle une statue, tenant toujours Morrissey par les pieds.

Ce fut la voix de Ty qui la ramena brutalement à la réalité.

— Sam, bon sang ! Qu'est-ce que tu attends ? À couvert !

Cette fois, elle lâcha les jambes de Morrissey et fonça jusqu'à son SUV, dont elle ouvrit la portière pour s'en servir comme d'un bouclier. Une balle ricocha contre la portière. Si elle avait été encore à découvert, le projectile l'aurait atteinte en plein centre de son gilet pare-balles. Dieu merci, elle avait eu la bonne idée de le mettre aujourd'hui.

À l'école de police, et au cours des entraînements qu'elle avait suivis par la suite, elle avait participé à des douzaines de simulations. Mais c'était sa première vraie fusillade. Tandis qu'elle prenait son Glock en main, sa concentration s'aiguisa. Le temps ralentit soudain. Elle se souvint de ce qu'elle était censée faire. *Je peux y arriver.* Sa confiance en elle revint et, avec elle, le courage d'affronter la situation.

Lorsqu'elle avisa un sac à dos au milieu de la route, là où les deux tireurs avaient traversé, elle cria à l'adresse de Ty :

— Ces types… Ce sont sûrement les randonneurs. Le capitaine m'a dit qu'ils étaient trois.

De l'autre côté de son SUV, il lança en retour :

— Je n'en ai vu que deux.

Les randonneurs continuaient leurs tirs nourris. Ils avaient beaucoup de munitions. Elle regretta tout à coup d'avoir utilisé à d'autres desseins l'emplacement de son troisième chargeur sur sa ceinture. Ty, apparemment, visait un gros rocher qui était à environ dix mètres de là, sur le côté gauche de la route. Elle devina que les tireurs allaient tenter de se rapprocher de la berline, d'où ils jouiraient d'un meilleur angle de tir.

Calant le bras qui tenait l'arme sur la portière, elle tira une balle entre le rocher et la voiture. La sensation du Glock dans sa main lui redevenait déjà familière. Elle était bonne tireuse, la meilleure du bureau du shérif de Swain County… Ce qui ne signifiait pas grand-chose, d'un autre côté, Caleb étant le second.

— Couvre-moi, l'interpella Ty depuis l'autre côté de la voiture.

Regardant par l'espace qui séparait la portière du pare-brise, elle fit feu dans la direction dans laquelle il avait tiré. Chaque balle comptait. Elle pressa la détente sept fois, rapidement. Le bruit de percussion fit tinter ses oreilles.

Courbé en deux, Ty fonça jusqu'au côté droit de la route,

se jeta dans le fossé et visa. Il tira sept coups successivement, lui aussi.

Un homme sortit en titubant de derrière le rocher. D'une main, il se tenait l'abdomen. Le sang coulait entre ses doigts. De l'autre, il essaya d'assurer sa prise sur son arme. Ty fit feu de nouveau. L'homme s'écroula dans la poussière.

Et d'un. Il en reste deux. Elle vit son comparse jaillir en courant de derrière le rocher qui les abritait en direction de l'arbre contre lequel s'était encastrée la berline. Il était plus proche d'elle que de Ty. Gardant la tête prudemment baissée, elle se déplaça vers la voiture.

Le nuage de fumée qui surmontait les arbres lui faisait penser à un champ de bataille. L'adrénaline se déversa à torrents dans ses veines. Elle était en état d'alerte maximum, frissonnant et transpirant tout à la fois. Contournant le corps de Morrissey sur le sol, elle posa sa main gantée sur le coffre de la berline et vit le « randonneur », à demi caché par le haut peuplier.

Au même instant, Ty s'élança vers la voiture en tirant à tout va. Elle éleva son arme, visa. Elle avait le meilleur angle pour réussir à toucher leur cible en pleine tête. Mais, avant qu'elle ait eu le temps d'appuyer sur la détente, le randonneur s'effondra, touché par un autre tir. *Et de deux ; il n'en reste qu'un.*

Elle aurait juré que le tir provenait de la colline, derrière elle, sur sa gauche. Mais lorsqu'elle tourna la tête, elle ne vit rien d'autre que quelques rochers aux arêtes acérées et un mur sombre de conifères. Plissant les yeux, elle essaya de saisir le reflet du soleil sur un canon de fusil. S'il y avait dans les parages un mystérieux tireur embusqué, il disposait forcément d'une arme à longue portée. Ce n'était pas avec une arme de poing qu'il pouvait atteindre une cible à cette distance.

— Ça va ? lança Ty.

— Ça va. Et toi ?

— OK. Il y a encore un randonneur, hein ?

Comme le vent faisait onduler l'herbe haute, elle l'aperçut dans son champ de vision périphérique. Il était sur le flanc de la colline, à mi-chemin des arbres, son pistolet dirigé droit sur elle.

Elle pivota pour lui faire face mais, de nouveau, quelqu'un la devança et elle vit le randonneur numéro trois porter la main au haut de son torse en poussant un hurlement sauvage. Chancelant sur ses jambes, il se retourna pour regarder le haut de la colline, derrière lui, là où Sam avait les yeux fixés. Puis il tomba à genoux et se replia sur lui-même en gémissant.

Elle se précipita dans sa direction, éloigna son arme d'un coup de pied et décrocha les menottes de sa ceinture. Cela semblait cruel de le forcer à se mettre à plat ventre, avec sa blessure à l'épaule, mais elle tenait à s'assurer qu'il ne constituait plus une menace.

Respirant fort, elle inspira malgré elle une grande goulée de fumée qui l'obligea à tousser avant de pouvoir demander :

— Ty, pour les deux autres, c'est bon ?

— Celui qui est sur la route est mort. L'autre est inconscient. Je lui ai ligoté les poignets.

Son état de la situation se muait rapidement en dénombrement des victimes : déjà deux blessés et deux morts, en comptant Morrissey. Il était temps d'appeler une ambulance. La procédure aurait été de prévenir les urgences sitôt qu'ils avaient découvert le corps de Morrissey mais Sam s'était dit qu'ils devaient déjà être sur le pied de guerre, avec le feu et les patients à traiter pour diverses pathologies en lien avec l'inhalation de fumée.

Comme elle prenait son portable, son regard se porta vers la colline, où elle vit un homme de haute taille, la tête coiffée d'un chapeau de cow-boy, les bras levés au-dessus de la tête. Ce type avait touché sa cible malgré le manque de visibilité dû à la fumée et malgré la distance ; de toute évidence, c'était un excellent tireur. Il était dangereux. Elle aurait dû s'en méfier mais, pour une raison qu'elle ne parvenait pas à s'expliquer, ce n'était pas le cas.

Elle se gronda mentalement. *Reprends-toi un peu.* Ce n'est pas parce qu'il lève les mains qu'il n'est pas dangereux. Elle voyait le fusil accroché à son épaule et les deux holsters fixés à sa ceinture. Elle pointa son arme dans sa direction.

— Ne tire pas ! cria l'homme.

Elle se figea. Le son de cette voix… Non, ce n'était pas possible… Il était mort.

— *Wade ?*

Et pourtant, c'était bien son mari qui descendait maintenant de son promontoire. Elle aurait reconnu sa démarche entre mille.

Il lui était revenu. Soit c'était cela, soit elle était morte, elle aussi. Elle avait dû recevoir une balle pendant les échanges de tirs, et son mari bien-aimé était venu l'accueillir à la porte des cieux. Leur pauvre petite Jenny était désormais orpheline de ses deux parents. Elle se secoua. Non ! Ils ne pouvaient pas être morts tous les deux.

Ty s'avança derrière elle.

— Voilà ce que je voulais te dire.

— Il est vivant.

— Eh bien, en fait… Oui.

Elle replaça résolument le Glock dans son étui et s'élança à la rencontre de Wade. Sans une seconde d'hésitation. Peut-être ne savait-elle pas pourquoi il était de retour ni où il avait été pendant tout ce temps. Mais peu importait… Il était de nouveau là ! Wade était en vie !

Depuis un an et vingt et un jours très exactement, son cœur était gelé. Mais lorsqu'elle le vit, le bloc de glace qu'il était devenu se craquela et une douce chaleur s'insinua en elle. Tout en courant, elle entendit le son de son propre rire résonner dans l'air. Un vrai rire joyeux, impossible à contenir, venu du tréfonds de son être. Comme elle approchait de lui, la fumée sembla se volatiliser. Le monde, tout à coup, lui apparut, nimbé d'une lumière dorée.

D'un bond en avant, elle se jeta dans ses bras. La ceinture tactique, avec tout son équipement, et le gilet pare-balles formaient obstacle mais elle s'arrangea pour que leurs corps soient en contact. S'accrochant à lui de toutes ses forces, elle enroula ses jambes autour de ses hanches. Il avait l'air différent… plus musclé. C'était si bon de le retrouver alors qu'elle l'avait cru perdu à jamais.

Ses lèvres se joignirent aux siennes. Ils s'embrassèrent à pleine bouche. Goulûment. Pas de flottement, ni de tâtonnements. Sur le plan sexuel, ils s'étaient toujours merveilleusement entendus. La langue de Wade plongea sans hésitation dans sa bouche et elle l'accueillit avec délectation.

Ils étaient l'un et l'autre sales et en nage mais elle n'en avait cure. Elle enfouit son visage contre la peau nue de son cou, sous le col ouvert de sa chemise, respirant son parfum masculin, musqué. Wade n'avait jamais utilisé d'eau de toilette et cela convenait tout à fait à Sam. Elle aimait son odeur.

Ses lèvres lui chatouillèrent l'oreille comme il murmurait :

— Tu m'as manqué, Samantha. Tu m'as tellement manqué.

— À moi aussi.

Elle l'embrassa de nouveau.

— Où étais-tu ?

— C'est une longue histoire… C'est compliqué.

Elle recula la tête et sonda ses yeux noisette. Après plus d'une année d'absence, elle attendait une explication un peu plus étoffée.

— Je t'écoute.

— Nous n'avons pas le temps maintenant. Je n'aurais jamais dû me montrer, mais je ne pouvais pas être si près de toi et ne pas te toucher. Tu es un ange, tu es tellement belle. Mais il faut que je m'en aille, je ne peux pas rester ici.

Comme si elle allait le laisser repartir comme ça, sans un mot d'explication ! Elle se laissa glisser le long de son corps et reposa les pieds par terre.

— Assieds-toi, Wade.

— Mais je te l'ai dit. Je ne peux pas…

— Écoute, on peut faire ça en douceur mais si tu préfères la manière forte…

Il fronça les sourcils.

— Quoi ?

OK. Ce serait donc la manière forte. Elle passa derrière

lui et se trouva donc en position dominante puisque le terrain était incliné. Il ne lui fut pas difficile de le bloquer aux épaules en même temps qu'elle lui faisait un croche-pied. Sans avoir eu le temps de comprendre ce qui lui arrivait, il se retrouva assis par terre. En un clin d'œil, elle fut sur lui. Après lui avoir enlevé son fusil, elle le plaqua face contre terre et lui menotta les poignets dans le dos.

— Wade Calloway, vous êtes en état d'arrestation.

4

Wade aurait dû se douter qu'il ne pouvait pas resurgir dans sa vie et tout effacer d'un baiser. Il en faudrait plus, bien plus pour regagner ses faveurs. Mais, bon sang, quel baiser ! Les lèvres de Samantha étaient plus douces encore que dans son souvenir, mais le désir qu'elle avait manifesté n'avait rien de doux, lui. Sa langue s'était mêlée à la sienne en une joute enfiévrée qui avait bien failli lui faire perdre tout contrôle.

À cette idée, il se passa la langue sur les lèvres. Un seul baiser de Samantha valait mieux qu'une semaine entière au lit avec n'importe quelle femme.

Roulant sur le côté, il se rassit, les jambes tendues devant lui. Lorsque Samantha eut retiré les deux armes de poing de ses holsters, elle se tint debout, à quelques pas de lui et l'épingla de son regard sévère.

Involontairement, les coins de la bouche de Wade s'étirèrent.

— Qu'y a-t-il de drôle ? demanda-t-elle, les bras croisés.

Peut-être était-il encore sous l'effet de cet incroyable baiser, sur son petit nuage, mais ce regard l'amusait. Il se voulait intimidant et menaçant. Mais ce qu'il y voyait, lui, c'était une femme forte, avec la tête bien vissée sur les épaules, qui était certes contrariée et furieuse mais suffisamment intelligente pour écouter ce qu'il avait à dire.

— Une question, déclara-t-il. De quoi m'inculpes-tu ?

— Pour commencer, de tentative de meurtre.

Les sourcils de Samantha se rapprochèrent dangereusement tandis que ses lèvres pulpeuses se comprimaient en une mince ligne.

— C'est toi qui as tiré depuis les arbres, là-haut.

— Appelons ça de la légitime défense, plaida-t-il. Ou, plus exactement, c'était pour vous défendre, Ty et toi.

Au même instant, son vieil ami se mit à gravir la pente pour les rejoindre.

— On aurait pu se débrouiller.

— Mais de rien, je t'en prie, ironisa Wade.

— Tu es incorrigible, gronda Samantha. Tu pourrais au moins faire *semblant* d'être désolé. Tu as pas mal de choses à te faire pardonner, Wade. Non seulement vis-à-vis de moi mais aussi vis-à-vis de tous tes amis, tous ces gens qui se sont déplacés pour assister à tes funérailles. Ta sœur qui pleurait toutes les larmes de son corps… Elle se félicitait même que vos parents soient décédés pour qu'ils n'aient pas à vivre cette tragédie. Et Jenny.

Une expression de vide et de tristesse qu'elle n'exprimait pas en paroles envahit son regard. Lorsqu'il la vit tourner les talons et s'éloigner résolument de lui, ce fut comme si on lui plantait un couteau dans le cœur.

— Samantha, attends…

Sa voix résonnait, désespérée, à ses propres oreilles.

— Je peux tout t'expliquer.

Comme elle continuait à mettre de la distance entre eux, il la vit redresser les épaules.

— Ty, je vais joindre le standard et leur dire que nous avons besoin d'une ambulance, peut-être de deux. Garde notre suspect à l'œil.

La tête de Wade retomba en avant, le menton contre la poitrine. Obtenir le pardon de Samantha allait être sacrément difficile. C'était bien beau de déclarer qu'il avait simulé sa mort pour assurer leur sécurité, à Jenny et à elle, encore fallait-il le lui prouver.

— Tu es dans un beau pétrin, souligna Ty en s'accroupissant

près de lui. Estime-toi heureux qu'elle se soit contentée de te mettre à terre et de te passer les menottes.

Les menottes étaient presque devenues un jeu entre eux. Lors d'ébats particulièrement ardents, une fois, il lui avait montré comment crocheter ces serrures. Les mains toujours derrière le dos, il réussit à fourrager dans sa poche, à la recherche du couteau suisse dont il ne se séparait jamais. Il croisa le regard de Ty. Il avait envie de faire confiance à cet homme qu'il connaissait depuis le lycée, il voulait croire qu'il était de son côté. Ty était l'un des rares membres des forces de l'ordre à savoir que Wade avait simulé sa mort. Il l'avait soutenu tout du long. Mais Wade avait été trahi par d'autres. Il devait faire preuve de la plus grande prudence.

Tandis qu'il ouvrait le couteau et se mettait à traficoter la serrure des menottes, il souligna :

— Drôle de coïncidence, tu ne trouves pas ?

— De quoi parles-tu ?

— Du fait que toi et Samantha vous soyez trouvés précisément ici, sur cette portion de route. Et que vous ayez découvert le corps de Morrissey.

— Tu m'accuses ? Tu es sérieux ? rétorqua Ty en se calant, en équilibre, sur ses talons. Alors, ça, c'est fort de café. Tu crois vraiment que je mettrais Sam en danger ?

Le problème pour Wade, c'était qu'il ne savait plus que penser ni qui croire.

— Comment se fait-il que vous vous soyez trouvés ici ? À cet endroit particulier ?

— Je ne suis pas idiot au point d'organiser une embuscade contre moi-même.

— Raconte-moi ce qui s'est passé, dit Wade.

— Sam a reçu un appel du capitaine des pompiers, qui lui a dit que le pilote de l'hélico avait repéré trois randonneurs près de Horny Toad Creek. Comme tous ses hommes étaient mobilisés par le feu, Sam a proposé de s'en occuper, étant donné que nous étions dans le secteur.

L'histoire de Ty semblait plausible, songea Wade. Il était

peu probable que le pilote de l'hélicoptère, le capitaine des pompiers et Ty soient tous de mèche. Mais il demanda quand même :

— Et pour quelle raison Samantha et toi étiez-vous dans le secteur ?

— J'avais demandé à Sam de venir avec moi jeter un coup d'œil à la cache. Et, oui, j'avais une idée derrière la tête. Quand j'ai su que tu t'étais échappé, j'ai pensé que tu allais revenir ici. Je voulais prévenir Sam, peut-être même les placer, Jenny et elle, sous protection.

— Pas question.

Le couteau de poche glissa sur le métal et lui entailla le pouce.

— Je sais ce que c'est qu'être sous protection. Je ne ferai pas subir ça à ma femme et à ma fille.

— Oui, mais comment assurer leur sécurité ? Quand le fait que tu es toujours en vie va se savoir, ce qui ne tardera pas, le cartel va se servir d'elles. Ils menaceront de s'en prendre à ta famille si tu ne te livres pas à eux.

Combien de personnes savaient qu'il était vivant et qu'il s'apprêtait à témoigner contre un ancien agent de la DEA et un membre du cartel d'Esteban qui croupissaient en prison en attendant d'être jugés ? Il était le témoin clé de l'affaire, celui qui avait le pouvoir de faire condamner ces hommes à de lourdes peines pour participation à une organisation criminelle, trafic de drogue et trafic d'armes… à condition de rester en vie jusqu'au procès.

— J'ai un mauvais pressentiment, déclara-t-il. Je crois que trop de gens sont au courant.

— C'est pour ça que tu as pris le large ?

— À t'entendre, on croirait qu'il s'agit de l'évasion du siècle… C'est juste qu'après être allé une fois de plus jusqu'au palais de justice d'Austin où — comme tu le sais — le procès a été ajourné pour la septième fois, je suis rentré au motel qui servait de cache avec les agents qui étaient chargés de veiller sur moi. Et c'est plus tard, ce soir-là, que je me suis enfui en passant par la fenêtre.

— Tout simplement, hum ? Pourtant, j'ai entendu dire que tu avais assommé deux de tes gardes. L'un d'eux a un traumatisme crânien.

— Faux. Jamais je n'aurais blessé qui que ce soit.

Ty promena un regard cynique en contrebas, sur le carnage qui avait pour cadre cette vallée montagneuse enfumée.

— Oui, c'est ça. Tu es inoffensif comme l'agneau qui vient de naître.

D'un ton plus ferme, Wade répéta :

— Puisque je te dis que ce n'est pas moi qui ai agressé mes gardes… Peut-être que celui qui les a attaqués me cherchait…

— Aucune des personnes qui savent que tu es vivant n'a de raisons d'en vouloir à ta vie.

Ce n'était pas l'avis de Wade. Trois jours plus tôt, à Austin, alors qu'il quittait le palais de justice, il avait aperçu un visage qu'il avait déjà vu auparavant. Il ne connaissait pas le nom de l'homme mais cela l'avait aussitôt alerté. Il s'était dit qu'il fallait qu'il rentre au plus vite auprès de Samantha et de Jenny.

Il contempla Ty fixement. La décontraction affichée de son ami cadrait avec son côté cow-boy, mais Wade ne s'y trompait pas. Sous ses airs nonchalants, l'ex-cow-boy pouvait frapper avec la rapidité d'un serpent à sonnette. Ty était intelligent et vif. C'était un homme bien ; il s'était vu décerner la médaille de la Valeur du FBI pour son intervention héroïque lors d'une affaire d'enlèvement.

La question qui se posait à lui était la suivante : lui faire confiance ou ne pas lui faire confiance ? Ty avait beau être courageux et loyal, il n'en était pas moins agent fédéral, et il ne courrait pas le risque de perdre son travail.

— Je vais te demander un service.

— Vas-y.

— Ne dis à personne que tu m'as vu aujourd'hui.

Deux plis verticaux se creusèrent entre les sourcils de Ty.

— C'est beaucoup demander, mon vieux. Les types sur

qui tu as tiré vont mentionner la présence d'un mystérieux tireur. Et la police scientifique va trouver les balles du fusil.

Wade désigna du menton le fusil sur le sol.

— Il est là. Tu peux dire que c'est toi qui l'as utilisé.

— Tu l'as pris dans la cache, c'est ça ?

— Le fusil et deux armes de poing, confirma Wade d'un ton dégagé. Il y avait des choses plus importantes en jeu.

Certes, il avait enfreint le sacro-saint règlement en prenant des armes dans une cache fédérale, et puis après ? L'endroit n'était jamais utilisé.

— Je te demande vingt-quatre heures, reprit-il. Au crépuscule, demain, je saurai ce que je dois faire.

— Je savais que tu avais passé la nuit dans la cache, dit Ty. Sitôt que j'ai franchi la porte, j'ai vu que la poussière, sur le sol, avait été remuée.

— Oui, oui, oui… Et j'ai aussi fait couler de l'eau dans l'évier. Et puis j'ai mangé une boîte de haricots, laissé une tasse sale et utilisé des draps dans la chambre. Tu as l'intention de me poursuivre ?

Il y eut un léger déclic et la serrure des menottes s'ouvrit.

— Écoute, j'ai besoin que tu me laisses vingt-quatre heures… Est-ce que tu es d'accord ?

Ty eut un temps d'hésitation.

— OK, vingt-quatre heures, concéda-t-il.

Il désigna du menton Sam qui gravissait la colline dans leur direction.

— À supposer que tu arrives à convaincre Sam.

Wade aurait bien aimé se sentir plus sûr de lui lorsqu'il vit sa femme venir se poster à côté de Ty. Il observa son profil tandis qu'elle tournait la tête pour s'adresser à son ami.

— La standardiste a prévenu la police et demandé une ambulance à Glenwood Springs. Ils devraient être là d'ici à une demi-heure mais, à mon avis, il leur faudra un peu plus longtemps. Il faut que nous leur dispensions les premiers secours.

— Je vais m'occuper du type qui est près de la voiture. Et prendre une bâche dans ton SUV pour recouvrir le corps de Morrissey. Son lieutenant est en route… Il ne pourra pas dire que nous lui avons manqué de respect.

— Même si Morrissey ne le mérite pas, intervint Wade.

— Ça, je ne te le fais pas dire, renchérit Ty en commençant à redescendre. Je vous laisse, tous les deux…

Samantha passa les pouces dans sa ceinture, pencha la tête et contempla l'herbe, sous ses pieds. Elle avait laissé son chapeau dans le SUV et Wade nota que ses cheveux châtains tressés étaient toujours aussi beaux mais peut-être moins épais et moins brillants que dans son souvenir, comme si elle n'avait pas eu le temps d'en prendre soin. Être shérif, même dans un petit comté, c'était une lourde tâche.

Une nouvelle bouffée de culpabilité l'assaillit. Il l'avait laissée dans une situation difficile, avec beaucoup de choses à gérer, à régler.

— Samantha ?

Elle fit la moue.

— Quoi ?

Ses traits n'étaient pas aussi tendus qu'un moment plus tôt. La profonde tristesse avait disparu, la colère aussi. Avec un choc, il découvrit qu'il était incapable de deviner son humeur. Dire qu'ils avaient toujours été en parfaite harmonie, qu'ils s'étaient toujours compris sans même avoir besoin d'échanger un mot… Ce lien particulier avait disparu.

— Samantha, regarde-moi.

Elle coula un regard en biais dans sa direction.

— Je ne sais pas quoi faire.

Il ouvrit grand les bras et les agita pour lui montrer les menottes qui pendaient à son poignet gauche.

— Et voilà le travail !

Il sauta sur ses pieds. Comme un magicien saluant son public, il s'inclina.

— Le grand, l'incroyable Wade a réussi à se libérer.

Les yeux bleus de Samantha étincelèrent comme si elle était sur le point d'éclater de rire. Mais sa poitrine se souleva et ce fut un sanglot qui lui échappa. Aussitôt, elle plaqua une main sur sa bouche.

Il la rattrapa avant qu'elle n'ait eu le temps de s'enfuir. Doucement, il retira la main de son visage et déposa un baiser sur ses phalanges. Sa bouche se mit à trembler comme elle s'efforçait de retenir ses larmes.

— Ça va aller, murmura-t-il. Ne t'inquiète pas. Tout va s'arranger.

Les sanglots la secouèrent. Il l'attira contre lui et la tint serrée contre son torse tandis qu'un torrent de larmes se déversait sur ses joues. Il lui tapota le dos, caressa ses cheveux doux comme la soie qui sentaient encore le shampooing en dépit de l'odeur de fumée.

Il aurait tellement voulu lui dire qu'il l'aimait. Mais ce n'était pas le moment ; c'était trop tôt. Et il avait peur. Wade Calloway ne craignait pas grand-chose. Il avait les épaules pour s'attaquer à une douzaine de flics véreux et à un cartel de la drogue, mais il avait bien conscience que Samantha avait le pouvoir de le détruire d'un mot. Si elle refusait de croire à son amour ou avait renoncé à l'aimer, alors plus rien ne valait la peine.

— Il va falloir que je m'en aille, murmura-t-il à son oreille.

Ty avait parlé d'un officier qui allait arriver avec la patrouille de la police d'État et puis il y avait les ambulances.

— Je sais.

Les sanglots s'étaient mués en brefs reniflements étouffés. Elle s'essuya le visage avec sa chemise.

— J'ai entendu une partie de ce que tu as dit à Ty. Tu veux continuer à faire semblant d'être mort.

— C'est pour vous protéger, toi et Jenny. Si certaines personnes apprennent que je suis vivant, vous serez en danger.

Elle avait le visage couvert de larmes mais il songea qu'elle était magnifique quand même.

— Ne dis à personne que tu m'as vu. Dans vingt-quatre heures, j'aurai réglé la situation.

Samantha passa la main droite derrière son dos et, parlant

tout bas pour ne pas être entendue de Ty, elle lui montra le Colt 45 à la crosse incrustée de cuivre.

— Je l'ai trouvé dans la voiture, près de Morrissey. Je suppose qu'il a été placé là pour orienter les soupçons sur toi.

— Bien vu.

Il lui prit l'arme des mains et la glissa dans sa ceinture.

— Ce revolver… Tu l'avais bien gardé sous clé à la maison, n'est-ce pas ?

Elle hocha la tête.

— Il faut croire qu'ils se sont introduits chez nous pour s'en emparer.

Un voleur avait pénétré chez eux, dans la maison que lui et Samantha avaient construite ensemble — leur sanctuaire, l'endroit où dormait leur fille.

— Tu t'en étais rendu compte ?

— Non. La moitié du temps, je ne pense même pas à fermer les portes à clé.

— Eh bien, les choses vont changer désormais, assena-t-il avec force. À partir de maintenant, tu ne dois plus faire confiance à personne, OK ? Personne.

— Même pas à Ty ?

Il avait beau ne pas vouloir jeter le discrédit sur celui qui était son ami de toujours, Wade préférait pécher par excès de prudence plutôt qu'inciter Samantha à se fier à lui les yeux fermés.

— Fais-lui confiance, mais reste vigilante quand même.

— Compte sur moi. Je n'oublie pas qu'il m'a raconté un tissu de mensonges à propos de mon mari qui avait soi-disant été emporté sous ses yeux par la Roaring Fork River. Oh ! mais j'y pense !… C'est ce que tu m'as laissé croire, toi aussi.

Ses yeux encore rougis par les larmes se rétrécirent.

— Alors, une question se pose. Est-ce que je peux te faire confiance, *à toi*, Wade ?

— Je me rachèterai. Je te le promets.

— Hum. Ce n'est pas vraiment ce que j'ai envie d'entendre.

Elle empoigna le devant de sa chemise en flanelle à carreaux des deux mains et l'attira à elle.

— Écoute-moi, Wade, écoute-moi attentivement. Pendant une année entière, tu as essayé de gérer cette affaire tout seul. Ne commets pas cette erreur une nouvelle fois.

— Que veux-tu dire ?

— Tu as besoin de moi.

Elle le relâcha d'un coup et recula.

— Tu as besoin de mon aide.

Elle avait raison. Au cours de cette année, Samantha avait prouvé qu'elle était capable de se prendre en charge et de tout mener de front, seule. Alors qu'elle pleurait la mort de son mari, elle s'était occupée de leur fille, Jenny, et de toute la population de Swain County.

Il ne pouvait rêver meilleure partenaire.

5

La trousse de premiers secours de Sam était parfaite pour soigner des genoux écorchés et des piqûres de guêpe. Mais pas des blessures sévères. Elle s'agenouilla près de l'homme inconscient et réussit le tour de force de désinfecter la plaie et bander son épaule blessée sans retirer les menottes qui lui maintenaient les mains liées dans le dos.

Wade s'était sans peine libéré des siennes, ce qui n'avait rien d'étonnant. Lorsqu'elle les lui avait passées, son geste était surtout symbolique… Une façon de bien lui montrer qu'elle refusait d'être ignorée et laissée de côté, même pour de nobles motifs.

Elle n'arrivait toujours pas à le croire. Son mari était de retour. Il était bien vivant ! Elle effaça le sourire qui lui montait tout seul aux lèvres et réprima le souvenir de ses bras se refermant autour d'elle lorsqu'il l'embrassait, de la saveur de ses lèvres sur les siennes. *Pas maintenant !* Elle devait attendre, pas question de laisser ses émotions accaparer son esprit. Et l'anticipation la rendait aussi nerveuse qu'un chien de prairie cerné par une armée de tondeuses.

Elle devait se concentrer tout entière sur les aspects pratiques de son retour parmi les vivants. Il avait promis de lui parler plus tard… ce soir. L'attente serait longue, mais elle le croyait lorsqu'il disait que c'était nécessaire. Et il avait parlé d'un possible danger menaçant Jenny.

Une anxiété nouvelle la parcourut à cette idée. Jenny, sa précieuse petite fille de cinq ans, avec sa frange en dents de scie qu'elle avait coupée toute seule, comme une grande, et sa jolie voix dont le chef de la chorale disait qu'elle était remarquable. Si quelque chose lui arrivait…

Sam reporta son attention sur l'homme blessé, étendu sur le sol devant elle. Il ne saignait pas abondamment, mais sa poitrine se soulevait de façon irrégulière. Une perforation du poumon ? Une hémorragie interne ? Bon sang, où étaient ces fichues ambulances ?

S'il mourait, ce serait sa faute… même si ce n'était pas elle qui avait tiré la balle qui l'avait touché. Que cet homme ait tenté de les abattre, Ty et elle, avant d'être neutralisé par son mari n'y changeait rien. C'était elle le shérif et, en tant que tel, elle était responsable.

Ah, sa formation lui était bien utile ! Certes, elle avait suivi de nombreux cours de la Croix-Rouge ; certes, elle savait pratiquer la réanimation cardio-pulmonaire et avait son certificat de secouriste. Les pneumothorax comme les chocs septiques ou d'autres pathologies requérant des traitements d'urgence n'avaient pas de secret pour elle. Mais il n'en restait pas moins que, jusqu'à présent, elle n'avait jamais eu à mettre ses connaissances en pratique.

Elle avait besoin d'aide. Pourquoi ces ambulances mettaient-elles si longtemps à arriver ? Il fallait qu'elle s'en aille, qu'elle retourne auprès de Jenny.

Elle se leva et héla Ty.

— J'ai une idée. Oublions les ambulances. Nous pouvons charger ces types dans mon SUV et les conduire directement à l'hôpital. Ce sera plus rapide.

Il était au milieu de la route, à côté de l'homme sur qui il avait tiré, celui qui était mort. Dans sa main gantée, il tenait un porte-monnaie. Elle était à une dizaine de mètres de lui mais elle l'entendit grommeler dans sa barbe. L'air contrarié, il pivota sur lui-même et agita l'objet dans sa direction.

— Tu sais qui est ce type ?

Comment diable aurait-elle pu le savoir ?

— Non. Pourquoi ? Je devrais ?

— Ça t'arrive de jeter un coup d'œil aux avis de recherche qu'on vous envoie ?

Des avis de recherche, le bureau du shérif en recevait de toutes sortes de sources allant du FBI aux gardes-chasses ou gardes-pêche locaux. Ils étaient transmis par ordinateur ou par fax et les autorités concernées demandaient de rechercher certaines plaques d'immatriculation, certains véhicules ou certains individus. Elle y jetait toujours un coup d'œil avant de les accrocher au tableau d'affichage afin que chacun puisse les voir. Lorsqu'ils n'étaient plus d'actualité, elle leur offrait une deuxième vie en les transformant en papier brouillon pour Jenny, qui dessinait au verso au crayon ou au marqueur. Mais elle n'était pas obligée d'expliquer à Ty que les avis de recherche finissaient en papier à dessin. Elle avait même surpris Jenny une fois s'appliquant à orner le portrait anthropométrique d'un criminel de rouge à lèvres et de fard à paupières violet.

Avant d'avoir eu le temps de répondre, elle dressa l'oreille en entendant rugir un moteur de moto. Ty aussi avait entendu. Il leva les yeux en direction de la colline.

— Oh ! Super, gronda-t-il.

— Il ne l'aurait pas prise s'il n'en avait pas vraiment besoin.

— Mais cette moto appartient au FBI.

— N'essaie même pas de te plaindre. Moi, je suis obligée de racler les fonds de tiroir du bureau pour arriver à acheter des masques de protection respiratoire. Pendant ce temps-là, le FBI peut se permettre de laisser une maison entière inutilisée, alors…

— Touché, admit-il d'un ton plus conciliant. J'espère seulement qu'il ne l'abîmera pas, c'est tout.

Elle descendit le rejoindre.

— Revenons à nos moutons. Qui est ce type ?

— Tony Reyes, dit-il, l'air sombre. Il travaille pour le cartel Esteban et il est sur la liste des criminels les plus recherchés aux USA comme au Mexique.

Sam avait entendu toutes sortes d'histoires horribles à propos des cartels de la drogue : des décapitations, de la torture, des meurtres de femmes et d'enfants, du trafic d'êtres humains qui s'apparentait à de la traite d'esclaves. Mais jamais elle n'aurait cru être un jour confrontée à ce genre de criminalité. Swain County était un territoire endormi, avec une jolie petite ville et quelques ranchs éparpillés alentour. Il ne s'y passait jamais rien et, de son point de vue, c'était très bien comme ça.

— Pourquoi ce Reyes figure-t-il si haut sur la liste des individus recherchés ? Qu'est-ce qu'il a fait ?

— C'est un homme de main. Un exécuteur. Son rôle est de tuer les gens, particulièrement les policiers.

Comme Morrissey. Le policier assassiné dont le corps était étendu par terre, couvert d'une bâche. Si la fumée n'avait pas masqué le soleil qui déclinait, elle aurait juré que le ciel venait tout à coup de s'assombrir.

Elle détestait la tournure que les choses étaient en train de prendre. Reyes savait-il où elle vivait ? Était-ce lui qui était venu voler l'arme chez elle ?

— C'est contre ces gens-là que Wade doit témoigner ? Comment s'est-il trouvé mêlé à une affaire concernant un cartel de la drogue ?

— C'est pire que ça, Sam.

— Pire ?

Sa colère et son incompréhension atteignirent de tels sommets qu'elles se traduisirent par un flot d'absurdités.

— Qu'est-ce qui pourrait être pire ? Des vampires ? Des zombies ? Oh ! Attends, je sais… En fait, Wade est mort et c'est lui, le zombie !

— Quoi ? proféra Ty, l'air passablement inquiet pour sa santé mentale.

Sa mine chagrinée la fit rire. Sa grand-mère avait pour habitude de dire qu'on pouvait rire de tout, même des choses les plus terribles. *Oh, mamie, comme tu te trompais !* Ces derniers mois, Sam n'avait guère eu de raisons d'exercer ses zygomatiques. Encore maintenant, alors qu'elle savait Wade vivant, son rire sonnait quelque peu hystérique.

Elle se mit à faire les cent pas sur la route et continua sur sa lancée.

— Voyons, voyons… Qu'est-ce qui pourrait bien être pire ? Wade a-t-il fait quelque chose de nature à froisser un groupuscule nazi ? Ou des terroristes ? À moins que, peut-être, il ne soit pourchassé par des zombies nazis *et* terroristes ?

— Ça y est ? Tu as fini ?

Elle s'immobilisa près de son SUV, se pencha en avant et examina les deux impacts de balles dans la portière conducteur.

— Je ne sais pas. Disons que j'ai deux ou trois choses à assimiler ? Oh ! des petits riens… comme le fait que mon défunt mari soit subitement ressuscité. Et que, dans la foulée, j'apprenne que ma fille court sûrement un grand danger. Ce sur quoi tu évoques des cartels de la drogue, avant de me porter le coup de grâce final en me déclarant tranquillement que « ce n'est pas ça le pire » !

— Ce que je voulais dire, c'est qu'il n'y a pas que la drogue. Il est aussi question de trafic d'êtres humains. Et on a découvert une cache d'armes grâce aux informations de Wade.

L'envergure de l'affaire la refroidit brutalement, stoppant net son accès d'hilarité.

— Non ? Et ça s'arrête là ou tu as encore d'autres bonnes nouvelles à m'apprendre ?

— Des flics ripoux, proféra-t-il en faisant la grimace. Wade a été témoin d'actes criminels et de transactions entre le cartel et les forces de l'ordre. Problème : on ne sait pas quelle est l'étendue de la corruption.

— C'est pour ça que vous détestez Morrissey, Wade et toi ?

Il hocha la tête.

— C'est mon chef qui dirige l'enquête. Ils surveillaient Morrissey dans l'espoir qu'il nous conduirait à ses acolytes. Et il s'avère qu'ils sont plus nombreux que nous ne l'imaginions. Et cela touche toutes sortes de services : des gardes champêtres, de simples policiers, des inspecteurs, des agents de la DEA, peut-être aussi des agents spéciaux du FBI, qui empochent des commissions occultes du cartel.

Wade avait raison. En résumé, elle ne pouvait donc littéralement plus faire confiance à personne, ni se tourner vers qui que ce soit. Pas d'échappatoire. Elle pouvait faire une croix sur les heures idylliques de sa vie. Ils avaient été si heureux, Wade et elle, au début de leur mariage, quand ils faisaient construire leur maison, puis avaient eu leur beau bébé. Tous leurs rêves se réalisaient les uns après les autres, alors. Mais tout cela était bien fini. Le futur s'annonçait beaucoup plus compliqué.

Le portable à la main, Ty annonça :

— Il faut que je prévienne mon chef de ce qui s'est passé.

— Attends.

Elle prit son bras avant qu'il ne porte l'appareil à son oreille.

— Tu ne vas pas lui parler de Wade, n'est-ce pas ?

— Voyons, Sam, tu peux lui faire confiance. Everett Hurtado est réglo. OK, il a un côté bureaucrate… D'ailleurs, je suis presque sûr qu'il ne viendra même pas sur le terrain.

— Tu as fait une promesse à Wade, rappela-t-elle car, cela, elle l'avait entendu. Tu lui as donné vingt-quatre heures.

— Comme je te l'ai dit, c'est Hurtado qui conduit l'enquête. Il sait déjà que Wade est vivant et a échappé à la vigilance de ses gardiens. C'est lui qui m'a suggéré de venir ici et de jeter un coup d'œil à la cache.

Et aussi de prendre contact avec elle, acheva mentalement Sam. Si son chef voulait retrouver Wade, il était logique qu'il cherche ici, à Swain County, du côté de sa famille. Mais Hurtado n'était peut-être pas l'homme au-dessus de tout soupçon que croyait Ty.

— Ton superviseur ne sait pas où est Wade. Il ne faut pas que tu le lui dises. Pas avant demain soir.

— D'accord, très bien. J'attendrai jusqu'à demain.

C'était important. Elle tendit la main, paume ouverte vers le haut.

— Promis ?

Il tapa dans sa main.

— Promis. Si je ne vous connaissais pas aussi bien tous

les deux, je pourrais penser que vous vous êtes alliés pour briser ma carrière.

— Va savoir, plaisanta-t-elle. C'est peut-être vrai. Comme ça, Loretta et toi vous reviendriez vous installer ici et travailleriez au ranch, avec ton père.

— Les jumeaux adoreraient ça.

Comme il se détournait pour passer sa communication, elle avisa les gyrophares bleu et rouge d'un véhicule de patrouille — un Crown Vic argent avec les deux bandes bleu et noir et le logo de la police d'État du Colorado. La plupart des agents de la police d'État étaient des types corrects qui traitaient les infractions routières sans rechigner, mais elle voyait désormais les forces de l'ordre d'un autre œil. Selon Ty et Wade, Morrissey était corrompu. Pourquoi le chef de Ty ne le serait-il pas ?

Elle n'avait jamais tenu le lieutenant Trevor Natchez en haute estime — et le mot était faible. En apparence, c'était l'officier de police le plus respectueux du règlement qu'elle ait jamais rencontré. Ses cheveux blond pâle étaient coupés en brosse. Ses chemises étaient toujours immaculées et bien repassées, son pantalon beige avec la rayure sombre sur le côté, jamais froissé. À en croire les rumeurs, il lavait son véhicule au moins une fois par jour. Mais sa façon de parler ne cadrait pas avec sa rigueur vestimentaire. Elle ne comprendrait jamais qu'on puisse être aussi à cheval sur les règles et la propreté et avoir un vocabulaire aussi ordurier.

Natchez jurait continuellement. Quand elle se trouvait en sa présence, Sam utilisait un filtre mental chaque fois qu'il déversait ses jurons pour éviter de lui montrer que son langage de caniveau la dérangeait. Cela lui faisait trop plaisir. Il adorait l'irriter et ne manquait jamais de proférer des commentaires sexistes à la limite de l'insulte. Compte tenu de ces caractéristiques, elle n'aurait pas été étonnée d'apprendre que Trevor Natchez était impliqué jusqu'au cou dans des affaires louches.

Lorsqu'il eut garé son véhicule derrière le sien, il mit pied à terre, redressa le bord de son chapeau et se dirigea vers elle en roulant des mécaniques.

— Tiens, tiens, mais c'est madame Shérif, proféra-t-il avec un ricanement moqueur, par allusion à la série de livres pour enfants. Qu'est-il arrivé à Morrissey ?

Elle ne put s'empêcher de jeter un coup d'œil à sa voiture, derrière lui. L'inévitable pellicule de cendres qui recouvrait la carrosserie d'ordinaire reluisante devait le rendre fou.

— Vous avez laissé vos gyrophares en fonctionnement, riposta-t-elle, se délectant par avance de sa petite vengeance. C'est pour tenir la foule des badauds à distance ?

Pour bien appuyer le sarcasme, elle regarda délibérément l'étendue déserte autour d'elle.

— Quand j'aurai besoin de vos conseils, ma belle, je vous le dirai.

Elle le conduisit jusqu'à la bâche, s'accroupit à côté du cadavre et souleva un angle pour révéler le visage de Morrissey. Sa peau avait pris une teinte cireuse, presque grise. Sam, ne pouvant supporter son regard vide, lui avait fermé les yeux.

L'espace d'un bref moment, Natchez parut ébranlé. Il serra les mâchoires et ses épais sourcils blonds s'abaissèrent tant que le bleu de ses yeux disparut. Il rabattit d'un geste brusque la bâche sur le visage du mort et leva la tête. Tandis qu'il scrutait les cieux comme s'il cherchait le paradis derrière le nuage de fumée, une litanie d'imprécations jaillit de sa bouche.

— Où l'avez-vous trouvé ?

— Dans cette voiture, répondit-elle en tendant le doigt. Deux balles en pleine poitrine. Il était assis au volant, mais il n'y avait pas d'éclaboussures de sang. Il a dû être abattu ailleurs.

— Vous êtes arrivée à cette conclusion toute seule, comme une grande, ma mignonne ? Ou est-ce ce type du FBI qui vous l'a soufflé ? dit-il en jetant un regard à Ty.

Son appel terminé, Ty revint vers eux et salua Natchez d'une tape dans le dos et une poignée de main. Ils semblaient en très bons termes, tous les deux. Ils se tinrent pendant quelques instants devant le corps de leur collègue décédé, à chanter ses louanges, soulignant quel type bien il avait été, blagueur, toujours le sourire aux lèvres, l'esprit vif, l'honneur de sa profession, blablabla…

Pour autant qu'elle se souvienne, Ty n'avait pas été aussi dithyrambique lorsqu'il lui en avait parlé. Il avait laissé entendre qu'il était de mèche avec le cartel. Elle en conclut que la conversation de Ty avec Natchez relevait de la catégorie « On ne dit pas de mal d'un mort ».

Natchez balaya les alentours du regard, puis demanda en contemplant les victimes :

— Qu'est-ce qui s'est passé ? Notre jolie shérif en jupon aurait-elle piqué une crise ?

Sam serra la crosse de son arme, sur laquelle reposait sa main. Elle aurait avec plaisir ruiné son bel uniforme tout propre en lui tirant une balle entre les jambes.

— On est tombés dans une embuscade.

— Qu'est-ce que c'est que cette histoire à dormir debout ?

— Mon opératrice a déjà demandé des ambulances, enchaîna-t-elle comme si elle n'avait pas entendu. Elles devraient être là d'une minute à l'autre.

— Qui vous a dit de déplacer le corps ?

— Personne n'avait à me dire quoi que ce soit, répliqua-t-elle sèchement. Ces meurtres ont été commis dans mon comté. Ils relèvent de *ma* juridiction.

— Vous rigolez ? Morrissey était l'un de mes hommes. C'est à moi d'enquêter sur son meurtre.

Sam se plaça face à lui, le défiant du regard. C'était dans des moments comme celui-ci qu'elle remerciait le ciel d'être aussi grande. Natchez mesurait environ cinq centimètres de moins qu'elle, mais elle rejeta les épaules en arrière et se tint très droite pour amplifier encore la différence entre eux.

— Écoutez, voilà comment je vois les choses, lieutenant Natchez. L'enquête me revient de droit. Mais j'ai conscience que je ne dispose pas des moyens technologiques nécessaires…

— Ça, c'est sûr, gronda-t-il.

— Vous non plus. La police d'État n'a pas de médecin légiste. Vous ne pouvez pas réaliser une autopsie.

Il ouvrit la bouche, probablement pour jurer, mais rien n'en sortit. Peut-être Swain County était-il trop petit et trop limité en ressources pour prendre en main cette affaire, mais Natchez n'était pas mieux loti qu'eux pour conduire une enquête pour meurtre.

— Je suggère donc que nous demandions l'assistance du FBI, conclut-elle calmement.

— Oui, c'est tout à fait judicieux, souligna Ty en élevant son téléphone. Je viens juste de m'entretenir avec mon superviseur et il a tenu à peu près le même discours.

Natchez hocha la tête.

— OK, ça me va. Si vous avez besoin de mon aide, je ferai de mon mieux.

Ty inclina la tête et demanda :

— Est-ce que la perte d'un homme va vous poser des problèmes d'organisation ?

— Pour être franc, Morrissey s'absentait beaucoup. Il était plus souvent en congé de maladie qu'une gamine sautant les cours de gym au lycée sous prétexte qu'elle a ses règles.

Elle se détourna. Bon sang, mais où donc étaient ces ambulances ? Il était inutile de gaspiller sa salive à essayer d'éclairer la lanterne de ce pauvre Natchez. C'était un cas désespéré — totalement irrécupérable. Elle essaya de l'ignorer mais sa présence lui faisait l'effet d'une urticaire géante.

Natchez déambula sur la scène de crime avec Ty. Ils s'arrêtèrent à côté du mort qui était étendu sur la route, et Natchez le reconnut immédiatement pour avoir vu passer un avis de recherche le concernant. *Évidemment*, songea Sam avec humeur. Elle aurait parié qu'il avait minutieusement classé tous les avis de recherche émis depuis dix ans ! Peut-être même les passait-il en revue chaque soir pour s'entraîner à les reconnaître, comme des fiches de révision avant un examen…

— Il y a un bruit qui court, Ty, lança-t-il brusquement.

Peut-être pourriez-vous vérifier… Il paraît que Wade Calloway est vivant.

Cette fois, c'en était trop ! En entendant le nom de son mari dans la bouche de ce porc, le sang de Sam ne fit qu'un tour. En quelques longues enjambées, elle fut près de Natchez. De sa main droite, elle lui tordit sans ménagement le poignet avant de le retourner dans son dos, marquant la manche de sa chemise d'un pli disgracieux. Sa main gauche pressait son pistolet incapacitant contre sa gorge.

— Ne vous avisez *jamais* de reparler de mon mari, sauf si c'est pour honorer, humblement et sans proférer d'insanités, sa mémoire et louer le héros qu'il était. Et faites preuve d'un peu de respect vis-à-vis de moi, sa veuve éplorée. C'est clair ?

— Oui, m'dame.

Ah… Tout de même ! Enfin, elle s'était fait comprendre de ce primate. Il avait suffi d'un acte de violence éhonté de sa part pour lui rabattre son caquet.

6

Quand Sam passa devant le supermarché, à l'est de Woodridge, elle remarqua une activité inhabituelle sur le parking, et se demanda ce qui se passait. En général, lorsqu'un avis de blizzard était lancé, chacun se précipitait pour faire des stocks de nourriture et de produits de première nécessité. Peut-être le feu avait-il eu le même effet, même si l'idée d'engranger plus de réserves que d'habitude quand votre maison risquait d'être la proie des flammes n'était pas la meilleure qui soit.

Dans la rue principale qui traversait le centre-ville, toutes les places de stationnement étaient prises devant le restaurant, le café et les deux tavernes. Ça, c'était plus compréhensible. L'instinct grégaire poussait les gens à se rassembler en cas de problème.

Elle aurait bien voulu pouvoir en faire autant.

Mais elle ne pouvait confier à personne que Wade était revenu d'entre les morts ni parler d'un danger potentiel émanant d'un cartel de la drogue. Même Ty ne savait pas tout ; elle ne lui avait pas montré le revolver de Wade qui avait été placé dans la voiture de Morrissey. De plus, Ty n'était pas avec elle. Il était parti avec les ambulances. L'une devait conduire les blessés à l'hôpital de Glenwood Springs ; l'autre, transporter Morrissey et Reyes jusqu'au service d'anatomopathologie où aurait lieu l'autopsie.

Elle était donc seule face à ses problèmes.

D'une façon ou d'une autre, il fallait assumer.

Après s'être arrêtée à l'unique feu rouge de Woodridge, elle passa devant le tribunal de Swain County, où les opératrices du 911 gardaient sa fille. Ses yeux encore injectés de sang scrutèrent le bâtiment de pierre rouge comme si elle avait le pouvoir de voir à travers les murs Jenny en train de dessiner ou de sauter à la corde.

Avant d'aller chercher sa fille, Sam voulait s'assurer qu'il n'y avait personne chez elle. Après tout, on s'était déjà introduit dans la maison pour y subtiliser l'arme de Wade. Ils pourraient revenir, peut-être même se mettre en tête de la faire prisonnière afin d'atteindre Wade. Pis encore, ils pourraient s'en prendre à Jenny.

Le fait que sa fille puisse être menacée la mettait en rage et la rendait aussi féroce qu'une maman grizzli. Mais cette épée de Damoclès qui était désormais suspendue au-dessus de leurs têtes la terrifiait, également. Était-elle de taille à assurer la sécurité de son enfant ? Sam ne pouvait pas courir ce risque ; il fallait qu'elle mette Jenny à l'abri du danger.

Heureusement, elle avait une solution toute trouvée : son père était capitaine au commissariat de police de Portland, dans l'Oregon. Sam avait déjà appelé pour organiser le séjour de Jenny chez papy et mamie — le feu lui avait fourni une bonne excuse pour éloigner sa fille de Woodridge. Jenny serait donc en sécurité et, pendant ce temps-là, elle aurait les coudées franches pour aider Wade à enquêter.

Parvenue à une dizaine de kilomètres de la ville, elle bifurqua à gauche sur le chemin goudronné qu'elle payait pour faire déneiger par le chasse-neige, l'hiver. Mais on était au printemps et, à cette époque, l'allée était verdoyante et agréable, avec ses massifs de fleurs et ses arbres en bourgeons. Les eaux de la fonte des neiges formaient un petit ruisseau dans le fossé, le long de la route.

Lorsqu'elle eut dépassé la pancarte qui indiquait Chalet Kendall, ses plus proches voisins, elle contourna un bosquet de trembles avant d'arriver à la maison à un étage que Wade et elle avaient fait construire. Le toit à deux pans au-dessus de l'étage recouvrait un balcon qui courait le long de la façade et abritait la galerie du bas. Côté sud, la cuisine ouvrait sur une vaste terrasse en cèdre. Aux beaux jours, Jenny et elle dînaient généralement à l'extérieur, où elles regardaient les colibris voleter autour des mangeoires à oiseaux remplies d'eau sucrée colorée en rouge.

Elle était impatiente que Wade puisse les y rejoindre. Il adorait cuisiner sur le gril quand les flammes étaient hautes — peut-être aimait-il un peu trop les flammes, d'ailleurs : ses burgers étaient souvent trop grillés. Les narines la chatouillèrent au souvenir des plats cuits par son mari.

Leur famille allait être de nouveau réunie. Peut-être… Car elle ne pouvait oublier qu'il l'avait trahie de la pire façon qui soit. Comment pourrait-elle jamais le lui pardonner ?

Elle coupa le contact et resta assise derrière le volant, à réfléchir. Avant la mort présumée de Wade, elle n'avait jamais réellement réalisé la chance qu'elle avait. Il avait toujours été affectueux, ne manquant jamais une occasion de la prendre par le cou ou de déposer un petit baiser sur sa nuque quand il passait près d'elle. Ces attentions quotidiennes lui avaient presque autant manqué que sa présence dans son lit.

Sa vie avait été complètement bouleversée par sa fausse mort. Elle était passée par toutes les étapes du chagrin, du déni à la colère, puis à la résignation et à la déprime et, enfin, à l'acceptation. Mais c'était la colère qui resurgissait aujourd'hui. Elle ouvrit résolument sa portière. Il fallait qu'elle s'active si elle ne voulait pas se laisser dévorer par la fureur. Première chose à faire : vérifier que la maison était vide.

En gravissant les trois marches menant à la galerie, elle tira son arme de son étui au cas où un intrus se trouverait à l'intérieur. Elle rassembla ses souvenirs. Voyons, avait-elle fermé la porte à clé, en partant, ce matin ? Non. De fait, la poignée céda sous la pression de sa main.

Rien ne semblait avoir été dérangé dans le séjour. Plusieurs animaux en peluche étaient disposés sur le sofa au tissu écossais comme s'ils regardaient la télévision. Un long bar et ses tabourets hauts séparaient la cuisine du séjour. La salle à manger se trouvait sur la gauche de la cuisine et la terrasse, sur sa droite, derrière les baies vitrées coulissantes.

Elle s'avança sans bruit sur le sol parqueté. Sur le bar, il y avait une note, rédigée au crayon à papier.

« Les grands esprits se rencontrent… J'ai déjà passé la maison au crible. Il n'y a personne. Verrouille la porte d'entrée. Viens dans la chambre. »

Au lieu de signer sous le message, Wade avait dessiné une grenouille verte qui louchait.

Sam rangea son arme, gravit les marches de l'escalier deux par deux et poussa la porte de leur chambre à coucher.

L'immense lit à baldaquin recouvert de sa couette bleu occupait le centre de la pièce. Pas de Wade en vue, mais son chapeau de cow-boy était accroché au montant du lit le plus proche de la porte. Elle défit sa lourde ceinture tactique et la posa sur le dossier d'une chaise. Puis elle retira son chapeau et le percha sur l'autre montant, au pied du lit.

— Je n'ai pas oublié, souligna-t-elle à voix haute. Ne jamais poser son chapeau sur le lit.

Wade sortit de la salle de bains attenante, une paire de pinces à la main.

— Ça porte malheur. Je ne sais pas pourquoi ni comment, mais c'est un fait.

Avant qu'il ait pu se débarrasser de ses pinces, elle l'attira à elle et planta un baiser sur sa bouche. La saveur de ses lèvres et le contact de ses bras durs et musclés éveillèrent tous ses sens et elle se sentit véritablement renaître à la vie. Un peu comme si ses terminaisons nerveuses avaient été paralysées et qu'elles se rappelaient tout à coup, avec une acuité provocatrice, à son bon souvenir. Un courant électrique la parcourut. Elle l'entendit presque grésiller en elle tandis que la tension qui ne l'avait pas quittée depuis un an et vingt et un jours se relâchait.

Leurs lèvres toujours jointes, il la pressa contre lui, la soulevant de terre. La colère de Sam se dissipa et elle s'abandonna à la joie irrépressible qui la submergeait. S'écartant de lui, elle renversa la tête en arrière et se mit à rire. Lorsqu'il pivota sur lui-même pour la pousser sur le lit, elle ne résista pas et se laissa tomber sur le matelas.

— Attends.

Couchée sur le dos, elle le tint à distance de ses deux bras.

— Que voulais-tu dire en écrivant « Les grands esprits se rencontrent » ?

— Quand je t'ai quittée près de Horny Toad Creek, ma première pensée a été pour Jenny. Je n'aurais pas eu l'esprit tranquille si je n'étais pas venu m'assurer qu'elle ne risquait rien à la maison.

Il écarta l'un de ses bras.

— Et j'étais sûr que tu tiendrais le même raisonnement.

Il avait raison. Mais ce n'était pas très difficile à deviner, étant donné qu'ils aimaient tous deux leur fille plus que tout. Elle lui fit barrage de son bras.

— Comment as-tu fait pour venir jusqu'ici aussi vite ?

— J'ai pris des raccourcis à travers champs grâce à la Honda que j'ai empruntée à la cache du FBI. C'est pour ça que je suis arrivé avant toi.

— Sans compter que j'ai dû attendre le lieutenant Natchez et les ambulances.

— Je pensais que tu irais à Glenwood avec les blessés, remarqua-t-il. Les crimes ont été commis dans ta juridiction, donc tu es en charge de l'enquête, non ?

Elle aurait pu se douter qu'il verrait les choses sous cet angle. Il avait été shérif pendant près de dix ans et avait pour ainsi dire toujours tout géré seul. Mais sa vision à elle différait de celle de Wade. Elle prenait ses responsabilités très au sérieux et faisait le maximum. Mais si quelqu'un pouvait faire mieux…

— Je n'ai pas les ressources pour conduire une enquête pour meurtres. Pas de labo judiciaire. Pas d'équipe de police scientifique. Et le médecin légiste du comté est un dentiste. J'ai transmis l'affaire à Ty et au FBI.

La bouche de Wade se crispa.

— Tu as fait ce que tu pensais être le mieux.

Il aurait pu avoir l'air en colère si deux fossettes ne s'étaient creusées sur ses joues, adoucissant ses traits taillés à la serpe. Ses yeux mordorés, d'une couleur qui lui rappelait celle du champagne, scintillèrent. L'éclair de colère s'était dissipé. Elle devinait aisément ce qu'il pensait.

Elle s'assit sur le lit.

— Il y a deux ou trois choses dont il faut qu'on parle avant d'aller plus loin.

— Je veux bien parler, mais rapidement, alors, répliqua-t-il en lui soulevant le menton et en déposant un petit baiser sur ses lèvres. S'il te plaît…

Lorsqu'il recula, elle ressentit physiquement la distance qu'il mettait entre eux. Elle brûlait d'envie de suivre le modelé de ses abdominaux, d'enfouir ses doigts dans ses cheveux bruns ébouriffés… de faire l'amour avec lui, de s'assurer qu'il était bel et bien de nouveau là, en chair et en os. Mais elle ne voulait rien précipiter. Cette fois, ils allaient procéder à *sa* façon.

— Je ne t'ai pas pardonné, Wade. Tu sais que je ne suis pas rancunière, mais ce que tu as fait m'a détruite. Il va falloir un peu plus que ton beau sourire pour réparer les dégâts que tu as causés.

Il traversa la chambre et alla se jucher sur la commode, les bras croisés. Pendant un long moment, elle se contenta de contempler ce beau cow-boy — *son* cow-boy. Ses épaules étaient vraiment plus larges qu'avant et le relief de ses biceps, plus net. Et ces grandes mains, ces poignets solides…

Il arqua les sourcils.

— Eh bien ?

Décontenancée, elle bredouilla :

— Eh bien… quoi ?

— Que va-t-il falloir que je fasse pour te ramener à de meilleurs sentiments ?

Elle commença par le plus important.

— J'ai à te parler à propos de Jenny.

— Je suis tellement impatient de voir ma fille…

— Ça n'arrivera pas.

Elle se préparait à ce qu'il explose mais il se tut, attendant la suite.

— Il n'y a pas trente-six façons d'être sûrs qu'elle ne risque rien. Il n'y en a qu'une : c'est de l'éloigner d'ici. J'ai déjà appelé mon père. Ma mère et lui vont venir la chercher à bord de son Cessna.

La déception de Wade était presque palpable, ce qu'elle comprenait. Il avait été séparé de son enfant pendant plus d'un an ; ce devait être terriblement douloureux. Elle aurait bien voulu que les choses puissent se passer autrement.

— Mais… ce soir ? interrogea-t-il d'une voix voilée. Juste une heure.

— Cela lui ferait plus de mal que de bien.

— Est-ce qu'elle se souvient de moi ? Qu'est-ce qu'elle dit ?

— Elle te dessine, elle nous dessine tous les trois. Elle dessine des portraits d'une famille heureuse qui n'existe pas… plus. Non seulement elle parle de toi, mais… elle *te* parle, comme à un ami imaginaire.

Wade fit la grimace.

Même si Sam ne voulait pas le faire souffrir inutilement en ajoutant à sa culpabilité et à sa tristesse, il fallait qu'il prenne bien conscience que les besoins de sa fille passaient avant les siens. Jenny aimait son père et le fait qu'il ait été déclaré mort pendant un an n'y avait rien changé.

Sam se leva et se mit à marcher dans la pièce, lui tournant le dos. Elle s'efforça de respirer lentement pour relâcher la pression et se passa la main sur l'abdomen. Ses poumons étaient comprimés par le lourd gilet pare-balles qu'elle portait sous sa chemise.

— Tu nous as fait vivre l'enfer, à Jenny et à moi.

— Je suis désolé, dit-il d'une voix à peine audible.

Sa tristesse était évidente, mais cela ne suffisait pas. Loin de là. Elle pivota sur elle-même pour lui faire face.

— J'ai entendu Jenny confier à son père imaginaire combien maman était injuste avec elle. Et tu sais quoi ? Elle a raison. Maman est injuste parfois. Maman exige certaines choses, pose des règles. En réalité, maman fait toujours ce qui est le mieux pour sa petite fille.

Il n'essaya pas de la contredire.

— Et le mieux, c'est quoi ?

— Je ne veux pas qu'elle te voie ce soir pour être de nouveau séparée de toi demain matin. Ce serait trop douloureux pour elle.

Elle vit sa pomme d'Adam monter et descendre tandis qu'il avalait sa salive.

— Je déteste ce que tu dis là, mais je comprends.

— Et tu es d'accord, n'est-ce pas ? Promets-moi de ne pas essayer de voir Jenny ce soir.

Comme il ne répondait pas tout de suite, elle ajouta :

— Non seulement ce serait mauvais pour elle, mais il y a un autre problème, évident celui-là : Jenny est une enfant. Elle sera incapable de tenir sa langue.

— Tu n'as rien dit à ton père me concernant ?

— Seigneur, bien sûr que non.

Hyper-protecteur, le père de Sam, Jake Lindstrom, n'aurait jamais approuvé son idée d'enquêter incognito avec ce mystérieux mari qui avait simulé sa mort.

— J'ai noyé le poisson en lui disant que nous étions sur le pied de guerre à cause du feu et que cela représentait une charge de travail supplémentaire pour moi. Que la baby-sitter de Jenny était partie à Denver et que le nuage de fumée était nocif pour une enfant de son âge.

— Sans compter que c'était une bonne excuse pour survoler le pays dans son joli petit avion à cinq places.

Son père avait été pilote dans la marine et il avait continué à pratiquer sa passion par la suite. Sa plus grande folie avait été l'achat d'un Cessna 185 Skywagon, qu'il avait appelé *Lucky Lindstrom* en référence au surnom que lui avaient donné ses collègues après qu'il avait survécu à une fusillade. Il avait l'intention de faire le tour de la terre avec son Cessna lorsqu'il prendrait sa retraite de la police de Portland. Mais, jusqu'à tout récemment, ce projet s'était heurté au farouche manque d'enthousiasme de sa mère, qui refusait tout net de poser le pied à bord de l'engin.

— Maman a enfin accepté *Lucky Lindstrom*, peut-être parce que papa lui a permis de restaurer toute la sellerie et lui a acheté un casque personnalisé — rose — pour communiquer avec la tour de contrôle. Du coup, elle vient avec lui.

— Quand seront-ils là ?

— Ils arriveront à l'aérodrome de Glenwood Springs demain matin.

Son père aurait volontiers fait le trajet d'une traite mais, sa mère ayant fait l'effort de l'accompagner, il avait accepté de faire halte pour la nuit.

Wade sauta à bas de la commode, combla l'espace qui les séparait et prit ses mains.

— Tu as raison, pour Jenny. Je ne peux pas te promettre de ne pas l'observer ce soir, mais sans me montrer. Je te jure qu'elle ne me verra pas.

— Comment comptes-tu t'y prendre ?

— Je trouverai un moyen. Je resterai invisible, mais je vous verrai toutes les deux. Et je veillerai sur vous deux pendant votre sommeil.

L'idée qu'on prenne soin d'elle, que son protecteur soit de nouveau là lui plaisait.

— Comme un ange gardien.

— Samantha, bébé… Je ne suis pas un ange.

— Ça… merci, j'ai remarqué. J'ai dit « comme ».

Il était le seul à l'appeler par son prénom entier. Et le seul, aussi, à oser employer le terme « bébé » à l'adresse du shérif d'un mètre quatre-vingts qui portait à sa ceinture un Glock d'un côté et un pistolet incapacitant de l'autre. L'usage de ces deux appellations accolées l'amadoua. Ses défenses, peu à peu, se délitaient.

— Samantha, répéta-t-il, plus lentement cette fois — avec délectation, presque. Viens, allons au lit.

Elle écarta ses mains comme il s'apprêtait à les emprisonner dans les siennes.

— J’ai d’autres revendications.

— Vas-y.

— Attends une seconde. Laisse-moi d’abord me débarrasser de ça.

Ses doigts descendirent jusqu’à sa chemise d’uniforme qu’elle entreprit rapidement de déboutonner. Mais son strip-tease n’avait rien d’érotique. Ses gestes étaient précis et n’avaient qu’un seul but : la libérer du poids du gilet pare-balles.

— Tu veux que je t’aide ?

Contrairement à elle, il s’était exprimé avec, dans la voix, une intonation résolument enjôleuse.

— Ne me touche pas, ordonna-t-elle tandis qu’elle tirait énergiquement sur les bandes Velcro et se retrouvait en soutien-gorge et pantalon d’uniforme. En général, j’aime bien ton odeur mais, là, nous avons besoin d’une bonne douche. Tout de suite. Tous les deux.

Il ne se le fit pas dire deux fois. En un éclair, il commença à se déshabiller.

— En fait, c’est pour ça que j’étais dans la salle de bains tout à l’heure, mais j’ai vu…

— Qu’il y avait une fuite, acheva-t-elle à sa place en s’asseyant au bord du lit pour ôter ses bottes.

Le robinet du lavabo gouttait depuis un bon mois — encore une de ces tâches dont elle avait l’intention de s’occuper mais qu’elle ne trouvait jamais le temps de faire.

— Oui, c’est pour ça que j’avais les pinces à la main. J’avais déjà sorti la boîte à outils ; je pensais en avoir pour une seconde…

Étrangement, elle trouva son empressement à accomplir une banale réparation domestique presque aussi excitant que son torse nu. C’était ainsi qu’ils avaient fonctionné pendant des années en tant que mari et femme — des partenaires de vie qui partageaient toutes les corvées quotidiennes. Et, ensuite, le soir venu, ils éteignaient les lumières et ne s’occupaient plus que d’eux seuls. Elle aurait été incapable de dire pourquoi cette complicité ordinaire lui semblait tellement sexy, mais c'était bel et bien le cas. Si bien que sa capacité à lui résister se désagrégea quelque peu. Elle enleva rapidement son pantalon et s'avança vers lui.

Il l'entraîna dans la salle de bains et tourna le robinet de la douche. L'eau chaude dégagea un nuage de vapeur qui les enveloppa. Toute la journée, la fumée âcre avait agressé ses sens. Cette vapeur lui fit l'effet d'un baume bienfaisant.

Wade les débarrassa rapidement de leurs sous-vêtements. Là encore, ce ne fut pas un moment d'un romantisme échevelé. Elle n'eut nullement l'impression d'entendre des violons ni de sentir la caresse des ailes d'un ange. Non, les gestes de Wade étaient pratiques. Leurs habitudes reprenaient simplement leurs droits.

Puis il promena son regard sur elle… lentement. Chaque fois que ses yeux s'arrêtaient quelque part, la peau la picotait, de la gorge jusqu'à la pointe de ses seins, de son ventre jusqu'à la jonction de ses cuisses. Un frisson la parcourut. La détermination avec laquelle elle avait tenu la bride à ses émotions acheva de s'effilocher.

Elle vit les fossettes se former sur ses joues comme il souriait.

— Est-ce que je peux, moi aussi, demander quelque chose ?

— Tu peux toujours essayer.

— Demain matin, je veux que tu montes avec Jenny à bord de ce Cessna. Pars avec eux. Je veux que tu sois en sécurité à Portland jusqu'à l'issue de cette affaire.

Aucune chance. Il pouvait toujours rêver.

7

Sam ne lui répondit pas. Pas encore. Elle n'avait aucune envie d'entamer une discussion alors qu'ils étaient tous deux nus, face à face. L'heure était au plaisir des retrouvailles.

Elle ferma les yeux, espérant chasser de son esprit toutes les choses qu'elle aurait dû être en train de faire — mettre la main sur d'autres masques de protection, enquêter sur le meurtre de Morrissey, faire le point avec ses adjoints pour connaître l'étendue des dommages que le feu avait causés et se dépêcher de retourner en ville pour aller récupérer Jenny au bureau.

Pas tout de suite. Elle voulait profiter de ce moment d'intimité retrouvée avec Wade. *C'était son moment à elle.*

Enfin, elle allait connaître de nouveau le bonheur d'être une femme à part entière. Car, avec l'annonce de la disparition de son mari, une part d'elle-même était morte aussi. Elle avait cessé de s'intéresser aux autres hommes, n'avait même pas essayé de nouer des liens. Elle avait tout bonnement perdu le désir d'embrasser, de serrer quelqu'un dans ses bras. Mais le miracle s'était produit, Wade était de retour et elle entendait bien tirer le meilleur parti possible de leur réunion.

Elle rouvrit les yeux. Dénudée et sans complexe, elle entra dans la cabine de douche en verre dépoli et se planta face à lui. Tandis que le jet d'eau chaude cascadait le long de son épine dorsale, elle laissa glisser un regard approbateur sur le bel homme qui se tenait juste devant elle. Elle n'arrivait pas à se décider à l'attirer à l'intérieur tant elle était admirative des modifications physiques de son corps. Ainsi qu'elle l'avait tout de suite remarqué, il avait fait de l'exercice, cela sautait aux yeux maintenant qu'il était nu.

— Pendant que tu étais mort…, lâcha-t-elle sans prévenir, il n'y a eu personne d'autre.

— Je ne t'en aurais pas voulu si cela avait été le cas, répondit-il en se calant d'une main contre le montant de la porte. Attention, je ne dis pas que ça m'aurait fait plaisir. Mais si tu avais trouvé un petit ami… disons que j'aurais compris.

— Vraiment ?

— Oui… Enfin, j'aurais essayé… et j'aurais probablement fini par lui mettre mon pied là où je pense.

Il entra dans la cabine et tira la porte derrière lui. Bien qu'ils aient conçu la douche en fonction de leur haute taille à tous les deux, il leur était impossible de ne pas se toucher.

C'est le moment. Elle était prête à faire l'amour…

Le dos appuyé contre la paroi carrelée de vert, entre les robinets, elle éprouvait une curieuse réticence à le toucher. Elle avait beau le désirer de toutes les fibres de son être, c'était peut-être aller trop vite en besogne. Était-ce parce qu'elle ne lui avait pas pardonné ? Ou parce qu'il semblait penser qu'elle était disposée à sauter dans l'avion de son père le lendemain et à le laisser mener l'enquête seul ?

Si seulement il n'avait pas suggéré qu'elle parte se cacher à Portland ! Elle n'était pas une gamine. Il semblait la placer dans la même catégorie que Jenny. Oh, mon Dieu, Jenny ! Elle tendit précipitamment le bras en direction de la porte, mais Wade l'intercepta à mi-course.

— Qu'est-ce que tu fais ?

— Il faut que je prenne mon portable dans la poche de mon pantalon. Si Jenny appelle et que je ne réponds pas, elle va s'inquiéter.

— Attends, je vais le chercher, dit-il fermement. Reste là.

Le premier réflexe de Sam fut de s'en charger elle-même, comme elle avait l'habitude de le faire pour toute chose. Pendant son absence, elle avait joué le rôle de la mère et du père pour Jenny. Comment aurait-elle pu déléguer cette mission à qui que ce soit d'autre ? Mais, si Wade devait reprendre sa place dans sa vie, il fallait qu'elle réapprenne à lâcher du lest.

— OK.

À peine était-il sorti que sa présence lui manqua aussitôt. Pendant leur séparation, une gangue de glace s'était peu à peu développée autour de son cœur, réflexe de survie destiné à la préserver de la douleur et du chagrin. Et s'il mourait de nouveau ? La solitude ne tenait jamais qu'à un cheveu… À un battement de cœur. Elle était folle de l'inviter d'entrée de jeu à revenir dans sa vie alors que le danger les cernait de toutes parts. Si quelque chose lui arrivait, s'il l'abandonnait de nouveau…

La porte de la douche s'ouvrit et il montra le téléphone.

— Pas d'appel ni de message. Je le pose sur le bord du lavabo.

Elle hocha la tête.

Il la rejoignit et se rapprocha d'elle. Du pouce, il lui souleva le menton et étudia son visage.

— Tu pleurais ?

Elle n'en savait trop rien.

— Je ne crois pas, non. C'est le jet d'eau qui m'éclabousse.

— Je sais que je t'ai fait du mal, Samantha. Et j'en suis désolé, tellement désolé.

— Je sais.

La main de Wade se mit à descendre et remonter le long de son bras en un mouvement qui se voulait réconfortant. De l'autre, il attrapa l'extrémité de sa longue tresse.

— Tu voulais te laver les cheveux ?

— Non, je n'ai pas le temps.

Attrapant la barrette qu'elle laissait dans la douche à cet effet, elle releva rapidement sa tresse sur le sommet de sa tête.

— Je ne suis pas en retard pour aller chercher Jenny, mais il faudra bientôt que je parte.

— Tu te fais du souci pour elle.

— Pardi !

Elle attrapa le savon et se mit à se frictionner.

— Ty m'a dit qu'un des hommes sur qui nous avons tiré

appartenait au cartel Esteban. Ces types ne sont pas exactement des enfants de chœur.

— Jenny ne craint rien. Personne ne sait que je suis vivant.

— Les gardes à qui tu as faussé compagnie le savent, souligna-t-elle. Et cet abruti de Natchez a déclaré qu'il avait eu vent de rumeurs te concernant, figure-toi.

— Que lui as-tu répondu ?

— D'abord, je lui suis tombée dessus à bras raccourcis en braquant mon pistolet incapacitant sur son cou, dit-elle, avec un sourire de satisfaction. Et, ensuite, je lui ai dit qu'il devrait avoir honte de montrer aussi peu de respect envers une épouse endeuillée.

Le rire de Wade résonna dans la cabine et Sam commença à se détendre un peu. Cet homme n'était pas un étranger ni quelqu'un dont elle venait juste de faire la connaissance. C'était son *mari*. Ils avaient une longue histoire ensemble.

Il lui prit le pain de savon des mains et la fit pivoter sur elle-même.

— Ça ne t'a pas manqué, que je te frictionne le dos ?

— Peut-être.

— Samantha, essaie d'être moins tendue.

Elle s'efforça de suivre son conseil tandis qu'il massait ses épaules et sa colonne. À chacun de ses mouvements, un frisson d'excitation courait sur sa peau mouillée.

— Tu te souviens de ce que tu m'as dit la première fois que nous avons pris une douche ensemble ?

Il répondit d'un ton sentencieux.

— Que, dans l'Ouest, l'eau était un bien précieux. Que, même si les récentes sécheresses n'avaient affecté ni la quantité ni le débit de l'eau, chacun de nous devait se faire un devoir de la préserver. Et c'est comme ça que je t'ai convaincue que prendre une douche à deux était une des façons d'éviter son gaspillage.

— Comment aurais-je pu refuser face à une telle argumentation ? Tu savais que j'étais écolo dans l'âme.

Il la tourna vers lui pour que le jet d'eau rince son dos.

— J'aime bien commencer par l'avant du corps. Ces seins

m'ont tout l'air d'avoir besoin de mes attentions… est-ce qu'il nous reste un peu de temps ?

— Un peu… Mais, de toute façon, je ne m'en irai pas demain.

La lueur malicieuse s'éteignit dans les yeux de Wade et il sonda son regard.

— Quoi ?

— Je ne monterai pas dans cet avion avec mes parents et Jenny demain.

Elle le désirait follement maintenant mais il fallait absolument qu'elle clarifie sa position auparavant.

— Tu as besoin de moi. Quand tu as décidé tout seul de disparaître de la circulation et de te faire passer pour mort, tu m'as tenue délibérément à l'écart de cette enquête.

— C'était pour vous protéger, Jenny et toi. Tu crois que rester enfermé entre quatre murs, dans une cache, avec des gardes qui surveillent le moindre de tes mouvements est une partie de plaisir ? Je ne voulais pas que vous subissiez ça, toutes les deux. Je voulais que vous puissiez vivre normalement.

— En me transformant en veuve ?

— Le programme de protection des témoins n'était censé durer que quelques mois mais…

— Je ne veux pas le savoir, assena-t-elle. Le fait est que le plan — quel qu'il ait été — n'a pas fonctionné comme prévu.

Il avait eu les meilleures intentions du monde vis-à-vis de sa famille. Cela, elle le croyait. Mais lui, Ty et le FBI avaient tout fait de travers ; leur projet s'était mué en un vrai fiasco.

— Tu as raison, admit-il. Au bout du compte, tout le monde est en danger et, pendant ce temps-là, les méchants courent toujours.

Il y avait quelque chose de véritablement surréaliste à discuter d'un ton grave alors qu'ils étaient face à face, nus comme des vers, cela n'avait pas échappé à Sam. Elle avait bien conscience des pointes de ses seins érigées, de l'eau chaude qui ruisselait le long de ses hanches. Mais elle ne pouvait s'empêcher de continuer à parler encore et encore. Elle cherchait la confrontation, elle en avait besoin. Au lieu de faire l'amour, elle dressait son réquisitoire contre lui.

— Pourquoi as-tu choisi ce moment pour t'évader ?

— Au début, je n'avais qu'une idée : venir vous serrer dans mes bras, Jenny et toi, et disparaître. Mais, quand j'ai trouvé Morrissey mort et que les trois autres sont passés à l'attaque, j'ai su que je ne pouvais pas laisser les choses en l'état. Il fallait absolument que je mette un terme à la menace.

— Oui, dit-elle avec soulagement. Et, moi, il faut absolument que je t'aide. S'il te plaît, Wade. Réglons ça ensemble. C'est important.

Il n'y avait pas suffisamment d'espace dans la douche pour qu'il puisse lui échapper, mais elle voyait bien qu'il voulait mettre de la distance entre eux. Il évita de croiser son regard. Comme si ça ne suffisait pas, il se détourna d'elle.

Et elle ne fit rien pour l'en empêcher.

Comment était-ce possible ? Comment pouvait-elle être là, nue et vibrant d'anticipation, ainsi qu'elle l'avait toujours été face à lui, avec l'homme qu'elle considérait comme son âme sœur, et ne pas le toucher, ne pas l'embrasser ? Ne pas même effleurer de la main son postérieur musclé ?

Ses seins étaient tendus de désir. Au plus profond d'elle battait une pulsation sourde et régulière. *Allez, cesse de te mettre des barrières. Fais-le. Tout de suite.* Au lieu de quoi, elle serra les poings et recula. *Pas encore.* Elle ne lui avait pas pardonné. Elle s'inquiétait pour Jenny. Et elle avait besoin qu'il accepte de travailler main dans la main avec elle.

— D'accord, proféra-t-il d'une voix sourde. On fait équipe.

Son premier mouvement fut de se jeter dans ses bras et de le serrer contre elle, mais elle se retint. Elle se borna à laisser glisser sa main entre ses omoplates.

— Tu verras… On y arrivera.

Il ouvrit la porte de la cabine d'une brève poussée et sortit.

— Quand tu auras fini, tu devrais aller chercher Jenny.

La porte se referma et elle se retrouva seule sous le jet d'eau chaude, dans la cabine envahie par la vapeur d'eau. OK. Elle n'avait pas perdu pied et avait refusé de passer l'éponge. Elle avait assumé ses responsabilités — qui commençaient par aller chercher sa fille au bureau du shérif. Elle avait posé ses conditions et avait remporté la bataille.

Et elle était atrocement malheureuse.

Wade avait espéré dîner avec sa femme et sa fille ce soir. Il avait espéré partager des éclats de rire, des embrassades. Dans l'idéal, il aurait fait cuire une énorme entrecôte sur le gril, une bière fraîche à la main, sur fond de Johnny Cash diffusé par les enceintes extérieures. Au lieu de quoi, il en était réduit à regarder sa fille de loin, couché à plat ventre dans un espace de rangement, sous les poutres du garage. Il avait réussi à se faire de la place entre les planches pour avoir une meilleure vue sur la terrasse, au niveau de la façade sud de la maison.

À 17 h 30, les ombres s'allongeaient, mais il faisait encore plein jour. Dix minutes plus tôt, Samantha avait garé son SUV près de la porte d'entrée, qui était hors de son champ de vision. Il lui avait demandé, avant son départ, d'amener Jenny sur la galerie et il attendait anxieusement de voir apparaître sa petite fille.

Il avait entendu sa voix. Lorsqu'elles étaient arrivées, elle chantait à tue-tête une chanson, *Let It Go*. Il se demanda si Sam l'avait incitée à chanter cet air-là, qui avait une signification particulière pour lui. Au début de leur relation, il emmenait souvent Samantha au cinéma et ils avaient pris l'habitude de s'époumoner ensemble dans la voiture sur ce morceau. Il chantait comme une casserole, mais Jenny, elle, avait du talent. Il décida de lui acheter un piano… si Samantha l'autorisait un jour à réintégrer la maison.

Leur dispute, sous la douche, l'avait pris par surprise. Oh ! il ne s'était pas attendu à ce qu'elle tourne la page facilement, bien sûr… Il lui avait fait vivre des moments épouvantables et il regrettait chacune des larmes qu'elle avait versées, chacun des soupirs qui avaient franchi ses lèvres douces et pleines. Même s'il était disposé à passer le restant de ses jours à faire amende honorable, il se demanda combien d'incidents comme celui de la douche il pourrait encore supporter sans devenir fou. Bon sang, on ne pouvait pas placer un pic-vert en pleine forêt et lui interdire d'approcher le moindre tronc d'arbre, ni s'attendre à ce qu'un renard dans un poulailler devienne subitement végétarien ! Samantha était une femme désirable, sexy et… et il était un homme !

Ils avaient été sur le point de faire l'amour. Il était excité… Et Samantha l'était, elle aussi. Il la connaissait trop bien pour ne pas reconnaître les signes. Oui, elle avait passionnément envie de lui, avec toute la frustration et le désir refoulé de leur longue séparation.

Et puis, elle avait tout stoppé net.

Venant de l'intérieur de l'habitation, un son strident retentit. Une alarme ? Quelqu'un s'était-il introduit chez eux ? Wade ne voyait pas le côté nord de la maison. Immédiatement sur le qui-vive, il referma la main sur le long canon de son fusil de chasse, prêt à descendre en catastrophe de son perchoir. Après avoir attendu aussi longtemps, passer à l'action aurait presque été un soulagement. Puis son téléphone se mit à vibrer.

C'était un téléphone jetable dont seule Samantha avait le numéro. Pendant la cavale qui avait suivi son évasion de la cache, au Texas, il s'était procuré une demi-douzaine de téléphones de ce type. Elle l'appelait sur celui qu'il lui avait donné.

— Comment puis-je éteindre cette fichue alarme ? demanda-t-elle d'un ton exaspéré. J'ai essayé le bouton « off », mais ça ne fonctionne pas.

— Ce n'est pourtant pas un modèle ultra-sophistiqué.

Il avait acheté cette alarme quelques années plus tôt et l'avait entreposée dans le garage. Avant qu'elle aille chercher Jenny, il l'avait installée et lui avait montré comment elle fonctionnait.

— Est-ce que tu as essayé de la débrancher ?

— Évidemment !

Il entendit Jenny demander à sa mère qui était au téléphone. Samantha lui répondit :

— C'est le monsieur qui a installé ce système d'alarme.

Il rit dans sa barbe.

— Ça t'ennuierait de te concentrer ? reprit Samantha. Qu'est-ce que je fais avec cette sirène qui m'écorche les oreilles ?

— Elle fonctionne à piles, déclara-t-il. Ouvre le panneau arrière et enlève-les.

Quelques instants plus tard, l'alarme se tut.

— Merci, dit-elle avec humeur. J'avais bien raison de ne pas vouloir de cette alarme chez nous.

— Hum.

D'après ce qu'il avait vu, elle préférait laisser la maison ouverte aux quatre vents.

— Elle est équipée d'un détecteur de mouvement. Promets-moi de la rebrancher avant d'aller te coucher.

— J'aviserai.

Comme il reprenait son poste d'observation, il vit les portes coulissantes s'ouvrir et Jenny sortit sur la terrasse. Elle avait un bloc à dessin à la main et la trousse qu'il lui avait donnée. Fredonnant gaiement, elle posa son matériel sur la table puis alla vérifier le niveau de liquide dans l'une des mangeoires pour oiseaux.

Sa fille était tellement belle, tellement… grande qu'il en eut le souffle coupé. Ses épais cheveux bruns, de la même teinte riche que ceux de sa mère, lui descendaient jusqu'aux épaules. Sur le front, elle avait une sorte de frange étrangement effilée. Lorsqu'elle leva la tête pour regarder la mangeoire, il put presque voir le bleu de ses yeux. Il avait tellement envie d'être plus proche d'elle, suffisamment proche pour compter les taches de rousseur qui parsemaient son nez.

Il murmura dans le téléphone :

— C'est fou ce qu'elle a grandi.

— Eh oui… Les chiens ne font pas des chats, comme dit le proverbe.

Lorsque Jenny se dressa sur la pointe des pieds dans ses baskets montantes roses, le bas de son T-shirt orné d'un cœur multicolore pailleté sortit de sa jupe rouge. Un bracelet scintillant brillait à son poignet. Mais il savait bien que, même si sa fille aimait se parer d'atours de princesse, elle était capable de battre les garçons à la course à pied comme à la piscine.

Et puis elle se mit à fredonner et le besoin de la toucher se fit presque irrépressible. Il serra les mâchoires pour se retenir de l'appeler. Plus tôt dans la journée, il avait aussi observé Samantha de loin. Mais voir sa fille générait en lui une réaction différente — plus primaire, plus viscérale. Pendant qu'il était séparé de sa femme, il avait pensé à elle chaque jour, il lui avait écrit des lettres qu'il n'avait jamais envoyées, avait enregistré des messages qu'elle n'avait jamais écoutés. Mais, avec Jenny, pour éviter de souffrir, pour supporter l'absence, il avait mis en veille le « papa » qui était en lui. Penser à elle alors qu'il ne pouvait pas la voir lui aurait été intolérable. Il aimait son enfant plus que la vie elle-même.

— Samantha, gronda-t-il dans l'appareil. Il faut qu'on trouve le moyen de mettre fin à tout ça. Je ne pourrai pas patienter encore longtemps. J'ai besoin de ma famille.

— Bientôt, promit-elle.

Elle coupa la communication et apparut quelques instants plus tard sur le porche. Les poings sur les hanches, elle contempla la forêt environnante et se concentra sur le garage. Il vit ses lèvres s'étirer et il sut que ce sourire lui était destiné — à lui, rien qu'à lui.

8

Pendant le dîner, Sam n'oublia pas un seul instant que Wade suivait tous leurs faits et gestes. Au téléphone, il avait semblé tellement désespéré qu'elle avait failli le rappeler pour l'inviter à se joindre à elles. Mais elle s'était ravisée. Ce n'était pas une bonne idée.

Si Jenny voyait son père, elle ne voudrait plus partir pour Portland, même dans le petit avion de son grand-père. Or, il fallait absolument qu'elle s'en aille. Il en allait de sa sécurité.

Sam s'était donc sagement abstenue de faire signe à Wade. Il rattraperait le temps perdu plus tard, lorsque leur famille serait enfin réunie. Pour l'instant, elle ne pouvait que l'autoriser à regarder Jenny à distance. Le fait de se savoir observée généra un étrange sentiment de gêne en elle, comme si la terrasse de leur maison s'était subitement muée en scène de théâtre et qu'elle se tenait sous les feux des projecteurs.

Elle se surprit, alors qu'elle servait les spaghettis qu'elle avait préparés pour le dîner, à prendre des poses qui mettaient en valeur la longueur de ses jambes moulées dans le jean étroit. En haut, elle avait revêtu une tunique floue de couleur lavande, ce qui était peut-être bien la tenue la plus flatteuse de toute sa garde-robe. Ses jambes étaient à n'en pas douter son meilleur atout et la tunique recouvrait son postérieur qu'elle jugeait trop peu rebondi.

Après avoir consciencieusement aspiré un long spaghetti, Jenny leva les yeux et regarda sa mère assise de l'autre côté de la table.

— Pourquoi tu t'es faite belle ?

— Pour rien de spécial, répondit-elle vivement sans pouvoir s'empêcher de jeter un coup d'œil du côté du garage.

— C'est même pas vrai, rétorqua Jenny. Tu mets cette chemise pour sortir, d'habitude.

— Tu sais, j'ai dû m'occuper du feu aujourd'hui et je sentais la cendre et la fumée, répondit Sam. Alors, après avoir pris ma douche, j'ai eu envie de mettre quelque chose de joli.

— Tu as un rendez-vous ?

— Quoi ?

Sam n'avait pour ainsi dire aucune vie sociale.

— Pourquoi me demandes-tu ça ?

Jenny haussa les épaules.

— Parce que tu es bizarre.

À cinq ans, Jenny commençait à être parfois embarrassée par le statut de sa mère. Qu'elle soit shérif ne lui posait pas de problème, mais elle avait dit plusieurs fois à Sam qu'elle n'aimait pas son uniforme. Si Jenny avait eu son mot à dire sur la question, les badges de shérif auraient été sertis de pierres roses étincelantes. Seulement voilà, cela n'était pas près de se produire. Sam était encore sa mère, elle était encore shérif, et à ces deux titres, c'était elle qui avait le dernier mot. Et elle n'avait pas à rendre de comptes à sa fille de cinq ans.

Le repas terminé, elle débarrassa les assiettes.

— Dès qu'on aura fini de nettoyer la table, on ira faire tes bagages.

— Et il faut aussi remplir les mangeoires des colibris. Je parie qu'ils ont soif à cause du feu.

— Je parie que tu as raison. On y pensera.

La dévastation de la forêt ne pouvait qu'affecter la faune qui y vivait, des minuscules colibris jusqu'aux grands ours noirs en passant par les pumas. Même si la civilisation gagnait du terrain un peu partout, la nature primait sur elle et la montagne n'en demeurait pas moins l'habitat de nombreux animaux sauvages.

Après avoir rempli les mangeoires, Sam consulta ses mails

et s'entretint avec les opérateurs, au bureau du shérif. Puis elle appela personnellement chacun de ses six adjoints pour les informer qu'ils seraient d'astreinte jusqu'à ce que le feu soit totalement maîtrisé. En réalité, elle avait besoin que son équipe soit opérationnelle pour pouvoir enquêter avec Wade, mais comme elle ne pouvait pas leur dire la vérité… Et elle ne voulait pas non plus inventer un prétexte. Elle mentait affreusement mal. L'adjoint Schmidt avait paru vaguement suspicieux et n'avait pas apprécié le fait qu'elle ait laissé la main au FBI pour l'enquête sur les deux meurtres. Il avait commencé à poser des questions mais elle y avait coupé court en mettant un terme à la communication.

Lorsque tout serait terminé, il lui faudrait réparer les pots cassés. À ce stade de ses pensées, elle songea que, lorsque tout serait terminé, Wade serait de nouveau là et voudrait peut-être reprendre son poste de shérif. Que ferait-elle alors ? S'effacerait-elle pour lui laisser la place ? Ce serait un nouveau gros changement. Si l'idée d'avoir du temps libre pour Jenny et de faire des travaux dans la maison ne lui déplaisait pas, le fait de porter son étoile et d'avoir des responsabilités lui manquerait sans doute.

À peine avait-elle mis Jenny au lit, après s'être pliée aux rituels du soir, qu'elle entendit une voiture se garer devant la maison. Il était 21 h 10… Un peu tard, mais ce n'était pas non plus le milieu de la nuit.

En temps normal, elle se serait dirigée droit vers la porte sans arrière-pensées, mais les événements récents l'avaient rendue un peu paranoïaque. Pourquoi ce visiteur tardif ne s'était-il pas annoncé ? Comme elle avait suivi à la lettre les conseils de Wade et avait tiré tous les rideaux dès la nuit tombée, elle dut couler un regard par le côté de la fenêtre. Une camionnette bleu marine était rangée à côté de son SUV. Dans le halo de la lumière du porche, elle reconnut Justin Hobbs, le capitaine des pompiers.

Ses craintes se dissipèrent aussitôt. Bien qu'elle ne connaisse pas très bien Justin, il avait la réputation d'être un homme fiable et digne de confiance. Lorsqu'il n'était pas sur le terrain, à lutter contre un feu de forêt, il avait tendance à se montrer modeste et discret, malgré sa haute stature, son torse large et sa grosse barbe noire.

Avant qu'il n'ait eu le temps de frapper, elle ouvrit la porte et porta l'index à sa bouche pour lui demander le silence.

— Pouvons-nous parler ici, sur le porche ? Je viens juste de mettre ma fille au lit.

L'air consterné, il porta deux doigts à ses lèvres et mima le mouvement d'une fermeture Éclair qu'on tirait.

— Désolé, Sam, j'aurais dû m'annoncer par téléphone.

— Vous avez bien assez à faire comme ça.

Elle lui fit faire le tour par l'extérieur jusqu'à la terrasse, qui se trouvait à l'opposé de la chambre de Jenny. Franchissant rapidement les portes coulissantes, elle ralluma la lumière de la galerie pour que Wade puisse suivre ce qui se passait.

Elle se tourna vers Justin.

— Alors, dites-moi, où en est ce feu ?

— Il n'est pas encore éteint, mais nous le maîtrisons à soixante-dix pour cent.

Elle regarda en direction du sud-est, où le ciel nocturne était toujours teinté d'une vilaine lueur rougeâtre. On ne voyait pas les flammes d'ici mais leur éclat destructeur colorait la fumée et voilait les étoiles.

— Je croyais qu'on attendait la pluie pour ce soir.

— Je n'ai pas encore perdu espoir, répondit-il. Je voulais quand même vous prévenir que plusieurs propriétés se trouvent placées sur le chemin du feu.

À son calme, elle comprit que les maisons concernées n'étaient pas occupées. Mais l'idée qu'une habitation s'envole en fumée ne l'ennuyait pas moins.

— Où ça ?

— Près du lieu-dit Hanging Rock.

— Ces horreurs qui défigurent le paysage.

Elle voyait exactement l'endroit.

— Le toit de l'un des chalets est à moitié écroulé. Il n'y

a plus de vitres aux fenêtres. Leur bardage de bois n'est plus qu'un souvenir. Franchement, si ces maisons brûlent, bon débarras. Je parie qu'elles sont hantées, en plus.

— Vous croyez aux esprits ?

Elle l'invita d'un geste à s'asseoir.

— Vous voulez boire quelque chose ?

— Non, merci… J'ai ce qu'il me faut, répondit-il en s'asseyant dans un fauteuil et en lui montrant sa bouteille d'eau.

Avec sa large carrure, il occupait toute la largeur du siège, mais elle ne l'aurait pas décrit comme étant corpulent. Il était… massif.

— Vous n'avez pas répondu à ma question, Sam. Vous croyez aux fantômes ?

Lorsqu'elle avait appris la mort de Wade, elle avait essayé d'entrer en contact avec l'au-delà, elle était même allée jusqu'à consulter un chaman arapaho. Mais rien ne s'était produit — pas la moindre lueur de conscience. Seulement, évidemment, il n'était pas vraiment mort…

— Je ne suis pas très sûre, pour ce qui est des fantômes. Mais les lycéens du coin aiment bien utiliser ces maisons désertes… Hanging Rock est leur lieu favori pour y organiser des fêtes.

— Je m'en doutais. J'ai envoyé deux de mes hommes y jeter un coup d'œil et ils ont trouvé des tas de cannettes de bière.

— Ces chalets sont toujours debout ?

— Oui et il se peut qu'ils survivent au feu… Ça dépendra du sens du vent.

Elle s'assit dans le fauteuil face à Justin, suffisamment près pour sentir les effluves de son eau de toilette. Comme elle, il s'était changé… Et il avait dû forcer sur la quantité d'eau de Cologne pour éliminer les relents persistants d'odeur de feu.

— Quoi qu'il en soit, ce serait peut-être une bonne idée d'avertir les propriétaires.

— Pas de problème. Je demanderai à quelqu'un de s'en charger au bureau.

Ils restèrent assis un long moment en silence. Elle se demanda pourquoi il était venu jusqu'ici pour lui passer le message en personne alors qu'il aurait pu le faire par téléphone. Le pauvre homme avait l'air de lutter pour garder les yeux ouverts.

Il claqua des doigts subitement.

— Oh… J'allais oublier. Je vous ai apporté une boîte de masques de protection jetables. Ils sont à l'arrière de ma camionnette. Il y en a vingt-quatre.

— Merci beaucoup.

Elle tendit le bras et lui donna une tape amicale sur le genou.

— En début de journée, j'en avais une boîte pleine mais je les ai tous distribués.

— Comment va votre petite fille ? Elle n'a pas été incommodée par la fumée ?

C'était l'occasion pour Sam de tester le mensonge qu'elle avait mis au point concernant Jenny.

— En fait, si, la fumée la gêne et, comme sa baby-sitter est partie à Denver pour mettre son fils, qui est asthmatique, à l'abri…

— Oh ! c'est ennuyeux. Désolé pour vous.

Jusque-là, tout allait bien. Le nuage de fumée posait problème à Jenny, ce qui était parfaitement plausible.

Pour le deuxième mensonge qu'elle s'apprêtait à proférer, c'était plus compliqué. Elle ne pouvait révéler que Jenny partait pour Portland. Il fallait fournir une autre destination.

— Je vais l'envoyer pendant quelque temps chez une amie, à Denver. Comme cela, j'aurai l'esprit plus tranquille et puis… il y a tant à faire au bureau du shérif. Alors, avec le feu par-dessus le marché, je commence à être fatiguée.

Elle referma la bouche pour ne pas être tentée d'en rajouter. La plupart des menteurs étaient découverts parce qu'ils avaient tendance à trop en faire.

— Oui, acheva-t-elle. Je suis vraiment épuisée.

— Vous faites du bon travail, shérif. Tout le monde le dit.

— Eh bien… Je vous remercie.

— Puis-je vous poser une question personnelle ?

Il déplia le bras et fit le même geste qu'elle, quelques instants plus tôt, à ceci près que sa main resta posée sur son genou et n'en bougea plus. Comment refuser de répondre ? Elle ne voulait pas paraître impolie. Peut-être que si elle feignait tout bonnement de l'ignorer…

— Je tenais à vous remercier de m'avoir informée en temps réel de l'évolution de la situation, aujourd'hui, déclara-t-elle donc avec conviction.

— Je vous en prie. Ça fait partie de mon travail.

Elle fouilla dans sa mémoire, mais ne put se rappeler de façon certaine si Justin était marié ou non. Il lui semblait que non. D'ailleurs, il ne portait pas d'alliance. Elle se pencha en avant comme si elle allait se lever.

— Je vais vous accompagner jusqu'à la camionnette pour prendre ces masques.

— Sam, vous êtes veuve depuis plus d'un an maintenant. Pour autant que je sache, vous ne fréquentez personne. Est-ce que je me trompe ?

Justin était quelqu'un de bien et elle ne voulait pas lui faire de peine. Avant qu'il n'aille plus loin et qu'ils ne se sentent embarrassés tous les deux, elle prit ses mains dans les siennes.

— C'est par choix, Justin. Je ne sors avec personne parce que je ne suis pas prête. Je suis encore amoureuse de mon mari.

— Wade était un type bien.

— Parfois, j'ai l'impression qu'il est encore près de moi… Qu'il veille sur moi.

Justin se leva. Il était aussi grand que Wade mais beaucoup plus épais.

— J'apprécie votre franchise.

Un bref sourire effleura les lèvres de Sam.

— Allons chercher ces masques.

Elle jeta un coup d'œil du côté du garage. Même si Wade n'avait pas été physiquement près d'elle pendant cette année, elle n'avait pas menti, s'agissant des sentiments qu'elle lui portait. Wade était son âme sœur, le seul homme qu'elle aimerait jamais. Et, cela, c'était la pure vérité.

Wade descendit de son perchoir et se glissa hors du garage, en direction de l'avant de la maison, d'où il regarda Samantha dire au revoir à Hobbs, à côté de la camionnette. Il dépassait largement sa femme et était aussi large que deux Samantha mises côte à côte. Wade se félicita de ne pas l'avoir pour rival. Il avait beau être en bonne condition physique, il n'aurait pas aimé devoir se mesurer à Hobbs pour reconquérir Samantha.

Elle l'aimait. C'était bon à savoir. Il n'avait peut-être pas encore retrouvé grâce à ses yeux, elle refusait peut-être de le laisser approcher de sa fille, mais elle l'aimait toujours. Et c'était réciproque.

Il fallait qu'ils s'attellent sérieusement à cette affaire et qu'ils la résolvent une bonne fois pour toutes. En fin de compte, Hobbs avait bien fait de passer la voir… Il avait dit quelque chose qui allait lui servir de point de départ.

Samantha agita la main pour saluer le capitaine des pompiers qui venait, à mots couverts, de lui déclarer sa flamme… sans mauvais jeu de mots. Il la regarda revenir vers la porte d'entrée en fredonnant, sans faire attention à ce qui se passait autour. Si quelqu'un l'avait attaquée à ce moment-là, elle n'aurait pas été prête.

— Psst… Samantha, lança-t-il tout bas, tapi dans les ombres, derrière le tas de bois.

— Qu'est-ce que tu fais là ? murmura-t-elle en retour. Jenny est en haut… Si elle te voit…

— Elle ne me verra pas. J'ai fait attention.

Il ne demanderait pas à entrer dans la maison, où il aurait pu dormir plus confortablement. Pour ce soir, il monterait la garde depuis l'extérieur et veillerait à ce que sa famille soit en sécurité. Mais, dès demain, Samantha et lui commenceraient leur enquête.

— Tu sais, je n'ai pas installé cette alarme pour rien. On a affaire à des gens vraiment dangereux, Samantha. S'ils venaient à savoir que je suis en vie, ils se serviraient de toi et de Jenny pour me forcer à leur obéir. Ils savent que je serais prêt à mentir pour Jenny et toi. À trahir. À tuer.

— Tu me fais peur, Wade.

— C'est le but.

Il avait eu l'intention de lui rappeler les mesures de sécurité à adopter, lui dire qu'elle devait être plus vigilante. Mais, lorsqu'elle était aussi près de lui, le désir qu'il éprouvait pour elle accaparait ses pensées. Il l'attrapa par les bras et l'attira dans l'obscurité.

Il l'embrassa doucement pendant environ trois secondes avant qu'elle laisse échapper un gémissement. Sa bouche se pressa alors avec ferveur sur ses lèvres, sa langue se fraya un chemin entre elles, cherchant la sienne.

Dans la foulée, il la souda à lui puis, subitement, s'interrompit. S'il gardait son corps ainsi plaqué contre le sien, il ne pourrait plus répondre de rien et risquait d'en oublier toute prudence. Au bout de quelques minutes, il lui arracherait ses vêtements et lui ferait l'amour ici même, dehors, sans penser aux éventuelles conséquences. Il en avait tellement assez de faire attention à tout, tout le temps. Et il désirait… sa femme.

Mais, plus encore, il voulait assurer sa sécurité.

Comme il mettait fin à leur baiser, vivement, il déclara :

— Rentre dans la maison et mets l'alarme en marche. Je resterai ici cette nuit pour surveiller les abords de la maison.

— OK.

— À quelle heure dois-tu emmener Jenny à l'aéroport, demain ?

— Tôt. Mon père m'a dit qu'ils arriveraient vers 7 h 30.

Bien. Elle avait eu le bon sens de s'arranger avec son père, qui était policier et adorait les gadgets techniques. Sa maison, à Portland, était un vrai bunker tant le système de sécurité qu'il y avait installé était sophistiqué. Songeant à l'histoire qu'elle avait racontée à Hobbs, il demanda :

— Si j'ai bien compris, tu dis aux gens que Jenny va à Denver ?

— Oui, chez une amie à moi. C'est suffisamment vague pour que personne ne cherche à en savoir plus.

— Tu as menti à Hobbs. Tu as une raison de le soupçonner ?

— Justin ?

Sous l'effet de la surprise, elle avait parlé plus fort qu'elle n'en avait l'intention. Elle plaqua aussitôt une main sur sa bouche.

— Non. C'est un type bien. Nous avons des rapports amicaux mais je ne le connais pas très bien.

— On dirait pourtant qu'il aimerait être un peu plus que ton ami.

Elle se pencha si près de lui que son souffle lui chatouilla l'oreille.

— Il n'est pas le seul.

Être avec elle sans pouvoir lui faire l'amour après tout ce temps était une véritable torture. Sentir son savon à la lavande, entendre l'intonation malicieuse de sa voix, toucher sa peau douce comme la soie… Et ces lèvres pulpeuses qui étaient là, à sa portée. Non ! S'il l'embrassait une nouvelle fois, il était sûr de perdre le contrôle.

— Essaie de passer une bonne nuit, Samantha, dit-il en reculant d'un pas. Ne me cherche pas demain. C'est moi qui viendrai te trouver et nous nous mettrons au travail.

Hobbs lui avait indiqué l'endroit par lequel ils devaient commencer. L'endroit où Wade avait été témoin d'un crime se trouvait tout près de Hanging Rock.

9

Le lever du soleil peignit les nuages et la fumée brumeuse d'un singulier dégradé de bleu et de gris illuminé de stries flamboyantes, orangées et rouges, là où les rayons du soleil réussissaient à percer. Tandis que Wade s'éloignait de l'aéroport de Glenwood Springs sur la moto du FBI, le vieil adage qui disait : « Ciel rouge le soir, espoir, ciel rouge le matin, chagrin » lui vint à l'esprit, lui rappelant qu'il devait redoubler de prudence. Il ne devait faire confiance à personne. Il n'en allait pas seulement de sa sécurité, à *lui*. Samantha le rejoindrait sitôt qu'elle aurait déposé Jenny et repartirait dans cette direction.

Pour la millième fois, il évalua les risques que présentait le fait de faire équipe avec elle. Elle tirait bien, était une policière expérimentée et elle n'avait pas son pareil pour résoudre des énigmes. Ça, c'était pour les côtés positifs. Mais elle avait un gros défaut : elle était trop crédule. Avec son large sourire, elle avait tendance à croire que tout le monde était gentil et que personne ne mentait ni ne trichait.

Avant d'arriver à l'aérodrome, il tourna sur une petite route transversale et roula une centaine de mètres avant de s'arrêter près d'un bosquet de trembles, à flanc de coteau. Il s'assura qu'il n'avait pas été suivi, mais, à part Ty, personne ne connaissait l'existence de cette moto et le casque dissimulait son visage. Toutefois, pour le cas où il se sentirait menacé, il avait prévu une issue de secours. D'ici, il pourrait sans difficulté couper à travers bois sur cette petite Honda nerveuse.

Lorsqu'il eut mis pied à terre, il se dégourdit les jambes puis regarda le croisement. Samantha emprunterait cet itinéraire pour rentrer à Woodridge et il avait prévu de la rattraper dans ce secteur. Si son père atterrissait à l'heure dite, il ne restait plus à Wade qu'une petite demi-heure à attendre.

Il tira de sa poche l'un de ses téléphones jetables et appela Ty. La voix de son vieil ami refléta son étonnement lorsqu'il décrocha.

— Qu'y a-t-il ? demanda Wade. Tu n'as pas reconnu le numéro ?

— Tu as un appareil jetable, devina Ty. Où es-tu ?

Comme si Wade allait répondre à cette question !

— Comment ça s'est passé à l'hôpital ?

— Deux morts, deux survivants. Les types qui s'en sont sortis étaient des malfrats à la petite semaine associés au cartel d'Esteban. Ils ont tous les deux des casiers judiciaires et ils viennent de Denver. Et, merveille des merveilles, ni l'un ni l'autre n'ont signalé ta présence sur les lieux. C'est à peine s'ils m'ont remarqué, moi.

C'était Samantha qui avait retenu leur attention, en conclut Wade. Rien d'étonnant à cela, songea-t-il à part soi.

— Est-ce que tu es toujours à l'hôpital ?

— Ce n'est pas comme ça que fonctionne le FBI, mon vieux, tu le sais. Donne-nous un meurtre, et la mécanique bien huilée se met en route aussi sec.

Que le FBI soit une grosse machine, la chose était entendue. Mais les fédéraux n'étaient pas toujours un modèle d'efficacité. Au cours des douze derniers mois, Wade avait pu le constater à plusieurs reprises tandis qu'ils s'efforçaient de réunir les charges à verser au dossier en vue du procès. La plupart des agents spéciaux, comme Ty, étaient consciencieux et efficaces, mais les autres n'étaient pas si doués que ça… Comme les deux types qui avaient pour mission de le surveiller à la cache et qui l'avaient laissé s'échapper par la fenêtre. Alors, une machine, oui, mais bien huilée, pas toujours.

Ty continua :

— Les experts du labo sont en train d'examiner la voiture qui, entre parenthèses, comme nous l'avions deviné à l'absence de grandes quantités de sang, n'était pas la scène initiale du crime.

— Il a été tué ailleurs.

— Oui, confirma Ty. Les autopsies auront lieu à Denver, cet après-midi. Et j'ai posté un agent à l'hôpital pour garder l'œil sur nos prisonniers. Il faut attendre encore un jour ou deux avant qu'ils soient transportables.

L'idéal aurait été de réussir à faire parler ces types ou de les convaincre de traiter avec les fédéraux en vue d'obtenir une réduction de peine, mais il ne fallait pas trop compter là-dessus, songea Wade. Ces gars n'étaient que du menu fretin. S'ils dénonçaient leurs chefs, la vengeance des cartels serait impitoyable et ils le savaient. Mais il posa quand même la question :

— Est-ce que tu as réussi à en tirer quelque chose ?

— Les deux blessés prétendent travailler pour celui qui est mort. Ils ne savent rien.

— Mmm… C'est sûrement assez proche de la vérité, grommela Wade. Où es-tu ?

— Au ranch de mon père, lui apprit Ty, la voix soudain plus guillerette.

Il adorait rentrer chez lui.

— C'est notre poste de commandement central. Mon superviseur direct doit arriver cet après-midi pour coordonner l'investigation.

Si l'agent spécial superviseur Everett Hurtado jugeait bon de s'en mêler, c'est qu'il y avait dans l'air quelque chose de plus important que le meurtre de Morrissey.

— Qu'est-ce qu'il vient faire ? s'enquit-il.

— Entre autres, dit Ty en baissant le ton, te chercher. Je ne sais pas combien de temps encore je pourrai te couvrir. Si Hurtado me pose directement la question, je ne pourrai pas lui mentir.

Bien que Wade ne tienne nullement à divulguer à la terre

entière où il se trouvait, Hurtado était l'une des rares personnes à être déjà dans le secret et à savoir qu'il n'était pas mort. Wade ne l'avait pas rayé de sa liste de suspects mais il ne voulait pas non plus que Ty ait des ennuis à cause de lui.

— Tu peux lui dire que je suis là, à condition qu'il comprenne bien que je ne me rendrai pas et que je ne réintégrerai pas le programme de protection.

— Pourquoi ? On pourrait tous travailler ensemble.

Pendant les longs mois qu'il avait passés sous protection, Wade avait eu tout le temps de réfléchir et d'échafauder diverses théories. Mais il avait eu beau retourner la chose dans tous les sens, il en arrivait toujours à la même conclusion : il y avait forcément un membre des forces de l'ordre impliqué dans le trafic et ce ne pouvait pas être l'agent de la DEA, puisqu'il était déjà en prison. Non, celui qui tirait les ficelles s'arrangeait pour que les autres flics ripoux filent droit et évitait aux membres du cartel Esteban d'être arrêtés.

S'agissait-il de Hurtado ? Wade ne le savait pas, il ne pouvait avoir aucune certitude.

— D'après toi, Hurtado cherche, entre autres, à me coincer. À quoi fait référence le « entre autres » ?

— En fait, il n'y a qu'une seule autre chose, répondit Ty. Une grosse opération est en cours et va se dérouler prochainement. Il serait question de vente d'armes au cartel. Des armes lourdes ont été volées dans un arsenal de l'armée des États-Unis, à Colorado Springs… Des lance-roquettes et des bazookas, ce genre de choses.

Il ne pouvait pas entraîner Samantha dans cette « guerre ». Mais il ne pouvait pas non plus la laisser se débrouiller seule.

— Il faut mettre un terme à tout ça. Comment Hurtado a-t-il eu vent de la vente d'armes ?

— Je ne sais pas.

— Quand doit-elle s'effectuer ?

— Aucune certitude là non plus. Le feu a peut-être retardé leurs plans. Les gens qui travaillent pour le cartel aiment la discrétion. Ils ne bougeront pas une oreille tant qu'il y aura des hélicoptères qui tournent dans le ciel et des pompiers déployés partout.

Forcé de s'en tenir à des suppositions, Wade en conclut que Hurtado tenait ses renseignements d'un informateur. S'agissait-il de Morrissey ? Si c'était lui qui avait transmis des secrets au FBI et que les méchants s'en étaient rendu compte, c'était sans aucun doute un motif de meurtre.

— Que peux-tu me dire sur Morrissey ? Tu as des pistes concernant sa mort ?

— Nous n'avons pas de suspect pour l'instant. Selon la procédure, j'ai informé Sam hier soir et je lui ai communiqué les détails.

En tant que shérif du comté, elle devait effectivement être informée de la situation. Les crimes avaient été commis dans son comté. Pendant « l'absence » de Wade, Ty l'avait tenu au courant de la façon dont Samantha s'en sortait, professionnellement. Et le mot qui était revenu le plus souvent était « exemplaire ». Non seulement elle avait veillé à ce que la criminalité, à Swain County, n'augmente pas mais elle avait mis en place de nouveaux programmes d'aide aux plus démunis et s'était attelée à l'épineux problème de la violence conjugale. Elle s'impliquait également dans la prévention auprès des jeunes concernant les dangers de la drogue, ce qui était un sujet sensible depuis que la marijuana à usage récréatif avait été légalisée dans le Colorado.

D'après tout ce qu'il avait pu entendre, elle était un très bon shérif. Et il voulait par-dessus tout éviter d'usurper son autorité.

Il lança un dernier ballon d'essai.

— Y a-t-il autre chose que tu pourrais me dire ?

— Absolument rien d'autre, *niente, nada*.

Mais Wade ne savait pas trop si Ty lui dissimulait quelque chose ou s'il n'avait réellement rien d'autre à lui dire. L'agent spécial superviseur Hurtado menait les opérations pour le compte du FBI et il ne voulait certainement pas que Ty lui vole la vedette. Quant à Wade, Hurtado n'en avait pas grand-chose à faire.

Tôt ou tard, une confrontation aurait lieu. Mais Wade ne tenait nullement à voir Hurtado au ranch. Il dit au revoir à Ty et prit congé.

Assis sur la Honda, il attendit que Samantha apparaisse, au volant de son SUV. Sans la fumée, ç'aurait été une magnifique journée de printemps, avec la brise qui agitait les feuilles vertes des trembles, ces feuilles qui se transformeraient en pièces d'or, l'automne venu. Un vrai rayon de soleil perça les nuages et la fumée et inonda de sa lumière dorée un bloc de granit aiguisé qui se dressait comme une sentinelle à l'orée de la forêt.

Cela le renvoya à un autre printemps, un jour qu'il marchait parmi les troncs blancs de ces trembles et qu'il écoutait le souffle du vent dans les feuilles. Wade avait vécu presque toute sa vie à Swain County. Il connaissait par cœur le terrain, les repères, les maisons. Les habitants avaient certes changé d'année en année, mais ceux qui avaient connu le gang miniature que formaient Wade, sa jeune sœur et les enfants Baxter étaient toujours là. Oh ! Leur petite bande était loin d'égaler un cartel de la drogue, leur pire méfait étant d'avoir lâché trois jeunes poulets dans la maison d'un de leurs rivaux !

C'était l'adjoint Caleb Schmidt qui les avait pris la main dans le sac. Depuis lors, il ne manquait pas une occasion de taquiner Wade avec cette histoire. Pour son trentième anniversaire, Caleb lui avait présenté un gâteau d'anniversaire en forme de poulet. Des blagues de potaches et des querelles de voisinage, c'était le genre de problèmes dont Swain County était coutumier. On était très loin de la contrebande, des trafics d'armes et des homicides !

Il aperçut le SUV de Samantha. Seuls quelques rares véhicules particuliers et camions empruntaient cet itinéraire. Elle ne semblait pas être suivie. Il attendit encore une minute, ouvrant l'œil, puis il démarra la Honda, descendit la colline sur laquelle il s'était posté et fila sur la route pour la rattraper. Ce ne fut pas difficile. Elle roulait à soixante kilomètres à l'heure. Samantha était une excellente conductrice, meilleure que lui. Il vint se placer à hauteur de la portière conducteur et releva la visière de son casque.

Elle sourit et lui cria quelque chose qu'il n'entendit pas à cause du bruit du moteur de la moto. Il lui fit signe de le suivre. Une douzaine de kilomètres plus loin, ils entreraient sur le territoire de Swain County. Six kilomètres plus loin, environ, il y avait une sortie. Si rien n'avait changé depuis un an, cette route conduisait à une petite ferme flanquée d'une écurie qui n'était occupée que l'été. Quand il était shérif, la famille à qui elle appartenait lui avait demandé de vérifier de temps à autre que l'endroit n'avait pas été vandalisé. Il s'était acquitté de sa mission et n'avait jamais constaté le moindre problème dans cette propriété reculée.

Il gara sa moto derrière l'écurie pour qu'elle ne soit pas visible de la route et Samantha en fit autant. Elle sortit rapidement de la voiture et s'avança vers lui.

— J'ai rêvé de toi, annonça-t-elle. Tu me tenais par la main et tu m'entraînais au Hoppy Burger, à Grand Junction, tu sais, cet endroit dont le logo est un lapin avec d'immenses oreilles ? Mais tu n'avais pas de chemise. Et je te répétais : « Pas de chaussures, pas de chemise, pas de burger. »

Elle s'arrêta devant lui mais continua à parler.

— À ce propos, tu es très sexy avec ce blouson de cuir.

— Toi aussi, tu l'es. J'aime bien quand tu ne portes pas ton uniforme.

— J'ai vu que tu avais fait du sport pendant cette année. Ça se voit à tes abdominaux.

— Je n'avais pas grand-chose d'autre à faire pour m'occuper.

— Bref… Pour en revenir à mon rêve, arrivés devant la porte du Hoppy Burger, je te disais une fois de plus que tu ne pouvais pas entrer comme ça. Et, là, tu pointais le doigt vers moi. Je baissais les yeux et devine ce que je découvrais ? Que je n'avais pas de chemise non plus !

Elle secoua la tête et sa longue tresse se balança d'un côté et de l'autre.

— Je crois que je sais ce qu'il signifie, reprit-elle. Tu enfreins la loi et, maintenant, je suis sur le point de te rejoindre dans ta vie de criminel. Tu n'es pas d'accord ?

L'analyse des rêves n'était pas le genre d'activité dont il était particulièrement féru, mais il était content d'entendre Samantha lui parler avec autant d'enthousiasme et il aimait voir cette étincelle au fond de ses prunelles bleues. Il passa un bras autour de sa taille mince. Libéré de son gilet pare-balles, son corps était doux, féminin, souple. Elle se souda à lui.

— Moi, je pense que cela veut dire que tu as envie de te retrouver nue, peau contre peau avec moi.

— C'est tout ? Pas l'ombre d'une interprétation ? Aucune signification cachée ? Pour toi, c'est simplement un rêve de nature sexuelle ?

— Ce sont les meilleurs, bébé.

Comme elle se blottissait contre lui, le pouls de Wade se mit à battre plus fort. À son âge, il aurait dû être capable de se dominer mais, sitôt qu'elle le toucha, son sang commença à bouillir dans ses veines et convergea vers son bas-ventre. Sans pouvoir contenir son excitation, il laissa glisser sa main le long de son dos, s'attarda sur ses hanches puis descendit plus bas et se mit à pétrir son postérieur. Il ajusta sa position pour qu'elle puisse se lover contre lui.

— Je veux faire l'amour, Wade.

Le frisson d'excitation qui le parcourut fut si intense qu'il lui coupa presque les jambes. C'étaient les mots qu'il avait tellement attendus mais il n'avait pas osé espérer les entendre si tôt. Il avait cru qu'il y aurait d'abord une longue discussion à propos de Jenny, de ses parents, du Cessna. Et qu'ensuite seulement, ils en viendraient à l'acte sexuel.

Mais elle avait choisi une autre approche.

Il ne s'en plaignait pas.

— Viens, dit-il en l'entraînant par la main vers une porte latérale de l'écurie — un long bâtiment avec une allée centrale et des stalles de part et d'autre.

Il alluma la lumière, de simples ampoules nues. L'endroit

sentait un peu le renfermé mais l'odeur n'était pas désagréable pour peu qu'on aime le foin, le cuir et les chevaux.

Il gravit une échelle en bois qui menait au grenier et elle le suivit. Lorsqu'il ouvrit le petit fenestron qui surplombait leurs véhicules, un courant d'air frais s'engouffra à l'intérieur.

Les talons des bottes de Samantha résonnèrent sur le plancher de bois brut.

— Est-ce que quelqu'un vit ici ?

— Dans l'écurie ?

— Mais non. Dans cette ferme, gros malin.

— Les propriétaires ne viennent pas avant le mois de juin.

Il la rejoignit et prit sa main dans la sienne. Ce serait leur première fois depuis plus d'un an ; il aurait dû l'emmener dans un bel endroit — un endroit chic.

— Je suis désolé… Cette vieille ferme n'est pas ce que j'aurais souhaité.

— Tu aurais voulu m'emmener où ?

— Comme pour notre lune de miel… Dans cet hôtel cinq étoiles, à Hawaï.

— Mes meilleurs souvenirs de ce voyage ne tiennent pas au champagne, aux orchidées ni aux draps en satin.

Elle jeta un coup d'œil par-dessus son épaule et se passa la langue sur la lèvre supérieure.

— En revanche, je me rappelle très bien m'être roulée avec toi sur le sol, couverte de boue dans la jungle, et couverte de sable sur la plage.

— Est-ce que ça signifie que ce n'était pas la peine que je choisisse un séjour luxueux ? Tu aurais préféré te promener en tongs et dormir à la belle étoile ?

— Ce n'est pas ce que j'ai dit. J'ai adoré tout ce luxe.

Sa voix prit une intonation langoureuse.

— Mais faire l'amour avec le bon partenaire dans une écurie ne me dérange pas.

Cette version chaleureuse, sexy de Samantha lui éperonna les sens. Il ne voulait pas attendre davantage, de peur qu'elle ne se souvienne subitement à quel point elle était en colère contre lui. Dans un placard, il trouva du matériel de camping ; il prit deux sacs de couchage, qu'il ouvrit et étendit sur le sol. Retirant son blouson de cuir, il le plia et le plaça à la tête de leur couche improvisée.

Le lit était fait. Il s'assit sur ses talons et lui sourit.

— Tu viens ?

— Comment as-tu découvert cet endroit ?

— Comme je découvre la plupart des choses. Je suis tombé dessus par hasard, en me baladant.

Il lissa le sac de couchage du plat de la main.

— J'ai déjà dormi ici.

— Ah bon ? Quand ?

Il perçut un changement d'humeur chez elle. La Samantha pressée de se lover dans les bras de son mari s'était mise en retrait.

— Je le connaissais déjà, adolescent. S'il n'y avait pas eu la cache, je serais venu ici.

— Adolescent ? Tu es déjà venu ici avec d'autres femmes ?

Entamer ce genre de discussion n'était pas exactement ce qu'il avait en tête — particulièrement à l'heure de la réconciliation. Restant à genoux, il prit sa main et la porta à ses lèvres.

— Il n'y a pas d'autres femmes.

— Bonne réponse.

— Je sais.

Elle le récompensa d'un sourire.

— J'ai l'impression qu'en n'importe quel point de Swain County tu nous aurais déniché un abri, de quoi manger et un endroit pour faire l'amour.

— Je suis prévisible à ce point ?

— Pas tant que ça, dit-elle en prenant enfin place sur le sac de couchage. Un homme qui feint d'être mort pendant plus d'un an, se retrouve sous programme de protection de témoins et réussit à s'évader au nez et à la barbe du FBI n'est pas vraiment ce qu'on pourrait appeler un raseur englué dans une morne routine.

La première chose que chacun d'eux retira, ce fut son holster.

Wade les déposa tous les deux à portée de main, ce qui n'était peut-être pas une bonne idée compte tenu du fait que l'humeur de Samantha oscillait entre séduction et ressentiment. Ils se déchaussèrent. Elle se débarrassa de sa veste en jean puis elle porta les doigts aux boutons de sa chemise.

— Attends, dit-il. Avant que nous nous déshabillions, il y a quelque chose que je veux faire. Puis-je dénouer ta tresse ?

Pour toute réponse, elle lui tourna le dos. Il prit la longueur soyeuse de ses cheveux brillants dans sa main. Au premier coup d'œil, ils semblaient bêtement châtains. Mais un examen plus minutieux révélait des nuances d'acajou foncé et des mèches scintillantes presque dorées. Il ôta l'élastique et entreprit de libérer sa crinière.

— Ça a l'air de bien se présenter, nota-t-elle.

— Oui. C'est parfait.

Sa longue chevelure, pareille à de la soie liquide, glissait entre ses doigts.

— On fait équipe, on enquête ensemble. D'ailleurs, quand commençons-nous ?

— Bientôt, répondit-il en écartant le rideau de ses cheveux pour lui mordiller le lobe de l'oreille.

— Quand ?

Il n'avait pas du tout l'esprit à la résolution d'une affaire criminelle. Tout ce qu'il désirait présentement, c'était se délecter de son corps, s'enivrer de son odeur de savon et caresser l'étendue douce et parfaite de sa peau.

— On doit retrouver Ty au ranch plus tard dans la journée.

— Mmm.

— Mais c'est par Hanging Rock qu'on va commencer.

10

Hanging Rock. Ces deux mots résonnèrent d'un écho inquiétant dans la tête de Sam. La veille, le capitaine des pompiers avait parlé des chalets de Hanging Rock que le feu menaçait ; Wade l'avait sûrement entendu. Que pouvait-il bien y avoir d'intéressant à Hanging Rock ?

— Personne ne vit dans ces maisons, dit-elle. Elles sont inoccupées.

— Où ça ?

— À Hanging Rock.

Il soupira.

— Écoute, je suis incapable de faire ça. Je ne peux pas diviser mon attention. Soit nous parlons de l'enquête soit nous faisons l'amour, mais les deux à la fois, c'est impossible.

— Eh bien, je veux les deux quand même — successivement.

Elle le regarda par-dessus son épaule.

— D'abord, on fait l'amour. Et ensuite, on s'occupe de l'enquête.

— Ça, ça me va.

Il abandonna ses cheveux, la fit asseoir sur ses genoux et l'embrassa tout en ouvrant sa chemise. Ses attentions se portèrent de ses lèvres à ses seins, puis à sa gorge, son épaule, son coude. Tout à coup, sa bouche et ses doigts semblaient être partout à la fois. Comme s'ils étaient dotés de pouvoirs magiques, songea Sam.

Puis, alors que ses seins palpitaient encore de ses baisers, il tira sur la fermeture Éclair de son jean. Les doigts magiques s'insinuèrent sous le tissu de son pantalon et de sa culotte. Elle retint brusquement son souffle ; sa peau se mit à fourmiller, ses muscles à se contracter puis se détendre alternativement en un crescendo de pulsations que Wade continua à alimenter de ses caresses jusqu'à l'amener à une longue extase frémissante — éblouissante sensation qu'elle n'avait pas éprouvée depuis plus d'un an.

Quelques instants plus tard, elle exhala un soupir satisfait.

— J'ai bien fait de choisir l'amour en premier.

— On n'a pas fini.

— Tant mieux… Parfait.

Pour être tout à fait honnête, elle parvenait difficilement à penser à autre chose qu'au sexe quand elle était avec lui. Ce matin, lorsqu'elle s'était réveillée en sursaut, elle était en état de totale excitation après une nuit peuplée de rêves à connotation essentiellement sexuelle — ainsi qu'il l'avait suggéré. Elle en avait conclu qu'elle était prête à reprendre cette partie-là de leur relation exactement là où elle l'avait laissée.

Lui pardonner, en revanche, serait plus difficile. Elle se méfiait. Elle avait beau ne pas penser qu'il l'aurait sciemment induite en erreur, elle l'imaginait bien tentant de l'écarter de l'enquête dans l'intention maladroite de la protéger — de la même façon qu'il lui avait laissé croire qu'il était mort pour les mettre à l'abri, Jenny et elle. Quel genre de raisonnement tordu était-ce là ?

Elle prit son visage entre ses mains et plongea son regard dans les prunelles cuivrées. Leur relation allait bien au-delà du sexe. Ils avaient bâti leur maison et leur vie ensemble. Ils avaient une enfant. Mais jamais la composante sexuelle n'avait été reléguée au second plan. Elle avait toujours été omniprésente entre eux. Dès la première fois qu'elle avait posé les yeux sur ce grand cow-boy bien bâti, avec son sourire nonchalant et ses fossettes, elle avait eu envie de lui. Et vice versa. Ils avaient passé la nuit ensemble dès leur premier rendez-vous — et Dieu sait que ce n'était pas dans les habitudes de Sam.

Elle murmura :

— Je n'ai jamais pu te dire non.

— Euh… Sous la douche, hier ? Était-ce la première fois ?

Elle hocha la tête.

— C'est dire à quel point j'étais remontée.

Mais elle doutait fort d'être capable de lui résister une seconde fois. Connaissant Wade comme elle le connaissait, le plaisir qu'il lui avait donné n'était qu'un pâle avant-goût de ce qui allait suivre.

De nouveau, il enfouit la main dans ses cheveux. Il les enroula en un chignon serré au niveau de sa nuque. Elle ne pouvait plus faire un mouvement sans que ses cheveux la tirent. Alors, lentement, la bouche de Wade s'abaissa vers la sienne. Son baiser fut d'abord léger, désinvolte presque, sa langue se promenant sur ses lèvres. Chaque fois qu'elle essayait de bouger, il resserrait son emprise sur le chignon, veillant à ce qu'elle reste exactement là où elle était. Puis ses mordillements se firent plus exigeants, la pression de ses lèvres s'accrut progressivement jusqu'à ce qu'il tire doucement sur le chignon pour lui faire relever le menton. Cette fois, ce fut un baiser enfiévré, vorace, qui la laissa sans le souffle.

Se libérant de son emprise, elle se jeta dans ses bras musclés, tendue vers un seul but, habitée par une idée fixe, désormais : ne faire plus qu'un avec lui, le sentir en elle. Ils envoyèrent valser leurs pantalons et, en quelques secondes, ils se positionnèrent sur les sacs de couchage. Il se plaça au-dessus d'elle, prêt à entrer en elle.

Bien qu'à demi inconsciente, elle réussit tout de même à murmurer :

— Attends.

Il se crispa.

— Pourquoi, Samantha ?

— Il nous faut un préservatif. Je ne prends plus la pilule.

Faire l'amour avec quelqu'un d'autre étant pour elle hors de question, elle avait cessé de se soucier de contraception.

Il se pencha pour attraper son jean et puisa un petit étui de plastique dans son portefeuille.

— J'ai pensé à tout.

Mais il n'y avait pas fait allusion avant. Ne s'inquiétait-il pas d'une grossesse non désirée ? Elle ne l'aurait peut-être pas été, à ses yeux. Pendant l'année où il était passé pour mort, elle avait envisagé la perspective d'avoir d'autres enfants. Elle voulait que Jenny ait un petit frère ou une petite sœur, un jour.

Mais, pour l'heure, tous ses désirs étaient focalisés sur l'homme qui était en train de s'introduire lentement en elle. Lorsqu'ils furent unis de la façon la plus intime qui soit, ses muscles se resserrèrent autour de lui. Et ils entamèrent le familier, l'immémorial mais toujours aussi merveilleux rituel de l'amour.

Sa voix profonde murmura à son oreille :

— Je t'aime, Samantha.

— Moi aussi, je t'aime, ne put-elle s'empêcher de répondre.

Quant à lui accorder de nouveau sa totale confiance, c'était une tout autre histoire.

Sam n'aurait pas vu d'inconvénient à refaire l'amour un moment plus tard, mais Wade ne s'était muni que d'un seul préservatif, acheté dans un distributeur — au cas où. L'idée d'avoir un rapport sexuel sans protection et l'éventualité de concevoir un autre bébé lui trottaient encore dans la tête, mais ils avaient tant de choses à mettre au point… Et elle était pressée d'entamer cette enquête.

Encore sous l'effet de l'intense plaisir charnel qu'ils avaient partagé, elle se sentait trop bien pour quitter leur nid douillet de sacs de couchage, cependant elle enfila sa chemise pour se protéger des courants d'air frais de l'écurie. Elle nota que Wade avait remis son jean, lui aussi, sans prendre la peine de passer son boxer.

— Avant de nous mettre en route pour Hanging Rock, déclara-t-elle, j'aurais quelques questions à te poser.

— Moi d'abord, rétorqua-t-il. Comment allait Jenny, ce matin ? Elle était contente d'aller chez ses grands-parents ?

— Contente, mais pas au point de sauter au plafond. Elle est un peu tatillonne, parfois. Elle réfléchit à tout, se demande quel animal en peluche prendre avec elle jusqu'à la dernière minute, quels médicaments elle doit emporter si elle a le mal de l'air.

— Elle est malade en avion ?

— Pas du tout.

Sam se demandait d'ailleurs où sa fille avait entendu parler de trous d'air qui pouvaient vous retourner l'estomac.

— Et elle s'inquiétait aussi de me laisser seule ici.

Il fit la grimace.

— Les enfants, surtout à cet âge-là, ne devraient pas avoir à se faire du souci pour ce genre de chose.

— Mais c'est normal. Elle pense que tu es mort et que je suis la seule famille qui lui reste. Si jamais il m'arrivait quelque chose…

— Oui… Je comprends.

Elle ne savait que trop bien combien Wade était sensible à ce type d'argument. Il avait perdu son père d'un cancer lorsqu'il avait douze ans. Sa mère les avait élevés seule, sa sœur et lui — une vraie héroïne méconnue du quotidien, comme tant d'autres femmes anonymes, de l'avis de Sam. Cette femme courageuse avait heureusement vécu assez longtemps pour tenir sa petite-fille dans ses bras avant de mourir dans un accident de la route. Wade avait eu beaucoup de mal à s'en remettre.

Il fronça les sourcils.

— Je n'aurais jamais dû vous faire subir ça, à Jenny et à toi.

Elle était entièrement d'accord mais à quoi bon retourner le couteau dans la plaie ? Elle ne releva donc pas.

— Ce que je voudrais savoir, moi, avant tout, c'est de quoi tu as été témoin, exactement.

Etendu sur le sac de couchage, les bras croisés derrière la tête, il lui offrait une vue imprenable sur son torse nu, aux abdos saillants.

— Entre le FBI et les magistrats, j'ai dû raconter cette

histoire déjà une bonne centaine de fois… À force, je crains qu'elle ne paraisse aussi impersonnelle qu'un rapport de police.

— Eh bien, elle aura au moins le mérite d'être claire.

— J'ai reçu un appel tardif de l'opérateur — à 21 h 44. Comme j'avais répondu, c'est moi qui me suis occupé du problème.

— Attends, l'interrompit-elle. Quelle était la nature du problème en question ?

— Mme Burroughs.

Thelma Burroughs était une adorable vieille dame qui avait perdu son mari deux ans plus tôt. Depuis, elle entendait régulièrement des voleurs, des vandales ou des prisonniers évadés rôder dans son jardin. Elle composait le 911 trois à quatre fois par mois.

— Le plus drôle, dit-elle, c'est qu'après ta disparition j'ai assigné l'adjoint Schmidt à Burroughs pour ne pas avoir à laisser Jenny le soir.

— Moi, ça ne me dérangeait pas d'aller la rassurer. Elle me donnait toujours des biscuits faits maison.

Il s'éclaircit la gorge.

— Donc, ce soir-là, je suis allé chez elle, je l'ai rassurée et, sur le chemin du retour, j'ai aperçu des lumières dans une zone qui aurait dû être déserte.

— Hanging Rock ?

— Bingo.

L'une des attributions du shérif était d'aller jeter un coup d'œil de temps à autre à Hanging Rock pour en déloger les adolescents qui pouvaient se réunir dans les chalets à moitié en ruine. À plusieurs reprises, elle y avait trouvé des jeunes dormant à l'abri d'un toit qui pouvait s'écrouler à tout moment.

— Le secteur est inhabité, continua-t-il. Mais plusieurs pistes de terre sillonnent le coin. En approchant, j'ai vu des véhicules garés le long de la route. Tout était calme.

— Donc, tu as compris que ce n'était pas une fête improvisée par une bande de lycéens.

— Exactement. J'ai éteint les phares, caché ma voiture

et me suis approché à pied. L'un des véhicules rangés sur le bas-côté était un Crown Vic de la police d'État. J'ai relevé la plaque et ai recherché le numéro en rentrant au bureau du shérif. Tu as deviné à qui il appartenait ?

— À Morrissey, répondit-elle. Et les plaques des autres voitures, tu les as relevées également ?

— Oui.

Au ton sur lequel il s'exprimait, elle sentait bien qu'il récitait un discours maintes et maintes fois répété.

— L'un d'eux était celui de l'agent de la DEA qui est aujourd'hui en prison. Quant aux autres, ils étaient tous en lien avec le cartel.

— Pas d'autres policiers ?

— Je n'ai pas pu faire l'inventaire complet des voitures, rappela-t-il. Il y en avait d'autres, garées sur d'autres chemins d'accès. J'ai compris qu'il s'agissait de quelque chose de grave quand j'ai aperçu les gardes armés devant l'un des chalets.

Le cœur de Sam se mit à battre plus vite. Même si les événements qu'il relatait s'étaient tenus un an plus tôt, elle ne put s'empêcher d'éprouver de l'appréhension à l'idée de ce qu'il avait été sur le point de découvrir.

— Des gardes armés ?

— Oui. Des armes d'assaut semi-automatiques, similaires à des AK-47.

Elle posa la main sur son épaule.

— Tu aurais dû battre en retraite.

— Oui… Je m'en souviendrai pour la prochaine fois, répondit-il, pince-sans-rire. J'ai pu m'approcher d'une fenêtre dont la vitre était brisée, sur l'arrière d'une des habitations, ce qui m'a permis d'entendre ce qui se disait à l'intérieur. Ils étaient sept ou huit, tous des hommes, dans une pièce où le placoplâtre des cloisons intérieures avait été arraché, laissant les lattes du bardage apparentes. Le sol était jonché de détritus. La seule lumière provenait d'une lanterne à piles posée sur la table et de lampes de poche dont étaient équipés plusieurs des hommes présents. Un homme et une femme étaient assis sur des chaises en bois, les mains attachées derrière le dos. Un malabar avec un blouson en cuir à franges était planté devant eux et criait en espagnol. Je n'ai pu saisir que des bribes de ce qu'il disait. Les deux infortunés prisonniers l'avaient trahi et il avait perdu une grosse somme d'argent. Il s'est tourné du côté de la fenêtre derrière laquelle j'étais caché… Je n'oublierai jamais ce visage.

— Tu le connaissais ?

— Je l'ai reconnu d'après un avis de recherche que Ty m'avait transmis. Il appartenait au cartel Esteban.

Sam fouilla dans ses souvenirs, tentant de se rappeler les avis de recherche concernant des trafiquants de drogue qui lui étaient passés entre les mains et se demanda si sa mémoire aurait été aussi bonne que celle de son mari.

— Je ne me souviens que d'un seul membre du cartel. Un type appelé El Jefe, « le chef » en espagnol, même s'il n'était pas tout à fait au sommet de l'échelle.

— C'était lui. El Jefe.

Son hideux visage s'était imprimé dans l'esprit de Sam. Ce regard sombre et froid, cette bouche au rictus méprisant… Tout en lui évoquait le danger.

— Tu aurais dû t'enfuir.

— Oui… peut-être.

Comme pour s'extraire de ses pensées, il s'assit et enfila son T-shirt beige dont il releva les manches.

— El Jefe a sorti une arme de poing — un Glock comme le tien — mais il n'a pas tiré. Il a passé l'arme à un agent de la DEA qui travaillait sous couverture dans ce secteur.

— Tu le connaissais ?

— On s'était rencontrés. Je me souvenais de lui parce qu'il avait les mêmes initiales que moi : W.C., pour William Crowe. Pas très liant, au demeurant. Mais les agents sous couverture le sont rarement.

Sam se cuirassa pour se préparer à la suite — qui n'allait pas lui plaire, elle en était certaine. Mais elle tenait à lui prouver qu'elle se montrait à la hauteur de la situation, qu'elle gardait la tête froide en toutes circonstances, qu'elle était calme et prête à faire du bon travail.

— Et as-tu reconnu d'autres personnes, dans la pièce ?

— Quelques visages me semblaient familiers. Probablement des membres du cartel dont j'avais dû voir passer les avis de recherche. Et deux flics de Glenwood que tu as sans doute connus quand tu travaillais là-bas. L'un d'eux a pris sa retraite et quitté la région. Personne n'a pu le retrouver. L'autre est mort dans des circonstances suspectes.

Elle opéra un rapide décompte.

— Ça nous fait donc quatre membres des forces de l'ordre — deux policiers, Morrissey et William Crowe.

— L'un des policiers est en cavale. L'autre est mort et Morrissey également. Et l'agent de la DEA est en prison.

Elle prit le temps d'avaler sa salive avant de demander :

— Pourquoi ?

— Crowe a répondu à El Jefe en espagnol, disant que le patron n'avait pas donné son aval pour ce qui était en train de se passer. Il a donné son téléphone portable à Morrissey en lui demandant, en anglais, de passer un appel. Crowe a dit qu'ils n'avaient pas à faire la sale besogne si le patron ne le leur avait pas explicitement demandé. Avant que Morrissey ait pu téléphoner, El Jefe a pointé son arme sur l'agent de la DEA. En anglais, il a dit qu'ils avaient *toutes* les raisons d'obéir à *ses* ordres.

Wade marqua une pause pour reprendre son souffle et lui laisser le temps d'assimiler son histoire. Elle aurait voulu croire que les gentils avaient tout vu depuis le haut de la colline et étaient arrivés au grand galop pour sauver ces gens, mais elle savait bien que le dénouement n'avait pas été aussi heureux.

— La femme était inconsciente et tassée sur elle-même, poursuivit Wade. L'homme avait été roué de coups et il était au bord de l'évanouissement, lui aussi. Crowe a pointé le canon du Glock et pressé la détente. Il a mis fin à leurs souffrances.

Elle sauta à la conclusion qui s'imposait.

— Et il a été arrêté en raison de ton témoignage.

— Tout juste.

Les épaules de Wade s'affaissèrent et son regard mordoré prit une expression lointaine, comme s'il cherchait à y voir clair en lui.

— Tu étais forcé de le dénoncer, souligna-t-elle.

— Oui, il est coupable. Oui, il a abattu ces gens de sang-froid. Dana Gregg et Lyle McFee… C'étaient eux les victimes. C'est important de le garder en mémoire.

— Mais tu penses encore à Crowe.

— Je regrette de l'avoir envoyé en prison. Il n'avait pas le choix. Soit il obéissait, soit El Jefe le tuait.

Il avait beau avoir raconté ces faits des dizaines et des dizaines de fois, il semblait toujours autant affecté. Elle entendait, au son de sa voix, la terrible impuissance qu'il avait dû éprouver en assistant à un meurtre. Et le remords qui le poursuivait d'avoir pointé un doigt accusateur sur un agent sous couverture qui s'était retrouvé dans une situation sans issue.

— Tu ne pouvais rien faire. Tu étais seul.

— Je sais, acquiesça-t-il d'une voix atone.

— Ce n'est pas comme si tu avais pu appeler des renforts. Un meurtre commis par un cartel de la drogue, ce n'est pas exactement le domaine de compétence de l'adjoint Schmidt.

— Le plus gros problème, c'était que je ne savais pas combien d'autres officiers des forces de l'ordre étaient impliqués, ajouta-t-il. J'ai fini par décider de ne rien dire à personne avant d'en avoir parlé à Ty.

Ces dernières paroles lui plantèrent un couteau droit dans le cœur. *Il ne pouvait rien dire à personne avant d'avoir parlé à Ty.* Et elle ? Sa femme ?

— Pourquoi ne m'as-tu rien dit, à moi ?

11

Le moment de la confrontation était arrivé. Wade aurait dû lui faire confiance, elle avait raison. Il avait eu tort.

Un an plus tôt, lorsqu'il avait été témoin de ces exécutions, Wade était rentré très tard ce soir-là, s'était glissé dans le lit pour quelques heures et était parti avant que Sam ne soit réveillée, le lendemain. Il aurait voulu s'expliquer, mais il ne pouvait rien dire sans tout révéler. À sa décharge, il pouvait au moins se dire qu'il ne lui avait pas menti. Mais il avait éludé ses questions et tout fait pour éviter une conversation sérieuse.

— Tu avais le droit de savoir.

Détournant les yeux, elle se redressa et commença à se rhabiller.

— D'abord, j'ai cru que tu avais une liaison.

— Quoi ? s'exclama-t-il, stupéfait. Pourquoi ?

— Réfléchis, Wade. Tu étais rentré au milieu de la nuit, tu faisais des mystères quant à ce que tu avais fait et où tu étais allé. Quand j'ai voulu te parler, tu as prétendu être trop fatigué et tu t'es tourné sur le côté pour couper court à toute discussion. Avoue que ça avait de quoi me mettre la puce à l'oreille.

— Peut-être.

— J'aurais dû te voler dans les plumes.

— Pourquoi ne l'as-tu pas fait ?

— Parce que tes baisers étaient toujours aussi sincères. Ce n'étaient pas les baisers d'un traître. Tu n'avais pas l'attitude d'un homme qui accomplit son devoir conjugal alors qu'il a la tête ailleurs. La nuit qui a précédé ta supposée mort, on a fait l'amour et ça a été…

Elle exhala un soupir, cherchant le mot juste. Son regard se perdit dans le vague.

— Ça a été une expérience… à part. Difficile à décrire.

Oui… Il en avait gardé le souvenir inscrit à jamais dans sa mémoire.

— Je ne voulais pas te quitter. J'étais déchiré. Crois-moi, Samantha, si j'avais pu te mettre au courant, je l'aurais fait.

— Transcendant, assena-t-elle, poursuivant son idée. Cette nuit-là, nous avons été plus que des amants. Ça a été transcendant. Des âmes sœurs, destinées à être unies — même lorsque nous étions physiquement séparés — pour l'éternité.

Quelle chance il avait d'être avec cette femme ! Non seulement elle avait la beauté physique, mais elle irradiait de l'intérieur. Le fait qu'elle l'aime encore, malgré la terrible épreuve qu'il lui avait fait endurer, tenait du miracle.

— Je ne pouvais pas te mettre dans la confidence — la faute en revient en partie à Ty, d'ailleurs. Il m'a fait remarquer que tu n'étais pas bonne comédienne et que tu mentais très mal. Si tu avais su que je n'étais pas mort, ton comportement aurait pu te trahir. Tu aurais peut-être même été tentée de partager ton secret avec ma sœur, tes parents… ou Mme Burroughs.

— Ce n'est pas impossible.

Elle se tortilla pour remonter son jean et fermer le bouton de la ceinture. Ils se rhabillaient, songea Wade. C'était le signal que leur intermède d'intimité était terminé. Oh ! Il aurait volontiers passé encore quelques heures entre les draps à faire l'amour à l'élue de son cœur mais ils avaient du pain sur la planche. Lorsqu'elle rassembla ses longues mèches en une queue-de-cheval haute avant de les enrouler en chignon, il saisit le message : le moment était venu de passer à autre chose.

Il fit néanmoins une dernière tentative pour obtenir son pardon.

— Je pensais vous protéger, Jenny et toi.

— J'ai compris. Ce que tu ne sais pas ne peut pas te nuire. C'est une théorie qui se tient pour une petite fille de cinq ans.

Tout en parlant, elle enfonça ses pieds dans ses bottes.

— Mais je suis une adulte. Je peux faire face à la vérité.

Réitérer ses excuses encore une fois n'aurait pas été une bonne idée. Il aurait pu lui promettre de ne plus jamais lui mentir, ne serait-ce que par omission, mais… Comment être certain que, dans des circonstances particulières, il ne serait pas de nouveau amené à faire un choix et à juger que la meilleure solution consistait à taire la vérité ?

Il enfila ses bottes, lui aussi.

— Quoi qu'il en soit, voilà toute l'histoire.

— Tu n'es pas allé jusqu'au bout. Que s'est-il passé après les meurtres ?

Ce qu'il avait fait à Hanging Rock n'avait rien de glorieux. Il aurait été beaucoup plus gratifiant de pouvoir se vanter d'avoir sauvé les victimes du triste sort qui leur était réservé et appréhendé les méchants. Mais la réalité était tout autre. Au lieu d'agir en héros, il avait pris la fuite et s'était caché.

— C'est l'une des rares fois où j'ai eu tout lieu de me féliciter de mes frasques de jeunesse, quand je faisais l'école buissonnière pour aller me promener dans les bois. J'ai discrètement battu en retraite dans la forêt quand ils sont sortis de la maison pour rejoindre leurs véhicules.

— Qu'ont-ils fait des corps ?

— J'y arrive. Ils n'avaient pas l'air pressés. Plusieurs hommes étaient réunis et discutaient en fumant. El Jefe était déjà dans sa voiture — celle dont j'avais relevé le numéro d'immatriculation. À un moment donné, les quatre membres des forces de l'ordre se sont regroupés. Je n'ai pas pu tout entendre de ce qu'ils se disaient mais, en gros, Crowe enjoignait aux autres de la fermer.

— Ben voyons ! Il voulait s'en tirer sans être inquiété.

Mais Wade n'arrivait pas à blâmer l'agent de la DEA pour les crimes qu'il avait commis. Si lui, Wade, avait été à sa place, aurait-il été prêt à se sacrifier pour deux personnes qui allaient de toute façon être exécutées ?

— Ou peut-être qu'il était en train de se demander comment joindre son contact. Des quatre membres des forces de l'ordre, Crowe était le seul à être censé travailler sous couverture.

— Tu essaies encore de prendre sa défense.

— Je ne peux pas m'empêcher de me sentir responsable. Il est en prison sur la foi de mon témoignage — uniquement le mien.

— Oh ! Je t'en prie, proféra-t-elle en levant les yeux au ciel. Je suis sûre qu'il doit y avoir d'autres preuves. Je suppose que les experts scientifiques du FBI en ont trouvé en examinant la scène de crime.

— L'arme avait disparu.

— Jusque-là, rien d'étonnant. Ces types ne sont pas des amateurs.

— Ils ont trouvé des traces de sang sur le sol, suffisamment pour faire une analyse d'ADN et établir la concordance avec le profil génétique des victimes. Les corps avaient disparu.

— Et tu ne les as pas vus les déplacer ?

— Comme je te l'ai dit, je n'ai pas pu suivre les mouvements de chacun d'entre eux. Ils étaient nombreux… Il faisait nuit. En comptant les gardes qui étaient postés à l'extérieur du chalet, ils étaient au moins une douzaine. Moi, j'étais sur l'arrière. Peut-être qu'ils les ont mis dans une camionnette de l'autre côté de la maison.

— À moins qu'ils ne soient toujours là-bas.

— Le FBI a passé l'endroit au peigne fin, tu t'en doutes.

— N'empêche… Autant aller nous en assurer.

Il hocha la tête. Elle lisait à merveille dans ses pensées.

Lorsqu'ils eurent rangé les duvets et fermé la fenêtre, Wade se dirigea vers le corral et s'accouda un instant à la barrière pour contempler les environs. Il n'y avait pas trace de vie à l'horizon mais, bientôt, les propriétaires amèneraient pour l'été leurs trois juments et leurs deux étalons.

Samantha le rejoignit et lui donna un coup de coude.

— Tu sais, je me disais que Jenny est assez grande pour apprendre à monter.

— Je veux lui apprendre moi-même.

Il avait quatre ans quand il s'était assis pour la première fois sur une selle, au ranch du père de Ty, mais il était hors de question de laisser sa précieuse fille s'élancer au galop sans casque. Il serait intraitable sur la question de la sécurité.

— Tu crois vraiment qu'elle est prête ?

— Elle a très envie de s'y mettre.

Bien sûr. Il aurait dû s'en douter et, surtout, il aurait dû être là pour elle. Son estomac se contracta douloureusement. Il se sentait subitement… vide. Mais ce n'était pas de nourriture qu'il avait besoin. Non… C'était de cet épanouissement particulier qu'apportait la paternité.

Il avait manqué un an de la vie de sa fille. Une année, ça pouvait paraître court mais, si vous la divisiez en semaines, en heures et en minutes… Chaque minute qu'il avait passée loin de sa fille lui semblait être une éternité.

— Si j'avais su que je devrais rester caché pendant si longtemps, jamais je n'aurais donné mon accord. J'étais censé être mort pendant deux mois, pas plus.

— Comment les choses étaient-elles supposées se passer ?

— Ils ont arrêté Crowe et le type du cartel, El Jefe. Les charges qui pesaient contre eux reposaient entièrement sur mon témoignage.

— Pas facile d'obtenir une condamnation sans corps, observa-t-elle. Tu as dû te montrer très convaincant.

Il sourit.

— Qui pourrait ne pas croire un visage d'ange comme le mien ?

— Avec ces fossettes coquines ?

— J'aurais bien voulu que le juge dise ça et qu'il libère tout le monde. Mais ce n'est pas ce qui s'est passé. Les fédéraux s'étaient mis en tête d'utiliser le spectre de la prison pour pousser El Jefe et Crowe à parler.

— Mais ils n'ont pas mordu à l'hameçon.

— Non.

— Ils ne pouvaient pas les garder en détention ad vitam aeternam. On a prévu un autre procès ?

— Il y a eu des tas d'actions en justice. On m'a emmené par trois fois au palais de justice, à Austin.

— Mais combien de temps tout cela était-il censé durer ? s'enquit-elle.

— Tout le temps nécessaire, jusqu'à ce qu'ils obtiennent ce qu'ils voulaient.

— Mais enfin, ils ont sûrement assez de preuves contre le cartel pour procéder à des arrestations ?

Accumuler des preuves contre le cartel n'était pas la question centrale. Ils avaient enfreint des tas de lois, sans craindre de représailles. Tous ceux qui se mettaient en travers de leur chemin finissaient six pieds sous terre.

— Le cartel Esteban est intouchable. Ceux qui transgressent la règle ont tendance à disparaître. S'ils sont appréhendés, ils ont accès aux meilleurs avocats. D'ailleurs, c'est vraiment étonnant qu'ils aient réussi à garder El Jefe derrière les barreaux aussi longtemps. S'il est libéré…

Les muscles de Wade se tendirent. Si le cartel décidait qu'il représentait une menace, alors le danger deviendrait extrême. Il se félicita que Jenny soit sous bonne garde, loin d'ici.

Samantha avait dû tenir le même raisonnement car elle demanda :

— Est-ce qu'on sera un jour en sécurité ?

— Je l'espère bien.

— Mais tu ne peux rien promettre, traduisit-elle. Apparemment, le programme de protection des témoins est la seule et unique façon d'échapper au cartel. Ce qui veut dire qu'il faudra repartir de zéro, changer de nom. Et qu'on perdra notre maison, nos amis.

— C'est ce que j'ai tenté d'éviter en faisant croire que j'étais mort.

La vie qu'ils s'étaient construite à Swain County lorsqu'il était shérif avait été parfaite et il ne voulait pas y renoncer. Il s'était dit qu'ils auraient un autre enfant, peut-être même deux, et qu'ils vieilliraient heureux, ensemble.

— Tu as sacrifié plus d'un an de ta vie — de notre vie. Alors, faisons en sorte que ce ne soit pas pour rien, assena-t-elle avec force.

Se détournant du corral, elle épousseta son jean, ajusta résolument les pans de sa veste en jean et planta son regard bleu dans ses yeux.

— Toi et moi, on va mettre un terme définitif à ce trafic.

Autrement dit, qu'importait que le FBI, le Bureau d'investigation du Colorado et la police d'État aient échoué ! Samantha allait prendre les choses en main et on allait voir ce qu'on allait voir. Objectivement, il n'y avait aucune raison logique de croire en elle. Et pourtant…

— Tu n'as plus de questions ?

— Si, dit-elle. Précise-moi la nature de ce trafic.

— Des trafics en tout genre. Armes, drogues et même trafic d'êtres humains.

Elle ne put réprimer un frisson. Cela confirmait les dires de Ty. De tous ces crimes, le trafic d'êtres humains était sans conteste le plus monstrueux.

Elle demanda :

— Comment tout cela fonctionne-t-il ?

— Notre petit territoire de Swain County et un ou deux autres endroits isolés dans des zones montagneuses sont leur plaque tournante. C'est là que les membres du cartel entrent en contact avec leurs fournisseurs. D'après Ty, une opération de vente d'armes doit se tenir très bientôt. Les armes proviennent d'un arsenal de l'armée des États-Unis.

— Bon, tu m'as déjà parlé du cartel. Qu'en est-il de ces fournisseurs ?

— Un réseau de flics véreux et de membres de différentes

agences fédérales, notamment la DEA, pour la drogue, et le Bureau de l'alcool, du tabac, des armes à feu et explosifs, l'ATF, pour le reste, qui touchent des pots-de-vin substantiels et des agents de la police d'État comme Morrissey.

— Pourquoi n'a-t-il pas été arrêté ?

— On l'a interrogé. Ty et son supérieur ont essayé de le « retourner » pour le faire parler afin de remonter jusqu'à celui qui tire les ficelles.

Il plongea son regard droit dans ses yeux.

— C'est lui que nous recherchons. Il faut qu'on coince le chef de ce réseau.

— Et on n'a aucune idée de qui ça peut être ?

— Non. Les fédéraux enquêtent depuis deux ans et ils ne connaissent toujours pas son identité.

Le chef en question organisait les transactions et la distribution. C'était lui qui achetait les marchandises, coordonnait leur transfert et, au bout de la chaîne, la mise sur le marché. Et, évidemment, il était grassement rétribué à chacune de ces étapes. Pourtant, il avait réussi à rester anonyme.

— Comment paie-t-il ses comparses ?

— Tout se traite en liquide.

— Et les comptes bancaires ? Ont-ils été examinés ?

— Le FBI a fait appel à ses experts en comptabilité judiciaire pour étudier les comptes des principaux suspects. Ils n'ont rien trouvé. Aucune somme ne transite par l'intermédiaire des banques, j'imagine. Tous les règlements doivent s'effectuer de la main à la main. Ça ne laisse pas de traces.

— Bien. Allez, il est temps de nous mettre en route pour Hanging Rock, décréta-t-elle en esquissant un pas en direction de son SUV. Je conduis.

Il la rattrapa par le poignet et elle se retourna. Ses doigts remontèrent le long de son torse, se refermèrent autour de sa nuque. L'espace d'un long moment, il la contempla, mémorisant le pulpeux velouté de ses lèvres, le bleu céruléen de ses iris et l'arc délicat de ses sourcils. Lorsqu'ils s'embrassèrent, il s'attarda tendrement, savourant le doux parfum de sa merveilleuse épouse. Enfin, ils étaient réunis. C'était si bon. Si… naturel.

Puis il recula d'un pas sans la quitter des yeux.

— Promets-moi d'être prudente, Samantha.

12

Sam se pencha vers le pare-brise pour mieux voir à travers la fumée qui s'épaississait et le nuage de poussière que soulevaient les pneus de la Honda de Wade.

Il avait tenu à prendre la moto pour être autonome et pouvoir disparaître en cas d'urgence. Après tout, il était toujours censé être mort. Elle était tombée d'accord avec lui sur le fait qu'il importait de choisir le bon moment pour réémerger parmi les vivants. Donc, suivant cette logique, il avait opté pour un itinéraire qui évitait les routes les plus fréquentées où quelqu'un aurait pu l'apercevoir.

Mon Dieu… Comme elle serait soulagée lorsque tout ce cirque serait terminé ! Ce qu'il fallait, c'était trouver les preuves irréfutables de la culpabilité de ces trafiquants afin de rendre le témoignage de Wade caduc et sans objet. Et puis, au-delà de cela, ils voulaient faire la lumière sur cette affaire — découvrir l'identité de celui qui était derrière tout ça.

Tout en conduisant, elle vaqua à ses occupations de shérif. Son premier appel fut pour l'adjoint Schmidt, qui ne lui pardonnerait jamais de ne pas l'avoir appelé à la rescousse quand elle s'était trouvée prise dans la fusillade. Il lui promit de tenir les gens du coin éloignés de la zone de l'incendie et de prendre en charge les appels du 911, lesquels concernaient la plupart du temps des accidents de la route.

Ensuite, elle s'entretint avec le capitaine des pompiers. Hobbs lui assura que l'incendie était désormais maîtrisé à quatre-vingt-dix pour cent mais qu'il subsistait quelques points sensibles susceptibles de s'embraser de nouveau. Il pensait que ses hommes seraient sur le pied de guerre pendant encore plusieurs jours.

Sam inspira plusieurs fois à fond pour se calmer avant de téléphoner à Pansy Gardener, la principale opératrice du 911. Pansy était aussi clairvoyante qu'un médium. Lui dissimuler quelque chose n'allait pas être simple. Avec son air doux, ses joues roses, sa courte frange et le chignon argent perché au sommet de son crâne, ce petit bout de femme ne payait pas de mine mais il ne fallait pas s'y fier : c'était une fine mouche, capable de percevoir un changement rien qu'à l'intonation de Sam.

Au cours de l'année qui venait de s'écouler, Pansy était passée maître dans l'art de deviner l'humeur de Sam au premier coup d'œil et, bien souvent, elle l'avait renvoyée chez elle en lui recommandant de se plonger dans un bain chaud et de détendre ses muscles. Conseils qui s'étaient avérés judicieux et dont Sam lui savait gré.

La veille déjà, lorsque Sam était allée chercher Jenny, Pansy s'était montrée suspicieuse — et c'était *avant* que Wade et elle ne se soient véritablement retrouvés. À ce moment-là, elle n'avait encore fait que l'embrasser et lui passer les menottes. Mais maintenant qu'elle avait fait l'amour avec son mari « ressuscité », le changement qui s'était opéré en elle était flagrant. C'était comme si elle rayonnait de l'intérieur. Elle se sentait revitalisée, débordante d'une énergie nouvelle. Elle avait retrouvé l'objet de sa passion.

Avant d'appuyer sur le bouton de la console centrale de son véhicule, Sam s'obligea à effacer de ses lèvres le sourire béat que le souvenir de leurs ébats amoureux avait fait naître.

— Salut, Pansy, c'est moi, annonça-t-elle.

— Oh. Sam ? Vous en avez, une drôle de voix… Vous avez pris froid ?

— C'est la fumée, prétexta-t-elle en faisant semblant de tousser. Je voulais vous prévenir que je suis disponible aujourd'hui, mais je ne serai pas forcément joignable à tout moment. Je vais passer le plus clair de mon temps avec le FBI, pour l'enquête sur le meurtre de Drew Morrissey.

— Je n'arrive pas à le croire, dit Pansy. Un vrai homicide à Swain County… Vous vous rendez compte ? C'est du jamais vu ! Ce que ce doit être excitant pour vous !

— Un homme est mort, Pansy, rappela Sam de sa voix la plus solennelle. Il n'y a rien d'excitant à ça. Je me suis entretenue avec le capitaine des pompiers, qui m'a dit que le feu était en grande partie contenu.

— Ah ? Quand lui avez-vous parlé ?

— Hier. Puis, de nouveau, ce matin.

— Eh bien, eh bien…

Un petit rire sardonique résonna au bout de la ligne.

— J'ai quelque chose d'important à vous dire, Sam. Mais il s'agit d'une affaire personnelle, alors…

Sam comprit le message. Immédiatement, elle changea de fréquence sur sa console. Elle ne tenait pas à ce que cette conversation « personnelle » soit diffusée à toutes les autres unités.

— Alors ? De quoi s'agit-il ?

— Tttt. N'inversez pas les rôles. Alors, comme ça, vous et le capitaine Hobbs… ?

— Quoi ? Mais pourquoi pensez-vous que…

— Vous l'avez vu hier soir. Puis de nouveau aux aurores ce matin, apparemment… Inutile de me faire un dessin. Félicitations, shérif Sam. Je suis contente pour vous. C'est bien.

— Quoi ? Mais…

— Inutile de gaspiller votre salive. Je l'entends bien à votre voix. Vous n'avez pas dormi beaucoup cette nuit, mmm… ?

Il fallait absolument mettre les choses au point, et au plus vite… avant que la rumeur ne se répande dans tout Swain County.

— Pansy, reprit-elle fermement. Vous vous faites des idées. Il n'y a strictement rien entre le capitaine Hobbs et moi.

— Ha ! Bien sûr, bien sûr…, répondit la standardiste du ton goguenard de celle qui n'en pensait pas moins.

— Je vous assure, Pansy. Justin Hobbs est quelqu'un de bien. Travailleur, fiable, compétent…

— Et grand, renchérit gaiement Pansy. N'oubliez pas « grand ». Vous savez que je vous adore, Sam, mais c'est un fait que vous êtes plus grande que quatre-vingt-dix pour cent des hommes de ce comté. Justin est fait pour vous. Mais il devrait raser cette barbe, à mon avis.

Sam grogna dans sa barbe — à elle. Si seulement elle pouvait parler de Wade à Pansy…

— Pansy, vous me promettez de ne pas l'ébruiter, d'accord. Vous ne direz rien à personne ?

— C'est promis.

— Si on vous pose la question, j'ai conduit Jenny hors de la ville. La fumée l'incommodait et je ne peux pas m'absenter pour m'occuper d'elle, surtout avec cette enquête de meurtre qui nous est tombée sur les bras.

— C'est bien pour ça ! Ce sera une bonne chose pour vous de vous remarier, souligna Pansy, suivant toujours son idée fixe. Vous aurez quelqu'un pour vous épauler… Sans parler des autres avantages, évidemment.

C'est cela, oui.

— Je vous appellerai plus tard.

Wade la précéda sur un chemin de terre qui grimpait en zigzag au milieu des pins. D'habitude, au fur et à mesure qu'on s'élevait en altitude, le point de vue était magnifique, mais pas aujourd'hui. Quand Sam jetait un coup d'œil en bas, au lieu de voir des arbres en bourgeons et un tapis de fleurs printanières, elle contemplait ce qui ressemblait au chaudron d'une sorcière d'où s'échappaient des nuées de fumée grise. Le capitaine Hobbs — qui, avec un peu de chance, n'aurait jamais vent des élucubrations de Pansy — avait dit que l'incendie était sous contrôle. Mais ça ne signifiait pas qu'il était totalement éteint.

Le flanc opposé à celui où serpentait leur chemin était dévasté. De gros rochers noircis émergeaient de la terre brûlée. Les arbres majestueux qui avaient peuplé la pente s'étaient mués en troncs distordus, carbonisés, leurs branches calcinées s'élevant tels des bras squelettiques vers le ciel. De temps à autre, ici ou là, des éclats orangés perçaient la fumée, rappelant qu'un nouveau départ de feu était encore possible.

Après un virage serré à droite, Wade roula encore environ cinq cents mètres avant de ralentir, puis de stopper et de mettre pied à terre. Elle se rangea derrière sa moto. Avant de sortir de la voiture, elle se munit d'un masque respiratoire blanc et en prit un autre pour Wade.

Comme elle approchait de la moto, il retira son casque et lui décocha un large sourire. Ses fossettes se creusèrent. Ses dents paraissaient ultra-blanches en contraste avec son visage barbouillé de poussière de cendres. La moto n'était pas le moyen de transport le plus adapté pour traverser une zone d'incendie.

— Pour finir le trajet, tu vas monter derrière moi, annonça-t-il en lui tendant le casque. Tiens, mets-le.

Ah. Elle allait donc pouvoir découvrir par elle-même les joies du deux-roues dans un secteur ravagé par le feu !

Elle lui tendit le masque.

— Tiens, celui-ci est pour toi.

Il passa l'élastique derrière sa tête et mit le masque blanc en place.

— Est-ce que je ressemble à un médecin ?

— Ce n'est pas un déguisement. C'est purement utilitaire.

— Dommage que je n'ai pas une autre paire de lunettes à te donner.

— Je m'en passerai.

Elle cligna des yeux, brutalement ramenée des années en arrière, lorsqu'ils avaient fait un périple à moto ensemble. Pendant trois jours, ils avaient chevauché une puissante Harley-Davidson, filant comme le vent sur l'autoroute, libres comme l'air. Elle se revoyait, la joue appuyée contre son dos, les bras enroulés autour de lui, le moteur vibrant sous ses cuisses. Oh oui, elle se souvenait de tout. Mais ce n'était pas en se plongeant dans le passé qu'elle allait faire progresser leur enquête. Il s'agissait de se concentrer.

Aujourd'hui, la situation était différente. Ils étaient des adultes responsables et leur petite Honda nerveuse n'avait rien à voir avec la grosse Harley. Les pneus tout-terrain étaient impressionnants mais c'était à peine si elle avait la place de s'asseoir.

— Pourquoi ne pas prendre le SUV ? La route a l'air suffisamment large.

— La moto est plus maniable. Je préfère laisser le SUV ici, à distance du feu. On ne sait jamais. Ça nous laisse une deuxième possibilité pour nous échapper.

Échapper à quoi ? Sam se mit à échafauder les pires scénarios. Une braise soufflée par le vent transformait la maison qu'ils étaient en train de fouiller en brasier infernal… Des gangsters du cartel donnaient l'assaut, armés de AK-47… Bon, laisser son fidèle et fiable SUV ici était peut-être une sage décision. S'il arrivait quoi que ce soit à la moto…

Elle enfila le casque, enfourcha la moto derrière Wade et referma ses bras autour de lui. Quelques instants plus tard, elle tressautait sur son siège comme sur un cheval de rodéo tandis que la Honda cahotait le long du chemin défoncé, mais elle n'en avait cure. Malgré le danger potentiel, le fait d'être avec son mari et de prendre sa vie en main la remplissait d'aise.

À tout moment, la catastrophe pouvait leur tomber dessus. Les conséquences pouvaient être terribles, elle ne l'oubliait pas. Ils pouvaient être blessés, tués même. Mais, pour l'instant, ils faisaient équipe. Pour l'instant, elle était heureuse.

Au travers des troncs calcinés et du voile de fumée qui embrumait le paysage, les deux chalets délabrés apparurent. Tous deux avaient un étage et étaient équipés de cheminées en pierre. Ils n'étaient pas exactement identiques, mais ils se ressemblaient — comme des cousins germains. Et ils n'avaient pas été édifiés côte à côte, ni en vis-à-vis. Ils formaient un angle l'un par rapport à l'autre, comme si l'un des cousins avait insulté l'autre et que celui-ci avait voulu se détourner.

Jusque-là, elle n'était venue à Hanging Rock que de nuit, en patrouille, pour en déloger des adolescents et elle n'avait jamais pris le temps d'examiner attentivement les lieux.

Lorsqu'elle descendit de moto et enleva son casque, elle s'avança entre les deux constructions et les regarda tour à tour. Le chalet qui était sur sa gauche était plus petit et plus carré. Celui de droite était en meilleur état. La fenêtre de sa façade n'était pas cassée, probablement parce que la couche de crasse qui la recouvrait maintenait les vitres en place.

Des rubans de scène de crime déchirés décoraient le chalet le moins décrépit. Elle se retourna vers Wade.

— C'est là que les crimes ont eu lieu ?

Hochant la tête, il s'avança vers le porche, auquel il manquait quelques lattes, et actionna la poignée. La porte s'ouvrit.

Dans la pièce principale, deux grosses taches avaient décoloré les vieilles planches irrégulières du parquet. Le sang séché des deux victimes.

— Comment s'appelaient-ils, déjà ?

— Dana Gregg et Lyle McFee.

— Qu'avaient-ils fait pour s'attirer les foudres d'El Jefe ?

— Oh ! Ce n'étaient pas des anges non plus. Ils avaient des casiers longs comme le bras. Ils avaient siphonné de l'argent lors d'une vente de drogue.

Elle renifla et se félicita de porter un masque sur le nez. L'endroit sentait mauvais : un mélange écœurant d'odeurs de feu, de vomi, de moisi, d'urine et de quelque chose d'autre qu'elle ne put identifier.

— Pourquoi le cartel a-t-il utilisé cet endroit ?

— Comme pour les agents immobiliers, leur règle numéro un est l'emplacement, répondit-il en la prenant par la taille et en l'attirant contre lui.

Il écarta leurs masques le temps de déposer un rapide mais savoureux baiser sur ses lèvres. Tentant, mais elle le repoussa.

— Pas ici.

— Pourquoi ?

— Je ne peux pas m'empêcher de visualiser tous ces adolescents qui sont venus flirter dans cet endroit.

Une idée particulièrement triviale lui traversa l'esprit.

— Tu n'es jamais venu ici, toi, n'est-ce pas ? Quand tu étais au lycée ?

Il haussa les épaules.

— Une fois ou deux pour boire de la bière en cachette.

— Mais pas avec une petite amie ?

— Je t'en prie. Je ne suis peut-être pas issu de la haute société, mais amener une fille ici ? répondit-il en montrant les chaises rouillées, les graffitis sur les murs et les tas de détritus qui s'entassaient dans les coins. On peut difficilement faire plus crasseux.

— Bien sûr… Où avais-je la tête ? Tu es un gentleman.

— Ce que tu dis là me fait penser qu'on a eu de la chance que le cartel ne soit jamais tombé sur les jeunes qui viennent fréquenter l'endroit. D'après Ty, ils se servaient de Hanging Rock pour procéder à des échanges et entreposer leurs produits de contrebande.

— Ah, voilà qui est intéressant.

Enfin, elle avait un point de départ.

— Il faut qu'on le fouille de fond en comble. S'ils laissaient des stocks ici, il doit y avoir une cachette quelque part.

Brusquement, il la cloua contre le mur. Prudemment, il tendit le cou pour regarder à l'extérieur par l'espace vide qui avait un jour été une fenêtre et murmura :

— Tu as entendu ?

Interdite, elle secoua la tête.

— Je crois qu'il y a quelqu'un dehors.

Il tira son Beretta du holster et se plia en deux pour ne pas être vu.

Apparemment, il fallait qu'elle en fasse autant. Elle grimaça. Durant l'année qu'elle avait passée au poste de shérif, elle n'avait eu à porter la main à son holster qu'une seule fois. Depuis le retour de Wade, elle avait déjà accompli ce geste deux fois en deux jours. Ce qui, à vrai dire, ne lui plaisait pas du tout. Elle avait toujours pensé que, si le recours à la force était inévitable, un pistolet incapacitant suffisait. Mais dans les circonstances présentes…

Espérant jeter un coup d'œil à l'arrière du chalet, elle longea un petit corridor menant à la cuisine. Immonde ! Personne n'avait dû utiliser cette pièce depuis très, très longtemps — du moins, c'était à souhaiter. Une partie du plafond s'était écroulée. Le papier peint gribouillé de graffitis pendait, en lambeaux.

L'évier était incrusté de saleté et le plan de travail, privé de son carrelage, pourrissait sous une couche de crasse. Un tapis avait été jeté sur le linoléum vert, déchiré.

— Samantha ! appela Wade.

Elle revint précipitamment vers la pièce de devant, juste à temps pour le voir rengainer son arme.

Par la porte ouverte, on voyait une famille de chevreuils de Virginie, reconnaissables à leur queue blanche.

Soulagée, Sam porta une main à son cœur.

— Je suis contente de les voir mais, les pauvres, avec ce feu…

Wade hocha la tête.

— Oui, quand je vois un chevreuil près d'un feu, je ne peux pas m'empêcher de penser à *Bambi*.

Et il était chasseur ! Alors, pour elle qui accordait une grande importance à la protection de la nature et de l'environnement…

— Oui, pour nous, humains, les feux de forêt sont un désagrément. Mais, pour les chevreuils, les tamias, les ratons laveurs, les ours, les élans, c'est une vraie catastrophe. C'est tout leur univers qui est détruit. Ils n'ont plus rien à manger, l'eau est polluée. Ils n'ont plus d'abri.

— À ce propos, Hobbs t'a-t-il dit si cet incendie était dû à une cause naturelle ?

— Non, pas pour l'instant.

Il ne fallait pas se disperser. Elle devait se concentrer exclusivement sur leur affaire.

— Allez, on n'est pas venus ici pour admirer la faune.

— Bien, m'dame.

— Quand le FBI a fouillé ce chalet, ont-ils découvert une cave enterrée ?

— Je ne sais pas.

La grand-mère de Sam, native d'une zone rurale de l'Oregon, avait un cellier enterré avec des étagères remplies de bocaux de fruits en conserve, de sauces faites maison et de légumes en marinade. Elle y emmenait Sam quand elle était petite et lui montrait toutes ces rangées de bocaux en expliquant que, dans une maison munie d'un garde-manger bien garni, on ne mourrait jamais de faim, quoi qu'il arrive.

— Ces chalets sont très isolés, loin de tout, observa-t-elle. S'il y a jamais eu des habitants ici, je parie qu'ils avaient un cellier où stocker des conserves.

— Peut-être, mais ça m'étonnerait. Viens voir, dit-il en la prenant par la main pour l'entraîner dehors.

Ils descendirent les deux marches du porche et il se pencha pour lui montrer la roche et le béton des fondations.

— Regarde, il n'y a pas de place pour une cave.

— On dirait même qu'il n'y a pas de vide sanitaire.

— À mon avis, ils ont dû creuser la pierre pour l'aplanir grossièrement, couler le béton et bâtir directement le chalet au-dessus. Il était plus simple de construire un étage que de s'embêter à creuser davantage pour faire une cave.

Cela lui rappela leurs divergences de points de vue lorsqu'ils préparaient la construction de leur maison.

— Oui, tu dois avoir raison.

Il jeta un coup d'œil par-dessus son épaule.

— Le feu se rapproche.

— Raison de plus pour ne pas nous éterniser.

— J'espère que le bruit que j'ai entendu était bien dû uniquement aux chevreuils, reprit-il en regardant l'autre chalet. Je devrais peut-être aller jeter un coup d'œil là-bas.

— Attends… Regardons d'abord la cuisine.

Pivotant sur ses talons, elle regagna l'intérieur du chalet

et emprunta le petit corridor. Quelque chose la chiffonnait à propos de ce tapis. Les mains sur les hanches, elle le contempla.

Arrivant derrière elle, Wade se boucha le nez sous le masque.

— Quelle odeur infecte.

— Ce tapis m'intrigue, dit-elle.

— Parce qu'il ne cadre pas avec le reste du décor ?

— Oh, non. De ce point de vue-là, il est tout à fait dans le ton, même s'il est moins usé. Tu as vu d'autres tapis ailleurs, dans la maison ?

— Je ne crois pas. Où veux-tu en venir ?

— Il est plus récent que le reste. C'est bizarre.

Elle se mit à déplacer ce qui encombrait le tapis, enlevant de vieilles boîtes, une chaise en bois branlante avec de la bougie fondue au milieu de l'assise. Puis, aidée de Wade, elle tira le tapis, révélant le linoléum défraîchi.

Elle le considéra, désappointée.

— Je m'attendais vraiment à ce qu'il y ait quelque chose là-dessous.

— Tu sais, nos recherches ont peu de chance d'aboutir. Je ne crois pas que le FBI soit infaillible mais ils n'ont pas leur pareil pour chercher — et trouver — des preuves.

— La police scientifique, c'est pour moitié des compétences, pour moitié de la chance et pour moitié de l'instinct.

— Oh ? releva-t-il en riant. Et d'où te vient cette théorie des trois moitiés ?

— De mon père-le-policier, dit-elle, songeuse, en promenant sa main sur le sol.

Elle se revit, enfant, jouant à la scène de crime avec sa maison de poupée. Toujours tracassée, elle décréta :

— Essayons une dernière chose. Attrape le bord du lino.

En s'y mettant à deux, ils arrachèrent sans mal le revêtement du contreplaqué qu'il recouvrait, la colle et les agrafes ne remplissant plus leur office depuis longtemps.

Près du mur, la trappe que Sam cherchait apparut.

13

— La chance du débutant, commenta Wade en regardant la plaque de contreplaqué taché.

— Qu'est-ce que ça veut dire ?

— Eh bien, c'est ta première enquête et tu fais mieux que le FBI !

Il ne vit pas le sourire qui éclairait le visage de Sam sous son masque, mais elle frétillait presque d'excitation.

— Tu crois que le FBI ne l'a pas vue ?

— Ça me paraît évident. Je ne pense même pas qu'ils aient cherché. Une cave enterrée dans un chalet comme celui-ci… Tu as vu la roche sur laquelle il est bâti. Comme tu l'as souligné, il n'y a même pas de vide sanitaire.

Et pourtant, il était bel et bien là, debout devant une trappe qui ouvrait forcément sur quelque chose. À voir la saleté accumulée autour de la trappe, il était clair qu'elle n'avait pas été utilisée récemment. Il songea à cette nuit où il avait été témoin de deux homicides, cette nuit qui avait changé sa vie. Avait-elle été ouverte cette nuit-là ? Était-ce l'endroit où les contrebandiers cachaient leurs marchandises entre les transferts ?

Samantha empoigna sa Maglite et promena le faisceau de la lampe de poche sur la porte.

— Sésame, ouvre-toi, murmura-t-elle.

— C'est un appel du pied ? Elle ne va pas se soulever toute seule.

— Tu as raison. Autant mettre à contribution ces superbes muscles.

La plaque de contreplaqué n'avait pas de charnières, seulement une poignée, que Wade tira, révélant une petite ouverture dans le sol. Lorsque Sam braqua le rayon de sa lampe sur le trou plongé dans l'obscurité, il discerna une échelle de bois grossièrement assemblée.

— La bonne nouvelle, annonça-t-il, c'est que si l'échelle se casse, on ne tombera pas de très haut. La cavité ne fait pas plus d'un mètre quatre-vingts de hauteur.

Elle inclina le rayon de sa lampe pour mieux voir l'espace sombre qui s'ouvrait à leurs pieds.

— Avant de descendre, tu devrais enlever ton beau blouson en cuir sexy pour ne pas le salir.

— Et toi ?

Elle porta la main au col de sa veste en jean.

— Elle est lavable, répondit-elle d'un ton dégagé.

Il n'y avait qu'une épouse comme Samantha pour se soucier de son blouson… et le qualifier de « sexy » ! Et, loin d'en prendre ombrage, il appréciait qu'elle se soucie de lui. Quant à l'adjectif « sexy », il ne pouvait que se féliciter qu'elle l'utilise à son endroit !

Il retira le blouson et l'accrocha au dossier d'une chaise, puis s'accroupit devant l'ouverture et posa un pied sur le premier barreau de l'échelle pour en tester la solidité avant de prendre appui dessus de tout son poids. Il avait l'air de tenir bon. Il commença à descendre et marqua une pause. Il détestait les espaces clos. Non qu'il soit claustrophobe mais il mesurait un mètre quatre-vingt-quinze et cette cave était moins haute que lui… Il se força néanmoins à continuer jusqu'à ce que son pied rencontre le sol. Il se retrouva englouti dans l'obscurité.

Samantha lui fit passer la lampe torche. Avant d'explorer l'endroit où il se trouvait, il essaya d'inspirer plusieurs fois à fond mais ses poumons étaient comprimés. Le masque, subitement, lui donnait l'impression d'étouffer. Il l'arracha.

Déjà, Samantha le rejoignait. Elle se planta devant lui, prit son menton dans sa main et l'obligea à la regarder.

— J'avais oublié que tu n'aimais pas les espaces confinés.

— Ça ira.

Elle retira elle aussi son masque et déposa un bref baiser sur ses lèvres.

— OK. Alors, finissons-en.

Lui reprenant la lampe de poche, elle promena le faisceau lumineux sur le sol de terre. Comme dans le reste du chalet, il y avait tout un bric-à-brac entreposé là, mais rien qui puisse s'assimiler à de la marchandise de contrebande. Seulement un fatras de vieilleries mises au rebut.

Ni lui ni Samantha ne pouvaient se tenir droits sans se cogner la tête contre les solives du plancher. Les murs étaient en parpaings et en terre. Des étagères à moitié écroulées recouvraient chacune des parois du cellier, qui avait approximativement les mêmes dimensions que la cuisine, au-dessus. Le rayon de sa lampe s'attarda sur la tuyauterie et les conduits d'évacuation de l'évier, situé au-dessus.

Près de l'endroit où ils se tenaient, il avisa deux grands sacs-poubelle noirs, posés contre le mur.

Samantha lui prit le bras.

— Seigneur ! Oh, mon Dieu… Wade, regarde !

Étrangement, la panique qui s'entendait dans sa voix lui redonna du poil de la bête. Il reprit la Maglite de sa main tremblante.

— Dana Gregg et Lyle McFee… C'est une bonne chose que nous les ayons trouvés… Je veux dire, c'est une preuve.

Les sacs en plastique recouvraient les corps, mais seulement en partie. Des jambes revêtues de jeans en émergeaient, ainsi que des pieds, dépourvus de chaussures. Des pieds desséchés, noircis.

— Est-ce que… ça signifie que le FBI n'aura plus besoin de ton témoignage pour les coincer ? Oh ! au fait, avant de toucher à quoi que ce soit, tiens…, dit-elle en plongeant la main dans sa poche et en en tirant une paire de gants en latex.

Elle avait raison. Une preuve matérielle était un élément capital et peut-être que son témoignage ne serait plus nécessaire pour les faire condamner. Mais ce que Samantha oubliait, c'était le chef du réseau. Tant que la filière de contrebande ne serait pas démantelée, le danger ne serait pas écarté — ni pour eux, ni pour quiconque à Swain County.

Il prit les gants et lui pressa tendrement l'épaule.

— Tu n'es pas obligée de regarder à l'intérieur de ces sacs, si tu ne t'en sens pas le courage.

— Je m'attendais à découvrir des marchandises stockées, mais pas… eux. L'espace d'une seconde, j'ai bien cru que mon estomac allait se retourner.

Elle s'éloigna de lui et s'éventa le visage de la main.

— Je suis encore un peu ébranlée mais ça va maintenant.

Courbant la tête tous les deux, ils avancèrent sur le sol irrégulier, écartant de leur chemin les objets abandonnés là. Ils n'avaient que deux ou trois mètres à parcourir mais Wade promena la lampe autour de lui pour se rassurer et se prouver que les murs ne se refermaient pas sur lui. Il avait tellement horreur d'être sous terre, dans l'obscurité. Mais il ne pouvait pas renoncer. Pas tant qu'il n'aurait pas fait le nécessaire.

Si seulement Samantha avait pu être épargnée… Le rayon de la Maglite tomba sur une longue mèche de cheveux qui barrait le modelé délicat de sa joue mais, l'instant suivant, elle la repoussa derrière son oreille. Elle était tellement… fantastique — douce mais d'une force incroyable, sexy mais tendre en même temps. Tout ce qu'il voulait, c'était la protéger de la laideur du monde.

Lorsqu'ils furent devant les sacs en plastique noir, il dit :

— Je sais que tu tiens à participer à cette enquête mais…

— Je suis douée pour ça, Wade. Tu as vu, je savais qu'il y avait une cave.

Exact. Mais la vue de deux cadavres entreposés dans un trou depuis plus d'un an n'était pas un passage obligé pour être un bon détective.

— Tu n'es pas forcée de les voir, tu sais.

— OK, mais je te signale que c'est pareil pour toi.

Non sans une certaine surprise, il dut reconnaître qu'elle n'avait pas tort. Voir les victimes ne changerait rien. Il n'avait pas connu Dana ni Lyle de leur vivant, donc il ne pouvait pas les identifier. Et il ne se souvenait pas des vêtements qu'ils portaient le jour de leur exécution… Il avait bien un vague souvenir d'un homme moustachu et d'une femme aux cheveux peroxydés, mais ça s'arrêtait là.

— Oui, mais…

— Écoute, de toute façon, ça n'a pas d'importance, non ? coupa-t-elle en reculant d'un pas et en s'éventant de nouveau le visage. Sortons de ce trou lugubre. J'ai besoin d'air. Il fait vraiment chaud ici, tu ne trouves pas ?

Il sortit son portable de sa poche.

— J'appelle Ty. Son superviseur est censé le rejoindre dans son ranch aujourd'hui. Je vais lui demander de venir nous retrouver ici. Le FBI n'aura qu'à s'occuper de ces preuves matérielles.

Comme Samantha, il s'était rendu compte de la chaleur, lui aussi. Une fine pellicule de sueur couvrait son front. Et l'odeur âcre de la fumée était devenue presque insupportable.

Tout à coup, au-dessus de leurs têtes, il entendit distinctement un pas. Et ce n'était pas un chevreuil, cette fois. Non… Quelqu'un les avait trouvés !

Wade leva les yeux vers la trappe ouverte et vit une lueur orangée tremblotante. Le feu ! Avant qu'il n'ait eu le temps de réagir, la trappe se rabattit dans un claquement sec.

Un cauchemar devenu réalité… Il n'arrivait pas à le croire. Ils étaient pris au piège dans le sous-sol d'un chalet en feu, sans aucune issue de secours. Bon sang, mais pourquoi n'avait-il pas insisté pour que l'un d'eux reste en haut pour faire le guet ? Il aurait dû sécuriser la zone et, surtout, il n'aurait pas dû entraîner Samantha dans cette aventure. Mais ce n'était pas le moment d'avoir des remords. Ce qu'il fallait, c'était agir. Et vite.

Un gros bruit retentit au-dessus de leurs têtes. La personne qui avait marché à pas feutrés ne prenait plus la peine de se faire discrète. Ce n'était pas bon signe.

— Je l'entends, murmura Sam. J'entends le crépitement du feu.

Il lui tendit le téléphone.

— Tiens, appelle Ty. Dis-lui où nous sommes. Et, ensuite, appelle ton ami, le capitaine des pompiers.

— Je sais ce que Justin Hobbs va me dire.

Elle avait l'air furieuse, ce dont il se félicita. La colère valait mieux que la panique. Il ne voulait surtout pas qu'elle perde son sang-froid.

— Il va me dire que ce chalet brûle beaucoup trop vite. Qu'il ne se serait jamais embrasé comme ça, spontanément, que les flammes auraient mis plus de temps à se propager. Quelqu'un a mis le feu au chalet, Wade. Quelqu'un qui savait que nous étions à l'intérieur.

Il était parvenu à la même conclusion. La trappe qui s'était refermée en était la preuve.

— Appelle Ty. Je vais ouvrir la trappe.

Il n'y avait pas de loquet sur la porte de contreplaqué. Si c'était le vent, ou un courant d'air, qui l'avait rabattue, il devrait réussir à la repousser sans difficulté. Il grimpa sur l'échelle et poussa. La trappe se souleva d'à peine un millimètre et retomba lourdement en place. Quelque chose avait été posé dessus pour la maintenir fermée. Quelque chose de lourd.

Il se retourna. Debout derrière lui, Samantha le regarda, le téléphone à la main.

— Il n'y a pas de réseau.

Il ne leur restait donc plus qu'à compter sur eux-mêmes pour se sortir de cet enfer.

— Bon. Monte sur l'échelle, à ma place. Je vais me mettre derrière toi. On va pousser ensemble. À tous les deux, on devrait arriver à la faire bouger.

— Et après ? rétorqua-t-elle en désignant du menton le contour de la trappe, souligné par le rouge incandescent du brasier. On se retrouvera au milieu des flammes.

Il réfléchit à toute vitesse. S'ils ouvraient cette trappe, ne risquaient-ils pas d'alimenter l'incendie en lui apportant de l'oxygène ? Leurs ennemis les attendaient-ils, embusqués à l'extérieur ? L'issue la plus évidente n'était peut-être pas la meilleure. Mais il fallait pourtant bien tenter quelque chose.

Suivant ses instructions, Samantha se plaça sur le deuxième échelon, calant son dos contre le torse de Wade.

— Prête ? demanda-t-il.

Elle acquiesça et, de concert, ils se mirent à pousser de toutes leurs forces sur la trappe.

Avec leurs pressions combinées, celle-ci se souleva d'une dizaine de centimètres. Les flammes s'insinuèrent aussitôt sur le pourtour de la trappe entrouverte, léchant les bras de Wade dont les poils roussirent instantanément.

— Arrête, ordonna-t-il.

Ils lâchèrent la trappe, qui retomba avec un bruit sourd.

Samantha se tourna sur l'échelle et orienta la Maglite vers son visage.

— Je n'ai pas eu le temps de voir grand-chose, mais je crois bien que c'est le frigo qui est sur la trappe.

— Ça va ? demanda-t-elle.

— Et toi ?

Elle se passa les mains sur les bras.

— Ma bonne vieille veste en jean m'a protégée.

Il l'enlaça. Même maintenant, alors qu'ils étaient pris au piège dans cette cave, il prenait plaisir à la sentir contre lui.

— Et dire que mon joli blouson en cuir sexy est resté là-haut. Il doit être bien grillé maintenant.

— Si on réussit à sortir d'ici vivants, je t'en achèterai un autre.

— Et tu sais quoi ? Je le porterai quand je t'emmènerai à Hawaï en deuxième voyage de noces.

Ils avaient tant à vivre encore, ce ne pouvait pas être la fin.

S'écartant de l'échelle, il fit le tour du cellier en balayant les parois de la lampe torche, cherchant une idée. Ce petit chalet avait été édifié à même la roche. Dans la cave, les murs étaient en parpaings et en pierre jointoyée au ciment. Il pouvait essayer de desceller les pierres.

Il choisit une portion de mur éloignée de la trappe, du côté ouest du chalet.

Dégager le premier bloc de béton fut le plus difficile. Le mur était lisse, dénué de prises. Finalement, il parvint à glisser les doigts dans un interstice entre les solives et le parpaing. Après avoir tant bien que mal gratté les joints, il tira sur le bloc, qui remua. Il aurait donné cher pour avoir d'épais gants de travail au lieu de ces minces gants de latex, déjà déchirés.

— Qu'est-ce que je peux faire ? s'enquit Sam.

— Cherche un objet pointu… Une truelle ou quelque chose de ce genre.

— Oui, mais tu as besoin de la lampe.

— Utilise la fonction lampe du téléphone.

Ce fichu téléphone ne pouvait pas passer d'appels, autant qu'il serve à quelque chose. Il banda ses muscles et tira de nouveau. Cette fois, le bloc bougea de quelques centimètres. Son plan allait fonctionner. Reprenant confiance, il dégagea à moitié le bloc de la paroi.

Le masque de nouveau sur le visage, elle revint vers lui.

— Pas de truelle, mais j'ai trouvé un démonte-pneu.

— Parfait. Donne-le-moi.

De la fumée filtrait au travers du plafond, maintenant. Il remit son masque en place mais continua à tousser. Le démonte-pneu était l'outil idéal pour gratter les joints et déloger les parpaings. Quelques minutes plus tard, il avait réussi à creuser dans le mur un trou suffisamment grand pour qu'ils puissent s'y faufiler.

Il inhala une bouffée de fumée. Ses yeux pleuraient. La sueur ruisselait le long de son dos. S'il avait été dans une position plus confortable, il aurait pu achever le travail à main nue, mais le temps pressait : l'oxygène se faisait rare, il avait du mal à respirer et était obligé de travailler en gardant la tête courbée.

Il devait bien y avoir un moyen de progresser plus rapidement qu'avec le démonte-pneu.

— L'échelle. Passe-moi l'échelle, Samantha.

— Pour quoi faire ?

Son idée, c'était d'utiliser l'échelle comme un bélier pour enfoncer le mur. Mais il était trop exténué pour s'expliquer.

— Apporte-la et approche-toi, avec la Maglite.

Il la regarda se diriger vers la trappe qui rougeoyait et commençait à fumer. D'un instant à l'autre, elle pouvait céder sous le poids du réfrigérateur. Et le feu s'étendrait alors à la cave.

Il fallait faire vite.

Sam se plaça de façon à ne pas le gêner dans ses mouvements, orientant d'instinct le faisceau de la lampe là où il en avait besoin tandis qu'il glissait les montants de l'échelle dans le trou qu'il avait ménagé. Il se mit à pousser, grommelant entre ses dents :

— Allez, bon sang, bouge.

Ajustant l'orientation de la lampe, Sam le guida dans ses mouvements.

— Un peu plus à gauche… Oui. Continue comme ça, l'encouragea-t-elle. Tu y es presque.

Rassemblant ses forces, il se remit à actionner l'échelle d'avant en arrière, encore et encore, comme un moteur à pistons, la poussant rythmiquement contre les pierres en partie descellées. Enfin, il sentit quelque chose céder. Plus que quelques coups…

Derrière eux, dans une explosion de braises incandescentes, la trappe s'effondra et la moitié atterrit dans la cave dans un fracas épouvantable. L'autre moitié était restée bloquée dans l'ouverture. Les flammes suivirent, aspirant goulûment le peu d'air qu'il restait dans la cavité souterraine.

Mû par l'énergie du désespoir, Wade lança une dernière fois l'échelle contre les pierres. Ce fut la bonne. L'ouverture qu'il avait pratiquée était à hauteur d'épaules. Vivement, il dressa l'échelle contre le mur et fit signe à Sam de passer la première.

— Vas-y. Je te suis.

Elle obéit sans discuter. En quelques secondes, elle avait disparu de sa vue. À son tour, maintenant. La chaleur dégagée par le feu devenait insoutenable. Il posa le pied sur le premier échelon, le deuxième…

Et il entendit des détonations. Deux.

14

Lorsqu'elle avait aperçu la silhouette d'un homme, à l'orée du bois, Sam avait lancé l'habituel : « Police ! On ne bouge plus ! » Mais l'homme avait continué à avancer et, comme elle n'était pas d'humeur à patienter, elle avait dégainé son Glock et tiré deux coups d'avertissement.

— La prochaine balle sera pour vous si vous n'obéissez pas, gronda-t-elle.

Sanglé dans son bel uniforme, les mains levées au-dessus de la tête, le lieutenant Natchez répliqua :

— Allons, Sam, arrêtez. Vous savez qui je suis. Vous n'allez pas me tirer dessus.

Essaie un peu, pour voir. La colère s'empara d'elle, faisant s'accélérer son pouls. Elle aurait pris grand plaisir à faire deux vilains trous dans ses bottes bien cirées. D'ailleurs, fallait-il être stupide pour porter des bottes de moto alors qu'il était en voiture !

Serrant les mâchoires, elle réprima tant bien que mal le flot de ses émotions et reprit le contrôle d'elle-même. Après ce qu'elle venait de vivre, la confrontation avec Natchez n'était pas grand-chose. Dans cette cave où une mort quasi certaine l'attendait, elle n'avait pas fondu en larmes, ne s'était pas mise à se lamenter.

Non, c'était l'instinct de survie qui l'avait emporté. Elle était différente maintenant. En pleine possession de ses moyens. Concentrée. Rien n'était plus important que d'aller au bout de cette enquête — rien. Son mari ne lui était pas revenu d'entre les morts pour qu'elle le perde de nouveau.

Elle abaissa un peu le canon de son arme.

— C'est vous qui avez mis le feu au chalet ?

— Bon sang, bien sûr que non.

Elle jeta un coup d'œil en direction de la maison, par-dessus son épaule. L'endroit où l'incendie faisait le plus rage était la cuisine, preuve supplémentaire — s'il en était besoin — que c'était bien Wade et elle qui étaient visés. Il s'agissait d'un incendie volontaire.

— Qu'est-ce que vous faites là, Natchez ?

— Mon travail, rétorqua-t-il sèchement. J'essaie de découvrir qui a tué Morrissey.

Réponse évasive s'il en était.

— Je vous laisse une dernière chance de me fournir une vraie réponse. Pourquoi êtes-vous ici ? Vous me suiviez ?

Il baissa les yeux et contempla ses bottes.

— J'ai vu votre véhicule emprunter des petites routes et je me suis dit que j'allais voir ce que vous fabriquiez. Et puis j'ai perdu votre trace et j'ai tourné pendant un moment dans le secteur. Quand j'ai vu le feu, j'ai pensé qu'il devait y avoir un lien avec vous.

Tout à coup, son regard dériva derrière son épaule et ses yeux s'écarquillèrent. Confondu, il resta là, bouche bée, ses cheveux blonds taillés en brosse dressés sur la tête. Puis un chapelet de jurons se déversa de sa bouche.

Sam avait déjà deviné ce qu'il avait vu : Wade.

Son mari vint la rejoindre tout en enlevant son masque. Elle en avait fait autant. Même si l'air était vicié par la fumée à l'extérieur, ce n'était rien en comparaison de l'atmosphère suffocante de la cave.

— Je le savais, grinça Natchez. Je le savais avant même que Morrissey ne m'en ait parlé. Vous êtes toujours vivant.

Sans hésitation, Wade tira son arme de son holster et mit en joue l'agent de la police d'État.

— La prochaine fois que je vous entends jurer comme un

charretier, je vous fais sauter toutes les dents. Au cas où vous ne l'auriez pas remarqué, il y a une dame ici présente et elle n'a pas à supporter votre langage ordurier.

— OK, Wade. Pas de problème.

Natchez laissa retomber ses mains mais Wade agita son pistolet.

— Pas si vite. Gardez les mains en l'air.

Sam le regardait, éberluée. Wade ne pouvait quand même pas penser que Natchez était le chef, celui qui avait réussi à mystifier la police locale et le FBI ? Cet imbécile n'avait pas plus de cervelle qu'un crapaud. Étrangement, c'était sa stupidité qui incitait Sam à penser que Natchez ne faisait pas partie des flics corrompus.

Natchez se pencha vers eux.

— Vous êtes en mission, c'est ça ? Sur une grosse opération, je me trompe ? Non, je ne me trompe pas. C'est ça. Dites-moi de quoi il retourne. Je veux savoir.

— Je croyais que vous étiez débordé, souligna Sam. Que vous enquêtiez sur la mort de Morrissey.

S'énervant comme un gamin qui aurait cassé son jouet, Natchez répondit :

— Oui, à ceci près que ce n'est pas ma juridiction ! Ce sont les fédéraux qui se chargent de l'autopsie.

— Et quel en est le résultat ? demanda Wade.

— La mort a été causée par deux balles dans la poitrine. D'après l'analyse balistique, il s'agit d'un revolver Colt 45.

Se rappelant le Colt de Wade à la crosse incrustée de cuivre, Sam frissonna. Tout ce qu'ils avaient, c'était l'analyse balistique. Morrissey n'avait pas été tué dans la voiture, donc ils ne pouvaient pas examiner la scène de crime initiale. Ils n'avaient donc guère d'éléments et ceux qu'ils avaient désignaient Wade. Pour couronner le tout, on voulait lui mettre un homicide sur le dos.

— Ton revolver, murmura-t-elle à son oreille.

— Je sais.

— On n'a pas le temps de souffler avec toi.

La chemise beige en coton de Wade s'était déchirée sur les parpaings quand il était sorti, exposant des portions de son torse, tout éraflé. On aurait dit qu'il arrivait droit d'un champ de bataille. Il avait des traces de cendres sur le front, sur les joues.

Elle n'était pas habituée à voir son beau cow-boy en guerrier farouche et cette nouvelle image lui plaisait. Il n'y avait décidément pas que le blouson de cuir qui était sexy chez lui.

— Vous avez signalé cet incendie ? gronda Wade.

— Pas encore.

— Alors, faites-le, ordonna-t-il. Appelez le capitaine des pompiers de votre voiture. Et attendez-le ici.

Selon Justin Hobbs, le feu était en voie d'extinction, contenu à quatre-vingt-dix pour cent. Il n'allait pas être content d'apprendre que les flammes avaient repris au niveau de ces chalets.

— Je ne peux quand même pas perdre mon temps à poireauter ici, grommela Natchez.

Il lui en coûtait tant de retenir le tombereau de grossièretés qui fusait habituellement de sa bouche qu'il en pinçait les lèvres.

— Qu'est-ce que vous croyez ? J'ai du travail, moi.

— L'équipe de police scientifique du FBI sera bientôt là, souligna Wade. Il y a des éléments de preuve matériels concernant une affaire d'État dans la cave qui se trouve sous la cuisine. Il ne faut pas y toucher.

Natchez bomba le torse.

— Est-ce que vous me demandez de surveiller cette cave ?

— Oui.

Wade rangea son arme et se dirigea vers la petite moto garée près du chalet. Au moins leur moyen de locomotion n'avait-il pas été endommagé. Elle lui emboîta le pas.

— Hé, attendez, lança Natchez. Vous ne me dites pas comment vous avez simulé votre mort ?

Lentement, Wade se retourna. Il darda un regard hostile sur le policier.

— Je n'ai rien d'autre à dire.

Sam grimpa sur la moto, derrière lui, et se cramponna

tandis qu'ils descendaient la colline pour rejoindre l'endroit où ils avaient laissé sa voiture. Les cahots de la moto auraient dû maintenir son niveau d'adrénaline mais, lorsqu'elle posa la joue sur son dos, elle sentit ses muscles commencer à se détendre. Elle était fatiguée. Il n'était pas encore midi et elle était déjà fatiguée ! Comment allait-elle tenir toute la journée ?

— J'ai une idée, annonça-t-elle. Cache la moto et monte en voiture avec moi. On pourrait retourner à la maison et se débarbouiller.

— On ne peut pas partir maintenant. On avance.

Elle ne voyait pas les choses sous le même jour que lui.

— Comment ça ?

— On a trouvé les corps. Grâce à toi.

Oui, songea-t-elle. Il fallait battre le fer tant qu'il était chaud. C'était grâce à ses capacités d'observation et de déduction qu'ils avaient découvert cette cave. Et c'était Wade qui les avait amenés au bon endroit au bon moment. Ils formaient une bonne équipe, tous les deux. Elle aurait bien aimé se donner le temps de retrouver leur intimité, mais elle était shérif du comté et elle avait deux corps sur les bras. Et il lui fallait épingler la personne qui avait mis le feu au chalet et essayé de les piéger à l'intérieur.

Il stoppa la moto derrière son SUV.

— Je garde la moto, dit-il. On ne sait jamais, je pourrais en avoir besoin.

Elle mit pied à terre et retira son casque. Le masque de protection était toujours accroché autour de son cou.

— Natchez, reprit-elle d'un ton pensif. Comme par hasard, il a débarqué juste au moment où nous étions attaqués. Drôle de coïncidence, non ?

Wade descendit de moto, lui aussi, et se mit à marcher sur la route, roulant des épaules et moulinant des bras pour dénouer ses muscles.

— Je ne serais pas surpris qu'il soit mêlé à cette affaire de contrebande. Les patrouilleurs de la police d'État jouissent d'une belle autonomie… Il pourrait très bien se rendre n'importe où dans le Colorado sans qu'il ne vienne à l'idée de personne de lui demander pourquoi il est là.

— Ce qui en ferait le complice idéal pour faciliter la circulation des marchandises de contrebande.

— Et faire en sorte qu'elles soient bien transférées d'un point A à un point B.

Elle hocha la tête. Il n'était pas difficile d'imaginer Natchez dans le rôle d'intermédiaire veillant au respect des délais, donnant des ordres aux uns et aux autres. Il avait la mentalité d'un petit chef ; un lieutenant qui n'aurait jamais l'étoffe d'un grand capitaine.

— C'est bien le genre d'individu à suivre les ordres des cadres haut placés sans piper mot.

— Mais ce n'est pas un leader, renchérit Wade.

— Pourquoi me suivait-il ? Quelqu'un lui a sûrement commandé de le faire, mais pour quelle raison ?

— À cause de moi.

Il cessa de faire les cent pas et s'adossa à son SUV.

— Il a dit que Morrissey l'avait avisé que j'étais toujours vivant. Si un indicateur comme Morrissey est au courant, c'est que le mot est passé. Natchez te surveillait dans l'espoir que tu le conduirais jusqu'à moi.

Jusque-là, Sam suivait son raisonnement.

— Et tu crois que Natchez aurait mis le feu lui-même au chalet en nous coinçant dans la cave ?

— Non.

Son sourire révéla les fossettes de chaque côté de sa bouche.

— Son uniforme était impeccable, ce qui n'aurait pas été le cas s'il avait joué avec le feu et poussé le réfrigérateur sur le lino.

— Mais peut-être qu'il a vu celui qui l'a fait.

— Je n'y avais pas pensé, répondit-il en quittant son appui contre le SUV. Il va falloir l'asticoter un peu pour lui délier la langue.

— Bon, et qu'est-ce qu'on fait dans l'immédiat ?

— Il faut qu'on aille au ranch Baxter pour voir Ty et son chef, Everett Hurtado. Je te retrouve là-bas.

Comme il passait devant elle, leurs mains se touchèrent. Leurs doigts s'entrelacèrent brièvement. Ce simple petit geste suffit à marquer leur indéfectible union.

Enquêter ensemble était quelque chose de nouveau. Leur relation, en tant que couple marié, s'était développée sur la base d'un amour et d'une confiance aveugles. Ils avaient vécu l'expérience inoubliable de mettre un enfant au monde, de l'élever et de la regarder grandir. Avant la disparition de Wade, Sam avait cru que rien n'était plus fort que leur amour. Mais ce n'était plus le cas aujourd'hui. Ils travaillaient désormais main dans la main, raisonnaient de concert.

Leur relation n'était pas parfaite, loin de là. Il y avait des fissures dans le lien sans égal qui les unissait. Elle ne lui faisait plus confiance implicitement — par défaut. Non, il lui arrivait d'avoir des doutes.

Elle éleva leurs mains entremêlées et embrassa ses phalanges écorchées. Il s'efforçait tellement de tout arranger… Mais, lorsqu'elle plongeait le regard dans ses yeux noisette, elle ne se perdait plus dans leur eau dorée.

— Quand nous nous sommes retrouvés enfermés là-bas, dans cette cave, j'ai eu un très mauvais pressentiment. J'ai pensé à Jenny. Ce serait horrible pour elle de nous perdre tous les deux.

Il déposa un petit baiser sur son front.

— Pour toi aussi, ça a été horrible. Quand j'étais présumé mort, je veux dire… ça a dû être effroyable.

— J'ai pensé aussi à ça dans la cave, quand le feu se rapprochait. J'essayais d'imaginer ce qui serait le pire, de te perdre une deuxième fois ou de mourir avec toi.

— J'oppose un veto catégorique aux deux hypothèses.

Elle aussi, bien sûr, mais les noires pensées concernant de possibles désastres à venir n'en demeuraient pas moins présentes dans son esprit. Avant sa supposée disparition, elle avait plutôt été quelqu'un d'optimiste, le genre de personne à toujours considérer le bon côté des choses. La tragédie l'avait forcée à voir aussi le côté sombre. Toutes ces nuits de solitude au cours desquelles la compagnie d'un homme fort et fiable lui avait tellement manqué lui avaient laissé une affreuse sensation de froid au plus profond de son être. Il allait falloir un bon bout de temps avant qu'elle ne se dissipe.

Elle s'écarta de lui.

— Alors, à tout à l'heure, chez les Baxter.

— Est-ce que tu aurais un coupe-vent dans ton coffre ?

Il éleva le bras, montrant sa manche déchiquetée.

— J'ai l'air d'un épouvantail.

— C'est ton jour de chance, répondit-elle en se dirigeant vers l'arrière du SUV et en déverrouillant le haillon. Comme tu le sais, le budget annuel du bureau du shérif est pitoyable mais il se trouve qu'il reste quelques coupe-vent en taille XXL qui datent de la période où tu étais aux manettes.

D'un grand sac de voyage, il sortit un coupe-vent bleu marine avec le mot « shérif » imprimé en lettres blanches dans le dos. La veste avait beau être fripée, c'était toujours mieux que la chemise en lambeaux.

Au fond de sa poche, Sam entendit la sonnerie *Let It Go* indiquant un appel de Jenny. Une vague inquiétude s'empara d'elle tandis qu'elle revenait vers l'avant du véhicule.

La voix, à l'autre bout de la ligne, était celle de sa mère.

— Sam, on a un problème.

15

L'arrangement dont Sam était convenue avec ses parents pour éloigner Jenny de la ville était la seule chose qu'elle pensait avoir organisée sans défaut. Elle avait mis sa fille à l'écart du danger. Et voilà que sa mère lui annonçait qu'il y avait un problème.

Serrant les dents, Sam demanda :

— Qu'y a-t-il, maman ? J'ai oublié quelque chose dans ses affaires ?

— C'est le Cessna, le *Lucky Lindstrom.* On a eu un ennui technique à l'approche de Salt Lake City et…

— Vous allez bien ? Jenny va bien ? coupa-t-elle, en proie à un début de panique.

— Oui, oui… Nous n'avons même pas été en danger, déclara sa mère. Tout va bien, mais tu connais ton père. Ça l'a mis de mauvaise humeur. Il a fallu que nous nous posions dans un petit aérodrome, perdu au milieu de nulle part. Enfin, pas tout à fait de nulle part. C'est l'Utah et le paysage est tout simplement sublime. Avec les cimes des montagnes enneigées et toutes ces formations rocheuses… Il y a des prés avec des troupeaux de vaches partout et…

Tandis que sa mère parlait, la tension de Sam augmenta d'un cran. Cora Lindstrom était capable de bavarder indéfiniment. Sam serait encore là dans une heure si elle ne mettait pas le holà.

— Essaie de faire court, maman, s'il te plaît.

— On a loué une voiture et on rentre dans le Colorado.

Sam eut l'impression de perdre pied, soudain. Elle n'arrivait pas à réfléchir, à raisonner. Il ne *fallait pas* qu'ils reviennent. Ce n'était pas conforme à son plan.

— Passe-moi Jenny.

Une seconde plus tard, elle avait sa fille en ligne.

— Salut, maman.

Le son de sa voix l'apaisa un peu.

— Papi n'est pas content à cause de son petit avion et mamie dit qu'il devrait s'en débarrasser.

— Apparemment, tu ne vas pas pouvoir aller à la plage, dans l'Oregon, finalement.

— C'est pas grave, répondit Jenny. Mamie a amené la petite chienne Poppy dans l'avion. Quand Poppy sera dans le Colorado, il faudra la surveiller pour qu'elle ne se perde pas dans les bois.

Sam sentit sa respiration reprendre un rythme normal.

— Je t'aime, bébé.

— Moi aussi, maman.

— Repasse-moi mamie.

Expliquer la situation à sa mère s'annonçait difficile. Elle ne pouvait pas lui dire que Wade était en vie sachant qu'elle s'empresserait d'annoncer la bonne nouvelle à Jenny. Mais si elle n'informait pas sa mère de ce qui était arrivé à Wade, les menaces que faisait peser le cartel de la drogue et les flics ripoux n'avaient pas de sens.

Quel casse-tête !

Elle devait convaincre ses parents d'emmener Jenny ailleurs, n'importe où, mais de ne surtout pas revenir à Swain County. Le danger n'était pas une vue de l'esprit. Moins d'une heure plus tôt, Wade et elle avaient frôlé la mort. Il fallait absolument qu'elle trouve le moyen de protéger sa fille.

Mais rien ne lui venait à l'esprit. Pas la moindre idée.

Après avoir de nouveau conversé à bâtons rompus avec sa mère, Sam inventa un prétexte pour raccrocher. Plus tard, elle imaginerait sans doute une explication plausible qui ne serait pas juste un écran de fumée. Elle ne voulait pas, comme

Wade, tomber dans le piège du mensonge. Mais comment s'y prendre ?

Elle coupa la communication, fit le tour du véhicule et regarda son mari qui s'installait sur la moto. C'était sa faute. Un mensonge en amenait un autre, puis un autre. Un vrai cercle vicieux.

— Un problème ? demanda-t-il en voyant le regard noir qu'elle braquait sur lui.

— C'était ma mère.

— Jenny va bien ?

— Oui, oui…

Ne voulant pas entendre son opinion sur la question, elle le salua rapidement de la main en ouvrant la portière et lança évasivement :

— Je te raconterai tout à l'heure.

Tout en roulant en direction du ranch Baxter, Sam s'efforça de trouver une solution pour mettre Jenny à l'abri. Tant que ses parents la garderaient à distance de Swain County, elle ne risquerait rien. Mais s'ils revenaient, celui qui avait mis sur pied cette combine pourrait se dire que le meilleur moyen d'atteindre Wade était de s'en prendre à sa fille.

Le fait que Wade était en vie était déjà en train de s'ébruiter. Morrissey en avait parlé à Natchez. Qui avait informé Morrissey ? Était-ce l'homme qui l'avait tué avec le revolver de Wade ?

Si seulement elle avait trouvé des empreintes sur cette arme… Mais non. Rien du tout. Le revolver avait été soigneusement nettoyé. Ce qui n'avait rien d'étonnant en soi. Wade était persuadé que le meneur faisait partie des forces de l'ordre et un flic savait comment faire pour ne pas laisser de traces.

À l'approche du ranch Baxter, elle ôta sa veste en jean puis sortit le bas de sa chemise de son jean pour dissimuler le holster, même si personne ne s'étonnerait de voir le shérif Sam porter une arme à la hanche.

Peut-être était-ce à cause de l'étoile à cinq branches qu'elle arborait, mais tout le monde s'attendait à ce qu'elle soit forte et maîtresse d'elle-même en toutes circonstances. La plupart du temps, c'était également son point de vue, à elle. N'empêche… Ce n'était pas le cas en cet instant.

Elle avait l'impression de se tenir au bord d'un précipice, paralysée par l'angoisse, contemplant l'abîme devant elle, incapable de prendre une décision. La tentation d'orienter son SUV vers l'ouest et de rouler jusqu'à ce qu'elle rejoigne Jenny et puisse la mettre en sécurité quelque part était grande. Mais sa place était ici, avec Wade. Ils devaient poursuivre l'enquête pour qu'il puisse réintégrer sa place dans la famille.

Si seulement il lui avait parlé avant de mettre à exécution ce plan rocambolesque et de simuler sa mort… La situation aurait été différente. Elle n'aurait jamais laissé les choses traîner ainsi en longueur pendant un an. D'une façon ou d'une autre, elle aurait obtenu des résultats.

Une petite voix — celle de la raison, sans doute — lui rappela qu'elle n'était pas familière de ce genre d'enquête, où la moindre décision pouvait être une question de vie ou de mort. Si elle avait été partie prenante depuis le début, peut-être aurait-elle fait partie des victimes.

Tournant à droite, elle franchit le portail et remonta la longue allée goudronnée qui menait droit à la porte d'entrée de la maison d'habitation à un étage. Le ranch Baxter était en activité depuis la fin de la Seconde Guerre mondiale et c'était l'une des plus grosses exploitations d'élevage de bovins du comté. Le père de Ty était en train de passer la main à son fils aîné, Logan, le frère de Ty. Lui et sa femme vivaient dans la maison avec les parents. Mama Baxter, Maggie, était l'une des femmes les plus généreuses que Sam ait jamais rencontrées. Et l'une des plus travailleuses, aussi. Elle ne s'arrêtait jamais.

Sam rangea son SUV près de l'une des dépendances. Tandis qu'elle se dirigeait vers la maison, elle vit Wade debout sur le porche en train de discuter avec Maggie Baxter. Ou plus exactement en train de se faire sérieusement semoncer, à en juger par les sourcils froncés de Mama. Les poings fermement plantés sur ses hanches rondes, elle le fusillait du regard à travers les verres de ses lunettes cerclées de métal.

Comme Sam approchait, elle capta des bribes de ses propos dont la teneur, grosso modo, pouvait se résumer de la façon suivante : simuler sa mort comme il l'avait fait était bien l'idée la plus stupide qu'il ait jamais eue, surtout sans prévenir ses amis et sa merveilleuse famille, qui avaient tous eu le cœur brisé par sa faute. *Merci, chère Maggie*.

Bien qu'elle répugnât à interrompre cette tirade parfaitement pertinente, Sam signala son approche par le raclement de ses bottes sur les marches du porche. Mama s'avança à sa rencontre, les bras grands ouverts. C'était une femme robuste mais elle ne mesurait guère qu'un mètre cinquante. Sam dut se courber pour l'embrasser.

Mama pleurait.

— Est-ce que ce n'est pas merveilleux ? Dire que Wade n'est pas mort, finalement… Je n'en reviens pas !

Sam regarda par-dessus la tête de Mama en direction de son mari qui se tenait en retrait, immobile, les épaules rentrées, l'air piteux. Elle espéra qu'il avait réellement pris conscience de la souffrance qu'il avait causée à cette femme si humaine, si bienveillante.

Mama releva son visage baigné de larmes, planta son regard dans celui de Sam et déclara :

— Oh ! Si je ne me retenais pas, je l'étranglerais de mes mains, l'animal ! Nous faire un coup pareil… Non mais je vous demande un peu ! Crétin, va ! Il mériterait une bonne correction… comme quand il était petit.

Elle avait parlé suffisamment fort pour être entendue de l'intéressé. Et, pour le cas où il n'aurait pas fait attention, elle ajouta, histoire d'enfoncer le clou :

— Quel imbécile… Pas une once de considération pour ses proches !

Il s'approcha d'elles.

— Je suis vraiment désolé, Maggie.

— Ça, tu peux l'être, dit-elle en lui tapotant la joue.

Il passa devant elle pour se diriger vers la porte d'entrée.

— Il faut que j'aille me débarbouiller avant l'arrivée du chef de Ty.

— Salle de bains de l'étage, indiqua laconiquement Mama.

— Est-ce que je peux emprunter des vêtements propres ?

— Ty garde toujours des vêtements ici, dans la chambre du milieu — celle qui a le papier peint avec les chevaux de rodéo.

— Merci. Encore une fois… vraiment désolé, ajouta-t-il avant de disparaître à l'intérieur de la maison.

Du pouce, Sam sécha les larmes sur les joues de Mama.

— Vous ne leur avez jamais vraiment donné la fessée, n'est-ce pas ?

— Oh ! Les punitions corporelles… De toute façon, en CM2, ils étaient déjà aussi grands que moi. La menace suffisait.

Elle prit Sam par le bras et l'entraîna vers la porte.

— Venez boire une limonade dans la cuisine. Comment avez-vous réagi, vous, à cette histoire de fous ?

— Un peu comme vous, répondit Sam. Furieuse qu'il m'ait menti mais incroyablement heureuse qu'il soit en vie.

Dans l'immense cuisine où l'on préparait les repas pour les employés du ranch et la famille, Mama avait une aide, une jeune femme qui venait la seconder. Sam et elle se saluèrent pendant que la mère de Ty sortait une bouteille du réfrigérateur. Elle remplit deux verres de limonade glacée faite maison qu'elle posa au centre de la table, avec un plat de biscuits à la cannelle.

À peine attablée, Sam avala d'un trait la moitié de sa limonade.

— Eh bien ! Vous mouriez de soif, on dirait.

— Manquer mourir brûlé vif vous fait cet effet-là.

Mama et son aide vinrent s'asseoir à la table, elles aussi.

— Racontez-nous ce qui s'est passé.

Évidemment, en tant que shérif, Sam n'était pas censée parler d'une enquête en cours. Elle se garda donc d'évoquer la découverte des corps ou de fournir des informations précises mais elle avait besoin d'un point de vue extérieur à propos de ce qui se passait entre elle et Wade.

Mordant dans un biscuit, elle commença à raconter comment

ils s'étaient fait piéger dans l'un des chalets de Hanging Rock. Il n'était pas besoin d'exagérer les moments d'horreur qu'elle avait vécus dans la cave enterrée. La réalité suffisait largement.

— Seigneur… Vous avez dû être terrifiée ? commenta Mama. Question stupide… Évidemment que vous étiez terrifiée ! Pourquoi avez-vous fait ça ?

— Que voulez-vous dire ?

— Pourquoi êtes-vous allée chercher des preuves avec Wade ?

— La dernière fois qu'il est intervenu dans cette enquête, il m'a tenue à l'écart et a disparu pendant un an… douze mois au cours desquels je l'ai cru mort. À partir de maintenant, je veux travailler avec lui.

Mama Baxter posa affectueusement une main sur son avant-bras. Derrière ses lunettes, ses yeux s'étaient de nouveau remplis de larmes.

— Vous auriez pu y rester tous les deux. Et votre petite fille aurait grandi sans père ni mère.

— C'est bien pourquoi je ne peux pas trop en vouloir à Wade. Il ne m'a pas dit la vérité précisément parce qu'il cherchait à nous protéger.

Et, maintenant, elle s'efforçait de protéger Jenny. Elle se rendit compte tout à coup que les sentiments de Maggie étaient le miroir des siens. C'était peut-être bien la personne la mieux placée pour discuter de la façon de procéder vis-à-vis de ses parents pour éviter qu'ils ne ramènent Jenny dans le Colorado.

Ty et Logan entrèrent dans la cuisine par la porte de derrière, riant et se poussant du coude comme deux écoliers. Les deux frères étaient grands et minces, mais la ressemblance s'arrêtait là. Une masse de boucles blondes en désordre couronnait la tête de Logan. Un sourire nonchalant étirait ses lèvres et son nez avait manifestement été cassé plusieurs fois. Lorsqu'il salua Sam, il la souleva de sa chaise et lui donna une tape sur les fesses. Jamais Ty n'aurait fait ça. Ses cheveux bruns, nets et bien coupés cadraient avec son visage séduisant et son attitude générale. Le FBI lui convenait bien. Les deux hommes embrassèrent leur mère et puisèrent des biscuits dans le plat.

Ty lut un SMS sur son téléphone portable.

— Mon chef ne va pas tarder. Je lui ai dit d'atterrir sur l'avant de la maison pour ne pas effaroucher les chevaux dans le corral.

— Ne t'inquiète pas pour eux, dit sa mère.

— Oui, renchérit Logan. Ton chef n'est pas le seul à venir ici en hélicoptère.

Sam n'avait pas revu Ty depuis la veille et elle avait des questions à lui poser concernant les types qui les avaient attaqués. Il les avait accompagnés à l'hôpital et avait peut-être des informations. Sans compter qu'il devait savoir ce que les experts scientifiques du FBI avaient déniché dans la voiture où ils avaient trouvé le corps de Morrissey.

Elle s'éclaircit la gorge.

— Avant que ton chef ne soit là, je voudrais te parler.

— Oui… À quel propos ?

— J'aimerais savoir si tu as du nouveau concernant le meurtre et les types qui nous ont tendu une embuscade.

— J'ai déjà parlé à Wade.

— Mais je suis le shérif, rappela-t-elle.

— J'ai parlé à ton mari.

Les trois femmes lui décochèrent des regards si hostiles qu'il recula d'un pas. Ty saisit le message. Il rétropédala aussi vite que possible.

— Ne le prends pas mal, Sam. Ce n'est pas ce que je voulais dire. Tu peux me demander ce que tu veux. Je ne peux pas te donner mon rapport officiel destiné au FBI, mais je peux te le montrer sur l'ordinateur.

Elle ne se le fit pas dire deux fois et le prit au mot.

— Il y a une question qui me brûle les lèvres depuis que Wade a refait surface.

— Vas-y. Je t'écoute.

— Qu'est-ce qui s'est passé le jour où toi, ton chef et mon mari êtes tombés d'accord pour le faire passer pour mort ?

16

À l'instant où Wade entra dans la cuisine, un changement s'opéra dans la pièce. Un courant d'une énergie nouvelle, quelque chose de puissant et de vital qui venait de lui, et que ne dégageaient pas les deux frères Baxter. Et, côté physique, son mari était le numéro un. De son point de vue, il était presque trop beau avec ses fossettes, ses yeux profondément enfoncés dans leurs orbites et ses pommettes saillantes. Ses cheveux châtains étaient mouillés et encore tout hérissés sur sa tête. Les restes de cendre, de poussière et de sang de leur mésaventure dans la cave avaient été effacés et il émanait de lui une aura de fraîcheur tandis qu'il finissait de boutonner une chemise en flanelle propre.

Sam eut toutes les peines du monde à réprimer l'attirance insensée qu'elle éprouvait pour l'homme qu'elle avait épousé. Elle avait absolument besoin d'opérer quelques réajustements concernant leur relation. Il fallait qu'elle réapprenne à lui faire confiance.

— C'est moi qui devrais raconter cette histoire, déclara-t-il.

— Quelle histoire ? demanda Sam, si impressionnée par son entrée qu'elle en avait oublié ce qu'elle venait de dire.

— À propos de cette journée… Ce jour où je ne suis pas mort noyé dans la rivière.

Elle hocha la tête et se renfonça contre le dossier de sa chaise. Tous les regards s'étaient focalisés sur lui.

Même la femme qui aidait Mama en cuisine avait cessé de débiter ses légumes et de tourner la cuillère dans ses casseroles.

Wade avait cet effet-là sur les gens. Il était… charismatique, un vrai meneur. Mais méritait-il sa confiance ?

— Je me souviens de tout, dans les moindres détails, commença-t-il. La façon dont le soleil se reflétait sur les rapides, la corniche en granit où un imbécile avait jugé bon de peindre ses initiales en vert, le froid glacial de l'eau, tout. Je me souviens du bourdonnement des pneus sur la route puis de leur crissement lorsque nous avons roulé sur les graviers. J'ai entendu l'écho d'un chant d'oiseau qui se répercutait contre les parois rocheuses…

Logan demanda :

— Pourquoi tes souvenirs sont-ils si précis ?

— Ça a été le pire jour de ma vie. J'avais les pieds aussi lourds que des briques. Je parvenais à peine à les soulever tant j'étais sûr, sûr et certain, de m'engager dans la mauvaise direction.

Elle ne put s'empêcher d'éprouver un élan de compassion pour lui mais elle voyait les choses d'un point de vue différent. Bien sûr, il se sentait coupable de l'avoir mystifiée. Mais elle avait *vécu* cette mystification, avait dû organiser ses funérailles, informer l'assurance de son décès, donner ses vêtements. Ç'avait été atrocement douloureux.

— Je vais commencer par le début, déclara Wade. A 9 heures du matin, Ty est passé me chercher à la maison. J'ai embrassé Samantha et Jenny pour leur dire au revoir.

Oui, cela, elle se le rappelait. Aux premières lueurs de l'aube, ils avaient fait l'amour avant que Jenny ne soit levée. C'était la quatrième fois en vingt-quatre heures qu'ils avaient un rapport sexuel. Ce qui ne leur était pas totalement inhabituel, mais pouvait paraître un tantinet trop passionné pour un couple installé, avec un enfant de quatre ans.

Il aurait eu tout le temps, au cours de ces vingt-quatre heures, de la mettre au courant, de changer les plans. Mais il ne l'avait pas fait.

— J'ai empaqueté tout ce dont j'avais besoin pour partir à la chasse. J'avais un arc tout nouveau que je voulais tester, précisa-t-il. Notre couverture, c'était que Ty et moi emmenions son chef et un autre agent fédéral en forêt pour la journée. Dans les jours qui avaient précédé, nous avions établi notre itinéraire. Ça n'avait pas été facile de trouver un endroit proche des rapides qui se prête à la chasse à l'arc.

— J'ai utilisé des programmes informatiques de localisation GPS, intervint Ty. Il fallait que notre histoire soit totalement crédible, que Wade ait réellement pu être emporté par le courant sans que son corps ne soit jamais retrouvé.

Il parut évident à Sam que Ty n'était pas aussi émotionnellement investi dans leur histoire. Il parlait d'une voix calme, indifférente presque. S'il avait été à sa place, aurait-il montré la même désinvolture ?

— Les kayakistes étaient deux agents fédéraux de la marine, reprit Wade. Nous avions demandé leur coopération à leur base, à San Diego. Des experts en kayak, en excellente condition physique. Lorsque nous sommes arrivés sur le site, au bord de la rivière, ils ont répété la scène que nous avions prévue : l'un d'eux devait perdre le contrôle de son embarcation et moi, je me jetais à l'eau pour lui porter secours. Il nous a fallu un certain temps pour mettre au point la situation exacte qui faisait que j'étais en position de pouvoir les secourir.

— Je n'en croyais pas mes yeux, enchaîna Ty. Penser à tout, ne rien oublier, c'est une chose. Mais tu as poussé le perfectionnisme très loin… jusqu'à rentrer dans cette eau glacée.

— Les deux agents de San Diego l'ont fait aussi, rappela Wade.

— Mais ils portaient des combinaisons de plongée, eux.

Ty pointa l'index sur son ami.

— Tu m'as vraiment fait peur. Tu ne te comportais pas de façon tout à fait rationnelle.

— Hé, je te rappelle que c'est toi et ton chef qui avez eu l'idée de me faire mourir. Ce n'était pas mon premier choix.

— Ttt-ttt. Tu ne vas pas rejeter la responsabilité sur moi, protesta Ty. Tu aurais pu refuser à tout moment, mais tu ne l'as pas fait. Et tu as un peu perdu les pédales. Souviens-toi de ce que tu as fait à ton arc flambant neuf. C'était un arc magnifique mais tu l'as fracassé en mille morceaux.

Lorsqu'ils lui avaient rapporté les effets personnels de Wade, la vue de son arc cassé lui avait brisé le cœur.

— Il était en châtaignier et en érable. Tu l'adorais.

Wade haussa les épaules.

— Ty a raison. C'est vrai que j'ai un peu déraillé.

— Nous étions en train de discuter à propos du degré de blessure que devait présenter le kayakiste, expliqua Ty. Et de déterminer la façon dont Wade devait se mettre à l'eau. Devait-il perdre son sac à dos ? Sur quelle distance pouvait-il avoir été entraîné par le courant de la rivière avant de couler, ce genre de choses…

Le tableau qu'il dépeignait devenait un peu trop imagé. Sam prit la parole pour résumer la suite.

— Bref, vous avez mis votre petit stratagème à exécution et Wade a été placé sous programme de protection des témoins.

— Je suis monté à l'arrière d'une camionnette. Les marshals fédéraux m'ont demandé de me cacher jusqu'à ce que nous soyons à bonne distance du Colorado.

— Sûrement parce qu'ils empruntaient l'autoroute et qu'ils voulaient éviter que les caméras de surveillance ne te repèrent, souligna Sam.

— Nous sommes allés jusqu'au Texas. J'ai dû sortir de la camionnette à un moment et me retrouver dans une maison, mais je ne m'en souviens pas. Les quelques jours qui ont suivi sont embrouillés, confus dans mon esprit. Je pensais en permanence à toi et à Jenny. Vous me manquiez tellement…

Sam le crut. La tristesse de son regard attestait sa sincérité. Les lignes de son visage, tout à coup, semblaient plus marquées. Mais elle ne pouvait pas tirer un trait sur ce qui lui était arrivé, à elle, après sa « disparition ».

— Mon chef et moi-même sommes allés voir le shérif de Pitkin County, le Bureau d'investigation du Colorado et la police d'État, continua Ty, prenant le relais. Je crois même que c'est Morrissey qui a pris nos dépositions. Des équipes de secours ont aussitôt été déployées pour tenter de retrouver le corps de Wade.

La mère de Ty l'interrompit.

— J'ai toujours trouvé étrange qu'ils n'aient pas réussi à le localiser. Il arrive que ces rapides fassent des victimes — au moins une tous les deux ans — mais les corps finissent toujours par être repêchés.

— Le fait que nous ayons fait partie des forces de l'ordre a joué en notre faveur, répondit Ty. Les flics du coin ont accepté nos déclarations sans se poser de questions. Il n'y avait rien de suspect dans ce tragique accident. Tout le monde n'y a vu que du feu.

— Moi y compris, souligna Sam d'une petite voix.

Comme Ty était occupé sur la scène de l'accident, la difficile tâche de prévenir la famille aurait dû revenir à l'adjoint Caleb Schmidt ou l'un de ses collègues. Mais Maggie avait pris les choses en main. Dès qu'elle avait été avisée du drame par Ty, elle avait réuni la femme de Tyler, Loretta, et les jumeaux qui séjournaient au ranch et ils s'étaient tous quatre rendus chez Sam.

À l'instant où cette dernière avait ouvert la porte et vu les larmes qui striaient les joues de Maggie et la mine catastrophée de Loretta, elle avait compris que quelque chose de grave était arrivé. Maggie avait entraîné Sam dans la cuisine pour y préparer du café frais tandis que Loretta et les jumeaux emmenaient Jenny au ranch. Ensuite, elle s'était assise avec Sam.

En silence, Sam l'avait écoutée lui annoncer que son mari était mort.

Rien que de repenser à ce moment, son sang se glaçait dans ses veines. Elle avait ressenti un tel vide. Comme s'il n'y avait plus d'air dans ses poumons, plus d'énergie dans ses muscles. Elle était sonnée. Incapable de se lever, de bouger.

Elle se souvenait avoir tendu la main pour saisir sa tasse de café. Son bras lui avait paru comme détaché du reste de son corps, comme si c'était le bras de quelqu'un d'autre. Sa main était retombée sur ses genoux. Puis son corps s'était recroquevillé sur lui-même. Maggie l'avait attrapée par les épaules pour éviter qu'elle ne s'effondre.

Elle avait vu les lèvres de Maggie remuer mais elle ne savait pas ce qu'elle disait. Elle ne comprenait pas les mots qu'elle prononçait. Toutes les femmes qui étaient mariées à un policier — fût-ce un shérif d'un petit comté tranquille du Colorado — devaient se tenir prêtes à l'éventualité de s'entendre un jour annoncer que leur mari avait péri dans l'exercice de ses fonctions.

Sa mère, Cora, qui connaissait la chanson, lui avait conseillé de veiller à ce que leurs testaments soient toujours à jour, les échéances de leurs assurances vie toujours réglées et les comptes bancaires souscrits à leurs deux noms.

Lorsqu'elle regarda autour de la table de cuisine du ranch Baxter, elle s'avisa que tous la fixaient. Ils se faisaient du souci pour elle et elle leur en sut gré. Mais il y avait certaines choses qu'elle ne pouvait expliquer.

— J'ai toujours su quoi faire en cas de décès de mon conjoint, dit-elle. J'ai été à bonne école. En tant qu'épouse d'un policier, ma mère m'a inculqué tout ce qu'il y avait à savoir. Lorsqu'un flic, comme mon père, meurt, il y a des tas de choses à faire, à organiser. Wade et moi avions discuté de tout cela. Nous voulions tous les deux être incinérés et que nos cendres soient dispersées depuis le point le plus élevé de notre propriété. Il n'y avait qu'un problème quand le pire est arrivé…

Elle marqua une pause et regarda Wade.

— Il n'y avait pas de corps.

Wade tiqua.

— Je ne peux que te dire une nouvelle fois combien je suis désolé.

— C'est inutile.

Elle se leva et s'avança vers lui, qui l'attendait, les bras ouverts.

— Te voir de retour, c'est comme un rêve devenu réalité. J'ai dû imaginer ça un million de fois. Les premiers mois après ta prétendue mort, j'avais l'impression de te voir partout, marchant dans la rue ou au volant d'une voiture qui passait. Ensuite, j'ai pris l'habitude de me rendre régulièrement à Roaring Fork, où le prétendu accident de kayak s'était produit. Je me tenais là, au bord de la rivière, et je contemplais l'eau. Je n'ai jamais fait ériger de pierre tombale à ton nom.

— Et c'est tant mieux, décréta Maggie en se levant de sa chaise, la tête inclinée sur le côté, dressant l'oreille.

C'était la personne la plus âgée, autour de la table, mais c'était incontestablement elle qui avait l'ouïe la plus fine car elle pointa le ciel du doigt.

— Je crois que j'entends l'hélico de ton chef, Ty.

La main dans celle de son mari, Sam se dirigea vers le porche avec le reste du groupe. L'hélicoptère de taille moyenne amorça un grand virage et vint se poser près de la clôture, au bord de la route. Les pales tourbillonnantes soulevèrent la poussière du sol et rabattirent ses cheveux contre son visage.

C'était une arrivée qui ne passait pas inaperçue… et qui devait coûter une petite fortune. Elle préféra ne pas s'appesantir sur la question et ne pas songer à son maigre budget de shérif en comparaison des ressources phénoménales dont disposait le FBI. Swain County pouvait à peine se permettre d'acheter des masques de protection respiratoire alors qu'un incendie de forêt faisait rage sur son territoire, et le FBI, pendant ce temps-là, avait tenu son mari éloigné d'elle pendant plus d'un an, avec deux marshals affectés à sa surveillance en permanence. Cela avait dû coûter très cher. S'ils ne réussissaient pas à mettre un terme aux opérations de contrebande et à épingler le meneur de ce trafic illégal, tout cet argent aurait été gaspillé en vain.

Everett Hurtado descendit de l'hélico et se dirigea vers la maison. Avec son costume noir et sa chemise bleue assortie d'une cravate rayée argent qui volait dans le courant d'air des rotors, il dégageait une aura d'autorité. D'emblée, il lui avait été antipathique.

La première fois qu'elle avait rencontré l'homme, avec ses

cheveux noirs et ses yeux d'obsidienne au regard froid, c'était après que Maggie était venue lui annoncer l'accident. Hurtado avait accompagné Ty pour lui présenter ses condoléances mais elle avait senti quelque chose de factice chez lui. Pas étonnant ! Tout était faux dans l'histoire qu'ils lui avaient servie : le problème des kayakistes, l'accident, la mort de Wade… Tout. Mais Ty ne lui avait pas fait la même impression. Il irradiait la culpabilité et la compassion. Là non plus, rien d'étonnant. Il les connaissait bien, tous les deux. Il savait combien la prétendue mort de Wade allait être douloureuse pour Sam.

En regardant Hurtado approcher, suivi de deux autres agents, elle prit sa décision. Elle ne voulait pas participer à la réunion de planification qui allait avoir lieu. Enfermée dans un lieu clos avec tous ces types, il lui faudrait hausser le ton pour faire entendre sa voix et elle n'était pas d'humeur à mener ce genre de lutte. D'autant qu'elle savait déjà ce qu'elle avait à faire : enquêter avec Wade et faire en sorte que sa fille soit hors de danger.

Quant à la façon de s'y prendre avec sa mère, elle n'avait toujours pas arrêté de plan. Elle repensa à Maggie Baxter, qui serait certainement sa meilleure conseillère en la matière.

Elle pressa brièvement le bras de Wade et le regarda.

— Ne quitte pas cette maison sans m'en avoir d'abord informée, d'accord ?

— Tu ne viens pas saluer le chef de Ty ?

— Je préfère aller faire un brin de toilette.

Elle ne s'attarda pas en explications superflues.

Wade avait dit que le chef du trafic — celui qui servait d'intermédiaire avec le cartel et qui facilitait les échanges de marchandises — était quelqu'un des forces de l'ordre. Dans son esprit, Everett Hurtado aurait très bien pu être cet homme-là.

D'ailleurs, cela aurait également pu être Ty.

Wade se pencha vers elle et murmura :

— Cet appel de ta mère… C'était à propos de quoi ?

— On en parlera plus tard.

Autrefois, ils avaient l'habitude de discuter de tout. Mais, maintenant, elle éprouvait une certaine réticence à lui demander son avis. Son amour pour lui était intact, mais sa confiance d'autrefois n'était pas encore revenue.

17

Ty escorta Wade, son chef et les deux autres agents, qui se ressemblaient de façon troublante, jusqu'au bureau de son père, mis à disposition pour l'occasion. D'après ce que Wade avait compris, la majeure partie du travail était désormais effectuée par Logan et le contremaître du ranch tandis que leur père se désengageait progressivement en vue de la retraite.

Le grand bureau en bois était net et bien rangé. Son ordinateur était recouvert d'une mince couche de poussière, comme s'il n'était pas souvent utilisé, ce qui était probablement le cas. Le vieil homme appréciait les prodiges qu'accomplissaient les ordinateurs mais il avait du mal à taper sur le clavier. Comme beaucoup de cow-boys, il avait les mains calleuses et abîmées par les travaux.

Ils auraient pu tenir tous les cinq dans la partie de la pièce qui était équipée d'un sofa et de deux fauteuils en cuir rembourrés, mais Hurtado opta pour le siège aux allures de trône qui était derrière le volumineux bureau. Les trois autres hommes présents travaillaient sous ses ordres, ce qui n'était pas le cas de Wade. Il pouvait se payer le luxe de ne pas lui obéir au doigt et à l'œil.

Au lieu de s'asseoir face à Hurtado, de l'autre côté du bureau, il s'installa donc confortablement dans l'un des fauteuils et étendit les jambes.

Il aurait bien voulu que Samantha soit là, avec lui, mais il comprenait parfaitement qu'elle ait préféré se tenir à l'écart. Il n'aimait pas plus qu'elle ce genre de réunions. Si le FBI n'avait pas détenu autant d'informations utiles, il se serait abstenu, lui aussi.

— Messieurs, annonça Hurtado. Nous allons commencer par les bonnes nouvelles. Wade ?

Il avait l'air de faire l'appel.

— Quoi ?

— J'ai en ma possession le rapport que l'hôpital nous a transmis. Vous serez heureux d'apprendre qu'aucun des survivants de la fusillade d'hier n'a mentionné vous avoir vu. Leurs histoires tiennent la route — même si elles ne sont qu'un tissu de mensonges. Les deux blessés devraient s'en sortir.

Il n'avait tué personne. En fait, il trouvait que c'était une excellente nouvelle. Wade n'avait jamais été le genre de policier à se glorifier d'avoir à son actif un grand nombre de morts. Pour lui, moins il y avait de blessés, mieux c'était.

— Ont-ils été identifiés ?

Hurtado fit un signe à ses deux agents. L'un d'eux se pencha aussitôt pour fouiller dans sa serviette remplie de dossiers tandis que son clone sortait un petit ordinateur, l'allumait et se mettait à pianoter sur le clavier. Les deux technologies mises en œuvre aiguisèrent l'intérêt de Wade, qui se demanda lequel des deux serait le plus rapide. Hurtado, lui aussi, était intéressant à observer, trônant avec son air arrogant et supérieur derrière le bureau. Il y avait tant de choses que Wade n'aimait pas chez lui. Comment avait-il pu se laisser convaincre par cet homme d'entrer dans le programme de protection des témoins ?

Ce fut la serviette qui l'emporta. L'agent cita les noms des survivants et du troisième homme qui était mort. Wade ne les connaissait pas.

Pourtant, lorsqu'il regarda les photos que lui tendait l'homme à la serviette, un visage capta instantanément son attention.

— Ce type, là… Je l'ai déjà vu. Il était au palais de justice d'Austin, juste avant le début de la dernière audience. Vous avez son adresse ?

Ty prit la photo et l'examina attentivement.

— Je suis à peu près sûr de ne pas le connaître. Tu crois que c'est quelqu'un du coin ?

— Je ne sais pas… Je connais ce visage. À Austin déjà, ses traits m'avaient paru familiers.

— C'est donc ça qui vous a alarmé, déduisit Hurtado. Vous vous êtes dit qu'il avait dû vous reconnaître. Et vous avez supposé qu'il allait informer ses supérieurs que Wade Calloway n'était pas mort.

— Et que ma famille serait en danger.

— Si vous nous aviez fait part de vos…

— Mais je ne l'ai pas fait, interrompit Wade. Est-ce qu'on peut continuer ? J'ai des questions à vous poser.

— Point suivant, énonça Hurtado d'un ton sentencieux. Le meurtre du policier Drew Morrissey. Autant vous dire tout de suite que Morrissey était mon indicateur.

Wade s'en était douté. Lorsqu'il avait assisté aux meurtres, il avait identifié certains des flics qui étaient présents dans la pièce. La suite logique, de la part de l'agent spécial superviseur Hurtado, était donc de se rapprocher d'eux, de trouver un contact — comme Morrissey — et de lui proposer un marché en échange de révélations sur ses partenaires.

Tandis que Hurtado se vantait des renseignements qu'il avait obtenus grâce à son informateur, Wade se demanda comment il avait pu être en lien direct avec un des types de la bande pendant plus d'une année et ne pas parvenir à découvrir le nom de leur chef. Soit Morrissey était un exécutant placé si bas dans l'échelle hiérarchique qu'il n'en discernait pas le sommet, soit il avait mené Hurtado en bateau du début jusqu'à la fin.

L'agent à la serviette étala les clichés sur le plateau du bureau tandis que Hurtado expliquait :

— Voici les photographies prises par la femme de Wade avant qu'elle ne tente de déplacer le corps.

Wade se redressa sur sa chaise.

— Samantha Calloway est le shérif de Swain County. Elle a été légitimement élue à ce poste et c'est donc ce titre qu'il convient de lui attribuer lorsque vous faites référence à elle.

— Et je précise qu'il vaut mieux ne pas trop la mettre en colère, renchérit Ty.

L'un des deux agents jumeaux le toisa en ricanant.

— Oh ? Tu as peur d'elle ?

— Absolument, acquiesça posément Ty. Et vous feriez bien de prendre exemple sur moi.

— Le shérif Calloway a eu le bon réflexe en prenant ces clichés, dit Hurtado. Comme elle n'avait pas de kit d'analyse de scène de crime, elle a utilisé l'appareil photo de son téléphone, puis elle a envoyé les photos par SMS sur le téléphone de Ty, qui me les a transférées. Comme vous pouvez le voir sur les photos, il est évident, à l'absence presque totale d'éclaboussures de sang, que Morrissey n'a pas été tué dans cette voiture.

Rien de nouveau sous le soleil pour Wade, qui s'enquit :

— Est-ce que vous avez une idée de l'endroit initial où il a été abattu ? Quelqu'un s'est-il rendu à son domicile ? Ou au dernier endroit où il a été vu en vie ?

— Bonne question, répondit Hurtado. Oui, bien sûr, nous sommes allés jeter un coup d'œil à son appartement. Il ne semblait pas avoir dormi dans son lit. Nous avons interrogé les voisins : personne ne l'avait vu hier soir.

Peut-être avait-il été tué la nuit précédente ?

— Quelle est l'heure de la mort, d'après l'autopsie ?

— Entre 10 heures du matin et midi. Son dernier repas était composé d'œufs au bacon.

— Ça ne nous aide pas beaucoup, dit Ty. Il a pu prendre son petit déjeuner n'importe où.

Hurtado se leva, en apparence pour étaler plus largement les photos exposées sur la table, mais Wade ne put s'empêcher de songer qu'il s'était redressé pour toiser chacun d'eux et affirmer son autorité.

— Je regrette profondément la mort de Morrissey, déclara-t-il gravement. Je m'en veux.

— Vous croyez que quelqu'un a découvert qu'il vous transmettait des informations ? interrogea Wade.

— Sinon, pourquoi l'aurait-on tué ?

Wade aurait pu citer une bonne dizaine de raisons qui lui venaient spontanément à l'esprit, à commencer par le fait que Morrissey était un fichu salopard — et exaspérant en diable avec ça. Il était paresseux, toujours en train d'essayer de se dérober aux tâches administratives et à la paperasse. En revanche, il était rapide comme l'éclair lorsqu'il s'agissait de tirer la couverture à lui quand il travaillait avec les adjoints de Swain County.

— C'était un porc.

— Pardon ? formula Hurtado en arquant un sourcil tout aussi noir que ses cheveux.

— Il est venu à un barbecue chez moi, expliqua Wade. Je ne l'avais pas vraiment invité, mais il s'est présenté quand même. Il a mangé comme quatre et a trouvé le moyen de se mettre de la sauce partout.

En y repensant, Wade se souvint de cette soirée, une petite réunion informelle avec principalement des gens du voisinage et quelques membres des forces de l'ordre. Natchez était présent ; il avait dû reconduire Morrissey chez lui parce que celui-ci avait trop bu. Wade se rappela avoir échangé quelques mots avec eux deux à propos des armes personnalisées. Il venait juste d'acheter son nouvel arc en châtaignier et érable et il avait emmené un petit groupe dans son bureau, où il avait ouvert l'armoire contenant ses armes. Son Colt 45 orné de l'incrustation en cuivre sur la crosse s'y trouvait. Morrissey avait fait un commentaire à son propos.

Était-ce lui qui l'avait volé ? Mais pour quelle raison ? Ça n'avait pas de sens. C'est *lui* qui avait été tué avec ce revolver.

Comme s'il lisait dans ses pensées, Hurtado dit :

— L'autopsie nous a fourni quelques informations intéressantes. L'analyse balistique a montré que l'arme du crime était un revolver Colt 45. Ces armes anciennes ne sont pas très courantes.

Ty lui jeta un regard.

— Tu n'en avais pas un ?

— Si. C'est une pièce de collection avec une incrustation de cuivre sur la crosse. Elle est sous clé chez moi.

Il mentait effrontément mais le revolver avait été nettoyé et ne portait plus de traces d'empreintes. Il ne pouvait donc plus être produit comme preuve matérielle. S'ils découvraient qui avait pris la peine d'aller subtiliser cette arme chez lui pour la déposer près du corps de Morrissey, ils tiendraient probablement le meurtrier. Qui avait bien pu se donner tant de mal pour faire porter le chapeau à Wade ? Forcément quelqu'un qui savait qu'il n'était pas mort. Sinon, l'impliquer n'aurait présenté aucun intérêt.

Son regard s'attarda sur Hurtado. Au mieux, il était agaçant. Au pire… Pouvait-il être un assassin ?

Wade quitta le confortable fauteuil et s'avança d'un pas ferme vers le bureau. Ses suppositions étaient un peu tirées par les cheveux… mais peut-être pas tant que ça. Après tout, Hurtado n'aurait pas été le premier agent spécial du FBI à retourner sa veste.

— J'ai une question.

Hurtado éparpilla de la main les photos sur le bureau.

— J'aimerais m'en tenir à la chronologie des points que j'ai listés dans l'ordre du jour. Histoire de m'assurer que nous n'oublions rien.

Dans un accès de colère, Wade lança :

— Oui, je comprends. Vous ne voudriez pas laisser passer quelque chose d'important, comme les corps de Dana Gregg et de Lyle McFee.

— Qui ça ?

— Les victimes. Les deux personnes qui ont été liquidées sous mes yeux. Ayez au moins la décence de mémoriser leurs noms. *Dana Gregg. Lyle McFee.*

— Je vous en prie. Vous n'allez pas me donner une leçon de victimologie.

Tout agent spécial superviseur qu'il soit, il employait le terme à mauvais escient, songea Wade à part soi.

— Il ne s'agit pas de votre façon de traiter les victimes ni les coupables, ni qui que ce soit. Il s'agit simplement de respect vis-à-vis d'autres êtres humains. Ces deux-là n'étaient certes pas tout blancs. Ce n'étaient pas des saints, mais ça ne signifie pas pour autant qu'ils méritaient de mourir. C'est à nous de veiller à ce que justice leur soit rendue. C'est notre travail.

En général, il n'était pas du genre à se lancer dans de grandes déclarations mais, parfois, il était important de faire entendre sa voix. Hurtado se servait du FBI pour établir son pouvoir et son statut personnels — en un mot, pour bâtir sa propre légende. Il aimait épater la galerie, débarquer en hélicoptère, porter des costumes et mener la vie dure à ceux qui travaillaient sous ses ordres. À force, il en oubliait que son travail consistait avant tout à protéger les gens.

Il darda son regard de jais sur Wade. Il était en colère. Les traits aussi rigides que s'ils étaient taillés dans le marbre, il rétorqua, les dents serrées :

— Ça y est ? Vous avez fini ?

— Pas vraiment, riposta Wade d'un ton faussement enjoué. Est-ce que votre labo a réussi à tirer quelque chose des éléments que nous avons découverts à Hanging Rock ?

— Pas encore, répliqua-t-il sèchement.

Wade ne put résister à la tentation de le pousser encore un peu dans ses retranchements.

— Je me demande comment il se fait qu'ils n'aient pas trouvé cette cave la première fois qu'ils ont fouillé le chalet.

— Au moins, ils ne l'ont pas détruit en le brûlant.

— Nous non plus, contra Wade. Quelqu'un y a mis le feu délibérément.

Hurtado fronça les sourcils.

— C'est ce que dit le capitaine Hobbs. Le feu qui a pris dans la cuisine était activé par de l'accélérant. Au fait, il n'est pas très content de vous.

— Ma foi… Qu'il prenne la file d'attente et attende son tour pour me tirer une balle dans le cœur.

— Vous tournez les choses en dérision, mais vous vous êtes mis à dos pas mal de gens, Wade.

— Je sais.

Mais il n'y avait qu'une personne dont l'avis lui importait : Samantha. Si elle parvenait à lui pardonner et à lui faire de nouveau confiance, alors le reste du monde pouvait bien le détester — il s'en moquait.

— J'ai encore quelque chose à vous dire concernant Morrissey.

Hurtado était revenu à son sacro-saint ordre du jour.

— La nature de la relation entre un agent et un indicateur est compliquée. À certains moments, je le flattais, voire lui versais des pots-de-vin. D'autres fois, je devais le rudoyer un peu. Et, bien sûr, il me fallait en permanence garder bien présent à l'esprit qu'un indic est par définition un menteur, quelqu'un de foncièrement déloyal qui…

Le cours magistral se poursuivit. Les deux clones buvaient ses paroles. Wade se félicita de constater que Ty n'était pas aussi impressionné. Il avait délaissé son siège et se tenait debout devant la fenêtre, regardant le porche.

Comme Wade venait se poster à côté de lui, il se demanda si son ami songeait à tout ce à quoi il avait renoncé en quittant le ranch pour faire carrière au FBI. De là où ils se tenaient, ils voyaient la grange, les dépendances, les chevaux dans le corral et papa Baxter accoudé à la clôture, le visage offert à la caresse du soleil. C'était une vie agréable.

Si Ty entendait continuer à travailler avec les fédéraux, il allait devoir s'arranger pour devenir au plus vite superviseur lui-même. Il serait bien meilleur que Hurtado. Ty était intelligent, motivé — et, point important, pas encore dénaturé par la bureaucratie.

À l'extrémité de la clôture, Wade vit l'un des véhicules du bureau du shérif s'engager dans l'allée. Parvenu près de la maison, le véhicule tourna pour aller se garer à côté du SUV de Samantha. Wade ne voyait pas encore qui était à l'intérieur.

— Voilà Caleb, gronda Ty.

Tout espoir de laisser croire pendant encore quelque temps qu'il était mort s'évanouit. La nouvelle s'était répandue comme une traînée de poudre. Lorsqu'il vit l'adjoint Caleb Schmidt sauter à bas de sa voiture et s'avancer au pas de charge vers la porte d'entrée, Wade pivota sur lui-même et fit face à Hurtado.

— S'il y a quelque chose d'important que je dois savoir, dites-le maintenant. Tout de suite.

Hurtado eut un rictus irrité.

— De toute évidence, la patience n'est pas votre fort. Mais vous pourriez au moins faire preuve de courtoisie.

— Monsieur, assena Ty avec force en avançant d'un pas, nous allons être interrompus d'une minute à l'autre par l'adjoint Schmidt. C'est quelqu'un qui ne connaît pas le mot « discrétion ».

— Bien. Dans ce cas, il y a encore une chose à propos de Morrissey, dit Hurtado. Avant d'être tué, il m'a informé qu'une grosse opération était en préparation.

Là encore, rien de nouveau. Ty avait déjà mentionné le trafic d'armes volées dans une base de l'armée des États-Unis.

— A-t-il dit autre chose ? Donné des détails ?

— Nous savons *quand* l'échange doit se faire, mais pas *où*. Il aura lieu demain soir, entre 21 heures et minuit.

La porte du bureau s'ouvrit brusquement. Caleb entra, les pouces dans les passants de la ceinture de son pantalon. Son attitude se voulait désinvolte mais elle était contredite par le rythme rapide de sa respiration. Il se figea en voyant Wade.

Wade serra les dents, se préparant à la volée de bois vert façon Caleb Schmidt qui l'attendait. Mais, contre toute attente, le vieil homme jeta ses bras maigrichons autour de ses épaules et lui donna une brève mais fervente accolade.

— Heureux de te revoir, marmonna-t-il.

— Heureux, moi aussi — d'être visible, enfin.

— Ne me refais jamais un coup comme celui-là, sinon, je te préviens, je te tue. Et je ne plaisante pas. Je ne fais jamais de menaces en l'air.

À sa place, Wade aurait ressenti la même chose.

18

Après une conversation à cœur ouvert avec Maggie Baxter, Sam s'isola dans une des chambres de l'étage — la bleue, avec des nuages peints sur le plafond — pour appeler ses parents. Elle avait décidé de ne pas mentir mais de leur en dire aussi peu que possible.

— Bonjour, papa, commença-t-elle. Voilà comment nous allons faire. Il faudrait que maman et toi gardiez Jenny en sécurité pendant quelques jours, une semaine au maximum.

— À cause du feu ? Les pompiers n'arrivent pas à le contenir ?

— Il est maîtrisé à quatre-vingt-dix pour cent.

— Dans ce cas, nous pouvons la ramener.

Cette conclusion la renvoya à sa requête initiale : « Garder Jenny en sécurité. » Elle expliqua brièvement qu'elle avait des problèmes de travail.

— Quel genre de problèmes ?

Elle essaya de louvoyer.

— Je préférerais ne pas en parler.

— Sammy, ma fille, ce que tu dis là ne me plaît pas. Pas du tout. Je loue une voiture et nous arrivons.

— Non !

Elle soupira intérieurement. Impossible de tourner autour du pot plus longtemps. Et comme il n'existait pas de bonne façon d'annoncer une nouvelle explosive… Elle prit son courage à deux mains.

— Écoute, papa, je n'ai pas envie de te mentir. Mais il faut que tu me promettes solennellement de ne rien dire à Jenny. Il faudra qu'elle l'apprenne par moi. En personne.

— Bon… Je te le promets.

C'était le moment de lâcher sa bombe, puisqu'il ne semblait pas y avoir d'autre moyen.

— C'est à propos de Wade. Il n'est pas mort.

— Quoi ?

— Il a simulé sa mort l'an dernier et est entré dans le programme de protection des témoins.

— Quoi ?

— Il est recherché par des gens extrêmement dangereux — des membres d'un cartel de la drogue. Il a fait croire qu'il était mort pour éviter qu'ils ne s'en prennent à Jenny et à moi.

Il y eut une longue pause puis son père posa quelques questions, auxquelles elle répondit succinctement.

— Entendu, acquiesça-t-il finalement d'un ton grave. Je ne ramènerai pas Jenny, mais je vais quand même louer une voiture et nous allons nous installer quelque part, pas trop loin de chez toi. Comme ça, si tu as besoin de l'aide d'un vieux flic en retraite, tu n'auras qu'à décrocher ton téléphone. Je serai à quelques heures de chez toi.

Elle ne pouvait pas espérer mieux.

— Tu n'es pas vieux papa, assura-t-elle, et je n'aurais pas pu confier la surveillance de Jenny à un meilleur policier que toi.

Après avoir coupé la communication, elle tira le rideau bleu et regarda l'allée, devant la maison. Deux véhicules du bureau du shérif de Swain County, dont la voiture hybride qu'ils étaient en train de tester, s'avançaient vers la maison. L'instant suivant, elle vit le SUV de l'adjoint Schmidt. Elle n'avait que six adjoints. Au moins quatre d'entre eux étaient ici.

La fine fleur des forces de l'ordre du comté avait d'une façon ou d'une autre appris que Wade était vivant et se trouvait au ranch Baxter. Que faire ? Aller les voir en tant que shérif et les informer de la situation ? Ils allaient probablement tous fondre sur leur ancien chef, lui taper sur l'épaule et le supplier de revenir les sauver des griffes du méchant shérif Sam qui les forçait à aller s'entraîner au stand de tir au moins une fois par semaine et exigeait que la paperasse soit à jour, chaque soir, avant qu'ils ne quittent le bureau.

Elle ne se sentait vraiment pas d'humeur à argumenter pour défendre sa position et imposer sa présence. S'ils voulaient qu'elle parte, eh bien, elle partirait. Assumer les responsabilités de shérif lui avait semblé être une bonne chose, à l'époque. Mais c'était un travail ingrat et elle était fatiguée. Elle ferma les persiennes, tira le rideau et éteignit la lumière.

Cette chambre avait été conçue pour un enfant, avec sa couleur bleu pâle apaisante et les nuages mousseux peints au plafond, mais c'était exactement ce dont Sam avait besoin — un endroit réconfortant où aucun écho du tumulte extérieur ne pénétrait. Elle s'étendit sur l'un des lits jumeaux. Maintenant que la pièce était plongée dans l'obscurité, les nuages du plafond s'étaient mués en ciel nocturne parsemé d'étoiles luminescentes — détail simple, mais absolument magique.

La poignée de la porte tourna et son prince charmant personnel apparut. De sa position allongée sur le lit, Wade lui parut tellement grand que sa tête semblait toucher les étoiles. Tellement beau, aussi. Et tellement fort… Il aurait pu venir à bout de n'importe quel dragon menaçant.

Il s'assit au bord du lit et repoussa une mèche de cheveux du front de Sam.

— Tu t'es lavé les cheveux, dit-il.

— J'avais l'odeur d'un foyer de cheminée pas nettoyé.

— Et tu t'es changée.

Il abaissa de quelques centimètres la fermeture Éclair du sweat-shirt orange à l'effigie des Broncos qu'elle avait emprunté dans la commode de Ty.

— Aurais-tu une idée derrière la tête ?

— Faut-il que je sois plus clair ?

Il tira plus bas la glissière du gilet.

Elle lui donna une tape sur la main, se redressa et remonta la fermeture Éclair.

— C'est une chambre d'enfant. Une chambre magique,

qui respire l'innocence. Tu vois les étoiles au plafond ? Elles nous observent.

— Comme tout le monde. Tous les adjoints de Swain County sont ici, Caleb en tête.

— J'ai vu une partie du convoi arriver. Je parie qu'ils sont excités comme des puces de te voir.

— Et ulcérés aussi.

Il exhala un soupir.

— On dirait que c'est la réaction générale : je suis le type que tout le monde déteste aimer.

— C'est une description très appropriée, commenta-t-elle. Comment s'est passée la réunion avec Hurtado ?

— Je n'aime pas plus que toi ce cher agent superviseur.

— Tu le connais probablement bien mieux que moi. Chaque fois que je lui ai parlé, j'ai trouvé que tout sonnait faux chez lui.

— Il est prétentieux et arrogant. Il se comporte en grand expert, mais il n'a pas brillé par ses performances dans cette affaire de contrebande. Morrissey était son indic.

— Oh. Et que lui a-t-il appris ?

— Justement. Pas grand-chose. Que les armes volées dans la base de l'armée vont changer de main demain soir, entre 21 heures et minuit. Le problème, c'est que nous ne savons pas où.

— Zut. Sinon, le FBI aurait pu appeler des renforts et tendre un piège.

Il se leva du lit et se mit à marcher de long en large. Dans la pièce plongée dans la pénombre, il se déplaçait telle une ombre tout en muscles mais troublée, hésitante, essayant de déterminer où se poser.

Sam alluma la lampe de chevet et eut une autre jolie surprise. L'abat-jour se mit à tourner, projetant de délicates silhouettes sur les murs tandis qu'une boîte à musique entonnait une berceuse.

— Adorable, nota-t-elle. Je veux que Maggie vienne chez nous décorer une chambre de cette façon.

— Pour Jenny ?

— Peut-être pas. Elle jugerait que c'est juste bon pour un bébé. Notre petite Jenny veut absolument être une grande fille. Comme je te l'ai dit, elle ne pense qu'à une chose en ce moment : apprendre à faire du snow-board et monter à cheval.

— Est-ce qu'elle aime toujours Gordo ?

— Évidemment.

C'était son père qui lui avait offert cet animal en peluche particulier — un gros hippopotame doté d'un large sourire béat.

— Il est hors de question qu'elle aille se coucher sans lui.

— Je suis tellement impatient de pouvoir de nouveau m'asseoir à côté d'elle et l'écouter raconter l'une de ses histoires à rallonge. Et de lui lire des histoires aussi… même si elle réclame toujours la même pendant des soirs et des soirs d'affilée. Et c'est oui pour le cheval. J'apprendrai à ma fille à faire du snow-board et du ski.

Quand ils parlaient du quotidien de la famille, comme maintenant, c'était comme s'il n'était jamais parti. Ils auraient pu repartir de là où ils en étaient restés et aller de l'avant… à ceci près que, désormais, leurs vies à tous les trois étaient menacées.

Elle ne pouvait pas se rallonger et contempler le plafond tout étoilé. Il leur fallait démêler cette affaire. Elle se fouetta mentalement.

— Hurtado a un plan ?

— Je ne sais pas. J'ai quitté la réunion alors qu'il n'en était qu'à la moitié de l'énumération des points de l'ordre du jour. Mais j'ai une idée. En voyant Caleb débarquer, j'ai eu une inspiration.

— Alors là, je reste sans voix. C'est bien la première fois que j'entends les mots « Caleb » et « inspiration » réunis dans une même phrase.

— Oui, mais c'est peut-être bien un trait de génie…

— Vas-y.

Wade s'assit sur l'autre lit jumeau, appuya les coudes sur ses genoux et se pencha vers elle.

— Crois-tu que certains de nos adjoints fassent partie de la machination ?

Cette éventualité n'avait encore jamais traversé l'esprit de Sam. Il fallait qu'elle y réfléchisse. Chaque corps de la force publique avait ses caractéristiques qui lui étaient propres. La police d'État était un peu hautaine et ses membres avaient une fâcheuse tendance à faire cavalier seul. Les services secrets, comme les agents de la DEA et de l'ATF, étaient froids et intraitables, confrontés quotidiennement à toutes sortes de tentations. Les flics d'Aspen, eux, avaient un complexe vis-à-vis de leur statut tandis que ceux de Grand Junction se considéraient comme plus urbains.

Quant à la petite équipe du bureau du shérif de Swain County, ils n'étaient ni froids ni prétentieux ; ce n'étaient pas des durs à cuire. Ils étaient sincères, droits, s'efforçaient de faire leur travail au mieux et avaient un petit côté ringard.

Elle haussa les épaules.

— En tout cas, en ce qui me concerne, personne n'a jamais tenté de m'approcher. Et toi, as-tu eu le sentiment d'être convié à entrer dans la danse ?

Il secoua la tête.

— J'aimerais penser que c'est ma réputation de franc-tireur incorruptible qui a dissuadé les criminels de tenter de me recruter mais, en réalité, je pense que c'est plutôt dû au fait que je me suis trouvé au mauvais endroit au bon moment.

— Et aussi à ton amitié avec Ty, lui rappela-t-elle. Si quelqu'un avait fait une tentative auprès de toi, Ty et le FBI l'auraient su.

— Bref, quoi qu'il en soit, je pense que nos adjoints et nos opérateurs sont dignes de foi.

— Tu as peut-être raison. Qu'est-ce que ça prouve ?

— Si quelqu'un est en mesure de flairer un crime à Swain County, c'est bien notre équipe. Nous savons *quand* le prochain échange de marchandises va avoir lieu. Il ne nous manque que l'endroit.

Elle fit la moue. Avec ça, ils étaient bien partis ! Six adjoints d'un petit comté rural plus eux deux pour localiser le lieu où devait se tenir une importante transaction de contrebande sur les quatre cent vingt kilomètres carrés de territoire de Swain County, auxquels s'ajoutaient les centaines de kilomètres supplémentaires de grands espaces des comtés avoisinants… Autant chercher une aiguille dans une botte de foin ! Et si, par un hasard extraordinaire, ils arrivaient à mettre la main sur les trafiquants, comment leur malheureuse petite bande parviendrait-elle à les cueillir ?

Elle se leva du lit, prit les mains de Wade et le tira pour qu'il se mette debout lui aussi.

— Allez… Il faut nous y mettre, s'exclama-t-elle.

— Et j'ai un plan B.

— Je n'en attendais pas moins de toi.

— Mais son succès dépend de toi, ajouta-t-il. Où en est ta relation avec le lieutenant Natchez ?

— Eh bien… pas plus tard que tout à l'heure, je lui ai tiré par deux fois dessus.

— Parfait.

Wade rassembla sa petite armée disparate autour de la longue table dans le bâtiment réservé au logement des employés, derrière le ranch. La grande maison d'habitation à un étage dont Maggie Baxter s'occupait d'une main de maître était propre, fonctionnelle et joliment décorée. Le pavillon dortoir, en revanche, qui n'était rempli que deux fois par an, quand ils avaient ponctuellement besoin de personnel supplémentaire, ressemblait à un baraquement militaire dans lequel la décoration n'avait manifestement pas été le souci majeur et où trônaient deux gigantesques écrans de télévision — un à chaque extrémité de la longue structure.

Le réfrigérateur était bien pourvu en bière. Et Maggie avait eu la gentillesse de fournir des sandwichs, des frites et deux gâteaux à la pomme faits maison à la petite troupe du bureau du shérif. Mama Baxter était sans conteste de leur côté.

Wade aurait bien voulu pouvoir en dire autant du FBI et de Ty. Hurtado l'avait prévenu qu'ils avaient affaire à un cartel particulièrement actif qui n'hésiterait pas à faire couler le sang. Théoriquement, ils avaient donc peu de chances de réussir.

Mais au moins Wade et sa bande de « bras cassés » passaient à l'action… *eux*.

D'abord, ils commencèrent par se restaurer pour prendre des forces. Quelques employés du ranch étaient également attablés. Chacun se servait.

Wade eut la surprise de voir arriver Logan, suivi de deux jeunes types. Le frère de Ty lui assena une tape amicale sur l'épaule et annonça :

— Certains employés sont tout disposés à vous donner un coup de main.

— Je ne peux pas demander à ces types de mettre leur vie en danger, répliqua Wade à voix basse.

— Hé, tu oublies qu'on est dans l'ouest ici… Les habitants s'unissent pour pourchasser les pillards et les voleurs — c'est dans notre culture. Ce n'est peut-être plus le Far West d'autrefois, mais, ici, on se serre les coudes et on prête main-forte à ses voisins.

— Où veux-tu en venir ?

— Il se pourrait que tu te retrouves avec beaucoup plus d'« adjoints » que tu ne l'imagines.

Wade se félicita de la tournure inattendue que prenaient les événements. Son regard se porta vers les deux jeunes gens. Ils avaient la vingtaine tous les deux. Ces gars issus d'un milieu rural connaissaient le terrain comme leur poche et ils étaient particulièrement habiles lorsqu'il s'agissait de participer à des missions de recherche et de sauvetage.

Caleb Schmidt vint s'installer à la gauche de Wade. Du fait de son ancienneté, il jouissait d'un statut à part. Il débordait toujours d'enthousiasme et avait son mot à dire sur tout.

Samantha discutait calmement avec trois autres adjoints — des hommes qui considéraient le travail de policier non comme un sacerdoce ou une vocation, mais comme un emploi sûr leur apportant un revenu régulier et la possibilité d'aider leur prochain. Il avait remarqué que ces trois-là se tournaient toujours vers Samantha lorsqu'une décision devait être prise. Ils appréciaient manifestement la façon pragmatique et rationnelle dont elle dirigeait ses hommes.

Lorsqu'ils eurent planté leur fourchette dans leur assiette et bu une gorgée de bière, Wade se leva pour prendre la parole. Il voulait qu'ils sachent exactement à quoi ils s'exposaient. Et leur donner une chance de se rétracter.

— Encore une fois, je voudrais m'excuser auprès de vous tous pour les désagréments que ma mort a pu causer. Je n'ai jamais eu l'intention de nuire à qui que ce soit. J'ai seulement voulu protéger ma famille et mon entourage.

— Nous avons entendu tes explications, intervint Caleb. Ça suffit, les excuses.

— Avant de nous atteler à la tâche, je veux que chacun de vous comprenne bien que ça peut être très dangereux. Dans cette affaire de contrebande, l'un de nos ennemis est le cartel Esteban. C'est une organisation criminelle qui a beaucoup de pouvoir et une envergure internationale. La cruauté et la violence dont ils sont coutumiers sont sans limite. Ils ont décimé des villages entiers, coupé des têtes, mutilé des gens. Ce sont des monstres, ni plus ni moins.

Il parcourut la petite assistance du regard. Chacun garda le silence, la mine grave, concentrée.

— Quant à notre second adversaire, l'autre partie impliquée dans ce trafic, c'est encore plus terrifiant. Ce sont des monstres, eux aussi, mais qui avancent masqués. Ils sont comme nous. Des membres de la force publique, pour la plupart, des fonctionnaires. Vous vous êtes peut-être trouvés dans des soirées avec eux, vous les avez peut-être invités chez vous…

Il repensa à ce barbecue chez lui où Morrissey et Natchez étaient présents.

— La plupart d'entre vous connaissent Drew Morrissey, de la police d'État. Un grand type dégingandé, l'air toujours jovial, qui avait un poil dans la main. Eh bien, il était mouillé dans ce trafic. Pas parce qu'il était particulièrement mauvais ou cruel…

— Il l'a fait pour l'argent, assena Caleb. Nous avons tous été tentés. Personnellement, j'ai envie de vomir quand un conducteur glisse un gros billet avec son permis de conduire et ses papiers d'assurance pour que « j'oublie » l'infraction qu'il vient de commettre. Ça commence comme ça. On accepte une petite récompense et, avant d'avoir eu le temps de dire « ouf », on se retrouve à travailler pour un cartel !

Wade n'aurait pas dit mieux. Il serra la main de Caleb. Plusieurs de ses collègues, dans l'assistance, hochaient la tête.

— Je veux démanteler ce réseau. Ils utilisent Swain County et ses environs depuis pas mal de temps. Il faut les en chasser.

Les deux jeunes employés du ranch se levèrent.

— On est avec vous, Wade.

— Les Baxter se sont montrés vraiment compréhensifs en nous laissant nous réunir ici, surtout avec le FBI à deux pas de nous, dans le salon. Si vous êtes décidés à faire partie de l'équipe que je m'efforce de rassembler, venez chez moi à 15 heures.

Samantha se leva elle aussi.

— Il n'y a pas de honte à choisir de vous abstenir. Comme l'a dit Wade, les gens auxquels nous avons l'intention de nous attaquer ne sont pas des enfants de chœur — loin de là. Personne ne vous en voudra si vous préférez faire machine arrière.

Wade s'avança, prit sa main et ils quittèrent le pavillon.

19

Sam sortit les sacs de provisions de la voiture et les apporta dans la maison, suivie de Wade, les bras chargés de courses, lui aussi.

Dans leur vie commune passée, ils recevaient souvent, et elle avait l'habitude d'acheter suffisamment d'amuse-gueules pour nourrir une armée.

Mais ce n'était pas une soirée de détente entre amis qui s'annonçait. Il n'y aurait ni jeux de société ni tentatives de faire se rencontrer des copains célibataires. Elle serait probablement la seule femme présente et aucun des hommes qui participeraient à leur réunion ne la considérerait comme telle — à l'exception de Wade. Elle s'autorisa un petit sourire. Les choses étaient telles qu'elles devaient être.

Leur maison serait leur base opérationnelle pour traquer les trafiquants. *Si*, bien sûr, quelqu'un venait. Wade avait fait un discours enflammé, mais il avait été honnête ; il n'avait pas caché les risques que leur plan impliquait.

— À ton avis, qui va venir ? demanda-t-elle.

— Caleb, à coup sûr.

— Je me disais que nous pouvions le charger des communications. Il faut que quelqu'un reste ici pour coordonner les informations.

Wade rangea diverses boîtes dans le garde-manger, entre la cuisine et le cellier.

— J'espérais que tu t'en occuperais toi-même.

Irritée, elle plaça un paquet de magrets de canard tranchés dans le réfrigérateur et fronça les sourcils.

— Tu veux que je reste ici parce que tu penses que je ne suis pas utile sur le terrain ? Ou par peur que je sois blessée ?

— Tu veux la vérité ?

— Évidemment.

C'était la condition sine qua non pour qu'elle regagne confiance en lui.

— Ce n'est pas parce que je tiens à te protéger ou que je ne te juge pas à la hauteur. C'est juste… une question d'instinct. C'est plus fort que moi.

— Eh bien, maîtrise-le.

Elle disposa des bananes et des pommes Granny Smith dans un saladier.

— Il va falloir que tu apprennes à me laisser mener ma barque comme je l'entends. Faire ce que j'ai à faire. Et ça vaut aussi pour Jenny. Elle grandit et elle a besoin qu'on lui laisse une certaine indépendance.

Wade éleva les deux mains.

— Hé, tu ne sous-entends quand même pas que je n'aurai pas le droit de m'occuper de notre petite fille ?

— S'occuper d'elle, c'est une chose, mais être un papa poule omniprésent, c'en est une autre.

— Il se trouve que les témoins sous protection ont beaucoup de temps pour regarder la télévision. J'ai vu des tas d'émissions sur le sujet. Ne t'inquiète pas, je ne l'étoufferai pas en me comportant en papa poule.

Elle lui décocha un sourire.

— Tu dois être incollable sur les méthodes parentales.

— À propos de parents, dit-il. Tu as eu les tiens au téléphone à plusieurs reprises. Où en est-on de ce côté-là ?

Elle expliqua le problème technique du Cessna puis aborda la question centrale.

— J'ai dit à papa que tu étais vivant.

Il fit la grimace.

— Aïe. Il est très en colère ?

— Ça n'a pas été sa réaction. Il veut contribuer à appréhender les méchants. Comme tous ces gens du ranch Baxter.

— Nous avons de la chance. Nous sommes entourés de gens bien.

Caleb arriva le premier et il se rendit aussitôt utile en préparant du café.

Sam fonça à l'étage pour se changer et tresser ses cheveux. Lorsqu'elle eut enfilé un jean propre et une chemise à carreaux, elle se campa fermement sur ses jambes et examina son reflet dans le miroir. Elle avait l'air capable, solide, prête à en découdre, ce qui était exactement l'image qu'elle voulait donner d'elle à Wade.

Son regard dériva vers leur lit, qu'elle contempla avec envie. Comme elle était impatiente de s'y retrouver allongée avec Wade, de l'entendre murmurer « Samantha, Samantha… » ! Quand elle redescendit, trois autres adjoints étaient là et leur maison avait pris des allures de quartier général. Une grande carte topographique était dépliée sur la table de la salle à manger. Un quadrillage indiquait les zones à explorer en priorité.

Le problème le plus évident était le manque d'effectifs. Les surfaces à passer au crible étaient vastes. Et ils n'étaient pour l'instant qu'une poignée de volontaires.

Tandis qu'ils s'efforçaient d'affiner leur zone de recherche, chacun y alla de son idée personnelle. Une fois toutes ces informations compilées, il s'avéra qu'ils disposaient finalement de pas mal d'éléments. Être adjoint du shérif amenait à connaître des secteurs isolés où les gens se perdaient, où les voitures tombaient en panne. Où se trouvaient les maisons abandonnées, comme les chalets de Hanging Rock. Y avait-il des locations de vacances susceptibles de servir de repaire aux contrebandiers ? Quelle incidence le feu risquait-il d'avoir sur leurs recherches ?

— Nous ne savons pas ce que les trafiquants vont recevoir en échange des armes, souligna Wade. Il pourrait s'agir de quelque chose de peu volumineux comme des sachets de drogue, mais ce pourrait tout aussi bien être un camion rempli d'êtres humains.

Tandis que la conversation se poursuivait, Sam ouvrit la porte vitrée et sortit sur la terrasse. Le panache de fumée dégagé par l'incendie s'était presque totalement dissipé. Une petite brise fraîche lui caressa les joues.

C'est alors qu'elle les vit. Des voitures, des camions qui remontaient la route conduisant chez eux, soulevant un nuage de poussière rougeâtre. Logan était en tête de file. Il passa la tête par la vitre de sa portière en entrant dans la cour et la salua. Il devait y avoir au moins cinq personnes dans la benne du camion. Quatre autres voitures le suivaient. Le discours de Wade avait porté ses fruits.

Dix minutes plus tard, tout le monde était rassemblé dans la salle à manger. L'atmosphère était à la solidarité. Le plan pour déterminer les zones à parcourir se trouva grandement amélioré par l'aide des cow-boys du ranch Baxter qui pouvaient patrouiller loin et jusque dans les coins les plus inaccessibles à cheval.

Tout à coup, Sam eut l'attention attirée par le bourdonnement des rotors d'un hélicoptère et elle se dirigea vers la fenêtre. Lorsqu'elle vit l'hélico du FBI s'abaisser vers le sol et atterrir sur une aire de terrain plat, près de la route, elle n'en crut pas ses yeux.

Wade la rejoignit.

— Qu'est-ce que ça veut dire ?

— Allons voir.

Logan les rattrapa à la porte d'entrée. Il poussa Wade du coude.

— Qu'est-ce que je t'avais dit ? Mon frère n'aurait pas supporté de ne pas être de la partie.

— Je n'aurais jamais cru qu'il obtiendrait l'aval de son chef.

Ty ouvrit la porte de l'appareil et s'avança vers leur petit groupe. Il s'arrêta à quelques mètres d'eux.

— Vous savez que Hurtado n'approuve pas ma présence ici. Je suis venu vous offrir les services de l'hélico.

— C'est sympa mais que veux-tu que nous en fassions ? s'enquit Wade.

— Il reste encore quelques heures avant la tombée de la nuit, dit Ty. Et c'est probablement le meilleur moyen d'avoir une vue d'ensemble de la superficie ravagée par l'incendie. Le capitaine Hobbs ne vous laissera jamais vous en approcher à pied.

— Je viens avec toi, décréta Logan en avançant d'un pas. Je songe justement à faire l'acquisition d'un hélico pour le ranch. Ce sera une sorte de test. Je reviendrai ici ensuite, après le crépuscule.

Sam les regarda descendre la butte en direction des pales qui tournaient toujours.

— Ah… Rien ne vaut la famille ! murmura-t-elle.

Il hocha la tête.

— Mmm… À ce propos, il faut que j'appelle ma sœur.

— Aïe. J'imagine d'ici le remontage de bretelles. Tu ne veux pas enregistrer la communication pour moi ?

— Désolé de jouer les rabat-joie et de t'empêcher de te divertir en écoutant ma sœur me passer un savon, mais j'ai un autre projet pour toi.

— Natchez ?

Elle l'avait gardé dans un coin de sa tête depuis que Wade avait mentionné son nom.

— Pourquoi moi ? Et qu'espères-tu obtenir de lui ?

— Au cas où tu ne l'aurais pas remarqué, il n'est pas à l'aise avec toi, dit-il. Comme ce type est un imbécile, je pense qu'il te sous-estime.

— Tu crois qu'il fait partie de la bande ?

— Je suis prêt à parier que ce bon vieux Natchez n'aura pas résisté à l'attrait de quelques liasses de billets.

— Et que veux-tu que je fasse ?

— Appelle-le et dis-lui que tu me détestes et que tu veux quitter ce trou perdu. Dis-lui que tu en as assez, que tu veux gagner de l'argent — beaucoup d'argent. Que tu veux faire affaire avec les trafiquants.

— Et tu penses qu'il me croira ?

— Si tu t'y prends bien, il croira n'importe quoi.

Elle apprécia le fait qu'il l'envoie en mission en solo.

— Compte tenu de ton instinct protecteur extrêmement développé, je suis surprise que tu sois prêt à me laisser gérer ça toute seule.

— Qui a dit que tu serais seule ?

L'idée de Wade, c'était de se cacher dans la voiture, avec elle. Une fois qu'elle aurait fait parler Natchez, Wade l'aiderait à l'appréhender. Pour rien au monde elle ne l'aurait avoué, mais elle était contente de savoir qu'il serait là. Natchez se comportait comme un imbécile, mais l'était-il vraiment ? Son attitude macho et sa manie maladive de la propreté n'étaient peut-être qu'une couverture. Il était assez organisé pour être lui-même le meneur du jeu.

Elle composa son numéro. À sa grande surprise, Natchez répondit.

— Je m'attendais à tomber sur votre messagerie vocale, dit-elle.

— Je prends toujours mes appels, répondit-il. C'est plus efficace. Je suppose que vous appelez à propos du meurtre de Morrissey mais je n'ai rien de nouveau à vous apprendre.

La conversation ne s'amorçait pas bien. Il fallait qu'elle parvienne à établir une relation personnelle. Quel était son prénom, déjà ?

— Vous savez, Trevor, je vous reproche souvent de jurer comme un charretier mais en réalité… ça ne me dérange pas vraiment.

— Tiens donc ? Seriez-vous une vilaine fille ?

— Allez savoir… Peut-être.

Il lui faudrait se plonger longuement dans un bain chaud parfumé après cette conversation.

— Mon mari ne comprend pas ça. Il aurait mieux valu qu'il reste mort, finalement.

Après avoir juré copieusement, il déclara :

— Eh bien, pour une surprise, c'est une surprise.

— Écoutez, Trevor, je me disais qu'il y a peut-être une chose pour laquelle vous pourriez m'aider, ronronna-t-elle dans le téléphone. J'en ai assez de végéter dans cette petite ville perdue au fond de nulle part. J'ai envie de gagner de l'argent… Beaucoup d'argent, vous voyez ce que je veux dire ?

— Je crois que je vois, oui répondit-il. Mais il n'est pas question que je vous présente à ces gens-là.

Bingo !

— Oh. Vous les connaissez, alors ?

— Je n'ai pas dit ça.

— Si, Trevor. Vous avez dit que vous ne pouviez pas « me présenter à ces gens-là », souligna-t-elle en se demandant s'il parlait du cartel ou des gens du coin qui trempaient dans la combine. J'étais sûre que vous seriez en mesure de m'aider… Vous avez des relations utiles.

— Il faut que j'y aille, annonça-t-il, visiblement pressé tout à coup de couper court à leur entretien.

Elle l'entendait presque rétropédaler à l'autre bout de la ligne. Il fallait vite qu'elle trouve quelque chose pour le retenir, capter son attention.

— Vous savez, avec tous ces types du FBI dans le secteur… J'entends certaines choses.

— Quels types du FBI ?

— Vous ne les voyez pas qui survolent la région dans leur hélicoptère noir ? Regardez par la fenêtre.

— Si, je les vois.

— Si vous me présentez aux personnes qui peuvent me permettre d'amasser un joli pactole, je vous promets que le FBI n'interviendra pas dans la grosse transaction qui doit se tenir demain soir.

— Vous êtes au courant, pour demain soir ?

— Je vous l'ai dit… J'entends des tas de choses.

Elle l'avait appâté. Restait à conclure maintenant.

— Retrouvez-moi ce soir, Trevor. Je peux venir chez vous.

— Je ne sais pas, répondit-il d'une voix que la nervosité rendait tremblante. Franchement, je ne sais pas.

— Une fois, Trevor. Une seule fois. Il s'agit juste de me mettre en relation avec les contrebandiers.

— Bon, bon, OK. puisque vous insistez.

Ils convinrent de se rejoindre le soir même, à 22 heures, au Pine Cone Motel, de l'autre côté de Woodridge. En coupant la communication, elle ne put s'empêcher de s'interroger. Les hommes étaient-ils réellement aussi crédules ? Ou avait-elle un talent caché pour l'infiltration qu'elle n'avait jamais eu l'occasion d'exercer jusqu'alors ?

Elle aida ensuite Caleb à dépêcher leurs hommes sur le terrain et prit note des rapports réguliers qu'ils leur adressaient. Les cow-boys du ranch prenaient plaisir à jouer la bande de justiciers. Chevauchant chacun leur monture, ils explorèrent le terrain dans un rayon d'environ vingt-cinq kilomètres autour du ranch Baxter. Ils ne pouvaient guère aller plus loin avant la tombée de la nuit.

En se postant sur des hauteurs pour observer le terrain en contrebas, ils décelèrent deux pistes — deux ranchs présentant une intense activité. Mais lorsque les adjoints se rendirent sur place, ils découvrirent qu'une grande réunion de famille se tenait dans le premier et que l'autre avait installé une cuisine d'extérieur afin d'organiser le ravitaillement des pompiers.

À 21 heures, Sam était épuisée. Aller flirter avec Trevor Natchez la tentait à peu près autant qu'une corvée de nettoyage des toilettes. Elle appela Jenny pour lui souhaiter une bonne nuit, puis le capitaine Hobbs qui l'informa que la situation n'avait pas évolué et que le feu était toujours maîtrisé à quatre-vingt-dix pour cent, ce qui signifiait que ses hommes et lui restaient encore dans les parages.

Une demi-heure plus tard, elle était dans son SUV avec Wade couché sur le sol, à l'arrière. Il avait essayé de se faufiler sous le tableau de bord, mais son gabarit hors normes ne se dissimulait pas si facilement dans un espace exigu.

— Une fois là-bas, sois très prudente, la mit-il en garde. N'entre pas trop dans son jeu. Je n'aime pas l'idée qu'il t'ait donné rendez-vous dans un motel. Qu'est-ce que tu lui as raconté, d'ailleurs ?

— Disons que j'ai peut-être laissé entendre que je trouvais son langage ordurier plutôt sexy.

Un grognement réprobateur accueillit sa réponse.

— Enregistre la conversation avec ton téléphone. Ce qu'il faut, c'est l'amener à révéler l'endroit où doit s'opérer l'échange. Et le nom de celui qui mène la danse.

Pas exactement ce qu'on pourrait qualifier de facile.

— Et s'il ne me dit rien ?

— Retour à la case départ.

Le Pine Cone Motel était plein, ainsi qu'elle s'y attendait. Il fallait bien que les pompiers dorment quelque part. Natchez ne lui avait pas indiqué de numéro de chambre mais son Crown Vic impeccable était garé devant le numéro sept et une lumière brillait dans la chambre correspondante.

Après avoir synchronisé son téléphone avec celui de Wade et enclenché l'enregistrement, elle sortit de la voiture, se dirigea vers la chambre de Natchez et frappa à la porte.

— Trevor ? Ouvrez, c'est moi.

Il ne répondit pas, mais la porte s'ouvrit toute seule lorsqu'elle la poussa. Elle n'était pas correctement fermée. Elle retira sa main aussi vivement que si elle avait touché une plaque de cuisson brûlante. Pourquoi laisser la porte ouverte ? Était-il allé chercher de la glace dans la machine installée dans le hall du motel ?

— Je n'aime pas ça, dit-elle à haute voix pour que Wade puisse l'entendre. Je n'aime pas ça du tout.

Wade jaillit du SUV en un éclair. Il accourut, l'arme au poing, et tapota son holster pour lui signifier que c'était le moment de dégainer, elle aussi. La main un peu tremblante, elle referma les doigts autour de la crosse.

Wade acheva d'ouvrir la porte et entra en trombe dans la pièce.

Le corps de Natchez gisait sur le couvre-lit à motif

floral. Il avait deux trous rouges dans la poitrine, comme Morrissey, mais, cette fois, il s'agissait bien de la scène de crime. L'uniforme du policier et le jeté du lit étaient trempés de sang.

20

Sam poussa un hurlement qui s'acheva en un sanglot étouffé. Wade passa la main autour de ses épaules pour la soutenir. La scène était une vraie vision d'horreur. Natchez avait les yeux fermés, son visage était serein, comme s'il avait été endormi au moment où on avait fait feu sur lui, mais son torse était noyé sous une mare de sang.

Samantha hoqueta et recula d'un pas.

— On devrait peut-être jeter un coup d'œil à son téléphone, suggéra-t-elle d'une voix encore incertaine.

Son portable était sur la table de chevet, avec ses clés. L'historique des communications leur apprit qu'il n'avait eu que deux appels : celui de son opérateur et, bien sûr, celui de Sam. Il avait dû utiliser un téléphone à carte pour communiquer avec le chef. Wade était certain que c'était lui qui l'avait tué.

Un visage familier s'encadra dans l'entrebâillement de la porte.

— Excusez-moi… Il y a un problème ?

En les voyant, Justin Hobbs poussa le battant et entra dans la pièce. Il regarda le corps inerte sur le lit puis détourna les yeux.

— Oh ! mon Dieu.

— Vous êtes descendu ici ? questionna Wade.

— Oui, avec pas mal d'autres pompiers.

Son regard s'attarda sur Wade puis il plissa les yeux.

— Mais… vous êtes Wade, le mari de Sam ? Je vous croyais mort !

— Je vais vous expliquer, intervint Sam.

Ses genoux flageolèrent comme elle se tournait vers lui. Elle avait eu son compte d'émotions pour la journée, pourtant il allait falloir, en plus du reste, élucider ce meurtre qui, lui, relevait clairement de sa juridiction.

Wade sortit, à la suite de Hobbs et de Sam.

— Je vais m'occuper de ça, déclara-t-il. Tu peux rentrer à la maison, si tu veux. Peut-être que le capitaine Hobbs aurait la gentillesse de te reconduire… ?

— Non, je suis shérif. Je reste ici.

Luttant contre les larmes, elle ajouta, l'air las :

— Encore une enquête pour homicide. Je crois que nous allons battre tous les records de Swain County.

— Tu n'y es pour rien, souligna Wade.

— En l'occurrence, si. Il était au mauvais endroit au mauvais moment et c'est à cause de moi.

Wade ne l'avait jamais vue aussi accablée. Doucement, il la prit par le bras et l'escorta jusqu'à son SUV. Il ouvrit la portière arrière et décréta :

— Allonge-toi un moment pour te reposer, Samantha. Tu en as besoin.

Lorsqu'il revint vers le motel, le capitaine des pompiers interrogea :

— Puis-je faire quelque chose ?

— Non, merci. Je vais m'en occuper.

— Si ce n'est pas indiscret, puis-je vous demander pourquoi vous vous êtes fait passer pour mort pendant tout ce temps ?

— Programme de protection des témoins.

Il avait conscience de s'exprimer d'un ton sec, mais il avait relaté cette histoire tant de fois que c'était devenu un automatisme.

— Et, maintenant que le procès a eu lieu, vous pouvez sortir de l'ombre à nouveau ?

— Pas exactement, mais disons que les fédéraux disposent d'autres éléments de preuve. Mon témoignage n'est plus capital.

Avant que le massif capitaine Hobbs ne prenne congé, Wade questionna :

— Au fait, le feu est-il contenu désormais ?

— Quasiment. Il ne reste plus que quelques petits foyers à surveiller.

Comme Samantha l'avait fait pour Morrissey, Wade prit des photos de la scène de crime. L'arme ne semblait pas se trouver sur les lieux. Il prit contact avec l'ambulance de Glenwood Springs et appela Ty pour lui demander s'il était possible d'utiliser le laboratoire scientifique du FBI pour pratiquer l'autopsie du corps de Natchez.

Il suivit la procédure comme s'il avait conduit des enquêtes pour homicides toute sa vie. Il parla avec le directeur de l'établissement, qui l'informa qu'il n'avait rien remarqué d'étrange et que le motel n'était pas équipé de caméras de surveillance, puis il interrogea plusieurs clients. Mais aucun d'entre eux n'avait rien vu ni entendu non plus.

Une fois que cette affaire serait terminée, médita-t-il, le paisible petit comté de Swain County disposerait d'une équipe de forces de l'ordre exceptionnellement expérimentée en matière médico-légale. Mais, d'un autre côté, il espérait bien ne plus jamais avoir à faire appel à ces connaissances-là.

De temps à autre, il allait jeter un coup d'œil à l'arrière du SUV, où Samantha dormait toujours, une couverture remontée sur la tête. Elle était vraiment à bout de forces.

Lorsque tout fut terminé et que l'ambulance eut emmené la dépouille de Natchez à Denver pour l'autopsie, Wade s'installa au volant du SUV. Mais il ne pouvait pas rouler avec Samantha endormie sur la banquette arrière. En cas de coup de frein, elle aurait pu se blesser en tombant sur le sol.

— Samantha, on s'en va. Réveille-toi.

Elle ne bougea pas d'un pouce.

— Quelle marmotte tu fais… Allez, réveille-toi.

Toujours aucune réaction sous la couverture. L'inquiétude commença à poindre en lui. Que se passait-il ? Était-elle malade ? Si quelque chose lui arrivait, il ne le supporterait pas, il ne pourrait pas continuer sans elle.

Quittant son siège, il descendit de voiture et ouvrit la portière arrière. Il tira la couverture. Rien. Personne. Elle était partie.

Un morceau de papier voleta jusqu'au sol. Il l'attrapa. La note était si mal écrite qu'il eut du mal à la déchiffrer.

« Si vous voulez la revoir vivante, arrêtez tout. Stoppez les recherches. Plus de bâtons dans les roues. »

Si ce message provenait du cartel, c'était comme si Samantha était déjà morte. Une sensation de vide l'envahit, se propagea dans tout son être jusqu'à ce qu'il n'éprouve plus rien. Comme si son corps tout entier était anesthésié. Une coquille vide, sans force ni souffle. Il avait perdu la volonté de vivre.

Il se laissa tomber sur le bord du trottoir, devant la chambre dans laquelle Natchez avait été abattu. La terrible ironie de la chose, c'était que, tout à coup, il comprenait — il comprenait *vraiment* — ce par quoi elle était passée lorsqu'il avait feint d'être mort. Et il ne pouvait même pas le lui dire ! Ce fut le pire moment de sa vie, sa plus grande douleur.

Non. Il ne pouvait pas la perdre !

Sam n'y voyait rien. Elle avait la tête couverte d'un capuchon noir et du ruban adhésif sur la bouche. Elle respira par le nez, lentement, puis exhala de la même façon.

Elle avait l'impression de vivre un cauchemar dont elle ne parvenait pas à sortir. Ça n'avait pas de sens. Elle ne pouvait pas être à l'arrière d'une camionnette, sous une pile de couvertures ? Où l'emmenait-on ?

Elle avait été droguée. Ça expliquait pourquoi elle n'arrivait pas à avoir les idées claires. La dernière chose dont elle se souvenait, c'était de s'être endormie sur la banquette de son SUV. Non… Il y avait autre chose aussi. Du sang… Elle se souvenait d'un corps ensanglanté. Il y avait eu un autre meurtre. Natchez. Natchez et son uniforme recouvert de sang. Comment était-ce possible ? Si on lui avait tiré dessus alors qu'il était couché, le sang aurait dû s'écouler au-dessous de lui. Les choses ne s'étaient pas déroulées ainsi. Il avait dû se débattre, lutter. Et son assassin avait dû placer son corps sur le lit *ensuite*.

Il fallait vraiment être sadique pour monter une telle mise en scène et regarder un homme mourir sous vos yeux. Ce scénario-là était pire que si le tueur était entré, avait commis son forfait et était parti.

Et il fallait se rendre à l'évidence : l'assassin lui avait ligoté les mains et les chevilles. Elle était à l'arrière de son camion. Tout ce qu'elle pouvait espérer, c'était qu'il la tue rapidement de deux balles dans le cœur.

21

Lorsqu'il rentra à la maison, Wade ne parla à personne. Le chagrin qu'il éprouvait était trop écrasant. Il parvint tout juste à grimper jusqu'à sa chambre, où il se laissa tomber sur le lit. Tout était de sa faute. Il ne pouvait en vouloir à personne d'autre qu'à lui-même.

Il n'avait pas suffisamment protégé Samantha. Et maintenant, elle avait disparu.

Son téléphone sonna et il décrocha rapidement, espérant que c'était elle qui appelait et qu'elle allait lui dire que tout allait bien.

Numéro inconnu.

— Qui est à l'appareil ?

— C'est Ty. Où es-tu ?

Depuis le début, Wade s'était dit qu'il aurait dû soupçonner Ty. Même si c'était son vieil ami, même s'ils avaient grandi ensemble, cela ne signifiait pas qu'il ne jouait pas un rôle aujourd'hui. C'était peut-être lui le mystérieux chef qu'ils cherchaient à identifier.

Trois éléments l'incriminaient. Un, c'était Ty qui avait suggéré l'idée de simuler sa mort. Deux, il était relativement haut placé dans l'échelle des forces de l'ordre. Et trois, il connaissait beaucoup de monde ici du fait qu'il était né à Swain County.

D'un autre côté, si c'était lui, c'était peut-être un point positif parce qu'il aimait Samantha et ne lui ferait jamais de mal. Wade modula sa voix, veillant à en bannir toute trace d'hostilité.

— Je suis à la maison. Je suis rentré directement du motel. Tu viens t'assurer que je ne suis pas en train de poursuivre les recherches ?

— Quelque chose ne va pas, je l'entends à ta voix, dit Ty. J'arrive dans quelques minutes.

— Où es-tu ?

— Au ranch. Où veux-tu que je sois ?

Bien. Mais le fait qu'il soit au ranch ne prouvait pas qu'il était innocent. Il avait pu déléguer la sale besogne à un comparse.

Bon sang, il devait bien y avoir quelque chose à faire… Mais quoi ? Le cerveau de Wade ne répondait pas, comme s'il tournait à vide. Il resta étendu sur le lit, les yeux braqués sur le plafond, à passer en revue les suspects possibles. Son favori était Hurtado, principalement parce que l'homme lui était antipathique.

Everett Hurtado aurait fait un chef de réseau idéal. Non seulement il était en position de pouvoir détourner l'attention du FBI et des autres agences fédérales, mais il était habitué à diriger. Tout ce dont il avait besoin pour mener discrètement ses affaires illégales, c'étaient des téléphones portables à carte prépayée. Et Hurtado n'aurait sûrement pas craché sur l'argent qu'il y avait à gagner en organisant ce trafic illégal.

Wade examina ensuite les cas de deux autres policiers. Puis vint le tour de Justin Hobbs. Le capitaine des pompiers était présent au Pine Cone Motel. Il était régulièrement en contact avec Samantha.

Wade se souvint du soir où Hobbs était passé voir Samantha. Sur le moment, il lui avait semblé qu'il essayait de la draguer. Mais peut-être cherchait-il seulement à savoir si Wade était vivant ? Ce soir, lorsqu'ils s'étaient vus, Hobbs avait paru surpris de découvrir qu'il n'était pas mort. Jouait-il la comédie ? Difficile à déterminer avec cette barbe qui lui masquait en partie le visage.

Le fait de savoir qu'il n'était pas mort constituait un

élément clé. Le chef du réseau qui était responsable de la mort de Morrissey avait voulu faire accuser Wade en plaçant son Colt 45 sur la scène de crime. Mais pour que cette mise en scène fonctionne, il fallait que Wade soit en vie. Si Hobbs n'était pas dans le secret, ce ne pouvait pas être lui.

Ty frappa à la porte de sa chambre.

— Wade ? Ça va, mon vieux ? Qu'est-ce qui se passe ?

La preuve ultime de ce qu'il pressentait lui apparut subitement. Il avait enfin sa réponse. Il espéra qu'il arriverait à temps pour sauver Samantha.

Sam n'aurait su dire depuis combien de temps elle était retenue prisonnière mais cela lui paraissait faire une éternité. Le capuchon noir était toujours en place, mais la pièce dans laquelle elle se trouvait semblait plus claire. L'aube devait se lever.

Elle était sur un lit. Les cordes qui lui entravaient les poignets étaient attachées aux montants du lit. Ses chevilles étaient toujours ligotées, elles aussi, mais la corde qui les liait n'était fixée à rien d'autre. À force de remuer, le lien qui emprisonnait ses poignets s'était un peu relâché mais pas suffisamment pour qu'elle puisse se libérer.

Tout ce qu'elle avait réussi à faire, c'était à mordiller le scotch qui lui obstruait la bouche. Au moins pouvait-elle maintenant respirer aussi par la bouche. Une plus grande quantité d'oxygène parvenait donc à son cerveau et elle avait l'esprit moins embrouillé.

Aucun doute, elle avait été prise en otage. Ils voulaient se servir d'elle pour faire pression sur Wade et lui forcer la main.

En se tortillant, elle réussit à s'asseoir près de la tête de lit, une position dans laquelle elle se sentait moins vulnérable que lorsqu'elle était allongée. Si elle arrivait à retirer ce capuchon, elle pourrait tenter de ronger les cordes.

Le capuchon remonta progressivement jusqu'à son menton. En bougeant la tête de droite à gauche, elle le fit glisser un peu plus haut. Puis encore un peu plus. Et, enfin, il libéra son visage. La lumière pâle du petit matin l'aveugla.

Elle se trouvait dans une petite chambre, sur un lit aux draps douteux. Il n'y avait ni photos ni images sur les murs d'un beige terne. En regardant par l'unique fenêtre, elle vit qu'elle était au premier étage. Il ne semblait pas y avoir d'autres maisons dans le voisinage, mais elle appela quand même à l'aide.

Après son premier cri, elle attendit, le cœur battant. Elle n'avait pas entendu marcher depuis longtemps. Son geôlier l'avait-il laissée seule ici ? Elle appela de nouveau.

Elle avait la gorge irritée. L'intérieur de sa bouche lui semblait être en coton. Si on l'avait abandonnée seule ici, c'était qu'il n'y avait pas de voisins proches.

Elle se concentra sur les cordes qui attachaient ses poignets au lit.

Avant qu'il ne quitte la maison, Wade mit Caleb dans la confidence et lui demanda de dire aux autres qu'il ne serait pas joignable. Il lui plaça d'autorité l'un de ses derniers téléphones dans la main.

— Ensuite, tu m'appelleras et tu me diras qui essaie de savoir où je suis.

— Tu peux compter sur moi.

Wade regarda le vieil adjoint dans les yeux. Il faisait partie de ses collaborateurs les plus fiables.

— Je te fais confiance, Caleb, dit-il.

Et il sauta dans le gros SUV noir de Ty.

— On va à Woodridge. Au bureau du shérif.

Ty démarra.

— Est-ce que ça t'ennuierait de me dire ce qui se passe ? Je vois bien que quelque chose ne va pas. Où est Sam ?

Wade n'avait pas l'intention de répondre à la moindre question tant qu'il ne détiendrait pas la preuve qu'il recherchait. Ty était toujours un suspect potentiel à ses yeux.

— Pourquoi m'as-tu appelé, au fait ?

— Je voulais t'informer que nous avions un médecin légiste du FBI à l'hôpital de Glenwood. Il a pratiqué une autopsie préliminaire sur Natchez. Les projectiles qui l'ont tué venaient d'une arme différente de celle qui a tué Morrissey.

Ça, Wade le savait déjà.

— Est-ce que tu connais bien Justin Hobbs ?

— D'après ma mère, c'est un parti intéressant. Si tu n'étais pas revenu d'entre les morts, ce bon vieux Justin aurait sûrement tenté sa chance auprès de Sam.

Wade espéra que l'affection que Hobbs portait à Sam était réelle. Si c'était lui le chef…

Ty se gara devant le bâtiment et ils grimpèrent rapidement la volée de marches en pierre qui menait à la porte d'entrée. À l'aide des clés de Sam, Wade ouvrit la porte. Dans le bureau du shérif, il trouva ce qu'il cherchait. Parmi les nombreuses photos de groupes d'habitants de la petite commune, il repéra le cliché qu'il avait en tête depuis ce jour à Austin où il avait remarqué un visage familier.

Et voilà ! Ce visage, Wade l'avait à présent sous les yeux. L'homme qu'il ne connaissait pas et qui avait changé le cours de sa vie. Il était au centre d'une photo de groupe d'une brigade de pompiers volontaires, au premier rang. Juste à côté de lui se tenait Justin Hobbs.

— C'est lui le chef, déclara-t-il. Et il retient Samantha en otage.

Sam entendit du bruit quelque part dans la maison. Puis il y eut un claquement de porte. Les pas se rapprochèrent de sa chambre. Il était trop tard pour remettre la capuche en place, mais elle ne tenait pas à voir la personne qui allait entrer dans la chambre. Ses chances de survie seraient sensiblement amoindries si elle voyait son visage.

La porte grinça.

— Bonjour, Sam. J'ai une surprise pour vous.

— Justin ?

Elle ouvrit les yeux et contempla son visage.

— Vous pouvez me détacher ? J'ai les pieds ankylosés.

— Attendez d'avoir entendu la nouvelle que je vous apporte. Je pense que vous serez moins pressée de vous échapper ensuite.

Tu parles ! Sam était à cent lieues de se soucier des contrebandiers ou du cartel pour le moment. Tout ce qu'elle voulait, c'était vivre, retrouver sa vie d'avant avec Wade.

Hobbs lui tendit son téléphone — celui qu'on lui avait enlevé — et appuya sur une touche. La voix de Jenny s'éleva dans le silence.

— Bonjour, maman. On va bientôt venir te voir. C'est le capitaine des pompiers qui nous l'a dit, tu sais, celui qui est venu dans mon école l'année dernière pour parler des alertes incendie.

Sam eut l'impression que son cœur cessait de battre. Elle leva les yeux.

— Comment avez-vous pu ?

— Il était temps que ces programmes d'information scolaire rapportent enfin quelque chose.

— Vous avez trompé ma fille. Vous l'avez amenée à vous faire confiance.

— Et votre père aussi, ajouta Hobbs en consultant sa montre. Ils devraient être là dans une demi-heure environ. Votre père est un sacré personnage. Il ronge son frein et tourne dans le coin comme un lion en cage depuis hier en attendant de pouvoir intervenir et sauver le monde. Il me rappelle Wade. C'est le genre d'homme que vous aimez, hein ?

— Dites-moi ce que vous voulez. Mais laissez Jenny en dehors de tout ça, dit-elle, ne songeant qu'à protéger sa fille.

— Je veux toucher l'argent que va rapporter cette dernière opération. Tout ce que vous avez à faire, c'est attendre ici, avec votre mère, votre père et votre fille, que tout soit terminé, sans informer qui que ce soit de l'échange qui va avoir lieu.

— D'accord, acquiesça-t-elle en hochant vigoureusement la tête. Je ferai ce que vous direz.

— Bien. C'est le plus raisonnable, répondit-il. J'ai une

petite maison secondaire au Mexique, où je pourrai couler des jours paisibles.

Elle réprima la haine qui montait en elle et regarda les cordes qui maintenaient ses poignets.

— OK. Vous voulez bien me détacher, s'il vous plaît ?

— Je n'ai pas besoin de vous dire que, si vous tentez quoi que ce soit, cela aura des conséquences pour Jenny.

— Je comprends.

— Même si vous parveniez à me mettre hors circuit, des tas de gens travaillent pour moi. Quatre ou cinq d'entre eux surveillent les parages. Ils seront là d'ici peu. Ils vont vous plaire. Ils portent l'uniforme des pompiers.

— C'est comme ça que vous avez pu déplacer vos hommes ?

— Que voulez-vous, tout le monde aime les pompiers.

Il se mit à dénouer ses liens.

— Il me suffit de donner un uniforme à mes hommes et de leur dire d'éviter de trop parler.

— Puis-je vous poser une question ? s'enquit-elle en se démanchant le cou pour le regarder. Qui s'est introduit chez moi pour voler l'arme de Wade ?

— C'est Morrissey. J'avais entendu dire par un informateur que votre mari était un témoin capital dans l'affaire. Quand il a réussi à fausser compagnie à ses gardiens, je me suis tout de suite dit qu'il fallait l'intercepter. Je savais qu'il commencerait par rentrer chez lui.

Ses chevilles étaient enfin libérées de leurs liens. Sam s'efforça de remuer les orteils. Il faudrait un peu de temps avant que le sang ne se remette à circuler normalement.

— Qui était votre informateur ?

— Peu importe, éluda-t-il en retirant totalement le capuchon de sa tête et en enlevant le reste de ruban adhésif. Morrissey a pris l'arme chez vous, le joli petit revolver fantaisie de Wade. C'était parfait pour faire croire que votre mari était impliqué dans le crime. Il ne me manquait plus qu'un cadavre. Et j'avais là, devant moi, un indic du FBI.

— Morrissey.

— Je l'ai abattu à l'arrière de mon camion et je l'ai ensuite emmené sur la scène du prétendu accident. J'ai laissé quelques gars là-bas pour simuler une embuscade. Dans l'idée, Ty ou vous survivriez et celui de vous deux qui s'en sortirait serait obligé d'arrêter Wade à cause des preuves matérielles trouvées sur la scène de crime.

— Le revolver, souligna-t-elle, se souvenant du dilemme auquel elle avait été confrontée lorsqu'il s'était agi de faire disparaître l'arme. Comment saviez-vous que je me trouverais dans les parages ?

— C'est vous-même qui m'avez indiqué l'endroit où vous étiez lors de l'une de nos communications téléphoniques. Vous m'avez mâché le travail. Je n'avais plus qu'à vous tendre un piège, Sam, je vous ai parlé des randonneurs… Et vous êtes tombée tête baissée dans le panneau. Je m'étonne que vous ne l'ayez pas compris plus tôt.

— Oui… J'aurais dû.

Avant de délivrer ses mains, il posa son arme de poing sur la table de nuit. C'était tentant. Elle songea à jouer l'innocente, à essayer de gagner sa sympathie pour pouvoir s'en emparer. Et ensuite ? Jenny serait toujours à sa merci.

Ses mains étaient libres, désormais. Hobbs recula de deux pas, laissant son arme sans protection. Non… C'était délibéré.

— C'est un test ?

— Si c'est le cas, vous l'avez réussi haut la main, rétorqua-t-il négligemment en reprenant son arme. Jouons un peu à la dînette, Sam. J'ai des œufs et du bacon dans le réfrigérateur. Allez, vous allez me préparer une bonne omelette.

Une vision d'huile bouillante lancée à sa tête passa devant les yeux de Sam tandis qu'elle se levait et se dirigeait d'un pas vacillant vers la pièce d'à côté.

Dans son dos, elle entendit Hobbs engager une cartouche dans son pistolet automatique.

— Il n'était pas chargé, nota-t-elle.

— Je ne suis pas complètement stupide.

Mais il l'était maintenant. Si une nouvelle occasion de s'en emparer se présentait, elle pourrait rééquilibrer les forces en présence. Dans la cuisine, il y avait beaucoup d'ustensiles qu'elle pouvait utiliser pour le mettre hors d'état de nuire : des couteaux, des poêles à frire.

Le blesser ne suffirait pas. Si elle lui laissait la moindre chance de reprendre la main, il se retournerait contre Jenny. La seule façon d'assurer la sécurité de sa fille était de le tuer.

Ses renforts n'allaient pas tarder. Il fallait passer à l'action avant leur arrivée. Au lieu de l'attaquer directement, elle sortit la boîte d'œufs du réfrigérateur.

— Combien d'œufs ?

— On va préparer des œufs brouillés pour cinq personnes.

Il partit d'un petit rire.

— Vous ne me demandez pas où en est le feu, à Hanging Rock ?

Il avait mentionné les chalets, mais c'était l'idée de Wade d'aller jeter un coup d'œil là-bas.

— Je suppose que vous aviez tout préparé pour mettre le feu au chalet ?

— Je suis un pro.

Des coups de feu retentirent tout à coup à l'extérieur. *Jenny !*

— Que se passe-t-il ?

Hobbs se dirigea vers la fenêtre, le pistolet toujours braqué sur elle.

— Mes hommes tirent sur quelque chose.

Elle formula une prière muette. *Pas sur mes parents. Pas sur Jenny.*

— Je connais ce gros SUV noir tape-à-l'œil, dit-il. C'est votre ami Ty. Et regardez donc qui est avec lui.

Sam n'hésita pas l'ombre d'une seconde. Avec la précision d'une femme qui avait joué au softball chaque année de sa vie depuis l'âge de six ans, elle projeta un œuf dans sa direction, visant le visage, puis un autre, et encore un autre. Au moment où, instinctivement, il levait les bras pour se protéger, elle se rua sur lui et abattit la poêle de toutes ses forces sur son crâne.

Hobbs était grand, robuste. Il ne chancela pas. À l'aveuglette, il fonça dans sa direction.

Sam aussi était grande et robuste. Elle le frappa de nouveau.

Il tomba sur un genou.

Tenant la poêle comme une raquette de tennis, elle lui assena de toutes ses forces un autre coup.

Cette fois, il s'affala à plat ventre sur le sol.

D'un geste vif, elle attrapa son arme et se précipita vers la fenêtre. Elle se mit à faire feu sur les hommes de Hobbs, diversion qui suffit à Ty et Wade pour reprendre la main et les maîtriser. Comme Ty pointait son fusil semi-automatique sur eux, les deux hommes qui étaient encore debout lâchèrent leurs armes et levèrent les mains.

Wade s'élança vers le porche et elle courut à sa rencontre. Il la serra fiévreusement contre lui.

— J'ai bien cru que tu étais morte, murmura-t-il.

— Eh bien, comme ça, nous sommes quittes, riposta-t-elle avant de l'embrasser avec fougue.

Ty les interrompit.

— J'aurais besoin d'aide, si ce n'est pas trop demander. Il me faut des menottes.

— J'arrive, répondit Wade. Dès que j'aurai dit à cette femme que je l'aime plus que tout.

Une petite voix résonna dans le silence :

— Papa ?

Sam leva les yeux. Ses parents se tenaient à l'orée de la forêt. Jenny lâcha leurs mains et s'élança vers son père. Il ouvrit grand les bras et la fit tournoyer au-dessus de sa tête.

Sam sentit une larme rouler sur sa joue. Maintenant, les choses étaient telles qu'elles devaient être. Leur famille était réunie.

Épilogue

Après deux jours entiers passés à s'occuper de la paperasse et à remplir des formulaires, Sam imprima enfin son tout dernier rapport et le déposa sur la pile, au centre de son bureau. Après la folie meurtrière qui s'était emparée de Swain County, le retour à la normale n'était pas une mince affaire. Elle croulait sous les déclarations de témoins, les rapports médicaux, les rapports d'autopsie, les photographies, les dossiers d'arrestation, les rapports de police.

De ses deux mains, elle poussa le tas de documents vers Ty, assis en face d'elle.

— Voilà. Deux homicides, Morrissey et Natchez. Tous deux commis par Justin Hobbs. Et j'ai inclus le rapport d'expertise balistique du Colt 45 que Hobbs a reconnu avoir utilisé pour faire accuser Wade.

— Il y a eu un autre meurtre, rappela Ty. Le type que j'ai descendu sur la route, près de la cache du FBI.

— Il y figure également, avec les dossiers d'hospitalisation des deux blessés. Ces deux-là ainsi que les hommes qui se trouvaient dans le chalet de Hobbs ont été placés en détention et inculpés d'agression contre des officiers fédéraux. Plus, les quatre autres qui ont été coincés par l'équipe des cow-boys du ranch. Sans oublier qu'ils ont aussi mis la main sur la marchandise qui devait être remise au cartel Esteban : des armements de haute technologie.

— Hobbs nous a tous bien roulés dans la farine.

— *Vous a tous* bien roulés dans la farine. Pas moi. J'étais sûre qu'il cachait quelque chose derrière cette grosse barbe.

— C'est drôle, dit Ty. Maintenant que sa barbe est rasée, il ressemble à l'un des chefs du cartel. Les liens du sang sont toujours les plus forts. En fait, s'ils ont pris contact avec lui à l'origine, c'est parce qu'il avait des liens de parenté avec l'un des leurs.

— Tiens donc… Comme quoi, les méchants savent se serrer les coudes.

Ty rit doucement.

— Tu es fière de toi, n'est-ce pas ?

— Pardi ! Ce n'est pas si souvent que le shérif d'un petit comté parvient à en remontrer au FBI.

Mieux encore, elle passait désormais la main aux fédéraux pour la suite de l'enquête.

— Tes talents — et ceux de Wade — ont été remarqués.

— Merci, agent spécial Baxter.

Elle désigna la pile de documents.

— Si le FBI a besoin des documents en plusieurs exemplaires, il y a une photocopieuse dans le hall, près du bureau du maire.

— Inutile. Autant prendre les informations dont j'ai besoin directement à partir de l'ordinateur.

— Non, non, il n'en est pas question.

Elle avait entendu toutes sortes d'histoires à propos de pirates qui pénétraient régulièrement les systèmes informatiques du FBI.

Ce fut à cet instant précis que Wade et Jenny firent irruption dans son bureau. Son mari lança :

— Hors d'ici, Ty. Je suis le seul à avoir accès à son ordinateur.

Sam ouvrit les bras et Jenny se précipita vers elle.

— Eh bien, qu'est-ce que vous avez fait, papa et toi ? Je ne vous ai pas vus depuis le déjeuner !

— On est allés à Roaring Fork, répondit Jenny.

C'était la rivière où Wade avait orchestré sa prétendue disparition.

— J'espère que tu as été prudente.

— Oui, on a parlé des dangers de l'eau. Et on a vu des gens sur des gros rafts orange et jaune.

Ils n'avaient pas encore expliqué à leur fille la mystérieuse réapparition de son père. Il faudrait aborder la question avant qu'elle ne retourne à l'école mais, pour l'instant, Wade passait le plus clair de son temps libre à renouer le contact avec sa fille de cinq ans. Et, à ce qu'en voyait Sam, cela se passait bien… plus aisément qu'entre elle et son mari.

Elle aimait Wade plus que tout au monde. Elle lui avait dit qu'elle lui pardonnait, mais il allait falloir du temps avant que la douleur et la colère résiduelles ne s'effacent totalement.

— Et on est allés faire des courses à Glenwood, continua Jenny avant de décocher un sourire espiègle à son père et de porter l'index à sa bouche. Mais c'est un secret.

— Chut, ne dis rien, rappela son père en la soulevant des genoux de sa mère et en la posant sur le sol. Dis-moi, tu veux bien emmener Ty dans l'autre bureau et lui faire un dessin du raft qu'on a vu tout à l'heure ?

La petite fille planta les poings sur ses hanches menues et regarda son père bien en face.

— Tu dis ça parce que tu veux parler à maman.

— Eh bien… Rien ne t'échappe, petite futée.

Jenny prit Ty par la main et l'entraîna dans l'autre bureau.

— Ferme la porte derrière toi, oncle Ty. Je parie qu'ils veulent s'embrasser.

— Oh ! Tu crois ? Ils s'embrassent souvent ?

Jenny leva les yeux au ciel.

— Tout le temps.

Wade fit le tour du bureau et vint se poster à côté de Sam. Il montra la pile de papiers.

— Ça y est ? Tout est bouclé ?

— Oui !

Elle poussa un long soupir.

— En une semaine, on a eu plus de crimes que dans l'histoire entière de Swain County — et je compte le hold-up de Butch Cassidy et le Sundance Kid.

— Tu as travaillé d'arrache-pied, nota-t-il en se plaçant derrière son siège.

Il plia et déplia les doigts, repoussa sa longue tresse de côté et se mit à lui masser la nuque.

— Alors ? Quel effet cela te fait-il ?

— C'est mieux que la caresse d'un ange.

Comme la tension diminuait dans ses épaules, elle poussa un gémissement de plaisir.

— Un ange un peu canaille.

— Être shérif, c'est beaucoup de travail et de responsabilités.

Elle avait eu l'intention d'aborder le sujet depuis un moment déjà. Il était shérif lorsqu'il avait disparu. Mais, en son absence, c'était elle qui avait été élue à ce poste.

— Oui, mais ça me plaît.

— Tu as peut-être l'intention de réfléchir avant de déclarer que tu veux conserver ce poste.

Il laissa glisser ses mains le long de ses bras, se pencha en avant et lui mordilla le lobe de l'oreille, déclenchant un délicieux fourmillement qui ne tarda pas à gagner le reste de son corps.

— Tu as bien failli te faire tuer cette semaine.

— Le travail de shérif me plaît. Je n'ai pas envie d'y renoncer pour le moment.

— Heureux de l'apprendre, répondit-il.

Bien que distraite par les délicieuses caresses qu'il lui dispensait, elle fut surprise par sa réponse. Elle se leva, plongea le regard dans ses yeux mordorés et passa les bras autour de son cou.

— Je croyais que tu voulais récupérer ton poste.

— Tu es un bon shérif, tout le monde s'accorde à le dire. Ce serait dommage d'arrêter parce que je suis revenu.

Elle était on ne peut plus d'accord avec lui.

— Pourquoi ai-je le curieux sentiment que tu es en train de me manipuler ?

Il leva la main droite comme s'il s'apprêtait à prêter serment.

— Je ne ferai jamais rien sans te consulter au préalable, toi, ma femme. Est-ce que tu te sens prête pour un éventuel projet ?

— Vas-y. Je t'écoute.

— Le chef de Ty, Everett Hurtado, m'a proposé de travailler pour le FBI. Je suis censé remettre la cache en état et m'en occuper. Ils ont l'intention de l'utiliser à l'avenir comme un lieu de réunion et de consultation. Et ils voudraient que j'organise un programme d'entraînement en extérieur pour leurs agents.

— Tu aurais le statut d'agent du FBI ?

— De consultant, dit-il. Ce qui est très différent. Je ne serais pas impliqué activement dans des enquêtes et, donc, il n'y aurait pas de danger.

Cela commençait à sonner trop beau pour être vrai.

— Et… serais-tu amené à voyager ?

— Un peu, peut-être, mais je serais mon propre patron et je pourrais toujours refuser ou choisir le moment de ces déplacements.

Elle posa ses lèvres sur les siennes.

— Tu sais quoi ? J'aime beaucoup ce projet.

— C'est ce que je pensais.

Il l'embrassa avec plus de ferveur et elle savoura le plaisir étourdissant, unique, que seul Wade était capable de lui apporter. Elle se pressa contre lui. Comme elle ne portait pas son gilet pare-balles, sa journée ayant été consacrée à des tâches administratives, elle sentit les muscles de son torse et de son abdomen.

Elle poussa un soupir langoureux.

— Je t'aime.

— Attends, ce n'est pas fini !

Il fit pivoter son fauteuil et la fit asseoir dessus.

Sous son regard étonné, il mit un genou à terre et sortit un petit boîtier de velours noir de sa poche. Elle écarquilla les yeux, décontenancée.

— Qu'est-ce que tu fais ?

Il ouvrit la boîte et lui montra la bague.

— Samantha Calloway, veux-tu redevenir ma femme ?
— Tu veux qu'on renouvelle nos vœux ?
— Oui.

La bague en platine sertie d'un diamant bleuté scintillait de mille feux.

— Jenny t'a aidé à choisir ?
— Elle a dit que la pierre devait être bleue, comme tes yeux.

Sam fit glisser la bague sur son annulaire. On aurait pu croire que le bijou avait été fait sur mesure pour elle tant il lui allait à la perfection. À l'image de leur couple, songea-t-elle. Ils formaient l'accord parfait.

Retrouvez prochainement,
dans votre collection
BLACK ROSE

Le secret de Kyra, de Carol Ericson - N°697

ENQUÊTES À LOS ANGELES – 4/4

Pour Kyra Chase et Jake McAllister, la quête touche à sa fin et ils sont à deux doigts de déjouer la terrible machination mise en place par le Joueur. Mais, pour le piéger, Jake sait qu'il va devoir brûler sa dernière cartouche en levant le voile qui plane sur le passé de Kyra. Ce secret qui, depuis le premier meurtre, fait d'elle la cible privilégiée du criminel…

Réunis par le passé, de Janice Kay Johnson

Chaque nuit, Gabriella fait des cauchemars… Des rêves énigmatiques qui, elle le sait, trouvent leur source dans son enfance. Déterminée à affronter ce traumatisme, elle revient à Leclaire, la ville où elle est née. Mais, dès son arrivée, elle sent peser sur elle une sourde menace. Un danger qui la pousse à demander aide et protection à Jack Cowan, le troublant détective qui enquête sans relâche sur le passé de leurs deux familles…

Deux vies à protéger, de Julie Anne Lindsey - N°698

Debout devant sa porte, Maisy l'attend, tremblante de peur et de froid. Aussitôt, Blaze Winchester comprend que le programme de protection qui a été érigé autour d'elle vient de s'écrouler. Désormais, et ce jusqu'au procès où elle doit témoigner, il sera seul pour protéger celle dont il est tombé éperdument amoureux. Ou, pour être plus précis : les protéger… car Maisy, sans aucun doute possible, porte son enfant…

Une promesse vite oubliée, de Barb Han

Jamais plus elle ne fera confiance à un homme ! C'est du moins la promesse que s'est faite Makena après avoir réussi tant bien que mal à échapper au flic violent qu'elle avait cru aimer. Une promesse qui vole en éclats le jour où elle revoit Colton O'Connor. Colton, le shérif de la ville, Colton dont elle était amoureuse autrefois et qui, devenu veuf, élève seul ses deux jumeaux…

Retrouvez prochainement,
dans votre collection

BLACK ROSE

Troublante rencontre, de K.D. Richards - N°699

Tout ! Addy est prête à tout pour retrouver Cassie, sa sœur disparue. Aussi lorsque Shawn West, le séduisant détective avec qui elle a passé une nuit d'amour quelques mois auparavant, lui propose son aide, c'est avec soulagement qu'elle accepte... Avant de se demander si le soutien de Shawn est désintéressé ou si elle va juste servir de couverture dans l'enquête qu'il mène sur l'entreprise où Cassie travaillait...

Une fillette en héritage, de Jane Godman

Silencieux, Everett fixe le bébé qu'Alyssa tient dans ses bras et tente de faire le point sur les émotions qui le submergent. D'abord ces retrouvailles inattendues avec son ex. Puis l'annonce brutale du décès de Sean, son ami d'enfance devenu trafiquant de bétail. Et enfin la nouvelle que le notaire vient de lui asséner : Alyssa et lui sont les tuteurs de l'enfant de Sean, cette adorable fillette âgée de six mois...

Quand le risque nous rapproche, de Marie Ferrarella - N°700

Suite au décès inexpliqué de plusieurs personnes âgées dans des maisons de retraite d'Aurora, Noelle O'Banyon, une jeune inspectrice discrète et solitaire, décide de mener l'enquête. Mais pour cela elle va devoir faire équipe avec Duncan Cavanaugh, un homme aussi séduisant qu'exaspérant qui tantôt la traite avec la plus parfaite indifférence, tantôt cherche à la pousser à bout...

Secrète conspiration, de Cindi Myers

Victime ou mythomane ? Selon son entourage, Lauren Starling, journaliste vedette, a inventé une histoire incroyable : Richard Prentice, un magnat du pétrole, l'aurait enlevée et séquestrée durant plus d'un mois ! Accusée de mensonge, Lauren perd son emploi et se tourne vers l'unique personne en qui elle ait confiance : Marco Cruz, le policier qui l'a libérée quelques semaines plus tôt...

HARLEQUIN BLACK ROSE

Retrouvez prochainement,
dans votre collection

BLACK ROSE

Collaboration forcée, de Julie Miller - N°701

Évidemment, comme tous les autres avant lui, Thomas Banning la prend pour une folle ! Kelsey est déçue car, en apprenant qu'elle allait collaborer avec cet inspecteur de la police de Kansas City, elle avait nourri l'espoir qu'il n'aurait pas d'a priori sur son don de double vue... Mais il se montre désagréable envers elle et sceptique quant aux visions qu'elle a d'un dangereux tueur en série...

Un bébé en danger, de Debra Webb

Olivia porte la vie dans son ventre. Le fruit de sa passion pour Pierce Maxwell, alors qu'ils étaient ensemble en quarantaine après avoir été exposés à un dangereux virus. Aujourd'hui, elle est en danger, et avec elle la petite vie qu'elle ne songe plus qu'à protéger de ceux qui la traquent. Pierce ignore tout de cette grossesse, mais, s'il ne leur ouvre pas les bras, à elle et son bébé, qui le fera ?